水生奇緣

郭嘉奉孝 著

國家圖書館出版品預行編目（CIP）資料

水生奇緣 / 郭嘉奉孝著. -- 初版. -- 高雄市：
藍海文化事業股份有限公司, 2025.01
　面；　公分
ISBN 978-626-98655-4-3(平裝)

857.7　　　　　　　　113015387

水生奇緣

作　　　者	郭嘉奉孝
發　行　人	楊宏文
編　　　輯	林瑜璇
封 面 設 計	黃士豪
內 文 排 版	魏暐臻

出　版　者	藍海文化事業股份有限公司
	802019 高雄市苓雅區五福一路 57 號 2 樓之 2
	電話：07-2265267
	傳真：07-2233073
	購書專線：07-2265267 轉 236
	E-mail：order1@liwen.com.tw
	LINE ID：@sxs1780d
	線上購書：https://www.chuliu.com.tw/
臺北分公司	100003 臺北市中正區重慶南路一段 57 號 10 樓之 12
	電話：02-29222396
	傳真：02-29220464
法 律 顧 問	林廷隆律師
	電話：02-29658212

刷　　　次	初版一刷・2025 年 1 月
定　　　價	600 元
Ｉ Ｓ Ｂ Ｎ	978-626-98655-4-3（平裝）

版權所有，翻印必究
本書如有破損、缺頁或倒裝，請寄回更換

目　錄

第 一 章	北方大草原上的來客	001
第 二 章	後山遇險	010
第 三 章	山茶花手絹	017
第 四 章	魔族再現	023
第 五 章	廟會花車展	030
第 六 章	夏捕頭的妙計	039
第 七 章	二牛子鬧市耍無賴	047
第 八 章	小河邊的約定	053
第 九 章	大黃出逃	061
第 十 章	雨中的離別	069
第 十 一 章	奇怪的乞丐	076
第 十 二 章	絕境	083
第 十 三 章	狼王！	090
第 十 四 章	水生遭遇霸凌	096
第 十 五 章	初遇鳴妹兒	101
第 十 六 章	魔族的入侵	107
第 十 七 章	孟氏之死	113

第 十 八 章	武藝拳表演	120
第 十 九 章	十年前的惡夢	125
第 二 十 章	縣大會和比武大賽	132
第二十一章	大黃和刀疤的第三次對決	138
第二十二章	大黃之死	147
第二十三章	雲柳寺	154
第二十四章	拜見住持方丈	160
第二十五章	剃度	165
第二十六章	古老的傳說	172
第二十七章	洛桑卓雅	180
第二十八章	不會飛翔的老鷹	187
第二十九章	梅裡山下撿垃圾	193
第 三 十 章	對生命的尊重	199
第三十一章	扎西偷訪神婆婆	206
第三十二章	支援柳仙鎮	212
第三十三章	祭天大會	216
第三十四章	洛桑卓雅離家出走	224
第三十五章	洛桑卓雅夜上梅裡山	229
第三十六章	突及其跳崖	236
第三十七章	雪蓮仙	241
第三十八章	山神之怒	246
第三十九章	救災	252
第 四 十 章	水生墜崖	259
第四十一章	竹子姑娘	265

第四十二章	突遇暴風雨	272
第四十三章	感恩食物	278
第四十四章	竹子姑娘的惡夢	286
第四十五章	秀水村	292
第四十六章	寶石失而復得	298
第四十七章	挖竹筍趣事	304
第四十八章	奇怪的小姑娘	310
第四十九章	封印霧之鬼	318
第 五 十 章	水生引起的騷亂	324
第五十一章	鬼王現身	330
第五十二章	姐弟相認	337
第五十三章	酒童子	343
第五十四章	酒童子變身鬼王	351
第五十五章	九尾靈狐	359
第五十六章	重返仙界	365
第五十七章	太陽重升	372
第五十八章	德昌州城	377
第五十九章	相識葛渙文	381
第 六 十 章	葛家村	386
第六十一章	趕集	392
第六十二章	奔虎山	397
第六十三章	奔虎山奇遇	402
第六十四章	謎團的解開	407
第六十五章	惜別葛奶奶	414

第六十六章	葛志航	422
第六十七章	死亡之谷	431
第六十八章	嗚妹兒雪夜救主	437
第六十九章	木公大仙	443
第七十章	水生的身世	450
第七十一章	共由山修行	455
第七十二章	悟道	462
第七十三章	辭別恩師	468
第七十四章	初遇小田螺	474
第七十五章	小集市	480
第七十六章	重返龍之縣	486
第七十七章	魔炎領主	494
第七十八章	水生的暴走	500
第七十九章	水生之死	510
第八十章	黃帝下界	517
第八十一章	大洪水	528
第八十二章	阿茹娜揮淚獻舞	533
第八十三章	阿茹娜出嫁	540
第八十四章	水生的重生	544
第八十五章	重逢	551
第八十六章	龍之國的重生	560

北方大草原上的來客

　　此時正值夏末，天氣尚未轉冷，龍之國一望無垠的北方大草原上，正是一片牛羊肥美，草木豐盛的時候。蔚藍的天空上點綴著片片白雲，陽光從天空灑下，照在不斷向四方蔓延的翠綠的青草上，遠處連綿起伏的墨色山巒，在視野盡頭不斷蔓延開來。大草原的草場上，零零散散的牛羊時隱時現，牧羊的人們正騎著馬，揮舞著皮鞭，驅趕著牛羊，大雁正在天空中結隊飛行，一片甜美又寧靜的畫面。

　　在這樣的草原一角，出現了一支蒙古商隊，大約有二十多個人，馬兒的鈴鐺叮叮咚咚，馬車上載著重重的貨物，壓在車身上吱吱作響，車隊正緩緩朝南邊慢慢的行進。

　　每逢夏末秋初，草原上的遊牧民族們便會準備羊毛羊皮之類的物品，拉去關內變賣，用賺來的錢去買一些草藥、瓷器、布匹之類的生活用品，然後再返回關外草原過冬，年復一年，周而復始。

　　這支蒙古商隊的領隊，名叫巴圖，他已經去過關內多次，是個經驗豐富的中年男性，他熟悉草原的一草一木，也精通與關內的人做買賣。

　　在他的帶領下，他的商隊越來越大，拉的貨物也越來越多。與往年不同的是，今年他的車隊多了兩個成員，一個是他養的一隻狗，名叫大黃，另一個是他的女兒，名叫阿茹娜。

第一個女兒艾吉瑪的夭折帶給他的打擊，曾一度讓他沉淪頹廢不已，不久後二女兒阿茹娜的出生又讓他重新恢復了面對生活的勇氣，他對其視如掌上明珠，寵愛有加。

阿茹娜今年十一歲，自從出生開始，就從來沒有離開過大草原。阿茹娜從小就聽說關內人口眾多，熱鬧非凡，便吵著要和阿爸一起去。

巴圖帶的狗，大黃，也是出生在草原，從小和阿茹娜一起長大。大黃渾身棕黃色，身材壯碩，高大勇猛，威風凜凜，右眼有一個白色的胎記，炯炯有神的雙眼無時無刻不投射出敏銳忠實且堅毅的眼光。

阿茹娜的母親吉雅也在隊伍之中，她是家裡的女主人，平時牧羊牧馬，照顧孩子，就和其他蒙古族女性一樣，她也擅長騎馬打獵，有著矯健的身手。此刻車隊已經行進了一整天，而她正騎著馬走在隊伍最前面。

吉雅抬頭望向遠方，環顧四周後回頭對巴圖說：「巴圖，這裡有一片空地，今晚就在這裡紮營吧。明天就可以入關了吧？」

巴圖應道：「嗯，不遠了，明天應該就可以到了。」便招呼車隊停了下來。大家紛紛停下腳步，下馬，整頓行李，卸下馬鞍，生篝火，撐起蒙古氈包，開始安營紮寨。馬兒們也都停下腳步，整頓整頓馬蹄，開始低下頭去吃草。

阿茹娜高興地跳下車，說了句「大黃！走！我們去玩啦！」便一溜煙衝了出去，大黃則搖著尾巴緊跟在其身後。

阿茹娜站在齊腰深的草叢裡，端莊秀麗又俏皮可愛，她的大眼睛忽閃忽閃，靈性之極，她的臉龐清秀，皮膚細膩，就像在草叢中盛開的鮮花。

第一章　北方大草原上的來客

她跑起來就像一隻翩翩起舞的蝴蝶，長長的辮子一甩一甩，如同落入凡間的精靈。

吉雅喝了一口水，朝著阿茹娜喊道：「阿茹娜，別跑遠了啊，注意安全！天開始暗下來了，小心附近有狼喔！」

阿茹娜頭也不回地說道：「知道啦！額吉！」

旁邊的巴圖則卸下馬鞍，順了順馬背上的鬃毛，回頭笑著說道：「沒事的，別忘了，大黃可是能打贏兩隻狼的。」

阿茹娜就這麼帶著大黃在附近開開心心地玩起來了。有時候俯身鑽進比她還高的草叢裡，有時又突然從另一個地方笑著蹦出來。看到鮮花便摘下來玩，遇到蝴蝶便去追，不一會兒，天就逐漸黑了。

頭頂上月光皎潔，漫天星辰，四周蟲鳴聲漸起。車隊眾人也已經撐起了氈包，並在中間點起了篝火。人們圍坐在一起，酒足飯飽之後，開始圍在篝火邊放聲歌唱，跳蒙古舞。

這時，阿茹娜帶著大黃跑了過來，她鑽到巴圖懷裡，問道：「阿爸，我們什麼時候才能入關啊？」

巴圖摟著阿茹娜，笑道：「明天下午應該就能到了，等進入了長城，就到關內了。那裡可是大黃的老家呢，妳知道嗎？」

阿茹娜微微點了一下頭，繼續看著篝火，靜靜地聽著。巴圖接著說道：「大黃是妳爺爺巴亞爾以前應邀去關內對付狼災時，帶回來的一隻棕黃色小狗崽的後代，據說那隻小狗崽臉上也和大黃一樣，有一個白色胎記。那隻狗的後代，臉上也都有白色的胎記，真是神奇，這大概就是遺傳吧。」

巴圖摸了摸趴在他腳邊的大黃，笑道：「大黃，明天就能到你的老家了。」大黃聽懂了一般，抬起頭，伸著舌頭「汪」的叫了聲，搖了搖尾巴，又繼續趴下了。

巴圖回頭看了看車上的行李自言自語地說道：「今年的羊毛肯定又能賣個好價錢了。」

第二天一大早，太陽剛剛從東方升起，晨曦柔和均勻地灑在大草原上，清晨的水氣、霧氣尚未散盡，花草綠葉都散發著清新的氣息，鳥兒開始鳴叫，蟲兒開始紛飛，大草原上的萬物都彷彿如夢初醒一般，逐漸生機勃勃起來。

阿茹娜掀開氈包的簾子，微微俯身，輕輕跨步走了出來，她揉了揉惺忪的睡眼，伸了個長長的懶腰，看到外面紛紛攘攘，原來眾人早已經開始收拾行李，整頓馬匹，緊張有序的在準備上路了。大黃也已經醒來，在大家腳下跑來跳去的。簡單的早餐之後，車隊便沐浴著晨光，踏著清晨的露水上路了。

車隊越向南行進，地面上的草便越稀疏，長滿矮灌木的大小山丘逐漸多了起來。車隊沿著山間小路繼續前進，經過了一個又一個山澗，爬過了一個又一個山頭。

一直到中午，在爬過了一個巨大的山頭後，走在車隊最前面的吉雅，突然勒住馬，指著前面回頭興奮地叫道：「你們看！你們看！烽火臺！我們就快要入關了！」

第一章　北方大草原上的來客

　　大家聽後紛紛駐足抬頭，順著吉雅指的方向望去，只見不遠處一個山頭的最頂端，佇立著一個小小的塔樓，塔樓兩端，是沿著山的脊背向兩邊蔓延開來的城牆，塔樓上面豎立著一個大大的旗幟，正呼呼的迎風飄揚，旗幟上面寫著一個大大的「龍」字。

　　巴圖起身對眾人說道：「那個就是長城的烽火臺了！大家加把勁，前面就是了！再過一會兒通過長城下面的關隘，我們就到關內了！」車隊眾人聽後一片歡呼雀躍起來。

　　阿茹娜也從車上探出身來，滿臉欣喜和期待地伸長脖子向遠處張望。這是她第一次離開她出生成長的大草原，隨父母的車隊來到關內。雖然她從小就聽說關內有草原上沒有的大氣磅礡的建築，可是當她看到遠處山上高高聳立的塔樓時，還是情不自禁的「哇」了一聲。

　　吉雅一臉認真地叮囑阿茹娜道：「阿茹娜，到了之後別到處亂跑啊，關內可不像我們大草原，這裡人多混雜，妳千萬別跑丟了。」然後對著大黃半開玩笑地說道：「大黃，你可要跟緊阿茹娜，從現在開始你就是她的貼身保鏢啦！」

　　阿茹娜笑著應道：「知道啦，額吉，這一路妳都說了好幾遍啦。」大黃也好像聽懂了一般「汪」的叫了一聲。巴圖則笑著說道：「有大黃在，不會有事的。」

　　車隊繼續沿著曲徑通幽的山谷前進，爬過一個大山丘之後，在兩山之間的開闊地，出現了一個巨大的長城關隘。關隘最正中是巍然屹立的正樓，正樓高聳在藍天之下，上面的樓閣氣勢雄偉，雕刻精巧美麗。正樓頂端豎立著一面寫有「龍」字的旗幟，高高飄揚，顏色鮮豔醒目，威嚴浩氣。

正樓下方就是大大的正門，額題上寫著大大的三個字「龍城關」。在正樓兩邊是稍低的側樓，和正樓連成一體，側樓兩側是連綿不斷的城牆，從側樓延伸到兩邊的山腳下，再沿著山背一直往外延伸開來。就像一條巨龍，時而盤踞在地面，時而又橫臥在巍巍群山之上，時而又蜿蜒盤旋在崇山峻嶺之巔，綿延伸展，跌宕起伏。

第一次看到長城的阿茹娜目瞪口呆，她看著眼前氣勢輝煌的建築，早已經驚訝的說不出話來了。車隊走到城樓下，行人開始三三兩兩的多了起來，有的是出去打獵，馱著獵物返回的獵人，有的是從其他地方遠道而來的異國商人，也有騎馬外出巡視，正等待入關的士兵將領。正門兩側把守的將士正井然有序的檢查和盤問過往的行人。

巴圖帶著商隊，經歷了簡單的詢問、貨物的檢查，和人數的清點之後，便順利入關了。

入關之後便是一座有近十萬常住人口的小縣城，名叫龍之縣，也就是巴圖車隊的目的地，他們將在這裡銷售從草原上帶來的羊毛羊皮，然後再帶些生活必需品回草原過冬。

龍之縣伴長城而建，最早是為了鎮守北方邊關而建立的一個要塞，這裡是龍之國關內和關外的交界，是通往龍之國腹地，可說是中原地區重要的交通樞紐。自從這裡設立縣制，建立起城郭，駐紮起軍隊以來，各個地區、各個民族的人都彙聚過來，來往商賈絡繹不絕，商業活動日趨頻繁，整個縣城逐漸繁榮起來。經歷近三十多年的發展，龍之縣形成了以經營綢緞、皮貨、瓷器，服裝、中藥材等為主的一個商業城市。

第一章　北方大草原上的來客

　　車隊要駐紮的地方在縣城西面，大約需要半個時辰腳程。巴圖來過多次，此刻他正輕車熟路地帶領車隊行走在龍之縣裡。整個縣城八街九陌，街市繁華，人煙阜盛，道路上是如龍如流水的車馬，街道兩旁店肆林立，商鋪連綿，還有洛繹不絕熙熙攘攘的人群，是阿茹娜在大草原上從來都沒有見過的熱鬧光景。她從車窗探出頭，瞪大眼睛張大嘴巴，饒有興趣的左顧右盼東張西望，想要將這一番熱鬧的景象盡收眼底。

　　不一會兒的功夫，車隊就已經出了縣城，人煙逐漸少了，路兩旁是一條又一條長滿農作物的耕地，一片又一片長滿蔬菜的田圃。又經歷了約莫半個時辰，車隊行至一個山腳下的開闊地，旁邊是一條小河，附近有一個村莊，這裡便是巴圖的車隊要駐紮的地方了。

　　這個地方碧草如茵，旁邊的小河流水潺潺，河邊一排槐樹蔥蔥郁郁，眾人見了無不歡喜。稍遠處有一個村莊，約兩、三百戶人家，整個村莊依山傍水，雞犬相聞，炊煙嫋嫋上升，一片靜謐悠然的景象。

　　巴圖招呼道：「我們到啦，就在這裡紮寨。」

　　不等巴圖說完，阿茹娜就撲通跳下車子，頭也不回地說了句「我去玩啦！」，便帶著大黃，四處溜達。

　　眾人也開始忙碌起來，停車下馬，卸下馬鞍，拿下行李，支起蒙古氈包，收集木柴。不一會兒，氈包就搭建起來了，中間的篝火也點起來了，天色也漸漸暗了下來。

　　阿茹娜一會兒飛奔到河邊玩水，一會兒在田野邊追蜻蜓，一會兒又帶著大黃鑽進山腳下的灌木叢找野果子，怎麼玩也玩不夠的樣子。

巴圖整理好羊毛羊皮，又清點了一遍，才終於鬆了一口氣，自言自語說道：「終於安頓下來了，明天一大早就可以去集市賣了。」

　　眾人已經一起圍坐在篝火旁邊，載歌載舞，飲酒吃肉。吉雅也整頓完畢，見天色漸暗，而阿茹娜還在遠處玩耍，心中不免有些擔心，便去呼喚阿茹娜和大黃回來。

　　半晌，吉雅才見阿茹娜帶著大黃跑了回來，稍帶擔心和責備地說道：「天都這麼黑了，還亂跑呢。妳不怕被狼叼走啊。」

　　阿茹娜仰起頭，笑道：「我不怕！我有大黃！」然後用胳膊勾摟住大黃的脖子，對大黃說，「對吧？大黃，我的保鏢。」大黃抖擻精神，「汪」的叫了一聲。

　　吉雅說道：「那如果來了三隻狼怎麼辦？」她剛說出口便後悔了，然後小心翼翼地抬頭看了一眼巴圖，見他似乎沒有聽到，便招呼阿茹娜來吃晚飯，不再說話了。

　　巴圖其實只是假裝沒有聽到，此時他正看著篝火，思緒回到了四年前，那時阿茹娜才七歲，他也有一條右眼有一個白色胎記的大黃狗，那隻大黃狗體型魁梧高大，雄壯威武，見過的人都說這隻狗是大草原上最勇猛的狗，唯一一隻同時和兩隻狼搏鬥而不落下風的狗。

　　那隻大黃狗和他一同走南闖北，放馬牧羊，闖過狼窩，鬥過黑熊，忠實地跟隨了他整整六年。有一次，出現緊急情況，他和部落其他人都騎馬出門參與救援，只留了大黃狗在家看門，家裡則是七歲的阿茹娜和她懷裡抱著的剛出生不久的大黃。

第一章　北方大草原上的來客

這時，有三隻狼悄然闖入，大黃狗毫不畏懼，毫不退縮，和三隻狼撕咬在一起！他在三隻狼的圍攻下奮勇廝殺，才終於勉強支撐到巴圖趕回家！大黃狗咬死了兩隻狼！第三隻狼也被趕回來的巴圖一刀砍死了。

巴圖瘋了一般衝進氈包，抱起阿茹娜和剛出生不久的大黃。幸虧有大黃狗的拚死一搏，家裡的阿茹娜和大黃得以安然無恙，但是大黃狗卻深受重傷，不久就斷氣了。

巴圖抱著大黃狗的屍體哭了好久，將其埋葬之後，小心翼翼地抱起大黃，含淚說道：「大黃，以後保護阿茹娜的責任，就交給你了。」大黃正是那條勇猛大黃狗的後代。大黃如今也和他的狗爸爸一樣魁梧雄壯，並且右眼也有一個白色胎記。巴圖心裡很清楚，即使再勇猛的狗也無法同時戰勝三隻狼。

巴圖想到這裡，不免有些傷感，便將大黃叫到身邊，輕輕地撫摸著他的頭，遞給他一塊肉骨頭，看著他狼吞虎嚥地吃了起來。

夜逐漸深了，車隊一行人都入蒙古氈包休息了下來，整個營地恢復了寧靜。

關內的夜晚和大草原一樣格外靜美，一彎弦月掛在星星點點的夜空中，皎潔柔和的月光灑向地面，像是給整個大地鋪上了一層薄紗。營地旁邊的小河潺潺的流淌，草叢中的蟋蟀聲此起彼伏。

趴在營地上睡覺的大黃，突然間抬起頭，豎起耳朵，緊緊地盯著山谷的方向。遠處的深山中，一片漆黑，只有偶爾傳出斷斷續續的鳥獸叫聲。

大黃像是發現什麼似的，目不轉睛，一動也不動，警覺地凝望著遠方山谷。

第二章
後山遇險

　　接下來的日子裡，商隊眾人們白天就拉著貨物去縣城的集市上叫賣，傍晚就趕回營地休息。集市在龍之縣中心的一個大廣場旁，廣場中央高高飄揚著一面龍字旗，旗杆旁還矗立著一座人的雕像，那雕像面容和藹，端莊慈祥，從容的平視著遠方。

　　巴圖和吉雅叮囑阿茹娜說，這個人名叫「至德翁」，是人人尊敬的先賢聖人，以後萬一要是和大人走散了，就在這個雕像下等著就可以了。

　　阿茹娜可高興壞了，有時候她和大人們一起去縣城，帶著大黃好奇的四處遊玩，這裡的一切對她來說都是那麼的新鮮、那麼的有趣。有時候她就在營地附近的小河邊，山腳下玩，無拘無束，自由自在。大黃每天都盡職盡責的緊跟著阿茹娜，寸步不離，晚上就守護在營地上，直到天亮。

　　就這樣過了幾天，有一天，阿茹娜像往常一樣帶著大黃在河邊玩，看到不遠處有幾個小孩兒在河裡嬉戲玩耍，便走上前去。原來是一群十來歲的男孩子，正在河裡盡情的玩水。

　　那幾個孩子發現走近的阿茹娜後就突然開始手足無措地大呼小叫起來，原來這些孩子都脫了個精光下河去玩水，看到岸邊站的阿茹娜是個女孩子，一個個都害羞地鑽進了水裡，露出個腦袋，朝阿茹娜亂叫。

阿茹娜卻絲毫不覺得忸怩，依舊落落大方地站在岸邊，問道：「喂，你們在做什麼？」

　　那些孩子也不答話，又開始叫嚷起來。然後看阿茹娜身穿蒙古族服飾，大大方方款款而立，絲毫沒有中原女孩子的羞怯，心中好奇。

　　就聽其中一個孩子說道：「我們走！去看看！」然後那些孩子就飛一般的游到岸邊，穿好了衣服，爭先恐後的好奇地圍了上來。

　　他們一個個接二連三問道：「妳是誰呀？」「妳從哪裡來？」「哇，好大的狗啊！他叫什麼名字？」，阿茹娜也都一一回答。

　　原來這些孩子就住在附近的村莊，平時去村裡的學校上學，不上學時就三五成群出來玩。因為年紀也都和阿茹娜相仿，後來每當這些孩子去抓小魚小蝦，掏鳥窩鬥蛐蛐之類的，都會叫上阿茹娜一起去玩。

　　有一天，巴圖和吉雅都去縣城裡做生意。阿茹娜正帶著大黃在營地附近閒逛，就發現不遠處的田間正在冒煙，似乎著火了一般。她仔細一看，只見不遠處還有四、五個孩子正在玩火，便走上前去。

　　那幾個孩子遠遠看見阿茹娜後，一個個都朝她揮手叫道：「阿茹娜！快過來！快過來！」

　　阿茹娜走上前一看，只見那些孩子把土塊堆在一起，疊成一座塔的樣子，然後在上面堆上柴火點燃，再不斷在上面加柴。

　　阿茹娜好奇地問道：「你們在做什麼？」

　　其中一個孩子一邊加柴一邊神祕兮兮地朝阿茹娜笑著說：「阿茹娜，一會兒請妳吃大餐！」

正說話間，土塊堆已經燒的差不多了。只見大家用棍子把土塊小心翼翼地挖開，在燙手的土塊堆裡東搗搗，西戳戳，慢慢地搜尋著什麼，不一會兒，幾個已經燒的黑黑的還在冒煙的東西就翻滾了出來！是地瓜！原來這幾個孩子正在田間自己烤地瓜！

　　孩子們都興奮地大叫起來，其中一個孩子迫不及待地上前用手一把抓起地瓜，然後「啊」的一聲就縮回了手，原來是被滾燙的地瓜燙到了。那個孩子一邊咧著嘴喊痛一邊跳著甩手，逗得大家哈哈大笑。

　　其中一個孩子笑著說道：「水生，你小心啊，剛烤出來的地瓜很燙手的！」然後大家又一陣鬨笑。就這樣，不一會兒，又有好幾個大地瓜被大家翻撿了出來。

　　待地瓜稍冷，那個叫水生的孩子小心翼翼地撿起一個地瓜，然後輕輕一掰就掰成了兩半，一股飄香的烤地瓜味便迎面撲鼻而來！他遞給阿茹娜，說道：「阿茹娜，這個給妳，快吃吧，很好吃呢！」

　　阿茹娜道謝後接過地瓜，只見那烤地瓜外面雖然焦黑，可是裡面卻是誘人的金黃色，還不斷冒著又香又甜的熱氣。阿茹娜迫不及待地吃了一口，那金燦燦的地瓜口感香甜，入口即化，口齒留香，回味無窮，好吃極了！她興奮地瞪大眼睛，不等嚥下去就嘟著嘴說道：「真好吃！真甜！」

　　隨後大家都圍上前來，開始爭先恐後地分食地瓜。有的孩子拿著地瓜，燙的左手扔右手，右手又扔左手，有的孩子正一邊吹氣一邊小心地撥開地瓜皮，有的孩子不顧燙手燙嘴，一邊哈氣一邊大口大口的往嘴裡送。一片熱鬧的景象！孩子們還掰了地瓜去餵大黃，大黃也吃的津津有味。

第二章　後山遇險

　　這是阿茹娜第一次在田間吃美味的烤地瓜，她沒想到原來關內的生活這麼有趣。之後她又和大家一起玩了好久，直到天逐漸黑了，才道別回蒙古營地。

　　又過了幾天，阿茹娜帶著大黃正在隨便溜達，剛好碰到兩個孩子在村邊玩。阿茹娜認識那兩個孩子，其中一個叫水生，另一個叫狗娃，兩人今年都十歲，那個叫水生的孩子，面容白淨，滿臉笑容，眼神單純善良又略顯淘氣頑皮，他的眉宇之間有一個小小的黑色胎記，脖子上帶著一個半圓形的藍寶石。狗娃是個小胖子，皮膚黝黑，頭髮蓬鬆，每天都和水生形影不離。平時就是村裡比較頑皮搗蛋的，今天他們兩個又是蹺課出來玩。

　　他們見到阿茹娜和大黃後，就上前逗大黃玩了起來。水生迎上前笑道：「阿茹娜，我們一起去後山裡摘酸棗吧！我知道就在山裡的一個地方，長了好多酸棗樹，每年這個時候，都會結好多好多酸棗，很好吃呢。」

　　阿茹娜想到大人曾叮囑過她不要在山裡走太遠，一來樹木茂盛草也深，容易迷路，二來遇到些什麼野獸之類的也容易發生危險。又轉念一想，這兩人肯定對這裡很熟悉，摘酸棗肯定也不是第一次了，自己身邊又有大黃在，便笑著答應了。

　　三個人一路一邊聊一邊走進了山谷。水生和狗娃走在前面帶路，阿茹娜和大黃跟在後面。走著走著，腳下的草越來越深，灌木也越來越密，不知不覺間他們已經在山裡走了很遠。

　　在繞了幾個彎之後，狗娃突然指著前面說道：「你們看！酸棗！」

阿茹娜和水生順著狗娃手指的方向望去，在面前不遠處山腳下的灌木中，真的有好幾棵酸棗樹。水生高興地叫了起來：「就是這！就是這！我說的吧，真的有好多好多酸棗！」

　　只見那酸棗樹掛了一串又一串紅紅的小酸棗，遠遠看去就像無數個小燈籠掛滿枝頭。三個人早就饞的口水直流了，便迫不及待上前，摘下來就往嘴裡送。那酸棗吃到嘴裡酸酸的，但是酸中又帶點甜，越吃越好吃，三人邊吃邊摘，不一會兒，口袋就都裝滿剛剛摘下的酸棗。大家席地而坐，大黃則趴在旁邊，三人就這麼一邊吃一邊聊了起來。

　　阿茹娜一邊吃一邊說道：「真的好好吃！酸酸甜甜的。我要拿一些回去給我阿爸和額吉嘗嘗。」

　　水生問道：「妳以前沒有吃過嗎？」見阿茹娜搖搖頭，便繼續說道：「那我摘的這些也都給妳吧！」便把自己口袋裡的酸棗拿出來，塞給了阿茹娜。

　　狗娃也把自己摘的酸棗拿出來，要送給阿茹娜，說道：「我的也給妳！」

　　阿茹娜一邊比劃自己身上的口袋一邊笑著說道：「太多了太多了，我的口袋都放不下了。」

　　三人有說有笑的又吃了一會兒，水生問道：「妳家是什麼樣子的？」

　　阿茹娜說道：「在關外啊，你知道嗎？關外有很大很大的草原，有很多很多的馬，還有牛和羊。」

　　狗娃問道：「那妳會騎馬嗎？」

　　阿茹娜回答道：「當然會了。不過我只騎過我們家的小馬。」

第二章　後山遇險

然後狗娃和水生眼睛閃出驚奇的光芒，異口同聲地說：「哇，阿茹娜妳好厲害！」

三個人就這麼你一言我一語的聊著天。忽然，從水生身後的灌木叢中傳來了窸窸窣窣的聲響，三人剛回頭望時，從草叢中猛然間竄出了一個黑影，向距離最近的水生撲了過來！

說時遲那時快，三人都還完全沒有來得及反應的時候，大黃大吼一聲，像離弦的箭一般「嗖」的一聲撲了過去，一下子就把那個黑影撲出了老遠。

大家這才反應過來，是一隻狼！那隻狼剛才被大黃撲倒，又迅速站了起來，面露兇光，齜牙咧嘴，狼毛豎立，向下俯著上身，隨時想要再撲上來的樣子。

這是一隻渾身棕黃色的狼，和大黃皮毛的顏色一樣，雖然個頭比大黃稍小，卻有著不亞於大黃的強健體魄。那狼表情狡黠，牙齒鋒利，兩隻眼睛發出的幽幽兇光，如同一個冷面殺手。他的右眼有一道深深刀疤，更讓人感到陰森可怕和毛骨悚然。我們就叫他刀疤吧。

大黃毫不退縮，朝刀疤狂吠。刀疤稍稍倒退了幾步，貌似有些退縮了。眼前這隻狗，似乎和他見過的狗都不一樣。關內人家養狗大多是為了看門，狗和狗之間打架時頗有氣勢，可是在野外一遇到狼，有人在時尚能叫兩聲，如果沒有人在，遠遠看見肯定就早早的夾著尾巴逃之夭夭了。可是這隻狗卻不同，刀疤從他的眼中完全看不出絲毫怯懦，反而看出了無懼和剛毅。

大黃怎麼會怯懦呢？他可是出生在大草原上，從小和狼打交道長大的，如果說大草原上的狗，都是和狼一對一對抗的好手，那麼大黃，就是

這些好手中數一數二的佼佼者！他曾經有同時和兩隻狼搏鬥，並且取勝的經歷！此刻的大黃，就像一堵牆一樣擋在刀疤的面前。刀疤在和大黃的這第一次對決中，在氣勢上已經輸了，他已經完全沒有剛才的兇相，只見他慢慢地後退了一步，又後退了一步，然後迅速轉身鑽進了灌木叢中，消失了。大黃又吠了幾聲，卻不去追，只是在原地警覺地看了好久，方才轉過身來。

大黃身後的三個人，早就嚇的癱坐在地上說不出話了。阿茹娜率先反應過來，她心裡清楚狼一般是不會單獨出現的，遇到一隻狼就意味著這附近一定還有其他的狼！她趕緊爬起來，朝水生和狗娃大喊了一聲「快跑！」

狗娃已經嚇的尿了褲子，他慌慌張張地爬起來，頭也不回的往回狂奔。水生已經嚇得雙腳發軟，掙扎幾次都沒有站起來，阿茹娜趕緊上前把水生拉起來，拉著他的手，跟在狗娃後面跑了起來，大黃則緊緊地跟在三人後面。

三人就這麼一直跑，摘的酸棗全都撒了出來也不去撿，樹枝刮傷了也不管，摔倒了就趕緊爬起來繼續跑，終於跑出了山谷。狗娃見後面的阿茹娜和水生也都跑出來，便一溜煙頭也不回地跑回家了。

阿茹娜拉著水生，又一直跑到了小河邊，見不遠處田間有人在勞作，方才覺得安全了。兩人這才停下腳步，驚魂未定的大口喘著氣。

第三章
山茶花手絹

　　水生和阿茹娜兩人從山谷裡逃出來，驚魂未定地坐在小河邊。這時，水生注意到阿茹娜的衣袖被劃破了，手臂上還有一處傷口，滲出了些血來。

　　水生忙說道：「啊，阿茹娜，妳的手臂受傷了。」

　　阿茹娜這才發覺手臂上有些刺痛，原來她拉著水生在前面跑的時候，被樹枝刮傷了。她抬手看了看傷口，又甩了甩手臂，然後對水生笑道：「沒事的，這點小傷不算什麼。倒是你，沒事吧？真沒想到在山裡大白天會遇到狼。不過幸好有大黃在。」

　　阿茹娜小時候學騎馬時，不知道從馬背上摔下來多少次，這點傷對在草原長大的阿茹娜來說根本不算什麼，她根本就不在意。

　　水生說道：「我給妳包紮一下吧。」只見他從口袋裡拿出來一條手絹來，然後順了順，想要給阿茹娜包紮傷口。

　　阿茹娜笑道：「不用吧？這點小傷，一會兒就自己好了。」然後突然注意到了水生手裡的手絹，上面的圖案似乎是一朵粉紅色的花，便湊上前問道：「這是什麼花呀？真漂亮！」

017

水生聽後展平手絹，小心翼翼地捧在手心，對阿茹娜說道：「這是山茶花，這是我媽給我縫的。」

阿茹娜定睛仔細一看，只見在那手絹上的一簇簇山茶花，色彩光鮮豔麗，花瓣圓潤光澤，花蕊小巧玲瓏。有的花開似錦，嬌豔動人，優雅卻不失矜持，有的含苞欲放，就像一個嫵媚嬌羞的姑娘。在山茶花的旁邊，還繡著小小的水生兩個字。

阿茹娜看後感嘆道：「哇，好漂亮的山茶花！你的媽媽好厲害！」

之後水生依然要給她包紮，阿茹娜拗不過，便輕輕挽起袖口，那傷口其實不深，只是劃破了一層皮，現在也已經不流血了。

只見水生輕輕捧起阿茹娜的手臂，仔細認真地擦去了傷口的血水，然後用手絹輕輕地包紮了起來。

阿茹娜看了看水生，眼前這個十歲的男孩子，面龐白淨，眉目清秀，正在給她包紮的樣子略顯生疏卻又毫不怠懈。本來想趕緊帶大黃回營地的她，突然想就這麼一直和水生坐在這裡，就這麼一直坐著也好。

水生低著頭小心翼翼的繼續包紮傷口。但他不太會打結，最後亂七八糟地綁了一個大疙瘩，但是卻讓阿茹娜心裡感覺十分溫暖，她只是微微笑了笑。

這時從天空中傳來了嘎嘎咕咕的叫聲，兩人抬頭一看，原來是一群正排成人字形展翅南飛的大雁。

水生抬著頭，指著大雁群說道：「哇！大雁！」阿茹娜在大草原也經常見到大雁，便抬頭說道：「原來關內也有大雁啊！」

第三章　山茶花手絹

　　水生說道：「當然有啊，大雁每到秋天，天氣變冷的時候，就會結隊飛往更加溫暖的南方，等來年天氣暖和了，就又會飛回來啦！」

　　阿茹娜「嗯」了一聲，然後笑著說道：「大雁每年這麼飛來飛去的，他們不累嗎？那到底哪邊才是他們的家啊？」

　　水生也笑道：「兩邊都是他們的家啊！」

　　阿茹娜抬頭又望了望大雁群，說道：「我要是能變成大雁就好了，這樣我一下子就能飛到關內了！」然後阿茹娜突然起身，對水生說：「我給你跳一支鴻雁舞吧，前幾天我額吉剛教我的！」

　　水生聽後不由得「啊？」了一聲，心想「關內的女孩子個個嬌羞內斂，就是在人數稍多的人群面前說話也都扭扭捏捏羞羞答答的，更別說跳舞了。阿茹娜真的要跳舞嗎？」

　　水生正在心裡思量，阿茹娜卻已經站在水生面前，只見她輕輕揚起雙臂，踮起腳尖，在水生面前努力地跳起舞來。阿茹娜今年才十一歲，身體尚未發育完全，跳舞的動作也略顯稚嫩，只見她時而伸展雙臂，時而轉身飛旋，時而輕輕俯身，像一隻剛破繭正振翅起飛的蝴蝶，又像一隻學習飛行的初生小雁，又像一朵雨後奮力綻放的小花。阿茹娜舞姿稚嫩輕盈，眼眸稚嫩單純，臉龐玉潔冰清，讓水生不禁看呆了。

　　最後，阿茹娜輕輕飛旋轉身，背對著水生，仰起上身，輕舞著左右伸展起手臂，然後微微晃動雙臂，真的如同一隻小雁在努力展翅一般！

　　這時，阿茹娜一不小心，腳下一軟，摔坐倒在地上。水生嚇了一跳，趕忙起身去扶起阿茹娜。

阿茹娜爬起來身來，擦擦額頭的汗笑道：「這個動作好難啊！我每次跳，都跳不好。」

水生早已經看呆了，他撓撓頭，害羞地笑道：「阿茹娜，妳跳的真好！」

阿茹娜笑著說道：「我阿爸也喜歡看我跳舞，我每次跳舞他都好高興。水生，下次等我學好了這個動作，再跳給你看！」

水生也努力點點頭說道：「嗯！好！」

之後，兩人又閒聊了兩句就分手回家了。水生臨走時，從口袋抓出了幾個小小的酸棗，遞給了阿茹娜，撓撓頭不好意思地說道：「這個給妳，剛才跑的急，都掉了，妳要是喜歡吃，我再去摘。」原來兩人在逃跑時，酸棗都掉出來了，只有水生口袋裡尚且剩了幾顆。

阿茹娜笑道：「你還敢去啊？」然後兩人相視而笑。

水生和狗娃兩個人回到家裡，擔心父母責罵，也就絕口不提逃課去玩，在後山遇到狼，又被大黃所救的事。

日子就這麼一天天的過去，天氣也一天天涼爽起來，一轉眼，巴圖的車隊已經來了大半個月，貨物也已經所剩不多。這段日子裡，阿茹娜和水生兩人逐漸成為了關係最親密的夥伴。水生經常跑出村去營地找阿茹娜玩，而阿茹娜也經常在村口的大樹樁旁等水生，有時他們去田間抓青蛙，有時沿著河邊散步，無論去哪裡，大黃都會跟在他們旁邊。

第三章　山茶花手絹

　　隨著時間的推移，巴圖和吉雅結束一天的生意後，也開始在縣城裡採購些來年的生活用品。只是最近，阿茹娜都不和他們一起去縣城裡玩了。

　　一天，巴圖、吉雅和眾人都忙完了生意，剛回到營地正準備吃飯。水生也剛放學，正揹著書包去營地找阿茹娜玩。大黃遠遠看見，汪汪叫著搖著尾巴朝水生跑了過去，興奮的在水生腳下跳來跳去。經過這一段時間的相處，大黃和水生的友誼也日漸深厚。

　　阿茹娜朝水生揮了揮手，高興地喊了一聲「水生！」便飛奔了過來，然後一起有說有笑的走向營地。

　　巴圖和吉雅也準備好了飯菜，正準備喚阿茹娜來吃。他們看到水生，知道這個孩子就是住在附近村莊，最近常和阿茹娜在一起玩的，便盛情邀請水生一起來吃飯。

　　大家圍坐在篝火旁邊，吃著剛出鍋的熱呼呼的手扒肉，啃著香氣撲鼻的蒙古餡餅，喝著香噴噴的奶茶。巴圖也烤好了幾個柳木羊肉串，便遞給了水生，說道：「水生，來嘗一嘗蒙古大草原的羊肉串！羊肉串還是我們蒙古大草原的最正宗！哈哈！」

　　水生應了聲便伸手接過羊肉串，肉串濃郁的香味就撲鼻而來！只見那羊肉串發出滋滋的聲響，滲出的油滴讓肉串顯得紅潤油亮。

　　水生早已經垂涎欲滴，顧不上燙嘴，歪著腦袋張口就咬了下去。那羊肉串肉香四溢，外部酥而不焦，內部嫩而不膩，水生大口大口的吃著，不斷還有鮮香的肉汁從脣齒之間溢出，沾的水生滿嘴都是，吃的好不快活！

　　阿茹娜在旁邊看到水生吃的忘乎所以，笑道：「水生，別燙到自己呀，還有很多呢，慢慢吃。」

水生根本就顧不上回答,他嘴裡滿都是肉,「嗯嗯」的悶叫著,又繼續大口吃肉。巴圖見水生吃的這麼津津有味,心中高興,就把一盞馬奶酒一飲而盡,開始高唱起了蒙古歌。

　　水生和阿茹娜一起圍坐在篝火邊,水生小聲問道:「阿茹娜,妳爸爸唱的是什麼歌啊?」

　　阿茹娜跟著低聲哼唱了兩句,然後答道:「生養萬物的長生天父,哺育萬物的大地母親,您的子民向您訴求,求您賜福開恩,保佑平安。」

　　阿茹娜頓了頓,接著說道:「你知道嗎,在大草原上,上天和大地就是神聖而偉大的神靈,他們生養了世間萬物,哺育了一切,我們應該感謝神靈對我們的保佑和恩賜。」

　　水生聽後撓了撓腦袋說道:「可是我媽媽說了,什麼神呀、鬼呀、輪迴呀、轉世呀,都是迷信。」

　　阿茹娜使勁地點點頭,說道:「草原上真的是有神靈的。我們每年都要舉行祭天儀式,就是為了祈求神靈,在新的一年裡,風調雨順,保佑全家平安和人畜興旺呢。」

第四章
魔族再現

　　水生和阿茹娜在吃過飯之後，就帶著大黃去附近玩了。

　　他們正一起在河邊散步，水生看見旁邊有一根小樹枝，突然靈機一動，逗大黃說道：「來，大黃，我們來玩叼樹枝的遊戲吧！我來扔，你來咬！」然後把樹枝朝大黃輕輕扔去。

　　大黃見狀，張著大嘴，猛地向空中的樹枝撲去，卻被那樹枝砸在了臉上。大黃尷尬又不知所措的樣子，惹得阿茹娜和水生哈哈大笑。

　　水生又接連扔了幾下，大黃有時能準確地咬到，有時就會被樹枝砸到臉。水生想了想，說：「大黃，你不要著急，等樹枝到你頭頂上了，你再跳起來，從下面往上面咬，這樣就能咬住啦！就像這樣！」

　　水生一邊說，一邊趴在地上，然後做了一個向上跳的動作。阿茹娜被水生的動作逗樂了，拍著手笑彎了腰。大黃似乎還是沒有領悟，總是有些心急的使勁撲向樹枝。

　　過一會兒，兩人玩累了，坐在村口的大樹樁上休息，水生對阿茹娜說道：「過幾天廟會，我們一起去看花車展吧？」

　　阿茹娜瞪大眼睛，好奇地問道：「什麼是廟會啊？」

水生興奮地說道：「廟會是為了紀念至德翁的！他是我們龍族最偉大的人！廟會的時候縣城裡人山人海，好熱鬧！會掛出好多好多燈籠，燈火通明的，還有好多好多好吃的呢！」

阿茹娜連聲說道：「至德翁？！我知道，我知道，我聽我阿爸說過，就是一百年前打敗魔族的至德翁，聽說他特別厲害，拯救了整個神州大地。」

水生點點頭，說道：「對！至德翁厲害吧！一百年前天空出現一道裂痕，魔族從那裂痕竄出，他們壞透了，在龍之國四處燒殺擄掠，是至德翁帶領大家打敗了魔族，之後他又犧牲了自己，用盡畢生的法力，修補了天空的裂痕。每年這個時候人們都會舉辦廟會，就是為了表達對他的敬仰和懷念。對了，還有花車展呢，花車會從龍之縣中心，一直走到城外的至德翁雕像下。至德翁雕像妳去過嗎？」

阿茹娜眨了眨眼睛，問道：「喔，是集市的那個嗎？」

水生說道：「不是啦，城外還有一個更大的，人們把整座山都雕塑成了至德翁的樣子，跟山一樣大！每年大家都要去那裡趕集、祭拜、祈福，保佑家人平安。」

接著兩人剛商量好去廟會玩的時間，就聽到身後有人叫道：「水生！水生！」兩人回頭一看，只見路口正站著兩個人，那兩人正是水生的父親和哥哥。

水生的父親名叫曹華，祖輩以做木工為生，他也生的頗為手巧，從小就學著父輩在家裡自己做些桌椅傢俱。後來因龍之縣加固長城和設立縣制，人口越來越多，縣城越來越熱鬧繁華，官府便開始招攬能人賢士，他年紀輕輕也就來到了這裡，購得薄田四畝，後來娶了妻名叫孟氏，養育了

第四章　魔族再現

木生和水生兩個兒子，雖是務農，但孟氏善於生計，勤儉持家，加上曹華偶爾還可以給別人做做木工，家裡也算過得殷實。前些年曹華在官府裡謀得了一份差事，主要負責管理軍營裡的軍需用品，便將田地租了出去，家裡過的越發舒適起來。

水生的哥哥，名叫曹木生，今年剛十八歲，前些年參軍入伍，就駐守在龍之縣。曹木生正是少年才俊，意氣風發的時候，不僅人長的面容明朗，鬢髮整齊，相貌堂堂，儀表不凡，而且人也生的高大壯實，身材魁梧，頗受曹華的喜愛。上門說親的人雖已是絡繹不絕，只是木生性格比較孤傲，為人冷淡，如今依然未婚。

今天曹華下班從官府裡走出來，遇到從軍營裡出來的木生，兩人便一同回家，並在村口路邊看到在玩的水生和阿茹娜。

曹華朝水生招了招手，大聲說道：「水生！回家吃飯啦！」

水生和阿茹娜兩人連忙起身拍拍身上的灰土，帶著大黃走了過去。水生上前介紹道：「爸，哥，這就是我跟你們說的阿茹娜！」在一旁的木生看到阿茹娜，心裡不由得一驚，心想：「這個女孩長得好標緻！」

曹華見阿茹娜身穿蒙古服飾，面帶微笑，大方從容款款而立，微微彎下腰笑著問道：「這就是水生每天都在家裡提到的阿茹娜啊！今年幾歲啦？」

阿茹娜大方地回答道：「我今年十一歲！」之後曹華又寒暄詢問了幾句，他見阿茹娜也都不卑不亢的一一作答，不禁對阿茹娜稱讚不已。

這時，曹華從身後拉出來了一輛木製小車，對水生說：「水生，你看！給你做的！」

水生看那小車，做工精巧別緻，上面是一個座椅，剛好可以坐下一個孩子，下面是四個可以轉的木頭輪子，前面有一個把手，把手上還繫著一根繩子，人可以在前面拉著繩子，牽著小車走。曹華是木工世家，非常擅長做些手工活，這輛小車就是他把軍需用品處裡不用的廢木料一點一點收集起來，自己切割打磨組裝而成的，今天特意拿回家來給水生玩。

水生欣喜不已，好奇的左看看，右看看，然後一下就跳竄上來，抓著把手把玩起來。曹華笑了笑，就在前面拉起繩子，拉著小車吱呦吱呦的往回走，水生在車上轉身和阿茹娜揮手告別，而木生也朝阿茹娜微微點頭告別後，便轉身跟在木車後面回家了。

此時正是傍晚，湛藍的天空中，一抹殷紅的夕陽從火焰般的雲絮中斜照下來，高大的山巒在夕陽的映照下顯得分外美麗，不遠處的村中嫋嫋的升起了縷縷炊煙，田間耕作了一天的人們正扛著農具三三兩兩走在回家的路上。在這樣一幅優美的畫面中，在村口，曹華拉著水生慢慢地走在前面，木生則緊跟在後，而阿茹娜和大黃則站在路口。然後水生再次慢慢的回頭，笑著向阿茹娜和大黃揮手告別。

曹華、木生和水生三人回到家裡，家裡的飯菜也已經準備完畢。孟氏見大家回來，便趕忙招呼大家洗漱吃飯。孟氏在家裡相夫教子，不僅性情賢良淑德，心地善良，而且持家有道，克勤克儉。雖然現在曹華在官府謀了份差事，吃上了官糧，她還是會在閒暇之餘做些手工線活，補貼家用。水生給阿茹娜包紮傷口的手絹就是孟氏縫製的。常言道「妻賢夫禍少」，自從娶了孟氏，曹華家的日子過得一天比一天好了。

第四章　魔族再現

當晚，一家人在一起吃飯時，孟氏對曹華說道：「過幾天就是廟會了，我們帶孩子一起去逛逛，看看燈展花車。對了，家裡布料用完了，再去集市上買些針線布料吧。」

曹華正要回答，水生慌忙打斷說道：「我已經約了朋友啦，我要和阿茹娜一起去。」

孟氏和曹華經常聽水生提起阿茹娜，聽他這麼一說，心裡都明白了幾分，曹華將今天見到阿茹娜的事簡單道明後，又誇了阿茹娜兩句，然後孟氏笑著對水生說道：「嗯，去吧！注意安全，早點回家！」然後和曹華對視一笑。

木生對水生說道：「水生，龍之縣全部學校就要開設軍事訓練課了，你要好好學習，別整天逃課出去玩。」

水生茫然不解地問道：「什麼是軍事訓練課啊？」

木生說道：「就是教你們使用刀槍棍棒，學習殺敵的本領，軍事訓練課以後你要好好上，別總是逃課了，前些天你是不是又和狗娃逃課去河裡玩了？」

孟氏聽後板起臉，嚴肅的對水生說：「水生，你又去河裡玩了？媽媽說過多少遍了，河裡水深危險，不要去河裡玩。你哥哥木生，十年前像你這麼大的時候，曾經掉到河裡，差點出意外。」

水生聽了，「嗯」了一聲便把頭埋的低低的，只顧吃飯。

曹華和木生聽後，思緒不約而同回到了十年前，木生掉到河裡的那一天。那時木生只有八歲，有一次和朋友在河邊玩時，不小心掉進了河裡。

木生在河裡撲騰掙扎，想要游回岸邊。幾個人在岸邊眼看著木生被河水越沖越遠，焦急的邊大叫邊跺腳。然後他們靈機一動把衣服都脫下來，一件接一件綁在一起，扔向了木生，才將其拉上岸。

木生收起思緒，像是想起什麼事似的，對曹華說道：「爸，聽說最近龍城關外發現了魔族活動的蹤跡，最近官府也來了通知，說是為了加強防禦，軍隊裡最近都操練的緊，巡視的多了，你聽說了嗎？」

曹華聽了，擔心地說道：「嗯，聽說了，最近官府也在加緊採購軍需用品。木生，你最近外出巡視時要萬分注意，跟緊部隊，別一個人落單，要是夜晚守夜的話，也要多留個神。」

孟氏也叮囑道：「木生，你要是真遇到魔族，別硬拚，先趕緊跑走叫人。」

木生都應了，低下頭去，繼續吃飯。

水生哪裡聽得進去這些東西，他肚子一點兒也不餓，正漫不經心的胡亂吃著飯，心裡只想著廟會那天和阿茹娜一起去玩。

半夜，木生起身如廁，看見爸媽房間還點著油燈，進去一看，見孟氏在對著油燈昏暗的燈光在縫補著什麼，便問道：「媽，這麼晚了妳還不睡啊？」

孟氏回頭笑道：「我看水生的鞋子破了，給他墊幾層底，修一修漏。」然後繼續自言自語道：「水生這孩子愛亂跑，容易磨壞鞋子。最近開始入秋了，要不然給他做一雙新棉鞋吧，天氣也冷了……」

木生聽後說了句「媽，今天太晚了，小心看壞眼睛，早點休息吧。」便出去了。

　　日後在軍營裡，木生外出巡邏和值班守夜都時時戒備處處小心，在軍營裡不論訓練舉石鎖砸木樁，還是練習槍法劍術，木生都更加努力認真，別人練二十下，他就練四十下，別人練一個時辰，他就練兩個時辰。

第五章
廟會花車展

又過了幾日,終於到了廟會的前一天,水生和阿茹娜兩人約定第二天在村口的大樹樁處相見,又再三確認了時間後就分手回家了。

夜深之後整個村莊都恢復了平靜,巴圖也忙完了一天的生意,和眾人回到氈包裡休息了下來。

可是這晚大黃卻顯得異常焦慮,他不停在營地周圍來回踱步,時不時豎起耳朵警覺地望著山谷,時不時又抬起頭警惕地望向村莊,整夜未睡。

第二天下午曹華和孟氏兩個人去龍之縣的城外寺廟拜佛,那寺廟就在至德翁雕塑腳下。

這座至德翁雕塑依山鑿成,高四十多公尺,頭與山齊,高聳如雲,雄偉壯觀。從雕塑背後還突突的冒出水流,匯聚在雕塑腳下形成了一個大水池,然後流淌而出,匯入城南的小河,龍之縣的人們就利用這河水洗衣做飯,澆灌田地。

至德翁雕塑腳下的寺廟,這天來了幾個和尚,正在廟堂上忙來忙去,侍奉佛像,一個十歲左右的小和尚正盤腿而坐,篤篤的敲著木魚念經。廟堂雖小,但是卻香火旺盛,人們紛紛在裡面燒香祭拜,感謝神靈和至德翁的恩澤,祈禱保佑家人平安,莊稼豐收。

第五章　廟會花車展

　　在寺廟周圍，是一個沿水池而成的集市，此時集市上熙熙攘攘，人頭攢動，接踵摩肩。集市上到處擺滿了攤位和棚鋪，商品擺放的琳琅滿目，熱氣騰騰的小吃正在出爐，小販們的叫賣聲，人們的討價還價聲此起彼伏，好不熱鬧！

　　曹華和孟氏在集市上左轉右看的挑選商品，買了針線和布料後，兩人就到廟堂上燒了炷香，合掌閉目而祈。

　　兩人祭拜完畢後，孟氏對曹華說道：「你說，這世界上明明沒有神靈，但是人們為什麼還要去祭拜呢？」

　　曹華笑道：「這世界上聯繫人與人之間的其實是緣分。廟堂呀，其實就是緣分彙集的地方。來這裡祭拜，其實就是再續今生的緣分，讓你見到你想見的人。」

　　孟氏「嘖哧」一聲笑道：「什麼緣分啊，我才不信呢，都是迷信。」說完孟氏就指著地面說道：「那我想見兒子，你說，緣分能讓我在這裡見到兒子嗎？」

　　說罷兩人扭頭左右看看，四周人來人往，哪裡有木生和水生的影子？孟氏說道：「你看，我說的吧，都是迷信。」曹華只是笑笑，並不說話。

　　忽然，身後有人說道：「施主，您的東西掉了。」兩人回頭一看，正是剛才廟堂上敲木魚的小和尚，手裡還拿著一塊布料。原來那是孟氏剛才買的布料，不小心掉在地上了。那小和尚看到後，就趕忙跑過來撿起遞了過來。

　　孟氏收下道謝後，只聽到遠處一個老和尚叫道：「慧真，你又亂跑，快來好好念經。」那小和尚應了一聲「來了，住持方丈。」就作禮轉身跑

開了。這些和尚都是從龍之縣西南的雲柳寺而來，因為今天廟會而專程趕來龍之縣，侍奉城外寺廟的。

孟氏看著小和尚的背影，突然說道：「你看那個小和尚，和木生小時候像不像？」

曹華抬頭看去，見那個小和尚的背影，走路的姿態，還真和木生小時候有幾分神似，便笑道：「咦，真的很像呀！」後來兩人就邊走邊閒聊，又逛了一會兒集市，就回家了。

到了傍晚，縣城裡已經佈置好花燈了。水生、阿茹娜還有大黃，在村口大樹樁處碰面後就興高采烈的出發。此時路上也已經有很多行人，大都是去縣城，觀看一年一度的花車展。

走在路上，水生興奮的給阿茹娜講著往年廟會上花車展的盛況，兩人一邊走一邊聊，走著走著，遠遠就可以看到城郭了。此時太陽已經落山，天也開始濛濛泛黑，城郭上已經高高掛起一排一排的紅燈籠，將整個縣城照的燈火通明。

阿茹娜第一次看到龍之縣夜景，她遠遠地看到，興奮地說了句「哇！好美！」兩人便加緊腳步，不一會兒便到了城門外。城門外的是蜂擁而至的人群，兩人便順著人潮慢慢的進城。

當晚，縣城裡人山人海，熙熙攘攘。說話聲、叫賣聲、吆喝聲、敲鑼打鼓聲，混成一團，此起彼伏，好不熱鬧！四處佈置著的花燈光彩絢麗，燈火輝煌，將整個縣城照的如同白晝一般。街邊掛起一盞盞的花燈五彩繽紛千姿百態，閃爍著絢麗的顏色，花燈上印著的花草動物也都栩栩如生活靈活現。

第五章　廟會花車展

阿茹娜早已經看的眼花繚亂，她激動萬分，不住的四下張望。在大草原上長大的阿茹娜，從小就和父母一起逐水草而居，時常遷徙，哪裡見過這般熱鬧繁榮的景象。水生和阿茹娜兩人帶著大黃，東走走西看看，在人群裡鑽來鑽去，賞花燈，看表演，餓了就買串糖葫蘆，累了就坐在街邊休息，玩的不亦樂乎。

不一會兒，不遠處就響起了震耳欲聾的鑼鼓聲，路上的人也都紛紛沿路兩邊排開，然後站在街邊伸長了脖子張望。水生說了句「花車要來了！」便忙拉著阿茹娜從人縫鑽了進去。

果不其然，最先走來的是兩排敲鑼打鼓的人，在他們身後是緩慢駛來的第一輛五彩斑斕的花車，那花車裝飾的精美別緻，被四周的燈光照得光彩奪目，上面的圖案栩栩如生。

那花車上還聳立著一個雕塑，和阿茹娜在集市前看到的一樣，阿茹娜心想這便是至德翁無疑了。只見周圍的人一看到至德翁的雕塑，都紛紛投去虔誠的眼神。有的人對至德翁的雕塑拱手作揖，也有的人倒地跪拜。

水生在人群中悄聲告訴阿茹娜：「這個就是至德翁。一百年前，魔族從天空的裂痕入侵時，他不僅帶領人們戰勝了魔族，還修補了天空的裂痕，他也為此耗盡了自己的陽壽。他犧牲了自己，給我們帶來了寶貴的和平。」

阿茹娜聽水生這麼一說，心想難怪大家都這麼尊敬至德翁，看來他果然是大英雄。

接下來跟在後面的是一些隊伍，有的跳秧歌、有的舞獅子、有的踩高蹺，好不熱鬧！

接著又跟來一輛花車，那輛花車稍小一些，但是依然裝飾精緻，絢麗多彩，燈火通明。上面立了一個龍的雕像。只見那條龍昂首挺胸，身形飛舞騰達，腳下騰雲駕霧，嘴裡叼著一個五彩斑斕的寶石。

水生向阿茹娜解釋道：「這個是傳說中的龍。妳知道嗎，很久很久以前，一條祥龍來到這片土地上，他不僅建立了龍之國，還教會我們說話寫字，養蠶耕種。我們都是龍的傳人。」

阿茹娜問道：「那龍嘴裡叼的是什麼呀？」

水生答道：「龍嘴裡的寶石叫龍之力量，據說龍之力量是世上最強大的力量，不僅可以讓人長生不老，還可以讓死去的人復生呢！」

阿茹娜說：「這個我聽說過！是不是擁有龍之力量，就可以擁有最強大的力量，成為世界上最強大的人，號令萬物，統治一切？」

水生說道：「對呀！不過沒有人見過龍之力量，傳說是在遠古時代，那條祥龍降臨時帶給人間的，現在已經失傳了。」

正說著，後面就又來了一輛花車，上面有一棵樹，樹上還裝飾了一些粉色的小花。水生繼續向阿茹娜解釋道：「這個是我們的國花，會在雪夜開花呢，據說魔族入侵時，這些花都迎雪盛開，給了我們溫暖和力量，幫助我們戰勝了魔族！」

阿茹娜「嗯」了一聲，心想世上還有這麼奇特的樹，竟然可以在雪夜開花。

水生接著說道：「對了，聽說我們村口的那個大樹椿，就是一棵國花樹呢！」

第五章　廟會花車展

阿茹娜略顯驚訝的說：「啊？那這麼好的樹，為什麼被砍了呢？」

水生說道：「是魔族入侵時，因為受到了各族人民的拚死抵抗，他們為了洩憤和報復，就把國花樹全都砍掉了。村口那棵國花樹現在也只剩樹樁了。」

阿茹娜嘆了口氣，說道：「好可惜！我好想看看國花樹開花，一定很美吧！」

兩人繼續觀看花車展，迎面走來的是一群騎馬的將士，走在最前面的人年紀六十多歲，鬍子頭髮都花白了，騎著一匹棗紅色的駿馬，人高馬大，一身戎裝，威風凜凜。那個人雖然上了年紀，身體卻依然硬朗健壯，他身後的將士們也都騎著大馬，舉著龍字旗，排成兩列緊緊跟在後面。

水生說道：「他就是負責駐守龍之縣的地方將軍，賴將軍，這裡的軍隊都歸他統領呢！」

阿茹娜感嘆道：「哇，好威風！他一定很厲害吧！」

水生說道：「那當然啦！他很厲害呢！妳知道嗎，魔族被打敗，天空的裂痕被至德翁修補後，中原還潛藏和盤踞著很多殘餘的魔族！龍之縣附近的那些魔族都是被賴將軍消滅的！」

水生接著說道：「賴將軍後面的就是龍之戰士，他們個個身手不凡，功夫高強，都是經過層層選拔，精挑細選出來的！是我們龍之一族精英中的精英！他們現在要一起去祭拜至德翁呢。我哥哥也當兵了，他就一直想當龍之戰士呢！」

阿茹娜問道：「哇，好厲害！那要怎樣才能當上龍之戰士呢？」

水生說道：「每年龍之縣都會舉辦比武大賽，最終選出最厲害的四個人，去西南方的雲柳寺學習少林功夫，然後就有機會被提拔成為龍之戰士！」

後來水生和阿茹娜又東看看，西玩玩，直到最後花車展結束，人群逐漸散去，兩人也玩累了，便商量著一起回家。

就在兩人剛走出城門時，突然聽見旁邊有人不懷好意地朝他們叫道：「小偷！小偷！你們家的狗是小偷！」

他們循聲看去，只見是三個孩子，他們年紀比水生稍長，其中一個正滿臉怒氣的指著他們叫罵。那個孩子名叫吳義，另兩個孩子，一個叫武子，一個叫岸子，這三個孩子和水生同村，也在同一所學校，只是比水生大一級。

水生和阿茹娜不知道發生了什麼事，一臉茫然的回頭一看，就聽吳義趾高氣昂的繼續叫道：「你家的狗昨天晚上偷偷跑到我家後院，把我們家的大公雞給咬死了！你家狗是小偷！」

阿茹娜聽後憤憤地說道：「你胡說！我們家大黃一直都跟我在一起，晚上整夜都守在營地，怎麼可能去偷你們家的雞！？」

吳義聽後更生氣了，他一下跳了起來，更大聲的叫道：「我爸說了！昨天晚上聽到後院有動靜，點上火把去一看，就看到大公雞倒在地上被咬死了。然後又看見角落裡有一隻渾身棕黃色的狗，右眼還有個白斑，一下就跳上牆溜走了。棕黃色的毛，臉上一個白斑，妳說這不是你們家狗，倒是什麼？！」

第五章　廟會花車展

　　阿茹娜從小和大黃一起長大，她深知大黃素性溫和，所有人都對大黃讚不絕口，哪裡有人這麼說過。阿茹娜氣不打一處來，揚起下巴大聲說道：「我們家大黃從小到大一直都盡職盡責的保護家禽牲畜，怎麼會咬死你們家的大公雞？再說一到晚上，他就守在營地，沒有我們的命令，大黃絕不會離開氈包半步，怎麼會半夜跑到你們家後院？」

　　水生和大黃相處了大半個月，也知道大黃外表雖然威武雄壯，但是向來心地忠厚善良，也爭辯道：「大黃絕對不會去偷你們家的雞，你爸爸是不是看錯了？」

　　吳義根本聽不進去，繼續叫嚷道：「小偷小偷就是小偷！我爸已經報官了！你們等著瞧吧！」他身邊的武子和岸子兩個人也一臉的不懷好意。

　　阿茹娜據理力爭，毫不相讓。水生見多說無益，便拉著阿茹娜，帶上大黃走了，身後是依然怒氣衝衝大呼小叫個不停的吳義。

　　阿茹娜氣不過，水生也一路一直在給阿茹娜寬心。大黃似乎聽明白了一般，垂著腦袋無精打采的緊跟在後面。

　　其實，那天去吳義家後院偷雞的，不是大黃，而是刀疤。只是刀疤和大黃的皮毛顏色一樣，加上臉上右眼處有一道刀疤，酷似大黃的胎記。吳義的爸爸吳憲去查看的時候，燈光灰暗，刀疤又迅速跳上圍牆逃走了，所以並未看清楚。再之，自從巴圖帶領車隊在村莊附近駐紮以來，大黃和阿茹娜又時常在村莊附近出現，所以吳憲才會誤以為是大黃。

　　其實大黃來的第一天晚上，就已經察覺到了後山山谷中有狼群的打鬥聲，那打鬥聲不像是捕獵的聲音，倒像是狼群之間的內鬥。所以大黃才對

阿茹娜亦步亦趨，緊緊跟隨。昨天晚上大黃也早已敏銳的覺察到在村莊中出現的刀疤，所以才會焦躁不安整夜未睡。

　　阿茹娜和水生在村口道別後，就帶著大黃回到了營地。車隊的眾人點了一堆更大的篝火，圍坐在一起，烤著羊肉串，眼笑眉飛的杯觥交錯，放歌縱酒。吉雅看阿茹娜回來，便拉住她說道：「今天呀，有好事啦！」

第六章
夏捕頭的妙計

阿茹娜回到營地,吉雅就拉住阿茹娜說道:「今天呀,有好事啦!」

阿茹娜不解,吉雅喜形於色的繼續說道:「前些天我們在鎮子上賣羊毛,遇到了龍之縣的知縣大人呢!知縣大人帶著隨從,他們只買了五十文錢羊毛就走了。我們正琢磨著他們買這麼點羊毛要做什麼,結果今天那隨從又來啦,說是官府上主管採購軍服的長官,看我們的羊毛柔軟舒適又保暖,而且質地純正,想要買我們的羊毛,給將士們做過冬的羊毛襖呢!妳知道那人要多少嗎?現在所有賣剩下的羊毛,還有五百多斤呢,那人一下子全都要了!還說如果好的話,來年再要五千斤!」

阿茹娜聽後非常高興。車隊眾人也都因為羊毛大賣在篝火邊唱歌跳舞慶祝,一個個都喝得迷迷濛濛,搖搖晃晃的。

巴圖也喝的醺醺然的,他見阿茹娜和大黃回來了,心裡愈加歡喜,便拿了一塊肉骨頭扔給大黃,起身來憨笑道:「阿茹娜,等我們家的羊毛賣完了,阿爸帶妳去縣城裡買東西吧!妳想要什麼,阿爸就給妳買什麼!對了,還要給妳挑些布料,做嫁妝呢!」說完哈哈大笑起來。

吉雅笑著說道:「巴圖,你喝多了。」

巴圖打了個飽嗝，嘟囔了句：「今年終於可以早點回草原了。」就轉身繼續喝酒唱歌了。

阿茹娜聽巴圖這麼一說，忽然間楞了一下，她突然想到來關內之前，巴圖曾經說過，他們賣完羊毛就要回大草原。

阿茹娜心裡突然升起一陣莫名的傷感，她沒有說話，默默地從人群中退了出來，一個人靜靜走到營地旁。她抬起頭遠遠望了一眼不遠處的村莊。此時黑夜深邃，皎潔月光下的村莊燈火星星點點，偶然傳出來的雞鳴狗叫聲，讓村莊更顯得靜謐悠然。

阿茹娜低頭從口袋裡掏出一條手絹捧在手心，這是水生給她包紮傷口時用的山茶花手絹。她把山茶花手絹緊緊地攥在手心，自己很快就要隨商隊一起返回大草原，留在關內的時間已經不多了。

她想起第一次和朋友在河裡嬉戲玩水的水生，想起了田間烤地瓜，還想起了和水生狗娃一起去摘酸棗時，遇見刀疤，她還想起了水生低下頭去一絲不苟的為她包紮傷口的模樣……

阿茹娜心中有些留戀不捨，捨不得這個單純善良的小男孩，她心中又有些害怕，因為她不知道下次什麼時候才能再來關內，能再見到水生，她似乎有一種預感，如果這次和水生分別，就很久很久無法再相見。她心裡甚至有些莫名的期待，期待父親巴圖的這一筆羊毛生意中途而廢，這樣她就可以繼續在關內和水生多待一段時間。

她越是胡思亂想，心情越是沮喪傷感，然後手裡緊緊握著山茶花手絹，默默低下了頭。

第六章　夏捕頭的妙計

　　吉雅察覺到阿茹娜的沮喪，從後面走來，關心地問道：「怎麼了，阿茹娜，發生什麼事了嗎？」

　　阿茹娜抹了抹眼淚，強顏歡笑的說：「額吉，我沒什麼事。我們什麼時候回去呢？」

　　吉雅說：「明天一大早要把剩下的羊毛都給那人送過去，再買些布匹草藥，後天我們就回去。妳真的沒事嗎，是不是今天玩累了，要不然早點休息吧。」阿茹娜「嗯」了一聲，轉身默默地走進了氈包。

　　這天帶著隨從向巴圖購買羊毛的，是龍之縣的知縣，名叫平之蕭，人稱平知縣，和他同行的是主管軍需用品採購主管，姓顏，人稱顏主管。此時漸入深秋，天氣轉涼，正是給將士們添置新軍服的時候，而關外又傳出有魔族活動的消息，平知縣便申請了更多的財政補貼，來採購些軍需用品，加緊防備。

　　平知縣發現巴圖在集市叫賣羊毛，便上前查看，經過一番簡單的詢問後，便買了五十文錢羊毛去布莊做了一件小小的羊毛襖，結果發現羊毛襖確實穿起來柔軟輕便，暖和舒適，便令顏主管將巴圖的羊毛全部買來，為將士們製作羊毛襖。

　　當晚水生和阿茹娜分別後，回到家裡，剛進院子就見木生手上纏著繃帶，正對著人樁練習打拳，便說了聲：「哥，我回來了。」

　　木生見水生回來，停下來說道：「水生，明天村裡的學校要開始軍事訓練課了，你知道嗎？」

水生點頭說道：「嗯，知道啊。」

木生繼續說道：「每個村的學校，縣衙都會安排兩個教官來教學，用一個時辰專門教你們習武打拳，我們村學校的副教官就是我。軍事訓練課很重要，以後不許再逃課了。」

水生一聽是哥哥木生擔任副教官，心裡不禁暗暗叫苦，他心想哥哥一向對自己嚴厲，如果逃課出去玩被發現，免不了一頓責罰，心裡不禁苦惱。

木生又說：「以後每天你放學，不要到處亂玩了，回家跟我在院子裡練習打拳。」然後又叮囑了水生幾句，便又開始練拳。

水生低頭「嗯」了一聲，皺著眉頭走進屋內。曹華和孟氏見水生回來，便喚水生洗漱吃飯。

水生原本就不喜歡上課，經常逃課出去玩，對什麼軍事訓練課更是提不起興趣。父親曹華在官府做事，性格較為寬仁，平時也沒有時間去管教水生，木生做為大水生八歲的哥哥，便承擔起管教水生的責任來，木生性格冷淡，不苟言笑，對水生又比較嚴格，所以水生不怕父親曹華，心裡倒是對哥哥木生有些發怵。

第二天一大清早，巴圖營地周圍吵吵嚷嚷地聚集了很多人。原來，最近村裡經常有人發現自家的牛羊被咬，雞鴨失蹤，又有人報官說半夜在自家後院看到一條渾身棕黃色，臉部有個斑的狗，大家你一言我一句的，便懷疑起巴圖帶來的大黃。官府接到報案，也專門派人來調查。

來調查的捕頭姓夏，名科。夏科家裡本是務農出身，他卻不喜歡務農，後來辭了家人，隻身一人來到龍之縣闖蕩，憑藉著三腳貓的功夫，平

第六章　夏捕頭的妙計

時教教功夫走走鏢，無事時便結交無數的狐朋狗友，喝酒吃肉稱兄道弟，因出手大方講義氣，又喜鋤強扶弱，被很多人稱呼大哥。之後由於一次機緣巧合救了龍之縣的平知縣，被破格任命為捕頭，人稱夏捕頭。

這天一大早夏捕頭帶了兩個差役，來到巴圖的蒙古營地，調查村莊家禽牲畜失竊的事。此刻夏捕頭正在詢問情況，周圍聚集的村民們也都指指點點議論紛紛，蒙古營地人心惶惶，巴圖和吉雅正向夏捕頭努力的解釋，阿茹娜知道是為了大黃而來，她摟著大黃的脖子站在後面。

夏捕頭指了指其中一個村民，問道：「你就是吳憲？是你昨天報的官？你說說是什麼情況。」

吳憲正是吳義的父親，他搖頭晃腦地湊上前來，瞪大眼睛說道：「大人，正是小人報的官。前天晚上，小人滅了燈火，正準備睡下，就聽見後院裡有奇怪的聲響，然後就聽見後院的雞亂飛亂叫，小人趕忙點了燈火去後院一看，就看見我們家的大公雞被咬死了。然後就看到在院子的角落裡，有一隻渾身棕黃色的大黃狗，一下子就跳上了圍牆，逃走了。小人看的很清楚，那狗渾身棕黃色，臉上還有一個白斑。」

夏捕頭還沒來得及說話，吉雅上前插話道：「大人，我們家大黃跟了我們整整四年，他從小就在大草原上跟著我們一起放羊牧馬，盡職盡責的保護家禽牲畜，這絕對不可能是大黃做的。」

夏捕頭看了看巴圖和吉雅，附近村莊的人在他面前都是一臉諂媚，可眼前這個蒙古漢子和女子雖也言語和氣，卻有禮有節，不卑不亢，不禁暗暗佩服。他深知蒙古商隊向來遵紀守法，安份守己，多年來從沒生過什麼事端來。但是今年帶這條狗來卻是第一次，偶爾沒看牢自家的狗的可能性還是有的。

夏捕頭便指了指巴圖身後的大黃，向吳憲繼續問道：「你可看清楚，你昨天晚上看到的狗左眼有一個白斑？」

吳憲瞪著眼睛，擺著胸脯說道：「大人，小人當時看的特別清楚，就是左眼有一個白斑！」

夏捕頭罵道：「你胡扯！這隻狗的臉上明明右眼有一個白斑，你昨天看到的卻是左眼有白斑的狗！怎麼可能一樣？」

原來，夏捕頭是使了一個小計謀，故意將右眼說成了左眼，吳憲聽後一下子就蔫了下去，像洩了氣的皮球，半天說不出話來。其實昨天晚上光線灰暗，他也並未看清楚，只是先入為主的認定了大黃就是兇手而已。

夏捕頭「哼」了一聲，心裡多少有了點分寸，他轉頭望向大黃，心想這隻叫大黃的狗確實雖然嫌疑最大，也確實身材壯碩，但是卻又不像是那種咬死家禽牲畜的猛獸。他心想現在僅僅只有吳憲一個人的口供，便清了清嗓子，向人群裡問道：「你們還有誰見過嗎？」

一個村民站出來說：「大人，前些天我們家養的羊，也險些被咬死！那天晚上，我突然聽見我們家羊圈裡有動靜，趕過去一看，就看見一個棕黃色的身影沿著牆角溜走了。羊的脖子上有血，受了驚不停地叫。要不是我趕過去看，恐怕羊就被咬死了！」

圍觀的人群裡突然開始議論紛紛起來，

「是呀是呀，我們家養的鴨子，不知道為什麼，這些天少了好幾隻呢！只怕就是被那狗給叼走了！」

「這還好，沒有傷到人，要是傷了人，損了性命，可就不是幾個錢能打發的了！」

第六章　夏捕頭的妙計

「有孩子的家庭可要小心了，一定要把自己的孩子看好了，這太危險了。」

吳憲聽人們這麼七嘴八舌的一說，突然有了底氣，提高聲音說道：「你說不是你們家的狗做的，但是在你們來之前，我們村裡從來就沒有出現過這種情況，你們帶這隻狗來了之後，就出現了。就算真不是你們家狗做的，你們家狗的嫌疑也最大！」

巴圖也爭論道：「每天我們都給大黃餵肉骨頭，從來沒有讓他餓過肚子，他怎麼可能會去偷雞吃呢？而且大黃每天晚上都在營地把守，沒有命令，他絕對不會離開的。」

阿茹娜在後面摟著大黃的脖子，眼神堅定，她知道這事絕對不會是大黃做的，如果夏捕頭今天想帶走大黃，她絕對不會答應。

雙方就這麼各執一詞，爭論起來。

其實大黃自從跟隨巴圖車隊來龍之縣安營紮寨，就覺察到多次潛入村莊行兇的刀疤。他之前陪阿茹娜去後山裡摘酸棗那次，在和刀疤的第一次對決之後，就已經牢牢記住了刀疤身上的氣味。他知道前天晚上潛入村莊裡的正是刀疤！可是大黃不是人，他不會說話，沒有辦法向人們解釋所發生的一切，他只有慌亂地跺著腳，焦急地原地繞圈，嗓子不斷發出委屈的嘶嘶聲。

夏捕頭見雙方爭執不下，除了口供又無其他證據，便說道：「都別吵了！常言道捉賊見贓，捉姦見雙，殺人見傷。今日沒有物證，就憑口供，無法定罪。」

吳憲瞪大眼睛說道：「大人，你可要替我們做主啊！」

夏捕頭沒有理會他，繼續說道：「大家今天回去之後，各自家裡準備些染料，灑在羊圈雞舍旁的地上，如果有腳印出現，迅速來報，到時候再來查看這狗腳上是否有染料就可以了。」

村民們紛紛說道：「大人高明！」

夏捕頭因心裡敬佩巴圖，就對他說道：「你說你家的狗沒有主人的命令，不會離開營地，卻也是空口無憑，況且這狗又沒有拴狗繩，深夜入睡後的事，誰也都說不清楚。」

巴圖聽夏捕頭這麼說，心裡安心了許多，便說道：「大人所言極是。我今天就給他拴上狗繩，以證清白。」

夏捕頭處理完這些事情，就帶著差役回去了，人群也逐漸散去。

村民們按照夏捕頭的囑咐，各自買了染料撒在自家雞舍羊圈的地上。

巴圖雖然心疼大黃，但是為了證明大黃的清白，也找了根繩子，將大黃拴了起來，然後拍了拍大黃的頭，說道：「大黃，我們後天就回草原，這兩天就委屈你了。我知道去村莊裡襲擊牲畜的不是你，等再過兩天我們回到草原了，你就可以盡情的跑了。」

大黃就像聽懂了一樣，不爭不鬧，乖乖地套上狗繩，搖著尾巴，懂事的叫了幾聲。

巴圖便去吩咐眾人準備好要運給顏主管的貨物，就帶領眾人，推著貨物，和吉雅、阿茹娜一起去縣城裡了。

第七章
二牛子鬧市耍無賴

這天早上，水生的學校舉辦了軍事訓練動員課。教學先生們早早就帶全體學生列隊站在操場上，隊列裡的孩子們向來都只是在教室裡習字念書，這麼列隊聽訓還是第一次，都有些興奮，大家都饒有興趣的左顧右盼，議論紛紛。

隊伍前面站著兩個戎裝將士，英姿颯爽，這便是教官了。正教官名叫賈全，他身材魁偉，面無表情，目光如炬，現在是軍隊中的副將軍，主要協助賴將軍守衛長城和帶兵巡邏。另一個就是水生的哥哥木生，他雖入軍隊時間不久，但是認真操練，勤奮刻苦，外出巡邏時專心致志，操練起來也一絲不苟，深得賈全的賞識，因此被他選中做軍事訓練課的副教官。由於賈全和木生教習的學校就在木生的村莊，所以木生向賈全申請上軍事訓練課時住在家裡，賈全也很快就批准。

賈全見時辰已到，向前走了一步，大聲說道：「大家應該都有所耳聞，從今天開始，我們學校每天都要上軍事訓練課。我叫賈全，是你們軍事訓練課的正教官，你們以後叫我賈教官就行了。」然後賈全稍微側身，繼續說道：「我旁邊這位，叫曹木生，是你們軍事訓練課的副教官，曹教官。」

賈教官在上面講話，可是底下孩子們有的交頭接耳、有的嬉笑打鬧，亂糟糟鬧哄哄的。

水生和狗娃都在隊列裡，狗娃就站在水生後面，他戳了戳水生，湊上去悄聲說：「水生，水生，前面是你哥哥呀！」水生心想昨天哥哥特意叮囑自己要好好上軍事訓練課，如果亂講話不好好聽講，回家難免又要被哥哥責罵，於是稍稍回頭對著狗娃「噓」了一聲，趕緊又站直了。

　　木生站在前面，心裡擔心水生，心想這孩子天生調皮愛動，不專心，今天的軍事訓練課怕是也三心二意，心不在焉的，就在前面特意多瞟了水生兩眼，見水生在隊列裡一動也不動，心裡稍微寬慰一些。

　　賈全突然沉下臉，瞪大眼睛，聲色俱厲的低聲吼道：「都安靜！不許講話！」

　　這一聲過後，下面瞬間安靜下來，鴉雀無聲。大家見賈正教官正言厲色，表情嚴肅，和平時教大家認字讀書的教書先生完全不一樣，一個一個心裡都有些誠惶誠恐，都站的紋絲不動，低頭不語，再沒有人敢左顧右盼。

　　賈全平視一周，高聲說道：「各位老師同學們，上午好！我今天要講的是抗擊魔族，保家衛國！眾所周知，一百年前兇殘的魔族悍然入侵我龍之國，燒殺搶掠，犯下了滔天罪行！無數先烈捨身為國浴血奮戰，至德翁犧牲自己修復了天空的裂痕，雖然最終我們戰勝了強敵！可是，我們也遭受了重大損失，我們的國花樹也被毀壞殆盡！」

　　「今天，神州大地再一次出現了魔族活動的蹤跡！他們很可能在暗中醞釀著再次入侵的罪惡計畫！我們的祖輩父輩用鮮血、用生命換來的和平，用勤勞和汗水換來的太平盛世，如今再次受到魔族的邪惡威脅！！」

第七章　二牛子鬧市耍無賴

「同學們，也許你們現在還是學生，還在學校上課，但是參加軍事訓練代表什麼？代表你們就是一名軍人！一名保家衛國的士兵！軍人的責任是保衛國家！軍人的天職是服從！軍人的義務是奉獻！」

「從現在開始，我希望大家用軍人的要求嚴格要求自己，嚴格訓練，積極備戰。就像一百年前犧牲自己的性命和魔族堅決戰鬥的先烈們一樣，為龍之國而戰！為人民而戰！！」

這天中午，巴圖按照顏主管的吩咐，將貨物送到了指定的軍需用品倉庫門口。正在門口垂手等待時，就見顏主管帶了幾名隨從，一邊笑著出來迎接，一邊拱手說道：「辛苦辛苦！有勞你親自送貨物過來！」巴圖也笑著回禮說道：「羊毛五百斤。請大人清點。」顏主管笑道：「不用了，肯定沒問題！」並沒有打開包裹檢查，就令隨從們入庫了。

顏主管身後的隨從裡，有一人正是曹華，他一手拿著記事簿，一手拿著一支筆，記錄軍服物品的出入庫。

顏主管對他說：「曹華，你記錄一下，羊毛十大袋，各五十斤，共計五百斤。」曹華應了聲，便專心將日期、供貨方、貨物資訊、入庫時間等等一一詳細記錄下來。

巴圖在隨從們搬貨物時，問顏主管道：「顏大人，我們大草原上最不缺的就是牛羊，而且我們那裡的羊毛絕對是質量上乘。」

顏主管笑道：「昨天我已經給平知縣彙報過了，平知縣很放心，我也給他看了之前做的那件小羊毛背心，很暖和！」

巴圖送完貨物拿了銀兩後，便吩咐眾人分頭購買所需的生活用品，自己也帶著吉雅和阿茹娜，三個人一起去縣城裡採購了。

剛過正午，巴圖三人在一家草藥店採購了些草藥，剛出店鋪門口，突然迎面走來一個搖搖晃晃大漢，那大漢看見巴圖後，一把上前去就抓住他的衣領。

巴圖嚇了一跳，跟蹌退了兩步，險些沒有站穩，等立住腳再看時，只見那人渾身酒氣，肥頭大耳，面相醜陋，滿臉鬍渣，一臉痞樣，上身穿了破破的坎肩，一手拿了一個布袋。吉雅和阿茹娜也都嚇了一跳。

巴圖一邊想要把那人推開一邊吼道：「你幹什麼！？」

原來這人正是龍之縣有名的潑皮無賴，人稱二牛子，此人經常酒後在街上耍酒瘋，滋生事端，每每鬧完事，總是在縣衙裡哭哭啼啼的索要賠償。滿縣城的人見了也都無不躲閃，生怕鬧到自己頭上。

這二牛子上前抓著巴圖的衣領，伸長脖子瞪著眼睛大聲叫道：「你就是那個賣羊毛的巴圖？賠我錢來！賠我錢來！」

二牛子這麼一叫，人來人往的路人都好奇地駐足觀望，紛紛圍了上來，一個個滿臉壞笑的看熱鬧，都去看今天又是哪個倒楣鬼被這二牛子纏上了。

吉雅見這是個潑皮無賴，便一邊護著阿茹娜，一邊對巴圖說：「巴圖，這人一看就不是什麼好人，我們別招惹他，趕快走，趕快走。」

巴圖見這人行為粗魯，蠻橫無理，也不想和這個潑皮無賴過多糾纏，一邊用力一把推開二牛子，一邊伸手護著吉雅和阿茹娜，想要趕緊離開。

第七章　二牛子鬧市耍無賴

　　這二牛子見周圍看熱鬧的人逐漸多了，有的嬉笑、有的起鬨，心裡更加得意，便又上前攔住巴圖三人，一下把袋子用力扔到地上，裡面裝的雞毛「噗」的一聲撒了一地，二牛子大聲嚷嚷道：「大家來評評理啊！上次在他那買了一袋羊毛，結果我回去打開袋子一看，哎？怎麼都變成雞毛啦！他肯定用了什麼騙人的障眼法！用雞毛來冒充羊毛！」

　　周圍看熱鬧的人見二牛子表情誇張，動作滑稽可笑，「哄」的一聲都笑了起來，二牛子聽了，越發的得意洋洋起來。

　　巴圖本想迅速離開，一聽二牛子這麼說，氣不打一處來，站住了腳步。他從小隨父輩一起經營羊毛羊皮生意，如今已經二十多年了，向來都是把草原上最好的羊毛拿來關內，給綿羊剪毛、洗淨、曬乾、打包都是親力親為，在關內做生意也一直安分守己，本分經營，還是第一次被人這麼污衊。

　　他轉身對著二牛子大聲說道：「你胡說！我來龍之縣做羊毛生意這麼多年了，向來都是只賣羊毛。我們蒙古草原上向來只養牛羊，哪來的那麼多雞毛給你？」

　　二牛子對巴圖的話充耳不聞，繼續臉紅脖子粗的嚷嚷道：「你這奸商！用雞毛來以次充好！還好被我二牛子發現了，除了我之外還不知道有多少人被你騙了錢財呢！」

　　巴圖也指著二牛子怒罵道：「你這無賴血口噴人！隨便找些雞毛來誣陷好人！我告訴你，身正不怕影子斜！想要用雞毛來敲詐錢財，卻是一分錢也沒有！」

吉雅和阿茹娜見圍觀的人越來越多，巴圖又開始和二牛子較起真來，便一起勸巴圖：「多一事不如少一事，別和這個潑皮無賴吵，我們趕緊走吧。」要是關於其他事情的，巴圖大半也就忍忍過去了，可是二牛子造謠他用雞毛以次充好，確是可忍孰不可忍！

巴圖不肯，他讓吉雅先帶阿茹娜回營地，自己留下和二牛子理論。吉雅無可奈何，只得低聲叮囑了幾句，便帶上阿茹娜先行離開了。

周圍看熱鬧聚集的人越來越多，指指點點議論紛紛，起鬨聲議論聲人聲鼎沸，嬉笑聲咒罵聲此起彼伏。只見二牛子越說越來勁，上前就要撕扯巴圖的衣服，巴圖身強力壯，哪裡怕這二牛子，只見巴圖一擋一推，就把二牛子撞到在地，二牛子失去平衡往後摔了個大跟頭，慌忙爬起來卻半天找不到方向。

圍觀的人群看見二牛子的狼狽樣，又爆發出一陣鬨笑聲。二牛子站起來氣急敗壞地罵道：「你這黑心商人，以次充好，還動手打人！我要去縣衙門告你！」

巴圖一聽來了氣，他幾步上前一把抓住二牛子衣領，也罵道：「你這無賴，我還要去衙門告你毀謗呢！走！」說罷，巴圖一把提起二牛子，和二牛子兩人一路上拉拉扯扯，推推嚷嚷，罵罵咧咧的鬧到了縣衙門口。看熱鬧的人群也紛紛跟在後面，在縣衙門口裡三層外三層圍了個水洩不通。

第八章
小河邊的約定

　　縣衙外站滿了看熱鬧的人，縣衙裡高堂上，平知縣正襟危坐。他在龍之縣已經任知縣二十年，人人敬仰。他相貌不凡，儀表堂堂，雷厲風行，在二十年前剛剛赴任時，龍之縣才設立縣制，正是個百廢待興，百業待舉的年代，平知縣著手辦了很多實事，修建了城外山腳下的至德翁雕像，開辦教學學校，徵招將士，除匪盜，促貿易通商業，如今龍之縣人煙興旺，經濟發展，社會和諧，平知縣功不可沒。

　　這天平知縣升堂後，坐在公堂之上，巴圖和二牛子則在下面對質。

　　二牛子跪在臺下哭哭啼啼地說：「大人，這人假借賣羊毛之名，用雞毛來以次充好！小人前兩天在他那裡買了一大袋羊毛，不知道被他動了什麼手腳，回家打開包一看，裡面全都是雞毛！小人今日想找他討說法，他死不承認，還動手打人⋯⋯」說完就哭哭啼啼不停。

　　巴圖大聲說道：「大人！這個人信口雌黃，捏造事實，誣賴好人！小人從草原來龍之縣經營羊毛生意多年，這些羊毛都是小人自家羊身上親自剪下的，每筆買賣都細細對秤，仔細打包。幾十多年了從未有過偏差。請大人明查！」

平知縣平聲說道：「巴圖，你可記得過此人在你那裡買過羊毛？」巴圖來做生意近一個月了，每天客來客往，怎麼可能每一筆生意都能記得，便如實回答道：「大人，小人每日生意往來無數，不記得了。」

平知縣又問二牛子：「二牛子，你說你在巴圖那裡買的羊毛，可有什麼證據？」二牛子一聽，從懷裡拿出了剛才的包裹，雙手呈上前去，說道：「大人，這就是從他那裡買羊毛時用的布包。」

巴圖轉頭一看，發現二牛子手裡拿的確實是自己包羊毛用的布袋，待平知縣再問時，巴圖如實回答。

平知縣知道巴圖向來守法經營，為人正直，想了想說道：「你的羊毛還剩多少，現在存放在哪裡？我吩咐人去查，如果真全是羊毛，便可還你清白。」

巴圖說道：「按照大人的吩咐，剩餘的羊毛今天早上已經全給顏主管送去了，現在應該在指定的軍需用品倉庫。」

平知縣便傳夏捕頭，然後說道：「夏捕頭，軍需用品處不遠，你帶人和我一同去搜查，看羊毛裡是否有混雜雞毛。」夏捕頭應了諾，便領了眾人，和平知縣一起去了。

軍需用品處的倉庫在縣衙不遠處，平知縣領著眾人，走到倉庫門口，見一人正在低頭仔細記帳，那人便是水生的父親曹華。

曹華見平知縣帶了一眾人來，連忙起身問道：「知縣大人，有何貴幹？」

平知縣問道：「我讓蒙古商人巴圖送來的羊毛可在這裡？」

第八章　小河邊的約定

曹華聽後，忙說「在」，便打開倉庫門，領了眾人一同進入倉庫。在裡面的一排貨架上，找到了排列整齊的十個鼓囊囊的大布袋。

巴圖遠遠的就先發現了，他說道：「大人，小人早上剛送過來的羊毛都在這裡。」平知縣就命夏捕頭拿下布袋，打開查看。

待第一個布袋打開，巴圖上前一看，瞬間腦子「嗡」的一聲，一片空白。那布袋裡竟然全都是雞毛！巴圖驚訝地說不出半句話來，他渾身哆嗦，用顫抖的雙手撕開其他幾個麻袋，只見一個一個的布袋裡，哪有什麼羊毛，全都混雜著雞毛！！巴圖用顫抖的手捧起那些雞毛，不住的說道：「這不可能，這不可能！」自己明明早上親自將羊毛裝了整整十大布袋，怎麼都全變成雞毛了？

平知縣見狀，心裡生疑，轉頭問曹華：「今天早上羊毛入庫之後，你可見過有誰進入過倉庫？」

曹華想了想，搖搖頭說道：「知縣大人，小人未曾見有其他人進入。」

平知縣又在倉庫四處看了看，問了曹華幾個問題，便帶眾人回縣衙了。縣衙公堂之上，平知縣平聲說道：「巴圖，你做羊毛生意，但是卻魚目混珠，用雞毛來濫竽充數，以次充好。二牛子尋你去理論，你還動手打人，你知罪嗎？」

巴圖心中充滿了無限的疑問，雖然和夏捕頭以及眾人親眼目睹布袋裡夾雜雞毛，仍然矢口否認，堅持羊毛是被掉包了，自己是被誣陷的。

平知縣厲聲怒道：「二牛子與你無冤無仇，為何要誣陷與你？況且，今天可謂是人證、物證具在，你還死不認罪？本官現在判沒收你所有貨物，罰銀五十兩，限明天必須離開龍之縣，禁止你再來龍之縣經營羊毛生意！」

平知縣下令後，便在巴圖的喊冤聲退堂了。

退堂後，平知縣到後堂，剛坐下捧起一杯溫茶。夏捕頭就在後跟上說道：「知縣大人，我覺得此案有蹊蹺。」

平知縣瞇著眼睛，輕輕啜了一口茶，並不說話，他知道雖然夏捕頭外表看起來粗壯，但卻是一個粗中有細之人，斷案時注重細節，心思縝密，經常能找到斷案的關鍵處。

夏捕頭繼續說：「那蒙古商人巴圖，多年來一直來龍之縣賣羊毛，他的羊毛品質口碑一直很好，從未出過以次充好的投訴。顏主管採購他的羊毛，按理來說，對這大生意更應該認真對待才對。他用雞毛以次充好，豈不是自毀門面？我今天去看時，那雞毛都混雜在布袋的上半部分，似乎是後來胡亂塞進去的。就算退一萬步講，他真要用雞毛以次充好，也應該藏在包裹最底下才對呀。」

平知縣放下茶杯，舒了一口氣，說道：「我知道。那巴圖向來守法正直，一定是被誣陷了，但是現場又人證、物證具在。本來軍需物品濫竽充數，以次充好，就已屬於重罪，我僅僅判他罰銀，並無牢獄之災，已經算是輕判了。責令他離開龍之縣，也是為了他的安全。你暗自繼續追查，到底是誰誣陷了他，也好日後還他清白。」

夏捕頭聽後，應了聲，便轉身退下了。

第八章　小河邊的約定

當天下午，在水生村裡的學校上完習字課後，賈全正教官和曹木生副教官正在操場上帶領大家進行軍事訓練課。賈教官在前面鏗鏘有力喊著口號，木生在下面耐心幫大家糾正姿勢。

今天練習的是最基本的馬步和出拳，孩子們都是第一次訓練，一個個站的東倒西歪，動作也並不標準，木生時不時的刻意從水生身邊走過，水生見狀努力出拳，絲毫不敢懈怠。

賈教官在上面雙手背後，目光如炯的緊盯著大家，伴隨著大家整齊劃一的「嘿！」「哈！」聲，訓教道：「馬步，要做到穩如磐石！出拳，要做到快速有力！記住！從今天開始，你們就已經不再是小孩子了，你們是軍人！是未來守衛龍之國的戰士！現在在訓練場上，要刻苦訓練！日後在戰場上，要奮勇殺敵！」

孩子們一直以來都是在學校習字讀書，在家裡連重活也都沒有怎麼做過，這次參加軍事訓練課，有的人已經累的氣喘吁吁，上氣不接下氣，有的人汗流浹背，汗水浸濕了衣服，有的人緊咬著牙關，臉色已經蒼白。

水生也已經累的兩腿發軟，兩眼發黑了，因為哥哥木生在，他絲毫不敢大意，仍然咬牙堅持。熬了好久，第一天的軍事訓練終於結束了。

放學之後，水生雖然渾身疲倦，仍像往常一樣背著書包去營地找阿茹娜玩。

水生走到營地，可是大黃卻沒有像往常一樣向他跑過來，心裡正納悶。此時阿茹娜正坐在蒙古營地上獨自一人抽抽噎噎，小聲啜泣，一抬頭看到不遠處的水生，便趕緊抹了眼淚一邊哭一邊向水生跑了過來。

水生奇緣

　　阿茹娜看著面前的水生，再也抑制不住心中的委屈苦悶，眼淚撲簌撲簌的就往下掉。這兩天阿茹娜經歷的太多了，先是廟會結束後和吳義吵架，然後是附近的村民來滋事，狀告大黃去村裡偷雞，再是在縣城遇到二牛子撒潑，直到現在阿爸還沒有回來。

　　阿茹娜上前拉住水生的手，無比委屈哽咽地說了句：「水生……」就再也說不出半個字來。

　　自從兩人相識以來，阿茹娜從來都是言談舉止落落大方，陽光活潑的，水生哪裡見過阿茹娜哭成這樣子。水生看阿茹娜眼睛腫的像個桃子，哭的梨花帶雨，焦急又心痛，擔心地問道：「阿茹娜，怎麼了？發生什麼事了嗎？」

　　阿茹娜半日才抽抽噎噎的將二牛子描述了一番，並把今天發生的事情告訴了水生。

　　水生聽後安慰道：「我知道，那個人叫二牛子，是縣城出了名的二流子。這樣，你就更不用擔心你的阿爸了，據說他和人爭執都鬧到縣衙那裡無數次啦。大家都知道的，你的阿爸肯定會沒事的。」

　　阿茹娜聽水生這麼說，心情稍微平復了些，抹了抹眼淚低聲「嗯」了一聲。

　　水生笑著說：「我們去小河邊玩吧！」便拉著阿茹娜的手，兩人一路小跑來到了河邊，沿河岸坐下。

　　水生指著小河說道：「妳知道嗎，每年春天的時候，這河裡都會有好多好多蝌蚪呢！我們都會去抓蝌蚪，很好玩！蝌蚪的頭大大的，有一個長長的尾巴，游的好快！」說罷水生站起身，說了句「就像這樣」，然後就

第八章　小河邊的約定

開始抱著頭彎著腰，在阿茹娜面前扭著屁股，搖頭晃腦，活像一個巨型蝌蚪。水生的表情誇張，動作滑稽，逗的阿茹娜「噗哧」一聲破涕為笑了。

水生轉了轉眼珠，問道：「阿茹娜，妳知道蝌蚪為什麼要游的這麼快嗎？」阿茹娜好奇地問：「為什麼啊？」

水生一臉壞笑地說：「因為他要找到他的媽媽呀！只有游的最快的蝌蚪才能找到他的媽媽唷！」然後水生便搖頭晃腦的用頭去頂阿茹娜。

阿茹娜被水生頂的險些跌倒，她佯怒道：「你是在說我是青蛙嗎？你這個壞蛋！」然後一邊笑一邊伸手去打水生，水生也仰頭哈哈大笑。兩人就這麼靠在一起坐在小河邊嬉笑打鬧。

忽然間，阿茹娜的眼神黯淡了下去，低頭喃喃說道：「水生，明天我就要回大草原了。」

水生聽後愣了一下，癡癡地問道：「妳明天就要走了嗎？那妳什麼時候再來呢？明年嗎？」

阿茹娜含淚說道：「嗯，明年阿爸會再來賣羊毛，我明年這個時候還會再來。」

水生聽後眼眶濕了，難過的低下頭去，說不出話來。阿茹娜也低下頭去，眼淚在眼眶裡直打轉，她從身上的口袋裡拿出了一條手絹，默默地遞到水生的面前。那是水生曾經給她包紮傷口用的山茶花手絹，她一直小心翼翼的保管著。

水生看到山茶花手絹後，頓時鼻子一酸，淚水就順著臉頰流了下來。他接過山茶花手絹，哭腔著說道：「明年妳一定會來嗎？」

阿茹娜也流淚了，她點了一下頭，哽咽說道：「一定會的。」

水生含著眼淚，看著手中的山茶花手絹，沉默了一陣後，突然用力一撕，「撕拉」一聲就將其撕成了兩半！

阿茹娜驚訝地瞪大了眼睛，不知道水生要做什麼。只見水生將一半遞給阿茹娜，含淚說道：「這一半給妳保管，一半我保管。等明年妳再來，我們再見面的時候，這山茶花手絹就能變完整了！」

阿茹娜聽後恍然大悟，「嗯」了一聲，接過一半山茶花手絹，然後將其小心翼翼地疊好，裝進自己的口袋裡。

水生含淚繼續說道：「妳要是不來，我就去大草原找妳！找遍整個大草原也要把妳找回來！」

阿茹娜也含淚說道：「我等你。」

此時正是傍晚，天空中滿天陰雲籠罩著整片大地，遠處綠樹蒼翠的山上盤旋繚繞的雲霧，使得山頂的輪廓若隱若現，微微濕潤的空氣中帶著幾許寒意，陣陣微風輕拂著水生和阿茹娜的臉頰，也將河面吹出了一道道淺淺的波紋。兩人就在河邊散步聊天，一直到天黑。

第九章
大黃出逃

　　巴圖折騰了一整天，待他拖著疲憊的身體回到營地，天已經黑了。吉雅在營地邊焦急的來回踱步，她早已經坐立不安心急如焚的等待多時。

　　她佇立在營地邊上，遠遠的望見巴圖，卻見巴圖身邊還有幾個差役，不禁心中疑惑，趕忙迎上去問長問短。

　　巴圖緩緩搖搖頭，苦笑著說道：「我們早上送到顏主管那裡的羊毛，被掉包了，裡面的羊毛都被換成了雞毛。平知縣說我們弄虛作假，以次充好，罰了很多銀子，還要來查封貨物。」

　　之後在營地，夏捕頭命兩個差役就左查右看的清點查封貨物。眾人知道緣由後，也都面帶愁容垂手而立，無不憂心忡忡。

　　因為巴圖車隊的羊毛羊皮本來就已經賣掉了絕大部分，又把剩餘的也都給顏主管送了過去，只有一些採購好打算帶回草原的日常用品。

　　一個差役問夏捕頭道：「夏捕頭，這羊毛羊皮之類的貨物他們都已經賣完了，我們可以封查他們買的其他東西，以便交差。」聽到這話，巴圖心裡一緊，這些東西是他們回草原生活的生活物資，如果查封了明年的日子可怎麼過啊。

夏捕頭向來欽佩巴圖正直的為人，知道平知縣也估計定是被人誣陷，便揮揮手說道：「不必了！這個商隊貨物已經全部銷售完畢，沒有什麼好清點的了。這些東西只是他們的一些生活用品罷了，並非貨物，不用封查。」巴圖聽後內心萬分感激。

貨物查封雖免，但是罰銀卻無法逃脫。夏捕頭帶著差役收好罰銀，便都離開了。

巴圖和吉雅買羊毛賺到的錢本是他們一整年的生計，就這麼都被罰走了。他們呆呆的站了很久，才開始收拾行李物品，一夜無話。

當天夜深人靜時，蒙古營地人們都休息下來了，黑暗籠罩著大地，伸手不見五指的夜色中，只能看到遠處村莊的點點燈光。

大黃突然警覺地豎起耳朵，緊盯著村莊的方向，身體不斷用力向前拉扯，將身後的狗繩繃的緊緊的。大黃突然「汪汪」的大叫兩聲，然後奮力扭動身體掙脫了狗繩，像離弦的箭一樣「嗖」的一聲就向村莊的方向衝了出去，消失在黑暗之中！

巴圖聽到大黃的叫聲，趕忙起來出去查看，只看見地上被掙脫斷的狗繩，哪裡還有大黃的影子。

大黃在黑夜裡朝著點點火光的村莊方向跑去，他越跑近村莊，越能嗅到一股熟悉的氣味，是刀疤的味道！原來大黃早已察覺到闖入村莊的刀疤，今晚他就要抓住刀疤，為民除害，也為了證明自己的清白！

大黃在村莊裡，穿過小巷，轉過拐角，順著刀疤留下的氣味，這裡聞聞，那裡嗅嗅，最終他停在了一堵土牆的下面，那是一戶人家的後院，牆

第九章　大黃出逃

足足有一個半人那麼高。牆內傳來的窸窸窣窣的聲響，牆角殘留下的那熟悉的氣味，讓大黃萬分肯定，刀疤就在裡面！

大黃稍後退兩步，然後猛地向前一躍，一下子就翻過了那堵牆，跳入了後院裡。裡面窸窸窣窣的聲響瞬間安靜了下來，大黃站在院子裡警惕地環顧四周，藉著昏暗的夜光，在黑暗的陰影中，看到了一雙像螢火蟲一樣閃著綠光的幽靈般的眼睛！一隻臉上帶著一道刀疤的狼，緩緩的從黑暗中殺氣騰騰地走了出來！是刀疤！！只見刀疤嘴角上還沾著些雞毛和鮮血，面帶幽幽的兇光，齜著鋒利的牙齒，殺氣騰騰，他向下俯著上身，一副箭在弦上，隨時準備撲殺上來的樣子。

大黃也抖擻精神，毫不畏懼，死死地盯著刀疤，齜牙咧嘴，不斷發出示警的低吼聲。

這時從刀疤的身後，又鑽出來了兩隻狼！整整三隻狼！另外兩隻狼個雖頭稍小，卻也都面帶兇相，氣勢洶洶，虎視眈眈！

突然間，刀疤張著血盆大口猛地向大黃撲咬了過來！大黃毫不退縮，瞬間就和刀疤撕咬成了一團！刀疤狡猾兇狠，攻勢淩厲，直撲大黃的脖子而來，大黃經驗豐富，每次都能靈巧的躲過刀疤的攻擊，並且進行兇狠異常的反擊，逼得刀疤不得不暫時後退。

可是在大草原上，哪怕是最厲害的狗，也無法獨自同時面對三隻狼，矯健勇猛的大黃也不例外。就在另外兩隻狼也撲過來和大黃撕咬成一團之後，大黃立刻處於了劣勢，他招架不住，步步後退！在三隻狼的攻擊下，大黃身上開始出現一道又一道血痕。

就在刀疤面目猙獰的想要再次撲過來時，房間裡傳來了人的叫聲「誰！？後院有動靜，我去看看」然後房屋裡的油燈被點亮了，從裡面傳來了匆匆的腳步聲。

刀疤停止攻擊，給另外兩隻狼遞了一個眼色，另外兩隻狼瞬間就明白了，然後轉身後退，「嗖嗖」兩聲就竄上了土牆，溜走了。刀疤惡狠狠地盯著大黃，掩護同伴撤離之後，在後院的門被打開的前一瞬間，也轉身跳上土牆，逃走了。

這時，後院的門開了，一個人舉著火把小心翼翼地進來，是吳義的父親吳憲！原來這正是吳義的家！吳憲舉著火把看到後院一片狼藉，烏煙瘴氣，到處都散落著雞毛，驚訝的目瞪口呆。他向前舉著火把，緊張的四下張望，就看見在牆腳下的大黃！大黃渾身帶傷，全身沾滿了吳憲灑在後院的染料，正警覺地望著土牆上方。

吳憲大叫一聲，順手拿起房檐下的鐵杴，邊跑邊叫起來：「又來偷雞，打死你！」

大黃也隨即縱身一躍，跳上了土牆，翻牆而出了。

天剛亮，大黃又來偷雞的消息就傳遍了整個村莊，大家都拿著木棍、鋤頭、鐮刀，怒氣衝衝的聚集在巴圖的蒙古包營地外，此起彼伏的叫喊咒罵著。

巴圖聽見外面的叫嚷聲，趕忙起來查看，他剛走出蒙古包，就看見外面聚集的人群，而大黃正夾著尾巴縮在角落，只見他渾身沾滿了染料，身上新添的數道傷痕，還在不停向外滲著鮮血。

第九章　大黃出逃

　　隨後吉雅和阿茹娜也走出蒙古包，阿茹娜上前一把抱住大黃，看著遍體鱗傷的大黃，眼淚瞬間奪眶而出，無比心痛的哭道：「大黃，你怎麼了……」

　　蒙古車隊眾人都站在村民面前，看到大黃身上的染料，也都紛紛低頭無言。巴圖有放牧多年的經驗，他一看大黃的傷口就知道，那是和狼交手留下的，昨天晚上一定是發生了什麼事情！

　　他試圖給村民解釋，可是他的聲音何其渺小，他的解釋何其蒼白無力，那些憤怒的村民哪裡聽得進去，他們反而鬧的更厲害了。

　　吳憲揮舞著手腕粗的木棍，把兩隻死雞扔在巴圖面前，指著巴圖身後的大黃大聲叫道：「這條惡狗昨晚又來我們家，把後院的雞都給咬死了！昨天晚上我親眼看到的！現在你還有什麼好說的？！」然後那些村民紛紛喧叫鬧鬨起來。

　　「前些天我們家少的鴨子，肯定也是被你們家的狗叼走的！」
　　「我們家被這惡狗咬傷的羊，沒過兩天也死了！你要賠錢！」
　　「對對！賠錢！賠錢！」

　　若是兩天前，巴圖是有錢陪給他們的，可是就在昨天，差役剛剛繳走了罰銀，巴圖現在也是身無分文，哪裡還有錢能賠給那些村民啊！巴圖向村民無奈的解釋之後，那些村民更加群情激憤了。

　　「你做生意這麼久，怎麼會沒有錢？你當我們都是傻子啊！」

　　「今天你有錢也得賠，沒錢也得賠！這事沒完！」

　　不知道人群中間誰突然叫嚷了一句：「沒錢？！那就把那惡狗打死！賣狗肉給我們賠錢！」人群中爆發出一陣喝喊聲，「對！打死那隻狗！」

人們紛紛大聲叫嚷著並揮舞著棍棒往前衝去，車隊眾人哪裡攔得住？憤怒的人群像火山爆發後噴湧而出的岩漿一般，拿著木棍、斧頭、鐮刀往大黃的方向湧去。

　　車隊的眾人無法阻攔，步步後退。阿茹娜已經嚇哭了，她拚命地抱緊大黃，此時的大黃委屈的低聲「嘶嘶」的叫著，不知道是因為恐懼，還是因為身上傷口帶來的劇痛，他夾著尾巴不停的在阿茹娜懷裡瑟瑟發抖。

　　巴圖站在大黃前面，拿著鞭子，面對人群，可是他也無法阻止憤怒的人潮！巴圖喝阻住一個人，另兩個人又衝了上來。

　　巴圖突然臉一黑，把皮鞭用力向空中甩出了一記響鞭，發出了「啪」的一聲震天的聲響，人們紛紛駐足停下。就人群安靜下來的一剎那，巴圖滿臉怒氣的回頭轉身，指著大黃大聲罵道：「你這畜生！我每天給你吃好喝好，你還要去村裡偷雞？看我不打死你！！阿茹娜，妳讓開！！」

　　巴圖說罷舉起皮鞭，就要打大黃。阿茹娜哪裡肯讓開，她趴在大黃身上哭著說：「不！阿爸！不要打大黃！不要打大黃！」

　　巴圖大聲地喊道：「快讓開！」吉雅忙拉開並緊緊抱住了哭成一團的阿茹娜。只見巴圖用力「啪」的一聲，鞭子抽在了大黃身上，痛的大黃「嗷嗷」大叫，原地不停的打轉。阿茹娜見狀哭的更大聲了。

　　巴圖繼續罵道：「你這個畜生！平日裡就沒少給我惹事！家裡給你吃好的喝好的，你還要跑去村裡偷雞，今天看我不扒了你的皮！」說罷狠狠地揮動著鞭子，用力抽了兩下，大黃本來就帶傷的身上，瞬間又多了兩條皮開肉綻的血印子。大黃夾著尾巴，一邊痛的「嗷嗷」叫，一邊在巴圖腳下團團轉。

第九章　大黃出逃

　　巴圖的皮鞭打在大黃身上，卻就像是打在阿茹娜身上似的，自從她記事起，巴圖就從來沒有打過大黃啊！巴圖擔心大黃受冷，每個冬天都會把狗舍修的暖暖的；家裡的肉骨頭，巴圖總會留一份最大最好的給大黃；在草原上，每每見到其他牧民，巴圖總會自豪地指著大黃說：「你們看，這就是我家的狗，大黃！」想到這裡，阿茹娜早已經泣不成聲，她一邊哭著喊「不要打了……不要打了……」一邊嚎啕大哭起來。

　　巴圖哪裡聽的進去，他上前用力一腳就將大黃踢開了好遠。大黃滾了幾個跟頭才跟跟蹌蹌的站穩腳跟，他夾著尾巴縮在地上，不住的哀嚎。巴圖又上前兩步，再次高高舉起了皮鞭，卻又停滯在了空中，只見巴圖的眼淚嘩的一下就流了下來，他緊緊抿著嘴唇，強忍住眼淚，從嘴角裡硬生生的擠出了幾個字：「大黃……快跑啊……大黃……快跑……」

　　吉雅明白了，巴圖是怕村民傷害大黃，想要讓大黃逃走啊！她哽咽含淚，緊緊地抱住幾近崩潰的阿茹娜。

　　巴圖又「啪」的一聲狠狠地打在大黃身上之後，跺著腳，急的哭出了聲音，低聲哭腔著說道：「大黃，你快跑啊，能跑多遠就跑多遠，千萬別回來，快跑啊……」

　　大黃像是明白了似的，跟跟蹌蹌地站起身來，晃悠著身體，夾著尾巴搖搖晃晃地跑開了。他跑到山腳下的灌木前時，就聽見阿茹娜在後面哭著大叫了一聲：「大黃！！」

　　此時蒙古營地上熙熙攘攘的聚集了很多人，巴圖正拿著皮鞭，含著淚水，楞楞地看過來，身後的吉雅正含淚緊緊地抱著阿茹娜，而阿茹娜早已經哭成了淚人，她瘋狂的掙脫開吉雅，一邊跌跌撞撞的向大黃跑過去，一

邊哭喊「大黃！回來！大黃！回來！」可是沒跑兩步，卻腳下一滑，重心不穩，重重地摔倒在地上，膝蓋上胳膊上都擦出了血印，瞬間滲出了鮮血，她趴在地上，不顧身上的疼痛，把手伸向大黃，哭喊道：「大黃！回來！回來啊！！」

大黃站在灌木前，回頭望向趴在地上大哭的阿茹娜，發出低聲委屈的「嘶嘶」叫聲，他想到剛來關內時，吉雅對他說的，「大黃，你可要跟緊阿茹娜，從現在開始你就是她的貼身保鏢啦！」還有昨天巴圖給他繫上狗繩時，對他說的話，「再過兩天我們就可以回到草原，你就可以盡情的跑了。」

還有他剛出生沒多久的朦朧的回憶，當時七歲的阿茹娜瑟瑟發抖，哭著緊緊抱著他，蒙古包外是一片狼嚎狗叫，飛沙走石，然後就是巴圖的吆喝聲，一切平靜後，巴圖猛地推開蒙古包的門簾，衝到床邊，緊緊的把他和阿茹娜抱在懷裡。

從那時候起他就再也沒有見過他的狗爸爸了，他還清楚記得當天，巴圖把他抱在懷裡，流著淚哭著說：「大黃，以後保護阿茹娜的責任，就交給你了。」想到這裡，大黃又朝著阿茹娜哀嚎了兩聲，然後轉身，鑽進了深深的灌木叢裡，消失了。

第十章
雨中的離別

大黃被巴圖趕走了，可是村民們卻沒有善罷甘休，因為沒有從巴圖這裡得到他們想要的賠償，他們把蒙古營地翻了個底朝天，還把剛打包好的行李都拆開了，把這幾天眾人採購的生活用品、草藥、瓷器、衣物，甚至沒有用完的柴火，都當作賠償搶走了。

巴圖並不阻攔，他知道按照平知縣的期限，今天他們就必須要出關了。他只想著在他們離開之前，大黃能安全回來，這樣他們就可以帶著大黃一起回草原了。

在村民拿了賠償一個個氣沖沖地散去，營地逐漸平靜下來後，已經是正中午了。蒙古營地一片狼藉，物品行李七零八落，雜亂無章的散落了一地。車隊眾人士氣低落，一個個垂頭喪氣，長吁短嘆。

巴圖表情凝重，號召大家打起精神，不要沮喪，為了鼓舞士氣說道：「大草原上我們還有的是牛羊，留得青山在不愁沒柴燒，明年我們再來。」眾人聽後稍稍振作精神，開始收拾行李，準備出發返回大草原。

巴圖不停地向山腳下大黃消失的那片灌木張望，村民們已經都散去了，如果這時候大黃出現的話，他剛好可以帶上大黃一起回草原。

此時天氣陰冷沉悶，空氣陰潮濕潤，颳起的陣陣秋風讓人倍感寒意，滿天佈滿厚厚低低的墨色濁雲，沉沉的彷彿要墜落下來一般，遠處的群山上雲霧籠罩，像霧又像雨。

不一會兒，車隊眾人就重新打包好行李，整頓好車輛，安置好馬匹了，就等待巴圖一聲令下。阿茹娜也坐上了馬車，她的視線一刻也沒有離開山腳下大黃消失的那片灌木。如果這時大黃出現的話，她一定會立刻跳下馬車衝過去，然後帶他一起回大草原。等她長大了，她還要帶大黃一起去大草原上放牧，盡情馳騁呢。

巴圖久久不願意上馬，他面朝山腳下呆呆的站了很久，身後是同樣等了很久的車隊眾人。後來吉雅上前小聲說道：「巴圖，我們該走了。」巴圖這才回過神來，他眼眶濕潤，猶豫再三，才嘆了一口氣，艱難的向車隊眾人說道：「我們走吧。」於是車隊吱吱呦呦的緩緩出發了，就像他們剛來一樣。

巴圖牽著馬，一步三回頭的走在最後面。忽然間，他似乎聽到了大黃那熟悉的叫聲！然後猛地一回頭，就看見大黃汪汪叫著並搖著尾巴朝他飛奔而來！大黃整整跟著他走南闖北了四年啊，大黃就像一個保護神一樣，無數次勇敢無畏的和狼搏鬥，保護了他，也保護著阿茹娜，忠實的守護著牧民的一切！

巴圖眼眶濕潤了，他揉了揉眼睛，定睛一看，卻沒有看到大黃的出現。車隊逐漸走遠了，直到看不見營地那片空地，大黃依然沒有出現。

車隊越走遠，阿茹娜在車上越是淚流滿面，她時不時的把頭探出來，她多想能看到跟著車隊跑來跑去的大黃啊！自從記事起，她就沒有離開過

第十章　雨中的離別

大黃啊。她告訴自己大黃非常聰明，如果他回到營地發現大家都離開了，一定會順著氣味找過來的，然後她就可以帶上大黃一起走。可是良久，大黃卻依舊沒有出現，車隊就這麼吱吱呦呦的緩緩走遠了。

當天，學校的教室裡，老師正在講臺上講課：「龍之國是由龍之一族和很多少數民族組成的多民族國家，比如說生活在蒙古大草原的蒙古族，生活在雪山裡的雪鄉族，還有生活在南方山區裡的秀水族等等。來，同學們大聲跟我一起念『我是龍的傳人！我愛龍之國！』」

大家也正跟著老師一遍又一遍的大聲念：「我是龍的傳人！我愛龍之國！」而水生用手托著下巴，歪著腦袋，手裡捏著半張山茶花手絹，心不在焉。

他知道阿茹娜今天就要回大草原了，但是一想到之後的軍事訓練課就頭疼，因為哥哥木生就是副教官，如果不好好訓練，又要被哥哥訓斥了。他越想越無心聽課，滿腦子都是阿茹娜的模樣，然後把手裡的半張山茶花手絹攥的更緊了。

突然，水生猛地站起身來，握著那半張山茶花手絹，飛一般地衝出了教室！教室裡老師和同學們都糊里糊塗，莫名其妙的面面相覷，不知道發生了什麼事。

水生衝出學校，不顧一切奮力向營地的方向奔去，跑的氣喘吁吁，大汗淋漓，上氣不接下氣。當他衝到蒙古營地時，才發現營地上空蕩蕩的，阿茹娜的蒙古車隊早已經離開多時。水生哽咽著喃喃的說了句「阿茹娜……」，悵然若失的呆呆站了良久。

這時天空中突然淅瀝瀝的下起了小雨，雨點就像天上的仙女灑下的千萬銀絲，細細密密的斜織著落向地面，將世間萬物籠罩在一片朦朧之中。如絲的細雨啪嗒啪嗒的打濕了地面，伴隨著陣陣秋風嘩嘩拉拉的一遍遍的撫摸著田地。水生孤零零的獨自站在雨中，不一會兒身上就全濕了。

此時，龍之縣的城郭裡，巴圖車隊正艱難地行走在雨中。不過還好巴圖早準備了雨具，車隊眾人也都帶上雨笠，披上簑衣，繼續緩緩的向前行進。

雨嘩啦啦的越下越大，雨水跌落在屋頂上、房檐上、街道上、樹木上，濺起一層濛濛的雨霧，使得整個縣城籠罩在一片宛如縹緲白紗般的朦朧之中。路上的行人有的站在路邊的屋簷下躲雨，有的抱著頭彎著腰急匆匆的奔跑在雨中，街邊的商家有的慌忙支撐起雨棚，有的急急忙忙把貨物搬往屋裡。

在巴圖車隊緩緩經過一個酒家時，在最角落裡坐著一個人，這人正密切注視著巴圖車隊。原來是夏捕頭，他為了避雨，躲進了這酒家，就順手點了一壺熱酒，兩個小菜。他知道巴圖為人正直，本分守法，他無論如何也不相信巴圖會弄虛作假，以次充好，一定是有人陷害。他又一時半會兒無法查明真相，找到證據。到底是誰誣陷巴圖呢？那個叫曹華的看守？顏主管？什麼時候掉的包？到底又是為什麼呢？想到這裡，巴圖看著緩緩遠去的巴圖車隊，嘆了一口氣，又一口氣悶了一大碗酒。

在這個酒家裡，距離巴圖稍遠的一桌，幾個人正朝店小二大聲叫喊著要酒喝。原來是二牛子和幾個潑皮。那幾個潑皮和二牛子一樣，整日遊手好閒，手頭稍微有了閒錢便三三兩兩吆喝著去喝酒。夏捕頭知道如果他被

第十章　雨中的離別

二牛子發現了，對方肯定免不了上前「夏大哥、夏大哥」的圍叫個不停，便在角落稍微低了低頭，躲過二牛子幾個人的視線。

只見那二牛子把一個大銀塊一把摔到桌子上，痞裡痞氣的大聲說道：「今天你牛哥我掏錢請客，大家喝個痛快！小二！快點上酒！快上酒！！」隨後店小二就應聲著上了酒菜，其餘幾個痞子笑道：「這麼大的銀塊子！牛哥，你這是飛黃騰達了啊！」二牛子哈哈哈大笑，豪爽的吆喝著大家喝酒吃菜。

此時，蒙古營地的空地上，水生渾身上下都濕透了，他攥著手中的半張山茶花手絹，用袖子擦了一下淚水朦朧的眼睛，然後一抬頭，像是想起什麼事似的，猛地轉身，向城郭的方向拔腿就跑！

水生跌跌撞撞奔跑在雨中，大口喘著氣，緊緊咬著牙，就像要把心中所有的悲傷都釋放出來一般，卯足了勁全力冒著雨向前跑去！他要去追阿茹娜！

不知道為什麼，他的直覺告訴他，如果這次阿茹娜走了，他們就很久很久都無法再相見了。他想起了他們一起烤地瓜，一起去後山裡摘酸棗，想起了阿茹娜為他跳的鴻雁舞，還想起了和阿茹娜、大黃一起去看廟會的花車展，還有在蒙古營地一起吃的羊肉串……相處時的一幕幕場景仍然歷歷在目，不斷浮現。

水生一邊跑，淚水混著雨水就流了下來。他就這麼邊跑邊流淚，等跑到龍之縣的城郭，早已經累的筋疲力盡，上氣不接下氣了。

水生奇緣

　　他身上的衣褲全都濕透了，非常不適的緊緊貼在身上，腳上的鞋子灌滿了雨水，如同吸滿水的海綿一般。他仍然在喘著氣，拖著筋疲力盡的身體，邁著如同灌鉛一般的雙腿，冒著大雨不顧一切向前跑著。就這麼一路跑到了龍城關下！出了龍城關，就是關外了！而水生卻連阿茹娜的影子都沒有見到。

　　水生二話不說，沿著城牆的側梯，大口喘了兩口氣，一步併作兩步，扶著牆跑上了城牆，水生雙手扶著膝蓋，喘了兩口粗氣，又兩步跑到城牆邊上，把上半身探出垛口，伸長脖子，焦急的向遠處眺望。

　　巴圖車隊雖然已經出關，可是其實還沒有走遠，此時正沿著來時的路原路返回。阿茹娜一心只想著大黃，她多希望大黃能順著氣味找過來。她打開車簾，伸出頭望向龍城關，這時雨下的很大，天地間一片朦朧，龍城關高聳挺立在雨中，依舊如此的雄偉高大，莊嚴肅穆。

　　這時，阿茹娜突然發現城牆上有一個晃動的人影，在大雨中跳著叫著揮舞著手臂！阿茹娜揉揉眼睛，定睛一看，原來是水生！！原來水生在城牆上遠遠的看到了巴圖車隊，便向巴圖車隊著急的揮手、大喊大叫，希望阿茹娜能看到。

　　阿茹娜回頭望時，果然看到了水生！她驚喜萬分，不顧一切的探出頭，也向水生揮手。

　　此時雨下的更大了，豆大的雨點劈里啪啦的胡亂砸在水生身上。水生全然不顧，他站在雨中，看到阿茹娜向他揮手後，不禁悲喜交加，他趕忙雙手扯著半條山茶花手絹，朝著阿茹娜的方向，高高舉過頭頂。阿茹娜看到了，瞬間淚流滿面，她也趕忙掏出了半條山茶花手絹，朝水生揮舞起來！

第十章　雨中的離別

兩人都不約而同的想起昨天傍晚在小河邊的約定。

水生：「明年妳一定會回來嗎？」

阿茹娜：「一定會的。」

水生：「等明年妳再來，我們再見面的時候，這個山茶花手絹就能完整了。妳要是不來，我就去大草原找妳，找遍整個大草原也要把妳找回來！」

阿茹娜：「嗯，我等你！」

第十一章
奇怪的乞丐

　　水生在城牆上目送阿茹娜離去後，心中湧起了無限的空虛失落，苦澀傷感，一個人恍恍惚惚的在雨中慢慢走回了家。到家後，雨也逐漸停了。

　　水生到家時，媽媽孟氏正在家中做些針線活，她看到已經淋成落湯雞的水生，急忙放下針線，上前驚訝地問道：「水生！你怎麼全身都溼了？快去換件衣服，小心別感冒了！」說罷就趕忙去房間裡拿乾淨的衣服給水生換上。

　　孟氏看水生一臉萎靡不振，悶悶不樂的樣子，心裡有些擔心，問水生道：「今天你怎麼了？身體不舒服嗎？沒有去學校上課嗎？」水生頭腦暈暈乎乎的，胡亂「嗯」了一聲，就想躺下睡覺。

　　孟氏整理收拾床鋪，讓水生進屋睡下了。可能因為淋了雨，有些著了風寒，水生感覺渾身乏力，再加上阿茹娜的離開，心情愈加低落傷感，躺下後不一會兒就沉沉的睡著了，睡著後就開始發燒，整個人一點力氣也沒有，臉燒的紅紅的，頭暈的天旋地轉，意識不清。

　　孟氏在床邊看著水生難受的樣子，心裡著急，坐立不安。她先是熬了藥給水生喝，卻依舊無濟於事，看著水生燒的滿臉通紅的樣子，急的像熱鍋上的螞蟻。

第十一章　奇怪的乞丐

　　這時，忽然外面有人在敲門，孟氏就趕忙給水生擦了擦汗，又在額頭上換了一塊涼毛巾，便一路小跑去開門了。

　　開門後，卻見是一個蓬頭垢面，衣衫襤褸的乞丐。那乞丐一頭亂糟糟的白髮，滿臉皺紋，渾身的衣服破爛不堪，手持一個枴杖，肩挎了一個破破爛爛的包裹。

　　那乞丐雖然一身破敗，但是個懂禮之人。他見到孟氏後，語氣稍顯遲疑，便慌亂地低下頭去，作禮說道：「夫人，我初來貴地，口乾舌燥，可否借一碗水喝？」

　　孟氏是個軟心腸的人，見那人可憐，便進屋裝了一碗水遞給他。那乞丐仰頭喝完，拂袖擦了擦嘴，作了揖說了聲：「多謝夫人。」可是那個乞丐卻不離開，繼續說道：「夫人，家中是否有個叫水生的孩子昏迷不醒？」

　　孟氏一聽，心裡一驚，心想這乞丐雖表面不堪，但是談吐不俗，又一語道中水生的名字和病情，一定不是平凡之人，忙說道：「您怎麼知道的？我的孩子水生，確實發燒生病，正臥病在床。」

　　那乞丐聽後遞給了孟氏一個小包，說道：「我這裡有一炷還魂香，你拿去點在家裡，孩子很快就會醒過來了。」

　　孟氏一聽更加奇怪了，她忙接過香，連聲道謝。

　　那乞丐說道：「夫人，妳不用擔心，妳的孩子一定會沒事，而且七年之後他還會再回來。」

　　孟氏心裡不解，便問道：「您說的話我不太明白，請明示。」

只見那乞丐表情複雜，一副欲言又止的樣子，最後只是淡淡地說了句「天機不可洩露」，便轉過身去。隨後他的聲音突然變得哽咽，背對孟氏，哽咽說道：「夫人，妳的孩子還小，還不懂事，希望妳原諒他的任性。」

孟氏一聽心裡更加奇怪了，還不等她發問，那乞丐繼續哭腔著說道：「我希望妳知道，妳的孩子非常愛妳。真的，妳的孩子非常非常愛妳。」說罷，那乞丐頭也不回的大步走開，剛走兩步突然腳下生風，四下騰起雲霧，整個人一下就消失了。

孟氏見狀，心裡稱奇，連忙向乞丐消失的方向作揖道謝，然後趕緊回屋了。水生依舊昏睡在床上，燒的厲害。

孟氏著手點起了那炷還魂香，那香點燃後就飄出了縷縷的細霧，孤獨升騰，繚繞不絕，帶著一股襲人的香氣逐漸飄散在空氣中，房屋中不一會兒就充滿了清新淡雅的檀香味，整個屋裡變得猶如仙境一般。

慢慢的，水生的燒竟然奇蹟般的退了，然後安靜的睡熟了。旁邊的孟氏見水生病情好轉，欣慰的直抹眼淚。

水生睡得迷迷糊糊之間，似乎是來到了一個山頂，四周山峯聳立，雲霧繚繞，仙氣瀰漫，如夢如幻，不遠處的仙台樓閣和玲瓏剔透的假山若隱若現，地上是如花似玉的琪花瑤草，水生一邊撓著腦袋好奇的四處張望，一邊沿著裡面曲徑通幽的羊腸小道四處遊蕩。就見一個面容慈祥的白髮老人拄著枴杖，面帶著笑容，一步一步走了過來。那老人邊走邊笑道：「水生，你終於來了！」

第十一章　奇怪的乞丐

水生本有些害怕，但是看到老人眉目慈善，面帶笑容，心裡就不怎麼害怕了，又聽到老人叫自己的名字，心下生疑，好奇地問道：「老神仙，你是誰？你怎麼知道我的名字？這是哪裡？」

那老人捋著鬍子，笑道：「我是誰不重要，重要的是你要知道你是誰。」

水生聽不懂，心裡更加奇怪了，撓了撓頭說道：「我是曹水生啊。」

老人仰頭大笑道：「哈哈哈，我當然知道，是你專門上山來找我的啊。」說罷，向水生伸出手來，掌心還有一塊藍寶石。

水生低頭一看，只見這是一個圓形的藍寶石，整塊藍寶石潔白無瑕，晶瑩剔透，圓形的中間雕刻有一個奇怪的漢字，水生好像在哪裡見過，卻又一時想不起來，就問道：「這是什麼呀？」

那白髮老人說道：「這是至德大元帥寧願犧牲自己的性命也要去保護的東西。」

水生心裡湧現出無限的疑問，接連問道：「這個藍寶石到底是什麼？為什麼這麼重要？」

白髮老人緩緩說道：「這塊藍寶石其實是找到龍之力量的鑰匙。」

水生一聽到龍之力量，忙問道：「龍之力量！？它真的存在嗎？它到底在哪裡？」

白髮老人並沒有回答，只是掐指一算，然後面朝天空說道：「水生，時間到了，你快回來吧。」

水生莫名其妙地追問道：「回……回哪裡？老神仙，我就在這裡啊。龍之力量到底在哪裡？我要怎麼才能找到呢？」

白髮老人說了句「天機不可洩露」，就化做一團青煙，消散了，留下了水生一個人。

水生見老人消失了，忙對著空中四下喊道「老神仙，老神仙！」，可是哪裡還有那個老人的影子？只是水生這麼一喊，四周開始傳來一陣窸窸窣窣的響聲，水生慌忙轉身回頭，緊張的四下張望，只見樓閣、假山、仙草叢全都消失了，四周瞬間爬出來了無數的黑影！

那些黑影低吼著「拿寶石來！拿寶石來！」便向水生撲了過來！水生嚇得雙腳發軟，一下就跌倒在地！

這時，一個人影從旁邊衝了過來，喊了句「水生！快跑！」，拉起水生的手就跑！水生抬頭一看，原來是阿茹娜！兩人就這麼在雲霧裡一直跑呀跑，直到最後，他們來到了一個小河邊，才驚魂未定的坐了下來。

水生看著阿茹娜，滿臉驚喜的說道：「阿茹娜！是妳！妳回來啦！」

阿茹娜笑盈盈地說：「是呀！」並笑著掏出了半條手絹，水生看到手絹，一下子眼淚奪眶而出，也拿出自己的半張，激動地說：「阿茹娜，妳看，我也好好的保管著我的另一半！」

這時，阿茹娜的笑容突然消失，身影也定格了，她的身影變得越來越模糊，越來越黯淡。水生見狀，慌亂之中想要去抓住阿茹娜的手，可以怎麼也抓不住，急的他失聲大喊：「阿茹娜！阿茹娜！」

此時，木生也已經回到家了，他聽到房間裡水生在睡夢中胡亂喊些「半條手絹」「阿茹娜」，掀簾進去，就看到水生坐在床邊喘著氣，面龐煞白，細細的汗珠從額頭不斷滲出，然後慌慌張張從口袋裡掏出半條手絹，攥在手心，才稍稍安寧下來。

第十一章　奇怪的乞丐

木生看到手絹被撕的只剩下了一半,剛要開口問,就想起剛才水生喊的夢話,心裡瞬間明白這手絹一定和阿茹娜有關。雖然他和阿茹娜僅有一面之緣,卻留下極深刻的印象。阿茹娜雖然年紀稍小,可是木生覺得在所有媒人給他說親的女孩裡,就連最漂亮的女孩也都不及阿茹娜半分。

木生沒有追問手絹的事情,只是冷冷的問道:「水生,你今天怎麼沒有上完課就跑了?下這麼大雨,你去哪裡了?」

此時水生頭腦發脹,四肢無力,說了句「哥……」,就收起手絹,搖搖晃晃想要站起身來。木生看到水生虛弱疲憊的樣子,便讓水生繼續躺下來。水生不一會兒就又迷迷糊糊的睡了過去。

今天在學校,軍事訓練課因為下雨改到了室內,而賈教官也通知大家一件很重要的事情。平知縣預計一週以後要來學校視察教學工作,到時同學們還要進行武藝拳表演。

不久曹華也已經下班回到家,他聽說水生生病了,急忙進屋去關切的看了看,低聲問了問木生情況,便出來了。

曹華把孟氏拉到一邊,悄聲說道:「我們可以裝修一下我們的房子了!今天的入庫工作,我額外賺了二兩銀子呢!」說罷從懷裡掏出兩個白花花的銀元寶。

孟氏本來心下有些奇怪,但是看到銀子,頓時喜笑顏開,高興地說道:「哇!我們可以好好裝修一下房子了!」

說罷一邊四處看看一邊繼續說道:「我們家的後院好好找人修整一下,再挖個魚塘,還可以種些花花草草。」

曹華說道：「正廳要好好裝修一下，要修的更加大氣！再來個金邊紫檀牌匾，請人提個字。」

然後兩人就開始在家裡商量著修繕房屋的事，一會兒到前廳，說要把前廳的門窗重新訂做，牆體再徹底粉刷一遍，還要把金邊紫檀牌匾掛在最醒目的地方，一會兒兩人又走到房屋裡，計畫著把屋頂的磚瓦都更換了，再購置一些新的傢俱，又走到後院，商量著好好除草翻一下地，種上些花花草草，中間再鋪一條磚塊路。兩人越說越興奮，恨不得明天就開始裝修工程。

孟氏也高高興興的準備了一桌豐盛的晚飯。

第十二章

絕境

　　這天，天色逐漸黯淡下來，雨後的森林格外潮溼陰冷，雨水在坑坑窪窪的地面積起了一個又一個大大小小的水坑，樹木經過風雨的洗禮，洗淨了身上的塵土，顯得更加翠綠和茂盛，遠處的山也更顯得寧靜安逸。

　　在深山裡的一處，有一個孤獨的身影，正步履蹣跚的獨自艱難前行，是大黃，他目光黯淡，身形疲憊，嗓子時不時發出憂傷委屈的嘶嘶聲，讓人無比心酸痛楚。

　　被巴圖趕走之後，他在外面遊蕩了一整天，早已經飢腸轆轆，疲憊不堪，身上的傷口依然劇烈的疼痛。他在山谷灌木森林裡漫無目的四處遊蕩，雨下大了，就躲在灌木樹下，渴了就喝一些雨水，累了就蜷縮在地上打個盹。

　　大黃也曾悄悄的返回營地，可是蒙古營地早已人去樓空，巴圖車隊已經離開多時了。他在營地低頭這裡聞聞，那裡嗅嗅，仍然殘存著巴圖和阿茹娜的氣味讓他略感欣慰，可是地面因為下雨變得泥濘不堪，也沖淡了車隊的氣味，最終他沒有能夠順著氣味找到巴圖車隊。

　　自從出生以來，大黃就沒有離開過巴圖一家，他曾經無數次一同馳騁草原，放馬牧羊，為了保護牧民的財產安全，與野狼搏鬥，留下渾身傷

痕，這些難道他們都忘了嗎？吉雅的叮囑「從現在開始你就是阿茹娜的貼身保鏢啦」，還有巴圖的承諾「再過兩天我們就可以回到草原了，你就可以盡情的奔跑了」都還在耳邊迴盪，難道他們都忘了嗎？難道巴圖真的拋棄自己了嗎？阿茹娜真的不要自己了嗎？

他絕望的低聲哀嚎著，垂著尾巴，不知所措的站在雨中。這時大黃扭頭發現兩個村民正打傘路過，便掉頭就跑，一溜煙重新鑽進了山谷的灌木。大黃似乎明白了過來，巴圖真的拋棄了他，阿茹娜也拋棄了他。

天色黯淡了下來，雨也停了，從樹葉上滑下來的滴答滴答的水滴聲，小河裡青蛙呱呱的叫聲，還有森林深處傳來的斷斷續續的獸叫鳥鳴聲，讓孤身一隻在森林裡漫無目的遊蕩的大黃，顯得更加形單影隻。

巴圖車隊出關之後，此時正好路過來時紮寨的空地，這時天已經矇矇黑了，於是巴圖呼喚大家在這裡安營寨紮。在同樣的夜景下，在同一片空地上，大家紮起了同樣的蒙古包，生起了同樣的篝火，可是整個車隊的氣氛卻完全不同了，車隊眾人一個個垂頭喪氣，沉默不語。

天都黑了，大黃仍然沒有能夠跟上車隊。

巴圖回頭看看關內的方向，深深地嘆了一口氣。大黃走了，巴圖心中像是被挖掉了一塊肉一樣，感覺空洞洞的，他悲痛萬分，肝膽俱裂，呆呆的坐在篝火旁邊，一個字也不願意多說。

阿茹娜雖然知道巴圖是為了大黃的安全才趕走他的，可是還是淚流不止。她坐在篝火旁邊，哭腔著問道：「阿爸，大黃怎麼還沒有跟上呀？大黃不會有事吧？我們明年還會再來關內嗎？」

第十二章　絕境

　　巴圖低聲說道：「大黃可是草原上最勇猛的狗，他一定會沒事的，一定會沒事的。」然後將阿茹娜攬在懷裡，兩人一同看著篝火。

　　巴圖繼續說道：「我是不是告訴過妳，大黃是你的爺爺巴亞爾從關內帶回來的小狗崽的後代。其實，他帶回來的不是小狗崽，而是小狼崽。你的爺爺巴亞爾曾經是草原上最優秀的捕狼人，他年輕時，關內鬧狼災，他受邀專門獵狼。後來有一次他從關內回來，帶回來了一隻右眼有一個白色胎記的小狼崽，對他就像對待自己的孩子一樣，悉心照料。不知道為什麼，從那時候起，他變賣了所有獵狼用的獸夾和鋼叉，再也不獵狼了。大黃就是那隻狼崽的後代。其實關內就是大黃的老家。」

　　一邊講著，巴圖心裡也湧起了無限的傷感和悲痛。

　　阿茹娜聽後，哭著說：「我還能再見到大黃嗎？」

　　巴圖看著篝火沉默不語，吉雅在旁輕聲說道：「會的，一定會的。我不是告訴過妳嗎，只要妳用心去向草原的神靈禱告，妳就一定能再見到妳想要見的人。」

　　阿茹娜聽後閉上眼睛，雙手十指緊扣，虔誠的禱告起來：「草原的神靈啊，求您保佑大黃的安全，求您保佑我和大黃還能再次重逢。萬能的草原之神，我虔誠的向您禱告⋯⋯」

　　此時，在龍之縣後山的森林裡，大黃正蜷縮著躺在一棵樹下，打算休息一會兒。

　　不覺之間，就在他不遠處，隱約出現了一個攢動的身影，是一隻狼！那隻狼虎視眈眈的盯著大黃，小心翼翼的一步一步悄悄向大黃匍匐過來。

就在距離大黃只有幾步距離時，大黃察覺到了，他猛地一下就站起身來，面對那狼，俯身做出防禦姿態！那隻狼見後，稍微後退了兩步，依然緊緊盯著大黃，保持進攻的姿態！大黃和那隻狼就這麼劍拔弩張的對峙起來！

大黃在這隻狼身上並沒有嗅到刀疤的氣味，看來不是刀疤一夥的。狼是領土意識很強的動物，這個深山中，如果有兩股狼的勢力，那麼他們之間一定存在爭奪領土的激烈戰爭！大黃來關內的第一天夜晚，察覺到山谷中狼的打鬥聲，就是這兩股勢力之間的爭鬥！

狼是不會單獨行動的，有一隻狼就意味著周圍還有別的狼，果不其然，不一會兒，又出現了兩隻狼，也都面目猙獰的緩緩圍了上來！

大黃為了避免自己背腹受敵，緊緊地背靠著大樹，然後振作精神，獨自面對三隻狼，細緻觀察，小心防備。

那三隻狼虎視眈眈凶神惡煞的盯著大黃，似乎大黃已經是他們唾手可得的獵物。兇猛矯健的大黃即使在最落魄的現在，依然保持旺盛的戰鬥意志，毫不怠慢。

在大草原，即使是最勇猛的狗，也無法同時戰勝三隻狼，大黃也不例外。可是在這深山老林裡，孤立無援的大黃如果想要繼續活下去，就必須打敗這三隻狼！一場不可避免的惡戰一觸即發！

就在這時，那三隻狼的背後，又陸陸續續竄出來了好幾隻狼！四隻！五隻！六隻！……整整十多隻狼，從四面八方圍了上來，他們狼影攢動，一個個垂涎三尺，將大黃圍了個水洩不通。

第十二章　絕境

　　整整十多隻狼，他們可以輕而易舉的在一瞬間將任何一隻狗撕成碎片，然後在幾分鐘之內將其吃的連骨頭都不剩！這次，大黃即使是插翅也難飛了。

　　這時，距離大黃不遠的一隻狼佯裝發動進攻，就在一瞬間，側面的一隻狼也猛地向大黃撲來！大黃有多年和狼交手的經驗，他非常清楚狼進攻的手段，那就是先分散獵物的注意力，趁其不注意一口咬住獵物脖子之類最致命的地方。

　　大黃不慌不忙，沉著冷靜，他掉頭，朝那隻冒進的狼咬了過去，只見大黃咬住那隻狼猛地一甩，就將其摔了好遠，其他狼的進攻也被打斷了。然後大黃繼續背靠大樹，一邊發出示警的低吼聲，一邊警覺地看著眼前的狼群。

　　那隻被甩出去的狼，好不容易才站住了腳，他一臉懵懂，甚至還有些恍惚。一瞬間他似乎明白了過來，眼前的這隻狗和他見過的所有的狗都不同！這隻狗體型壯碩，氣場強大，又沉著冷靜，絲毫不顯慌張，獨自面對整個狼群，卻沒有半點恐懼，而且渾身上下散發著一種王者的氣息！

　　其他狼本來都想一股腦衝上來，看到這情形也都愣在原地，他們都沒想到這隻狗如此的兇猛。雖然狼群暫緩了進攻，可是他們依然將大黃團團圍住，左盤右旋，等待進攻時機。狼雖然是兇猛的大型獵食動物，但是捕獵時依舊是極其小心謹慎的。獵狗如果受傷，尚且還有獵人的照顧，可以好好養傷，可是在荒郊野外的狼，一旦因為受傷而失去捕獵的能力，即使不是致命傷，也都意味著生命的終結。

其實這裡所有的狼都沒有大黃體格壯碩，如果大黃一對一，甚至一對二，就絕對不會落入下風，可是現在大黃獨自面對的是一大群餓狼！況且大黃此時已經一整天沒有進食，早已經飢腸轆轆，疲憊不堪，而且昨天晚上和刀疤三狼搏鬥留下的傷口依然劇痛難忍。他的境況岌岌可危。

　　這時又有一隻在側方的狼壯著膽子向前進了兩步，試圖尋找動手的機會，大黃猛地轉頭衝向他，就在這一瞬間，周圍的狼群也都紛紛向前湧了過來，大黃卻突然回頭，直向狼群衝去。

　　原來大黃也是佯裝進攻！他動作迅速敏捷，在整個狼群沒有反應過來的時候，一下就咬住了一隻狼，大黃一口就將其甩了好遠，嘶啦啦一下硬生生扯下來了一塊皮毛。痛的那隻狼哇哇直叫，原地打轉。而其餘幾隻狼也都趁著這個間隙，一下子衝上來撕咬，大黃防備不及，身上瞬間多了幾道傷口，頓時血流如注。

　　大黃怒吼著扭著身軀四下撕咬，在逼退狼群的進攻後，又繼續背靠大樹，喘著粗氣，稍作休整。

　　之後大黃又和狼群撕咬數個回合，雖然每次大黃都可以將狼群逼退，但是身上、腿上、脖子上又多添了幾道傷口，逐漸有些體力不支了。可是狼群卻像一群蒼蠅一樣，在四周繞來繞去，怎麼也趕不走，大黃身上的血腥味讓他們就像聞到腥的貓一般，更加興奮了。

　　大黃背靠大樹，獨自面對群狼，即使渾身疲倦，即使飢腸轆轆，即使傷痕累累，即使毫無勝算，依然保持著旺盛的鬥志，在如此絕境中頑強不屈的一次又一次的迎戰！

第十二章　絕境

　　曾經和巴圖無數次出生入死的大黃，曾經在大草原上無數次在狼群中奮勇衝殺的大黃，曾經無數次保護了牧民財產安全的大黃，曾經保護過水生和阿茹娜的大黃，曾經為了保護村莊而和刀疤奮勇搏鬥的大黃，不愧為大草原上最忠誠、最勇猛的狗！這一戰，不論結果如何，大黃都王者之氣盡顯！

第十三章
狼王！

　　群狼將大黃圍在中心，時不時發起進攻。如果是一般的獵物，狼群早就群起而攻之，開始大快朵頤了，可是面對大黃，卻一時半會兒無法得手。膽小的狼開始「嗷嗷」的亂叫，他們雖然仍將大黃團團圍住，可是稍微看到大黃進攻就紛紛散開，浮躁的情緒在狼群中開始蔓延。

　　這時，從狼群後面，緩緩走來一個身影，是一隻體型最大的狼！其他的狼看到那隻狼，紛紛停止進攻，低頭晃腦的靠邊退後，讓出一條道來。

　　那狼渾身皮毛銀灰色，肌肉結實，身形矯健，琥珀色的眼睛炯炯有神，豎立的耳朵顯示出無比的威嚴。這便是這個狼群的狼王無疑了！

　　原來在群狼進攻時，狼王就靜靜的站在後面，指揮著群狼的作戰。如果說一個狼群是一支訓練有素的軍隊，那麼狼王就是他們的絕對領袖和指揮核心，是整個狼群智慧、勇氣和力量的化身，在狼王的領導下，他們紀律嚴明，統一行動，協同作戰，出色和高效的完成了一次又一次的捕獵。

　　那狼王本在狼群後面指揮作戰，見眾狼遲遲無法制服大黃，便打算親自出手。隨著狼王的步步逼近，狼群逐漸將狼王和大黃圍在了中心。一邊是威猛無比氣頭正盛的狼王，一邊是傷痕累累饑腸轆轆的大黃。

第十三章　狼王！

那狼王毫不遲疑，騰地一下高高躍起，猛地就撲了過來！猶如一面牆倒向大黃一般！大黃倉促之中慌忙應戰，一下就被狼王撲倒在地，然後撕咬成一團！

大黃體力不支，再加上被狼王撲倒重心不穩，一下就落了下風！他重新站穩開始反擊，終於才將狼王逼退，而他的身上又多了幾道帶血的傷痕！

那狼王見大黃已經疲態盡顯，絲毫不給其喘氣的機會，看準時機，再一次撲了過來！大黃也站起身來，全力防守，可是怎麼也無法抵擋住狼王淩厲的攻勢，再一次被撲倒在地，撕咬在一起！

那狼王在搏鬥中瞅準機會，一口就向大黃的脖子咬去。而大黃擁有和狼搏鬥的豐富經驗，他明白狼王的意圖，扭身一躲就躲開了。狼王撲了個空，便再次跳開了。周圍的狼群一個個也都垂涎三尺，伺機而動，似乎要等待狼王徹底制服大黃後一擁而上。

之後大黃又和狼王搏鬥了數個回合，可是狼王的進攻太過凜冽，每次大黃都被撲倒而落於下風。

此時大黃渾身是血，不停地喘著粗氣，筋疲力竭，逐漸開始體力不支了，不論是力量還是體能都已經達到了極限！

終於在一次和狼王撕咬纏鬥之後，大黃身體晃晃悠悠，腿腳不穩，撲通的一下，倒下了！此時狼群似乎達到了興奮點，一個一個就想衝上來將大黃分食乾淨！

大黃則掙扎著奮力站了起來，他渾身都在顫抖，嘴裡不停地嘔著鮮血。也許是體力過於透支，在他剛站起來時，卻又重重的摔倒在地！他無力的癱倒在地上，苟延殘喘地喘著粗氣，再也沒有力氣站起來了！

面前的狼王虎視眈眈，四周的狼群蠢蠢欲動，大黃躺在地上，絕望的緩緩閉上了眼睛。

他想起了和巴圖、吉雅、阿茹娜在草原的日子，他也想起了入關之後和阿茹娜、水生在一起的點點滴滴，也想起了來村莊襲擊牲畜的刀疤。他不能死啊，他還要去大草原找巴圖，繼續保護阿茹娜，他還要戰勝刀疤，保護水生的村莊。他不能死啊，他有太多太多的人想要再見面，有太多太多的事情要去完成。

可是此時的大黃早已筋疲力竭，沒有半點力氣了，而且渾身都是滲血的傷口，甚至連呼吸都變得很困難，意識都逐漸變得模糊了。

而此時，狼王則率領著狼群，氣勢洶洶的圍攏了上來。

恍惚之間，他似乎是看到了阿茹娜和水生，看到了他們經常一起嬉戲玩耍的小河邊。大黃突然想起了水生和他玩過的叼樹枝的遊戲，還有水生對他說過的話，「大黃，你不要直接撲，不要著急，等樹枝到你頭頂上了，你再跳起來，從下面往上面咬，這樣就能咬住啦！」

大黃也想起了水生教他叼樹枝時的樣子，他瞬間明白了！待樹枝飛過來時，再從下面起跳，往上咬，就能咬到樹枝啊！如果直接撲過去，反而會被砸到！！

這時，那狼王也使出了全力，猛地起跳，直撲大黃而來！像是要給大黃最後的致命一擊！而大黃則閉上眼睛，靜靜地躺在地上，彷彿放棄了抵抗一般！

隨著狼王穩操勝券一般飛撲而來，狼群也開始蠢蠢欲動，彷彿馬上就可以飽餐一頓了。

第十三章 狼王！

可就在狼王飛撲過來的一瞬間，大黃突然睜開眼睛，使出了全身的力氣，猛地向上垂直騰空躍起，從下而上直撲狼王的脖子而去！狼王猝不及防，又因為身在空中躲閃不及，被大黃一口就咬住了脖子！！

狼王被咬住了脖子，渾身一軟，和大黃一起重重地摔了下來。狼王四腳奮力掙扎，可是脖子被大黃像鐵鉗一般死死地咬住，哪裡掙脫的開來？

這時狼群見狼王被咬住，一個個想要衝上來，可是此時的大黃如同一個猛獸一般，鬃毛豎立，面露令人膽寒的殺氣，雙眼冒出憤怒的火焰。群狼見此情景，一個個垂著耳朵，匍著身體，又退下去了，他們甚至連和大黃對視的勇氣都沒有！

這隻狗渾身上下充滿了君臨天下的王者氣息！他的眼神傲視叢林！他的氣場壓倒一切！彷彿他就是這片土地的主宰！就是這片叢林之王！

狼王又無力地掙扎了幾下，大黃卻咬的更緊了。只聽「呲」的一聲，幾道鮮血從大黃嘴角噴薄而出，狼王的脖子被咬斷了！狼王瞬間癱倒在地上，身體抽搐了幾下，腿腳在空中胡亂撥拉了幾下，就一動不動的沒有了氣息。

狼王就這麼被大黃咬死了，整個群狼頓時失去了主心骨兒，一下子就陣腳大亂，他們不敢上前，在大黃周圍胡亂的哀嚎，嚎叫聲此起彼伏，悲慘淒涼。

過了一會兒，一隻狼匍著上身，從側面悄悄地靠近了大黃。大黃察覺到了，可是他卻沒有轉身應戰，大黃早已經體力透支，沒有半點力氣了，只能勉強保持站立的姿勢，如果那隻狼現在發起進攻，大黃無論如何也無法防備了。

忽然大黃感到傷口發出了陣陣刺痛，他回頭一看，就見那隻狼伸長了脖子，給大黃舔舐傷口，本來在滲血的傷口，被那狼舔舐之後，竟然奇蹟般的止血了。

那狼看到大黃回頭，嚇得身體一縮，然後垂著耳朵，瞇著眼睛，順勢倒了下去，躺在地上，縮著前腳，扭動著身體，在大黃面前露出了白色的肚皮。

也許是因為大黃發覺那隻狼完全沒有了惡意，也許是因為已經完全沒有了力氣，他不再去理會那隻狼。而那狼繼續爬起身來，匍匐著上身，小心翼翼地爬到大黃身邊，繼續為他舔舐傷口。

這時周圍的狼群也都停止了哀嚎，一個一個圍了上來，躺在大黃面前，露出了肚皮，然後都起身小心翼翼地圍攏在大黃周圍，爭先恐後的上前為大黃舔舐傷口。

在狼群中，狼王就是狼群中最身強力壯的狼，如果想要成為狼王，就必須打敗老狼王才可以取而代之。大黃方才在絕境中逆勢絕殺老狼王，在群狼眼中毫無爭議的成為了新的狼王。

此時的大黃，在眾狼的圍繞擁簇下，顯得格外的氣勢莊嚴，威風凜然，令人可敬可畏。

這一刻，新的狼王誕生了！大黃，成為了狼群新的領袖，成為了這片森林的最高統治者，成為了這片土地的主宰！

此時太陽已經完全下山了，幽藍的天幕中高高掛著一輪明月，晶瑩圓潤，好似個白冰玉盤一般。從旁邊偶爾飄掠過的朵朵殘雲，絲毫無法阻擋皎潔的月光灑下地面，大地好像換上了一件銀裝，整片森林在月光的映照

下也顯得格外安逸。雨後森林裡的空氣格外清新，讓人感到一種沁人心脾的愜意，周圍四起的蟲叫蛙鳴聲讓整個森林更顯生機盎然。整個山谷，整片森林，整個世界似乎都在為新狼王的誕生而歡呼喝彩！

在隨後的日子裡，大黃用事實證明了自己是一個完美的領導者。他擁有強健壯碩的體魄，睿智的頭腦，敏銳的眼光，無窮的智慧，在大黃的帶領下，狼群的捕獵戰術更加完善，狩獵更加成功，地盤越來越大，成員也越來越多，大黃在狼群中也逐漸豎立起了絕對的威信。

可是在大黃的地盤上，卻偶爾能嗅到刀疤的氣味。原來刀疤是從外地流竄而來的狼，來這裡之後為了爭奪地盤，和大黃的狼群發生過幾次衝突，雙方互有損傷。大黃來龍之縣的第一天晚上，狼群雙方就爆發了激烈的衝突和爭鬥，被大黃敏銳的察覺到了。

狼一般只在自己的領地上狩獵，很少去襲擊人類的村莊和牲畜，而刀疤因為在狼群之間的爭鬥中落了下風，捕獵空間受到了擠壓，所以才會多次去村莊裡襲擊人類圈養的家禽牲畜。

第十四章
水生遭遇霸凌

　　這幾天，水生因為淋雨著了風寒，躺在家裡養病，沒有去學校。木生在學校的軍事訓練課結束後，回到家裡，便抽空單獨教水生練習打拳。

　　一天，木生正在院子裡教水生拳法，他一邊糾正水生的動作，一邊講解道：「出拳要準和狠，握緊拳頭，集中精神，瞄準目標，猛地用肩把拳向前送出去。注意身體的擺動要儘量小，這樣更能攻擊的出其不意。就像這樣。」

　　說話之間，木生微微側身，猛地出拳，狠狠一拳打在人椿上，發出「嘭」的一聲，震的整個人椿一抖，上面的灰塵徐徐落下。

　　木生收拳後轉頭對水生說道：「看到了嗎？你來試試看。」

　　水生應了一聲，上前兩步，站好姿勢，「啊」的大叫一聲，打出了一拳，可是這一拳綿軟無力，人椿紋絲不動，自己卻疼的哇哇直叫，然後甩甩手，不好意思地看了看木生。

　　木生在旁微微笑了笑，並沒有說話。之後兩人又練習了好一陣子，練得水生手腳痠痛。

　　兩人稍作休息時，水生問道：「哥，為什麼我的拳總是沒有力量呢？要怎麼樣才能打出力量很強的拳呢？」

第十四章　水生遭遇霸凌

木生說道：「練習拳法首先要練習心法，你要懷著一顆想要打破一切的心，再把全身的力量集中在一點，盡全力爆發出來，就能打出最強的拳。」

水生聽後低頭自言自語道：「打破一切的心？」

木生說道：「是的，你要懷著一顆想要打破一切的心，就真的能打破一切。」

就這樣，水生白天在學校的軍事訓練課上練習拳法，回到家裡，就在木生的指導下繼續練習，不論是技術還是力量都進步很快。

隨著平知縣來學校視察的日子逐漸臨近，大家更加努力練習了。平知縣視察的前一天，軍事訓練課結束後，賈教官將大家集合起來，訓話道：「同學們，明天平知縣就要來學校視察了。這些天來，大家積極訓練，吃苦耐勞，毫不抱怨，我親眼看到大家水準的提升，深表欣慰，也對大家明天的武藝拳表演充滿信心！我深深的為你們感到驕傲！現在公布武藝表演領隊名單！」隨後，拿出名冊，準備宣佈人員名單。

同學們都靜靜的站立，聚精會神，洗耳恭聽，等待賈教官宣佈。

人群裡，岸子悄聲對他旁邊的吳義說道：「其中一個肯定有你吧，你的拳法一直都打的這麼好。」旁邊的武子也說道：「對呀，肯定有吳義！」吳義則自信的笑了笑，繼續端正站立。

賈教官拿出名冊，念道：「這四個人是，範小星、武藝宏、劉啓……」

聽到這裡，吳義自信地挺起胸膛，站的筆直，等著賈教官喊出自己的名字。

只聽賈教官繼續念道：「……曹水生。」

吳義一聽到水生的名字，驚訝的張大嘴巴，不可置信的瞪大了眼睛。

　　周圍的武子和岸子也驚訝地說道：「不是吳義啊？我還以為肯定是吳義呢！」「對呀，竟然是水生！不過那傢夥最近好像是變厲害起來了呢。」

　　吳義逐漸低下頭，抿著嘴，一言不發，臉上流露出無比失落的表情。

　　水生聽到自己的名字後「哎？」了一聲，半天沒有反應過來，狗娃湊過來笑著說道：「水生！你好厲害！」水生這才不好意思的笑了笑，他沒有想到自己竟然能做武藝拳表演的領隊。

　　賈教官合上名冊說道：「以上四名同學做為領隊站在隊列的最前面，明天的武藝拳表演，大家加油！」

　　放學的路上，水生因被選為領隊而滿心欣喜，正興沖沖的一路蹦跳著回家，突然不知道誰扔了一塊石頭，砸在了水生腳下的不遠處，嚇的水生渾身一抖，停下腳步回頭張望，就看到吳義、岸子、武子三個人從身後不懷好意的走上前來，剛才的石頭就是他們扔的。

　　這三個人比水生高一級，也都比水生年長，身高也都高出一個頭，他們見水生停下腳步，就不懷好意的圍了上來。

　　原來，吳義一直懷疑自己家的雞是被阿茹娜的大黃咬死的，而水生和阿茹娜的關係最好，所以對水生也一直懷恨在心。而這次武藝拳表演的領隊名額又被水生給搶去，自然是新仇加上舊恨，就想要在放學路上欺負水生。

　　吳義用手戳了戳水生，輕蔑地說道：「喂！水生！聽說你武藝拳打的很厲害嘛，來，打一段看看！」說罷，就在水生面前晃悠著拳頭，做出打

第十四章　水生遭遇霸凌

拳的動作。水生見後，心裡害怕，低著頭不說話，只想著趕緊回家。可是被三個人圍著，水生怎麼也逃脫不開。

吳義看水生低頭不語，說了句「你不是很厲害嗎？！」就猛地上前一推，推得水生倒在地上打了個滾，痛的他皺著眉頭躺在地上，「哎呦呦」的直叫。

岸子和武子見狀，也都在旁邊拍著手哈哈大笑起來。

這時吳義跑過去一把就把水生的書包給搶了過來。水生不顧疼痛爬起來，對著吳義說道：「你們要幹什麼？還我書包！」

吳義拿著水生的書包，一邊笑一邊說道：「你的拳打的這麼厲害，怎麼連自己的書包都搶不回去？用你很厲害的拳法來搶啊！哈哈哈！」

水生急的跺腳直哭，上前就抓住吳義的衣服，想要搶回自己的書包，可是吳義嬉笑著把書包一甩就扔給了岸子，水生轉身去向岸子搶書包時，岸子又把書包扔給了武子。

三個人就這麼把水生的書包扔來扔去，哈哈大笑，水生在中間搶不到書包，急的跺腳哭道：「把我的書包還給我！快還給我！」然後邊哭邊去搶書包，可是他哪裡搶得到？

吳義再次扔水生書包時，只聽「嘶啦」一聲，水生的書包被撕裂了，裡面的書隨著被撕壞的書包一起嘩啦啦的掉了一地，吳義三個人又再次鬨笑起來。

水生哭著蹲在地上，拿著被撕壞的書包，看著散落滿地的書，哭的更傷心了。

吳義三人將水生圍在中間，絲毫沒有要走的意思，吳義嬉笑著，拍著手繼續衝著水生叫罵道：「後媽！後媽！後媽！哈哈哈哈！」然後岸子和武子也都一起一邊拍手一邊起鬨道：「後媽！後媽！哈哈哈！」

水生時常聽村裡的傳言說孟氏是自己的後媽，他並不是親生的。這時又聽到吳義「後媽」「後媽」的叫，委屈的淚水再也忍不住了，他跪在地上，把頭埋的低低的，眼淚啪嗒啪嗒就往下掉。

這時，從他們身後，一個人走了上來，冷冷的說了句：「你們三個欺負一個，不太好吧。」那三人一回頭，就看到了木生，冒了句「曹教官！快跑！」就連滾帶爬，頭也不回的跑掉了。

原來在學校放學後，木生在回家的路上看到吳義三人在欺負水生，就上前去忿忿不平的制止了他們。

這時水生正低頭跪坐在地上，散落一地的書也不去撿，不停的抹眼淚。木生並不去幫水生撿書包，只是站在旁邊淡淡的說了句：「水生，回家了。」

水生這才低著頭含著淚水，慢慢的收拾好書包，低頭跟在木生後面，回家了。

第十五章
初遇鳴妹兒

　　水生跟在木生後面，低著頭回到家裡。孟氏正拿著手裡的針線活，自言自語地說：「終於做好了，不知道合不合適。」就聽見外面木生推門進來，說了句：「媽，我回來了。」

　　孟氏收拾好針線，走出房間說道：「你們回來啦。快去洗手，準備吃飯吧。」

　　孟氏看到後面低著頭的水生，發覺水生渾身是灰，情緒低落，就上前關心地問道：「水生，怎麼了？身體不舒服嗎？」然後發現水生手裡的書包被扯破，裡面的書就要掉出來，就上前拿起書包問道：「水生，你的書包怎麼破了？快給媽媽，媽媽去給你縫洗一下。」

　　水生低著頭不說話，將書包交到了孟氏手裡，就冷冷的走開了。

　　孟氏心裡奇怪，轉頭問木生：「水生今天怎麼了？在學校發生什麼事了嗎？」

　　木生輕輕的搖了搖頭，淡淡的說道：「沒什麼事。」

　　也許是因為水生前幾天才大病初癒，孟氏仍不放心，用關切的目光，注視著水生的背影，看著他慢慢走進了自己的房間。

不一會兒，曹華也回到了家裡。孟氏準備好了飯菜，吃飯時間了，水生卻一直在房間裡不出來。

曹華問道：「水生怎麼了，怎麼還不出來吃飯？」

孟氏放好碗筷，說道：「我去看看吧。」便走進了水生的房間，就見水生正趴在床上，委屈的直掉眼淚。孟氏上前搖了搖水生的肩膀，關心的問道：「水生，你怎麼了？是不是身體不舒服？」

水生起身，卻不去正眼看孟氏，把頭撐到一邊冷冷地說道：「我沒事。」

孟氏看水生滿臉淚痕，眼睛哭的又腫又紅，說道：「還說沒事，你看你眼睛都哭紅了。到底發生了什麼事，告訴媽媽，好嗎？」說罷，就要去給水生擦眼淚。

水生一把推開孟氏的手，喊道：「我都說了！我沒事！妳煩不煩啊！」然後就氣沖沖的走了出去，一頭剛好撞上了門口的木生，木生說道：「水生，你過來，給你看一個東西，媽媽給你做的。」

哪知道水生今天脾氣很倔，說了句「我不看！」扭頭就往門外走。木生不說話，跟在水生的後面。

這時孟氏也出了房間，曹華奇怪地問道：「水生今天怎麼了？」孟氏搖搖頭，說道：「不知道。可能是和同學吵架了吧。」

水生走到大門外，站著不說話，木生在身後說道：「水生，媽媽給你做了……」話說了一半，就被水生打斷道：「她不是我的媽媽！」水生眼睛裡泛著淚水，抬著頭倔強地看著木生。木生愣了一下，說道：「不要聽別人胡說。」

第十五章　初遇嗚妹兒

這時孟氏也跟了出來，看到木生和水生兩人，頓時感到氣氛很奇怪，走上前去對水生說：「水生，在學校發生什麼事情了嗎？被同學欺負了嗎？快進來吃飯吧，媽媽給你熬了你最喜歡的粥。」

話還沒有說完，水生就一把推開孟氏，叫道：「妳不是我的媽媽！妳走啊！妳走！」

孟氏聽後愣在了原地，鼻子一酸，淚水啪搭啪搭的就掉了下來，隨後含淚對水生說道：「水生，我的孩子，我就是你的媽媽啊！」

這時曹華也出來了，孟氏便轉頭用顫抖的聲音含淚對曹華說道：「水生就是我們的孩子，對吧？」曹華聽後也大概明白了幾分，他上前圍住孟氏的肩膀，說道：「當然是的，你忘了嗎，懷孕的時候，你就已經給他取好了名字，曹水生。」

孟氏聽後，思緒一下就回到了十年前，那時，木生已經八歲了，而她也已經懷孕八個月了。她滿臉幸福，溫柔地撫摸著自己一天天大起來的肚子，對身邊的曹華說：「我的孩子。我的孩子。我們第一個孩子叫曹木生，這個孩子就叫曹水生吧！」

曹華笑道：「水生，水生，好名字！」

然後孟氏笑著低頭撫摸著自己的肚子，這時肚子裡的孩子突然動了幾下，痛的孟氏喊道：「別踢媽媽啦！你這個臭寶寶！再踢媽媽，媽媽就不要你啦！」

曹華則在旁笑著說：「真是一個調皮的寶寶啊，妳知道嗎，孩子呀，都是來還人情債的。」

孟氏好奇的問道：「人情債？」

曹華繼續笑著說道：「是呀，他呀，上輩子欠妳的，所以這輩子他來做妳的孩子，來還他上輩子欠妳的人情債。你要是不要他，你們之間的緣分就斷了。」

孟氏嗔笑道：「哪有什麼上輩子，迷信。」

想到這裡，孟氏收起思緒，含淚說道：「水生，我就是你的媽媽啊。」一邊上前想要抱住水生。

水生卻繼續喊道：「我知道！我都知道！妳根本不是我的媽媽！妳走啊！妳走！」

木生聽後，上前兩步，掄起手掌，「啪」的一聲，一個巴掌狠狠地甩在了水生的臉上，這個巴掌打的水生腦袋嗡嗡直響，臉上火辣辣的疼。

水生捂著臉，豆大的淚水瞬間從眼眶裡翻滾而出。木生憤憤地看著水生，卻說不出話來。

水生委屈的看著哥哥木生，滿臉淚痕的喃喃說道：「她本來就不是我的媽媽……她本來就不是……她本來就不是我的媽媽啊！！」然後轉身頭也不回的哭著跑開了。

水生邊哭邊跑，一路嚶嚶啜啜的跑到了村口的大樹樁前，坐在上面，一個人哭的更加傷心了。

一直到夜色漸深，氣溫降低，前些天的秋雨讓這夜晚更加寒意颼颼。水生蜷縮在樹樁上，冷的立起衣領，稍稍裹緊了衣服。

第十五章　初遇嗚妹兒

　　這時，從樹樁後面傳來一陣微弱的「嗚嗚」叫聲，水生回頭一看，只見在樹樁後面有一個渾身閃著淡粉色光芒的小精靈！

　　那個小精靈渾身毛絨絨的，身後還有一個大大的毛絨絨尾巴，臉上長著一雙烏黑圓溜溜的大眼睛，豎起的耳朵尖尖小小的，凸起的鈕釦形的鼻子下面是粉色的小嘴巴，此刻腦袋滴溜溜的轉，正躲在樹樁後面，探出腦袋，瞪著大眼睛好奇地看向水生，模樣煞是可愛。

　　水生看到那精靈後，抹抹眼淚，湊上前去說道：「哇，你好可愛呀。你叫什麼名字？」

　　水生見那精靈不害怕也不躲閃，就輕輕將其抱了起來，捧在手心，輕聲問道：「這麼晚，你怎麼一個人在這裡呀？不冷嗎？」

　　那精靈縮在水生手心上「嗚嗚」的叫了幾聲，水生聽後說道：「你說你不怕冷？別逞強喔，天氣一天天冷了，小心別感冒。」

　　水生又繼續問道：「你怎麼一個在這裡啊，你的媽媽呢？」

　　那精靈眼睛突然失去光澤，垂下眼簾，低聲可憐兮兮的叫了句「媽……媽……」，又低聲開始「嗚嗚」直叫。

　　水生驚訝地說道：「什麼？你的媽媽被壞人害死了？」那精靈含淚委屈的點點頭，水生心裡突然一陣難過，輕輕的把那精靈抱在懷裡，流淚哽咽說道：「我也和你一樣，沒有媽媽……」

　　那小精靈聽後就跟著水生一起「嗚嗚」的哭了起來。良久，水生擦了擦眼淚，說道：「我給你取一個名字吧，你總是『嗚嗚』的叫，要不然就叫你嗚妹兒吧！」說罷，就嗚妹兒嗚妹兒的逗那精靈玩起來，嗚妹兒也高

興的在水生懷裡上跳下竄,一會兒鑽到水生袖口裡,一會又竄到水生肩膀上,逗得水生哈哈大笑。

嗚妹兒看水生胸前有一個口袋,就「嗖」的一下鑽了進去,然後就神情慌張的猛地跳了出來,躲在樹樁後面,瑟瑟發抖,「嗚嗚」的朝水生直叫。那口袋是孟氏為了讓水生裝手絹,專門縫上去的。

水生見狀笑道:「那不是什麼妖怪敲鼓的聲音,那是我的心跳。」原來水生的口袋正是水生心臟的位置,嗚妹兒剛鑽進口袋就聽到了水生撲通撲通的心跳聲,嚇了一跳,才慌忙跑開。

水生輕輕捧起嗚妹兒,繼續說道:「每個人呀,都是會有心跳聲的,沒有心跳的話,人就死啦。」嗚妹兒這才小心翼翼的又鑽進口袋裡,輕輕的貼著水生的胸口,豎起耳朵,仔細傾聽水生心跳的聲音。

不一會兒兩人玩累了,嗚妹兒就鑽進水生胸前的口袋裡,在裡面呼呼的睡著了。

第十六章
魔族的入侵

　　夜逐漸深了，水生和鳴妹兒正在村口的大樹樁上玩，突然聽見遠處傳來一陣馬蹄聲。

　　水生抬起頭循聲望去，只見夜幕下似乎有不少人影正策馬朝村莊的方向飛馳而來。水生捂著胸前的口袋，下意識地躲到了樹樁的後面。

　　不一會兒，那群人就近了，水生悄悄探出頭，藉著月光一看，就看到約莫二十來個人，正騎著馬衝向村莊。這群人面相醜陋，皮膚粗糙，渾身穿著奇特，他們身上披著牛皮斗篷，挎帶弓箭，腰間繫著動物毛皮做的小圍裙，腿上綁紮著腿套，是水生從來都沒有見過的服飾裝扮。

　　等那群人走遠了，水生才從樹樁後面爬了出來。不一會兒，他就看到村莊裡點起了很多火把，聽到了時不時傳來人的大喝聲。在火光的照應下，人們斑駁陸離的影子在遠處的牆上胡亂的跳動，哭喊聲和呵斥聲混作一團。水生不知道發生了什麼，只是隱約感到好像出事了，便辭了鳴妹兒匆忙起身往家裡走。

　　原來，那群人正是魔族！他們趁著月色潛入了龍之縣！之前有情報說關外發現了魔族的蹤跡，所以駐守邊關的軍隊才會加緊巡邏，學校也才會開設軍事訓練課。

魔族這次洗劫的目標正是水生的村莊，他們趁夜色漸深突然闖進村裡，挨家挨戶的尋找。為了避免有人逃跑去報官，他們把人們趕到村前的空地上。

　　村前的空地上，站在最前面的人身材高大魁梧，雙手叉腰，這便是魔族首領！幾個魔族士兵正手持大刀和弓箭，凶神惡煞地站在旁邊，其他魔族士兵則揮舞著大刀，一邊大聲叫嚷著驅趕著人群，一邊野蠻地搶奪財物。

　　受到驚嚇的人們，哭喊著，抱頭彎腰四處逃竄。人群裡，曹華、孟氏和木生也抱作一團。人們都抱頭蹲在村前廣場中央，小聲哭喊著，一個個嚇得瑟瑟發抖。

　　魔族首領站在村前廣場的龍字旗下，朝著慌亂的人群喊道：「都給我安靜！」說罷，舉起大刀猛地朝旗杆劈砍過去，閃過一道寒冰的刀光之後，就將旗線砍斷了，龍字旗嘩啦啦的就飄落下來，掉在地上。人群瞬間安靜了下來。

　　魔族首領站在旗杆下，狠狠地將龍字旗踩在腳底下，傲慢的平視眼前慌亂的人群。本來和父母蹲在一起的木生看到國旗受辱，眼中放出了憤怒的火光，恨的咬牙切齒，雙拳緊握。龍字旗是龍之國的象徵，是木生拚死也要保護的榮譽啊！

　　木生恨恨地緊盯魔族首領，慢慢地站起身來。孟氏看到了，慌忙把木生一把抓住，然後緊緊摟在懷裡，說道：「孩子！別幹傻事！」此時的木生沒有武器，又寡不敵眾，上去硬拚肯定是白白送死。

　　還好魔族首領並沒有察覺，他在臺上繼續說道：「我們魔族是講道理的，我們正在尋找一個人。你們誰要是不老實，想要跑去報官，就休怪我

第十六章　魔族的入侵

不客氣！」然後給旁邊的魔族士兵使了一個眼色，那士兵二話不說拿起弓，搭上箭，拉滿，「嗖」的一聲就射出去了！只聽「嘭」的一聲，直挺挺的深深插入了遠處一棵大樹的樹幹裡。眾人無不驚恐。

突然從樹幹後面，傳來了「啊」的一聲，出現一個人影，他似乎是受了驚嚇，撲通一下一屁股就坐倒在地上！

那個魔族士兵只是想震懾一下人群，沒有想到樹後面竟然還藏有人，也嚇了跳。大家都藉著火把的光線，向那棵樹看去。原來是水生！

水生此刻正驚慌失措的癱坐在地上，渾身顫抖，嚇得魂不附體，正瞪著驚恐的眼睛，張大嘴巴，以為魔族要殺了自己。

原來水生看到村莊方向出了事，便告別了嗚妹兒趕忙往回走，他遠遠就看到魔族士兵拿著刀槍驅趕人群，火把映紅了天際，廣場上哭喊連連，人影攢動。雖然看到魔族來者不善，但是水生擔心家人，便悄悄地走近，藏在一棵大樹後面。沒想到那個魔族士兵為了恐嚇村民，射了一支箭，竟然將水生給嚇了出來。

那魔族士兵下意識的再次答箭彎弓，瞄準水生，大喊一聲：「誰！」這時廣場上的孟氏、曹華和木生也都發現了水生，大家都憂心忡忡，不知道他跑到哪裡去了。

這時孟氏看到那魔族士兵用弓箭瞄準了水生，不顧周圍手持利刃，全副武裝的魔族士兵，大喊一聲「不要啊！不要！」便站起來衝了上去。原來孟氏擔心水生受到傷害，想要上前保護。

曹華和木生趕忙起身去拉孟氏，一時間，曹華和木生的叫聲，村民的喊聲，魔族的怒喝聲，摻雜在一起，整個廣場上亂作一團。

那魔族士兵情急之中，竟然一失手慌亂地射出了那支箭。那箭「嗖」的一聲便朝水生飛射過去。以那支箭的威力，如果水生被射中，恐怕一下子就一箭穿心，一命嗚呼了。即使沒有射中致命的部位，恐怕也性命難保。

可是箭的途中卻出現了孟氏的身影！她為了保護水生，伸展雙手，用自己的身體將水生保護在後！只見那支箭「噗」的一聲，便深深地插入了孟氏的胸膛。孟氏悶聲「啊」的一聲，便倒在了地上昏死了過去！胸膛上一時間血流如注，一瞬間地上便染紅了一大片！

曹華和木生哭喊著跑向孟氏，廣場上的人群也都慌張起來，一時間廣場上一片大亂，那魔族士兵也愣在原地，放下弓箭，傻傻地看著躺在血泊裡的孟氏。水生也哭著跑到孟氏身邊，嚎啕大哭起來。

曹華哭著爬到孟氏身邊，叫著孟氏的名字扶起她，慌亂中按著滿是鮮血的傷口想要給她止血，可是鮮血不斷向外噴湧而出，怎麼也止不住。

木生跪在旁邊哭喊了聲「媽！」就哭的再也說不出話來，他起身緊緊握著拳頭，咬著牙關，用飽含淚水的雙眼怒視著魔族士兵，如果木生此時手裡有武器的話，他一定會起身第一時間和魔族廝殺起來。

木生雖然沒有武器，面對全副武裝的魔族士兵，木生內心的仇恨依然戰勝了恐懼。他憤怒的注視著那魔族士兵，緩緩起身，從他的雙眼裡似乎要噴出仇恨的火焰，那些火焰就像變成了無數的利劍，彷彿一瞬間就可以將眼前的魔族士兵刺穿成馬蜂窩。

那魔族首領緊緊盯著水生，然後忽然驚叫道：「就是他！他就是魔力人柱！」說罷拿出一個小小的黑色葫蘆，打開蓋對準水生，就見一陣黑煙流淌而出，然後繚繞在水生身邊！

第十六章　魔族的入侵

這時，忽然從遠處傳來一陣馬蹄聲！一大隊人馬正在趕來！是龍之國的將士們！最前面的是賴老將軍，他一邊騎馬一邊嫻熟地搭弓射箭，「嗖」的一聲就射出一支箭！

那箭直衝魔族首領而去，劃破了他的手臂，他對水生的施法也被瞬間打斷！繚繞在水生身邊的黑色霧氣也轉瞬間消散了！

魔族首領見後，慌忙大喊一聲：「快走！」便翻身上馬，揚鞭飛快的倉皇逃走了，其他魔族士兵也都神情慌張的跳上馬，跟在魔族首領身後飛快地溜走了。

而那愣神的魔族士兵在慌亂之中跳上一匹馬，動作稍稍遲疑，就被龍之國的將士們團團圍住，刺下馬來！其他魔族則頭也不回地逃走了！

賴將軍立刻下令兵分兩路，一路繼續追擊魔族，自己則留下保護村民！那受傷的魔族士兵也被將士們按倒在地，五花大綁起來！

此時，在一片混亂的廣場上，曹華流著淚一手緊緊壓著傷口，一手緊緊抱著孟氏，木生跪在旁邊，看著渾身是血的孟氏，一直哭一邊喃喃說著「媽媽……媽媽……」

驚魂未定的村民們也紛紛圍了上來，有的人拿出布條試圖幫助孟氏止血，有的人不住地搖著頭哀惋嘆息，有的人咒罵著魔族。

賴將軍見後，命人維持秩序，大聲尋找醫師的救助。這時人群裡，有一個村裡的老中醫，人稱華老。華老已經年過七旬，身體依然硬朗，他看見孟氏中箭倒地，就趕緊湊上前來。

曹華見華老過來，哭著說：「華老先生，求求你救救我老婆。」此時孟氏渾身綿軟無力，氣若遊絲，已經由於失血過多而昏死過去了。

華老先是用布按壓住箭根部，然後小心翼翼的一點一點把箭慢慢拔出來，然後再用布按壓住傷口。不一會兒，突突往外湧的血終於止住了，然後華老見血終於止住，便囑咐曹華按好傷口，自己則拿起孟氏的右手，為孟氏把脈。

木生在一邊不停地抹眼淚，水生早已經哭成了淚人，跪在地上不停地哭喊著「媽媽，媽媽。」

周圍的村民有的幫忙遞止血用的布，有的端了清洗傷口用的水，有的在周圍高舉著火把，為華老照亮。曹華無比心疼的看著懷裡的孟氏，流著淚問道：「華老先生，我老婆不會有事吧……」

華老沉吟了半晌，說道：「看血的顏色，應該沒有傷到重要的內臟。但是我聽夫人的脈聲，應該是十年前懷生二胎時，受過嚴重的傷害，導致常年氣血不足。這次又失血這麼多，不知道能不能熬過這一關。」

水生一聽華老說到「十年前」「懷二胎」，便「哇」的就哭出來了。自己今年剛十歲，那麼媽媽十年前身懷的二胎，不是自己倒是什麼？

水生內心充滿了無限的懊悔和自責，媽媽拚了自己的性命保護著自己，他還聽信別人的讒言和毀謗，口口聲聲說孟氏不是自己的親生媽媽。如果不是自己亂跑出家門，後來被魔族發現，媽媽也就不會為了保護自己被弓箭所傷了。想到這裡，水生哭的更大聲了。周圍的村民們也都紛紛掩面落淚。賴老將軍也表情凝重。

第十七章
孟氏之死

賴將軍命令士兵們在村莊附近設立關卡，十人一隊徹夜巡邏，積極救助村民，調查損失，收起國旗。

賴將軍表情凝重地單膝跪在孟氏身邊，詢問傷情。曹華扶著孟氏流著淚一一作答，旁邊是哭哭啼啼的水生和緊握拳頭含著淚的木生。

他得知木生正是戍守龍之縣的士兵後，起身上下打量了木生，只見眼前這個大男孩，身材高大，濃眉大眼，滿臉淚痕表情中卻帶著不屈，便說道：「你的媽媽一定會沒事的。」

就聽身後就有士兵來報：「將軍，旗繩已經修好了。」賴將軍聽後叮囑周圍的士兵全力照顧好孟氏，剛轉身要走，像是想起來什麼似的，對木生說道：「曹木生，你隨我來。」

隨後賴將軍和木生在一群人的擁簇下，來到了廣場中心的龍字旗下，已經有兩個將士站在旗杆下面，手握繩子，正等待賴將軍一聲令下，重新升起龍字旗。

賴將軍並沒有立刻下升旗的命令，而是緩緩地對木生說道：「一百年前，天空綻裂，魔族從中竄出，大舉入侵。無數的人慘遭屠戮，神州大地

慘遭蹂躪。最終，我們的革命先烈不折不撓，終於戰勝強敵，至德翁也犧牲了自己，修復天空，給我們帶來了和平。」

木生筆直地站在旁邊，雙手握拳，表情悲痛，正緊緊抿著嘴，咬著牙，努力不讓眼眶裡的淚水流下來。

賴將軍繼續說道：「魔族入侵時，我們龍之國的各族兒女英勇反抗，前仆後繼，奮勇殺敵，無數人獻出了自己年輕寶貴的生命。如今，魔族再次現身，他們很可能再次捲土重來，禍亂我龍之國的安寧。你是一名戍守邊關的戰士，要努力訓練，成為龍之戰士，為了龍之國的安寧，為了讓龍字旗永遠飄揚在龍之國上空，為了子子孫孫安定的生活，護我民族尊嚴，抵禦魔族！」

木生聽到這裡，想起方才在村莊裡四處搶掠的魔族，又想起被魔族射殺成重傷的媽媽，緊緊抿著嘴唇，眼淚嘩嘩的就流來了下來。

賴將軍見狀，上前兩步，拿過將士手中的旗繩，轉身遞給木生，大聲說道：「曹木生！給！這面國旗這次由你升起！」

木生抹了一把眼淚，立正說了聲「是！」，便兩步上前，接過旗繩，莊嚴肅穆地注視著龍字旗，隨著賴將軍的一聲令下，木生緩緩拉起旗繩，龍字旗隨之緩緩升起。

周圍的士兵將士無不表情莊重，挺胸抬頭，肅穆地注視著冉冉升起的龍字旗。木生心裡百感交集，澎湃不已，他見過無數次的升旗，可是這還是他第一次自己親手升起龍字旗。

第十七章　孟氏之死

　　不一會兒，龍字旗就呼啦啦的重新飄揚在上空。在木生看來，那麼的莊重，那麼的鮮豔，彷彿夜空中最亮的明燈一般，彷彿照耀著廣場上的每一個人，也照亮了整個大地。

　　孟氏也在將士們和村民的幫助下，回到家裡休養，雖然傷情逐漸穩定，卻依然處於昏迷狀態，整個人臉色蒼白，氣若游絲。曹華和木生兩個人守在床前，一夜未睡。水生也守在孟氏身邊，不肯睡覺。

　　三人正徹夜守著孟氏之時，木生從床頭拿出了一個小包，遞給水生，含淚說道：「水生，這是媽媽給你做的。」

　　水生開打小包一看，原來是一雙新的千層底布鞋！原來孟氏看天氣漸漸轉涼，怕水生受凍，這幾天一直在給水生做新鞋。水生抱著媽媽給他做的新鞋子，彷彿看到了媽媽正在深夜裡油燈下一針一線納鞋底的模樣，眼淚啪搭啪搭的就往下掉。

　　半夜，孟氏喉嚨裡突然發出悶悶的痛苦之聲，曹華、木生和水生慌忙起身前去查看，就見孟氏微微睜開了眼睛。

　　水生上前緊緊抓住孟氏的手，哭腔著說道：「媽媽……」孟氏看了看旁邊的水生和木生，微微笑了笑，半晌方才對曹華輕聲說道：「大洪水來了……帶著孩子們快跑……」

　　曹華一聽，以為孟氏在做夢說胡話，便關切地輕聲說道：「妳受傷了，好好休息，好好養傷。妳會好起來的，一切都會好起來。」

　　孟氏輕輕搖了搖頭，繼續喃喃說道：「大洪水來了……真的來了……全都被淹了……只有一條船……船長說沒時間了，讓我快點上船……我

說，我的丈夫還有兩個孩子還沒有上船，我不能丟下他們……船長說，你的三個孩子裡，有一個已經安全的上船了，另外兩個還沒有……」

說到這裡，孟氏緩緩閉上眼睛，從眼睛裡流出的豆大的淚水，從眼角順著面頰流向耳根，再落到了枕頭上，她閉著眼睛，微微平復了一下呼吸，繼續說道：「曹華，其實我們的孩子水生，十年前就已經被魔族搶走了……對嗎？……」

聽到孟氏這麼一說，曹華的思緒一下就回到了十年前的那一天，那天木生和朋友們一起去河邊玩，他和已經懷孕八個月的孟氏兩個人在家裡，兩人正商量著給肚子裡的孩子取名叫水生。這時外面一群魔族的侵入打破了寧靜……想到這裡曹華的眼淚刷的一下就流了下來。

木生也想起了十年前的那一天，那天他和朋友們在河邊玩水時，不小心掉進了河裡。當時他遇到暗流，在水裡胡亂撲騰，嗆了好幾口水，怎麼也游不到岸邊。

朋友們也都急的在岸邊直叫，後來他們把衣服都脫下來，綁在一起，扔向木生，終於才將他拉上了岸。木生渾身溼透，全身顫抖，喘著粗氣，眼裡佈滿血絲，當他步履蹣跚的回到家裡，剛推開門，便和正要出門的曹華撞了個滿懷……想到這裡，木生眼裡噙滿了淚水，低下頭去不再說話。

曹華抹了把眼淚，拍了拍水生的頭朝孟氏強顏歡笑地說道：「妳在說什麼啊，水生這不是好好的在這裡嗎？別胡思亂想了，妳好好養傷要緊。」

孟氏聽後，嘴角露出了一絲釋然的笑容，她緊緊抓住水生的手，用充滿無限愛憐的眼神看著水生，細聲溫柔的說道：「水生，我的孩子……水生，我的孩子……媽媽愛你……」

第十七章 孟氏之死

水生咧著嘴，哭喊了一聲「媽！」，便「哇」的一聲就趴在床邊哭了。

孟氏微笑著，深深舒了一口氣，說道：「剛才有人告訴我，說地府裡空了一個熬粥的職位，讓我去呢。」說罷，便緩緩閉上眼睛，倒頭睡了過去。

第二天天亮，孟氏卻沒有能醒過來。水生家裡隨即傳來了曹華、木生和水生三個人撕心裂肺的哭喊聲。孟氏死了。

曹華中年喪妻，心如刀絞，整個人悲痛欲絕，從被淚水模糊的視線中，他彷彿看到了他二十年前初來龍之縣置地打拚的情景，還有和孟氏相識，一同搭建婚房，以及婚後的點點滴滴，兩人曾因為第一個孩子木生的出生而欣喜不已，也曾因為孟氏身懷第二個孩子水生時而翹首期盼，這一切都彷彿發生在昨天一般。

如今，龍之縣經濟日漸發展，人們的生活也越來越富足，越來越安寧，可是魔族的出現卻打破了這裡的平靜，讓龍之縣籠罩在一片焦慮和不安之中，也讓曹華的家庭支離破碎。

一向沉穩內斂外表冷冰的木生此時也陷入了深深的悲痛之中，他跪在孟氏床邊，緊緊握著拳頭，淚流不止。這時，木生想起了魔族入侵的歷史，由他親自升起的龍字旗。媽媽的離世帶來的無盡傷痛，在木生心中逐漸化成了對魔族無盡的仇恨，他要變得強大，成為一名保家衛國的龍之戰士，給媽媽報仇！

木生臉上的表情忽然由悲痛瞬間轉變為憤怒和憎恨，他大叫一聲就跑出了房間，飛奔到前院的人樁處，一邊怒不可遏的吼叫著「殺！殺！殺！」，一邊使出全身的力氣揮舞著拳頭砸向人樁。人樁被他打的搖搖晃

晃，灰塵四起。木生的拳頭也皮開肉綻，鮮血四濺。水生絲毫感覺不到疼痛，他滿腦子都是報仇的信念！

水生早已經趴在床上哭的上氣不接下氣了。坊裡早有傳言，說自己是曹華和孟氏撿來的孩子，並不是親生的。他也經常能感覺到村民在背後指指點點議論紛紛，可是每當他在場時，大家卻又裝作沒事一樣。

水生小時候和其他孩子吵架之後，他們就會罵「後媽！後媽！」而水生總是哭哭啼啼的回家，問曹華和孟氏「爸爸媽媽，我到底是不是你們親生的啊？」曹華和孟氏總是告訴他「你當然是爸爸媽媽親生的啦！」可是這樣的答覆卻絲毫不能平息水生心中的疑問。

昨天村裡的老中醫華老親口說出的話，才讓水生真正明白了過來，孟氏就是自己的親生媽媽啊。而自己昨天的自私任性，不僅深深傷了媽媽的心，還導致媽媽為了保護自己而遇害。水生萬分悲痛，心中無盡的悔恨和自責，一度哭的昏厥過去。

這時，在大門外，前院裡，村民和將士們都逐漸聚集了過來，村民們各個搖頭惋惜，嘆氣不已，巡邏守夜的將士們也都各個表情凝重。這時出現了一個高大的身影，他撥開人群，闊步走了進來，後面還跟了兩個差役，是夏捕頭。夏捕頭一大早就聽說出事了，邊趕忙帶差役來到村裡，四處走訪，詢問調查，做了詳細紀錄，在向很多人瞭解情況後，便到曹華家慰問。

夏捕頭做了詳細的調查，便帶人趕回衙門，平知縣一大早也聽聞了此事，等待著他彙報狀況。

第十七章　孟氏之死

　　曹華深受打擊，頹廢萎靡，還是在全體村民們的幫助下，才終於開始辦理孟氏的喪事。木生在經歷了一早上失去媽媽的痛苦後，強打起精神，開始安排佈置靈堂，準備擇日下葬。他知道明天是平知縣來視察的日子，而且還有由他負責教導指揮，水生做為領隊之一的武藝拳表演！即使有萬般困難，他也一定要參加！

　　第二天中午，木生和木生跪拜母親的靈床後木生才含淚拎著精神萎靡的水生趕往學校。

第十八章
武藝拳表演

　　這天，平知縣一大早就聽取了夏捕頭關於魔族入侵的報告，其他人紛紛提議為了安全起見，取消這次視察工作，夏捕頭也建議待時局穩定再做打算。可是平知縣卻不為所動，堅持按照原定計畫進行。

　　為了保障平知縣的行程安全，賴將軍加強附近的保全工作，增加村莊附近巡邏的人數和頻率。為了防止魔族喬裝潛入，他還安排很多便衣混入人群，整個村莊附近十步一崗五步一哨，戒備森嚴，防衛嚴密，隨著平知縣即將來訪，守衛將士們如臨大敵。

　　中午，平知縣帶領一眾隨從，浩浩蕩蕩的抵達了村裡，在人群的擁簇下來到了水生所在的學校，視察軍事訓練課的訓練情況。

　　待平知縣到操場貴賓席入座完畢時，同學們已經在操場排好隊伍，筆直站立，整齊劃一，隨時準備進行武藝拳表演。在隊列最前面的，正是曹水生、範小星、武藝宏、劉啓四個人。

　　在隊列旁喊武藝拳口號的正是木生，他筆直站立，強忍悲痛，打起精神，隨著一聲悲愴嘹亮的號令聲，武藝拳表演隆重開始了！

　　同學們一邊喊著氣勢如虹的口號，一邊按步調出拳踢腿。

第十八章　武藝拳表演

雖然軍事訓練課開始的時間並不長，但是同學們卻節奏分明，有模有樣，動作精煉確實。每出一拳，踢一腳，都伴隨著全場震耳的口號聲，喊聲震天。

平知縣坐在貴賓席上，看著同學們的武藝拳表演，臉上露出滿意的笑容，他不斷微微點著頭，對表演讚不絕口。

不一會兒，待武藝拳表演結束，大家迅速再次站齊列隊。可是這時，隊伍前方卻有一個身影並未停止，是水生！

人們紛紛舉目望去，只見水生面目猙獰，滿臉淚痕，一邊吼叫著「殺！殺！殺！」一邊繼續揮舞著拳頭打拳。剛剛失去媽媽的水生，內心的悲痛自責和無盡的悔恨化成了對魔族的憤恨，正透過武藝拳表演肆意地發洩出來。

他突然想起了前幾天木生教他打拳技巧的情景。

水生：「哥，我要怎麼樣才能打出很強的拳呢？」

木生：「練習拳法首先要練習心法，你首先要懷著一顆想要打破一切的心，再把全身的力量集中在一點，盡全力爆發出來，就能打出最強的拳了。」

水生：「打破一切的心？……」

突然間，只見水生一步踏出，右拳微握，身體微微右側，然後大叫一聲，轟然揮出。那一拳揮舞在空中，卻如同打碎一面玻璃一般，發出了「砰」的一聲巨響，伴隨著一陣迅速散開的衝擊波，夾雜著萬鈞不擋的力量，這一拳剛勁有力，重如雷霆，在場的所有人都震驚的瞠目結舌，目瞪口呆。隊列旁邊的木生也是驚訝地看著水生，半天說不出一句話來。

水生保持出拳的姿勢，喘著粗氣，緊咬著牙關，眉頭緊鎖，眼中充滿了怨恨。

平知縣問站在旁邊的夏捕頭道：「夏捕頭，這個孩子，叫什麼名字，你可認識？」

夏捕頭道：「這個孩子叫曹水生，就是他的媽媽被魔族殺害了。」

平知縣聽後頭微微一側，眼神閃過一絲驚訝，緩緩地說道：「原來如此。」

夏捕頭繼續說道：「對了，他的哥哥就是隊列旁邊的曹木生，是副教官，去年應召入伍，在軍隊駐守邊關，這些日子負責這個學校的軍事訓練課，他的爸爸叫曹華，現在在軍隊軍需用品處的顏主管手下當差，主要負責管理軍需用品的出入庫工作。」

平知縣「喔」了一聲，便不再說話。

深秋在山間悄然變成紅黃的楓樹葉中悄悄來臨，遠處的深山如同披上金秋的盛裝一般，隨著一場場的綿綿秋雨和陣陣秋風變得更加迷人和絢麗，天氣也一天天變得更冷了。

深山中，大黃每天都在狼群的擁簇跟隨下，四處偵查狩獵，巡視地盤。不同的是，在他身邊，出現了一隻體型較小的白狼。這隻小白狼渾身純白色，身形小巧玲瓏，面龐靈性秀氣，時刻都形影不離的緊緊跟隨在大黃身邊，他們有時一起並肩奔跑，有時靜靜的依偎在一起親暱，有時一起站在山頂眺望遠方。

第十八章　武藝拳表演

　　魔族的入侵帶來的混亂並未打擾到山中的寧靜，大黃正在小白狼的陪伴下，帶領狼群四處狩獵。這天，他們花了整整一天的時間，緊緊追蹤一頭成年野豬，並最終在一小塊空地上成功將其團團圍住。

　　狼雖然屬於頂級捕食者，但是身材卻不比野豬高大，肌肉力量也和野豬相差甚遠，靠一對一的單打獨鬥是無法制服野豬的。他們在大黃的帶領下，利用團隊合作，將野豬團團圍住，敵退我擾，敵進我退，試圖將野豬的體力耗盡再做打算。

　　這頭野豬正值壯年，個頭高大，嘴角長著長長的獠牙，身材也十分壯碩，絲毫不願甘心就範，做著殊死的抵抗。只要狼群稍稍上前做出試探性的進攻，就會被野豬嚎叫著衝上來頂開撞飛。狼群則會在短暫的後退和散開之後，迅速再次收攏包圍圈。雙方就這麼一直僵持著。

　　狼在狩獵過程中，很有可能被獵物的蹄子、嘴角的獠牙或者頭上鋒利的角所傷，甚至可能重傷致死。所以為了儘可能避免自己受傷，狼捕獵時並不像老虎那樣利用伏擊和衝刺一下撲倒獵物，而是靠頑強的意志力和馬拉松式的耐力，不斷地追逐獵物，耐心地等待，待時機成熟，再一擁而上給獵物以致命的一擊。這個過程，有時需要花費很長的時間，需要跑很遠的距離。矯健勇猛的大黃則大大縮短了狼群狩獵的時間。

　　野豬無法驅散狼群，狼群也短時間之內無法制服野豬，雙方就這麼僵持對峙著。就在野豬負隅頑抗之時，也許是因為逐漸體力不濟，腳步開始稍顯凌亂，只見大黃瞅準時機，從包圍圈外猛地跳了進去，直撲野豬而去！那野豬還沒反應過來，來不及轉身防備，頃刻之間就被大黃咬住了背頸，翻倒在地！

那野豬發出悽慘的哀嚎聲，不斷地翻騰掙扎，他被大黃壓制，絲毫不能動彈。群狼見狀，一擁而上，紛紛上前撕咬。不一會兒，野豬就成了狼群口中的饕餮大餐。

狼群的等級制十分森嚴，大黃做為狼王，理所當然率先享受美食。大黃和小白狼在享受了野豬肉大餐後，就趴在旁邊互相舔舐親暱。這時，其他狼才紛紛湊上前來，啃食起來。

大黃本身就有狼的血統，在他加入狼群後，一次次原始血腥的狩獵，將他身體內潛藏的狼性逐漸激發了出來。他逐漸學會了狼的嚎叫，按照狼的行為生存著。他不論是狩獵、遷徙，還是視察領土，都能做出睿智的判斷，以高高在上的王者姿態，準確地向狼群發號施令。

在這片森林裡，大黃已經完全成為了主宰，他率領著狼群所向披靡，戰無不勝。

可是，大黃對人類村莊卻是秋毫不犯。即使人類圈養的牲畜極易捕獵，他也從未侵犯過。不僅如此，他還時常矗立在高高的山崗之上，就像一個守護神一樣，瞭望著遠處水生的村莊。那裡不僅有他和阿茹娜還有水生的回憶，還有他和巴圖的約定。

每當此時，大黃的眼中總是充滿了無限的期待和憧憬。他期待再次和巴圖團聚，期待著再次和阿茹娜、水生在一起。

過去曾經的種種，他並沒有忘記，只是悄悄地把那些過去美好的回憶深深地藏在內心最深處，靜靜地等待著再次的重逢。

第十九章
十年前的惡夢

　　視察工作結束後，平知縣回到縣衙已經很晚了，他稍作整頓就起轎回平王府。平王府正門高大莊嚴，威武氣派，大門正上方寫著大大的三個字「平王府」。

　　平知縣坐著轎子回到家裡，家裡的小廝、丫鬟就趕忙上前幫忙換衣洗漱，飯菜茶水也早已經準備好。平知縣年近四十得一獨子，如今二十多歲，名叫平貴之，人稱貴哥。貴哥從小本性貪玩，不喜歡習字念書，喜歡四處遊玩，平知縣對其也是疏於管教，其妻林夫人，又是因為正室早年病故而被扶正，也不便多說教。

　　平知縣這天回到家裡，貴哥正在院子裡教訓小廝。一個小廝正被幾個人壓在地上，哭天喊地的求饒。貴哥正拿著鞭子，一邊狠狠地抽打一邊咒罵：「我這酒可比你的命值錢多了！你這狗一般的東西，竟然給我全都灑了！要是打死你能換回我那杯好酒，我今天還不打死你！！」說完又狠狠抽了幾鞭子，那小廝屁股被打的血肉模糊，趴在地上，哭喪哀嚎著不斷求饒。

　　這時平知縣看見了，低聲淡淡的問了一句：「怎麼回事？」

貴哥扭頭看到父親平知縣回來了，走上前說道：「父親，我今天拿回來了一壺好酒想給父親品嘗，讓這臭小子斟一杯酒，他竟然把酒杯給打翻了！」

平知縣沒有說話，只是「嗯」了一聲，就見林夫人也上前來幫助平知縣更衣，說道：「貴兒，常言道生氣傷肝，如果氣壞了身體，豈不是等於灑了杯酒，自己再白白倒掉一大缸？不值得。如今老爺也回來了，正好一起品酒，不要為了這小廝誤了貴兒對老爺的一份心意。」

貴哥聽罷，笑道：「娘說的極是。」便扔了鞭子，跟著一起準備入餐。林夫人在平知縣身旁，拿著官服笑道：「貴兒今天還特意帶了幾壺好酒來呢，已經溫好了，就等你回來。」

貴哥接著說道：「是的，今天這最上等的好酒，請父親母親品嘗！」

平知縣並不回話，三人一邊說一邊入酒席，準備吃晚飯了。飯桌上早已經準備好了滿滿一桌豐盛的飯菜，三杯上等的好酒飄出濃濃的酒香味，沁人心脾。

平知縣隨便吃了幾口，喝了幾盞酒，心裡卻突然想到今天水生武藝拳表演時憤恨的眼神，便微微呆住了，微微皺了一下眉頭。貴哥見狀，奇怪的問道：「父親，這酒不好喝嗎？」平知縣這才回過神來，將手中的酒一飲而盡，說道：「好喝。是好酒。」

幾杯酒下肚，平知縣感覺頭腦昏昏漲漲的，便讓丫鬟收拾床鋪先入睡了。

第十九章　十年前的惡夢

深夜，迷迷糊糊之間，平知縣隱約聽到有人呼喊救命，便跳起身來，一把抓起床頭的佩劍，定睛一看，果然見一個人影邊哭邊朝他跑來！後面幾個魔族之人正張牙舞爪的追來！

平知縣大叫一聲「快過來！」，說罷將其保護在身後，便拔劍向魔族之人砍去！那幾個魔族之人便頃刻間化作一股青煙，消失了。

平知縣依然胡亂在空中亂砍一通，就聽到身後林夫人的聲音：「老爺！老爺！你快醒醒！你做夢啦！」

平知縣猛地一睜開眼睛，一個翻身就坐了起來，一把就抽出了床邊的佩劍，驚魂未定的喘著粗氣。

身後林夫人依舊在叫自己，平知縣這才逐漸緩過神來，原來是一場惡夢。平知縣呆呆地在床邊坐了良久，林夫人又安慰了幾句，兩人才逐漸又睡下。

可是平知縣卻翻來覆去怎麼也睡不著，他想起了十年前魔族入侵的事件。

十年前的某天，太陽剛下山，龍之縣夜空中突然出現了白色的星星，身後拖著長長的尾巴，向著太陽的方向延伸出去。天空似乎被劃開了一道裂縫一般！

第二天一大早，平知縣便趕忙召集了兩位通靈大師。這兩個大師一個法號化無極，另一個法號欲無聲。

兩位大師又是念經又是作法，後來，化無極大師告知平知縣，這顆星星其實就是災星！每當災星在天空出現，天空就會被劃破裂痕，魔族之人就會透過裂縫來到人間作亂。

平知縣聽後，重賞了兩位通靈大師，為了保衛龍之國，便開始加固城池，加強軍備。

不久，平知縣就做了一個很奇怪的夢。一天夜裡，他正在熟睡，就聽到有人呼救，便爬起身來。就見一個約莫十來歲的小男孩邊哭邊向他跑來，幾個凶神惡煞的魔族之人緊追在後。

平知縣趕忙抽出佩劍，將那小男孩救下，舞劍將魔族之人驅散後，問道：「發生了什麼事？你怎麼會在這裡？」

那小男孩哭道：「多謝大人相救！我今天正在家外玩，魔族就來了，對我說讓我幫他們保管一個東西，還拿出一個骷髏頭硬要塞給我。我就哭著跑開了，他們就來追我，然後就被大人救了。」平知縣聽的不甚明白，從那天後，晚上睡覺時，他就經常夢到這個小男孩，也總會把佩劍掛在最近的位置。

如今已經整整十年過去了。

平知縣這天又夢到那個男孩後，就再也睡不著覺了。他一個人緩緩站起身，手裡緊握著佩劍，藉著灑在地面上的月光，慢慢走到窗前，推開窗戶，正好能看見院中的龍字旗。

此時正值夜闌人靜的深夜，夜色籠罩著窗外的一切，星光稀疏，月色朦朧，樹影婆娑。白日的喧囂早已平靜，只能聽到窸窸窣窣的蟲叫聲。

本來因惡夢無法入睡的平知縣，站在窗前，想到幾天後的縣大會，更加心事重重。他抬頭看了看飄揚在窗外的龍字旗，心裡才稍感寬慰些。

第十九章　十年前的惡夢

　　龍之縣每年秋收過後，都會由平知縣主持，召集全縣農商業、軍隊、建築、教育等部門之各行業代表來參加大會，進行工作總結，共同商議明年發展規劃。魔族入侵事件定會成為本年度縣大會重點商議的內容之一。而縣大會後就是一年一度的比武大賽，挑選四名最具潛力的將士去雲柳寺進修。

　　第二天，水生家裡都是前來幫忙料理喪事的村民。他們在門口貼起了輓聯，家中掛起了白布，曹華、木生和水生三人也都穿起了白色的孝衣。

　　曹華精神萎靡不振，無精打采地垂著頭，終日一個人不停的唉聲嘆氣，不停地說著：「報應啊，這都是報應啊……」

　　木生強忍著悲痛，招呼村民，安排行事，一個人跑前跑後，忙來忙去。水生一個人縮在角落，難過的默默流著眼淚。然後獨自一人走出院門，悄悄來到了村口的樹樁前。剛坐下身來，就聽到身後「嗚嗚」的叫聲。

　　水生一回頭，就看到了一個渾身閃著粉色金光的小精靈從樹樁後面蹦了出來，是嗚妹兒！嗚妹兒歡快地跑了過來，一下子就跳入水生的懷中，就像見到一個久別重逢的老朋友一樣，在水生懷裡東蹭蹭西嗅嗅，興奮的「嗚嗚」亂叫。

　　水生含著淚水，輕輕抱起嗚妹兒，哽咽地說：「嗚妹兒……我沒有媽媽了……」說罷就傷心的哭了起來。

　　嗚妹兒聽水生這麼一說，呆呆地看著水生，低下頭喃喃說了聲「媽……媽……」，然後就和水生一起「嗚嗚」的哭了起來。

水生哭道：「嗚妹兒，你也想你的媽媽了嗎？」嗚妹兒委屈的點點頭，然後又咧著嘴哭了起來。兩人就這麼抱在一起哭了很久。

從那以後，水生和嗚妹兒就成了最要好的朋友。水生時常會來村前路口的大樹椿找嗚妹兒玩，還偶爾會給嗚妹兒帶去一些小糕點和零食，看著嗚妹兒狼吞虎嚥的大吃特吃。還會給嗚妹兒講學校發生的有趣事情，抱怨學校枯燥的課堂和做不完的功課，還有了無生趣的軍事訓練課，而嗚妹兒總是好奇地瞪大眼睛，聚精會神地聽水生講話。

水生沒來時，嗚妹兒就站在樹椿上，望著村莊翹首期盼等待水生；水生來時，他就在水生身上跳上跳下，興奮地「嗚嗚」亂叫；玩累了，就在水生胸前的口袋裡蜷縮著躺下，把腦袋鑽到自己毛絨絨的尾巴裡，聽著水生的心跳聲，呼呼的打個盹。

不知道為什麼，水生每當和嗚妹兒在一起時，總能感覺一種莫名其妙的溫暖，讓他內心感到無比溫柔平靜，似乎能忘記一切煩惱。

天氣逐漸入秋，氣溫也一天比一天低了。自從孟氏離世之後，曹華也一天比一天消極沉淪，時常喝得醉醺醺的，有時一個人在家裡胡言亂語，有時哭了又笑笑了又哭。

平知縣專門叮囑顏主管在工作時多照顧他，可是奈何曹華工作時不僅總是出錯，而且時而癡呆時而癲狂，說話前言不搭後語，記帳時也變得糊裡糊塗。顏主管在多次上報平知縣後，終於得到辭退曹華的批覆。雖然曹華失去了軍需用品處的工作，但是一家人靠木生的軍餉以及租出去的土地租金，也能過活。

第十九章　十年前的惡夢

　　過了幾天,之前曹華預約的裝修施工隊如期而至,木生一個人負責起了裝修的所有責任。丈量土地,粉刷牆面,更新磚瓦,重新翻地修路,種植花卉樹木,清掃後院,木生只要在家,總是和施工隊一起親力親為,每天從早忙到晚。而曹華總是一個人在外面瘋瘋癲癲的遊蕩,很晚才醉醺醺的回到家裡。

　　裝修終於快完成了,家的前院,後院,房間,前廳都乾淨整潔,煥然一新。

第二十章
縣大會和比武大賽

一轉眼又過去了一個月，時間已經到了十月的下旬，盛夏早已退去，金秋已然到來，整個世界秋風蕭瑟，秋雨綿綿。大地逐漸凋零，山巒開始泛紅。龍之縣的各項秋收工作也早已經圓滿完成。

這天，整個龍之縣張燈結綵，彩旗飄揚，井然有序的舉辦著一年一度的縣大會。在縣衙大廳裡，龍之縣各行各業的官員和代表齊聚一堂，整個會場人聲鼎沸，熱鬧非凡。平知縣坐在主持臺正中，示意臺下安靜，便宣佈縣大會正式開始。

農業主管首先總結今年的秋收工作。今年糧食產量保持了歷年的增長趨勢，又一次實現了穩步增長，創造龍之縣立縣以來的最高水準。明年不僅要繼續鼓勵人們開墾荒地，擴大種植面積，提高糧食產量，而且還要繼續從西域引進新型的經濟類蔬菜，推廣和擴大多樣性栽培，豐富人們的餐桌飲食。

發言結束後，臺下掌聲雷動，包括平知縣在內的所有人都露出了會心的笑容。在至德翁的保佑下，在縣衙的帶領下，龍之縣終於一改落後貧窮的面貌，從一個一窮二白的貧瘠之地，發展成了一個糧穀滿倉的大都市，糧食產量逐年增加。

第二十章　縣大會和比武大賽

接下來發言的是教育部門。截至今年，整個龍之縣已經初步建立起了相對比較完整、完善的教育體系。隨著今年的教育投資繼續擴大，城郭中鄉鎮外，還將建立起數所學校，以確保絕大多數孩子都可以入校接受教育。不僅如此，隨著在龍之縣定居的少數民族人口增加，縣內明年預計將新建多所少數民族語言學校，建立具有民族特色的教育系統，以解決少數民族孩子們的教育問題。

之後是軍部的賴將軍上臺發言。由於發現了魔族活動的蹤跡，軍隊不僅大大增加外出巡邏的時間頻率，提高長城上的守衛兵力，還大大增加兵器以及其他軍需用品的採購和準備。為了加強一般民眾們的防禦意識和能力，在學校裡開始了軍事訓練課。平知縣也上報朝廷，申請到更多的財政補貼用來加強防衛。

縣大會結束的第二天，便是比武大會了。

在龍之縣的軍營裡要進行比武大賽，透過擂臺賽選出四名最優秀的人，在來年的二月分開春時去雲柳寺，進修上乘武功。進修完畢的人回到龍之縣，不僅可以擔任軍中要職，還有機會成為人人敬仰的龍之戰士。

一大早，木生像往常一樣準備簡單的早餐，在水生去學校上學之後，便準備去參加比武大會。而曹華則一個人坐在院子裡的躺椅上，抬頭看著天發呆。

曹華看著天自言自語地說道：「晚上天黑之後，早上天還能亮。然後到了晚上天又要黑，第二天早上天又能亮。」只見曹華突然拍著手大笑道：「這天真是太好玩啦！」正在練習打拳的木生聽到曹華這麼說，就知道他又開始發瘋了，便低頭嘆了一口氣。

這時，一陣秋風吹過，樹上變黃的樹葉紛紛掉落了下來，一片樹葉不偏不倚剛好落在曹華身上，曹華拿起那發黃的樹葉，左看看右看看，然後笑道：「樹葉變黃了，掉在地上變成泥土，第二年樹上又能長出新葉子，然後又掉在地上變成泥土。哈哈哈哈，大樹太好玩啦！」

曹華瘋笑了一陣子，突然跳了起來，像發現新大陸似的，高興地又蹦又跳，說道：「春夏過去是秋冬，秋冬過去又是春夏。天上的烏雲會下雨，地上的水分蒸發到天上，又會變成烏雲。太好玩啦！所有東西都能輪迴！」

不一會兒，曹華突然愣在原地，低頭瞪著眼睛撓著頭，一副努力思考著什麼的樣子，然後低聲說道：「這世間萬物都有輪迴，人也是有輪迴的吧……嗯……肯定也有！可是，人的輪迴，在哪裡呢？……」

然後曹華就開始翻箱倒櫃找東西，把家裡翻的亂七八糟，最後還拿著鋤頭去翻院子的土地。木生制止他時，他就把鋤頭往地上一砸，跺著腳說：「人肯定也有輪迴的！我在找人的輪迴！」木生只能苦笑著，任由他去。

這時，就聽見外面有人叫：「曹木生！曹木生！走啦，出發啦！」

木生趕忙去打開院門，出門一看，原來是軍隊裡的一個戰友，名叫李深。李深和木生同村，是從小一起長大的玩伴，入軍營的時間比木生稍早，和木生編排在同一個小隊，兩人在軍營中多相互照顧，關係十分要好。兩人便結伴出發了。

此時，龍之縣的軍營中，正緊鑼密鼓地籌備著一年一度的比武大會。

第二十章　縣大會和比武大賽

木生從小就夢想成為一名光榮的龍之戰士，所以從學校畢業後就選擇加入了部隊。現在木生雖然進入部隊不久，但是在各項軍事訓練中，從來都是嚴於律己，勤奮刻苦，狠下苦功。木生聽從指揮，軍紀嚴明，嚴格執行軍令，因此深得賈全副將軍的賞識。

比武大會這天軍營中熱鬧非凡，擂臺準備完畢，到處彩旗飄揚，將士們在四周列隊整齊。平知縣和賴將軍坐在臺前，他們身後是夏捕頭和賈副將軍，旁邊是主持擂臺賽的大小將領和官員。

擂臺之下，準備參賽的將士們各個摩拳擦掌，躍躍欲試，木生和李深也在其中。賈副將軍在宣講完比賽規則之後，指著擂臺上的紅圈說道：「先出紅圈者為輸。注意比武皆在切磋武藝，點到為止，不可出殺招兇招。」隨後便宣佈擂臺賽正式開始。

木生擔任軍事訓練課的副教官期間，暫時住在家裡，每天在家裡練習拳法和打樁，毫不鬆懈。媽媽孟氏的死，也在不斷激勵木生更加刻苦訓練，不斷變得更強。這次比武大賽，他暗暗下定決心，一定要成功入選，去雲柳寺進修上乘武功，以後成為龍之戰士！

擂臺賽先是淘汰賽，會有十名將士成功晉級，之後是十進四，最終從十名將士中挑選四名做為優勝者，參加明年雲柳寺的進修。

在隨後的淘汰比武中，場面激烈，大家都使出渾身解數，拿出看家本領，力求戰勝對方，成功晉級。木生也在淘汰賽中一路取勝，最終成功晉級。

隨後的十進四，則是擂臺賽的高潮。一陣拚搏廝殺後，三名將士已經緊緊佔據了前三名的位置，分別是程中強、任當勇、董天榮。隨後是最後一個名額的爭奪，在曹木生和李深兩人之間進行。

兩人站在擂臺中心，李深拱手道：「木生，小心了，我可不會手下留情喔。」木生也拱手作禮說道：「請。」隨發令官一聲下令，比賽開始。

木生和李深兩人一下就你一拳我一腳，一招一式的戰成一團。兩人同時入伍，關係十分要好，兩人不論在軍營中的訓練，還是外出的巡邏視察，都在一起，彼此之間的招數套路也十分熟悉。

兩人在擂臺上，見招拆招，有來有回，你一抓一挑，我一掀一撥，你擺拳，我掃腿，都想把對方打出圈外，一時間難解難分，鬥的難分勝負。兩人不論出拳還是招式，都是互有相讓，點到為止。

在幾招過後，李深將木生逼到了角落，就想一推將木生推出，木生紮穩馬步，側身推手卻將李深推起扔出，李深空中轉身一個回手拳，打到了木生腦門。這一拳雖然不重，卻打的木生眼冒金星，昏頭轉向。

忽然間，木生眼中一片昏花，身體搖搖晃晃，就要倒下。剛才還在擂臺上的李深卻不知道去了哪裡，他的眼前卻出現了一個魔族士兵，正揮拳向自己衝過來！那正是害死自己媽媽的魔族士兵啊！

木生一瞬間恨得咬牙切齒，勃然大怒，臉紅筋暴，他捏起拳頭，使出全力向魔族士兵打去，這一拳夾雜著木生的仇恨和要給媽媽報仇的信念，湧出排山倒海，雷霆萬鈞之勢，發出「嘭」的一聲！狠狠地打在魔族士兵胸口上！只見那魔族被打的後退幾步，然後雙手捂著胸口，痛苦的半跪在地，大口大口的咳出了鮮血！然後逐漸側身癱倒在地上！

木生毫不遲疑，上前兩步，再次揮拳，狠狠地打向魔族士兵，卻被跳進擂臺的身影伸手擋了下來！那身影往外用力一揮，打的木生後退兩步，方才站穩！原來是賈副將軍！只聽他大喝一聲：「木生！住手！」

　　這時木生的耳邊才響起了紛亂嘈雜的叫喊聲，待他回過神來，才發現擂臺上早已經亂成一團。賈副將軍和幾名主持官正扶著李深，大家胡亂喊著「李深！快醒醒！不要睡！」「快叫軍醫！快叫軍醫！」木生不知道發生了什麼，呆呆地站在擂臺上。

　　就這樣，木生戰勝了李深，獲得第四名，可是賈副將軍見木生下手如此之重，心中氣憤，本想直接取消他的進修資格，卻被平知縣阻攔下來。

　　平知縣說道：「這孩子本性不壞，這不怪他，方才他其實是被復仇的信念左右了，讓他去雲柳寺進修吧。」

　　賈副將軍看了看擂臺上手足無措的木生，向平知縣作禮道：「遵命！」

第二十一章
大黃和刀疤的第三次對決

　　一晃眼一個多月又過去了，轉眼到了年底，此時金色的秋天早已悄然離去，一場大雪過後，白色的冬季隨著凜冽的寒風來臨了，一時間整個世界寒氣九天，冰封千里。

　　一場暴雪過後，厚厚的積雪像巨大的棉被一樣，覆蓋在大地上，一輪紅日藏在天空中的飛雲流霧之中，灑下道道金光，整個天地之間渾然一色，景色壯麗無比。

　　深山中，冬霧籠罩，寒風刺骨，大雪覆蓋，萬物凋零。外出捕獵和巡視地盤的大黃身旁，卻缺少了純色小白狼的身影。原來小白狼已經生了一窩小狼，為了方便餵奶和照顧小狼崽，獨自留在狼窩。他目光柔和，舉止溫柔，一面時刻悉心照料著這一窩小狼崽，一面等待大黃的率隊歸來。那一窩一共有五隻小狼，各個好動調皮。其中一個體型最大的小狼，是一窩兄弟姐妹裡最頑皮的，他渾身棕黃色的皮毛，和大黃一樣，右眼上也有一個白白的胎記，我們就叫他小黃吧。

　　有時，大黃率狼群狩獵會帶回些鹿、兔、野豬之類的獵物，自己臥在小白狼和小狼崽們身邊，看著他們狼吞虎嚥。有時，不聽話的小狼崽們，跟在大黃後面四處亂跑，小白狼就小心翼翼的把他們一個個叼回狼窩裡，無比慈愛的輕輕舔舐著他們。有時，小狼崽們遠遠看到大黃回來，就一個

第二十一章　大黃和刀疤的第三次對決

個邁著東倒西歪的步伐奔向大黃，然後圍在大黃周圍撒嬌玩樂，學大黃仰頭嚎叫。

一天，大黃帶領狼群狩獵歸來，這天他率領狼群成功捕獵到了一隻鹿，當他叼著鹿肉快要回到狼窩時，卻沒有看到出門迎接的小狼崽子們。

待大黃回到狼窩時，眼前的一切讓他驚呆了！空氣裡彌漫著刀疤的氣味！狼窩前的空地上烏煙瘴氣，亂七八糟，狼窩裡也空空如也！大黃像發了瘋一樣東找西找，終於在不遠處找到了倒在血泊裡的小白狼！他雪白的皮毛上沾滿了鮮血，渾身多處傷痕，脖子處還有一道深深的咬痕，四周的雪也已經都被染成了鮮紅的血色！而在小白狼周圍，又陸陸續續發現了幾個小狼崽的屍體！

原來，刀疤三狼發現了大黃狼群的狼窩，他們趁大黃率狼群出去狩獵，小白狼獨自在狼窩時，發動了襲擊！小白狼為了保護孩子們，和刀疤三狼進行了殊死的搏鬥，最終寡不敵眾被咬死了，而小狼崽們也都慘遭刀疤的毒手！

大黃狂怒了！他勃然大怒，四處亂跑亂咬，瘋狂的嚎叫，之後又突然依偎在小白狼和小狼崽的屍體邊輕輕舔舐，希望他們能活過來，可是狼死豈能複生？小白狼和小狼崽們都被刀疤咬死了。

就在這時，小白狼的屍體奇蹟般的動了動，從下面傳來一陣奶聲奶氣的「嗷嗷」叫聲，然後探頭探腦地鑽出來了一隻小狼崽！是小黃！原來小白狼在遭受刀疤三狼圍攻時，在生命的最後時刻，把小黃緊緊壓在了自己的身體下面，他任憑刀疤三狼如何撕咬也紋絲不動，用自己的身體和生命保護了小黃！最終小白狼被咬死了，而小黃卻得以倖存！

大黃發現後驚喜萬分，他含淚小心翼翼地舔舐著小黃，兩行淚水伴在大黃臉龐不斷滑落。小黃懵懵懂懂地躲在大黃身下瑟瑟發抖，沒有像平時一樣頑皮輕跳，撒嬌玩鬧，他還小，還不懂，他的狼媽媽還有所有的兄弟姐妹都已經離他而去了。

大黃將小黃緊緊護在身下，隨即仰天發出了一聲又一聲無比憤怒和悠長的狼嗥！那陣陣狼嗥聲響徹天際，如同滾雷一般，夾雜著大黃的震怒和悲切，伴隨著陣陣回聲，在山谷回蕩不絕！整片森林都為之震撼，整山的山石都為之顫抖！

狼群聽到大黃的嚎叫後，紛紛向大黃的方向飛快地跳竄著圍攏了過來，都聚攏在大黃周圍，紛紛仰頭哀嚎起來。從那時起，大黃便隨時隨地帶著小黃在身邊，一起巡視地盤，一起捕獵。小黃從小就跟著大黃，在狼群中不斷的接受磨煉，成長的十分迅速。

一天入夜，夜空晴朗，月明星稀，地上鋪著一層厚厚的雪，映著月光，使天地間充斥著一片淡淡的銀白色的光芒。

大黃剛帶領狼群巡視完自己的地盤，正在山頂，借著月光，遙望遠處水生的村莊。此時水生的村莊百家燈火，星光點點。突然，大黃看到從村裡竄出了三個黑影！那三個黑影一個在前，兩個在後，正飛奔著快速逃離村莊！大黃發現那黑影後，突然緊盯著黑影的方向，然後快速朝黑影逃竄的方向追去！整個狼群見狀，也都緊緊追隨大黃而去。

大黃不顧一切向黑影的方向奮力追擊而去，他發現了刀疤三狼的蹤跡！！他每躍一步都拚盡全力，今天他一定要找到刀疤，以狼王的名義，

第二十一章　大黃和刀疤的第三次對決

以此片山林的主宰的名義，為了村莊的安寧，為了自己慘死的妻兒，和刀疤之間做一個了斷！！

大黃對此處地形熟悉，他在山林裡東竄西跑，朝著刀疤最可能的逃跑路線，率領狼群時而渡過小河，時而穿越叢林，時而翻過山領，盡全力阻擊刀疤而去，狼群也都緊跟其後。

突然，在追擊的路上，一個深深的山澗擋住了去路，那山澗深不見底，有十多公尺寬，無論如何也無法直接跳過。不過大黃很快就在不遠處找到了橫在山澗之上的一根橫木，他毫不猶豫，猛地一下就跳上橫木，然後向對面跳躍過去！就在這時，也許因為大黃用力過猛，再加上那橫木年久腐朽，在大黃跳過去的一瞬間，橫木斷成了兩截，搖搖晃晃地掉下了深深的山谷！大黃回頭看時，發現自己和整個狼群已經被阻隔了開來！

大黃仰頭嚎叫一聲，便轉身鑽入山林，馬不停蹄繼續追擊刀疤。狼群聽到大黃的嚎叫後，瞬間領會了狼王的指令，他們就開始沿著山澗順流而下，繼續奔跑，試圖繼續尋找可以渡過山澗的地方，以便和大黃再次會師。

大黃繼續孤身追擊！終於刀疤的氣味越來越濃！越來越濃！大黃順著氣味繼續搜尋，他滿腦子都是小白狼和小狼崽們的慘死！此時的大黃如同正待發怒的雄獅，他毫不懈怠，不斷加快著追兇的步伐！

終於，大黃在鑽入半山腰的一小塊平地時，發現了三隻狼的身影！其中兩隻體型較小，他們身後則是兇神惡煞的刀疤！刀疤此時正叼著一個包裹！惡狠狠地望過來！

大黃整理腳步，喘著粗氣，緊盯著刀疤三隻狼。他們也都俯下前身，用幽幽的眼神殺氣騰騰的緊盯大黃。

大黃終於追上了刀疤！

借著月光，刀疤也認出了大黃，他放下包裹，面露兇相，齜牙咧嘴，露出尖刀般的牙齒。大黃毫不退縮，一面發出憤怒的低吼聲，一面堅決的緩緩邁步上前。眼前這只惡狼，襲擊水生的村莊，侵擾自己的地盤，咬死了自己摯愛的小白狼和小狼崽，今天無論如何，他和刀疤之間一定要做一個了斷！可是，大黃的狼群尚未趕到，他要獨自面對這三隻狼，更何況還有狡點惡毒的刀疤！

突然間，刀疤發動了攻擊！大黃面對作勢欲撲的刀疤，怒目圓瞪，抖擻精神，準備應戰！可是，刀疤卻沒有繼續進攻，原來他在試圖吸引大黃的注意力！就在同時，另兩隻狼已經悄悄溜竄到大黃的左右兩方，在刀疤和大黃的短暫對峙中，悄然完成了對他的包圍！三隻狼緊緊將大黃圍在中心，一面虎視眈眈地俯著上身，一面齜牙咧嘴的步步貪婪逼近，一場惡戰一觸即發！！

在大草原上，有一個鐵一般的定律，無論多麼勇猛的狗，也無法同時戰勝三隻狼。大黃在和刀疤的第二次對決中，在刀疤三狼的猛烈攻勢下，就瞬間處在了劣勢。可是，此時的大黃，在狼群中的這段經歷，喚醒他深藏在血液中的狼性，一次次原始而血腥的狩獵讓他完成了由獵狗到狼王的脫胎換骨般的蛻變，這時的大黃更加從容，經驗更加豐富，身體也更加強壯，也更懂得搏鬥的技巧。

第二十一章　大黃和刀疤的第三次對決

　　大黃死死地盯著刀疤，他想起了刀疤偷襲過的水生，想起了刀疤襲擊過的村莊，更想起了小白狼和小狼崽們的慘死，他一臉怒氣，虎目圓瞪，眼中充滿無限的憤恨，似乎積壓已久的怒氣就要像火山一般爆發，恨不得下一刻就衝上前去將刀疤碎屍萬段。

　　此時，大黃的狼群已經成功繞過了山澗，他們正在山林裡四處焦急尋找著大黃的蹤跡；早已經回到大草原的阿茹娜，本來在氈包裡的她，像是突然感應到什麼似的，快步走出氈包，在一片璀璨的星空下，在一片白茫茫的大草原上，十指合攏，雙膝跪地，一遍又一遍的虔誠地禱告起來：「萬能的草原之神，您的子民向您禱告，求您保佑大黃，讓我和大黃還能再次重逢……萬能的草原之神，您的子民向您禱告……」

　　忽然間，刀疤大吼一聲直撲大黃而來，同一瞬間，大黃也大吼一聲，猛地向刀疤撲了過去！同時藏在大黃左右側翼的兩隻狼也在同一時間撲了上來！一時間，四隻狼便夾雜著的怒號惡吼聲鬥作一團，難解難分！半山腰的小空地上，一瞬間塵土飛揚，飛沙走石，一片昏暗！

　　刀疤三狼將大黃圍在中心，他們在混亂之中卻鬥的有章有法，另外兩隻狼主要負責牽制大黃的進攻，分散大黃的防禦，消耗大黃的體力，而刀疤則發動一次次致命的進攻，直奔大黃的脖子等最致命的部位而來。

　　大黃不愧為狼王，他獨自面對刀疤三狼，毫不畏懼，從容應戰，一面一次次扭身躲避刀疤的正面進攻，一面時虛時實的向兩側發動反擊。

　　大黃邁著敏捷的步伐一次次化解刀疤三狼的進攻，憑藉著凌厲的攻勢一次次將其逼退。而刀疤三狼也絕不給大黃喘氣的機會，他們三個散開之

後又立刻逼近,一次次從三個方向同時進行展開圍剿,令大黃無法脫身!激蕩猛烈的纏鬥,使得大黃和刀疤三狼的體力消耗都極大。

不一會兒,大黃身上就出現了幾道被抓咬而過的血痕,而刀疤三狼身上也多處受傷。他們本以為會像上次在水生的村莊時一樣,輕而易舉的擊敗大黃,可是,他們錯了!此時的大黃,無論是體能還是經驗,都處在絕對的巔峯時刻。更何況大黃面對殺害妻兒的兇手,早已怒氣衝天,此時的大黃就像一隻發怒的雄獅一般。一時間和刀疤三狼撕咬在一團,雙方竟然鬥的不分勝負,難解難分。

突然大黃改變策略,面向側翼發動了攻擊,他不顧刀疤和另一側狼的進攻,上前幾步一口咬住了一隻狼的後頸,還不等大黃用力,另外一隻狼就趁著間隙,上前咬住也大黃的右腿,刀疤則直撲大黃的脖子而來!大黃毫不鬆口,扭動身體猛地一甩,就將那隻狼向刀疤甩了過去。刀疤的進攻被打斷了,另一隻狼也被大黃順手驅散開來,可是他的右腿被咬出了一排深深的牙印,突突地冒出血來。那隻被咬的狼試圖掙扎著站起來,可是身體卻不受控制的抽搐著,怎麼也站不起來,不一會兒就躺著不動了,他被大黃咬斷了頸椎。

受傷的大黃剛一瘸一拐的努力站穩,刀疤和另一隻狼又再一次撲了上來。也許是因為腿腳受傷和體力消耗,大黃的進攻和防守都稍顯遲緩,他喘著粗氣,面對刀疤的凜冽進攻,每次都是用盡全力的防守反擊。又過了幾個回合的惡鬥之後,大黃身上又多了幾道傷痕。

大黃在一次佯裝攻擊,驅趕了側面的狼後,就盡全力撲向了刀疤,兩狼一下子就翻滾纏鬥在一起,滾出去好遠!大黃和刀疤繼續怒吼著相互撕咬,他們勢均力敵,難解難分,不一會兒兩隻狼就都渾身鮮血直流了。大

第二十一章 大黃和刀疤的第三次對決

黃找準機會，向刀疤脖子咬去，而刀疤則側身躲開，跳開了。大黃趁著間隙，猛喘了兩口粗氣，又咳了一口鮮血，身上的傷口鮮血直流，後腳由於受傷而不住的顫抖。

狼雖然是善於狩獵的大型肉食性動物，但是他們往往更加依賴團隊合作，狩獵時相互協作，可以在狩獵中輪番上陣，利用間隙稍作休整，恢復體力，但是在進行長時間連續的纏鬥時，體能和耐力卻稍顯不足。

幾個回合過去，大黃體能消耗很大，他稍微喘了兩口氣，卻不去追擊刀疤，只是突然轉身向另一隻狼撲去，原來，那隻狼也衝上前來想要偷襲大黃，被大黃察覺了！那隻狼體型稍小，哪裡是大黃的對手，一下子就被撲倒在地。大黃也猛地咬住了那狼的脖子，在幾下撕扯之後，那隻狼便躺在地上動彈不得了。

此時的大黃已經多處受傷，站立不穩，搖搖晃晃的摔倒在地。刀疤此時也渾身是血，喘著粗氣，稍作休整後又再次張著血盆大口衝上來。大黃則再次掙扎著站起來，可是面對刀疤的瘋狂撕咬，由於傷勢加重和體能消耗，僅僅能勉強抵禦住刀疤的進攻，便無力反擊了。幾回合過後，他的背上、身上、四肢，又多了幾道冒血的傷痕！

大黃獨自一狼面對刀疤三狼的圍攻，不僅在反擊中咬死了其中兩隻，還成功抵擋住了刀疤一次又一次的進攻！此時的大黃渾身是傷，鮮血不斷滲出，混入雪裡，將地上染成一片腥紅。他受傷的腿腳不住的顫抖著，雖然頑強勉強站立著，身體卻已經搖搖晃晃了。他的體能消耗也已經快達到了極限，在大口大口呼吸的同時，嘴角和鼻孔也在不斷滴出鮮血來。

刀疤再一次猛撲了過來，就在大黃準備迎戰時，突然感到後腳無法動彈了！他回頭一看，原來是被剛才那隻狼咬住了，他雖然躺在地上奄奄一息，幾近斷氣，卻並沒有完全死掉，趁大黃不注意，用最後的力氣掙扎起身，咬住了大黃的後腿。就在這一愣神的功夫，刀疤也飛撲而來，大黃猝不及防，被刀疤撲倒在地，咬住脖子！然後一起重重的摔倒在地上！

　　刀疤雙眼兇光畢現，惡狠狠的緊緊咬住大黃，毫不鬆口。大黃奮力掙扎，卻無法掙脫開來。直到最後，大黃意識漸漸變得模糊，雙眼逐漸失去光芒，然後癱倒在了地上，停止了呼吸。

　　在大草原上，即使最勇猛的狗，也無法同時戰勝三隻狼。這鐵一般的定律再一次被驗證了。刀疤拖著一身的傷痕和疲倦的身體，緩緩轉身，準備離開。他的兩個同伴已經被大黃咬死了，大黃也已經倒在了地上。這場惡戰，也就是大黃和刀疤的第三次對決，以刀疤的慘勝而結束。

第二十二章
大黃之死

　　大黃是刀疤這輩子遇到的最強大的對手,即使同時面對三隻惡狼的圍攻,依然毫不落下風,保持著旺盛的鬥志,直到最後!他的強大不屈和如虹的氣勢,讓刀疤感到一陣陣的後怕。似乎他剛才面對的不是一隻狼,而是一隻猛虎,一頭雄獅!如果還有下次,他是無論如何也不願意再遇到這樣的對手了。

　　刀疤一瘸一拐地走到包裹前,將其叼起準備離開。突然,從包裹中傳來一陣嬰兒的啼哭聲!原來,刀疤剛才從水生的村莊裡,偷了一個嬰孩!

　　那孩子看起來剛剛滿月,剛才正在熟睡,被刀疤驚醒後就哭了起來。可是也許由於天寒地凍,那嬰兒的小臉被凍得通紅,哭聲斷斷續續,綿軟無力。

　　刀疤叼著嬰兒,準備竄入樹林裡溜走。而此時,大黃的狼群也嗅到了大黃的氣味,正順著氣味努力追擊而來。眼看刀疤就要逃之夭夭,而那個嬰孩也一定會凶多吉少!

　　這時,那一聲聲無力卻又清脆的嬰兒啼哭,喚醒了大黃內心最深處的回憶。伴隨著嬰兒的哭聲,大黃恢復了些許意識,他迷迷糊糊的想起了阿茹娜小時的哭聲。那時,才七歲的阿茹娜抱著剛出生的他,躲在蒙古包裡,渾身顫抖,嚇的直哭。

外面是一陣飛沙走石，夾雜著狂風驟雨般的狗叫狼嚎，然後就聽見巴圖的吆喝聲。後來巴圖猛地衝入蒙古包，將阿茹娜和大黃緊緊抱在懷裡。再後來，巴圖流著淚哭著對大黃說：「大黃，以後保護阿茹娜的責任，就交給你了。」

大黃不能死啊，他還有繼續保護阿茹娜的責任，他還要好好的活下去，再次和阿茹娜水生重逢！他不能死啊，水生的村莊還在刀疤的侵擾下不得安寧！他不能死啊，他還沒有親手解決掉刀疤，為自己的妻兒報仇！他不能死啊……想到這裡，癱倒在地上的大黃突然劇烈的咳了幾聲，從鼻子和嘴裡猛地嘔出了幾口鮮血，然後就開始猛烈的呼吸起來！他的意識逐漸清醒，大黃又活過來了！！

待到刀疤有所察覺再次轉身時，就看到大黃又一次站了起來。此時的大黃身體搖搖晃晃，呼吸雜亂，隨時要跌倒的樣子。

瞬間，刀疤背後感到了一陣讓人不寒而慄的寒氣，眼前這隻狼，渾身上下多處傷口血流不止，還受到了他的致命一擊，竟然還能站起來！

大黃現在表情異常平靜，身上卻有著一股不怒自威的威嚴氣勢，讓刀疤感到了一陣巨大的壓迫感，壓的他喘不過氣來。他不禁下意識地後退了幾步，終於意識到他現在面對的不是一隻猛虎，也不是一頭雄獅，他面對的是一個令人恐懼的惡魔，一個他永遠無法戰勝的惡魔，一個要將他碎屍萬段的惡魔！

刀疤絕望了，恍惚之間，他看到大黃如同惡鬼索命一般向自己狂奔而來，刀疤被迫迎戰，和大黃再次撕咬在了一起。他現在鬥志全無，只想逃離，可他哪裡逃的了？大黃已經完全放棄了防守，儘管他的攻擊早就已經雜亂無章，仍不顧一切拚勁全力發出一次又一次的攻擊。

第二十二章　大黃之死

　　在刀疤掙扎著想要逃離時，就被大黃像拖入地獄一般的拖曳回來；他反擊時，大黃毫不躲閃，但是之後迎來的卻是更加猛烈的反擊……刀疤就在大黃毫無章法的攻擊下，痛苦掙扎卻無法掙脫，他身上血肉橫飛，鮮血四濺，最終滿臉恐懼，眼神無比絕望的逐漸倒下，直到意識模糊，一動不動，最後徹底停止了掙扎。可是大黃卻像著了魔一樣，絲毫不停止進攻，依然在瘋狂撕咬著刀疤血肉模糊的屍體。

　　就在這時，大黃的狼群趕到了！他們被眼前的這一幕驚呆了。這片空地上泥土四濺，一片狼藉，到處是散落的斷枝殘葉，還有夾雜著鮮血的雪泥，不遠處兩隻狼胡亂倒在血泊裡，大黃正在發了瘋一般的撕咬著刀疤早已經血肉模糊的屍體。

　　這時，早已經身受重傷，體力嚴重透支的大黃，雙眼一黑，「撲通」一聲倒了下去。眾狼見狀，紛紛圍攏上來，舔舐著大黃的傷口。最後，大黃在眾狼的照料下終於再次清醒了過來，呼吸也逐漸回覆了平靜。

　　至此，大黃和刀疤的第三次對決結束了，他憑藉一己之力，成功戰勝了刀疤三狼。即使再勇猛的狗也無法同時戰勝三隻狼，這鐵一般的定律，第一次被打破了。

　　隨後，逐漸恢復體力的大黃慢慢挪身到剛才那個包裹前，他發現那個嬰孩已經被凍得小臉小手通紅，似乎已經哭不出聲音了，他輕輕舔舐著那個嬰孩，試圖用自己的體溫溫暖他。大黃用嘴小心翼翼的將那嬰孩包裹好，然後向狼群發號施令一般的嚎叫了幾聲，便叼著包裹鑽入了叢林。

　　群狼立刻明白了狼王下達的指令，他們留在原地，並沒有跟隨大黃而去，只是洩憤似的將刀疤三狼的屍體撕成碎片之後，便回狼窩了。大黃則叼著那包裹獨自鑽入山林，下山了，他要去水生的村莊，歸還那個嬰孩。

這時天空又下起了鵝毛般的大雪，滿天的雪花從灰色的天空中飄然落下，鋪天蓋地，紛紛揚揚，山川田野村莊全都籠罩在白茫茫的大雪之中。

大黃身上的傷口依然疼痛，體力依然沒有完全恢復，他在雪夜中，獨自叼著包裹，一步一步，慢慢的，一瘸一拐，終於走到了水生的村莊前廣場上。

此時萬家燈火，家家房門緊閉。大黃輕輕放下包裹，想要大聲叫人們出來，可是他已經不會像狗一樣汪汪的叫了。雪越下越大，大黃一著急，仰頭發出了一聲悠長的狼嚎。

忽然間，整個村莊亂了起來，人們紛紛衝出房門，一個一個舉著火把，拿著武器，「狼來了！」「狼來了！」的叫嚷了起來。不一會兒大家藉著積雪反射的熒熒月光和村裡的燈火，發現了在村前廣場的大黃以及他腳下的包裹，聚集過來的村民也越來越多了。

大黃見人們出來了，便轉身打算離開。

這時，從人群中傳出了一聲尖銳的叫聲「我的孩子！」，只見一個年輕婦人尖叫著從人群中擠了出來，衝上前去，將那個包裹緊緊抱起，然後慌慌張張的檢查孩子有沒有受傷，還好，孩子在大黃的悉心保護下並沒有受傷。

人群沸騰了，大家舉著鋤頭、斧頭、棍子，大聲咒罵起來：「這該死的惡狼！偷完牲口又來偷孩子！」「打死他！打死他！」「不能讓他跑了！」一時間，村民們群情激憤，大家拿著武器，撿起石塊紛紛向大黃打去。

第二十二章　大黃之死

　　大黃嚇得四處奔逃，可是村民們將他圍起來，他逃到哪裡，人們就追打到哪裡。再加上剛才和刀疤三狼的廝殺中身受重傷，躲閃不及，被石塊和棍棒狠狠的打了幾下，大黃夾著尾巴，哀嚎著四處躲閃。

　　大黃一路哀嚎著向村外逃去，人們就繼續追趕到村外。這時，從人群中傳來了一個孩子的叫聲：「不要打了！不要打了！」原來是水生！他看到了大黃臉上的白色的胎記，認出了他！

　　水生一邊跑向大黃，一邊朝村民們大喊：「不要打了！他不是狼，他是狗！」可是水生剛跑兩步，就被木生一把抓住了，木生擔心水生的安全，緊緊抓住了他，不讓他衝上前去。水生依舊掙扎著喊著：「大黃！大黃！他是狗！不是狼！不要打了！不要打了！」

　　這時，人們聽到呼喊，紛紛駐足，停止了對大黃的進攻，而大黃此時也看到了水生，他遠遠的望向水生。突然，大黃翹著尾巴朝水生奮力搖晃了起來！

　　水生一聲聲的呼喚，讓大黃想起了，曾經和阿茹娜、水生在一起時的種種，想起了巴圖，想起了吉雅，想起了他們曾經生活過的大草原，他都想起來了！水生的呼喚，喚醒了他內心深處最柔軟的回憶。大黃明白了，阿茹娜和水生沒有拋棄自己！他的主人巴圖，也沒有拋棄自己！大黃興奮和哀怨一同湧上心頭，他一邊興高采烈的朝水生搖著尾巴，嗓子裡一邊發出委屈的「嘶嘶」聲。

　　就在這時，水生看到一個人影舉著手臂粗的木棍，衝向了大黃！是吳憲！他之前就一直因為自己家的大公雞被咬死而懷恨在心。

水生呆住了，此時此刻，時間的流逝似乎變的緩慢，周圍突然一片寂靜，大黃正興奮地朝水生搖著尾巴，完全忘記了危險的存在，而吳憲兩步跨到大黃身後，手裡揮舞著木棍，在空中畫出了一道曲線，「碰」的一聲，狠狠地打在了大黃的頭上。大黃悶叫一聲，一下子就癱倒在了雪地裡。

水生狂喊一聲「不！」便瘋狂的掙脫木生，跌跌撞撞向大黃狂奔而來，木生緊跟其後。

水生一下子就哭著撲倒在大黃身邊，這時大黃頭上不斷突突地冒出鮮血，那股血，越來越湧，越來越湧，汩汩地流著滲入雪地裡，將周圍的雪地染成了一大片紅色。木生就站在水生後面目睹了眼前的一切。

水生大聲哭著，抱著大黃，呼喚著他的名字，可是大黃只是慢慢的睜開眼睛，看了看水生，就又閉上眼睛，一動也不動了。剛才為了救那個嬰孩，和刀疤三狼的爭鬥，早已經耗費了他所有的力氣，而吳憲的那一棍，更是給了大黃致命的一擊。

水生淚如雨下，用顫抖的聲音一遍又一遍的呼喚著大黃，然後哭著對周圍的人群喊道：「他不是狼！他是狗！他不是狼！！」

隱約中，大黃似乎是看到前方不遠處出現了小黃的身影，那臉上有一個白色胎記的小狼崽，正在前方不遠處頑皮的嬉戲耍鬧，那是他受到刀疤襲擊而唯一倖存的孩子啊。小黃旁邊還站著一個身材玲瓏，毛色白淨的小白狼，正充滿期待的望向大黃，那是他摯愛的小白狼啊！小白狼也並沒有死，還在不遠處等著他回到狼窩，一家人團聚呢！他的狼群，還在等著他的帶領，一起去巡視地盤，一起狩獵呢！

第二十二章　大黃之死

　　於是大黃奮力掙扎著站起身來，顫顫悠悠的努力向小白狼和小黃走去，可是沒走兩步，小白狼和小黃消失了，取而代之的是一張張圍在四周村民們冷漠的臉。大黃「撲通」一聲再次跌倒在了雪地裡，一行淚水夾雜著鮮血，從他的眼中滑落了下來。

　　大黃不想死，因為他還記得他和巴圖之間的約定，他還在期待著和阿茹娜的再次重逢啊！他不想死，倖存的那隻小狼崽還小，還需要他的照顧啊！想到這裡，大黃倒在雪地裡，眼角的一串熱淚滑落而下。隨後，大黃在咳了一口鮮血後，渾身開始抽搐，呼吸突然變得侷促起來，嚇的水生哭著緊緊將其抱住。

　　只見大黃在水生懷中，掙扎著伸長脖子，仰著頭，用盡了全身最後的力氣，無比哀怨和絕望的仰天發出了一聲悠長淒涼的「嗷—嗚—」的狼嚎聲，這聲狼嚎劃破夜空，響徹山谷，連綿不絕，經久不息！

　　忽然，從遠處的山谷中也都傳出了一陣陣哀怨的狼嚎聲！那些狼嚎聲此起彼伏，一時間山谷中鳥獸亂飛，整個世界似乎都雜亂了起來。

　　隨後大黃便緩緩倒地，永遠的閉上了眼睛。任憑水生怎麼哭喊，怎麼呼喚，也無法回應了。

第二十三章
雲柳寺

　　一轉眼到了冬末春初，山谷中積雪漸消，破冰的流水匯入山下小河，空氣漸暖，柳枝漸漸鼓出一個個嫩綠的芽苞，氣溫雖然依然寒冷，但是隨著初春和煦的陽光一天天驅散著嚴寒，天氣終於開始逐漸轉暖了。

　　木生去雲柳寺進修的日期，也一天天的臨近了。自從上次擂臺比武，李深被木生失手打傷之後就一直臥病在床，不過還好無生命危險。

　　從那時起，木生心裡就一直覺得羞愧難當，李深和自己同村，從小一起長大，也是關係最好的戰友，如今因為自己的失手而臥病在床。賈副將軍帶木生親自去李深家裡登門道歉，之後木生也多次去李深家裡探望。

　　李深父母看著兒子臥病在床，都心痛不已。李深的母親時常抹著眼淚對木生說：「木生啊，你們兩個都是從小一起玩大的。十年前你掉到河裡，還是李深救你的啊。」說的木生一臉的內疚和自責。

　　木生家裡，因為曹華得了癲瘋病，尚且需要人照顧，更無法照顧水生，所以木生就向賈副將軍申請帶著水生一起去雲柳寺，一來可以讓他做些打掃衛生之類的輕活，二來自己也方便照顧。

第二十三章　雲柳寺

因為木生要帶上水生一起去雲柳寺，只留下父親曹華一人在家，木生心裡擔憂父親沒有人照顧，便找了一個管家專門照顧曹華的衣居寢食，這個管家姓李，大家都叫他李管家。

出發去雲柳寺前一天晚上，木生正在收拾行李，而曹華正在發瘋癲病。只見曹華拿著一個石頭，坐在雞窩旁，一手把雞蛋掏出來，另一手趕忙把石頭塞進雞窩裡，然後一臉認真的對那雞說道：「噓，小心點，別讓別人知道了。如果有人問你，是不是有人來把雞蛋換成石頭了，你就說沒有，聽到了吧？」

那隻雞「咯咯」的叫了幾聲，曹華趕緊說道：「對！就說沒有！」然後拿著雞蛋神祕兮兮的走開了。

木生見狀，搖搖頭苦笑，然後轉頭叮囑了李管家幾句，便準備去找水生，打算叮囑第二天去軍營集合的事情，他前廳後院的找，可是卻怎麼也找不到水生。

原來，水生偷偷拿了些糕點，跑去村口的大樹樁找嗚妹兒了。

嗚妹兒見到水生後，一下子就高興地竄到水生的手掌心，一邊吃水生帶來的糕點，一邊高興的「嗚嗚」直叫。

水生坐在樹樁上，撫摸著嗚妹兒，傷感的說道：「嗚妹兒，你記得我給你說過的雲柳寺嗎，我明天就要出發了，半年後才能回來呢。」

嗚妹兒聽到後，整個人都蔫了下來，含淚抬頭看著水生，可憐兮兮的「嗚嗚」叫了幾聲。

水生捧著嗚妹兒，一陣難過，然後睜大眼睛說道：「要不然，你和我一起去雲柳寺吧！」

嗚妹兒一聽，點頭如搗蒜。水生便把嗚妹兒放進自己胸前的口袋裡，一臉認真地說道：「那你可要乖乖的聽話呀，悄悄的，不能讓別人發現了。我哥哥很嚴厲，如果被他知道了肯定會挨罵的。你知道了嗎？」說罷，就起身帶著嗚妹兒一起回家了。

第二天，就是去雲柳寺的日子。人們聚集在軍營裡，舉辦了一場歡送大會，歡送程中強、任當勇、董天榮、曹木生，四個人，當然還有曹水生。往年都是由賴將軍帶領一起去雲柳寺，今年則由賈副將軍帶領。

平知縣專程趕來致辭道：「今天，你們就要出發去雲柳寺進修了。在進修的這段日子裡，大家勤學苦練，刻苦用功，端正態度，磨鍊意志，努力學習殺敵的本領！我希望大家牢記父母親的期望和家鄉父老的囑託，家人等待你們的團圓，軍營等待你們勝利歸來，龍之國等待你們的堅守！」

一陣熱烈的掌聲後，木生一行人便在大家的擁簇歡送下，在賈副將軍的帶領下，上馬出發了。他們要去的雲柳寺，在龍之縣西面柳仙鎮的雲柳山上，行政管轄依然屬於龍之縣。

天氣晴朗時，從龍之縣還可以隱約依稀看到雲柳山以及附近雪山的輪廓，但是實際路途遙遠，需要整整一天的時間。

水生一行人，趕了一整天的路，來到了柳仙鎮的雲柳山下時，已是傍晚了。那雲柳山山石獨特，山上的樹木蔥蔥郁郁，山腳下有一條大河，名叫柳安河，河對面有一座常年積雪的雪山，名叫梅裡山。雲柳山和梅裡山分別位於柳安河兩旁，遙相呼應，梅裡山下有條小河，名叫雅魯河，流經雪鄉區，然後匯入柳安河。

第二十三章　雲柳寺

　　在雲柳山和梅裡山中間的柳安河邊，便是柳仙鎮了，主要生活著龍之一族和雪鄉族。龍之一族以打魚種地為生，雪鄉族則生活在梅裡山下，以養羊牧馬為生。

　　鎮子上有一個小集市，這個小集市上，充斥著各種龍之一族和雪鄉族的小商小販，地方特色美食，南北雜貨，這集市雖不如龍之縣人煙阜盛，但是在這人口稀少的地方，也算是人流彙集，熱鬧嘈雜之地了。

　　在大河之上，有一座古橋，據說已經有數百年歷史，那座古橋橋頭就是集市，是雪鄉族趕集的必經之路，數百年來，做為聯繫雪鄉族和龍之一族的紐帶，一直牢固地坐落在柳安河之上。

　　水生還是第一次出遠門，到了柳仙鎮後，就一邊小心翼翼地緊跟在木生身後，一邊好奇的四下張望。不一會兒，就隨眾人一起上了山，來到寺廟門口，只見門口的牌匾上面寫著大大的三個字「雲柳寺」。

　　賈副將軍在向開門的和尚說明來意，遞了信件之後，便在其帶領下進入了寺廟。

　　寺廟裡悠然寂靜，香煙繚繞，古木參天，花草擁簇，面前的正殿筒瓦覆蓋，飛簷挑角，氣派不凡，上面寫了大大的三個字「敬天殿」。

　　眾人正抬頭感嘆，就聽見不遠處傳來一聲「有失遠迎，失禮失禮！」

　　眾人一看，只見一個僧長，年約五十，正熱情大方，精神氣足的笑臉相迎，這乃是雲柳寺的監寺，還有一個白鬍子老和尚，年紀也約莫五十來歲，也精神十足，面帶笑容，這就是雲柳寺的住持了。他們兩人正帶了一眾僧人前來迎接。

賈副將軍行禮後說道：「今年有四名將士以及一名孩童前來貴殿進修，多有打擾，請多關照。」

監寺也笑著說道：「哪裡哪裡，歡迎歡迎。能為國家培養武學人才，實乃雲柳寺的大幸。」

住持也客氣幾句後，賈副將軍便取出銀兩，遞與僧人。監寺叫接了，寒暄了兩句，就命那僧人去置辦僧鞋、僧衣、僧帽、袈裟、拜具，又命另一僧人備茶和齋飯。

茶畢之後，賈副將軍見住持方丈未出來迎接，便問道：「請問住持方丈身體可好？」

監寺微微嘆了一口氣，說道：「住持方丈今年已經年過七旬，去年參加龍之縣的廟會回來後，就開始腿腳有些不便，現在平時只在寺內講道，打坐念經而已，不便下山了。」

賈副將軍說道：「如此，今年有勞監寺和住持了。」便開始介紹一行人，監寺也做了簡單的介紹後，轉頭四下看了看，奇怪地說道：「慧真呢？這小東西又跑下山去玩了吧。」剛說罷，從他身後就傳來一個聲音，只見一個年紀和水生相仿的小和尚，探出一個光亮亮的小腦袋，笑著說道：「師父，我在這裡呢。」

往年來的都是軍隊中挑選的將士來雲柳寺進修，而今年有學童來寺廟進修卻還是第一次，這個叫慧真的小和尚發現了人群中的水生，他此刻正躲在監寺身後好奇向水生的方向張望。

監寺說道：「慧真，快出來站好。」只聽那名叫慧真的小和尚應了一聲，便趕緊跳出來，朝水生吐吐舌頭，站好了。

第二十三章　雲柳寺

監寺繼續說道:「他叫慧真。從小在寺廟裡長大。就是呀不聽話,總是愛亂跑出去玩。」慧真撓了撓腦袋,不好意思的笑了笑。

慧真小和尚今年十一歲,和水生同齡,加之又一樣天性好動愛玩,在之後的日子裡,慧真便時常帶著水生一起念經、打坐、練功、溜出去下山玩,兩人逐漸成了形影不離的好朋友。

第二十四章
拜見住持方丈

　　監寺和住持兩人攜眾僧，帶著眾人去寢室安頓好住處之後，便打算一起去拜見住持方丈。寢室是二十多人可以一起並排睡下的房間，水生的床位在最靠牆邊的位置，和慧真小和尚緊挨著。

　　眾人安置好行李，稍作休整，就都出去了。水生故意走在最後，待大家都出去了之後，才把嗚妹兒從口袋裡捧了出來，想要將其悄悄藏起來。

　　嗚妹兒揉了揉惺忪的睡眼，伸了個懶腰，這一整天嗚妹兒一直都躲在水生的口袋裡睡覺，不吵也不鬧。他剛睜開眼睛「嗚」的叫了一聲，水生趕忙悄聲說道：「噓！小聲點，嗚妹兒，我們已經到寺廟啦，別讓別人發現了。我現在要出去一下，你就在書包裡悄悄的等我啊。不要亂跑哦。」

　　嗚妹兒點了點頭，低聲「嗚」了一聲，乖乖待在水生的手掌心上，好奇地伸探出腦袋四下張望。水生輕輕地把嗚妹兒放進書包裡，就有一個人掀開門簾，伸個腦袋進來，原來是慧真，他朝水生揮揮手說道：「快點啊，我們要去見住持方丈了。」原來他看水生還沒出來，便來催了。

　　水生慌忙放起書包，應了一聲，就趕忙跟著慧真出來了。兩人跟著眾人，走在最後面。

第二十四章　拜見住持方丈

慧真邊走邊說道：「你叫曹水生？」聽水生「嗯」了一聲後，就繼續說道：「我叫慧真，你今年多大了？屬什麼？」

水生如實答道：「今年十一歲了，屬羊。」

慧真驚訝地說：「哇！好巧呀！我們同歲呢！我也屬羊！但是我來的比你早，個子也比你高，以後你就叫我師兄吧！」

水生還是第一次離開家鄉來到雲柳寺，同行而來的人又都比他年長的多，他一路只有乖乖聽話的份，自然沒有什麼話可以說。如今見了年紀相仿的慧真，心裡感激，便說道：「好的，謝謝你，慧真師兄。」

慧真笑了笑，大方地拍了拍水生肩膀，說道：「師弟！來雲柳寺後有什麼不明白的，需要幫助的，別客氣，直接告訴我就好了！」

水生道謝後，邊放慢腳步邊抬頭看著遠方的雪山，說道：「好美的雪山啊。我還是第一次這麼近看到雪山呢。」

慧真說道：「這雪山漂亮吧，這叫梅裡山，一年四季都有雪，傳說是玉皇大帝發怒之後用雪封印的呢！」水生「喔」了一聲，慧真繼續說道：「有空給你好好講一講這梅裡雪山的傳說。」說罷就催水生快走兩步，跟在一行人後繼續趕路。

眾人繞過敬天殿，順著側邊的小路一路走到了一個側殿門口，只見那殿門口的香爐仙氣四溢，簷下牌匾上寫著三個大字「敬生殿」，這敬生殿雖不如正殿恢弘大氣，卻門楣精緻，清淨典雅。

眾人見後無不肅靜，悄步進入殿內，見殿裡面盤坐著一個眉毛鬍鬚都已經全白的老僧人。

住持上前雙掌合十作禮道：「住持方丈，今年縣裡來進修的人到了。」

住持方丈盤腿而坐，心平氣和的平聲說道：「遠方貴客，有失遠迎，恕罪恕罪。」只見那住持方丈眉目慈善，面帶微笑，和顏悅色，雖然年紀已高，但依然精神矍鑠。

監寺向住持方丈說道：「住持方丈，今日已完成了拜茶，安排好了住處、齋食。現在天色已晚，預計明日一早剃度。」

住持方丈應了一聲，朝眾人緩緩的說道：「佛法日一花一世界，一葉一菩提。一生只是一瞬，一瞬既是一生。任何人之間的相遇相見，相知相識都是因為前世的緣分。眾位客人來到了雲柳寺，既是再續前世之緣，也是結下來世之緣。世俗中人，每天為了生活而忙忙碌碌，心中俗念雜生，妄念紛飛，若能放下世間一切俗物俗事，去除心中一切雜念妄想，方能覺悟人生真諦，瞭解宇宙蒼生。」

眾人聽後無不肅穆。水生心不在焉地想道：「我媽媽說了，這世界上根本就沒有什麼前世來世，輪迴轉世，都是迷信。」但是見眾人都表情肅穆，也就低著頭呆站著。

住持方丈對著程中強、任當勇、董天榮、曹木生四個人繼續說道：「領悟法義，先靜而理明。四人，分別賜名智義、智靜、智理、智明。」

隨後看著水生，此時水生正心不在焉的胡思亂想，住持方丈微笑著說道：「這個最小的小施主，心眼清澈，悟性靈氣，若肯於鑽研思索，日後定可大徹大悟，正果非凡。就叫你智悟吧。」眾人聽後趕忙道謝，向住持方丈行了禮，水生雖然心裡不屑，也學眾人的模樣行禮道謝。

第二十四章 拜見住持方丈

住持方丈對住持說道：「智悟年紀尚小，勿要安排些挑水，做飯之類的重活粗活，你就讓他和慧真一起掃地擦桌，點燈燒香，侍奉佛像吧。平時練習基本功，練氣養氣，就可以了。拳法棍術之類的，不用強求了。」

住持和監寺應了後，就合掌行禮，便帶眾人去進齋食了。

木生一行人正去用齋飯，寺廟中的齋食就是些饅頭、粥水、菜葉，清湯寡味，毫無油水。水生想到了嗚妹兒，便將饅頭掰了一半，悄悄裝在口袋裡，想帶給他。

監寺親自下山，送走了賈副將軍。住持見天色已經黑了，就安排眾人就寢。

木生在眾人都睡下後，走過來幫水生整理了床鋪，蓋好被子，才回到自己的床位躺下。

夜逐漸深了，眾人路途勞累，房間裡不久就鼾聲四起。水生擔心嗚妹兒，見大家都睡了，就悄悄爬起來，打開書包，看到嗚妹兒正乖乖地待在書包裡面睡覺，便鬆了一口氣。他把半個饅頭放在嗚妹兒旁邊，摸了摸嗚妹兒的頭，低聲愛憐地說道：「嗚妹兒，你一定餓了吧？我給你帶了半個饅頭，你要是睡醒了就吃吧。」

沒想到躺在旁邊的慧真並沒有睡著，他聽後突然說道：「師弟，你在和誰說話？」嚇了水生一跳，他趕忙合上書包，鑽到被窩裡，慌張地說道：「沒誰啊。」

慧真也並沒有多想，躺在被窩裡，悄聲對水生說：「師弟，我告訴你梅裡山的傳說吧。傳說很久很久以前啊，這山上是沒有雪的！上面有一種神草，叫……叫……叫什麼來著？算了，先睡吧，不講了！故事可長了呢！」

水生聽了個莫名其妙，說道：「師兄，你是怎麼知道這個傳說的啊？」

慧真湊過來壓低聲音說道：「山下集市上有說書的！過幾天，你跟我下山去玩，我帶你去聽說書，那說書的會講這個傳說，說的很有意思呢。」兩人就這麼有一搭沒一搭的聊著入睡了。

第二十五章
剃度

賈副將軍帶幾個隨從，安頓好木生眾人後，在監寺的護送下，告辭下山了。他們拜訪了柳仙鎮安撫使，在其安排下入住了柳仙鎮的一家客棧。

柳仙鎮的安撫使姓範，人稱範安撫，鎮守柳仙鎮多年。在四十多年前，軍隊開始駐紮柳仙鎮，並設立安撫使。只是柳仙鎮人口稀少，有龍之一族和雪鄉族混居，受佛教影響，人們虔誠信佛，性格溫順，社會安定。後來，駐紮的軍隊就都撤走了，到現在，安撫使基本上已經成了一個空職閒職。

第二天一大早，賈副將軍就在柳仙鎮衙門後廳，向範安撫詢問了柳仙鎮的管理情況。範安撫命人上茶後，說道：「柳仙鎮一向民風淳樸，社會治安良好，民族關係也十分融洽。只是最近雪鄉區出現了一種怪病。」

賈副將軍一聽，急忙放下茶杯，問道：「什麼怪病？」

範安撫說道：「人們從來沒有見過這種病，得病的人會咳嗽不止，渾身無力，高燒不退，病重者還會咳血，人們都叫咳嗽病。止咳草藥功效也不明顯。雖然患者半個月後就會自動痊癒，但是之後又容易復發，而且傳染性極強，讓人防不勝防。」

賈副將軍問道：「現在感染情況怎麼樣了？」

範安撫說道：「最早是在雪鄉區開始流行起來，現在雪鄉區有比較多的感染者。我正讓人調查柳仙鎮的感染情況。據傳言，已經出現了好幾例感染者。暫時還沒有死亡病例。因為感染性太強了，沒有好的辦法。」

賈副將軍聽後說道：「我會安排調度草藥和賑災糧，請範安撫做好防疫工作，盡力保障民生。我預計一個月後還會來柳仙鎮，屆時再就疫情進行會談。」之後又和範安撫就民生、人口、治安等狀況進行洽談後，便收拾行裝，回龍之縣了。

賈副將軍回龍之縣後便向平知縣彙報了工作。平知縣也迅速調集草藥、人力、糧食，全力支援柳仙鎮。

這天，雲柳寺中，正按原計畫在為木生五人舉行剃度儀式。

住持方丈、監寺帶眾僧備齊萬事，鳴鐘擊鼓，眾僧人集合在雲柳寺中，盡披袈裟，分作兩列，合掌作禮，整整齊齊。

木生五人跪坐在法座之上，住持方丈在正前方合掌說道：「寸草不留，六根清淨，與汝剃除，免得爭競。盡皆剃去！」說罷，就有幾個僧人上前，挽起袖口，撩起頭髮，左剃右刮，不一會兒就全都剃了個乾淨。木生擔心水生，頻頻轉頭看向旁邊的水生，看見水生端正跪坐，抿著嘴一動也不動，心裡稍微寬慰了些。

住持方丈上前說道：「程中強取法名智義，任當勇取法名智靜，董天榮取法名智理，曹木生取法名智明，曹水生取法名智悟。你們五人既入了佛門，往後要做到皈依佛性，歸逢正法，歸敬師友。」五人雙手合掌而應。如此，剃度之禮完畢。

第二十五章　剃度

　　方丈看了看剃成光頭的木生，又看了看慧真，然後笑著說道：「智明和慧真長得真像。」

　　監寺也笑著說道：「是呀，真的很像呢。你還別說，看著智明，我還真以為是慧真長大了呢！」

　　木生看著慧真，眼前這個小和尚和水生年紀相仿，正面帶笑容看向自己，便合掌作禮，慧真也忙還了禮。

　　次日是習武的第一天，在寺院旁的習武空地上，木生四人正筆直地站在僧人隊列裡，監寺則在前面指揮，住持方丈在方丈的陪同下，緩緩踱步前來訓話。

　　住持方丈面容和藹，面帶微笑，緩緩說道：「智義、智靜、智理、智明，今天是你們上雲柳寺參加習武的第一天，我想問問你們四個，你們習武的目的是什麼呢？」

　　程中強說道：「習武是為了強身健體，保家衛國！」

　　任智靜說道：「習武是為了抵禦魔族的入侵！讓我們龍之國不受外辱！」

　　董智理說道：「習武是為了將少林武術發揚光大！傳揚龍之一族尚武文化！」

　　接著，曹木生最後說道：「我習武是為了報仇！」

　　住持方丈微微一愣，問道：「報什麼仇？」

　　隨後木生便含淚將自己母親孟氏被魔族所害的事講述了出來，他捏著拳頭，恨恨的繼續說道：「我習武就是為了殺光所有魔族，為媽媽報仇！」

住持方丈說道：「魔並不是因為是魔而是魔，人也並不是因為是人而是人。魔和人都天生善惡參半。若魔族之人能心存善念，放下屠刀，亦可立地成佛。若人滿心惡念，無惡不作，亦會墮入魔道。」

木生把頭擰到一邊，抿著嘴，並不說話。

住持方丈繼續緩緩說道：「天道輪迴，萬物有常。善有善報，惡有惡報。若是有朝一日，你復仇成功，多年後，魔族的後代又會來找你報仇。人世間，業報就會連綿不盡，無窮不絕。如果人們都能心存善根，悔改自我，放下惡念，則人人得以善報，人世間就會天下太平。」

木生雖然並不反駁，可他報仇的信念很深，並不認同住持方丈所講的話。

住持方丈也看了出來，說了句「希望有朝一日，你能懂」，便和方丈兩人緩緩走開了。

隨後，在監寺的帶領下，練習開始了。今天的主要內容是基本功，劈叉、壓腿、蹲馬步、站樹樁，幾個時辰下來，大家都累得站不起來。

木生四人也跟著僧人們一起練習，他們雖然是萬中選一的武學佼佼者，各個都是練武奇才，但也都渾身痠痛。可是他們一直咬牙堅持，雖然是第一次訓練，但是卻絲毫不遜色於其他僧人。讓監寺不禁點頭稱讚。

在往後的日子裡，木生四人就和眾僧一起，早上聽道，練習誦經、打坐，下午在監寺的帶領下，一起練習少林拳法、棍法，強身習武，晚上就和眾僧人一起入寢。日起而作，日落而息。

第二十五章　剃度

　　水生則在方丈的帶領和管教下，平時和慧真一起練習基本功，參禪打坐，沒事就打掃衛生，點燈燒香，擦桌拭鏡。

　　就這樣過了幾日，一天早上眾僧在正殿，聽住持方丈講經傳道。眾僧在下盤膝而坐，側耳恭聽，木生四人和水生也學著僧人的樣子盤腿而坐。

　　正殿裡清然幽靜，香霧繚繞，佛像莊嚴，住持方丈靜坐在佛像之下，講道：「人身難得，生命不易。一切生命都是因佛而起，因緣而生的。萬物皆有佛性，既眾生平等。我們要善待自己，珍愛生命，同時也要善待一切眾生，嚴守淨界，誓不殺生。」

　　此時眾僧有的跪的腿腳發麻，有的犯睏打呵欠，這時就聽見慧真嘟囔了兩句，然後「嘿嘿」的笑出了聲音來。

　　眾僧聽慧真發笑，都覺得是對住持方丈的不敬，一個個扭頭看向慧真。住持方丈也望向慧真，緩緩說道：「慧真，為何發笑？」

　　只見慧真慌忙坐正，合掌作禮說道：「弟子聽到妙處，故而發笑，請師父恕罪。前些天師父您教導我們，一切諸果，皆從因起，一切諸報，皆從業起。今日您講眾生皆由緣起因生，我在想那麼善待眾生其實就是善待我們自己啊。」

　　住持方丈笑了笑，滿意的點了點頭，又繼續開始講道。

　　水生完全聽不懂，他盤坐在慧真的旁邊，一臉茫然。聽道完畢，中午用完齋飯，和往常一樣，木生四人去和僧人練習功夫了，而水生則要和慧真在一起掃院子。

齋飯後,水生回到寢室,悄悄給了嗚妹兒半個饅頭,又說了一會兒話。他想到嗚妹兒這幾天一直乖乖躲在書包裡,不吵不鬧,再低頭看他狼吞虎嚥的吃饅頭,心中既愧疚又愛憐。

　　水生從口袋裡拿出了那半條手絹,陷入沉思。他的腦海裡浮現出了和阿茹娜兩人在一起時的種種過往,還有小河邊的約定。水生心想,雲柳寺進修需要半年,等他回到龍之縣,剛好就是夏末秋初,那時候正好是阿茹娜和她的阿爸一起來龍之縣的時候。這樣,他就能和阿茹娜重逢了。想到這裡,水生將手絹緊緊握在手裡,嘴角微微上揚,不禁露出一抹微笑。

　　突然,慧真從後面躥了出來,拍了下水生的肩膀,大聲笑道:「智悟師弟!你在幹什麼?」

　　水生嚇了一跳,還沒反應過來,書包裡的嗚妹兒就被慧真看到了。慧真瞪著驚奇的眼睛,說道:「哇!這是什麼!好可愛呀!」邊說邊湊過臉來問道:「是你養的小松鼠嗎?」

　　水生支支吾吾地說道:「他不是小松鼠,他是一個小精靈,我的朋友,叫嗚妹兒。慧真師兄,求求你,不要告訴別人啊。」

　　慧真看著嗚妹兒笑著說道:「知道知道,我不告訴別人。他好可愛啊!他會說話嗎?」說著想要伸手去摸嗚妹兒,只見嗚妹兒嚇的「嗖」的一下就鑽到水生懷裡,嘴裡叼著一小塊饅頭,小心謹慎的看著慧真。

　　水生聽慧真說不告訴別人,心裡稍稍踏實下來,他摸著嗚妹兒的頭,柔聲說道:「嗚妹兒,別怕,他是我的慧真師兄。」只見嗚妹兒「嗚嗚」的叫了幾聲,水生笑著對慧真說道:「慧真師兄,他在叫你慧真師兄呢!」

第二十五章　剃度

　　慧真仰頭哈哈大笑，說道：「哈哈哈，太可愛，太好玩啦！」說罷就伸手抱起嗚妹兒，撫摸著他的頭，笑著說道：「哇，他的身上好暖和啊，就像一個小暖爐！哈哈哈！對了，嗚妹兒，我這裡還有半個饅頭，給你吃吧！」

　　說罷就準備把衣服口袋裡的半個饅頭拿出來，就在這時，監寺走進了寢室，說道：「慧真，智悟，你們兩個在幹什麼？大家都在練功了，你們也不要偷懶，快點去掃地。」

　　兩人都嚇了一跳，慧真趕緊把嗚妹兒藏進口袋裡，然後轉身撓著頭慌慌張張的說道：「知……知道啦，師父。」

第二十六章
古老的傳說

慧真帶著水生，水生口袋裡藏著嗚妹兒，兩人就拿著掃帚，來到院子裡掃地。

正掃著，慧真悄悄湊過來對水生說道：「師弟，等會兒跟我去山下玩吧！我帶你和嗚妹兒去逛集市！人很多，很熱鬧，很好玩。」

水生一聽出去玩，眼前一亮，說道：「真的嗎！？好呀！」可是又轉念一想，低頭說道：「要是被哥哥發現就要挨罵了，師父也會生氣的吧？」水生以前經常逃課和狗娃一起出去玩，可是自從媽媽去世之後，就再也沒有逃過課。

慧真見水生猶猶豫豫的，說道：「怕什麼！不會的！就是去溜達一圈而已啊，這會兒師父們肯定在打坐呢，沒人知道的。從正門走會被發現，一會兒你跟著我就行了。」水生才答應。

之後兩人拿著掃帚在院裡裝模作樣的胡亂掃了幾下，就扔掉掃帚，沿著側路，繞過敬生殿，悄悄來到了殿後的一個小空地。這空地不大，有一棵大樹，還有一堆稻草，大樹緊貼著院牆，院牆邊堆放著一些棍杖之類的工具，應該是寺院裡堆放工具的地方，平時不常有人來。

第二十六章　古老的傳說

　　慧真指著稻草旁邊的院牆，說道：「智悟，你看！」水生上前一看，就看到大樹根下的院牆上有一個小洞，剛好可以容納一個小孩子爬過去。

　　慧真說了句「就這裡了，跟我來！」就趴下身，兩下就鑽了過去，水生也跟在後面，一手捂著口袋裡的鳴妹兒，鑽了過去。出去後，是一片小樹林，四周高聳的大樹下有一條彎彎曲曲的小路，右手邊是雲柳寺高大的院牆，左手邊則是陡峭的山澗，山澗下則是水流湍急，濤濤向東的柳安河。

　　慧真熟門熟路的走在前面，水生帶著鳴妹兒小心翼翼地緊跟在後面，兩人一前一後，沿著彎彎曲曲的小路，就這麼悄悄的下山去玩了。

　　兩人就這麼一路下山，來到了山腳下的集市。這個集市不大，只有一條大路，從頭到尾走路只需不到二十多分鐘。這裡雖然沒有縣城裡那些高大的建築、寬闊的大路和林立的店面，但也別有一番熱鬧的景象。

　　這天，附近方圓數十公里的人們都來這裡趕集，集市上盡是龍之一族和身穿長袍的雪鄉族。各種小商小販兜售著琳琅滿目的商品，叫賣著各種各樣特色小吃，各種叫賣聲、討價還價聲混雜在一起，整個集市上人們接踵摩肩，熱鬧非凡。

　　慧真興奮地帶著水生，兩人邊走邊看，玩的不亦樂乎。

　　突然，在兩人前面不遠處聚集的人群裡，發出一陣叫好聲，兩人擠進去一看，原來是幾個人在進行雜技表演。

　　只見一個小女孩正在表演踢弄。她站在一張桌子上，伸出一隻腳，腳尖上還放著一個碗，頭上還頂著幾個碗，此時正伸平雙臂，搖搖晃晃努力保持平衡。然後就見她伸腳一發力，將那個碗踢到了頭頂，整個人稍稍晃

動了一下，又重新保持了平衡。周圍人群發出了一陣叫好和喝彩。慧真水生兩個人看的目瞪口呆，趕忙跟著鼓掌叫好，水生口袋裡的嗚妹兒也探出個腦袋，看的津津有味。

小女孩表演完，上來一個赤著上身的人，他抿著嘴，鼓著腮幫子，手裡拿著一個小火棍，一陣戲耍之後，只見他仰天用嘴對準火棍，「噗」的一聲，空中就噴出了一陣巨大的火花！周圍的人群瞬間一片叫好！慧真和水生也高興的直拍手。

他們興沖沖地看完噴火表演，才發現嗚妹兒正躲在水生口袋裡，蜷縮成一團瑟瑟發抖。

水生抱出嗚妹兒，摸著他的頭問道：「嗚妹兒，你怎麼了？害怕嗎？」

慧真也摸摸嗚妹兒的頭，笑著說道：「嗚妹兒，沒事啦！那只是表演啦！」可是嗚妹兒依舊縮著身體，把頭深深埋在尾巴裡，一邊「嗚嗚」叫，一邊害怕的發抖。

慧真說道：「嗚妹兒怕火嗎？我們走吧，去看看還有什麼好玩的。」說罷，兩人就擠了出來，抱著嗚妹兒在集市上繼續閒逛。

沒走兩步，就發現在不遠處，人們正裡三層外三層的圍在一起，不知道在看著什麼。

慧真說道：「師弟，快來！前面就是說書的了！」說罷就帶著水生從人縫裡擠進去，只見一個老者站在人群中央，這便是說書先生無疑了。

他正拿了一個破碗，在人群裡轉了一圈，圍在四周的人們正零零星星的往破碗裡面扔銅錢，原來人們剛聽完一段說書，一個個意猶未盡的樣子，隨即扔了銅錢的人們又爆發出幾聲呼喊「再來一段！再來一段！」

第二十六章　古老的傳說

只見那說書先生收起破碗裡的銅錢，捋了捋鬍子，清清嗓子，搧了兩下摺扇，不緊不慢的繼續說道：「接下來講雪蓮仙的故事。」一瞬間，周圍的人都安靜了下來，水生和慧真也屏聲斂氣，瞪著眼睛，豎起耳朵，洗耳恭聽。

那說書先生說道：「很久很久以前，梅裡山上四季如春，氣候適宜，植被豐盛，動物繁多，物產豐富，山上也並沒有積雪。生活在梅裡山附近的人們過著富足安寧，祥和平凡的日子。忽然有一天，這裡出現了一種奇怪的疾病，得了病的人渾身發黑，高燒不退，上吐下瀉，人們從來沒有見過這種怪病，更無法醫治，很多人在病痛中死去。當時天宮中有一個仙女，名叫雪蓮仙，她心腸柔軟，心地善良，眼睛可以變成天上的一顆星星，能看到人間的疾苦，當她知道後，整日整夜一個人在天宮上默默地難過流淚。後來她的眼淚落入人間，掉在了梅裡山上，變成了一顆顆淡綠無暇的雪蓮草，那雪蓮草發出陣陣沁人心脾的撲鼻香氣，人們聞到這香氣後，怪病就都奇蹟般的痊癒了。」

「後來，人們發現，不僅雪蓮草的香氣可以治病，本身還可以食用呢。吃了雪蓮草，不僅可以強身健體，延年益壽，還能返老還童，永保青春。人們就都瘋了一般湧向梅裡山上，把山上的雪蓮草挖了個乾淨，後來雪蓮草越來越少，越來越難找，為了能找到雪蓮草，人們甚至不惜掘地三尺，連剛出芽的豆芽般大小的雪蓮草都被人連根挖走了。很快，由於山上植被遭到人為破壞，寸草不生，一片荒涼，到處都是人們隨意丟棄的垃圾和污物，發出一陣陣撲鼻的惡臭。昔日美麗的梅裡山變成了人人避之不及的臭山。」

「後來，玉皇大帝得知此事後，大為震怒。他下令用厚厚的積雪常年覆蓋梅裡山，還任命一個山神駐守，只要有人膽敢登上梅裡山，山神就會發怒，發動雪崩埋葬他們。而雪蓮仙則被鞭打十二下，然後貶落凡間，承受人間的生離死別，輪迴轉世之苦。據說雪蓮仙被鞭打後，渾身血流如注，她落入凡間時，身上的鮮血灑落到了梅裡山上，又變成了一顆顆晶瑩剔透的雪蓮草。」

「據說，現在梅裡山的最頂端還有可以治癒萬病的雪蓮草呢！只是因為山上極度嚴寒，氣候惡劣，連老鷹都很難飛到梅裡山上去，又有山神的駐守，更沒有人敢踏入山上半步，也就再也沒有人見過雪蓮草了。山神還派了一群妖精來鎮守梅裡山，那些妖精搖身一變，都變成渾身潔白的狐狸，人稱天山雪狐，他們在梅裡山上神出鬼沒，任何膽敢上山的人，都會受到天山雪狐的無情攻擊而被撕成碎片，連老虎豹子這些大型猛獸都怕他們呢。」

「山下的居民們，由於失去了來自梅裡山豐富的物產資源，生活越來越困苦，即便是這樣，也沒有人再敢登上梅裡山。人們為了向山神贖罪，便每隔十二年，就要向雪山裡供奉一名少女。人們將少女精心打扮一番，由當地有名的巫師作法，連帶著一些貢品一起送入雪山，以祈禱得到山神的寬恕。後來，這個供奉少女的陋習被廢除了，現在人們在進行祈禱活動時，會用紙和竹棍製作一個少女人偶做為替代，向山神供奉，祈求山神的寬恕。」

故事講完了，周圍的人爆發出一陣叫好聲，又給破碗裡三三兩兩的扔了好多銅錢。慧真和水生兩個人也聽的津津有味，回味無窮。

第二十六章　古老的傳說

這時，水生口袋裡的嗚妹兒「嗚嗚」的哭了起來，旁邊的慧真低頭問道：「嗚妹兒，你怎麼哭啦？」嗚妹兒含淚低聲「嗚嗚」叫了幾聲，又開始嚎啕大哭了。

水生揉揉鼻子，含淚說道：「是的呀，那個雪蓮仙真善良呢。」他們都被剛才雪蓮仙的故事感動了。

慧真笑道：「這梅裡山的故事好聽吧？我都聽了好幾遍了，還想一聽再聽呢。」

聽完說書，兩人繼續興高采烈的在集市上閒逛。這時，兩人發現路邊有一名漁夫，正扛著魚竿，手裡拎著一條活蹦亂跳的魚。原來他剛剛釣到了一條魚，正拿著準備回家。

慧真看到後，像是想到什麼似的，帶著水生攔了上去，合掌作禮說道：「阿彌陀佛。施主，我用半個饅頭換您一條魚，好嗎？」說罷從口袋裡掏出了半個饅頭。

那漁夫停下腳步，低頭好奇地問道：「小和尚，難道你也要吃魚嗎？」

慧真說道：「不是的。佛家戒律，不可殺生。我看這條魚好可憐，想把他放生。」

漁夫仰頭大笑，說道：「這裡的人世世代代以打魚為生，每天都有無數的魚被釣上來，你救的過來嗎？」

慧真認真地說道：「一切諸果，皆從因起，我們每個人都是由因起緣生。其實我不是在救魚，我是在救我自己啊。」

那漁夫又笑了笑，說了句「真是可愛的傻和尚，給你魚吧。」便把魚遞給了慧真，收了半個饅頭，笑著搖搖頭，走了。

對於慧真師兄的話，水生卻是半個字也沒有聽懂，只是懵懵懂懂覺得很深奧、很厲害的樣子。

慧真拿了魚，便帶著水生，三步併做兩步飛奔來到了柳安河邊，然後小心翼翼地拆下魚嘴裡的繩子，把魚放進了河裡。那魚撲騰了兩下，「嗖」的一下就游進河裡，消失了。

慧真和水生兩人剛好也玩累了，就坐在河邊休息，只見遠處的梅裡山風姿綽約，眼前的柳安河波光瀲灩。這柳安河約莫四、五十公尺寬，淺綠色的水色，映著山上春天的秀色，淙淙流淌，波紋粼粼，浪花滾滾，奔流向東。不遠處的古橋宏偉壯觀，端莊大氣，十多個拱形橋洞個個相連，設計精巧，橋身壯闊雄偉，如同一道飛虹橫跨柳安河兩岸。

嗚妹兒從水生口袋裡跳了出來，在河邊的草地上跑著跳著，東聞聞西嗅嗅，高興地玩了起來。

水生問道：「慧真師兄，我不明白，為什麼你說救魚就是救自己呢？」

慧真笑道：「住持方丈說了，這世界上，最寶貴的是生命。因為所有世間事物，由無而有謂之生。我們這個大千世界，如果沒有了生命，也就等於不存在了。人類和所有動物和植物一樣，都會生長老死，而落入六道輪迴中。所以呀，那個魚就是我，而我就是那個魚。」

水生撓著腦袋說道：「可是我媽媽曾經說過，輪迴轉世什麼的，都是迷信。這世界上真的有輪迴嗎？」

第二十六章　古老的傳說

　　慧真認真的說道：「當然有了！這世界上所有東西都是守恆的，不會憑空消失，也不會憑空增加，只會由一種形態變成另一種形態，生命也是一樣的！」

　　水生聽後追問道：「師兄，既然人死後是可以輪迴的，為什麼人們還要這麼努力的活下去呢？」

　　慧真說道：「我們每個人都是大自然孕育而生的，生命就是大自然賜予我們最寶貴的財富，活下去，其實就是對大自然最基本的尊重。」

　　水生喃喃說了句「活下去」就若有所思的低下頭，他想起阿茹娜曾對他說過，這世界上一定是有神靈的。雖然他並不覺得這世界上真的有神靈，也不是很明白慧真師兄所說的話，但是他隱隱約約感覺到了什麼。

第二十七章
洛桑卓雅

水生和慧真兩人正坐在河邊聊著天，嗚妹兒在不遠處一個人玩。

忽然，從慧真和水生身後傳來一陣撲騰的聲音和嗚妹兒的慘叫聲。兩人回頭一看，只見一隻老鷹正飛撲在嗚妹兒身上，用利爪緊緊抓著嗚妹兒，張開翅膀胡亂撲搞著，捲起一陣陣塵土！那老鷹渾身棕黑色，身體強壯，利爪彎喙，雙眼機警銳利，似乎透出寒光。

嗚妹兒被老鷹壓在身下，一面驚恐慘叫一面拚命想要掙脫，可是被那老鷹用爪子緊緊抓住，哪裡掙脫得了？

水生一下就著急了，如果那老鷹抓著嗚妹兒飛走了可怎麼辦呀！嗚妹兒會被吃掉的！

他趕忙順手拿起地上一個竹棍，叫喊著衝上前去，舉起手臂就去打那隻老鷹。慧真也拿起竹棍，衝上前去，想要救出嗚妹兒。

那老鷹挨了幾下，就「咕咕」叫著放開了嗚妹兒。嗚妹兒連滾帶爬，跑向水生，然後「嗖」的一聲就鑽進了水生胸前口袋裡，嚇得直打哆嗦。

水生本以為那老鷹會馬上飛走，可是奇怪的是，那老鷹雖然放開了嗚妹兒，但是卻並不飛走，只是撲搞著左邊的翅膀，嚇得左躲右閃。

第二十七章　洛桑卓雅

這時突然傳來一個女孩子的聲音：「你們在幹什麼！快住手！」

慧真和水生兩人抬頭一看，只見是一個年紀約十二、三歲的女孩子，這女孩穿長袍，腰帶緊束，長裙曳地，脖子上帶著些許貝殼松石之類的裝飾品，她的臉上戴著一個眼罩，緊緊地蓋住了右眼。

只見那個女孩子面帶怒容，大步走了過來，擋在那老鷹身前，指著水生和慧真說道：「你們兩個為什麼要打我的突及其？」原來老鷹是這女孩養的，名叫突及其。

水生一時語塞，不知該怎麼說。慧真搶著說道：「我才不管什麼突及其不突及其的呢，是他先欺負我們嗚妹兒的！」

那女孩挺胸揚頭，雙手叉腰說道：「那你們也不能打我的突及其！如果你們打傷了他，我一定要找你們算帳，跟你們沒完！」

慧真也不甘示弱，回道：「我還跟妳沒完呢！哼！」

那女孩氣的渾身發抖，指著慧真罵道：「你們兩個小禿驢！臭和尚！哼！」說罷就轉身檢查老鷹，見他並無大礙後，將其輕輕抱起，回頭說了句「我們走著瞧！」就怒氣衝衝地走了。

水生見那隻老鷹右側的翅膀無力地垂下來，似乎完全用不上力氣，一直撲搧著左邊的翅膀努力保持著平衡，心想：「難怪這老鷹剛才不飛，原來是翅膀有問題，不會飛啊。」

慧真朝那女孩的背影做了個鬼臉，又吐了吐舌頭，便轉身過來問水生說道：「師弟，嗚妹兒沒事吧？」兩人便趕忙低頭查看口袋裡的嗚妹兒，嗚妹兒驚魂未定，蜷縮成一團，瑟瑟發抖，好在沒有受傷。

兩人見嗚妹兒並無大礙，就沿原路上山，返回雲柳寺了，並沒有人發現他們。

兩人在寺廟裡本來做的就是擦灰拭塵，點燈燒香之類的輕活，平時住持也管教的比較寬鬆，而監寺則主要負責僧人們的習武，他們都是睜一隻眼閉一隻眼。如此一來，水生的膽子也大了起來，時不時就和慧真師兄溜出去玩。

木生四人則主要和僧人一起，早上打坐聽道，下午練習功夫。四人在龍之縣軍營裡本就出類拔萃，來了雲柳寺參加習武後，長進也都很快。即使休息時，四人時常一起切磋拳法。木生則時時刻刻記著自己的使命，他要變得越來越強，為媽媽報仇！

過了幾天，慧真又帶著水生和嗚妹兒一起偷偷溜下山，去集市上閒逛。

兩人正興高采烈的邊聊邊逛，慧真突然拉住水生，指著前面悄聲說道：「師弟，你看！」

水生朝著慧真指的方向看去，原來是上次和他們吵架的那個雪鄉族女孩，臉上還是帶著和上次一樣的眼罩，在她的肩膀上，站著上次想要抓走嗚妹兒的老鷹。嗚妹兒探出腦袋，剛看到上次那隻老鷹，就嚇得「嗖」一聲縮了進去。

慧真說：「走！我們跟著她！」說罷，就拉著水生躲到一邊，兩人一路遠遠跟在那雪鄉族女孩後面，偷偷跟蹤，暗中觀察。

這時，路邊上有幾個七、八歲的孩子正在嬉戲玩耍，他們看到了那女孩，都嬉笑著大聲叫道：「獨眼龍！哈哈哈！獨眼龍！」那女孩並不理

第二十七章 洛桑卓雅

會，只是加緊了腳步繼續往前走。那幾個孩子見狀，又朝著女孩的背影嬉笑著叫罵了幾句，才悻悻的離開了。

慧真和水生緊緊跟著那女孩，見她走進了路邊一間藥鋪，就趕緊快走兩步，躲在藥鋪門口，探出身子悄悄看向裡面。

就聽見店小二說道：「你這女娃真是奇怪呀，天天來問雪蓮草。我都給妳說了一百遍了，沒有雪蓮草賣，我們這裡沒有雪蓮草。」

那雪鄉族女孩並不離開，哀求著說道：「求求你了，什麼時候才能有雪蓮草啊，求求你了，求求你了⋯⋯」

店小二不耐煩地說道：「據說那梅裡山上有，誰敢去採藥啊，不要命的人才敢去呢。就算是有命上山，估計也沒命回來了吧。」

那女孩聽後，滿臉失望和哀愁，只是買了一些普通的草藥，便默默轉身，垂頭喪氣地離開了。之後就帶著老鷹，低著頭，走到了集市外的草地，坐在一塊石頭上，一個人托著下巴，鬱鬱寡歡地唉聲嘆氣。這片空地旁邊就是古橋。她剛才從古橋過來買草藥，過一會兒也要從古橋回到雪鄉區。

慧真和水生兩人在不遠處悄悄跟著，慧真低聲說：「師弟，走，我們去捉弄她一下！」

水生撓撓腦袋說道：「師兄，這個不太好吧。」

慧真說道：「怕什麼！你往那邊走過去，故意引起她的注意。快去！」

說罷，就推了水生一把，水生無奈，只好扭扭捏捏地走了過去，當他從那雪鄉族女孩身邊走過時，側眼偷偷看了一眼，只見那個女孩一臉惆悵，低頭輕輕撫摸著懷裡的老鷹，眼睛裡泛著淚水，似乎很傷心的樣子。

那女孩也發現了水生，她眼神中一瞬間略略顯出有些驚訝和尷尬後，就馬上移開了視線，再沒有理會，也沒有說話。

這時，慧真也躡手躡腳的悄聲走到那女孩的後面，趁她不注意，上前一把就扯掉了她的眼罩！然後轉身撒腿就跑，邊跑邊喊：「快跑！」

那女孩的眼罩突然被扯掉，嚇得大叫一聲，然後慌忙低頭捂住自己的臉，拚命的把頭往下埋。可就是這瞬間，在旁邊的水生呆掉了，他看的清清楚楚！那女孩的右眼根本就沒有眼珠！右眼的眼瞼深深地凹陷下去，就像貼在臉上的一大塊傷疤，讓水生感覺到渾身一陣恐懼。

慧真見水生呆在原地無動於衷，又呼喊了幾句，水生這才反應過來，驚慌失措地跑了過來。慧真本想帶著水生一溜煙就開跑，但是被水生拉住了。水生說道：「慧真師兄，那個女孩……右眼是瞎的……」

這時，兩人聽到了女孩抽抽搭搭的啜泣聲，回頭一看，見那個女孩正跪在地上，半俯在地上，捂住自己的臉，然後深深的埋在胳膊裡，似乎很害怕被人看到，肩膀一抽一抽的低聲哭泣。

水生頓時心軟了，心裡湧起無限的懊悔，說道：「師兄，她好可憐，我們把眼罩還給她吧。」慧真心裡也萬分愧疚，「嗯」了一聲，想要歸還眼罩，卻不知道該如何歸還，不知所措的呆站在原地。

這時，剛才在路上遇到的那幾個七、八歲的孩子來了，他們看到了那個女孩，大聲笑著說：「獨眼龍在這裡！獨眼龍在這裡！」說罷，就都站在遠處，指著女孩大笑，幾個調皮的孩子還撿起石頭往女孩身上扔。

那女孩只是捂著臉埋著頭，被石頭砸了幾下後，哭的更傷心了。身邊的老鷹也呼呼翅膀，站立不穩。

第二十七章　洛桑卓雅

　　這時，慧真衝上前去，擋在女孩前面，大聲說道：「喂！你們幾個幹什麼！」

　　那幾個孩子一愣，問道：「你是誰呀？」

　　慧真上前一步挺胸說道：「我是她的朋友！不許你們欺負她！」說罷就順手撿起地上一根樹枝，舉著就要打過去。那幾個孩子見慧真年紀比他們大，個子也比他們高，就一個個轉身叫著四散跑掉了。

　　之後，慧真蹲在女孩面前，把眼罩遞給她，內疚的說道：「對不起……」

　　那女孩拿起眼罩，趕忙扭過頭去戴了起來，然後擦了擦眼淚，她轉過頭來後一下就認出了水生和慧真，然後紅著鼻子說道：「原來是你們兩個呀，謝謝你們，幫我搶回眼罩。」

　　慧真和水生臉刷的一下就紅了，原來女孩誤以為是那幾個孩子搶走了她的眼罩，是慧真和水生幫她搶了回來，方才又幫助自己趕走了那幾個調皮的孩子。兩人慚愧地低下頭，一時不知道該說什麼。

　　那女孩的說道：「我叫洛桑卓雅。」然後指著自己肩膀上的老鷹，繼續說道：「這個是突及其。」

　　慧真說道：「我叫慧真，這個是我的師弟，叫曹水生，法號智悟。」

　　洛桑卓雅說道：「慧真是你的法號吧。那你的名字叫什麼呢？」

　　慧真說道：「我是孤兒，沒有名字。我從小是在雲柳寺上長大的。」

　　然後洛桑卓雅看著水生，好奇地問道：「水生，你脖子上掛的寶石真漂亮，可是為什麼只有半塊呢？」

水生低頭拿出戴在脖子上的半塊寶石，說道：「我也不知道為什麼，爸媽讓我從小就一直帶著。」

慧真說道：「對了，我剛才看到妳去藥鋪裡買雪蓮草了，妳買雪蓮草做什麼啊？據說雪蓮草只有在梅裡山的山頂才有的啊。」

洛桑卓雅說道：「我知道啊，可是我阿爸生病了，總是咳嗽，現在一直在買這個草藥吃，可是作用不大，我想用雪蓮草給我阿爸治病。」

這時，嗚妹兒也悄悄從水生口袋裡探出半個頭來，看到那個叫突及其的老鷹正歪著腦袋看自己，嚇得又鑽進了口袋裡。

洛桑卓雅看到了嗚妹兒，好奇的說道：「咦？這就是你們養的那個小松鼠嗎？好可愛！」

水生說道：「他叫嗚妹兒，是我的朋友。」說罷就把嗚妹兒捧了出來，嗚妹兒嚇得緊閉雙眼，緊緊地趴在水生的手上。

慧真笑著說：「哈哈哈，嗚妹兒怕突及其呢！」

洛桑卓雅也笑著對嗚妹兒說道：「嗚妹兒，別害怕，突及其很善良的，上次他是在和你玩遊戲呀。」說罷撫摸了突及其，然後繼續說道：「突及其其實也很可憐的，很小的時候就摔下了懸崖。」

水生和慧真看著突及其，問道：「怎麼回事呀？」

洛桑卓雅說道：「突及其的故事是這樣的……」

第二十八章
不會飛翔的老鷹

兩年前的一天，洛桑卓雅正跟著阿爸扎西在山腳下放羊，突然發現一隻小雛鷹伏在地上發出微弱的咕咕聲。

洛桑卓雅趕忙上前，就見那隻小雛鷹毛剛長齊，渾身是傷，伏在地上奄奄一息，應該正是學習飛行的時候。她抬頭一看，懸崖上有一個老鷹的巢，這小雛鷹應該是從懸崖上摔了下來。

洛桑卓雅把那小雛鷹捧起，只見他雖然叫聲微弱，奄奄一息，但是所幸沒有傷到骨頭，便將其小心翼翼地擁入懷中，捧給阿爸扎西看。

扎西看了看，說道：「老鷹為了讓自己的孩子經受大自然的考驗，所以會在他們剛開始學飛時，就把他們推下懸崖。膽小的就被摔死了，那些真正努力搧動翅膀的，才能活下來。這也就是為什麼老鷹能高高飛翔在天空中的原因，因為他們都是真正的強者。這個小雛鷹太膽小了，估計活不久了。」

洛桑卓雅捧著小雛鷹，抬頭問道：「他好可憐，我可以養著他嗎？」

扎西不太願意讓洛桑卓雅養，就說道：「膽小的老鷹養不活的，即使能活他也學不會飛了。」

洛桑卓雅低頭想了想，說道：「阿爸，你不是說過，每個生命都是另一個生命的延續嗎？」

扎西聽洛桑卓雅這麼一說，他一下想到了洛桑卓雅剛出生時。那是一個雪夜，幾個接生婆在房間裡給他的老婆德吉接生，而扎西焦急地等在外面，坐立不寧，期待著一個新生命的誕生。

可是德吉的生產並不順利，經歷了數個小時的焦急等待，孩子終於生了下來。當接生婆將嬰兒抱出來時，所有人都傻眼了，那是一個沒有右眼的女嬰。而德吉自己則因失血過多陷入昏迷，當時就死了。

當周圍的人搖頭嘆氣，議論紛紛時，性格木訥少語的扎西，他上前小心抱起那個女嬰，含著淚，抿著嘴半晌才說出一句話：「女兒，我的女兒，妳就叫洛桑卓雅。」

以後的日子，扎西忍受著周圍人們的議論紛紛，獨自一人撫養洛桑卓雅長大。面對周圍人們的非議，他總是說：「她是我的女兒，是我生命的延續。」

扎西收起思緒，揮揮手說道：「妳要是想養，就養吧。」

於是，洛桑卓雅給雛鷹取了個名字，叫突及其，天天帶著他四處放牧，到處遊玩。可是那隻老鷹的右翅膀始終垂下來，使不上力氣，時至今日，兩年過去了，也只會撲騰左邊的翅膀，果真就像扎西說的，膽小的老鷹學不會飛。

洛桑卓雅說道：「所以，突及其到現在都不會飛。」然後扭頭撫摸著肩膀上的突及其繼續說道：「其實突及其可是一個很善良的乖寶寶呢。」

第二十八章　不會飛翔的老鷹

水生聽了洛桑卓雅的故事後，突然想起了自己的媽媽孟氏，然後就難過的低下頭去，鼻子一酸，眼淚趴搭趴搭的掉了下來，之後就把自己媽媽遇害的經歷告訴了洛桑卓雅和慧真。

洛桑卓雅和慧真聽了，也都難過的低下頭去。半晌，洛桑卓雅低聲緩緩說道：「我們三個都是沒有媽媽的孩子……」

慧真說道：「你們兩個還有爸爸，可是我連爸爸都沒有。聽住持方丈說，我是他十年前從一個村莊外的草叢裡撿到的……」說罷，慧真就開始講述自己的故事。

十多年前，龍之縣城南的寺廟尚且客來客往，香火繁盛，寺廟前每個月都有個集市，住持方丈也時常帶領僧人，去侍奉那間寺廟，供人們拜佛燒香。

十年前的一天，天空突然出現了一顆災星，那顆星星身後拖著一個長長的尾巴，似乎要劃破天空，之後龍之縣陸陸續續就出現魔族之人。

他們人數並不多，二十來個人，神出鬼沒，四處作亂，鬧得人心惶惶。平知縣和賴將軍加緊巡邏，四處徵兵，各個村莊也都組織了自己的民兵，最終，那場魔族的入侵才終於被平息了下去。

一次，在村外，民兵們和龍之縣的將士們聯手，和魔族之人進行了一場戰鬥，最終將其打敗。

當天下午，住持方丈剛好路過城西村，就聽到旁邊不遠處草叢裡的微弱哭聲，住持方丈循聲走去，撥開草叢，只見裡面有一個用破布包裹著的嬰兒。

那嬰兒身體弱小,臍帶未斷,一看就是個早產兒。住持方丈以為有人棄嬰,見四下無人,便將其小心翼翼地抱了起來,悄悄帶回了雲柳寺,悉心照料其長大。這個孩子從小就慧根出眾,資質過人,天性聰慧,聽了住持方丈的講道,能牢記於心,看過的經文也經常過目不忘,而且能舉一反三,住持方丈對其愛護有加,便取了法名叫慧真。

洛桑卓雅和水生聽後都難過地看著慧真,只見慧真低頭望著地面,目光黯淡,昔日靈性的眼神裡湧出了無限的失落和落寞。三人就這麼坐在集市口的大石頭上,打開話匣子,各自講述著自己的經歷,直到天開始矇矇黑了才起身,依依不捨的相互告別。

三人經歷了這次促膝長談,感情增進了好多。從那以後,慧真和水生下山來集市玩時,時常能再碰到買草藥的洛桑卓雅和突及其,三人總是在集市口古橋邊的空地上,帶著突及其和嗚妹兒,一起聊天、玩耍,相互講述著自己經歷的新鮮事。

此時正是春暖花開,萬物復甦的季節,漸暖的春風吹散了寒意,也吹醒了大地,大地上一片片的小草破泥而出,一簇簇的小野花競相開放,一枝枝新綠的樹梢上長出嫩嫩的小芽。雖然梅裡山上此時依然被厚厚的白雪覆蓋,但山腳下的冰雪開始融化,雪水匯集在山腳下形成潺潺的小溪流,流入雪鄉族的雅魯河,最終匯集流入雲柳山和梅裡山之間的柳安河。

一天,水生和慧真依舊帶著嗚妹兒下山去玩,兩人在集市走了一圈也沒有遇到洛桑卓雅,便來到集市口空地的大石頭邊,洛桑卓雅也沒有在這裡。原來今天洛桑卓雅沒有下山來買草藥。慧真無聊的站在石頭上,遠遠望向梅裡山山腳下。

第二十八章　不會飛翔的老鷹

　　此時慧真突然指著遠方，朝水生招手說道：「師弟，快過來看！那是不是洛桑卓雅？」

　　水生一聽，趕緊跳上石頭，踮著腳尖，向慧真指的方向望去，只見遠處山巒疊嶂，而在遠處梅裡山山腳下的轉角處，有一個羊群，還有幾個牧羊人圍在一起，不知道在做什麼，旁邊還有一個女孩的身影，那女孩的肩膀上站著一隻老鷹。

　　水生叫道：「是的啊！就是洛桑卓雅！他們在做什麼呀？」

　　慧真跳下石頭，說道：「走！我們去看看！」便帶著水生兩人一路跑過古橋，朝洛桑卓雅跑過去。洛桑卓雅遠遠就看到了慧真和水生，她高興地揮手大叫：「慧真！水生！」

　　兩人跑過去，上前一看，只見幾個牧民焦急地圍在一隻倒在地上的山羊周圍，那山羊癱倒在地上，像是被什麼東西卡到似的，艱難地大口大口呼吸著。一個高個子牧民身著長袍，腰間別了一個拳頭大的白海螺，此刻正單膝跪在山羊旁，緊緊捏著拳頭，一幅焦躁不安的樣子。

　　慧真和水生好奇地問道：「洛桑卓雅，這隻羊怎麼了？」

　　洛桑卓雅說道：「應該是剛才不小心吃下去了一個垃圾，想吐出來卻沒有成功，卡在了喉嚨裡，堵住了氣管。這裡每年春天，冰雪消融時，就會有很多垃圾被水從山上沖下來。然後羊牛誤食之後被噎死呢。」

　　水生想起了前幾天聽到的雪蓮仙的傳說，便問道：「山上沖下來的垃圾？是不是很久以前人們去挖雪蓮草時亂丟的？」

慧真笑著說道：「哈哈，雪蓮仙只是個傳說啦，不是真的。因為梅裡山的雪景很漂亮，所以很多遊客都想嘗試爬上雪山，垃圾都是那些人隨意丟棄的。梅裡山上經常下雪，又常年不化，所以很多垃圾就被雪掩蓋住了。到了春天，冰雪消融時，垃圾就會被沖下來了。」

洛桑卓雅聽後一臉認真地說道：「雪蓮仙的傳說是真的！而且在梅裡山上真的有山神呢！我們雪鄉族每年春天都要舉行祭天活動，還有不到一個月了，就是為了感謝雪蓮仙為人間做出的犧牲，也為了向梅裡山神贖罪，祈求神靈的原諒呢。我們要對梅裡山懷著一顆敬畏的心！」

第二十九章
梅裡山下撿垃圾

　　水生、慧真和洛桑卓雅三人正站在一旁聊天，就見躺在地上的羊開始張著嘴劇烈地乾嘔，渾身抽搐起來。旁邊幾個牧民上前將其壓住，一個高個牧民壓住羊頭，看著羊嘴，念叨著「快出來了！快出來了！」然後眼疾手快，一下伸手到羊嘴裡，猛地一拉扯，就拉出了長長的一塊破布！那羊就開始大口大口呼吸起來，終於活了過來！牧民們不禁一陣歡呼雀躍！洛桑卓雅也拍著手高興地叫起來。

　　那高個子牧民起身回頭時，看到了慧真和水生，愣了一下。洛桑卓雅說道：「阿爸，他們是我的朋友，慧真和水生，他們都是雲柳寺上的小和尚。」

　　原來那個高個子牧民就是洛桑卓雅的阿爸——扎西，今天洛桑卓雅和阿爸一起出來放羊，所以沒有下山買藥。慧真和水生趕忙雙掌合攏，彎身作禮。

　　扎西似乎生病了，他咳嗽了幾聲，朝慧真和水生點了點頭，然後對洛桑卓雅說道：「洛桑卓雅，把這個垃圾裝好吧。」

　　洛桑卓雅應了聲，便把垃圾夾進了身後的一個大竹簍裡，對水生和慧真說道：「每年春天，我和阿爸在梅裡山下放羊時都會帶上這個大竹簍，

193

專門來撿垃圾，然後帶回去燒掉。如果不撿這些垃圾的話，可能就會被其他動物吃掉，然後像這羊一樣，被噎死的。」

然後洛桑卓雅指了指竹簍裡，慧真和水生好奇地上前一看，只見那個大竹簍裡已經裝了一些垃圾。

慧真看後說道：「洛桑卓雅，我們一起去撿垃圾吧！」水生也一個勁的點頭說道：「對，我們一起去撿垃圾！」

洛桑卓雅聽後十分高興，便辭了阿爸扎西，背起竹簍，和慧真、水生一起去撿垃圾了。扎西咳嗽了兩聲，朝洛桑卓雅揮了揮手，就背過身去，沒有多說話。

三人就一起沿著梅裡山山腳下走，一邊說笑聊天，一邊撿垃圾了。

眼前高大壯麗的梅裡山上依然覆蓋著厚厚的冰雪，白雪皚皚，山腳下的冰雪開始融化，露出了下面的碎石塊，也露出了來登山的遊客們隨意丟棄的垃圾，冰水匯流而下，同時也沖下來了不少垃圾，最終匯集成一條條小溪，然後匯入雅魯河。三人就這麼在山腳下、溪流裡、石塊下找到了許多垃圾。

突然水生看到不遠處山上的碎石塊裡，似乎夾雜著一塊類似破布的垃圾，說了句：「那裡還有一個！」就跑了上去。

洛桑卓雅忙朝水生喊道：「水生，小心！山上的石頭很鋒利！」

原來梅裡山上常年冰雪覆蓋的碎石，並不比山腳下的陸地平整，那些雪融後露出的碎石寒氣森森，如同一個一個尖刀，稜角鋒利。

第二十九章　梅裡山下撿垃圾

　　縱使水生穿著媽媽做的新棉鞋，依然痛的直咧嘴。只見水生一步一步顫巍巍地走過去，翻開大石塊，終於撿起了那個垃圾。那是一件被遊客隨意丟棄的舊衣服。水生抓著那個垃圾，又小心翼翼地走了下來。

　　三人就這麼邊走邊撿，不一會兒就裝滿了，水生抓著竹簍上的繩子用力想拎起，也許是因為竹簍太重或者繩子磨損嚴重，只聽繩子「嘣」的一聲，斷開了，水生也一下坐倒在地上。

　　慧真和洛桑卓雅慌忙上前查看，水生也趕忙爬起來說道：「我來，我來綁起來！」便拿起兩頭的繩子，努力地綁了起來。可是最終，卻綁了一個又大又醜的結。逗得洛桑卓雅「噗哧」一聲笑了出來，慧真見狀也哈哈大笑。

　　洛桑卓雅上前，笑著說道：「還是我來吧。」就解開水生綁的結，然後重新綁了起來。

　　洛桑卓雅拿著繩頭，半開玩笑的對水生說道：「水生，看好了，我只教一遍喔。」只見她手指輕盈，低頭拿著兩頭繩子一纏，一挑，一拉，一拽，就綁成了一個大大的蝴蝶結。

　　水生撓撓頭，不好意思的笑著說道：「洛桑卓雅，妳綁的蝴蝶結真漂亮。」然後三人又是一陣歡笑。

　　之後三人就一起坐在地上休息聊天。嗚妹兒高興地從水生口袋裡跳出來，抱著一塊饅頭，坐在地上吃了起來。這時，突及其也從洛桑卓雅的肩膀上跳下來，揮動著左邊的翅膀，搖搖擺擺地來到了嗚妹兒身後，歪著腦袋，好奇地看著嗚妹兒。

嗚妹兒正吃得高興，不經意間一抬頭，就看到突及其瞪著圓圓的眼睛看著自己，嚇得魂都沒了，尖叫一聲，扔了饅頭就往水生口袋裡鑽了進去。

洛桑卓雅上前撫摸著突及其，笑著說道：「嗚妹兒，別怕啦，突及其是想和你一起玩呢。對不對？突及其？」只見突及其「咕咕」叫了一聲，然後叼起那塊饅頭，搖擺著身體，走上前，低頭放在了水生面前。原來他是想給嗚妹兒饅頭。

水生朝口袋裡的嗚妹兒說道：「嗚妹兒，不用害怕啦，突及其是想給你饅頭呢！」嗚妹兒這才小心謹慎地探出腦袋，慢慢溜下來，撿起了那塊饅頭。突及其也高興地「咕咕」直叫。

也許是最近嗚妹兒時常能和突及其見到面，逐漸熟悉起來，又感覺突及其沒有惡意，才逐漸放鬆了警惕，兩個不一會兒就玩在了一起。嗚妹兒一會兒鑽到突及其翅膀下，一會兒又騎到突及其的背上，突及其也高興的邊咕咕叫，邊揮動翅膀，逗得大家哈哈直笑。

慧真上前撫摸著突及其，說道：「洛桑卓雅，突及其真的永遠學不會飛嗎？」

洛桑卓雅說道：「嗯，我阿爸說了，老鷹要學會飛，就必須從很高很高的懸崖上跳下來。因為突及其小時候從懸崖上掉下來過，被摔的很重，有了心理陰影，以後就不敢從高處跳了，也就再也學不會飛了。不過沒關係，我會好好養著他的。」

水生聽後，笑著說道：「明明是老鷹，卻不會飛，那真是太不帥啦！」然後就走到突及其身前，俯身說道：「來，突及其，我來教你飛吧！」說罷，

第二十九章　梅裡山下撿垃圾

就輕輕拉起他的右翅膀，然後一邊揮動，一邊說：「突及其，你要這樣飛，對，別怕，就是這樣，加油加油……」

只見突及其在水生的幫助下，努力地想要揮動翅膀，可是卻怎麼也用不上力氣。洛桑卓雅和慧真也在旁邊大聲喊：「突及其！加油！」嗚妹兒也站起上身，看著突及其嗚嗚叫，似乎在說加油。可是只要水生一放開手，突及其的翅膀就迅速垂下去，顫顫悠悠幾次還差點跌倒，看來他還是學不會飛。

忽然慧真像是想起什麼事似的，向洛桑卓雅問道：「洛桑卓雅，你的阿爸一直在咳嗽，他的病怎麼樣了？你一直下山去集市給你阿爸買草藥，有效果嗎？」

洛桑卓雅低下頭去，然後搖搖頭，難過的說道：「看了很多醫生，大家都不知道是什麼病。就是一直咳嗽，還咳血。吃了草藥能緩解一些吧，但還是無濟於事。如果有雪蓮草，爸爸的病肯定就能治好了。」洛桑卓雅頓了頓，繼續沮喪地說道：「現在雪鄉區有很多人都開始咳嗽，聽說還有些人和我阿爸一樣，開始咳血。因為我爸爸是最早得病的，所以大家都說我阿爸的壞話，說是他傳染給大家的。」

水生聽到後，睜大眼睛說道：「要不然我們去梅裡山上找雪蓮草吧！如果找到雪蓮草，大家的病就都能治好了！」

慧真笑道：「那只是傳說啦，從來沒有人見到過真正的雪蓮草呢。」

洛桑卓雅聽後一臉認真地說道：「在梅裡山山頂一定有雪蓮草的。可是要登上梅裡山山頂的話，山神會發怒的……每年都有很多人想要登上梅裡山，大家都是中途而返，從來沒有人真正登上過梅裡山。」

三人就這麼聊著天，不一會兒天色漸晚，到了告別的時間。洛桑卓雅帶上突及其，背起竹簍，揮手朝慧真和水生告別。慧真和水生也揮手告別，回寺廟了。

　　兩人回雲柳寺後，見到正門空地上放了很多糧食，還有很多時令果蔬，住持正吩咐僧人搬運。往常天濛濛黑之前，監寺就會停止訓練了，而今天他正帶領眾僧人練習少林拳法，絲毫沒有停歇的樣子，而木生四人也在其中揮汗如雨的加緊操練。

　　後來一打聽才知道，原來這些蔬果糧食是賈副將軍差人送來的，他還送來了一封書信，原來賈副將軍預計一個月後會親自來雲柳寺，視察訓練的情況，所以監寺便加緊訓練了。

　　當天寺廟伙食也獲得了改善，晚飯做了燒豆腐，這對於吃多了清湯寡水的木生眾人真是算得上香噴噴的饕餮大餐了。木生不捨得吃，只是吃了一半，看到同一飯桌上的水生正在狼吞虎嚥，心裡一陣愧疚，就把剩下的豆腐都加給水生了，說道：「水生，多吃點。」水生抱著碗，說了聲：「謝謝哥！」就開始埋頭扒飯，使勁往嘴裡塞。

　　木生說道：「水生，現在天氣還冷，你要多穿點。下山玩的時候，別太晚回來，注意安全。」

　　水生一邊埋頭吃，一邊應了。

第三十章
對生命的尊重

　　洛桑卓雅告別慧真和水生，揹著一竹簍垃圾回家了。扎西也放完羊，把羊都趕回羊圈。洛桑卓雅帶著突及其回到家裡，剛把竹簍裡的垃圾倒在地上的坑裡，就聽見家裡傳來有人說話的聲音。

　　一個聲音說道：「大家都說這次咳嗽病是山神發怒，降罪下來的呢。扎西，大家都知道你是最早得這個病的……」

　　另一個聲音咳嗽了幾下，是扎西的聲音，他說道：「我知道，神婆婆想怎麼樣？」

　　那個聲音嘆了一口氣，說道：「現在大家正在準備一個月後的祭天大會，說是這次一定要辦個盛大的祭拜。」那聲音頓了頓，繼續緩緩說道：「你也知道，去年大家用假人來祭拜，整整一年了，得病的人有增無減，山神降的罪依然無法消除。尤其是今年開春以來，得病的人就越來越多了。」

　　扎西說道：「所以呢？」

　　那聲音低聲說道：「你女兒今年不是剛十二歲嗎？……」

　　扎西拍桌並大聲說道：「神婆婆想把我女兒獻給山神？我絕不答應。你走吧。」說罷，也許是因為情緒激動，扎西忍不住又咳嗽了幾下。

那聲音說道：「扎西，你先別激動，我只是提前給你透漏一下消息，你早做打算早準備。實在不行就想想其他辦法。」說罷那人便起身離開了。

洛桑卓雅聽到後，心裡一陣害怕，就見那人出門離開了。那人正是村裡的一個叫莫赤的牧民，平時和扎西關係很好，經常一起放牧，今天幫忙扎西救羊的就是他。

雪鄉區有一個德高望重的老婆婆，對待山神也最為虔誠，最受人尊敬，人稱神婆婆，每年祭拜山神，都是由她主持。

現在雪鄉區很多人染病，咳嗽不止，嚴重的還咳血，任何草藥都不管用。神婆婆說這是因為山神發怒了，降罪人間，就天天拜佛念經，祈禱山神平息怒氣。但是病情卻蔓延的更快了，患病的雪鄉族人有增無減。於是，今年的祭天大會，她打算用真正的女孩獻給山神，大家都知道扎西是最早得病的人，他的女兒洛桑卓雅今年又恰好剛滿十二歲，所以理所當然的成了神婆婆心目中獻給山神的首選人物。

可是扎西的妻子德吉為了生下洛桑卓雅，自己難產而死，扎西獨自一人辛苦撫養洛桑卓雅長大，他視其為掌上明珠一般，絕對不會答應獻給山神。可是他也不知道如何平息山神的怒氣，更不知道如何治療現在蔓延的越來越廣的病情。

洛桑卓雅一個人躲在外面，她雖心裡敬畏山神，卻也十分害怕。儘管剛才她聽到阿爸扎西嚴詞拒絕，但還是怕被當作獻祭，供奉給梅裡山神。

洛桑卓雅良久方才起身，將突及其放在羊棚裡的架子上，餵了一些肉乾後，才小心翼翼的回到了家裡。

此時扎西在低著頭抽著旱菸，家裡煙霧繚繞，嗆的洛桑卓雅直咳嗽。扎西自己本來就有病在身，也咳嗽不止。

洛桑卓雅內心忐忑地說道：「阿爸，我回來了。」

扎西「嗯」了一聲，沒有抬頭，過了一會，他敲了敲旱菸，咳嗽了兩聲，說道：「洛桑卓雅，妳明天先一個人去放羊，我要去趟山下集市。」

洛桑卓雅不知道是什麼事，但也沒有多問，就說道：「嗯，我知道了。」

她心裡煩亂，胡亂吃了些飯，就回自己的房間準備休息。扎西方才在自己房間裡的小爐子裡燒了些火，房間裡暖暖的，而自己的床鋪也已經被扎西鋪的整整齊齊。洛桑卓雅心裡一陣難過，自從記事起，扎西就悉心照料著自己的一切，阿爸雖然平時少言寡語，但是卻一直盡最大的可能給自己最好的生活。

想到這裡，洛桑卓雅默默地想，如果真的把自己供奉給山神，能治好阿爸的病，那自己就去吧！可是一想到自己獨自一人要登上梅裡山，被供奉給山神，心裡卻又一陣害怕和難過。洛桑卓雅用被子捂住頭，默默流下了眼淚，這麼糾結猶豫的胡思亂想了很久，才迷迷糊糊的睡著了。

第二天一大早，扎西叮囑了洛桑卓雅幾句，就牽著兩隻羊出門了。扎西牽著兩隻羊，向柳仙鎮走去，他路過古橋，來到了集市上，徑直朝一家肉鋪走了過去。

經營這家肉鋪的，是一個叫麻子臉的屠夫，他的肉鋪上掛滿了肉，幾個顧客正在鋪子前挑選，麻子臉屠夫此時正嫻熟地揮刀一邊切一邊叫賣。

原來扎西想把這兩隻羊賣給麻子臉。麻子臉看到兩隻羊，就上前左看看右瞧瞧，見這兩隻羊精神十足，皮肥肉厚，臉上便露出了滿意的笑容。

隨後經歷了一番討價還價，終於成交了。扎西拿了錢，雙手合掌，對著兩隻羊念叨了一番，就離開了。麻子臉經常向雪鄉族買牛羊，他知道雪鄉族在宰殺牛羊之前，都是要誦經超度，就是感謝他們帶給人們食物，讓他們安心的去投胎轉世，而人們在宰殺他們時也會盡量減少他們的痛苦。扎西賣了兩隻羊後，拿錢去集市上買了皮襖棉鞋，就回雪鄉區了。

扎西走後，麻子臉就上前想要把兩隻羊牽回去，可是那兩隻羊似乎預感到了什麼似的，任憑麻子臉使勁拉韁繩，他們就是不走，倔強地立在原地，「咩咩」的大叫。周圍的行人紛紛駐足圍觀，嬉笑不斷，人群中間的麻子臉拉不動羊，再加上周圍人群的圍觀，心裡沒好氣，上前就怒罵著踢了那羊兩腳，那兩隻羊依然倔強的站立不動，叫的更大聲了。周圍人群隨即又爆發出一陣哈哈笑聲。

這時，兩個小和尚從人群中鑽了出來，原來是下山玩耍的水生和慧真。慧真從小聽道，皈依佛門，絕不殺生，自然對屠夫是最沒有好感的。

慧真這天下山剛好碰見麻子臉拉兩隻羊，就沒好氣的上前說道：「佛教五戒，不殺生為第一，殺生有果報，今日你殺了這兩隻羊，日後你也會投胎為羊，承受刀俎魚肉之苦。」

周圍人群聽了慧真這麼一說，瞬間鬨笑起來，大家議論紛紛，指指點點，集市上一下就熱鬧了起來。

麻子臉本來心中就有火，一聽慧真這麼說，一時間氣不打一處來，指著慧真罵道：「你這小和尚，老子不殺羊，去喝西北風啊！有買才有賣，有人要吃羊肉，就會有人去宰羊！」

慧真本想罵回去，可是卻不知該說些什麼。他轉頭看到麻子臉的肉鋪，然後指著上面掛的肉說道：「一切罪中，殺生食肉，其業最重！吃肉的人也是一樣的，來世一刀還一刀，一命還一命！」

肉鋪前本來有幾個客人正在挑選，聽慧真這麼一說，嚇得趕忙轉身離開了。

麻子臉見生意沒了，心中不禁怒火中燒，上前兩步，指著慧真大聲罵道：「你這個小禿驢！老子經營這肉鋪一輩子了！你敢砸了老子的生意，老子連你一塊宰了！」

水生害怕的躲在後面，拉了拉慧真的衣角，小聲說道：「師兄，我們走吧。」

慧真卻根本不怕，他二話不說，趁麻子臉不注意，上前兩步，「嘿呦」一聲就把肉鋪給推翻了！那擺在鋪子上的羊肉、牛肉、豬肉瞬間嘩啦啦的灑落了一地。

麻子臉見鋪子被掀，扔下兩隻羊，大聲叫罵著就追了過來。

慧真趕忙說了句「快跑！」就拉著水生跑開了。留下了身後嬉笑的人群和頓足大罵的麻子臉。經過這麼一鬧騰，慧真和水生也沒有了在山下繼續玩的興致，就上山回雲柳寺了。

傍晚，雲柳寺的操練還在繼續，慧真和水生兩人一反常態乖乖的在院子裡掃地，就聽見寺院門外傳來一陣嘈雜喧鬧聲。

監寺停止操練前去一看才知道原來是屠夫麻子臉，寺院裡的伙食衣著，經營費用，大部分都來自山下人們的香火錢，而麻子臉更是每年香火錢的捐贈大戶。只見麻子臉一臉怒氣，沒好氣的將今天的事情告訴了監寺。監寺聽後，一再賠禮，再三表示嚴處，並保證以後堅決杜絕同類事件的發生，麻子臉方才離去。

監寺送走麻子臉，轉身讓眾僧人帶木生四人繼續操練，自己氣沖沖的快步來到慧真和水生面前。他知道在寺院長大的慧真從小就是最為調皮搗蛋，各種搞破壞惡作劇，但是住持方丈卻是對他極盡呵護，關照有加。由於慧真頑劣，監寺也教訓過他幾次，可是住持方丈卻總是對慧真推脫護短，令監寺心中早有不滿。

監寺上前一把揪住慧真的耳朵，罵道：「慧真！你今天又帶著水生跑下山搞了什麼鬼？每天不知道好好在寺廟裡念經，就知道往山下跑，惹事生非！你們兩個都給我過來！」

慧真一聽就知道剛才的喧嘩聲應該是麻子臉上山來告狀了，他被拽著耳朵，側仰著臉，踮著腳，一面疼的哇哇叫，一面求饒道：「師父，我知道錯了，我知道錯了，哎呦，疼死我了！」

監寺在前面拽著慧真，水生低頭跟在後面，一路拉拉扯扯來到了正殿側面的臺階下，監寺命慧真和水生兩人跪下，然後呵斥道：「你們兩個給我跪好！今天罰跪！沒有我的許可不許起來！」

第三十章　對生命的尊重

　　監寺還不解恨，又順手拿了法杖，打了幾下慧真。慧真後背挨了幾下打，痛的他直哼哼，但是卻不哭，只是咬著牙，強忍著痛。

　　這時，一個身影從敬生殿裡緩緩踱步出來了，是住持方丈。他聽到監寺責罰慧真和水生，便出來一探究竟。監寺上前作禮後，告訴了住持方丈前因後果。

　　慧真跪在地上，不服氣的搶著說道：「佛教五戒，不殺生！屠夫天天殺生，罪孽最大，我是勸他放下屠刀立地成佛！」

　　監寺一聽，舉起法杖，說道：「你還敢頂嘴！看我不打爛你的嘴！」

　　住持方丈示意監寺放下法杖，微微笑了笑，朝慧真緩緩說道：「信奉佛教者不可殺生。那你可知道我們每天吃的米，每一粒都是一個生命？慧真，你知道我們不殺生的理由是什麼嗎？」

　　慧真扭著頭，想不出該怎麼回答。

　　住持方丈繼續說道：「不殺生，是因為世間眾生的生命絕沒有貴賤、尊卑之分，都應該得到尊重。佛門子弟不殺生，憐憫眾生，是對生命的尊重；凡世俗人，在屠宰家禽牲畜時，心中懷有對生命感恩，是對生命的尊重；人們在吃飯時，感恩食物，不浪費糧食，也是對生命的尊重。我們無法要求所有人都不吃肉，就像我們無法要求所有人都剃髮為僧一樣。」

　　慧真聽後，頭緩緩的低了下去，眼淚趴搭趴搭的往下掉，然後就開始抽抽嗒嗒的哭了起來，良久方才抬頭含淚說道：「師父，我知道錯了。」

第三十一章
扎西偷訪神婆婆

住持方丈教育完慧真，見慧真低頭認錯，便微微笑了笑，就轉身說了句：「監寺，你過來一下。」就緩緩地回敬生殿了。

監寺見狀朝慧真說道：「你們兩個繼續跪在這裡反省，沒有我的許可，不許起來！再罰你們不許吃晚飯！」說罷，就跟著住持方丈去了敬生殿。

水生見監寺走了，本想開口說話，他見慧真情緒沮喪，低頭含淚不語，也就沒有說什麼，只是乖乖地跪在慧真旁邊。

進入敬生殿，住持方丈還沒開口，監寺就說道：「住持方丈，慧真這孩子從小就天性頑劣，再不嚴加管教，恐難有所修為。今日之事，山下民怨極大。」

住持方丈說道：「慧真是個苦命的孩子。剛出生就被父母拋棄，被我帶回了雲柳寺。因為從小缺少父母的愛護，所以內心一直很渴望被關注，就一直調皮搗亂，四處鬧事。其實他是想獲得大家認可。慧真表面上看起來大大咧咧，嬉笑打鬧，其實他內心裡，是很孤單的。他是一個內心很溫柔的孩子。多給他一點時間，讓他成長吧。」

監寺作禮說道：「弟子知道了。」

第三十一章　扎西偷訪神婆婆

兩人正說話間，住持走了進來。原來他之前聽說有人來寺裡告狀，又看到慧真和水生在罰跪，就來詢問今天發生了什麼情況。

監寺簡單的說明解釋之後，說道：「住持，慧真和智悟本由你來管教，你可不能護短啊。今天罰他們不能吃晚飯，還有一個月不許下山去玩。」

住持應了句「知道了。」之後兩人向住持方丈作禮道別後，就出了敬生殿。

住持走到慧真和水生面前，板著臉說道：「慧真，智悟，你們兩個小傢夥，我平時念在你們年紀小，讓你們下山去玩，怎麼今天去山下鬧事了？看來是我平時對你們管教太鬆了！」說罷就伸手去打了幾下慧真，之後又去打了幾下水生，說道：「罰你們繼續跪著，不許吃晚飯！」便和監寺兩人走開了。

慧真和水生挨了住持幾下打，並不感覺到疼痛，只是感覺口袋裡沉甸甸的，低頭一看，才發現每人口袋裡多出了一個饅頭！

原來是住持在假裝打他們時，偷偷給他們放進去的。兩人掃了一天地，早就餓了，水生分給了口袋裡的嗚妹兒一點饅頭後，兩個人三兩下就把饅頭都吃了。

此時距離賈副將軍來視察的日子還有不到一個月，監寺不僅每天加緊操練功夫，而且還時不時去檢查慧真和水生的情況。如此一來，慧真和水生就不敢擅自下山去玩了，每天乖乖的在雲柳寺裡掃地擦桌，點燈燒香，拂拭佛像。

這天，因為阿爸扎西去柳仙鎮集市，洛桑卓雅滿臉愁容的獨自一人牧羊，心情怎麼也平靜不下來，她一想到自己要被做為犧牲供奉給山神，心

裡就一陣害怕。她雖然知道阿爸不會同意，但是她也知道神婆婆在雪鄉區的權威。阿爸扎西卻在洛桑卓雅面前，一個字也沒有提起過，彷彿根本就沒有這事一樣，這卻讓她心中更加不安。

當天晚上，洛桑卓雅正在熟睡，突然家裡的大門被一把推開了，她驚醒後，趕忙起身去查看。原來是阿爸扎西，正一瘸一拐的走進來，大半夜的，扎西似乎並沒有睡覺，他還穿著去集市買的大衣和鞋子，渾身裹得嚴嚴實實，肩上頭上還散落著未化的雪花。此時雖然已經開始入春，但是到了夜晚，氣溫依然寒冷，冷風正不斷地呼呼吹進房子裡。

扎西關上大門，一轉身就看到了剛睡醒的洛桑卓雅，他的臉上稍稍露出了驚訝和遲疑後，就又恢復了平靜，咳了兩聲後，淡淡地說道：「洛桑卓雅，這麼晚怎麼還不睡？」

洛桑卓雅上前關心的問道：「阿爸，你怎麼了？去哪裡了？」

扎西只是搖了搖頭，踉蹌地走到椅子前坐下，喘了口氣說道：「這麼晚了，妳快去睡覺吧。我沒事。」

洛桑卓雅一臉茫然，正準備轉身回屋。

扎西忽然想起來什麼，叫住洛桑卓雅，拆下腰間別著的白海螺，遞給洛桑卓雅，說道：「這個白海螺，以後妳就帶著吧，能保佑妳。」

洛桑卓雅看著白海螺，呆愣在原地，眼神裡充滿了不解和困惑。從她記事起，阿爸就一直隨身帶著這個白海螺，據說是在四十多年前的那場戰爭後，爺爺離開了雪鄉區，他臨走之前把當時只有三歲的扎西交給了一家好心人收養，還把這個白海螺留給了他，從那以後就再也沒有回來。

第三十一章　扎西偷訪神婆婆

扎西見洛桑卓雅無動於衷，就起身把白海螺戴在了她的脖子上，說道：「好好帶著這個白海螺，神靈會保佑你的。」就起身回屋了。

洛桑卓雅知道阿爸向來少言寡語，也沒有多問，但是她心裡察覺出了一絲異樣。她回屋後躺在床上，想起了前幾天阿爸和赤莫的對話，就開始胡思亂想了。

「難道今天阿爸是去見神婆婆了？難道阿爸答應神婆婆要把自己送給山神了？把白海螺送給自己，是希望自己被送到梅裡山裡後能得到神靈的保佑？阿爸答應神婆婆了嗎？」洛桑卓雅想著想著眼淚就掉下來了，她害怕之餘卻又想起了阿爸疲倦的背影和憔悴的咳嗽聲，心裡不禁一陣心疼。

「如果我被送給山神，威嚴壯麗的梅裡山裡，究竟有什麼可怕的東西呢？我好害怕⋯⋯」洛桑卓雅就這麼胡思亂想著，抱著白海螺，慢慢地睡著了。

第二天，扎西像沒有發生什麼事一樣，與往常一樣和赤莫兩個人去放羊了。到了晚上，等洛桑卓雅睡著，扎西悄悄再次穿上衣服出了家門。

洛桑卓雅並沒有睡著，她起身穿好衣服，溜出家門，悄悄地跟在扎西後面。

這是個月明星稀的夜晚，一輪明月高高掛在黑色的天空，不遠處的梅裡山輪廓清晰，山上的積雪映著月光，滲出冷冷的銀色暗光，像是一個體型巨大的怪物，張著血盆大口要吞噬世間萬物。

山腳下的雪鄉區家家戶戶燈火點點，扎西快步走在前面，洛桑卓雅小心翼翼的捏著腳步，時近時遠的跟在後面。只見阿爸走進了一戶人家，洛桑卓雅知道，這是神婆婆的家。

水生奇緣

神婆婆家院子裡擺滿了各種紙糊的鬼神，中間擺放著一個大大的四方神壇，上面用圍欄圍住，人們在完成祭天儀式後，將會抬著這個神壇走入梅裡山，將祭品留在梅裡山裡，供山神享用。

每當祭天大會的次日，當人們進入梅裡山取回祭天神壇時，上面供奉的不論是麵食、酥油，還是青稞餅，都會被吃的精光，而送進去的牲畜家禽，也都會只剩一堆白花花的白骨！雪鄉區的人們堅信就是山神享用了人們的祭品。

其實不然，這些貢品都是被山上生活的白狐所吃了，這些白狐生活在雪山裡，晝伏夜出，他們渾身雪白，鼻子靈敏。雖然身形較小，但是確是兇猛的肉食性動物。只要聞到香氣，就會尋味而來，然後將祭天神壇上的貢品一掃而光。而綁在旁邊的牲畜家禽也會被他們群起攻之，分食乾淨。

這時，神婆婆家窗戶裡的微弱燈火照應出了裡面幾個跳動的人影，原來裡面有很多人，在說著些什麼，還夾雜著斷斷續續的咳嗽聲。

洛桑卓雅悄悄走近，躲在窗下，才聽到裡面人的對話。

一個老婆婆的聲音說道：「好了，十天後的祭天大會，就這麼安排，現在雪鄉區咳嗽病越來越多了，為了給雪鄉族祈福，今年的祭天大會，一定要好好準備。」這是神婆婆的聲音。原來她在召集大家，商議祭天大會的事情。

聽到房屋內的眾人一齊回應後，只聽神婆婆繼續說道：「扎西，我知道你的意思了。梅裡山上天氣惡劣，而且極度寒冷，只要上去的人，肯定都是九死一生，你可想好了？」

只聽扎西咳嗽了兩聲，說道：「我想好了。」

第三十一章　扎西偷訪神婆婆

　　神婆婆繼續說道：「距離祭天大會還有十天，你去抓緊時間準備吧。還有，這幾天你就多陪陪你的女兒洛桑卓雅吧。」

　　扎西「嗯」了一聲，沒有多說話。

　　聽到這裡，躲在外面的洛桑卓雅緊緊摀住自己的嘴，眼淚趴搭趴搭的流了下來。她終於明白，原來阿爸真的答應神婆婆要把自己送給山神，他這次悄悄來找神婆婆，以及前幾天他晚上一個人出去，就是去告訴神婆婆他決定要把自己獻給山神。而扎西把他最珍貴的白海螺給自己，是為了平復他內心對自己的愧疚之情啊。

　　洛桑卓雅想到這裡，緊緊握著胸前的白海螺，難過的緩緩蹲下身去，她委屈難忍，想哭卻不敢哭出聲音，就這麼一個人摀著嘴，小聲的啜泣起來。從小到大，阿爸一直守護和陪伴著自己，保護著自己，即使自己的眼睛有殘疾，扎西也對自己視如珍寶，不離不棄，給了自己無限的關愛和寵愛。

　　因為自己身體的殘疾，從來就沒有什麼朋友，只有突及其的陪伴，可是如今，阿爸也放棄了自己。洛桑卓雅感覺自己如同被全世界拋棄了一般，她又低聲哭泣了一會兒，才擦擦眼淚，小心起身，一邊嚶嚶啜泣，一邊獨自一人慢慢走回家了。

　　洛桑卓雅回到家裡，待心情稍微平復了一些，就把白海螺解下，放在桌子上，獨自回房間了。

第三十二章
支援柳仙鎮

　　第二天一大早，洛桑卓雅打算去集市上給阿爸扎西買草藥，出門之前突然被叫住了。

　　扎西手裡拿著白海螺，問道：「洛桑卓雅，我不是讓妳帶著白海螺嗎？妳怎麼摘掉了？」

　　洛桑卓雅苦笑了笑，搖了搖頭，沒有說話，轉身帶上突及其就走了，留下了一臉茫然的扎西。

　　在集市上，洛桑卓雅去藥店買了草藥，又在街上溜達了幾圈，卻沒有遇到來山下玩的水生和慧真，便獨自一人到古橋邊的草地，坐在他們經常在一起玩的大石頭上。水生和慧真被監寺懲罰一個月不許下山玩，所以也就無法見到洛桑卓雅了。

　　洛桑卓雅坐在石頭上，把突及其抱在懷裡，一邊撫摸一邊含淚說道：「突及其，我就要被供奉給山神了，以後沒有辦法照顧你了。可是你又不會飛……」想到這裡，洛桑卓雅鼻子一酸，哽咽著流下了傷心的眼淚。

　　突及其像是聽懂了一般，歪著腦袋看了看洛桑卓雅，咕咕叫了幾聲，就又伏在她的腿上了。後來，洛桑卓雅獨自傷感了一會，還是等不到慧真和水生，就起身回雪鄉區了。

第三十二章　支援柳仙鎮

就這麼過了幾天，洛桑卓雅察覺到阿爸扎西總是趁她睡著，獨自一人出門，然後大半夜裡又跟跟蹌蹌的回來。可是，她已經不去在意了，因為她知道，阿爸扎西無非就是去找神婆婆商量怎麼把自己供奉給山神的事罷了。而距離自己被供奉給山神的日子，也一天天的近了。

雲柳寺裡，慧真和水生每天都是掃地，擦拭灰塵。而監寺在組織操練的同時，時不時會來監視他們，看他們有沒有在乖乖幹活。這樣一來，慧真和水生也就沒有辦法偷偷下山去玩。快到賈副將軍視察的日子了，監寺就更加緊鑼密鼓地操練了。

日子就這麼一天天的過去，再過三天就是祭天大會。

這天，賈副將軍帶了一隊將士趕到柳仙鎮，送來了兩車草藥，分發給需要的人，還有幾車糧食，準備交給範安撫收入糧庫，以備不時之需。在去往鎮衙的路上，賈副將軍看到了不少人在掩面咳嗽。

賈副將軍到柳仙鎮衙後廳，急忙諮詢疫情的情況。

範安撫對賈副將軍說道：「現在雪鄉區咳嗽病蔓延的很厲害，柳仙鎮上也有好幾人病倒了。現在整個柳仙鎮人心惶惶，人人自危，大家都在搶購草藥。本來現在正是春耕的時期，好多人病倒後，沒有辦法耕作，估計糧食的產量要受到影響了。」

賈副將軍說道：「雪鄉區呢？」

範安撫說道：「雪鄉區是重災區，很多人得病，而且已經有好幾個人開始咳血了。」

賈副將軍沉思了良久，說道：「趕緊第一時間將草藥和糧食分發給雪鄉區。為了延緩病情的擴散，暫時把通往雪鄉區的大橋封閉起來怎麼樣？」

　　範安撫說道：「這個不便實行。柳仙鎮本就是雪鄉族和龍之一族混居的鎮子。不僅每天有很多雪鄉族來鎮子上經營謀生，也有很多雪鄉族搬家來鎮子上定居。這樣可能會影響很多人的生計。」

　　賈副將軍想了想，便下令，柳仙鎮上，凡是出現咳嗽症狀的人，必須在家隔離，直到病情痊癒之後才可隨意走動。政策下達後，兩人又進行了許久的商議，賈副將軍方才帶領將士們前往柳仙鎮的軍營。

　　當天下午，賈副將軍又去了雲柳寺，視察進修的情況。賈副將軍給雲柳寺帶來糧食米麵，還有些銀兩。監寺命人收了之後，就開始安排大家進行訓練。

　　今天練習的是少林棍法，眾僧人手持法棍，列隊整齊，在監寺的叫喝下，就開始了訓練。經過了一個多月的練習，木生四人的基本功和各種拳法、棍法都長進飛速。他們此時正和眾僧人一起，喊著口號，練習棍法。賈副將軍點點頭，十分滿意。

　　距離祭天大會還有兩天，扎西和洛桑卓雅的關係也變得微妙起來。扎西不善言語，依舊一副什麼事都沒有的樣子，默默地照顧著洛桑卓雅的衣食起居，對供奉山神的事情隻字不提。只是咳嗽病越來越嚴重，時常咳出血來。洛桑卓雅情緒低落，在家裡半個字也不願意多說。

　　在祭天大會的前一天夜晚，扎西手裡拿著一雙鞋，自言自語道：「穿上這鞋子，就不怕那些石頭了，而且也不怕冷了。」原來這是扎西前些天去集市買的布料趕製而成的，鞋子保暖舒服，底部厚實。

第三十二章　支援柳仙鎮

這時，洛桑卓雅慢慢走出房間，她已經好幾天沒有和扎西說話了，她哭腔著喃喃說道：「阿爸，明天就是祭天大會了……」

扎西覺察到異樣，抬頭說道：「洛桑卓雅，妳怎麼了？」

洛桑卓雅哽咽地說道：「阿爸，我都知道，那天我聽到你和神婆婆說的話了。我都知道……」

扎西猛地一抬頭，只見洛桑卓雅已經哭成了淚人，他眼眶溼潤，也含淚喃喃說道：「妳都知道了？……」

洛桑卓雅略帶責備的語氣質問道：「阿爸，難道你就忍心讓我一個人……」話說到一半，突然湧上一陣委屈，喉嚨哽咽，再也說不出話來。

扎西淚流不止，哭腔著說道：「阿爸也捨不得妳啊……」然後上前，拿出白海螺，帶到洛桑卓雅脖子上，繼續哭著說：「妳答應阿爸，以後一定要好好的。」

洛桑卓雅一把扯掉那白海螺，用力扔在地上，委屈地哭喊著說：「我要這有什麼用啊？！為什麼……為什麼……為什麼啊……」

扎西突然大哭起來，一把摟住洛桑卓雅，說道：「阿爸也捨不得妳啊……阿爸也捨不得你啊……」洛桑卓雅也嚎啕大哭起來，父女兩人就這麼抱頭痛哭起來。

第三十三章
祭天大會

　　第二天一大早，洛桑卓雅醒來時，扎西已經出門了，留她一個人在家。她一個人面無表情的待在家裡，等待神婆婆帶人來接走她。果不其然，不一會兒神婆婆就帶了幾個人來了，神婆婆進門說道：「洛桑卓雅，扎西都告訴妳了吧，根據約定，今天妳就會見到梅裡山神了，妳放心，山神一定會保佑妳的。」

　　神婆婆見洛桑卓雅面無表情，就給周圍人使了一個眼色，幾個人就上前給洛桑卓雅套上了一件大紅色祭天用的神服，梳理了頭髮，簡單的梳妝之後，就帶著洛桑卓雅趕往祭天神壇。而洛桑卓雅也沒有任何反抗。

　　祭天大會就在梅裡山山腳下，人們聚集起來，在神婆婆的帶領下，擺起了神壇，燃起了篝火，還擺出了很多果物等祭品。中間的大神壇，是一個由四個人抬起的平臺，平臺四周圍著護欄，上面的空間只能容一個人盤坐，平臺的四周擺放著各種紙黏糊而成的鬼神，前面有一個高聳起來的祭天大旗。

　　洛桑卓雅身著紅色祭天神服，在神婆婆的帶領下，在周圍雪鄉族的圍觀下，坐入了神壇。洛桑卓雅面無表情，她想，從今天一大早阿爸扎西就出門了，到現在都沒有出現，是心懷愧疚無顏面對自己吧。

第三十三章　祭天大會

　　洛桑卓雅看著篝火前手舞足蹈振振有詞的神婆婆，還有圍在四周一張張熟悉又陌生的面孔，想起了阿爸扎西同意把自己供奉給山神，她感覺自己被全世界拋棄了，沒有人會來救自己。洛桑卓雅絕望的閉上眼睛，淚水從眼角順著臉龐滑落而下。

　　神婆婆手持神杖，在篝火前主持儀式，她念叨了些感謝山神保佑的話，又請山神享用貢品，希望山神繼續保佑山腳下雪鄉族們的健康，就令眾人將祭品放上神壇，擺在洛桑卓雅的周圍，然後命四個身強力壯的小夥抬著神壇，準備入山。

　　就在四個小夥剛抬起神壇時，突然傳來一陣呼喊！眾人一看，原來是扎西！只見扎西渾身是雪，頭髮、鬍子都凍成了冰，眼睛佈滿了血絲，凍得渾身發抖，揮舞著手臂邊跑邊叫：「不要！不要！」

　　洛桑卓雅坐在神壇上，驚訝地看著滿身都是冰雪渣子，凍得渾身哆嗦的阿爸扎西，不知道發生了什麼事。只見扎西「噗通」一聲，跪在了神婆婆面前，喘著氣說道：「神婆婆！再給我一天時間吧！求求你了！」

　　神婆婆直直的站著，絲毫不為所動，居高臨下的看著扎西，說道：「祭天大會怎麼可能延後？你就不怕山神發怒嗎？你敢不顧所有雪鄉族同胞的安危嗎？！現在得咳嗽病的人越來越多，只有早日祈求山神，大家才能得救！」

　　扎西繼續跪著，哭著說道：「我知道，我知道。求求妳，再給我一天時間，一天也好。我一定能找到雪蓮草！求求妳了！」

神婆婆冷冷地說道：「你之前來找我，我們已經說的很清楚了，祭天大會之前，只要你找到雪蓮草，治好大家的病，那麼就可以不用洛桑卓雅祭天。雪蓮草在哪裡？」

坐在祭天神壇上的洛桑卓雅聽到這裡，豆大的眼淚瞬間奪眶而出，她一下子明白了過來，原來阿爸扎西並沒有答應神婆婆把自己祭送給山神，而是為了救自己，打算獨自去梅裡山上冒著生命危險找雪蓮草啊！

原來，那天晚上，神婆婆知道扎西獨自登上梅裡山必然會有生命危險，才問扎西是否想清楚了，才會勸他多陪陪自己啊！扎西給自己戴上白海螺，就是擔心萬一他在梅裡山上發生意外，希望自己可以好好地活下去！

這幾天，扎西準備衣服、鞋子，連續幾天晚上獨自出門，並不是去找神婆婆，而是想要去梅裡山上找雪蓮草啊！阿爸沒有拋棄自己！阿爸依然堅定不移的保護著自己！想到這裡，洛桑卓雅再也抑制不住自己內心的悲痛，嚎啕大哭了起來。

其實昨天晚上，扎西和洛桑卓雅兩人相互誤會了。扎西以為洛桑卓雅知道自己獨自要上山去找雪蓮草，而洛桑卓雅則以為扎西是要把自己獻給山神。

扎西知道今天就是尋找雪蓮草的最後期限，所以才會訂做一雙厚鞋子，在雪山上尋找雪蓮草。可是，幸運之神終究沒有降臨，到了今天天大亮，他依然沒有能夠找到雪蓮草。

第三十三章　祭天大會

　　當他在山上，遠遠看到山腳下開始舉辦祭天大會時，就不顧一切衝了下來，想要央求神婆婆再寬限一些時間，打算繼續尋找雪蓮草，好救下洛桑卓雅。

　　洛桑卓雅想到昨天自己還把白海螺扔在地上，又看著跪在神婆婆面前苦苦哀求的阿爸，心裡湧起了無限的內疚和悲傷。她哽咽的說不出話，「嚶嚶」的哭著，滿臉淚痕的掙扎著站起身來，喃喃說了句「阿爸……」便跟蹌地想要走下神壇，向扎西走去。

　　扎西見狀，也抹抹眼淚，起身想要去抱洛桑卓雅下神壇。

　　神婆婆見狀大怒，她獰獰著大聲吼道：「這些東西都是供奉給山神的祭品！今年祭天大會，這個神壇上一定要供奉一個活人，山神的憤怒才會平息！我決不允許你們胡來！」說罷大手一揮，怒喝道：「來人！快給我上！」

　　話音剛落，洛桑卓雅就被幾個壯漢強行按坐在神壇中心，然後五花大綁起來。

　　洛桑卓雅盤坐在神壇上，不停地掙扎著哭喊：「阿爸！阿爸！」

　　扎西則被幾個壯漢一把按到在地上，動彈不得，他趴在地上哭喊著：「還給我女兒！還給我女兒！」然後氣急攻心，倒在地上昏死了過去。

　　之後，在神婆婆的示意下，幾個小夥繼續抬起神壇，絲毫不在意嗓子已經哭啞了的洛桑卓雅，就準備將她連同神壇一同送入梅裡山裡了。梅裡山裡氣候惡劣，極度寒冷，終年寒風凜冽，如果洛桑卓雅被送入雪山裡，必定毫無生還的可能。

就在這時，遠處忽然有聲音叫喊著，眾人一看，原來是兩個小和尚跑了過來，其中一個個子稍高的小和尚衝上前去，緊緊抓住祭天神壇，大聲喊道：「住手！快放下洛桑卓雅！」

淚水朦朧的洛桑卓雅哽咽著回頭一看，原來是慧真和水生！眾人也都愣住了。

原來這天是賈副將軍來雲柳寺視察的日子，為了讓賈副將軍滿意，監寺正帶領眾僧人加緊訓練。

這天他們正像往常一樣，乖乖的在寺院裡燒香掃地。他們將寺廟裡的香燭都點起來，然後就開始拿著掃帚打掃院子，而嗚妹兒正在水生的口袋裡吃饅頭。

這時，一高一矮兩個和尚從慧真和水生旁邊路過，高個子和尚邊走邊說：「你知道嗎？今天是雪鄉族的祭天大會呢。」

矮個子和尚說道：「知道呀。每年都有啊。沒什麼好稀奇的。」

高個子和尚睜大眼睛擺手說道：「不一樣，今年不一樣。往年都是用紙糊的假人供奉山神，聽說今年要用一個活生生的十二歲的姑娘呢。」

矮個子和尚聽後，忙搖搖頭，合掌念叨：「阿彌陀佛，罪過罪過。不知道是誰家苦命的孩子。」

高個子和尚說道：「就是那個眼睛有殘疾的雪鄉族姑娘，你知道的吧？就是經常來集市上買草藥的那個。」

矮個子和尚說道：「喔！我知道！就是那個肩膀上總是站著一隻老鷹的雪鄉族女孩吧！真是個可憐的孩子，哎……」

第三十三章　祭天大會

然後兩個和尚就嘰嘰嘴，搖搖頭，邊聊邊走遠了。

嗚妹兒聽到了從水生口袋裡探出腦袋，好奇地張望，慧真和水生也全都聽到了，他們停下手中的活，看著對方，不約而同的說道：「洛桑卓雅！」

慧真一把甩開掃帚，咳嗽了兩聲，對水生喊道：「師弟，快走！洛桑卓雅有危險！」就頭也不回地衝出雲柳寺，往山下跑去，水生一見，也扔下掃帚，小心捂著口袋裡的嗚妹兒，跟著慧真就跑。

慧真和水生就這麼一前一後飛一般的奔出雲柳寺，一邊咳嗽一邊跑下山，穿過集市，跑過古橋，往雪鄉區跑去。兩人跑累了就停下來喘兩口氣，繼續跑，跑的氣喘吁吁，大汗淋漓，上氣不接下氣，終於遠遠看到了聚集在梅裡山下的人群，那裡旗幟飄揚，篝火正旺，這便是雪鄉族舉辦的祭天大會無疑了。

慧真和水生兩個人跑近一看，此時，坐在祭天神壇中央的洛桑卓雅被五花大綁，正哭的稀哩嘩啦，地上的扎西已經昏死過去。而幾個小夥正扛著祭天神壇準備往梅裡山裡去。

慧真二話不說上前兩步，一把抓住祭天神壇，大聲說道：「住手！快放下洛桑卓雅！」

祭天神壇被慧真抓的搖搖晃晃，上面的洛桑卓雅也險些跌倒，那幾個小夥只好將祭天神壇放下。洛桑卓雅回頭看到神壇下的慧真和水生，鼻子一酸，淚水再次奪眶而出。

她想到了在集市上當自己被幾個頑皮的孩子欺負時，是慧真和水生勇敢的站出來，保護了自己，也想到了慧真說過的話「她是我的朋友！不許

你們欺負她！」她和慧真、水生在一起的點點滴滴如同幻燈片在腦海中一遍又一遍的放映。洛桑卓雅從小到大因為眼睛的殘疾，從來沒有人願意和她交朋友，而自從認識了慧真和水生，她才第一次感受到來自朋友的溫暖。如今慧真和水生又再次勇敢的來救自己了，洛桑卓雅感動的一個勁的哭，說不出話來。

這時，神婆婆上前怒罵道：「哪裡來的小野和尚！沒看到這裡在舉辦祭天大會啊！？給我把他趕走！」

說罷，幾個小夥就上前拉扯慧真，想要把他拉開。可是慧真緊緊抓住祭天神壇，大聲喊道：「你們怎麼能用活人來祭祀？這麼做會遭報應的！」

神婆婆指著慧真罵道：「這咳嗽病就是山神降罪給大家的，再不請山神息怒，大家就都要得病而死！你這麼破壞祭天，觸怒山神，山神一旦發怒，發動了雪崩，你幾條小命都不夠送的！趕快給我滾開！」

慧真仰著脖子，倔頭強腦的大聲說道：「神愛世人！上天有好生之德！山神一定是喜愛和憐憫眾生的！你用活人做祭祀，做上天所不喜愛的事情，卻幻想得到上天的寬恕，真是癡心妄想！你一定會遭到山神的報應的！」

神婆婆大怒，「啪」的一掄柺杖，剛好打在了慧真的臉上，正中面門，打的慧真眼冒金星，頭暈目眩，險些站立不穩，然後就感覺嘴裡一陣腥味，剛好大聲咳嗽了一下，「噗」的一聲就吐出了一大口血水，可是他依然倔強地抓住祭天神壇，毫不鬆手。

祭天神壇上的洛桑卓雅見狀，哭的更大聲，水生在旁邊也嚇的直哭。

第三十三章　祭天大會

　　神婆婆繼續怒道：「來人！快給我把這個不知天高地厚的小和尚拉下去！」

　　說罷，幾個壯漢就上前連拉帶拽，把慧真一下拖拉到好遠，惡狠狠的一把將其推倒在地上，然後幾個人一起攔住慧真，不讓其向前。

　　水生邊哭邊上前扶起慧真，只見慧真雖然滿嘴鮮血，但卻絲毫不依不饒，想要上前阻止祭天神壇被送往梅裡山裡。

　　慧真和水生被趕走後，隨著神婆婆的一聲令下，四個小夥又重新抬起祭天神壇，準備進山了。被綁在上面哭成淚人洛桑卓雅嘴裡不住的哭喊：「慧真……水生……慧真……水生……」

　　之後祭天神壇被抬起，最終將被送到梅裡山裡，隨著祭天神壇一步一步的被抬遠，慧真終於「噗通」一聲跪在地上，和水生一起大聲哭了起來。

　　洛桑卓雅就這麼被慢慢地送入了雪山。

第三十四章
洛桑卓雅離家出走

　　祭天神壇正被送往梅裡山裡，洛桑卓雅坐在神壇上面嚎啕大哭，扎西則昏死在地上，而慧真和水生則被幾個壯漢攔住，正跪在地上大哭。

　　就在這時，突然傳來一陣馬蹄聲，眾人轉頭一看，只見遠處塵土飛揚，一隊人馬正飛速趕過來，隊伍前面的騎手，高舉著一面龍字旗。

　　原來是賈副將軍！他這幾天正帶隊來柳仙鎮視察工作，聽說雪鄉區正在用活人祭天，便快馬加鞭的帶隊趕了過來。雪鄉族的人們沒有見過這陣勢，一個個都愣在原地。

　　賈副將軍看到泣不成聲的水生，和嘴角還在流血的慧真，就翻身下馬，拍了拍水生和慧真的肩膀，說道：「水生、慧真，別哭了，沒事了！」就走上前去，看到熊熊篝火，搖曳的大旗，還有各種紙糊的鬼神，然後又抬頭看到了遠處神壇上哭泣的洛桑卓雅，瞬間就明白這裡發生了什麼，他立刻命令將士們將洛桑卓雅救下來。

　　這時神婆婆上前質問道：「你們要做什麼？這裡是祭天大會！」

　　賈副將軍瞪了神婆婆一眼，恨恨的說道：「做什麼？！哼！」然後二話不說，上前一腳就把紙糊的各種鬼神踢翻在地。

第三十四章　洛桑卓雅離家出走

　　神婆婆氣的渾身顫抖，指著賈副將軍說道：「你……你……這次咳嗽病就是山神降罪而來，這次祭天，就是為了平息山神的憤怒。你這麼搗毀神壇，山神一定會震怒降罪的！」

　　賈副將軍罵了句「迷信！」就「嗖」的一聲抽出佩劍，上前一揮劍，將祭天大旗攔腰砍斷，那大旗就呼啦啦的倒了下來。雪鄉族的人們見狀一個個呆在原地，哪裡敢阻攔？

　　神婆婆突然哭喊起來，隨後「噗通」一聲就跪了下去，一邊磕頭跪拜，一邊不停哭著念叨：「山神要發怒了！山神要發怒了！山神會發動雪崩埋葬這裡的！大家都要死了！都要死了！」其餘的雪鄉族人們也都面露恐懼，趕忙紛紛跪了下來，和神婆婆一起跪拜起來。

　　賈副將軍拿著佩劍，站在中間，他看到將士已經把洛桑卓雅救回並扶下了神壇，就轉身對著周圍跪下來的雪鄉族人們大聲說道：「都什麼年代了！還在搞這些迷信？！還用活人來祭祀？！」

　　洛桑卓雅被救下來後，就哭著撲向阿爸扎西，此時扎西也醒了過來，父女二人緊緊抱在一起，抱頭痛哭。這時洛桑卓雅見慧真和水生也走了過來，就站起身，衝過去，緊緊將慧真和水生抱住，三人都哭個不停。

　　賈副將軍一陣訓斥之後，走到神婆婆面前說道：「妳給我聽好了！祭天大會不許有任何形式的活人祭祀！要是再讓我知道妳再用活人祭祀，我第一個過來找你妳，用妳來陪葬！」

　　神婆婆跪在地上，對著面前一個紙糊的鬼神不停地磕頭，念叨著：「山神請息怒……山神請息怒……」

賈副將軍上前一腳將那些紙糊的鬼神踩了個稀爛，然後踢開老遠，罵道：「哼！裝神弄鬼！」

　　之後，賈副將軍又訓了幾句話，再三警告後，就帶領眾將士離開了。

　　雪鄉族的人們則在賈副將軍走遠之後，方才起身，面面相覷，不知所措。隨後大家扶神婆婆起來，收拾好一片狼藉的祭天大會，將祭天神壇重新抬回神婆婆家的院子裡。神婆婆則一路一直念叨著：「山神要發怒了，山神要發怒了。」

　　洛桑卓雅、扎西還有慧真和水生則相互攙扶著，回到洛桑卓雅的家裡。此時扎西因為昨晚在梅裡山上尋找雪蓮草，整晚未睡，此刻身體疲憊不堪。洛桑卓雅就扶他進房間躺下休息。慧真、水生、鳴妹兒和突及其則在院子裡。

　　洛桑卓雅從家裡走出來，上前說道：「慧真、水生，謝謝你們救了我。慧真，你沒事吧？還流血嗎？」

　　慧真說道：「我沒事。如果那個老妖婆再來糾纏妳，妳就來告訴我們。我們去告訴賈副將軍！」

　　洛桑卓雅點頭說道：「嗯……她其實很虔誠，每年的祭天大會都是她主持的，她對待祭天大會特別認真，每年都是很早就著手開始準備。人們都叫她神婆婆。」

　　水生說道：「可是用活人祭祀也太過分、太殘忍了。如果不是賈副將軍，可能妳就……」

　　洛桑卓雅低下頭去，難過的說不出話來。

第三十四章　洛桑卓雅離家出走

慧真恨恨地說道：「這種裝神弄鬼，殘害生命的祭天大會，不辦也罷！」

洛桑卓雅抬頭說道：「祭天，是為了向上天贖罪，是向上天表達一種悔過的態度。如果不祭天的話，是不是意味著人們可以不去悔改？人們一直以來在大自然的庇護下生活，卻一直做出傷害大自然的事。不祭天的話，是不是人們可以視若無睹，繼續對大自然為所欲為？」

慧真說道：「佛法說，大自然即為佛土，人就是佛土中孕育出的生命體，就是大自然的一分子。用活人祭祀，是傷害生命，也就是傷害大自然。這是搞錯了因果。」

洛桑卓雅聽後，想了想，然後喃喃說道：「泥土生出綠葉，葉落後又化為春泥。佛土孕育出了人，是不是人也終會遁入佛土？」

慧真說道：「是的。每個人都總有一天是會和大自然融為一體的。」

洛桑卓雅抬頭看著遠處冰雪覆蓋的梅裡山，傷感地說道：「我以後也會和梅裡山融為一體的吧……」

水生在旁邊似懂非懂的聽著慧真和洛桑卓雅的對話，他還不太理解對話的內容，也完全插不上一句話。之後，水生和慧真又在洛桑卓雅家待了一會，就帶著嗚妹兒回雲柳寺了，而洛桑卓雅則回房間照顧阿爸扎西。

當天慧真和水生回到雲柳寺後驚訝的發現，他們的咳嗽病不僅徹底好了，而且渾身是勁，精力充沛。

下午，扎西起床後，發現自己體力恢復了，而且咳嗽病也完全好了，於是就和洛桑卓雅兩個人趕著家裡的羊群，帶著突及其，一起去放羊了。

雪鄉族的人們對梅裡山神心懷敬意，因為早上的祭天大會被途中打斷而無法祭天，所以大家也都心存不滿。

扎西和洛桑卓雅今天遇到的所有人眼神都怪怪的，有的人遠遠看到他們，就刻意躲開，有的人乾脆假裝看不見，逕直從旁邊走過，有的人甚至瞪他們一眼，然後馬上甩手走開。扎西在路上遇到了經常一起放羊的赤莫，可是就連赤莫也低著頭躲著他們，遠遠的走開了。

扎西和洛桑卓雅兩人相顧無言，默默地放完了羊，雖然洛桑卓雅知道父親是個寡言少語之人，但是今天的氣氛卻憋悶異常。兩人就這麼趕著羊群回家了，在回家的路上，洛桑卓雅打破沉默，噙著淚水說道：「阿爸，我是不是不應該被救回來……」

扎西說道：「妳在胡說什麼啊？別亂想了。」

洛桑卓雅聽後默默流著眼淚，低頭一言不發的跟在扎西後面。

當天晚上颳起了大風，初春的夜晚依然酷冷，寒風依然凜冽。半夜裡，扎西突然聽到門被風吹開的聲音，急忙點了燈，起身去關門。可是，當他準備回屋睡覺時，卻發現桌子上的白海螺不見了！剛才睡覺前還好好放在桌子上。扎西正奇怪，就發現牆上前些日子剛買的大衣也不見了！

扎西遲疑了片刻，突然像意識到什麼似的，趕忙推開洛桑卓雅的房門！果然！洛桑卓雅也不見了！！扎西一把推開大門，可是外面漆黑一片，寒風凜冽，哪裡還有洛桑卓雅的影子？他大叫幾聲「洛桑卓雅！」可是聲音瞬間就埋沒在呼嘯的寒風之中。

扎西趕忙穿好衣服，慌忙出門，四處尋找，他邊找邊喊「洛桑卓雅！」可是找了大半夜，卻連她的影子也沒有找到。

洛桑卓雅離家出走了。

第三十五章
洛桑卓雅夜上梅裡山

　　原來，這天晚上，洛桑卓雅一個人在被窩裡難過的翻來覆去，怎麼也睡不著。

　　今年的祭天大會戛然而止，她雖然被救了下來，可是卻怎麼也開心不起來。雪鄉區得咳嗽病的人越來越多，如果今年用她做祭祀，真的能平息山神的憤怒，治好大家的病的話，那麼豈不是因為自己的自私苟活，害了所有人？

　　阿爸扎西為了自己，帶著病，冒著生命危險，這幾天一直獨自上山尋找雪蓮草。今年的祭天大會也因為自己沒有舉辦成功。

　　洛桑卓雅越想越難過，她也想起了阿爸和神婆婆的約定「只要找到雪蓮草，治好大家的咳嗽病，就好了」。

　　想到這裡，她呆愣了片刻後，眼神突然變得堅定，想起了房間外牆上的厚大衣，便悄悄穿好衣服起身，出去並裹上那件厚大衣，然後拿起桌子上扎西送給自己的白海螺，掛在胸前。

　　洛桑卓雅在一切準備就緒後，就開大門準備出去，在她出門的前一刻，突然轉身朝扎西的房間跪了下去，然後含淚說道：「阿爸，我去梅裡

山上找雪蓮草了。如果我遇到不幸，來世還做您的女兒。」說罷，磕了一個頭後，就起身悄悄走了出去，帶著突及其消失在濛濛夜色之中。

洛桑卓雅先是悄悄地去了神婆婆的家，她摸進院門，就聽到神婆婆在屋裡不停念叨：「山神要發怒了……山神要發怒了……」不禁內心湧起一陣愧疚。因為自己，今年的祭天大會才沒有成功舉辦。

洛桑卓雅跪下，朝神婆婆的屋子磕了一個頭，然後起身就發現院子裡被賈將軍砍斷繩子的祭天大旗，她悄悄走過去，然後將那被砍斷的繩子綁起來，綁成了一個又結實又漂亮的大大的蝴蝶結，隨後便帶突及其退了出去。

此時夜色昏暗，天空黝黑而低沉，寒風瑟瑟，遠處高不可攀的梅裡山，在夜幕下影影綽綽，如同一個沉睡的巨人，那陣陣呼嘯的刺骨寒風，就是巨人的氣息。那巨人身形巨大，似乎只要稍稍一翻身，就能將山下整個雪鄉區淹沒。

刺骨的寒風如同刀子似的，刮過洛桑卓雅的臉龐，她縮了縮脖子，裹緊了大衣，又擔心突及其受凍，就把他抱在懷裡，朝著梅裡山的方向，借著黯淡的星光，迎著寒風，一步步摸索著，艱難卻堅定的慢慢行進。

洛桑卓雅走到山腳下，虔誠地看著遠處的雪山，雙手合十，跪倒在地，口中念道：「尊敬的梅裡山神，謝謝您養育和守護著我們，讓我們世世代代能在您的庇護下生活。如今，您的子民受到了疾病的侵擾，我希望能在梅裡山山頂找到雪蓮草，來治癒您的萬民。求您原諒我的打擾。」

說罷，洛桑卓雅邁出一步，把合十的雙手高舉過頭，然後又向梅裡山的方向前行了一步，隨後又將雙手合十移至胸前，再向前邁出了一步，然

第三十五章　洛桑卓雅夜上梅裡山

後雙手自胸前移開，前身與地面平行，掌心朝下俯地，膝蓋跪地，然後全身俯地後，再用額頭輕叩地面。最後重新站起，又向梅裡山拜了拜，便帶著突及其，動身行進了。

此時，山腳下如刀刃般鋒利的石頭在冰雪消融後凸顯出來，洛桑卓雅踩在上面，腳下如針扎一般疼痛，但是她咬著牙關，小心翼翼，一步步的跟蹌前行。有幾次她站立不穩險些摔倒，突及其也呼搧著翅膀摔了下來，她就抱起突及其，站穩後繼續前行。

隨著她越爬越高，山上的積雪也越來越厚，距離天空似乎也越來越近，點點星光猶如千萬盞微弱燈火，冰雪映著星光，整個世界充盈著淡淡銀光。

洛桑卓雅腳下的雪嘎吱嘎吱直響，每走一步積雪都會沒過膝蓋，她深一腳淺一腳，越走越不穩，幾次都委屈地哭出聲來，可是每當她抬頭仰望不遠處的梅裡山，就又抹抹眼淚，停止哭泣，堅定地向前邁開步伐。

在她爬上一個小山頭後，一座悠遠壯麗的雪山便映入了眼簾。遠遠望去，星光映照的雪山連綿起伏，一片銀裝素裹，白雪皚皚，那最高的雪山，在暗藍色的夜幕下顯得格外巍峨壯麗，如同一個披著白紗的少女，渾身上下澄澈如洗，冰雪聖潔，美麗絕妙。這便是梅裡山了！

如果站在山下，由於其他山頭阻擋視線，只能看到遠遠一個梅裡山的山頭，而這裡可以看到梅裡山的全景！洛桑卓雅還是第一次看到，她看著眼前的美景驚訝地說不出話來。

稍作片刻停歇之後，洛桑卓雅振作精神，抱著突及其，走下山頭，繼續向梅裡山的方向前行。當她走到半途，地上的積雪逐漸消失了，露出了很多碎石，那些鋒利如刀刃的利石，陰冷鋒利，寒氣逼人。

　　洛桑卓雅走在上面，如同走在千萬把尖刀上一般。沒走多遠，她的鞋就被劃破了，腳被劃出一道傷痕，鮮血突突地開始滲出來。她又走了一會兒，鞋就全都破了，腳上也全是傷痕，被凍的就要失去了知覺，還在不斷滲出鮮血。

　　此時天氣極寒，她的身體也開始睏乏疲憊。她搖晃著身體，緩緩的側身坐在地上，抱著突及其委屈地哭了起來。可是此時，她已經沒有退路了，只能咬牙堅持，繼續前行，她一定要找到傳說中的雪蓮草，治好雪鄉族人們的咳嗽病。

　　於是她扯下衣服上的一塊布，裹在腳上，擦乾眼淚，站起身來，朝梅裡山繼續前行。

　　終於洛桑卓雅走過了那段碎石路，重新踏上了雪地，梅裡山也近在眼前。此時的她不僅疲憊不堪，雙腳也早已傷痕累累，疼痛無比，不斷滲出鮮血來。她邁著沉重的步伐，每向前走一步，都會在身後留下一個帶血的腳印。

　　此時白雪皚皚的雪山上，北風呼嘯，陣陣寒風，凜冽陰冷，洛桑卓雅獨自一人孤單前行，她的身體早已精疲力盡，雙腳鑽心的痛，她的頭髮上、眉毛上不知不覺間已經裹上了厚厚的一層白霜，在她的懷裡是突及其，在她的身後是一串長長帶血的腳印。

第三十五章　洛桑卓雅夜上梅裡山

隨著睏意逐漸來襲，她的身體晃晃悠悠，歪歪斜斜，彷彿在睡夢中行進一般，幾次險些跌倒。

就在這時，洛桑卓雅身後不遠處，出現了幾個攢動的身影，那些身影體型比狼稍小，身形矯健，四肢輕快，他們渾身雪白色，尖尖的臉上有一雙幽幽的眼睛，閃出尖銳的目光，偶爾露出的牙齒尖利鋒刃，雙耳警覺豎立，身後雪白的尾巴蓬鬆柔軟。

此時，他們也許是被洛桑卓雅腳印上的血腥味吸引，正三五成群的在一邊東聞西嗅，一邊沿著洛桑卓雅腳印的血跡跟蹤上來。

洛桑卓雅頂著寒風繼續向山上行進，不知過了多久，她眼皮像灌了鉛一樣沉重，雙腳完全沒有了知覺，身體也早已精疲力竭，終於在半睡半醒的跟蹌幾步後，「轟」的一聲倒在雪地裡。突及其也呼搧著翅膀，咕咕叫著摔到了一邊。

突及其努力蹦跳到洛桑卓雅的面前，看著逐漸閉上雙眼的洛桑卓雅，著急的胡亂拍打翅膀，大聲「咕咕」的叫著。

洛桑卓雅倒在雪地裡，意識越來越模糊，恍惚之間，她似乎看到了兩年前的自己。當時在一個懸崖下，洛桑卓雅抱著羽毛尚未長齊的突及其，對扎西說道：「阿爸，我可以養著他嗎？」剛從懸崖上摔下來的突及其，正驚恐地瞪著大眼睛，在洛桑卓雅的懷裡「咕咕」直叫。

洛桑卓雅又依稀看到了自己幼年時的經歷，由於自己眼睛的殘疾，同齡的孩子都不願意和自己一起玩，洛桑卓雅只能長年帶著眼罩，孤獨的一

個人遠遠地看著。每次在柳仙鎮集市上,那裡調皮的孩子們看到帶著眼罩的自己,經常會調皮地叫罵:「獨眼龍!獨眼龍來了!哈哈哈哈!」

洛桑卓雅又看到自己在一次買草藥被調皮的孩子欺負時,慧真和水生站了出來,擋在自己身前,大聲說:「不許你們欺負她!她是我的朋友!」

洛桑卓雅也看到了她們三人一起在梅裡山下撿垃圾時,慧真笑著說:「哈哈,雪蓮仙只是個傳說啦,不是真的。」

這時趴在雪地裡,早已身衰力竭的洛桑卓雅不知道哪裡來的力氣,忽然努力抬起頭,有氣無力地說道:「雪蓮仙的傳說是真的!而且在梅裡山上真的有山神呢!」

就這樣,洛桑卓雅終於恢復了少許意識,她趕忙掙扎著爬坐起來,抱起突及其。

此時她獨自一人在梅裡山的半山腰,在刺骨的寒風中渾身瑟瑟發抖,已經筋疲力盡,也完全感覺不到自己的雙腳了,但是距離梅裡山山頂還有好遠好遠的距離。

她知道現在也不可能下山回家了,便緊緊地抱著突及其,哭道:「對不起,突及其,我不應該帶你一起來⋯⋯對不起⋯⋯」

忽然,突及其似乎看到了什麼似的,焦慮的「咕咕」亂叫,努力拍打自己的左翅膀。

這時,洛桑卓雅看著突及其垂下來,毫無力氣的右翅膀,說道:「對了,突及其,如果能找到雪蓮草,你的翅膀就能好了吧!」說罷,洛桑卓雅擦擦眼淚,掙扎著站了起來。然後抱著突及其,一腳低一腳高的繼續向山頂上努力走去。

第三十五章　洛桑卓雅夜上梅裡山

　　原來突及其是看到了不遠處的白狐！這時，洛桑卓雅身後不遠處，已經聚集有十多隻白狐，他們也發現了洛桑卓雅和突及其，正雙眼緊盯，垂涎三尺地跟在後面。洛桑卓雅倒下去時，他們就貓身向前，貪婪逼近，洛桑卓雅站起來時，他們就警覺地俯身，靜待時機。

　　雖然白狐是生活在雪山上的兇猛肉食性動物，但是他們體型較小，在面對大獵物時，會更加的機警和謹慎。捕獵時也更加耐心，往往會趁獵物虛弱時，再一擁而上群起而攻之，一旦被他們盯上的獵物，除非快速逃離雪山，否則絕無生還的可能。

　　此時天空繁星點點，彎彎的月牙如同一艘小船，漂流在天空上寬闊的銀色長河裡。眼前的梅裡山映著漫天星光，渾身散發著雪白的光芒，如同潔白的聖火，恬靜優美。

　　洛桑卓雅抬頭看著眼前聖潔的梅裡山，眼神裡充滿了無限的虔誠和崇拜，然後繼續跟蹌著腳步，抱著突及其，一步一步艱難前行。

第三十六章
突及其跳崖

　　梅裡山的半山腰上，洛桑卓雅正抱著突及其迎著寒風，艱難前行，她的體能消耗已到了極限，凍得瑟瑟發抖，雙腿已沒有知覺，似乎每向前一步，都要用盡全部力氣一般。

　　在她身後，是一串帶血的腳印。沿著腳印上血腥味循味而來的，是一大群白狐，已經有二、三十隻了，他們一個個垂涎欲滴，虎視眈眈，不緊不慢地跟在洛桑卓雅身後。

　　此時洛桑卓雅已經在雪山上走了大半夜，可是距離梅裡山山頂還有好一段距離。上山的路開始變得陡峭，偶爾有山石會擋住去路，洛桑卓雅不得不繞過山石繼續前進。此時路途陡峭，兩側是深不見底的懸崖，似乎只要一不小心，就會滑落懸崖，摔的粉身碎骨！

　　又不知道走了多久，洛桑卓雅已經開始有些神志不清了，她的身體搖搖晃晃，幾次險些跌倒。最後終於「撲通」一下，撲倒在雪地裡，突及其也一下滾落在旁邊！她半睡半醒，眼睛微閉，嘴裡喃喃念叨著：「雪蓮草……雪蓮草……我要找到雪蓮草……」

　　不遠處的白狐也一個個警覺謹慎地擁簇上前，突及其看到後，嚇得一邊撲打翅膀，一邊「咕咕」亂叫。可是洛桑卓雅似乎已經失去意識，如同

第三十六章　突及其跳崖

行屍走肉一般，她不去抱突及其，只是自己踉蹌起身，嘴裡念叨著「雪蓮草⋯⋯雪蓮草⋯⋯」任憑突及其在腳下「咕咕」亂叫，她也不去管，只是左搖右晃的繼續向前行進。

這時一陣寒風吹過，將洛桑卓雅的眼罩吹落了，那眼罩一下就被吹到好遠。可是洛桑卓雅似乎並沒有發現，她由於極度嚴寒和失血，已經喪失意識了。

突及其看到洛桑卓雅的眼罩被吹落，慌忙拍打著翅膀，跳了過去，想要將其撿回。可當他撲上前去，剛用爪子抓住眼罩，卻發現自己被那群白狐團團圍住了！

洛桑卓雅則繼續向前走著，她走了幾步，被面前的一個山石擋住了去路，就慢慢摸索著繞過那山石，身影消失在那山石之後。

白狐和突及其體型相當，他們將突及其團團圍住，開始你前我後的向前試探。突及其慌亂中，拍打著自己的左翅膀，蹦跳著想要追上洛桑卓雅。可是白狐哪裡肯放掉到手的獵物？突及其跑到哪裡，他們就跟到哪裡，而且已經有幾隻膽大的，開始做出試探性的進攻！

突及其「咕咕」大叫著，用自己的翅膀和尖爪利喙不斷做出反擊，試圖驅散白狐，可是那些白狐散開之後又馬上圍攏起來，怎麼也趕不走。忽然，其中一隻白狐趁突及其不注意，猛地上前一口咬住了他的右翅膀，然後甩頭撕扯起來！

突及其驚恐慌亂，扭動身體，胡亂地拍打著自己的翅膀，爪子裡的眼罩也掉落了。

白狐終於被驅散開來，就是這麼一拉扯，劇烈的疼痛似乎是刺激了突及其的翅膀，他終於開始努力拍打起自己的右翅膀！只見他高高站立，一邊「咕咕」狂叫，一邊努力伸展開自己的雙翅！

　　那是一雙多麼矯健強勁的雙翅！使得往日身形瘦小的突及其忽然顯得龐大無比，一下就把白狐嚇的四下散開。

　　突及其則趁機猛地一跳，振翅一揮，低空滑行了好遠，一下就飛出了白狐的包圍圈！這是突及其第一次飛翔！

　　可是突及其似乎並不是很熟練，他落地時，重心不穩，一下子就撲倒在雪地裡，然後向前滾了好遠才停下來。白狐見狀，一個一個迅速跳竄著又追了上來。

　　突及其從雪地裡鑽出腦袋，趕忙爬起身來，見那二十多隻白狐又緊緊圍了上來，不顧渾身的冰雪，拍打著翅膀，一蹦一跳的向洛桑卓雅的方向跳去。

　　就在突及其剛接近洛桑卓雅繞過的那塊山石時，忽然從石頭後面閃出一道淡綠的沖天光芒，那道光束向上直沖天際，亮麗奪目，霞光萬丈，一時間照的天空宛如白晝！那光亮灑向整個大地，照的突及其和白狐都睜不開眼睛，他們都瞇著眼睛，呆在原地。

　　隨著光線逐漸黯淡下來，在梅裡山山頂的天空中，出現一顆白亮耀眼的明星，那顆星星就像一個鑽石鑲在暗藍色的天幕之上，如同一盞高懸的明燈，發出令人矚目的光輝！

第三十六章　突及其跳崖

良久，突及其才回過神來，他慌忙朝石頭後面跳去，試圖找到洛桑卓雅，可是石頭後面哪裡有洛桑卓雅的影子？洛桑卓雅帶血的腳印，就在石頭後就突然不見了，洛桑卓雅憑空消失了！

突及其低頭看著那石頭根部，歪著腦袋，愣在了原地。這時，白狐也都一個個圍攏了上來，突及其只好「咕咕」叫著，蹦跳著逃開。

此時，在這高高的梅裡山最高處，一群渾身雪白色的白狐正前擁後簇地追擊著一隻不會飛的老鷹。突及其跳到哪裡，那些白狐就追到哪裡，絲毫不給他喘氣的機會。不一會兒，突及其就筋疲力盡了。

終於，白狐在幾次圍捕之後，將突及其團團包圍在懸崖邊上。突及其張著翅膀，面朝白狐，背對懸崖，喘著粗氣，嚇得「咕咕」直叫！此時的他渾身疲憊，孤立無援。

這時，白狐也都向前一股腦衝了上來！突及其下意識的後退了幾步，一不小心腳下一滑，翻身摔下了懸崖！

白狐也都衝上來向下張望，發現突及其掉在下面不遠處一個突出的平臺上，只要再稍稍往外一點，就是萬丈深淵！白狐見狀，一個個迅速從旁邊繞了下來，然後又一次將其堵在了懸崖邊！

突及其似乎意識到，想要擺脫白狐，就必須孤注一擲，跳下懸崖！可是就在他站起，張開雙翅，轉身面對懸崖時，忽然想起了自己曾經摔下懸崖的經歷！兩年前，自己學飛時，曾經從懸崖上跳下，可是強烈的眩暈還有無助的失重感，使得他渾身無法動彈，最終跌落山下，摔的渾身是傷。想到這裡，突及其眼中充滿恐懼，他重新收起雙翅，然後驚恐地縮在峭壁上，絕望的「咕咕」直叫。

這時，白狐也都圍了上來，並且開始進攻！一隻白狐上前，一下就咬住了突及其的右翅膀，然後用力一撕扯，只聽「撕拉」一聲，突及其右翅膀上的羽毛被硬生生扯下來了幾片。其他白狐也衝上前來，撕咬起來！一時間梅裡山山頂懸崖邊的這個角落上，冰雪四濺，羽毛飛揚，一片混亂！

眼看突及其就要成為白狐的盤中之餐！

忽然間，天空中剛才出現的那顆星星閃出了耀眼的淡綠色光芒，那道光芒從天空中直射而下，像探照燈一樣，打在了突及其身上！

白狐們都嚇了一跳，不知道是什麼光芒，一個一個俯著前身，後退散開！

突及其此時，身上已經被撕咬的萬分狼狽，渾身的羽毛淩亂不堪，四周一地鷹毛。那束照耀而下的淡綠色星光，如同一雙溫暖有力的臂膀，小心翼翼的將突及其擁入懷中！

這時，突及其不知道哪裡來的力量和勇氣，他在星光的照耀之下，努力站起身，伸開雙翅，又一次站在了懸崖邊上！就在白狐再次圍上來時，他毫不猶豫，縱身一躍，跳下了懸崖！

第三十七章
雪蓮仙

　　突及其跳下懸崖後，努力張開雙翅，在空中滑翔了起來！也許是因為早已筋疲力盡，也許是因為沒有掌握飛行的要領，滑翔了一段後，突及其就開始失速向下跌落！他焦急地胡亂拍打翅膀，依然無濟於事！失控了一般，向懸崖的深谷加速跌落下去！

　　突及其絕望地閉上眼睛，任由身體越落越快。如果這麼掉下懸崖，必定被摔的粉身碎骨，屍骨無存！

　　就在這時，突及其忽然想起了一次洛桑卓雅帶著他，和水生、慧真、嗚妹兒在一起玩的經歷。他也想起水生說的話：「來，突及其，我來教你飛吧！突及其，你要這樣飛，對，別怕，就是這樣，加油加油。」還有水生拉起他的翅膀教他飛行的樣子！

　　突及其似乎看到了洛桑卓雅、水生、慧真，他們三個正圍在自己身邊大聲叫喊著「突及其！加油！突及其！加油！」嗚妹兒也在一旁「嗚嗚」亂叫，似乎在說「加油！」

　　忽然間，突及其猛地睜開眼睛，然後開始按照水生教他的樣子，努力拍打起自己的翅膀來！不久，他的身體終於穩定了下來！他不斷地拍打著雙翅，身體也終於停止了下墜，就這麼慢吞吞地飛了起來！

突及其雖然很久都學不會飛，可是他終究是隻老鷹，只見他笨手笨腳，顫顫悠悠地飛了兩圈之後，很快就掌握了飛行的訣竅！他在天空中盡情的一邊展翅飛翔，一邊興奮地「咕咕」直叫！

　　這時，東方開始微微露白，天終於逐漸破曉。黎明的曙光照亮了淡藍色的天幕，也照亮了梅裡山山頂。漫長的黑夜結束了，新的一天來臨了。

　　此時的突及其已經完全掌握了飛行要領，他的右翅膀上，因為剛才白狐的撕咬，有一道豁口，可是這絲毫不影響他翱翔天空！他在天空中迎著東方初升的太陽，一會兒振翅高飛，直飛九天雲霄；一會兒又向下俯衝，翱翔天地之間；一會兒盤旋高空，俯瞰蒼茫大地！

　　突及其在梅裡山山頂盤旋了兩圈之後，憑藉敏銳的眼光，一眼就看到了梅裡山上，洛桑卓雅掉落的眼罩！只見他「咕咕」叫了一聲，收緊雙翅，「嗖」的一聲就像一道閃電一般，俯衝下來！

　　在飛掠地面的瞬間，他用爪子一下就抓住了眼罩，然後再次展翅高飛起來，隨後便抓著眼罩直接飛下了梅裡山。

　　在梅裡山下，扎西已經焦急地尋找了洛桑卓雅一整晚。他找遍了曾經一起放羊的大草場，一起撿垃圾的山腳，以及兩年前發現突及其的山下，卻連洛桑卓雅的影子也沒有找到。

　　扎西依然在邊找邊叫「洛桑卓雅！」這時，從天空中傳來了老鷹的叫聲！

　　扎西抬頭一看，只見一隻雄鷹正展翅盤旋，而那隻雄鷹的右翅膀上，有一個明顯的豁口。那老鷹叫了兩聲，就俯衝了下來，然後穩穩地落在了扎西面前。

第三十七章　雪蓮仙

　　扎西低頭一看，驚訝地說道：「突及其！是你！你會飛了？！」然後轉念一想，洛桑卓雅無論去哪裡都一定會帶著突及其的，便趕忙問道：「突及其，你知道洛桑卓雅在哪裡，對嗎？」

　　只見突及其伸出爪子，把洛桑卓雅的眼罩扔在了扎西面前。扎西一看到眼罩，一下子就撲上前去，抓起眼罩，哭了出來，沒錯！這就是洛桑卓雅的眼罩啊！他又一想，洛桑卓雅從小到大從來沒有摘下來眼罩過啊，難道她遭遇了什麼不幸？扎西一把抱起突及其，哭著喊道：「突及其！快帶我去找洛桑卓雅！快！」

　　突及其聽懂了似的，猛地一跳，呼的一下就飛了起來，然後拍打著翅膀，朝梅裡山的方向飛去！扎西抹抹眼淚，一路小跑，跟在後面。

　　扎西跟著突及其來到梅裡山山腳下，他停下腳步，看著飛上山的突及其，流淚想道：「難道洛桑卓雅昨天晚上，自己一個人上了梅裡山？」便跪倒在梅裡山下，朝山神拜了又拜，念叨了幾遍，自己是為了尋找失蹤的女兒無奈上山，請山神原諒，方才起身，跟著突及其上山了。

　　他一路跋涉，終於登上第一座山頭，他也親眼目睹了梅裡山的全貌。然後下山繼續前行，一步一步小心翼翼地走過了鋒利的碎石地，這時扎西發現，在腳下的雪地裡，出現了一些嫩芽！他低頭一看，只見那嫩芽閃著淡綠色光芒，每隔大約一步的距離，就會出現一個！扎西抬頭放眼望去，那些嫩芽猶如一個一個小小的燈籠，閃著微弱的光芒，遠遠的一直延伸到梅裡山山頂！

　　扎西繼續跟著突及其，沿著那一排嫩芽，爬上梅裡山去。最終，在快要到山頂的地方，突及其停了下來，他落在一塊大山石上，而那些嫩芽，

也都蔓延到了山石的後面。扎西看到了，急忙跟了上去，扶著山石，繞了過去。

眼前的一幕，讓扎西驚呆了！

那山石背後的根部，出現了一顆大大的雪蓮草！那顆雪蓮草，通體晶瑩剔透，渾身閃著淡綠色的光芒，發出陣陣清香！聞到那香味的扎西，忽然間感覺身上輕盈清爽，呼吸順暢，精神煥發。

他流著淚，跪倒在雪蓮草前，猛然間就發現在那顆雪蓮草的身上，掛著一個白海螺！就是那個他親手交給洛桑卓雅的白海螺啊！

扎西再也抑制不住自己悲痛的心情，跪在雪地裡，輕輕抱著那顆雪蓮草，嚎啕大哭起來，一邊哭一邊說：「我的女兒！我的女兒！」

原來，洛桑卓雅就是雪蓮仙的轉世！

昨天晚上，洛桑卓雅一步步腳印上的鮮血，變成了一顆顆雪蓮草的嫩芽，而她的身體，則變成了最大的那顆雪蓮草。她的眼睛，升起在梅裡山的天空，變成了一顆耀眼的明星，後來被人們稱之為嘎瑪堆巴星。

祭天大會的前一天晚上，她和扎西相擁而泣時掉下來的眼淚，不僅治好了他的病，而且使他瞬間體力大增，精力充沛，才能在梅裡山上奇蹟般的堅持了一整晚。

在祭天大會洛桑卓雅被救下來後，抱著水生和慧真大哭時，掉下來的眼淚，也奇蹟般的治好了他們的咳嗽病。

扎西抱著雪蓮草哭了一陣後，就打算帶那顆雪蓮草下山，他哭道：「女兒，我們回家！」然後俯身輕輕的將其抱起。可是，那顆雪蓮草，剛離開

第三十七章 雪蓮仙

雪地,光芒就瞬間暗淡下去!然後化成一陣淡綠色的青煙!那股青煙圍繞在扎西身上,久久不散,猶如一個在向父親撒嬌的孩子,又像是在向扎西做最後的道別。

扎西哭著說:「女兒!別走!女兒!別走啊!」

可是那股青煙最終還是開始逐漸消散了,周圍的空氣中似乎還殘留著一句微弱的話語,似乎能直接傳到扎西的心裡:「阿爸,我去梅裡山找雪蓮草了。如果我遇到不幸,來世還做您的女兒⋯⋯」

隨後,那股青煙就在扎西的嚎啕大哭中,逐漸消散,直至完全消失了。而在扎西的脖子上,不知道什麼時候,被戴上了那個白海螺。

這時扎西看到,梅裡山上的冰雪開始逐漸消融,在洛桑卓雅消失的那個山石後,長出雪蓮草的位置,湧出了一絲清澈純潔的涓涓細流!

那細流沿著她上山時的路徑,帶著雪蓮草散發出來的淡淡清香,逐漸匯集,一路流下,流入了山腳下的雅魯河,整個雅魯河也瞬間被香氣籠罩!雪鄉區得了咳嗽病的人們,在聞到了河流裡那股清香後,病就都被治好了。

再後來,每年的春天,當梅裡山上升起嘎瑪堆巴星時,雪鄉族們都會到山下的雅魯河裡去洗澡,凡是在河裡洗過澡的人們,就再也不會生咳嗽病了。

那治癒了雪鄉族的疾病的雅魯河,年復一年的滋潤著山下的牧場農田,繼續保佑和哺育著一代又一代的雪鄉兒女。

第三十八章
山神之怒

　　這天正是賈副將軍帶隊返回龍之縣城的日子。昨天他帶隊去雪鄉區，在祭天大會上救下了洛桑卓雅後，今天軍隊有很多人開始咳嗽。

　　賈副將軍一面下令準備返回龍之縣城，一邊分配草藥，可是咳嗽病卻依舊在將士中蔓延。他只好命令有症狀者在柳仙鎮軍營裡就地隔離，待康復之後再返回。他則準備帶領其他人，今天一起返回龍之縣城。

　　賈副將軍一大早就帶隊來到古橋邊，慰問了看守在隔離關卡的將士們，還帶來一個大包裹，裡面裝著滿滿的炸藥。

　　這幾天，賈副將軍一直擔心疫情再次擴散，他決定將古橋炸掉，然後花三個月時間重新建橋，這樣既可安撫人心，又可防止疫情擴散。

　　範安撫堅決反對炸橋，而雲柳寺的監寺則支持賈副將軍的決定，慧真得知後，想到一旦古橋被炸的話，那麼洛桑卓雅就無法來集市給阿爸買草藥了，他大鬧著反對，還鬧到了住持方丈那裡，但是住持方丈早已經不再過問俗人凡事，所以對炸橋的事無置可否。

　　昨天晚上洛桑卓雅上梅裡山後，從山上湧出並流入雅魯河的清泉，帶著雪蓮草的清香，早已經在不知不覺之間治癒了雪鄉區人們的咳嗽病。可

第三十八章　山神之怒

是，賈副將軍對這一切毫不知情，他依然下令讓守橋的將士們在古橋橋孔下安裝炸藥，打算在離開柳仙鎮之前，炸毀古橋。

守橋將士經過緊張的部署和安裝，終於將炸藥安裝完畢，引線也牽引好了。一切準備就緒，就等賈副將軍一聲令下時，忽然從身後傳來範安撫的聲音：「萬萬不可！萬萬不可啊！」

眾人回頭一看，只見範安撫帶著幾個隨從，焦急的一路小跑過來，揮著手，然後苦苦相勸道：「賈副將軍，古橋萬萬不可炸啊！這座古橋已經坐落在柳安河上數百年，不僅是柳仙鎮的寶貴文化遺產，也是雪鄉區人們來柳仙鎮集市的必經之路！萬萬不可炸橋啊！」

賈副將軍說道：「我會派人三個月之內修好一座新橋，如今雪鄉區疫情嚴重，只能出此下策。」

範安撫說道：「龍族和雪鄉族已經在柳仙鎮混居了上千年，這座古橋不僅是兩族之間經濟文化溝通的橋梁，更是聯繫兩族人們關係的紐帶啊！如果古橋被毀，則柳仙鎮不僅經濟發展停滯，而且雪鄉區人們的生計、生活也必將陷入貧苦！請將軍三思！」

賈副將軍聽後，陷入短暫的沉思。

範安撫哭腔著說道：「賈副將軍，萬萬不可炸橋！」

賈副將軍聽後沒有說話，他抬頭望向雪鄉區，只見梅裡山高聳入雲，清白聖潔，山腳下的雪鄉區安靜祥和。他又看了看已經準備好的炸藥和引線，還有舉著火把的將士，嘆了一口氣，緩緩說道：「點火。」

隨後一名將士得令後，立正說了句「遵命！」就舉著火把上前，在範安撫的喊「不」聲中，點燃了引線。

　　只見那引線被點燃後，就如同一條火蛇一般，閃著火花嗖嗖的直衝炸藥而去！片刻之後，炸藥將會被引爆，古橋也將會化為灰燼！存在了數百年聯繫雪鄉區和龍族的唯一橋梁將不復存在！

　　此時天空中雲層開始變厚，大片烏雲逐漸聚集，天氣開始陰沉下來，太陽的光線慢慢地黯淡下去，墨黑色的天穹，籠罩著厚重的雲霧，搖搖欲墜，彷彿馬上就要墜下來一般。

　　就在這時！一個人影閃了出來，衝過將士們的封鎖，不顧危險，直衝橋上而去！是慧真！原來他知道今天賈副將軍要炸橋，所以和水生兩人從雲柳寺跑了下來，想要阻止炸橋。

　　大家都沒有注意到，沒能來得及阻攔慧真衝上橋，而且由於炸藥馬上就要點燃，所以也沒有人敢上橋將他拉回來，人們都站在橋頭急得大叫：「快回來！要爆炸了！快回來！」

　　水生也在人群中裡哭喊：「師兄！快回來！」可是慧真全然不顧，三步兩步衝上古橋，使勁用腳去踩那點燃的引線！終於，在慧真猛踩幾下之後，引線冒出了一絲灰煙，滅了。

　　在橋頭的賈副將軍見狀，大聲罵道：「慧真！你不想活了！快回來！」

　　慧真站在橋中間，轉過身來，哭著說道：「不能炸橋！如果古橋沒有了，洛桑卓雅就沒有辦法給他的阿爸買草藥了！」

　　賈副將軍著急地說道：「你先回來，橋上危險！」

第三十八章 山神之怒

可是慧真依舊不為所動，站在橋上哭個不停，喃喃說著「不能炸橋……不能炸橋……」

賈副將軍見引線已滅，就站起身來，打算自己親自去拉慧真回來。他剛走兩步，慧真身後的引線不知不覺之間又開始重新燃燒起來，嘶嘶閃著火花，再次朝炸藥竄去！原來剛才慧真並沒有完全踩滅引線，還殘留的一些火星，導致引線再次燃燒起來！

很快，炸藥就會被引爆！

這時，慧真轉身看到身後重新燃起的引線，他想要衝上前去，將其再次踩滅，可是已經來不及了。那點燃的引線，冒著絲絲亂濺的火舌，已經翻下了橋面，直衝橋孔中的炸藥而去！引線已經無法踩滅了！再過幾秒鐘，慧真就會和古橋一起被炸得粉身碎骨！

橋頭的人們都呆住了，賈副將軍和水生也都呆在了原地，他們瞪著眼睛，噙著淚水，彷彿已經看到炸藥引爆，慧真葬身在此的悲劇。他們多希望慧真在這幾秒鐘能不顧一切拚命衝回來！可是已經來不及了，慧真已經回不來了。引線也沒法被踩滅了，炸藥註定要被引爆了。

就在這時，慧真猛地撲了過去，伏在地上，伸手用力抓住已經快要燃燒到橋孔的引線，然後使勁一拽！炸藥被整個從橋孔拽了出來！而慧真的手則被那火花燒傷，他大叫一聲，然後整個人痛苦地倒在地上。

而那炸藥則在眾人的注目下，不斷下落，在跌入柳安河河面的一瞬間，「嘭」一聲發出了震耳欲聾的爆炸聲！伴隨著驚天動地的滾滾震雷，衝出了一股炙熱的熱浪，將柳安河炸出了巨大的水柱！整座古橋搖搖欲

墜！橋邊的人們紛紛被震倒伏地，慧真整個人被衝倒在橋邊另一側的護欄上，撞到了頭，暈死了過去。

爆炸過後，待大家急忙重新站起時，發現古橋依舊堅固！而慧真則倒在了古橋中央的血泊中！

賈副將軍立刻衝上前去，將慧真抱了回來。慧真此時已經昏死過去，頭上正突突地冒出鮮血，水生也衝了上來，站在旁邊哭個不停，不停念叨著：「慧真師兄……慧真師兄……」

賈副將軍急忙令人將慧真帶下去止血，帶回雲柳寺療傷。

一個將士上前報告說道：「賈副將軍，炸藥和引線馬上就能準備好。」賈副將軍「嗯」了一聲，沒有說話。

可是就在將士們將炸藥和引線再次準備好時，賈副將軍卻沉默了，一方是拚死阻止他炸橋的範安撫和慧真，一方是需要控制的疫情，他陷入了兩難。

在一陣猶豫和抉擇後，他依然決定炸橋，就在他剛下達點火的命令時，就聽到從遠處雪鄉區傳來了一陣陣低沉的雷鳴般的轟隆聲，那聲音雷霆滾滾，猶如擂鼓般驚天動地，由遠及近，響徹四方！

橋頭眾人都愣住了，大家不知道發生了什麼事，都呆在原地，一個個抬頭望向雪鄉區。只見梅裡山山頂上升起了一團乳白色的巨大雪雲，在那雪雲下，是整山整山的積雪，猶如萬馬奔騰般呼嘯而下！

梅裡山就像一個發瘋的巨人，怒吼著，狂甩著幾千公尺高的雪浪飛瀉而下，雷霆不擋！一瞬間，整個梅裡山區一片天昏地暗！

第三十八章　山神之怒

很快,那雪浪就衝擊到了梅裡山山腳下的雪鄉區,所到之處,無數的房屋被衝倒掩埋!無數的人根本來不及逃脫而被吞沒!片刻之後,整個雪鄉區已經被巨大的雪浪所完全吞噬!!

發生了雪崩!!

第三十九章
救災

　　梅裡山發生了雪崩！

　　大家見狀都愣在原地，就見賈副將軍回頭大聲喊道：「快救人！快救人啊！！」

　　隨後人群瞬間就沸騰了！大家一下反應過來，雪鄉區發生了雪崩，必須趕去救人啊！被雪崩掩埋的人們，很快就會因為呼吸困難而窒息！即使被掩埋的不深，也會因為極度低溫而有生命危險！人們紛紛叫喊著「救人啊」，都不顧一切地飛一般衝過古橋，向雪鄉區跑去！早一分鐘也好，早一秒鐘也好啊！

　　賈副將軍迅速命範安撫火速召集鎮上所有人前來救援，再讓水生回雲柳寺照顧慧真，就帶著其他人趕去雪鄉區進行第一時間的救援！

　　不一會兒，大家就趕到了雪鄉區，只見這裡已經完全被冰雪所掩埋，到處是斷壁殘垣，一片廢墟。人們不顧寒冷，衝上前去，瘋了一般四處徒手挖掘，開始救援起來！

　　一時間，整個雪鄉區到處都是救援的人們，大家分秒必爭的在廢墟中尋找著生命，「這裡有人！快來啊！」的喊聲不斷，人們在和死神競爭！

第三十九章　救災

　　人們發現救援過程中，天空中盤旋著一隻右翅膀上有豁口的老鷹！是突及其！只見突及其「咕咕」叫了一聲就飛衝而來，平穩地降落在不遠處，努力用爪子撥弄著腳下的積雪。

　　人們似乎是意識到什麼似的，衝到突及其處，拚命地挖掘起來。過一會兒就挖了一個很深的雪坑，可是卻沒有發現下面有人。正當人們要放棄時，突及其跳下雪坑，開始不停地「咕咕」叫著並刨雪！於是幾個人跳下雪坑，再次努力翻找起來，果然，裡面埋了一個人！在大家的努力下終於將其活著救了出來！是扎西！

　　後來，人們驚訝的發現，每當那老鷹落下並咕咕叫的地方，總是能找到被掩埋的災民！人們明白過來了！他是在指引人們救援啊！

　　就這樣，在那老鷹和人們的配合救援下，分分鐘都有雪鄉族被救出，然後被人們迅速轉移到安全的地方！人們則回來繼續挖掘救援。就這樣，越來越多的人被救了出來！

　　有的人被救出來時已經陷入昏迷，然後被迅速送到安全的地方搶救；有的人多處受傷，渾身是血，動彈不得；有的人被救出來時哭著不肯走，不斷地說著「救救我的孩子，救救我的孩子」；有的人被救出來時，已經沒有了生命的跡象，但是在其身下緊緊地保護著的妻兒，卻得以倖存……參與救援的人們，無不悲痛萬分，每個人都噙著淚水，馬不停歇的繼續參與到下一個人的救援當中。

　　賈副將軍在和大家一起焦急的救人時，身邊的一個年輕小將士昏了過去，賈副將軍將其扛到一邊，發現他的手已經凍得發紫了，且渾身凍得發抖。

賈副將軍將其轉移到安全的地方，準備再回去救援時，見那小將士醒來後，掙扎著想要站起來，就說了句「你先躺下，暫時在這裡休息！」就轉身要走，那小將士拉著賈副將軍的衣服，哭著說道：「賈副將軍，你讓我再去救人吧，我還行，求求你，讓我再救一個人吧。」

賈副將軍聽後，瞬間淚流滿面。

這時，遠處趕來了更多的人！賈副將軍抬頭一看，原來是範安撫，他動員了所有能動員的人，趕來雪鄉區救援了！衙門的差人，集市上的小商販，還有屠夫麻子臉，包括木生四人在內的雲柳寺上的和尚，甚至過往的客商，大家都拿著鐵鏟、鐵鍬，一路狂奔而來！然後衝到雪鄉區，分發給大家工具後，一起參與救援！

有了這些工具，再加上老鷹的指引，大家救援的效率更高了，又有更多的人陸陸續續被從廢墟裡救了出來。赤莫也很幸運的被救了出來。

隨著時間的推移，有很多人被救出來時，已經不幸遇難了。可是大家都繼續盡自己最大的努力搜救著，哪怕只有一絲絲的希望。

不久，有人在某一個院子裡，又發現了一個人！他大叫著：「快來！這裡還有一個人！」人們聽聞後，焦急地圍攏過去，著手救援時，卻發現，那個人被死死地壓在一個平臺下，那平臺有四個腳，中間剛好可以容納一個人，原來是雪鄉族的祭天神壇！而神壇此時正倒扣著壓在那個人身上。人們費了九牛二虎之力，才將祭天神壇掀開，將底下的人救出來。人們發現，那被壓在祭天神壇下的正是神婆婆！

原來在雪崩發生時，神婆婆正在院子裡，她以為山神發怒了，驚恐萬狀地跪倒在祭天神壇旁邊，磕頭不止。而雪浪衝過來剛好掀翻了祭天神

壇，將她緊緊地壓在下面。由於長時間的壓迫和寒冷，再加上年事已高，神婆婆早已經沒有了氣息。

不知不覺間，經過了大半天的救援，已經是下午了。整個雪鄉區都被搜救了一遍，絕大多數人都被救了出來，人們依舊在四處翻尋，努力尋找著哪怕一丁點生命的跡象。

為了安置好受災的人，大家在安全的地方搭起了一座座帳篷，點起了一堆堆的篝火，範安撫命人帶來了救災糧，分發給災民；有人幫忙燒水燒茶，好讓人們能暖暖身子；有人搬來了自己家的青稞餅，免費提供給參與救援的人們；甚至有人拿來了自己家的棉被。

在傍晚天色將暗時，陰沉的天空，淅瀝瀝地下起了小雨，終於，此時所有人都得到了救助和安頓，持續了一整天緊張的救援活動也告一段落了。

當天入夜，隨著災民們被安置好，參與救援的人們也終於鬆了一口氣，開始逐漸撤離了。大家都驚奇地發現，所有參與救援的人，咳嗽病都奇蹟般的好了起來！原來從梅裡山上流下的清泉，匯入了雅魯河裡，從裡面散發出來的香氣，早已經籠罩在了整個雪鄉區，凡是進入雪鄉區，參與救援的人們，聞到香氣後，咳嗽病就都被治癒了！

賈副將軍帶領將士們撤離後，返回了柳仙鎮軍營，打算明天帶隊返回龍之縣。而木生和眾僧人一起，冒著雨回到了雲柳寺。

在雲柳寺裡，和尚們都下山去救援了，住持方丈因為腿腳不方便，所以單獨留了下來，水生正帶著鳴妹兒照顧著慧真，慧真的傷口已經包紮好了，但卻依然昏迷不醒。

到了傍晚，外面天色將暗，淅瀝瀝的雨也越來越大，參與救助的和尚們依舊沒有回來。

這時慧真嗓子發出了一陣痛苦的呻吟，水生慌忙上前，叫道：「慧真師兄，慧真師兄。」慧真依舊處於半昏迷的狀態，只是迷迷糊糊的說了句：「水……」

水生說道：「師兄，你要喝水嗎，稍等一下，我這就去給你倒水。」說罷，起身走了出去，打算去接碗水。他推開門，只見外面天色灰暗，陰雨連綿，水霧茫茫，剛跨步走出時，就見一道閃電劃破長空，隨後便是轟隆隆的一陣驚雷！嗚妹兒「嗚」的大叫一聲，然後翻身縮在水生的口袋裡，嚇得渾身直打哆嗦。

水生捂著口袋，對嗚妹兒說道：「嗚妹兒，沒關係啦，這是打雷，不用害怕。」隨後便去齋房打水，可是他剛走兩步，就見不遠處敬生殿的門外，竄出幾個黑影！

水生急忙藏起身來，探頭一看，發現那幾個黑影就是殺害自己媽媽的魔族！他們正手持利刃，鬼鬼祟祟，挨個房間搜尋著什麼！

水生不知道發生了什麼，見魔族之人走進敬生殿，就也躡手躡腳的沿著牆走了過去。剛往裡一看，只見住持方丈獨自一人盤坐著，雙目緊閉，表情祥和。圍在他面前的是幾個氣勢洶洶的魔族之人！

住持方丈嘆了口氣，輕聲說道：「一百年了，魔族又來了嗎？看來如果不徹底消除惡念，魔族就不會真正消失。」隨後對著雙掌合攏，說道：「人間定會出現一位懂得大愛之人，戰勝惡念。貧僧願意以命相抵。」輕

第三十九章　救災

輕一推掌，發出強大的衝擊波，整個屋子閃出金光，隨後魔族之人慘叫著飛了出去，呻吟著倒在地上！

隨後住持方丈的頭深深地垂了下去！

水生在旁嚇了一跳，見住持方丈有異樣，就上前叫道：「師父？師父？」可是住持方丈紋絲不動，也不回應。水生上前一看，這才發現住持方丈雖然衣著整齊，身上並無傷痕，但卻已氣息奄奄，命若遊絲了。

水生哭著跪在旁邊，搖晃著住持方丈，哭喊道：「師父！師父！你怎麼了？」

良久，住持方丈頭才微微抬了起來，他看著水生，用盡全身最後的力氣，緩緩說道：「不要為我報仇……無論對方是誰……智悟，記住，你一定要記住……」隨後便緩緩低下頭去，保持盤坐著的姿勢，停止了呼吸。

水生大生哭喊著：「師父！師父！」可是住持方丈卻再也無法回應了。

這時，那幾個魔族之人雖然受了傷，卻都掙扎著站了起來。

其中個子最高的魔族之人，努力站穩，指著水生說道：「他就是魔力人柱！抓住他！」水生一眼就認出了，這便是魔族首領！

水生嚇得想要逃出去，見那幾個魔族之人已經執劍衝過來，就哭著往敬生殿後跑去，然後從殿後的窗戶翻出去！他剛翻出去，就聽見裡面的人叫嚷著「出來！快出來！」然後就是一陣翻找聲，然後就聽有人說道：「他從窗戶跑出去了，快去追！」

敬生殿後，是一個獨放雜物的空地，就是水生和慧真經常溜下山玩的那個空地，水生見幾個魔族之人就要追上來，慌忙鑽進了稻草堆裡，縮在裡面，緊緊摀著胸前的鳴妹兒，嚇得瑟瑟發抖。

　　果然，很快那幾個魔族之人就追了過來，然後就聽魔族首領說道：「魔力人柱剛才就跑到這裡，大家分頭找！」說罷就在四處搜尋了起來。

第四十章
水生墜崖

　　此時，雨越下越大，水生正蜷縮著躲在稻草堆裡瑟瑟發抖，木生四人和參與救援的僧人們還沒有回來，慧真躺在床上依舊處於昏迷狀態，而住持方丈則已經遇害。幾個魔族之人正在雲柳寺中四處搜尋水生的下落。

　　水生此時距離他和慧真經常鑽過的洞不遠，他趁著昏暗的天色，悄悄從稻草堆裡爬了出來，然後屏著呼吸，爬著鑽過了那個洞口！那個洞口很小，只能容納一個小孩子通過，鑽過去就安全了！

　　終於，水生此舉並沒有引起魔族之人的注意，成功地鑽了出來！然後就開始不顧一切地哭著向山下狂奔，他要讓大家趕緊回來，救出住持方丈和慧真！可是此時雨下的很大，地面早已經泥濘不堪，再加上這條路本身就是小路，更加溼滑難走，而且旁邊就是山崖，下面就是翻滾向東流向大海的柳安河。

　　水生不顧那麼多，他不停地加快腳步跑下山，他只是想趕緊下山，將事情告訴大家！忽然，天空一道閃電，然後就是滾滾而來的驚天響雷！水生不覺一驚，腳下一滑，身體失去平衡然後摔倒在地，鞋子被甩掉了一隻，險些滾落山崖！水生在身體不斷滑落懸崖時，慌亂中用雙手死死地抓住了旁邊的灌木枝，才沒有滑落下去。

水生本想掙扎著起身，可是口袋裡的嗚妹兒卻在剛才他摔倒時，不小心從口袋裡甩了出來！正抓著水生的口袋邊緣，懸在空中，嚇得「嗚嗚」亂叫！水生趕忙鬆開一隻手，將嗚妹兒小心裝進口袋，正準備再次爬起時，就聽他抓住的那根樹枝「喀嚓」一聲，斷了！

水生失去平衡，「啊」的大叫一聲，連同嗚妹兒一起滾落下了山崖！

救援行動結束後，眾僧人冒雨回到雲柳寺，才發現雲柳寺的一切都變了！

院中一片雜亂，地上滿是泥濘的腳印！木生心下一驚！心想難道魔族來了？

而正殿旁敬生殿的門敞開著，被風吹的嘎吱嘎吱直響，眾僧人心裡奇怪，進去一看就發現住持方丈盤坐著，卻已經沒有氣息多時了！大家見狀，紛紛跪倒在地，哭道：「住持方丈圓寂了！住持方丈圓寂了！」

木生見狀，不顧一切地衝回寢室，他知道水生正在照顧慧真，如果真的魔族來殺害了住持方丈，那麼水生也凶多吉少啊！他急切地闖進寢室，只看到了躺在床上昏迷的慧真，卻不見水生！

木生瘋了一般，大聲叫著：「水生不見了！水生！你在哪裡？」然後開始四處尋找。而和木生同行的程中強、任當勇、董天榮也和木生一起尋找，可是找了一整晚卻怎麼也找不到。

終於在第二天，雨停了，木生在雲柳寺後山的小路上，找到了水生掉落的一隻鞋子。木生一眼就認了出來，那是媽媽孟氏親手給水生縫製的鞋子啊！

第四十章　水生墜崖

　　他抱著鞋子，喃喃哭道「水生……」然後一抬頭，就看到地上零亂的腳印，那是昨天水生跑下山時留下的腳印，從雲柳寺牆根下的小洞一直蔓延，到木生跟前就忽然消失了。木生低頭一看，只見他腳下懸崖邊的灌木都斷掉，地下好像還有掙扎過的痕跡！至此，木生已經完全明白了！一定是昨天晚上水生為了躲避魔族的追殺，從牆下小洞鑽出來，慌亂中一不小心掉落了懸崖！！

　　水生落水的地方，地勢極高，懸崖下就是奔騰的柳安河，從這裡掉下去的人生還機率渺茫！木生抱著鞋子，跪在地上撕心裂肺的大聲哭了起來！邊哭邊喊：「水生！哥哥對不起你！水生！水生！……」

　　這天，賈副將軍聽說雲柳寺出事後，在返回縣城之前特意趕來，眾人都聚集在大廳前，悲痛萬分。

　　賈副將軍恨恨地說道：「看來魔族已經滲透到了龍之國的腹地！」然後看著旁邊淚流不止的木生，說道：「木生，你放心。這次我一定會查清真相，找出潛入的魔族，給水生和住持方丈報仇！」

　　木生雙拳緊握，淚流不止。魔族害死了他的媽媽孟氏，如今又害的弟弟水生墜崖，不知所蹤，這兩筆血帳，木生下決心總有一天一定要徹底清算！

　　從那天以後，木生一邊積極尋找水生的下落，一邊更加努力地習武健體，練習拳法、棍法，他發誓一定要找到水生！並且在心裡默默下定決心，一天不找到弟弟水生，他便一天不蓄髮不結婚！

後來，賈副將軍返回龍之縣城並向平知縣彙報後，向柳仙鎮調度非常多的救援物資，在範安撫的主持下，對災區進行了重建。範安撫在災區詳細記錄受災情況，重新搭建住房，分發救援物資，以便讓雪鄉區人們的生活盡快恢復正常。

隨著時間的推移，天氣轉暖，積雪消融後，範安撫驚訝地發現地上露出了非常多的垃圾，原來人們遊玩時隨意丟棄在梅裡山的垃圾，被這次雪崩完全沖了下來。隨後，他就命人清理垃圾。

在完成了所有垃圾的清理工作後，範安撫三令五申，下令所有去雪鄉區，尤其是梅裡山遊玩的人，一律不得丟棄任何垃圾，必須帶回來集中處理。就這樣，梅裡山也終於開始乾淨整潔了起來。後來，每年冰雪消融時，從山上流下的冰水便不再混有垃圾了，梅裡山終於恢復了潔淨。

就這樣，年復一年，從梅裡山上流下的清泉，帶著淡淡的雪蓮草的清香，流入雅魯河，將那治癒人們疾病的清香灑滿整個雪鄉區，然後匯入柳安河，兩條河合流在一起，共同向東，奔向大海！

雪鄉區每年的祭天儀式依然照常舉行著，一年一度，人們依舊會擺好祭天神壇，升起祭天大旗，而那個祭天大旗的繩子上，有一個大大的蝴蝶結。每當祭天大旗隨風飄揚，那蝴蝶結就跟著有節奏的隨風擺動，翩翩起舞，如同活了一般。人們也依舊會在祭天神壇上擺上各種青稞餅、油茶、麵食甜點，載歌載舞地送入梅裡山，祈求山神的寬恕和保佑，感謝雪蓮仙為人間做出的犧牲，然後第二天再將祭天神壇取回來。

每年春天，人們在河邊經常看到一個人揹著竹簍，一步一步慢慢地走著，他彎著腰低著頭，四處尋找著垃圾。是扎西，他揹著的就是洛桑卓雅

第四十章　水生墜崖

曾經背過的竹簍，竹簍的繩子上有一個大大的蝴蝶結，那是洛桑卓雅和水生、慧真曾經一起揹著竹簍撿垃圾時，親手繫上的。

六年後的一個春天，扎西依舊揹著空竹簍，低頭走著，隨後不禁想起了自己的女兒洛桑卓雅，思女心切的扎西坐在路邊的石頭上，抹起了眼淚。

這時，赤莫一家人從他身邊路過，赤莫看到扎西，就熱情地上前打招呼。原來雪崩後不久，赤莫就結婚了。第二年他的女兒也出生了，今年已經五歲，取名叫斯貝。斯貝看到扎西後，高興地跑過來叫道：「扎西叔叔！扎西叔叔！」

扎西陪斯貝玩了一會，又和赤莫閒聊了一會，赤莫一家就要走了。走之前，赤莫說道：「我看小斯貝和你這麼親，要不然讓小斯貝認你做乾爹怎麼樣？」

見扎西笑著應了後，就叫來斯貝，讓她叫扎西乾爸。小斯貝一點也不怕生，大聲叫道：「扎西乾爸好！」逗得大家哈哈大笑。

然後扎西解下胸前的白海螺，給小斯貝帶上，說道：「小斯貝，這是乾爸送給你的禮物！」

赤莫則說道：「扎西，這麼貴重的東西，我們不能收。」

扎西說道：「收下吧。小斯貝可是我的乾女兒，這個白海螺可以保佑她健康快樂的成長。」赤莫這才收了。

告別時，小斯貝跑到扎西跟前，神祕兮兮地遞給他一個東西，扎西伸手一接，低頭一看，原來是一個小小的蝴蝶結！小斯貝說了句「扎西乾爸！這是我自己繫的！送給你！」就揮揮手，笑著跑開了。

原來，小斯貝用一根短短的小繩子，自己繫了一個蝴蝶結出來，雖然她只有五歲，但是卻繫的緊緊密密，工整漂亮。扎西看著手中小小的蝴蝶結，猛然間發現，和竹簍上洛桑卓雅曾經繫的蝴蝶結，繫法竟然一模一樣！

扎西拿著手中的蝴蝶結，瞬間淚流不止，然後抬頭望向赤莫一家人遠去的背影。那牽著爸爸媽媽的手，蹦蹦跳跳的小斯貝的背影，竟然和自己的女兒洛桑卓雅如此相似！

他又忽然想起了在梅裡山上找到洛桑卓雅化身的雪蓮草時，耳邊響起的話語：「阿爸，我去梅裡山上找雪蓮草了，如果我遇到不幸，來世還做您的女兒。」

隨後扎西便緊緊握著蝴蝶結，大聲哭了起來，邊哭邊說：「女兒！阿爸想你！女兒！阿爸想你啊！」

第四十一章
竹子姑娘

　　水生從山崖上摔下去後,掉進柳安河裡並沒有死。不諳水性的他嗆了幾口水後,掙扎著抓住了從上游沖下來的一根浮木,然後趴在上面,一手緊緊地摀住口袋裡的嗚妹兒,一手緊緊地抱著浮木,就這麼掙扎著漂流了一整晚。

　　水生掙扎了一晚上,早已經睏乏不已,疲憊不堪,他趴在浮木上,風雨稍稍平靜時,就這麼睡著了。

　　第二天天微微亮時,雨終於停了,水面上風平浪靜,起了濃霧。一片霧氣沉沉,朦朦朧朧,天空中陽光昏暗,不見太陽。

　　水生趴在浮木上,睡得很熟,一不留神,「嗖」的一下滑落到了水裡,嗆了一大口水,一下子就清醒過來,然後趕忙掙扎著抓住了浮木,並大聲咳嗽起來。

　　隨後,水生發現自己正泡在水裡,渾身溼透。他目光呆滯地環視周圍,水面上一片霧氣朦朧,什麼都看不到。

　　他感覺自己的頭如同快要炸裂一般疼痛,腦袋似乎是被撞到了。他忍著痛,焦急地大聲呼叫道:「有人嗎?救命呀!有人嗎?」可是根本沒有人應答,嚇得他大聲哭了起來,可是周圍依舊沒有任何人回應。

過了一會，水生哭累了，才安靜下來，他皺著眉頭，努力思考著到底發生了什麼，可是腦子裡卻一片空白，什麼也想不起來了。

這時，朦朧霧氣中悠悠傳來一個女孩的聲音：「爺爺，那邊好像有人。」

然後是一個老人的聲音：「嗯，我也聽到了。剛才我還以為是我年紀大了，出現了幻聽呢，走，我們去看看。」說罷，就是一陣划水的聲音。

水生聽到後，在水裡呆呆的四下張望，尋找聲音傳過來的方向。不一會兒，迷霧之中就出現了一個黑影，伴隨著船槳划水的聲音逐漸近了。

水生這才看清楚，原來是一艘小船！在船頭的是一名約莫十四、五歲的女孩子，船尾則是一個白鬍子老爺爺。那女孩子面龐白嫩紅潤，唇紅齒白，雙眼睫毛長長，眼珠烏黑漆亮，正上揚起纖巧的嘴角，含著天真的微笑。她上身穿著花色的大統裙短上衣，下身是彩色統裙，長及腳面，腰間還有一條精美的銀質腰帶。那老爺爺雖然鬍子已經全部花白，飽經風霜的臉上也佈滿了皺紋，但是身體卻還硬朗，毫不駝背，微笑著的雙眼裡充滿了慈祥。

那女孩子看到趴在浮木上的水生後，就大聲叫起來：「爺爺！爺爺！有人！這裡有一個人！」她待船靠近水生時，就俯下身子，伸出手說道：「小弟弟，來！快上來！」一番努力，終於將水生拉了上船。

水生浸泡了一晚上，早已經渾身無力了，他努力翻上船後，就渾身一軟，扶著船的邊沿，癱坐了下去。口袋裡的嗚妹兒也咕嚕一下被甩了出來，他渾身溼透，閉著眼睛躺在地上，身上的淡淡粉色光芒已經消失，沒有了氣息。

第四十一章　竹子姑娘

原來經歷了昨天一晚上的掙扎，嗚妹兒雖然被水生捂著口袋保護著，才沒有掉出來，但是也早已經沒有了力氣，剛才水生滑落水中後，也跟著一起掉進水裡，嗆了好幾口水，陷入了昏迷。

那女孩正要發問，就發現躺在地上奄奄一息的嗚妹兒，然後將其捧了起來，說道：「小弟弟，這是你養的小松鼠嗎？」

水生看著嗚妹兒，先茫然地搖搖頭，然後點點頭，然後又搖搖頭。

老爺爺也問道：「孩子，你從哪裡來呀？怎麼會在這裡？」

水生回頭看了看那個老爺爺，然後迷茫地搖搖頭，沒有說話，他完全想不起來到底發生了什麼。原來，昨天水生掉下懸崖時，撞到了腦袋，造成了失憶。

那女孩笑著說道：「你都想不起來了嗎？」說罷，低頭看著手中的嗚妹兒，只見嗚妹兒渾身癱軟，氣息全無，肚子漲的圓滾滾的，就趕忙一邊開始有節奏地按壓起嗚妹兒的肚子，想要讓嗚妹兒吐出肚子裡的水，一邊說：「小傢夥！加油！小傢夥！加油！」

水生迷茫地看著那女孩，心下奇怪，他環顧四周，這艘船不大，上面橫放著一隻雙叉魚叉，中間的格擋裡還有不少魚。只見那女孩努力了半天，嗚妹兒依舊沒有半點反應。

這時站在船尾的老爺爺也問道：「那個小傢夥死了嗎？」

那女孩嘆了口氣，難過地說道：「嗯，好像死了。」

老爺爺說道：「好可憐，放他進水裡吧。」

那女孩應了一聲，就起身來到船邊，打算將嗚妹兒放回水裡。

水生只是默默地看著眼前的一切，呆呆地看著那女孩鬆開了手，任由嗚妹兒漂走了。如果是在平時，水生一定奮不顧身地衝上前去，拚死也要救起嗚妹兒的吧。可是此時，他腦子像炸裂一般疼痛，什麼也想不起來。

可是，最後關頭，那女孩突然又伸手，將嗚妹兒撈了起來，說道：「這個小傢夥太可憐了！讓我再試試！」說罷，便用雙手捂著嗚妹兒，低頭將其輕輕摟在胸前。

忽然間，從她的雙手間竟然發出了一陣白色的光芒！那光芒無比溫暖和明亮，那光線透過女孩的手，照的水生甚至有些刺眼！

不一會兒，嗚妹兒身上就全乾了，然後「哇」的一聲，吐出了一大口水，然後開始微弱地呼吸起來，身上又重新出現了淡淡的粉紅色光芒，嗚妹兒活過來了！

看到嗚妹兒活了，船尾的老爺爺也滿臉歡喜，然後馬上又關心地問道：「竹子，妳沒事吧？」

只見那女孩緊閉雙眼，面露痛苦的表情，過一會兒，才微微的輕聲說道：「爺爺，我沒事……」然後見嗚妹兒身體虛弱，就拿出自己的手絹，將其小心翼翼地包裹起來，只露出一個小腦袋。撫摸著嗚妹兒，說道：「小乖乖，你在我的口袋裡好好休息休息吧。」然後就將其放在自己的口袋裡了，然後轉頭笑著問水生道：「你呢？你叫什麼名字？怎麼會在這裡？」

水生搖了搖頭，低下頭去，努力地思索，可是什麼也想不起來。昨天跑的急，自己什麼都沒有帶，甚至連自己的鞋子都弄丟了。水生在自己的口袋裡胡亂摸著，想要找到什麼，可是卻什麼也找不到。

第四十一章　竹子姑娘

那女孩看到水生胸前的半塊寶石，說道：「好漂亮的寶石啊！可是為什麼只有一半呢？」

水生搖搖頭，繼續翻找，半天才從身上翻出了半條手絹，然後拿著開始發愣。

那女孩湊過來，看著水生手中的手絹，感嘆道：「哇！這是你的手絹嗎？為什麼也只有一半呢？」

水生什麼也想不起來，茫然地搖了搖頭。

那女孩指著手絹繼續說道：「下面有兩個字啊，水……生……，你叫水生？對嗎？」然後看水生依舊迷茫，就說道：「以後就叫你水生吧！我叫竹子，大家都叫我竹子姑娘，你就叫我竹子姐姐好了！那是我爺爺！」

這時，船尾的爺爺說道：「竹子！準備收工回家啦！今天打了幾條魚？」說罷划著竹槳，調轉船頭，開始加速。

竹子姑娘飛跳到格擋那，數了數魚，高興地比著手勢說道：「今天打了整整八條大魚呢！夠我們吃好幾天啦！」然後對水生說道：「水生，你就先跟我們一起回秀水村，好好養身體，慢慢回想自己的事情吧！」

水生並不知秀水村是什麼，便低頭「嗯」了一聲。說罷，三人就乘船在迷霧中加速穿梭起來。

不一會兒，起風了，霧也漸漸散去了，雖然是白天，但是抬頭卻不見太陽，天空中昏沉陰暗。霧散去之後，水生才終於發現，他們現在竟然在一個大湖泊裡！四周根本就看不陸地！

這時，老爺爺說道：「奇怪了！剛才就是這個方向來的啊？」然後停下船槳，站起來四下觀望起來。

竹子姑娘站起來，一邊焦急地抬頭四處看，一邊說道：「這是哪裡呀？爺爺，我們不會迷路了吧？」

水生也扭頭張望，此時霧氣已經完全散去，四周什麼也沒有，整個湖面波光粼粼，遼闊無邊，一望無際。

竹子姑娘和爺爺正焦急的四下張望，這時爺爺說道：「哎，只能等到晚上，星星出來，才能判斷方向了。」

竹子姑娘說道：「好奇怪啊，我們剛才距離岸邊不遠啊，怎麼穿過了迷霧，就突然走到這麼遠了？」

爺爺說道：「這不是普通的霧，應該又是霧之鬼在作祟了。自從十多年以前，太陽不再升起以來，那些妖怪就開始白天也出來作亂了。但是這些妖怪法力都比較弱，要不然就是發出怪叫嚇唬人，或者是弄些煙呀霧呀之類的捉弄人罷了，傷不了人，不用怕。」

水生聽後自言自語道：「霧之鬼？鬼怪？」

爺爺笑著說道：「是呀！這世界有白天就有黑夜，銅錢有正面就有反面。有神靈，當然就有鬼怪。神靈屬陽，鬼怪屬陰。而人類則是生活在陰陽交替的人間，白天屬陽，夜晚屬陰。不過鬼怪都是晚上才出來活動的，因為他們屬陰，都怕太陽光。而且鬼怪都是很怕人的，為了躲避人類，他們都生活在深山裡，即使偶爾遇到進山打獵的人，也都慌忙逃開。只有那些怨念極深的惡鬼，才會主動襲擊人類。」

第四十一章　竹子姑娘

　　這時，爺爺放下手中的船槳，走過來坐下，看了看水生，說道：「孩子，你不是我們秀水村的人吧？」

　　水生正要回答，就見爺爺看著水生，突然瞪大眼睛，驚訝地說道：「你是從外面來的！？」

第四十二章
突遇暴風雨

　　竹子爺爺問水生是不是從外面來的，水生也不知道自己怎麼就漂到這裡來了，莫名其妙地說道：「外面？什麼外面？」

　　爺爺驚訝地說道：「真的！你真的是從外面來的！一百年前魔族入侵龍之國時，我們秀水族的先人們為了躲避戰亂，在一個老神仙的指引下，順著水路，來到了這裡。然後就再也沒有能夠出去了，這麼多年，也再也沒有人進來過。原來，這裡是一個充滿各種魔法奇物的虛空幻境！這裡湖面廣闊，四面環山，大山裡妖物叢生，湖面上迷霧縈繞。我們先人為了生活下去，在這裡艱難探索，最終才在湖邊的一個山腳下找到了一小塊空地，在這裡生活了下來。」

　　水生聽後似乎是想起了一點事情，就說道：「一百年前，魔族已經被打敗了。爺爺，虛空幻境到底是什麼？」

　　爺爺和竹子姑娘聽後都非常高興的說道：「哇！真的啊！那太好了！！」隨後爺爺便開始講述關於虛空幻境的傳說。這個傳說是那個指引人們來虛空幻境的老神仙告訴先人們的。

第四十二章　突遇暴風雨

　　盤古開天闢地之後，整個世界四季開始分明，太陽從東方升起，在西方落下，晝夜開始交替，陰陽開始分明，晝就是陽，夜就是陰。神靈生活在陽界，鬼怪生活在陰界，而人們則生活在陰陽交替的人間大地。

　　相傳，有一男一女兩個神仙，他們一生相愛相伴，經常在天地中結伴飛行。有一天，當他們飛行時，女神仙突然產下了一個孩子。可是一不小心，那個孩子從天上掉了下來，掉在這裡的大湖中，變成了一座小島，女神仙不捨得和自己的孩子分開，就飛下仙界，變成了一座大島，就守護在小島旁邊，被後人稱之為母子雙島。後來，那個男神仙也飛下仙界，用他的手臂環抱起他的妻兒，死後變成了四面的環山。他為了永遠和自己的妻兒在一起，不被外人所打擾，在臨死前釋放了法術，將這大湖和母子島永遠包裹起來。所以這裡四處充滿了奇怪的法術，也成了人和鬼怪混居的地方，人日出而作，鬼則在夜間出來行動。

　　一百年前，我們秀水族的先人們來到這裡，找到一塊平地，建立起了秀水村，才逐漸安定下來。這裡四面環山，光照稀少，種植的莊稼產量總是不高。我們秀水族人，為了適應環境，都學會了游泳和捕魚，所以就靠在這大湖裡捕魚，來維持生計。

　　可是就在十五年前，太陽突然不再升起，莊稼的收成更是逐年遞減，加上湖面上鬼怪作祟，時不時颳起陰風，時不時又變出迷霧，人們經常無法捕魚，生活受到很大的影響。

　　正說著，湖面突然颳起了大風，吹得小船有些晃動。爺爺就站起身來，向遠處眺望。竹子姑娘和水生也都抬頭望向遠處，只見遠處有一大片陰雲，陰雲下天地之間一片混沌，偶爾還竄閃出幾道光亮。

老爺爺表情嚴肅的說道：「不好了，遠處有暴風雨！看這風向應該是朝我們這邊來的。得趕快離開，被捲入暴風雨可就不好了！」便升起船帆，揮動船槳，盡全力控制小船遠離暴風雨。

竹子姑娘聽後緊抓船舷，神情緊張地望著暴風雨的方向。水生不知所措地坐在一邊，他從來沒有見過暴風雨。

可是風暴的速度太快，不一會兒黑壓壓的烏雲就伴著越來越強的風壓了過來。很快，天空忽然變暗，一時間還平靜的湖面狂風大作，巨浪狂湧，波浪滔天！

小船被風吹浪打的搖搖晃晃，水生和竹子姑娘伏著身子，努力抓緊船舷，爺爺降下船帆，握著船槳，努力維持船體的平衡。可是狂風暴雨越下越大，一波又一波的浪不斷沖湧過來，洶湧澎湃，吹打的小船就像一片漂泊的樹葉一般。

水生本來就漂流了一整夜，剛上船，身體虛弱，疲憊無力，好幾次水生都差點被甩到水裡面。爺爺大聲喊道：「竹子！你抓緊水生！他不諳水性！」

竹子姑娘聽後上前抓緊水生的手，然後一起緊靠在船舷邊，以免水生再次掉到水裡。船就這麼被風浪吹著飄飄搖搖，不知道要被吹到什麼地方。

不一會兒，爺爺喊道：「竹子！那邊有一座小島！我們先上島躲雨！」

竹子姑娘和水生抬頭一看，果然在不遠處有一座不大的小島，上面蔥蔥郁郁，佈滿植被。此時三人早就已經渾身濕透，筋疲力乏了，就趕忙拚命向小島的方向划起船槳來。

第四十二章　突遇暴風雨

　　最終，在一波又一波波浪的助力下，三人終於成功的將船划上了小島的沙灘，格擋中的魚也都不見了蹤影。然後三人一起下船拉著船繩，冒著風雨，將船綁在了一棵樹上。

　　爺爺讓竹子和水生先上岸，自己則頂著風浪取了船上的行李和雙股魚叉，才追了上來。經歷這一番風雨，三人都筋疲力盡，後來他們相互攙扶著來到山下，終於在峭壁下找到了一個山洞，這才得以避雨休整。

　　三人在山洞裡收集了些乾燥的柴草，經過一番努力，終於在山洞裡成功地點起了篝火。竹子姑娘小心翼翼從口袋裡抱出嗚妹兒，然後放在篝火邊溫暖的石頭上。

　　外面狂風依然大作，三人圍坐在篝火邊烤火，將身上的衣服烘乾，身體也終於開始溫暖了起來。

　　水生還是第一次經歷暴風雨而淪落到荒島，雖然有老爺爺和竹子姑娘在身邊，但是依然心中不安，便茫然問道：「爺爺、竹子姐姐，我們現在該怎麼辦？」

　　可是爺爺和竹子姑娘卻一副毫不擔心的樣子，竹子姑娘笑著說：「沒事的，等暴風雨過去了，我們再回秀水村就好了啊。」

　　爺爺也說道：「以前起霧時，人們是不出去捕魚的。現在糧食減產的厲害，人們沒有辦法填飽肚子，只好冒著霧之鬼的迷霧，強行出來捕魚。不過不用擔心，暴風雨很快就會過去了。」

　　這時，水生的肚子咕嚕咕嚕地叫了起來，他從昨天晚上到現在就什麼東西都沒有吃。

爺爺笑著說道：「水生，你肚子餓啦？竹子，等風浪小一些了，妳就帶著水生去打些魚吧。」

水生不好意思地笑了笑，低下頭去，竹子姑娘笑著應了。三人就這麼圍著篝火，有一搭沒一搭的聊著天。

這時，躺在石頭上的嗚妹兒醒了，他雖然絨毛已經烘乾，但是身體依然虛弱。他掙扎著探起腦袋，「嗚嗚」叫著四下張望。

竹子姑娘、爺爺還有水生三人見嗚妹兒醒了，都高興地圍在他旁邊。竹子姑娘伸出手摸了摸嗚妹兒的頭，柔聲說道：「小傢夥，你醒啦？」

嗚妹兒抬頭看了看竹子姑娘，又看了看老爺爺，最後又一轉頭看到了旁邊的水生後，就開始興奮的「嗚嗚」叫起來，然後就掙扎起身，搖搖晃晃地朝水生跟蹌走去。可是沒走兩步，就摔倒在地，然後再掙扎著起來，繼續「嗚嗚」叫著往水生身邊爬去。

水生見狀，連忙上前將嗚妹兒捧在手心。嗚妹兒趴在水生的手心裡，這才稍稍安靜了下來。

竹子姑娘笑道：「水生，這個小傢夥好像很喜歡你呢！」

水生笑了笑，看著手心上的嗚妹兒，說道：「哇，你好可愛，你叫什麼名字？」

嗚妹兒愣了一下，然後「嗚嗚」叫了兩聲。

水生繼續說道：「你叫嗚妹兒？好好聽的名字呀！你怎麼一個人在這裡？你的媽媽呢？」

第四十二章 突遇暴風雨

嗚妹兒歪著腦袋，看著水生，一臉莫名其妙，他還不知道，昨天水生因為頭部受傷，關於嗚妹兒的記憶全部都消失了。

嗚妹兒低頭喃喃叫了句：「媽……媽……」

這時，忽然，篝火中傳出了一陣劈裡啪啦的爆裂聲，把水生三人都嚇了一跳，原來是木柴燃燒時的聲響。

嗚妹兒也扭頭一看，就看到了熊熊燃燒的篝火，嚇的嗚妹兒渾身一軟，癱倒在水生的手心，眼淚嘩嘩的就流了下來，緊緊閉著眼睛，低聲哭叫起來：「媽媽……媽媽……」

爺爺說道：「嗚妹兒一定是經歷了什麼可怕的事情，才會這麼害怕火的吧。真是個可憐的小傢夥。」

竹子姑娘聽後，伸手將嗚妹兒接了過來捧在手心，一邊撫摸著他，一邊溫柔地說道：「小傢夥，你叫嗚妹兒？別怕了，都好了，沒事了。」然後嗚妹兒才逐漸恢復了平靜，隨後哭累了又倒下去睡著了。

竹子姑娘愛憐地抱了嗚妹兒很久，才將其包在手絹裡，放在溫暖的石頭上面。

第四十三章
感恩食物

　　三人在山洞裡避風雨，過了一段時間，外面風逐漸小了，雨逐漸停了，烏雲也散去了，天空雖然依舊黯淡，但是已經比剛才明亮多了。三人便帶著鳴妹兒，打算去剛才上岸的地方，坐小船離開。

　　竹子姑娘起身看到水生光著腳，便問道：「水生，你的鞋呢？丟了嗎？」

　　水生低頭一看，這才發現雙腳的鞋子都不見了，可是昨天到底發生了什麼事，卻怎麼也想不起來。

　　爺爺說道：「水生，等一下，我給你做一雙鞋子！」說罷，便砍下了一段木頭，然後在後面刻出了三個豁口，再在上面綁上了繩子，很快，一雙木頭鞋子便做成了。

　　水生試著穿上後，走起路來踢踏踢踏的，感覺雖然不舒適，但是好歹也算是鞋子了。

　　之後水生便跟著竹子姑娘和爺爺一起去湖邊，到了之後才發現，小船的桅杆竟然折斷了，船槳也不見了蹤影，船底還出現了一個大窟窿，裡面漏滿了水。原來是因為剛才的暴風雨，船底撞擊到湖面下的礁石，撞毀了。

第四十三章　感恩食物

爺爺無奈地說道：「看來我們要在這個島上多待幾天了。等修好了船，我們才能返回秀水村。」

水生聽後焦急問道：「啊？船還能修好嗎？」

竹子姑娘笑著說道：「水生！放心吧！爺爺可是修船的專家呢！」

爺爺也笑著說道：「放心好了！竹子，你去把東西放回山洞，再帶水生打些魚，再找些野果子吧。我來修船，我們得早點回去，不然你奶奶要擔心了。」

竹子姑娘應了一聲，便帶著水生回山洞。一路上，水生忐忑不安，還沒有想起來昨天到底發生了什麼事，怎麼會漂流到這裡，又遇到了暴風雨，再是船撞毀無法出行，現在肚子還餓的咕嚕咕嚕叫，可是竹子姑娘卻一點也不擔心，也不著急。

水生好奇的問道：「竹子姐姐，我們被困在荒島上了，難道妳不擔心嗎？」

竹子姑娘笑著說道：「我們活在這個世界上，其實並沒有什麼好擔心的事。這個世界呀，就是為了我們人類而存在的。你看那土地裡長出的莊稼，樹上結出的果實，大湖裡孕育的魚蝦，大山裡蘊藏的山珍，不都是人類可以果腹的食物嗎？萬能的造物主，是為了我們人類，才創造了這個世界呢。所以這裡的一草一木，一鳥一蟲，其實都是有靈性的，這叫萬物有靈。我們活著就是這個世界的一分子，死後，也會永遠成為這個世界的一分子，世界就是我們，我們就是這個世界，沒有什麼好擔心的。」

兩人就這麼邊走邊聊，忽然竹子姑娘指著一片灌木說道：「水生！你看！苦打果！」

水生順著竹子姑娘指的方向望去，只見大樹下的石頭間，出現了很多低矮的灌木，上面長著一些白色三角形的果實，那些果實個頭比棗子稍大些，密密麻麻地結了很多，一個個沉甸甸地垂下頭去。

水生沒有見過這種奇怪的水果，便問道：「竹子姐姐，苦打果是什麼啊？」

竹子姑娘帶著水生來到苦打果灌木前，摘下一個遞給水生，說道：「這個很好吃的！快嚐嚐！」

水生接過來聞了聞，有一股淡淡的水果香氣，他咬了一口，脆脆的，甜滋滋的，清涼爽口，讓人越吃越想吃！水生就迫不及待的把手裡的苦打果都塞進了嘴裡，邊嚼邊嘟著嘴說道：「好甜啊！好好吃！」

竹子姑娘說道：「苦打果，名字雖然有苦字，但是其實很甜的，就連生活在山上的小動物們也都愛吃呢！我們秀水族的先人剛來這裡時，就是靠收集山上的苦打果才活下來的。」

這時，水生口袋裡的嗚妹兒也醒了，揉揉眼睛從水生的口袋裡探出頭來，水生看到後便遞給了嗚妹兒一個。

嗚妹兒餓壞了，他抱起苦打果聞了聞，就狼吞虎嚥地吃了起來。

竹子姑娘笑著說：「嗚妹兒也愛吃苦打果呢！我們摘一些帶回去吧，爺爺肯定也餓了。」說罷，便和水生開始摘果子，兩人邊吃邊往自己的口袋裡裝。

摘了一半，水生見竹子姑娘喚自己回去，便好奇地說道：「竹子姐姐，這裡還有很多呢！我們都摘了吧！」

竹子姑娘笑道：「這些不要摘了，留給生活在這裡的小動物們吧！如果萬一有誰再遇到危險流落在這個島上，也能夠吃到呢！」

水生點點頭，便和竹子姑娘一起回到山洞，拿了雙股魚叉，便去捕魚了。

竹子姑娘帶著水生來到湖邊停船的地方，把摘到的苦打果分給了爺爺。爺爺接過果子，皺著眉頭說道：「竹子，我們需要在島上多待幾天了。船傷的比較嚴重，估計至少需要三天才能修好。妳先帶水生去打魚吧。」

竹子姑娘聽後，應了一聲就帶著水生沿著湖邊，尋找下湖的地方。兩人走了一會，就看到一處湖邊，礁石聳立，湖浪拍岸，這裡湖水湛藍，清澈見底，魚蝦四處亂竄，螃蟹到處胡跑。

竹子姑娘笑道：「就這裡了！這裡肯定有大魚！水生，你不會游泳的吧？」

水生搖搖頭，他雖然經常和朋友們在小河裡玩水，卻不怎麼會游泳。

竹子姑娘說道：「那你和嗚妹兒在這裡等我！我去捕魚！」說罷，就脫下外衣，拿起雙股魚叉，「撲通」一聲鑽入湖底，一下就沒了蹤影。

不一會兒，她就從另一個地方冒了出來，手裡還抓著一條巴掌大的小魚，在湖裡高興地朝水生揮手喊道：「水生！你看！你看！」

水生也高興地喊道：「竹子姐姐！把魚給我！快遞給我！」

竹子姑娘大聲笑道：「我只是讓你看看而已啦，這條魚太小了，放他走吧，我再去抓！」說罷，就把那條魚扔進了湖裡，然後又一個翻滾，鑽入了湖底。

這一下去，水生在岸邊的礁石上左等右等，半天也不見竹子姑娘上來。水生還以為她遇到了危險，急的他在礁石上轉來轉去，不停地大叫「竹子姐姐！竹子姐姐！」正在水生慌亂之時，在遠處的湖面上，竹子姑娘一下子就冒了出來，手裡拿著魚叉，上面插著一條大魚，還在甩頭扭尾的掙扎！

竹子姑娘朝水生興奮大喊道：「水生！抓到魚啦！抓到魚啦！」

話音剛落，只見竹子姑娘一個撲騰，「嗖」的一聲就竄進水裡，擺動著身軀，像一條魚一樣飛速穿梭在湖裡，兩下子就游到了岸邊，然後高興地舉著雙股魚叉，朝水生揮手。

水生也趕忙跑過去，只見那條魚肥美巨大，還在雙股魚叉上撲騰著身體，做最後的掙扎。

竹子姑娘穿上衣服，高興地拿著魚叉，說道：「這條魚好大！我們可以飽餐一頓了！」說罷便帶著水生打算去找爺爺，然後一起回山洞。

兩人邊走邊聊，水生好奇地問道：「竹子姐姐，妳剛才在水下那麼長時間，我還以為妳出事了呢。」

竹子姑娘大笑著說道：「怎麼會啊！我們秀水族人很擅長游泳，可以在水下閉氣很久的！」

第四十三章　感恩食物

水生看著魚叉上的魚，只見他掙扎了幾下，就再也不動了，就說道：「竹子姐姐，這條魚好可憐！我們捕魚吃魚，這樣對嗎？魚也是一條生命啊！」

竹子姑娘「噗哧」一聲笑了出來，然後笑道：「不吃生命，難道吃石頭啊？大自然中弱肉強食，這是生命的生存法則，我們人類也一樣，要遵守這個法則。你要知道，總有一天，我們都會死去，我們的身體會被微生物吃掉，然後我們最終變成灰塵，成為養分，再被植物們吃掉。大湖賜給了我們豐富的魚蝦，讓我們可以生活下去。這條魚其實就是大自然的恩賜，我們應該懂得感恩。」

隨後竹子姑娘笑著摸了摸水生的頭，兩人便拿著魚一起沿著湖邊打算去找爺爺了。

剛走兩步，竹子姑娘忽然指著遠處對水生說道：「水生，你看！彩虹！」

水生順著竹子姑娘手指的方向抬頭看去，果然在遠處的天邊，飄飄然地出現了一道淺淺的彩虹，在霧濛濛的天空中七彩繽紛，若隱若現！

水生和竹子姑娘兩人同時感嘆道：「好美的彩虹！」正感嘆著，那彩虹卻突然間又色彩黯淡，消失不見了。

竹子姑娘說道：「聽村裡的老人說，出現彩虹的地方，就是出口，一直朝著彩虹的方向駕船行進，就能離開這虛空幻境呢。可是彩虹總是在出現後，很快就會消失，所以我們也就沒有辦法離開了。」

兩人邊走邊聊，正說著，就走到爺爺修船的地方。竹子姑娘看到爺爺正拿著工具努力修船，便揮手叫道：「爺爺！船修的怎麼樣了？我們回去吃魚吧！」

爺爺聽到後便起身，擦擦汗，說道：「還不行，被撞壞的地方很大，可能要多花幾天才能修好了。走吧，我們回山洞。」於是固定好船，就帶著竹子姑娘和水生，三人一起返回山洞了。

此時，天色已經漸漸黯淡下來。經歷了這一天的奔波勞累，三人返回山洞後，終於可以稍作休息。爺爺處理好魚，就把魚穿在雙股魚叉上，在篝火上烤了起來。而竹子姑娘也拿出剛才收集的苦打果，分給大家。

不一會兒，爺爺的烤魚就做好了，只見那魚被烤的金黃焦香，色澤誘人，香味四溢，整個山洞瞬間瀰漫著烤魚的香氣，讓人垂涎三尺！水生在雲柳寺待了將近兩個月，吃的都是粗茶淡飯，偶爾才能吃頓燒豆腐，而今天一整天只是吃了一些苦打果，面對香噴噴的烤魚，他早就饞得口水直流了。待爺爺用三片大樹葉分好烤魚之後，就迫不及待地伸手想要去抓起來吃。

爺爺忙制止了水生，笑著說道：「水生，不要著急，吃飯之前要先對食物表示感謝。」說罷就雙手合十，閉上眼睛。水生不明白，但是看到竹子姑娘也合掌，閉上眼睛，就也有樣學樣，合掌閉眼。

就聽到爺爺說道：「感謝今日上天對我們的恩賜，賜給我們寶貴的食物，讓我、竹子還有水生不至於忍飢挨餓。我們也會好好感恩食物，更加尊重生命。」

第四十三章　感恩食物

　　然後爺爺睜開眼睛，說道：「竹子、水生，吃吧！吃飽了今天好好休息！」

　　說罷，爺爺和竹子姑娘就開始有說有笑地吃魚了，而水生低著頭，大把大把的把魚肉往嘴裡送，不管不顧，吃的滿嘴是油，不亦樂乎！嗚妹兒也爬了出來，坐在石頭上，吃起了甜甜的苦打果。不一會兒，大家就都吃飽喝足了。

　　此時天也逐漸黯淡下來，爺爺給篝火裡添了柴，然後出去收集了很多雜草，在山洞裡簡單鋪了三張床，三人躺上面不僅舒舒服服的，而且還很保暖，夜裡也不怕冷了。

　　大家都勞累了一整天，入夜後，就都倒頭睡下，不一會兒，山洞裡就鼾聲四起。水生也靜靜地睡了。

第四十四章
竹子姑娘的惡夢

　　三人就這麼在島上生活了起來。爺爺每天夜以繼日的抓緊時間修船，他砍了很多棕櫚樹皮做成藤條繩子，又砍了兩顆樹，固定在船體的兩側，使船體能保持穩定，又用一塊木板做成船槳。而竹子姑娘則每天帶著水生收集苦打果、打魚、摘椰子，她還砍了幾節竹子當作杯子，去島中央的山腳下接清涼解渴的泉水。

　　就這麼過了幾天，一天半夜裡，水生正睡的迷迷糊糊，就聽到旁邊竹子姑娘在「嚶嚶」的低聲哭泣。他聽到後就清醒了大半。

　　自從認識竹子姑娘以來，她給自己的印象就是愛笑，不論遇到什麼事情都很樂觀，似乎從來不會憂鬱。可是現在，竹子姑娘卻一個人在旁邊低聲哭個不停。

　　水生好奇，正猶豫要不要起身安慰，就看到竹子姑娘抹抹眼淚，低聲啜泣著起身，獨自一人悄悄走出了山洞。

　　水生見竹子姑娘半天都不回來，也睡意全無。他坐起身來，看到躺在地上稻草堆裡的嗚妹兒，正蓋著竹子姑娘的手絹，呼呼大睡。他心想，雖然自己認識這個小傢夥才幾天的時間，但是總是感覺和他之間有著無數的情絲牽連和緣分羈絆，而且這種情感已經持續了很久很久，甚至是數千年

第四十四章　竹子姑娘的惡夢

的時間，永遠也不會消失湮滅一般。他的直覺告訴他，未來，他和鳴妹兒將永遠永遠在一起，再也不會分開。

水生看著鳴妹兒，又想到他剛清醒時努力爬向自己的模樣，心裡一陣感動和愛憐，就小心翼翼的給他蓋了蓋手絹，然後趁著月色悄悄起身，走出了山洞。

水生走出山洞，沿著今天走過的路來到了湖邊。此時夜晚靜謐溫馨，外面清風陣陣吹拂著小島，大湖上一片寂靜，只能聽到湖浪嘩嘩輕吻著岩石的聲響，湖面上湧起的浪花倒映著空中皎潔的月色，如千萬條祥龍扭動身體飛騰。

水生沿著沙灘，伴隨著湖浪衝擊沙灘的嘩嘩聲走著走著，沒走多久，就看到竹子姑娘正坐在前面不遠處的礁石上，傷心地抹著眼淚。

水生猶豫了一下，還是上前輕聲問道：「竹子姐姐，妳沒事吧？」

竹子姑娘聽到後，愣了一下，回頭就看到了一臉茫然的水生，擦擦眼淚，笑道：「我沒事啊。水生，你怎麼醒了？」

水生跳上礁石，坐在竹子姑娘旁邊，看到竹子姑娘滿臉淚痕，卻又強顏歡笑，擔心地問道：「竹子姐姐，妳遇到什麼事了嗎？為什麼哭了呢？」

竹子姑娘聽後目光黯淡下去，扭頭憂鬱地看著大湖，半晌才說道：「不知道為什麼，我白天的時候就感覺很開心和陽光，一到晚上就感覺很孤單和憂鬱。我沒事的，不用擔心。」

水生聽後，問道：「等第二天早上，太陽升起了，妳就又會變開心了嗎？」

竹子姑娘看向水生，問道：「太陽會升起嗎？從我開始記事起，在我們秀水村上，雖然白天天空會變亮，但是一直都是霧濛濛的，我從小到大還從來沒有見過太陽升起呢。你見過太陽升起嗎？」

水生說道：「當然見過啊！每天早上白色的太陽都會從東方升起，照耀和溫暖整個大地！」說罷，就開始眉飛色舞的給竹子姑娘講起自己在龍之縣的經歷，從下河抓小魚、小蝦，到在田裡烤地瓜，再到山谷裡摘酸棗。

剛講到酸棗時，水生忽然間愣住了，他發現自己的記憶恢復了一些。他低下頭去，皺著眉頭，努力在思索著什麼。然後他從口袋裡掏出了半條手絹，看著手絹陷入了沉思。他的直覺告訴他，自己似乎遺忘了一個很重要的人，就和這條手絹有關，可是他卻怎麼想也想不起來。

竹子姑娘瞪著好奇的大眼睛，聚精會神地聽水生講，然後說道：「我也好想去看日出啊！一定很美！」

水生這才收起手絹，笑著說道：「是的呢！不過我還沒有見過太陽從湖面上升起呢，一定更美！」

竹子姑娘正笑著聽水生眉飛色舞的講，忽然就委屈地哭了起來。只見她捂著臉哽咽著，熱淚從雙手間滑落，肩膀因為哭泣而抽搐，讓人無不感覺憐香惜玉。

水生看到竹子姑娘這麼哭了，一時間手足慌亂，言語無措地說道：「竹子姐姐，妳……妳怎麼了？」

竹子姑娘哭腔著委屈說道：「水生，我好害怕……我真的好害怕……」然後抹抹眼淚，平靜了情緒，哭著講述起自己的經歷來。

第四十四章　竹子姑娘的惡夢

秀水村裡，生活著一對老爺爺和老奶奶，他們住在山腳下，背靠山，面朝湖。他們有一小塊地，可以種種水稻，打打魚。家的後山上有一塊竹林，春天到了就去竹林裡挖竹筍。他們一輩子無兒無女，過著不富裕卻平靜的生活。

大約十五年前的一個春天，老爺爺上山挖竹筍，剛挖了幾顆放入竹簍，準備背下山回家，就聽到竹林深處傳來斷斷續續嬰兒的啼哭聲。老爺爺好奇地循聲找去，撥開雜草，就看到在草叢中竟然有一個剛出生不久的女嬰！

老爺爺趕忙將其小心翼翼地抱起，只見那個女嬰生的粉嫩可愛，不覺心下喜歡，又見四下無人，心想一定是被人遺棄在這裡的，便抱回了家。

老奶奶見到這個女嬰後，也愛憐不已，兩人又無兒無女，便商量著將其當作自己的親孫女收養了起來。因為這女嬰是在竹林裡發現的，便取名叫竹子。原來竹子姑娘並不是爺爺的親孫女。

竹子從小性格活潑外向，樂觀向上，總是把笑容掛在嘴邊，而且樂於助人。每當鄰里需要幫助，她總是熱情上前。小漁村的人們都對她稱讚不已，喜愛有加，大家都親切地叫她竹子姑娘。

竹子姑娘不僅熱情開朗，心地還非常善良。遇到受傷的小貓、小狗、小鳥，她都會去照料。有一次竹子姑娘七、八歲時，一天下雨，她在外撿到一隻受傷的小鳥，那小鳥渾身濕透，奄奄一息，就剩一口氣了。竹子姑娘將那即將死去的小鳥捧在手心，難過地流下了眼淚，不知不覺之間，她的手掌心竟然放射出了耀眼溫暖的光芒！那小鳥在光芒的照射下，瞬間就恢復了精神！可是竹子姑娘的手也因此感覺痛心切骨，疼痛難忍，半天才

緩過勁來。竹子姑娘這才發現，原來自己有治癒別人傷口的奇特能力，只是每次使用這奇特的能力時，自己也會承受巨大的痛苦。

每當夜晚來臨，竹子姑娘獨自一人時，總是陷入深深的悲傷。自從她記事起，就經常做著同樣的一個夢。

她夢到，夜晚來臨，忽然周圍的人都一個個消失了，就剩她自己一個人。她在黑暗裡嚇的四處亂跑。這時，忽然一個巨大的黑影出現在眼前，擋住去路，伸手想要抓住她，嚇得竹子姑娘轉身就跑，就聽到那黑影在身後低聲吼道：「十五天後，我一定會來抓住你們兩個……」然後竹子姑娘就會被嚇醒。

水生聽後說道：「竹子姐姐，剛才妳又夢到那個嚇人的黑影了嗎？」

竹子姑娘微微嘆了一口氣，「嗯」了一聲，然後繼續說道：「不知道為什麼，最近我做這個惡夢的次數越來越多了，而且那個黑影距離我越來越近，越來越近。我好怕……」竹子姑娘說罷，眼淚就流了出來，然後她抬頭望向遠處的湖面，難過的說不出話來。

水生看著竹子姑娘，也不知道該說些什麼。

半响，竹子姑娘才擦了擦眼淚，打起精神說道：「水生，再過不久就是秀水村的潑水節了，到時候我們一起去玩吧！」

水生好奇的問道：「什麼是潑水節啊？」

竹子姑娘說道：「潑水節，是為了感謝大自然對我們的恩賜而舉辦的，是我們秀水族一年一度最重要的節日。這天大家會聚集在頂上神廟，燃起篝火，載歌載舞，一直到天亮。因為鬼怪都怕米酒，所以家家戶戶都

第四十四章　竹子姑娘的惡夢

會準備米酒，灑在地上和小溪中，可以鎮壓為非作亂的鬼怪。但是最近十多年太陽黯淡，糧食因為沒有充足的日照而減產，再加上鬼怪作亂，人們無法正常捕魚，生計受到了很大的影響，所以村裡的老長者還請了陰陽師，要在潑水節上念經作法呢。」

水生緊緊坐在竹子姑娘身旁，聽得津津有味，他好奇地問道：「竹子姐姐，真的有鬼怪嗎？妳見過嗎？」

竹子姑娘笑著說道：「當然有啦！不過我沒有見過。鬼怪都是晚上才出來活動，而且也都生活在遠離人類的深山裡。如果出現了傷人的鬼怪，陰陽師就會帶上雙股魚叉，去山裡，找到然後抓住他們！所以鬼怪都怕人。」

水生瞪大眼睛，說道：「對了！我們去找那個老長者請來的陰陽師！去抓住那個妳夢裡的黑影！他就再也不能來抓你啦！」

竹子姑娘「噗哧」一聲，開心地大笑起來，然後笑道：「夢裡的東西，怎麼抓啊？」

竹子姑娘和水生兩人就這麼坐在礁石上，你一言我一句的，聊了很久。每當竹子姑娘憂鬱時，水生總是能逗她開心，然後兩人一起開懷大笑。一直到天微微亮，兩人才返回了山洞。

第四十五章
秀水村

　　第二天，像往常一樣，竹子姑娘和水生帶著嗚妹兒去湖邊抓魚，收集苦打果，而爺爺則繼續修船。

　　竹子姑娘帶著水生和嗚妹兒，去給爺爺送苦打果時，爺爺擦擦汗，笑著說道：「竹子！水生！快過來看！大功告成！」

　　竹子姑娘和水生就加快腳步飛奔過去，只見桅杆已經重新豎立起來，漏水的地方完全修理好了，而且船體兩側還安裝了兩個橫木，用來平衡船體，還多做了兩個船槳。

　　水生看著被修好的船，驚訝地說道：「爺爺！你好厲害！」嗚妹兒也從水生口袋裡探出頭，高興的「嗚嗚」直叫。

　　竹子姑娘也笑著自豪地說道：「那是當然！爺爺可是造船的專家呢！爺爺年輕的時候，一天就能做出一艘船呢！」

　　爺爺笑著說道：「老啦，老啦，不服老不行啦。」然後抬頭看看天氣，繼續說道：「這幾天天氣不錯。竹子，妳帶水生去多收集些苦打果，給竹筒裡都裝上水，我去山洞拿東西，我們今天就出發回家！」

第四十五章　秀水村

　　竹子姑娘高興的應了聲，就帶著水生興沖沖地鑽進了叢林。不一會兒，兩人收集了很多苦打果，然後去島中間的小溪裡給竹筒裡都裝滿了水，放在船上。爺爺也把工具都帶上了船。

　　就這樣，三人坐上船，爺爺在船頭說道：「走囉！回家！」

　　竹子姑娘也高興地叫道：「嗯！回家了！」說罷爺爺就撐起風帆，划起船槳，慢慢駛離了小島。

　　這幾天，透過晚上觀察星象，爺爺已經摸透了方向，只見他張著帆，划著槳，控制著方向。那小船在爺爺的操控下輕快靈活，乘風破浪，如同一個沒羽箭，在湖面上嗖嗖地滑過，來去如飛，留下身後兩側盪開的波浪，泛起粼粼波光。

　　水生和鳴妹兒坐在船上，吹著風，就像出來旅遊似的，開心的不得了。就這樣，三人餓了就吃苦打果，渴了就喝竹筒裡的水，累了就停下來休息，然後打兩條魚，就這麼航行了一整天，可是直到天濛濛暗下來，都沒有看見陸地。

　　爺爺說道：「原來我們被暴風吹了這麼遠啊，都一整天了，還沒有到秀水村。今天天色晚了，我們休息休息，明天繼續趕路吧。」說罷，三人就收起風帆和船槳，在船上休息下了。

　　當天晚上，三人就這麼睡在了船上。夜晚的大湖如同一個玩累的孩子，廣袤且寧靜，小船盪漾在平穩的波浪上，來回輕擺，就像一個搖籃。夜空中群星閃爍，高遠璀璨，就像鑲在茫無邊際的夜幕上無數閃光的鑽石。三人不一會兒就都睡著了。

隔天天微微亮，水生和竹子姑娘正睡得迷迷糊糊，就被爺爺的叫聲吵醒了，只見爺爺在船頭，指著前方，高興地說道：「竹子！水生！快起來看！我們就要到家啦！」

竹子姑娘聽到後，一下就爬了起來，滿臉欣喜地望向爺爺指的方向，不遠處果然出現了陸地！

原來昨天晚上他們三人熟睡時，大湖的波浪，奇蹟般的將他們緩緩地推向了陸地！爺爺對水生說道：「水生！你看！就要到秀水村啦！」水生也揉揉眼睛，看到了不遠處植被茂盛的陸地。

說話間，爺爺駕著小船，沿著湖岸線一路南下，不一會兒就出現了一個小漁村！這是一個坐西朝東的小漁村，大約有數百戶人家，坐落在山腳的一片小空地上，山上的植被蔥蔥郁郁，山腳下的竹林茂密豐盛，一小塊一小塊的稻田星羅棋佈，數百戶人家星星點點。湖邊有一個小漁港，停靠著大大小小上百個船隻，小漁港到處都是忙碌的人影。

竹子姑娘高興的一把拉起水生的手臂，激動地說道：「到家啦！到家啦！水生！我們到家啦！」爺爺也面露笑容，駕船緩緩駛進了小漁港，只見這裡有的人正駕駛船隻，揚起風帆，準備出湖；有的人已經打完魚，正滿載而歸；有的人正把船停靠在岸邊，收拾漁網和雙股魚叉，整個小漁港一片繁忙熱鬧的景象。

這時，不遠處一艘漁船上的人朝他們揮手叫道：「竹子爺爺！你們怎麼現在才回來啊！」大家定睛一看，原來是一個正駕船打算出湖的漁民。

竹子爺爺大聲回道：「碰到了迷霧和暴風雨！耽誤了幾天！」

那漁民也大聲說道：「你們趕快回去吧！竹子奶奶天天在岸邊等你們回來，擔心的不得了呢！」

爺爺聽罷，就趕緊駕船駛進小漁港。大家遠遠就看到了在岸邊焦急來回踱步的老奶奶，那老奶奶滿頭白髮，走起路來步履蹣跚，但是卻毫不駝背，整個人看起來十分有精神。她遠遠看到竹子姑娘坐船歸來，喜極而泣，直抹眼淚。

老爺爺剛把船停靠岸，不等竹子姑娘走下船，老奶奶就上前一把將竹子姑娘拉到懷裡，念叨著「你們可回來了！你們可回來了！」就抱著竹子姑娘哭了起來。

竹子姑娘在奶奶懷裡，笑著說：「奶奶，我們只是遇到了小小的迷霧和風浪而已，不會有事的啦！」然後見水生也小心翼翼地下了船，就繼續說道：「奶奶，這是水生，是從外面來的。我們在湖上遇到迷霧時偶遇的。」水生也趕忙向奶奶問好。

老奶奶擦擦眼淚，說道：「外面來的！？歡迎歡迎！你怎麼會漂到這大湖裡呢？」

這時，爺爺也停好船，收拾好了東西，就說道：「我們遇到他時，他正落在湖裡，頭受了傷，有些失憶，就先帶他回秀水村了。我們回家慢慢聊吧！」說罷四人就相互攙扶著，拿著收拾好的漁具、包裹慢慢回家了。

他們經過了繁忙的小漁港，這裡的人們忙著收拾和叫賣剛打撈上來的各種魚類、貝類、螃蟹、大蝦。有個高個子漁民看到了他們，就揮手大叫起來：「竹子爺爺！你們才回來啊！這次收成怎麼樣？」

爺爺笑著說道：「遇到了點小風暴！這次一無所獲，哈哈哈！你呢？收成如何？」

那高個子漁民說道：「這次大風吹散了霧之鬼的霧靄，大家不用擔心出湖捕魚會迷路，都放心地出湖了，大家收成都很不錯！」

爺爺說道：「太好了！吹散霧靄，太陽就可以照常升起了吧！」

那高個子漁民也笑著說道：「是的呀！大家都這麼說呢！」

之後大家又相互寒暄了幾句，就離開了。

他們四個接著穿過了一條熱鬧的商店街，這裡有各種各樣小小的店面，雖然商品種類寥寥，但卻都佈置的井井有條，整條街道談不上繁華，但是清清整整，乾淨整潔。

這條商店街和龍之縣的繁華昌盛不可同日而語，也和柳仙鎮集市的人煙鼎盛無法相提並論，但在這小小的漁村裡，也算是人氣聚集之地了。

四人繼續向山腳下走去，一路上遇到了很多人，大家看到竹子姑娘，都熱情地上前打招呼，大家紛紛說道：

「竹子姑娘！妳才回來啊！奶奶這幾天都急死了！」

「竹子姑娘！我們家昨天打了不少魚回來呢，妳別客氣！來拿幾條回去吧！」

「竹子姑娘！我們家剛試著釀了一大壇酒，妳有空了來給竹子爺爺拿點，好讓爺爺暖暖身子！」……

竹子姑娘都笑著一一應了。

第四十五章　秀水村

　　隨後，四人就沿著彎曲的小路，面朝大山，往回走去，小路兩側是一小塊一小塊的水稻田，四處坐落著零零散散的茅草房。

　　不一會兒，四人就來到了山腳下一個柵欄圍起的院子，院子裡有一小片菜地，一間茅草房，一棵柿子樹。房檐下掛了一些小魚乾，堆放著幾支雙股魚叉，院子背後的山上是一片竹林。從山上流淌而下的一股小溪流，流經稻田和商店街，匯入大湖，這便是竹子姑娘的家了。

第四十六章
寶石失而復得

　　水生走進院子裡後，回頭一看，這裡地勢稍高，可以看到整個秀水村的全貌，遠處的大湖波光粼粼，村裡炊煙裊裊，一片寧靜。

　　竹子姑娘指著右側遠處的山，對水生說道：「水生，那個山頂有個寺廟，看到了嗎？那個山叫神廟山，山頂上的神廟，叫頂上神廟，就是一年一度舉辦潑水節的地方呢！」

　　水生順著竹子姑娘手指的方向看去，在右側的遠處，有一座較為低矮的山，那山頂上面並沒有植被覆蓋，是一片空地，上面果然有一間寺廟。

　　四人回到家裡，爺爺便去收拾行李了，奶奶也給大家熱了茶，打算去燒飯燒水，好讓大家吃上熱飯，沐浴更衣。

　　這時嗚妹兒也好奇地探出腦袋，四下張望，竹子姑娘笑著上前，捧起嗚妹兒，對奶奶說道：「奶奶，差點忘記給妳介紹了呢，這個是嗚妹兒。我們在湖裡救上來的，可愛吧！」

　　奶奶笑瞇瞇地說道：「是呀！真可愛呢！」然後拿出一盤糯米糰子，給了嗚妹兒一個，說道：「小傢夥！嚐嚐這個！」嗚妹兒抱起糯米糰子，就坐在桌子上，大口大口地吃了起來。

第四十六章　寶石失而復得

　　奶奶笑了笑，也給了水生一個，說道：「水生，你是客人，不要客氣，多吃點！剛好有一間空房，奶奶這就給你收拾收拾，這幾天你就住在這裡，好好的恢復身體吧！有什麼事就直接跟我們說。我和老頭子年紀一大把了，就只有竹子一個孫女，你就當她是你的姐姐，我們就是你的爺爺奶奶吧！」

　　水生接過糯米糰子，心裡一陣感動，連忙說道：「謝謝奶奶！」

　　這時，爺爺進來了，笑著說道：「我剛才看到後山上的竹筍冒尖了呢！竹子、水生，這幾天好好休息，過幾天我們一起上山去挖竹筍！」然後茅草屋裡一陣歡呼聲。水生聽後一臉期待，他生活的龍之縣，屬於北方，竹林比較少，還從來沒有挖竹筍的經歷呢。

　　然後爺爺和奶奶說了些水稻插秧的事，和竹子姑娘說了些去幫忙準備潑水節的事，大家就一起飲茶吃飯，沐浴更衣了。

　　奶奶還拿了一件舊衣服給水生換上，就是稍微有點大，水生穿起來衣袖寬大，腰身鬆垮，竹子姑娘被水生滑稽的樣子逗得哈哈大笑，說道：「這衣服太大啦！下午去商店街的裁縫家，給水生改小點吧！」

　　水生不好意思地撓撓腦袋，然後茅草屋裡又是一陣歡笑，嗚妹兒也坐在桌子上，高興的「嗚嗚」直叫。

　　水生換下衣服後，卻突然發現自己胸前的寶石不見了！他趕忙低頭四下翻找，竹子姑娘得知水生的寶石不見了，就一起找了起來，卻怎麼也找不到，就說道：「是不是忘記在船上了？」

　　爺爺說道：「我收拾船時，沒有看到有寶石啊。」

水生著急地說道：「剛才下船時還明明戴在身上的⋯⋯」

竹子姑娘聽後，笑著說道：「那就是掉到半路上了。我們去找找吧！」說罷，就領著水生出門了。

竹子姑娘帶著水生，沿著來時的小路尋找寶石。水生一臉著急，焦躁不安地跟在後面，自從他記事時開始，媽媽孟氏和爸爸曹華就一直讓他帶著。他也曾好奇地問過，可是爸爸媽媽總是含糊其辭，只是讓他好好戴著。雖然他並不知道那半塊寶石到底是什麼，但是隱隱約約感覺到，一定和自己有著非常重要的關係。

水生著急地跟在竹子姑娘後面，兩人一路仔細尋找，怎麼也找不到，水生急的哭出了聲，哭腔問道：「竹子姐姐，我的寶石還能找到嗎？」

竹子姑娘笑著說：「當然能啊！你下船時還戴著，又沒有在家裡，那肯定就是掉在半路上了啊！放心好了，一定能找到的！」

水生說道：「可是白天路上人這麼多，肯定會被人撿走啊！」說罷，就難過的哭了起來。

竹子姑娘停下腳步，微笑著拿出手絹，給水生擦了擦眼淚，柔聲細語的說道：「水生，別著急，肯定能找到的。在我們秀水村，如果有人在路上撿到了別人掉的東西，就會在附近的樹枝上掛起來，這樣可以方便東西的主人找到啊。我們沿路找找看，說不定就被人掛在哪個樹枝上呢！」

水生聽竹子姑娘這麼一說，就抹抹眼淚，繼續跟在後面尋找。

可是兩人一路走過一小塊一小塊的稻田，穿過商店街，都快走到小漁港了，依舊沒有找到寶石，水生急的哭道：「一定是被人撿走了⋯⋯找不到了⋯⋯」

第四十六章　寶石失而復得

竹子姑娘笑著說：「不會的，一定不會的。」然後繼續走在前面仔細找尋。

沒走兩步，竹子姑娘就搖著手指，朝水生大聲說道：「水生！你看前面！」

水生抬頭一看，就看到在路旁伸展出來的樹枝上，果然掛了一塊寶石！竹子姑娘上前取下，交給水生，笑著說道：「看吧！我說的吧！一定是有人撿到了，然後掛在這裡，等待我們來找呢！」

水生趕忙接過寶石，一看，果真是自己的那塊，原來是因為繫在上面的繩子斷了，所以才掉了。水生心想，龍之縣人多混雜，如果有人丟了東西，根本不可能再找回來了，沒想到秀水村的人們如此善良，民風如此淳樸，然後心裡一陣感動，便跟著竹子姑娘一起興沖沖地回家了。奶奶也幫水生給寶石上重新繫好繩子。

第二天一大早，外面天矇矇亮，水生也醒了。他伸個懶腰，揉揉眼睛，往清清亮亮的窗外望去，他的窗戶剛好能看到後山的竹林。此時，窗外燕語鶯啼，清晨的空氣清新香甜，山間的竹林青翠欲滴。

水生剛走出房門，就驚訝地發現，小漁港的湖面上已經完全被迷霧所籠罩，而往後的幾天，也是一樣。原來，前些天因為大風吹散了迷霧，所以大家才得以趁著這個機會出去捕魚！

在院子裡，水生看到了爺爺和竹子姑娘，就走上前去。爺爺說：「剛才在田間遇到了孫嬸，她前些天自己試著釀了一小缸米酒，說要送給我們一壺呢。妳等會和水生去取了回來，過兩天我們剛好要去挖些竹筍，也給妳孫嬸帶過去些吧。」

竹子姑娘笑著應了，扭頭對水生笑道：「水生！等會兒我們一起去孫嬸家去取米酒！」原來昨天他們回到秀水村時，路上遇到的人就有孫嬸。水生也應了。

爺爺說道：「以前我們秀水村有一家釀酒的，前些年出了變故，就荒廢了，所以這些年大家都沒有米酒喝。孫嬸這是第一次自己嘗試釀酒，做的也不多。竹子，妳去帶一個小一點的壺吧，也別打太多，潑水節夠用就行了。」竹子姑娘也應了。

然後就聽到奶奶叫大家：「老頭子，快帶竹子和水生來吃飯吧！」原來在房屋裡，奶奶早已經準備好了一大桌飯菜，有香香的大醬湯、香茅草烤魚、糯米糰。大家進屋一起圍坐起來，邊吃邊聊，茅草屋裡充滿了大家的歡言笑語聲。雖然這裡的飯菜口味較為清淡，少油少鹽，但是水生也吃的津津有味。

飯後，竹子姑娘就挑了一個較小的酒壺，然後帶著水生一起出發去孫嬸家了。

走在路上，水生想起了剛才爺爺說過的話，就好奇地問道：「竹子姐姐，爺爺剛才說潑水節上要用米酒？是在潑水節上喝嗎？」

竹子姑娘「噗哧」一聲笑出了聲，然後搖著頭笑著解釋道：「不是喝的，是為了鎮壓鬼怪。米酒對於我們人類來說，是非常美味的飲品。但是對於鬼怪來說卻是毒藥呢！鬼怪的身上如果被撒上米酒，就再也沒有辦法做妖法了！」

水生聽後，繼續問道：「剛才爺爺說，釀酒的人家出現了變故，到底出了什麼事呀？」

第四十六章　寶石失而復得

　　竹子姑娘邊走邊說：「之前在村裡有一對夫妻專門自己釀酒賣，他們有兩個兒子。前幾年，男主人忽然出意外死了，女主人就帶著小兒子離開了秀水村，不知道去哪裡了，所以就沒有人釀酒了。」

　　水生追問道：「那他們的大兒子呢？」

　　竹子姑娘說道：「她大兒子叫酒童子，不知道為什麼，沒有被媽媽帶走，成了無依無靠的孤兒，獨自一人流落在秀水村，有一餐沒一餐的。去年冬天鬧饑荒，大家都沒有吃的，每個人都在忍飢挨餓。從那以後，就再沒有人見到過酒童子了。」

　　水生聽後，低頭努力思索起來，似乎自己也有一個哥哥，可是記憶卻模模糊糊，若隱若現，曾經發生了什麼，怎麼想也想不起來。

　　兩人邊走邊聊，不一會兒就走到了一個院門口。竹子姑娘說道：「這就是孫嬸家了。」

　　水生一看，孫嬸家庭園整潔，精巧別緻，可是旁邊一戶人家卻門庭冷落，雜草叢生，一副破敗不堪的模樣。

第四十七章
挖竹筍趣事

竹子姑娘繼續說道:「旁邊這家,就是酒童子家。但是現在已經荒廢,沒有人住了。」

此時孫嬸正在院子裡刷洗著一個大蒸籠,聽到兩人說話,就起身開院門,笑著招呼道:「竹子姑娘!妳來啦!等妳半天了,快進來,快進來!今天在田間見到了竹子爺爺,說要給你們些米酒,正想著妳是不是要過來了,妳就來了!快進來吧!」說罷就笑著上前打開了院門。

竹子姑娘也笑著應了,介紹了水生後,兩人就走了進去。

孫嬸邊帶他們去打酒,邊指著大蒸籠說道:「這是去年酒童媽走時,從他們家裡買的。我現在也在學著做米酒呢。我第一次做,妳去讓爺爺嚐嚐,看味道怎麼樣。」

水生好奇地問道:「孫嬸,酒童子是一個什麼樣的人?」

孫嬸微微嘆了口氣,說道:「酒童子其實是一個很善良的孩子,就是命不好,太可憐了。」然後對竹子姑娘說道:「竹子姑娘,來,給我酒壺,我給竹子爺爺灌滿。」

竹子姑娘遞上酒壺也笑著說:「孫嬸,米酒妳做的也不多,妳還要給陰陽師在潑水節用,我就帶一點點,夠用就可以了。」

孫嬸說道：「客氣什麼！」然後接過竹子姑娘手裡的小酒壺，說道：「妳怎麼拿這麼小個酒壺啊。」說罷就取了個自家的大酒壺，要去打酒。竹子姑娘拗不過，只好跟著孫嬸來到酒罈前。

孫嬸打開蓋子，一陣米酒的撲鼻香氣就迎面而來。水生不禁感嘆道：「好香啊！」

孫嬸笑道：「只是我們村沒有釀酒的人家，大家都很難喝到美味的米酒。我要是會釀酒就好了，大家就有米酒喝了。」

孫嬸正說著，就給大酒壺和小酒壺都打滿了米酒，然後遞給了竹子姑娘，說道：「多帶回去點，給妳爺爺嚐嚐，這些天一直沒有米酒，妳爺爺一定也饞壞了吧！哈哈！」

竹子姑娘笑著道謝後，就拿著酒壺，領著水生回家了。

爺爺拿到後愛不釋手，嚐了之後更是讚不絕口，喝了一些，就把剩下的米酒小心收了起來。

第二天一大早，水生起床後，看到竹子姑娘和爺爺正在院子裡準備鋤頭和鐵鏟。

竹子姑娘看到水生起床了，就笑著叫道：「水生！你醒啦！快來，我們去挖竹筍啦！」水生也興奮地應了一聲，帶著口袋裡的嗚妹兒，兩步並作一步快跑過去。

房間裡的奶奶圍著圍裙，走出來喊道：「老頭子，先帶孩子們來吃飯吧！不吃飯等會可沒有力氣挖竹筍唷！」隨後大家都笑著進屋了。

爺爺正吃飯，像是想起什麼事似的，拿著碗筷，嘆了口氣，心事重重的對奶奶說道：「過幾天就要插秧了吧，看這天氣，今年莊稼的產量又要減少了。」

奶奶說道：「是呀。太陽不知道什麼時候才能出來啊，不知道是哪個鬼怪搞的鬼。聽說陰陽師這幾天正在山上抓鬼怪呢。如果真抓住了，說不定太陽就能再次升起了。」

爺爺說道：「是呀，記不記得去年，因為光照嚴重不足，糧食基本絕收，再加上霧之鬼的作亂，人們無法出湖捕魚，大家都在餓肚子呢。希望陰陽師早日找到阻擋太陽升起的真兇。」

奶奶說道：「當然記得，對了，你們這幾天多挖些竹筍，我來晾乾，做成筍乾，可以吃好久呢。」

飯後，水生和竹子姑娘就在爺爺的帶領下，三人一起拿著農具和竹簍進入了後山的竹林裡。竹林裡一片生機勃勃，竹葉青翠欲滴。三人踏著掉落的竹葉，發出一陣沙沙的聲響，然後低頭這裡找找，那裡看看，四處找尋著冒尖的竹筍。

水生正低頭努力尋找，就聽到爺爺喊道：「竹子！水生！這裡有一個！」水生和竹子姑娘聽到後趕忙跑過去一看，在爺爺手指的地方，果然有一個嫩黃的筍尖！露尖的小筍頭把周圍的泥土頂開了一道道縫隙。

水生還是第一次看到春筍，高興的邊跳邊叫：「爺爺！快挖！爺爺！快挖！」口袋裡的嗚妹兒也探出腦袋，高興的「嗚嗚」直叫。

第四十七章 挖竹筍趣事

只見爺爺揮動著鋤頭，一點點的把周圍的土刨開，不一會兒就露出了深深埋在地下的根，只見爺爺用鐵鏟輕輕一鏟，用腳一蹬，然後用力一撬，「噗」的一聲，那個竹筍就被挖了出來！

那個竹筍有碗口那麼粗，水生把竹筍抱在懷裡，就聞到一陣沁人心脾的清香，高興的愛不釋手，嗚妹兒也探出頭來，好奇的嗅嗅那根竹筍。

竹子姑娘笑著說道：「把竹筍放在竹簍裡吧！還有很多呢！」

然後三人繼續在竹林裡搜尋著竹筍，竹林裡充滿了三人的歡聲笑語，一會兒聽到水生「這裡有！這裡有！」的興奮叫聲，一會兒聽到竹子姑娘拿著鋤頭「嘿呦嘿呦」挖竹筍聲，一會兒又聽到爺爺「小心！別傷到自己！」的叮囑聲。

就這樣，三人高高興興的忙碌了一早上，竹簍也已經裝滿大大小小的竹筍，從裡面飄出了一股竹子的清香。

爺爺喘著氣，擦擦汗，笑著說道：「挖了這麼多，我們下山吧！」水生和竹子姑娘也都洋溢著燦爛的笑容，三人收拾工具，準備滿載而歸！

水生小心翼翼地跟在爺爺後面，一不小心腳下一滑，就摔了一跤，險些撲倒在半截鋒利的竹樁上，嚇得水生趕忙爬起身來，然後右腳就感覺一陣痠疼，原來他剛才不小心扭到了腳。

爺爺轉身說道：「水生，小心。這裡有很多砍完竹子留下的竹樁，千萬要小心，很鋒利的。」

水生一屁股坐在地上，疼的直歪嘴。竹子姑娘也站定問道：「水生，你扭到腳了嗎？」水生閉上眼睛，痛苦的說了句「嗯……」

爺爺聽後放下竹簍，說道：「走，我們先扶水生下山，等會我再回來拿東西。」竹子姑娘「嗯」了一聲，就上前扶起水生，然後兩人攙扶著水生，在爺爺的叮囑下，一起慢慢下山了。

下山後，爺爺重新上山去取竹筍和工具，而竹子姑娘則攙扶著水生一瘸一拐地回到了家裡，奶奶看到了也趕忙上前幫忙。他們脫下水生的鞋襪，見水生的右腳腫的鼓鼓的，就趕緊帶水生來到農田的小溪邊，讓水生在涼水裡泡腳。果然，泡在涼水裡，腳就不疼了。後來，奶奶拿了些草藥給水生敷著患處，就讓水生在家裡好好安心養傷。

當天，竹子姑娘給孫嬸送去了好幾支竹筍，順便歸還了酒壺。

水生就這麼在這裡平靜的生活了一段日子，終於快要到秀水族一年一度的潑水節了。

距離潑水節還有兩天，爺爺和竹子姑娘就去神廟，幫忙做些掃地、拔雜草、佈置場地等準備工作。竹子姑娘本想帶著水生一起去，但是見水生有腳傷，只好作罷，而奶奶這幾天則需要去稻田裡插秧，就留了水生一個人在家裡養傷。

這天，水生的腳已經差不多恢復了，正和嗚妹兒兩人在家裡，突然聽到窗外竹林裡一陣窸窸窣窣的聲響。

水生掙扎起身，望向窗外，就看到似乎有一個孩子正趴倒在地上，就說道：「有人！嗚妹兒，我們去看看！」便趕忙起身，帶著嗚妹兒，慢慢地走到後山竹林下，一看，地上果然趴著一個孩子！

第四十七章　挖竹筍趣事

　　水生趕忙上前扶起那個孩子，這是一個面目清秀的女孩子，約莫七、八歲，身著黃色絨毛小吊帶和小短裙，頭上有九個小辮子，臉上身上到處都是刮傷，正痛苦的眉頭緊鎖，雙眼緊閉，滿臉淚痕。

　　水生不知道發生了什麼，就低頭問道：「醒一醒！醒一醒！妳怎麼了？」

　　那小女孩在水生懷裡，半晌才緩緩睜開眼睛，她剛看到水生後，像是受到驚嚇似的，一臉驚恐的將其推開，勉強起身，想要走開，可是身體搖搖晃晃，站立不穩，「噗通」一聲又撲倒在地。

　　水生這才發現，那小女孩的右腿受了傷，還在不斷滴血。水生不知道發生了什麼事，說道：「妳受傷了，我來幫妳包紮吧！」

　　那小女孩似乎被嚇壞了，滿臉恐懼，不住地搖著頭流著淚，坐在地上嚶嚶哭著，不停蹬著腿，往後蹭著身體，想要躲開。

　　水生無奈停手，可是看到那小女孩腿上的傷，又一陣心疼，就說道：「小妹妹，妳的腿還在流血呢，我回去拿塊布給妳包紮一下，妳別怕。」那小女孩依然流著淚搖著頭，滿臉的拒絕。

　　這時，嗚妹兒從口袋裡探出頭來，看到那女孩後，就從口袋裡跳出來，竄到小女孩的身邊，「嗚嗚」直叫。那女孩低頭看到嗚妹兒後，才停止了啜泣，逐漸平靜了下來，然後輕輕將其抱起。

　　嗚妹兒在小女孩懷裡跳來竄去，這裡聞聞那裡嗅嗅，而那女孩也低頭撫摸著嗚妹兒，微微露出笑容，兩人如此親密，相互毫無戒備，就像是多年不見的老朋友。就這樣，那女孩的情緒也平靜了很多，也許是見水生並無惡意，便逐漸放下了防範之心。

第四十八章
奇怪的小姑娘

　　水生見那女孩正抱起嗚妹兒，露出笑容，逐漸放下戒心，便笑著說道：「這是我的朋友，叫嗚妹兒。」

　　那女孩揉揉哭紅的眼睛，這才抬頭看了看水生，但並不說話。

　　水生見狀，說道：「小妹妹，我給妳包紮傷口吧，別走唷。」說罷，就返家拿了塊布，認真地上前，把那女孩腿上的傷口包紮了起來。

　　水生見那傷口似乎是什麼利器造成的，傷口很深，就邊包紮邊問道：「妳為什麼會在這裡？怎麼會受這麼重的傷？妳的爸爸媽媽呢？」可是那個女孩並不說話，只是強忍著痛，一個勁兒委屈地掉眼淚。

　　水生好奇地問道：「妳為什麼總是不說話？」

　　那小女孩搖搖頭。不一會兒，簡單包紮好後，水生就用一小段繩子，按照洛桑卓雅教他的方法，在傷口上綁了一個小小的蝴蝶結，然後說道：「小妹妹，綁好啦！妳看，我還給妳綁了一個蝴蝶結呢！」

　　那小女孩低頭，看到了蝴蝶結，臉上掠過一絲微笑，感激地看著水生，似乎在說謝謝。

第四十八章　奇怪的小姑娘

水生看到女孩笑了，就說道：「蝴蝶，妳知道嗎？蝴蝶是這樣飛的。」然後雙手交叉，做出了蝴蝶飛的樣子，那女孩看到後就又開心地笑了起來。

水生見狀，也笑著說道：「妳不會說話，但是妳能聽懂我說話，對嗎？」那女孩含笑點了點頭。

水生說道：「我叫水生，這是嗚妹兒，還有爺爺、奶奶和竹子姐姐，他們都是很善良的人，不過現在他們都出去了，過會兒就回來。妳受傷了，走，我扶妳先去休息休息吧！」

說罷，就將那小女孩扶起來，攙扶著，慢慢走到院子裡，在屋簷下坐下來，然後跑進屋裡，拿出一個糯米糰子，遞給那小女孩，就坐在旁邊看著她狼吞虎嚥地吃了起來。

水生一邊看著她吃，一邊問道：「妳有名字嗎？妳叫什麼名字？」

那小女孩邊吃邊搖搖頭。

水生想了想，說道：「我看妳頭上編了九個辮子，要不然就叫妳小九妹吧！」然後就小九妹長，小九妹短的發起問來，嗚妹兒也「嗚嗚」直叫，似乎也在叫小九妹，而小九妹總是不說話，她吃著糯米糰子，聽著水生的問題，時而搖搖頭，時而點點頭。

水生坐在旁邊，關心的問道：「小九妹，妳的家在哪裡？」

小九妹抬起頭，邊吃糯米糰子邊向後面的深山望去，水生見狀問道：「妳的家在深山裡？」小九妹點了點頭，然後繼續埋頭吃起來。

水生笑著說道：「是不是因為妳太貪玩，所以從家裡逃出來，然後不小心從山上掉下來的？妳的媽媽呢？」

小九妹聽到水生這麼問後，渾身開始顫慄，手裡緊緊握著糯米糰子，眼淚趴搭趴搭的掉了下來，然後低頭哽噎抽泣起來。

水生見狀一時間手足無措，不知道該怎麼安慰才好，嗚妹兒也在旁邊「嗚嗚」叫著，似乎在安慰她，可是小九妹依舊哭個不停。

這時，奶奶插完秧從田裡回來了，水生抬頭看到奶奶正從遠處慢慢地往回走，手裡還拿了一疊衣服，就站起來，對小九妹說道：「奶奶回來了！妳在這裡等一下，我告訴奶奶去。」說罷就起身，朝奶奶的方向快走迎了過去。

不等奶奶開口，就搶著說道：「奶奶！奶奶！有一個小姑娘，受傷了！妳快來看一下！」

奶奶好奇地問道：「受傷的小姑娘？」水生一邊使勁點頭一邊拉著奶奶的手，往家裡走。可是兩人回到院子裡，卻不見小九妹的蹤影。

水生撓著頭，說道：「奇怪了，剛才還坐在這裡的，怎麼不見了？」然後在院子裡四處找，卻怎麼也找不到。

奶奶笑著說道：「你是不是遇到鬼怪了？」

水生認真地說道：「不是不是，真的是一個小姑娘！對吧！嗚妹兒！」嗚妹兒也「嗚嗚」叫著使勁點頭。

奶奶微微笑著說道：「人類呀，都是萬能的神按照自己的形象創造出來的，鬼怪也一樣，所以呀，鬼怪和我們人類有著同樣的模樣，這並不奇怪。」

然後奶奶見水生歪著腦袋，一臉茫然，就拿出帶回來的衣服，笑著說道：「水生，來試試這件衣服，看看合不合身。」原來奶奶插完秧就去商店街給水生改衣服了。

水生穿上衣服，大小剛好合身，在靠近心臟的位置也有一個大口袋，剛好也可以容下嗚妹兒。

奶奶左看看右看看，然後笑道：「大小剛好！不錯不錯！」然後繼續說道：「水生，你和嗚妹兒去玩吧，奶奶要去做飯了，爺爺和竹子應該快回來了。」說罷就去生火做飯。

而水生總是時不時地望向房屋後的竹林，心裡還惦記著右腿受傷的小九妹。他感覺小九妹的突然出現，又突然消失，即真實又夢幻，就像一個很真實的夢一樣。

中午奶奶準備好了一大桌飯菜，大家熱熱鬧鬧圍坐在桌邊。水生心裡一直惦記著小九妹，爺爺問到水生的腳傷時，水生才回過神來，忙說道：「沒事了，已經不疼了。」

爺爺笑道：「那太好了！你可以參加明天晚上的潑水節了！」水生從來沒有參加過秀水村的潑水節，自然是一臉的期待。

爺爺繼續說道：「水生，明天下午陰陽師就要作法，封印那個霧之鬼，我們剛好可以一起去看。」

竹子姑娘也欣喜地說道：「真希望霧之鬼被封印之後太陽就能升起了！」

奶奶說道：「哎，太陽快點出來吧。這幾天插的秧苗，由於缺少陽光，總是病懨懨的。」原來明天下午，在頂上神廟，陰陽師會作法，封印抓到的霧之鬼。

潑水節當天，早飯過後爺爺和竹子姑娘就去頂上神廟佈置會場，而奶奶也出去插秧了，留水生一個人在家。水生不論在院中玩，還是在房間休息，總是時不時望向山後的竹林，他希望昨天遇到的小九妹再次出現。可是一直過了很久，後山依舊一點動靜都沒有。

過了一會，水生正在房間裡休息，忽然從後山的竹林裡傳來一陣沙沙的腳步聲！有人來了！水生一個機靈，趕忙爬起來望向窗外，就看到竹林裡有一個人影，是小九妹！

水生高興地叫道：「小九妹！妳來啦！」

小九妹聽到後，也抬頭望向水生，雖然她依舊抿著嘴不說話，但卻一臉微笑。

水生猛地跳起來，抱起嗚妹兒就往後面跑，然後看到小九妹站在竹林裡，正扶著一根竹子，小心翼翼地躲在後面。嗚妹兒看到小九妹後，也朝她高興的「嗚嗚」直叫。

水生仰頭，朝山上竹林裡的小九妹笑著說：「小九妹！妳來啦！下來吧！下來吧！妳的腿傷怎麼樣了？」

第四十八章　奇怪的小姑娘

　　小九妹左看右看，確認只有水生一個人後，才慢慢從竹子後面出來，然後小心翼翼的側身探步，緩緩走了下來。嗚妹兒一下就跳出口袋，然後竄到小九妹身上。小九妹高興地抱起嗚妹兒，一邊玩一邊格格的輕聲笑了起來。

　　水生看到小九妹腿上的繃帶，上面依舊有他綁上的蝴蝶結，雖然走起路來依然有些不穩，但是傷口已經不流血了。

　　水生高興地上前問道：「傷口怎麼樣了？還疼嗎？」

　　小九妹搖搖頭。

　　水生又說道：「對了，昨天妳怎麼突然就走了？我還想讓妳見見爺爺、奶奶和竹子姐姐呢，不用怕，他們都是很善良的人！走吧，我們去院子裡休息吧！」說罷，就上前拉著小九妹的手，想要一起去院子裡。可是小九妹卻本能地往後縮著身體，搖著頭，滿臉的拒絕。水生心裡奇怪，難道小九妹怕去院子，可是昨天他們還一起去了呢。

　　這時，小九妹的肚子忽然咕嚕咕嚕地叫了起來。水生聽到後笑道：「哈哈哈，妳是肚子餓了，對吧！」小九妹就紅著臉，不好意思地低下了頭。

　　水生見狀，說了句「妳在這裡等一下，我去給妳拿點吃的。」不一會兒水生就拿了兩個糯米飯糰跑了過來。然後和小九妹兩人一起坐在竹林邊，看著她吃了起來。

　　小九妹在吃完糯米飯糰後，就趴在小溪邊喝起了溪水。水生見到後，趕忙上前將其拉起，說道：「小九妹，小溪裡的水是不能直接喝的！要燒開了才能喝！要不然會有細菌和寄生蟲的！」

小九妹擦擦嘴角邊的水滴，歪著頭，莫名其妙地看著水生，似乎並不懂水生說的話。

水生一臉認真地說道：「以後不要喝生水了喔，妳會拉肚子的！」然後接著說：「對了，小九妹，妳坐好，我看看妳的傷口，給妳重新包紮一下吧。」

說罷，就扶小九妹坐好，然後認真檢查起傷口來。水生拆掉繩結，小心打開一看，只見傷口已經不流血了，因為處理的及時，傷口也並沒有化膿感染。水生便重新拿了一塊布，然後重新包紮了一遍，最後又用繩結繫了一個蝴蝶結。

小九妹低著頭，看到水生繫的蝴蝶結，就咯咯咯的笑了起來。水生見狀也笑道：「小九妹，妳很喜歡蝴蝶，對不對！」然後兩手展平交叉，撥動十指，做出了蝴蝶飛的樣子，然後朝小九妹笑道：「妳看妳看！蝴蝶飛了！蝴蝶飛了！」

小九妹咯咯笑著站起來，伸手就要去抓，水生舉手一躲，就躲了過去，然後走開兩步繼續笑著說「蝴蝶飛了」、「蝴蝶飛了」。小九妹見狀，笑的更大聲了，就蹦跳著跑過去，伸手去抓。嗚妹兒也開心的「嗚嗚」叫個不停。

兩人就這麼蹦跳著，開心地玩著，過一會兒玩累了，水生就和小九妹坐在竹林邊，講自己小時候去小河裡抓蝌蚪、抓小魚的經歷，還有和竹子姑娘、爺爺流落孤島時的見聞，小九妹坐在旁邊，瞪著大眼睛，聽得津津有味。

第四十八章　奇怪的小姑娘

　　時間不一會兒就到了下午，水生站起身來，拍拍灰塵說道：「小九妹，爺爺和竹子姐姐應該快回來了，我也要回去了。我們下次再見吧！」小九妹也含笑起身，正準備轉身告別離開，卻被水生叫住。

　　水生說道：「這個給妳，妳帶著回去吃吧！」說罷就遞給了小九妹一個糯米飯糰，小九妹接過糯米飯糰，就轉身走進了山上的竹林裡，然後扶著竹子，回頭，深情地看了水生一眼，這一眼飽含著感動和信任，不捨和感激，隨後便鑽入竹林，消失了。

　　水生看到小九妹離開，心裡突然湧起一陣惆悵和失落，不知道下次再見面又會是什麼時候，在哪裡，以什麼樣的形式。

第四十九章
封印霧之鬼

　　水生送走小九妹，不久後，爺爺和竹子姑娘就回來了。

　　飯後，水生就跟著爺爺和竹子姑娘一起去神廟山，看陰陽師作法封印霧之鬼。他從來沒有見過鬼怪，顯得興奮異常。

　　三人沿著小溪流，穿過小片小片的稻田，路過整潔的商店街，然後來到了神廟山下。神廟山並不高，有一段階梯通往山頂。

　　這時階梯上人來人往，熙熙攘攘，三人沿著階梯，順著人潮向上，不一會兒就登上了山頂。水生抬頭一看，登上山頂後就是一個硃紅色的木質建築，左右兩個木柱，最上面橫著搭放了兩個橫木，上面有一個牌匾，寫著「頂上神廟」四個大字。

　　竹子姑娘見水生好奇地抬頭張望，就笑著說道：「水生，通過這個木門，就是頂上廣場了。」水生聽到後，「喔」了一聲，就快步跟上竹子姑娘和爺爺。果然，通過這個木門，就是山頂上的一大片空地，這便是頂上廣場了，這時已經聚集了不少人。

　　廣場四周是高高掛起的燈籠，因為未到夜晚，所以並未點起蠟燭，周圍是販賣各種小吃的小商小販，中央還擺放了四堆柴火，也尚未點起。

第四十九章　封印霧之鬼

　　正對面就是一個坐西朝東的秀水族佛教小寺廟。寺廟側前方有一個大籠子，上面蓋了一大塊紅布，不知道裡面有什麼。此時的廣場上人聲鼎沸，有的人在神廟前排隊許願，有的人在購買各種特色小吃，有的人三五成群的嬉笑聊天，一片熱鬧的景象。

　　三人穿過熙攘的人群，來到寺廟前，水生抬頭一看，這個小小的廟宇和雲柳寺的結構形狀雖有所不同，但是裝飾外觀卻十分相似。雖然不如雲柳寺的輝煌氣派，但是也古色古香，裝飾精美，結構精密，別具一格。神廟頂上掛了一面大大的龍字旗，正殿的牌匾上寫了「頂上神廟」四個大字。神廟側前方，擺放了一個大水缸，上面寫了一個大大的酒字。

　　在神廟裡，是一尊佛像，盤坐在上，雙眼微閉，目視前方，表情莊嚴。在佛像頭頂，懸掛了一面圓形的大鏡子。

　　爺爺指著那個雕塑對水生說道：「這個就是龍神了。」然後遞給竹子姑娘和水生一人一個銅板，繼續說道：「竹子、水生，我們去向龍神許願吧！」

　　水生看著手中的銅錢，一臉茫然地撓著腦袋，不知道接下來該做什麼好。竹子姑娘見狀，對水生笑著說道：「水生，把錢扔到那個盒子裡，然後合掌閉眼，心中許願，就可以啦！」隨後，竹子姑娘就跟著爺爺一起，扔進銅錢，開始許願了。水生也站在旁邊，學著扔進銅錢，閉眼許願。

　　之後，爺爺對水生說道：「這個就是龍神。傳說遠古時候，生存條件很艱苦，我們秀水族的祖先都是靠收集山上的野果和打獵為生，生活非常艱辛。那時，一條巨龍下界而來，建立了富饒強大的龍之國。龍之一族的人們給我們帶來了糧食的種子，教我們種植糧食穀物，還帶來了燒製陶器

和鐵器的技術，教我們製作餐具和農具，他們還帶來了草藥，教我們治療疾病。他們的到來使得我們的生產力大幅提升，生活狀況也大為改善。」

「我們秀水族原本生活在龍之國的邊陲，到處是荒山野嶺，懸崖峭壁，山上妖怪毒物經常下來傷害我們。龍之一族的人們就為我們製作了這面神鏡。這面神鏡可以吸收陽光，然後將陽光灑向整個大地，那些妖怪毒物就都被嚇走了。我們秀水族才終於得以安居樂業。一百年前魔族入侵，為了躲避戰亂，我們秀水族的先人們便帶著神鏡流落到這裡。」

三人正聊著，忽然從廣場側面傳來一陣鑼鼓聲，水生尋聲望去，只見人群都開始向那個紅布覆蓋的籠子四周圍攏過去，然後就看到一個身穿狩衣，頭戴烏帽，手持利劍的人，走出頂上神廟，緩步向籠子走過去。

爺爺說道：「竹子、水生，這就是陰陽師了！現在剛好是他作法封印霧之鬼的時候！我們過去看看！」

說罷，就領著兩人順著人潮圍了過去。這時人們已經將籠子裡三層外三層的圍了個水洩不通，爺爺帶著竹子姑娘和水生也擠進人群，水生更是伸長著脖子，想要一睹為快。

周圍的人們都議論紛紛：

「這個陰陽師真厲害！果然抓到了霧之鬼呢！」

「這次作法封印了霧之鬼，大家就可以放心出湖捕魚了！」

「霧之鬼太可怕了，我上次出湖打魚，險些回不來了呢！」

水生從來沒有見過霧之鬼，好奇地瞪大眼睛，伸長脖子，望向籠子，想要看看霧之鬼到底是個什麼樣的恐怖怪物。

第四十九章　封印霧之鬼

　　只見陰陽師雙目微閉，身體輕擺，念著口訣，一手搖著銅鈴，一手揮著寶劍，一陣作法之後，就上前「嘩啦」一下撤掉了籠子上的紅布，然後又繞著籠子開始作法。

　　水生屏住呼吸，向籠子裡望去，他原以為霧之鬼是一個張牙舞爪，面目猙獰，張著血盆大口的大怪獸，可是呈現在眼前的卻是一個身形纖瘦，呼吸微弱，毫無生機的小動物。

　　爺爺告訴水生道：「這個就是霧之鬼了，就是因為他在湖上製造迷霧，人們在出湖打魚時才會迷航的。」

　　水生「喔」了一聲，定睛仔細一看，只見那瘦小的霧之鬼全身皮毛金黃，尖尖的嘴巴細長，嘴角還在淌血，黑黑的鼻子高挺，長長的耳朵毫無生氣地垂下來，雙目緊閉，身後有條毛絨絨的大尾巴。身上有兩個深深的傷口，應該是被什麼利器所傷，此刻正身受重傷，奄奄一息地趴在籠子裡。

　　那陰陽師繼續揮劍作法，他繞著籠子舞了一圈後，就拿出一個杯子，從旁邊的小酒缸裡舀出一小杯米酒，默念口訣後，然後「嘩啦」一下就全潑在了霧之鬼的身上！只聽「呲啦」一聲冒出了陣陣白煙，然後霧之鬼就開始瘋狂地翻滾，扭動著身體，發出痛苦的哀嚎聲。不一會兒籠子四周就充滿了迷霧！和水生被救的那天見到的迷霧一模一樣！嗚妹兒見狀，摀著眼睛鑽到了口袋裡，嚇得瑟瑟發抖。

　　不一會兒，微風陣陣襲來，迷霧漸漸消散，水生就看到在籠中的霧之鬼一動不動地趴在地上，徹底沒了氣息。隨後，陰陽師又念了幾句口訣，揮舞著劍，然後將紅布重新蓋上籠子。便走回頂上神廟，封印結束了。

四周人一陣叫好和讚嘆，可是不知道為什麼，水生心裡卻覺得那個小動物有些可憐。隨後籠子前聚集的人潮逐漸散去，廣場上又恢復了熱鬧嘈雜。

　　爺爺說道：「霧之鬼被陰陽師封印了，這下我們終於可以安心的出湖打魚了。走，竹子，水生，我們去買些吃的吧！」說罷就帶著竹子姑娘和水生去逛旁邊的小地攤。三人這裡走走，那裡看看，這嚐嚐，那吃吃，玩的不亦樂乎。

　　不一會兒，三人玩累了，就坐在頂上廣場中間的長椅上，一邊聊天一邊休息。水生的頭卻開始痛了，自從魔族入侵那天，他被魔族首領作法後，就時常感到頭會隱隱作痛。體內似乎有一種不受自己控制的神祕力量在暗自湧動。剛才他聽了陰陽師發出的銅鈴聲，不知道為什麼，症狀加重了！

　　水生皺起眉頭，一臉難受的樣子。

　　這時，爺爺站起來說道：「竹子、水生，走，我們再去買些吃的吧。」

　　竹子姑娘也應著起身，可是看到水生表情難過，就問道：「水生，你怎麼了？累了嗎？」

　　水生答道：「竹子姐姐，我沒事。」

　　爺爺說道：「水生是不是玩累了？」

　　竹子姑娘笑著起身，說道：「爺爺，那讓水生在這裡休息一下，我們去買吧！嗚妹兒，我們也一起去吧！」

第四十九章　封印霧之鬼

　　說罷笑著向嗚妹兒伸出手，嗚妹兒「嗚嗚」叫著，高興地跳竄到竹子姑娘的身上，然後大家一起笑著離開了。

　　水生一個人坐在廣場中的長椅上，頭內就像有一股洪流席捲一般，難受得要命，額頭也滲出冷汗來。他雙手抱頭，彎下身體，發出痛苦的呻吟。

　　過了一會兒，竹子姑娘和爺爺抱著嗚妹兒就回來了。竹子姑娘察覺到了水生的異樣，趕忙上前問道：「水生，你怎麼了？不舒服嗎？」

　　猛然間，水生抬起頭！他整個人都變了！他變得面目猙獰，眼發紅光，口水四流，然後失去理智般狂吼起來！

第五十章
水生引起的騷亂

　　水生忽然著了魔一般低吼起來，他面部的表情也變得猙獰！片刻後，水生就完全失去了理智，他跑到籠子邊，順手就拿起一把雙股魚叉！然後追著四周的人群用力揮刺了起來，一邊揮動，一邊喊著：「殺！殺！殺！」

　　四周人群都驚慌的四散躲開，將水生圍在中心，莫名其妙的遠遠看著，都不知道發生了什麼事。人群中央的水生依舊不斷大叫著「殺呀！殺！」揮舞著雙股魚叉發著狂。水生衝到哪，哪裡的人群就開始逃散，然後繼續遠遠的將他圍在中間。

　　大家議論紛紛：

　　「這個孩子怎麼了？剛才還好好的。」

　　「不知道呀，是不是得了什麼癲狂病？」

　　「看樣子這孩子像是被鬼怪付了身了。」

　　嗚妹兒沒見過水生發狂的樣子，看到後嚇得一下就鑽到了竹子姑娘的口袋裡。竹子姑娘看到水生發狂著魔，就叫了聲：「水生！」衝了過去！

　　水生看到後，轉過身來，然後舉著雙股魚叉，大喊一聲「殺！」就要向竹子姑娘刺過去！可是刺到一半，那把雙股魚叉卻硬生生地停在了半空中！

第五十章 水生引起的騷亂

　　竹子姑娘的叫聲，喚醒了水生內心殘存的一絲絲理性，是善良陽光的竹子姑娘救了自己和鳴妹兒，收留了自己啊！雖然體內有一股怪力操縱著自己，但面對竹子姑娘他無論如何也下不了手，就這麼僵在了半空！

　　這時在外圍的竹子爺爺大叫一聲「竹子！危險！」就要衝上來，可是竹子姑娘並不回頭，只是朝爺爺擺擺手，示意爺爺不要過來，然後面對水生，喃喃問道：「水生？你怎麼了？」

　　水生依舊眼露紅光，面目猙獰，高舉著雙股魚叉，不斷低吼著：「殺！殺！殺！」

　　竹子姑娘聽到後，滿臉不解，她一邊緩緩向水生走去，一邊哭喪著問道：「為什麼？……為什麼？……」

　　水生毫不相讓，舉著雙股魚叉，徑直頂到了竹子姑娘的脖子上！眼淚卻止不住地流了下來，水生想要對竹子姑娘說：「竹子姐姐，快跑！快跑啊！」，可是他卻怎麼也說不出話！他完全控制不了自己的身體！

　　周圍的人群都擔心的紛紛叫嚷了起來：「竹子姑娘！危險！快回來！」

　　可是竹子姑娘也毫不退縮，她雙眼泛起淚光，眼淚從臉龐滑落而下，哭腔著說道：「水生，你怎麼了？我是竹子姐姐啊，你不認識我了嗎？」

　　看著面前的竹子姑娘流下眼淚，水生踉蹌著努力後退了一步，硬生生從嗓子裡擠出幾個字：「不要過來……不要過來……」

　　可是竹子姑娘又上前一步，依舊用自己的脖子頂著雙股魚叉，哭著繼續問道：「水生，到底發生了什麼？你到底怎麼了？」

這時，水生雙手顫抖，不經意間，手中的雙股魚叉在竹子姑娘的脖子上劃出了一道淺淺的傷痕，一股鮮血瞬間就流了下來。竹子姑娘面露痛苦的表情，可是依舊站在水生面前，毫不後退。

　　這時，竹子姑娘流著眼淚，哭著問道：「水生，為什麼？……到底是為什麼？……」

　　此時的水生眼睛忽然間閃出一道紅光，體內的魔力完全了佔據了他的內心！水生抬起頭，挺直腰，只見他表情突然呆滯，身體突然僵硬，緊握雙股魚叉，低吼一聲：「殺！」就毫不猶豫，毫不心軟的用力刺向了竹子姑娘的脖子！

　　竹子姑娘留著眼淚，抬著頭，仰著脖子，依舊毫不躲閃，緩緩閉上眼睛，任憑雙股魚叉刺向自己！

　　此時，在頂上神廟前的空地上，一大群人正圍在水生和竹子姑娘四周，爺爺焦急地站在人群中，隨時想要衝上來，表情呆滯的水生正舉著雙股魚叉向著竹子姑娘的脖子全力刺去，而竹子姑娘的脖子上已經有一道傷口，正流著鮮血，她正仰著脖子，滿臉淚痕，閉上眼睛。

　　可是就在此時，一個聲音突然出現在水生的腦海，是住持方丈的聲音！那是住持方丈在圓寂之前，彌留之際，對水生說過的話：「不要為我報仇……無論對方是誰……記住，智悟，你一定要記住……」

　　住持方丈的話，讓水生一瞬間就恢復了意識，刺出了雙股魚叉也硬生生的停滯在了竹子姑娘脖子毫釐之地。他被自己嚇壞了，趕忙哭著後退了兩步，在他的眼前的是淚流滿面的竹子姑娘，四周是叫嚷紛紛的人群。

第五十章　水生引起的騷亂

恍惚間，水生想起了自己曾經做過的一個夢。在夢裡，有一個面容慈祥的白髮老人，拄著枴杖，給他看一個圓形的寶石，還說：「這塊寶石是找到龍之力量的鑰匙。」那老人還說過：「我是誰不重要，重要的是你要知道你是誰。」

想到這裡，水生的記憶也瞬間全部恢復了！他想起來了！全都想起來了！他想起了他和阿茹娜在小河邊的約定！想起了在村口大樹樁上遇到的嗚妹兒！想起了被魔族殺害的媽媽！想起了在一個雪夜被村民打死的大黃！想起了慧真師兄和洛桑卓雅還有圖及其！想起了被魔族逼死的住持方丈！想到自己被魔族追殺，然後失足跌落到了柳安河！

水生哭喪著臉，搖著頭，淚如雨下，「哇」的大哭一聲，「噗通」一聲跪倒在地上，雙股魚叉也從手中滑落，「匡噹」一聲掉在地上，然後用顫抖的雙手捂著臉，撕心裂肺的大哭起來。

水生就這麼坐在廣場中央並捂著臉，嚎啕大哭起來。他瘋了一般使勁敲打著自己的頭，胡亂撕扯自己的頭髮，然後跪在地上哭著使勁將頭一次又一次的撞向地面！

爺爺緩步上前，和竹子姑娘一起，都含淚站在水生面前，靜靜地看著陷入癲狂的水生。周圍的人群也都面面相覷，都不知道到底發生了什麼。

最後水生哭鬧累了，他無力地癱坐在地上，泣不成聲，緩緩抬頭看向竹子姑娘，斷斷續續的哽咽哭道：「竹子姐姐……救救我……救救我……」就再也說不出話來了。竹子姑娘也含淚看著水生。

淚眼朦朧間，水生恍恍惚惚看到了嗚妹兒從竹子姑娘口袋裡跳出，然後跳竄到自己面前。水生顧不上擦眼淚，一把就將嗚妹兒緊緊抱在懷裡，連聲哭道：「嗚妹兒⋯⋯對不起⋯⋯嗚妹兒⋯⋯對不起⋯⋯」嗚妹兒在水生懷裡，像是受了萬般委屈一般，「嗚嗚」的哭了起來。

過了一會兒，一個鬍子花白的老人拄著枴杖，緩緩走了過來，人群兩邊散開，讓出一條道路來。這便是小漁村的老長者了。

老長者走到水生面前，平聲說道：「孩子，你的體內有一股邪力。剛才你就是被那股力量所挾持了。到底發生了什麼事？」

水生慢慢平靜下來，就講述了自己的經歷。從自己媽媽的遇害，到遭到魔族的追殺而墜崖。

老長者聽後緩緩說道：「這種怪力，只有在一百年前魔族入侵時出現過。你是被魔族植入了這種邪力，剛才陰陽師作法時，一不小心啟動了這種邪力，所以你才會失去理智。」

老長者繼續說道：「我倒是有一個辦法，也許可以解除你體內的邪力，並且救活你的媽媽。」

水生聽到後猛地一抬頭，問道：「什麼辦法？」他心想，如果真的有辦法，他拚了命也要去做，然後救活自己的媽媽！

老長者繼續說道：「據說共由山住了一個老神仙，名叫木公大仙，相傳他通曉古今前後數千年，他也掌握世界上最強大的力量，可以讓生者永生，死者復活。」

第五十章　水生引起的騷亂

　　水生聽到後，站起身，激動的顫聲說道：「共由山我知道，共由山我知道，您說的世界上最強大的力量，就是傳說中的龍之力量，對嗎？」

　　老長者說道：「是的。你可以去找木公大仙，也許他可以用龍之力量救活你的媽媽。」

　　水生聽後，像是抓到救命稻草似的，激動地使勁點頭。然後老長者說罷就緩緩走開了，人群也逐漸散了，就這樣，在頂上神廟由水生引起的騷亂也逐漸平息。

第五十一章
鬼王現身

騷亂平息後，水生就帶著嗚妹兒，跟在竹子姑娘和爺爺身後，一起走回家。三人都沒有說話，就這麼慢慢走著。

水生看著前面竹子姑娘的背影，心中湧起了無限的愧疚之情，想要道歉，但是卻又不知道該怎麼開口。

走到半路，水生才終於哽咽著，從口中擠出了「竹子姐姐……」幾個字，然後就看到走在前面的竹子姑娘雖沒有轉身，但卻停下了腳步。

水生此刻內心悔恨交加，感覺無地容身，他萬分愧疚地低下頭去，也停下腳步。剛才他還用雙股魚叉頂著竹子姑娘的脖子，喊打喊殺，還給她脖子留下了小小的傷痕。

水生內心五味雜陳，一方面對自己的所作所為懊悔不已，一方面又很渴望竹子姑娘能夠原諒自己，兩人一前一後站著，經歷了一個短暫的瞬間後，竹子姑娘緩緩轉過了身。就像往常一樣，竹子姑娘臉上依然充滿了溫柔陽光的笑容，微笑著對水生說道：「水生，怎麼了？」

水生見狀，眼淚刷的就流了下來，他低頭小聲說了句「竹子姐姐……對不起……」然後就抹著眼淚，抽抽搭搭地哭了起來。

第五十一章　鬼王現身

竹子姑娘說道：「我沒事。對不起，我們一直都不知道你媽媽的事情。」然後上前將水生輕輕擁入懷中，繼續說道：「水生，你一定要戰勝你體內的邪力。」

在旁邊的爺爺說道：「水生，你要是能找到傳說中的龍之力量，就能救活你的媽媽，就能驅除體內的邪力啊。」

水生在竹子姑娘懷裡，哭著點頭「嗯」了一聲。

竹子姑娘像是意識到什麼似的，低頭看著水生，含淚說道：「水生，你要走了，對嗎？」

水生也含淚說道：「嗯……我要去共由山，找木公大仙。」

竹子姑娘聽後，也瞬間哽咽淚目，經過這段時間的相處，她和水生之間早已經建立了深厚的情誼，流落孤島時，一起打魚、收集苦打果，在夜晚湖邊的促膝長談，回到秀水村時，一起找寶石、取米酒，和爺爺一起挖竹筍，這一幕一幕還都歷歷在目，如今水生卻要離開了。

半晌，竹子姑娘才緩緩對爺爺含淚說道：「爺爺，我們是不是需要給水生準備一艘結實牢固的漁船？」

爺爺微微嘆了口氣，上前將竹子姑娘和水生兩人擁入懷中，說道：「嗯。放心吧，船就交給我了。只是想要出去，不是那麼容易的，需要有彩虹。」

三人一路慢慢邊聊邊走，待回家時，已是傍晚了，而竹子奶奶不僅早已準備好了飯菜，還準備好了四個小水壺，也都裝好了米酒。在晚上的潑

水節上,每個人都會準備一壺米酒,然後載歌載舞後,將一半的米酒灑在地上,以示敬天地,然後將另一半倒入小溪中,以示敬大湖。

當天入夜後,竹子爺爺、竹子奶奶、竹子姑娘還有水生四人,帶著鳴妹兒一起,路過稻田,經過商店街,登上神廟山,來到了頂上神廟。

這是一個夜黑風高的晚上,月亮如明鏡般高懸在濃墨的暗黑夜空,將銀色光輝灑在大地,只有天空中幾條灰白色的暗雲在緩緩飄動,時不時擋住皎潔的月光。此時人們都聚集在頂上神廟,山上篝火通明,一片熱鬧嘈雜,山下空無一人的秀水村則顯得幽暗沉寂,陷入一片靜謐。

頂上廣場四處張燈結綵,中間的篝火熊熊燃燒,周圍彩旗飄逸,神廟上的龍字旗隨風飄揚,廣場上還擺放了四個大水桶。人們身著傳統服飾,熙熙攘攘,人人腰間都掛著一個裝了米酒的小酒壺。

夜深了,人們身著秀水族傳統服飾,團團圍在篝火周圍,牽起手來,載歌載舞,整個廣場上歡聲雷動,好不熱鬧!

爺爺和奶奶也高興地帶竹子姑娘和水生,四人牽起手,和大家一起跳起舞來。水生第一次參加篝火晚會,有些笨手笨腳,還好有竹子姑娘帶領,才能跟著大家的節奏一起起舞,鳴妹兒也在水生口袋裡高興的直叫。

隨後,潑水開始了,大家來到大水桶邊,開始相互潑水,表示祝福。大家盡情玩耍,盡情歡笑,每個人都全身溼透,興致彌高!隨後,鼓樂響起,人們開始縱情歌舞,熱鬧非凡!

再後來,接近夜半之時,在老長者的指揮下,人們紛紛拿出酒壺,沒有酒的人就去酒缸裡接米酒。只見老長者慢慢踱步到人群中,人群也都瞬間安靜下來。

第五十一章　鬼王現身

老長者高舉酒壺，高聲感謝蒼天大地的恩賜，並祈福秀水村風調雨順，眾人也都肅穆。老長者隨後打開酒壺，緩緩將一半米酒傾倒在地上，眾人也都跟著一起，將一半的酒倒在地上。

隨後，老長者走到廣場的小溪邊，高聲感謝大湖的恩賜，並祈福秀水村漁獲豐收，便將剩下的半壺米酒都倒進了小溪裡。眾人也都紛紛上前，跟著將剩下的半壺米酒倒入小溪，然後雙手合攏，開始祈福。

在人們還在忙於節日慶典之時，渾然不覺間，遠處的深山中，正悄悄走出了一片黑壓壓的黑影。那些黑影匯集起來，在一個大黑影的帶領下，走出深山，緩緩走向了秀水村，他們的數量有整整一百個。他們路過一間又一間稻草屋，經過一小片又一小片的稻田，路過幽暗的商店街，他們夜行之後，最後逐漸聚集在頂上廣場的山腳下。

水生排在最後，待前面的人都祈福完畢，才終於擠到小溪前。爺爺說道：「水生，你是第一次，看清楚了喔，要這樣子倒酒。」說罷，就和奶奶、竹子姑娘一起倒酒祈福。然後水生才上前準備照爺爺的樣子去做。

這時，忽然人群中發出一陣驚叫聲！大家尖叫著，吵吵嚷嚷的開始四散逃竄，亂作一團！

原來是那些黑影從階梯緩緩走了上來！走在最前面的一個黑影，身軀高大，披頭散髮，眼睛如銅鈴般大小，嘴角兩邊張著駭人的獠牙，頭頂有一個尖尖的犄角，渾身上下肌膚發紅，肩膀扛了一個大大的狼牙棒。

跟在那黑影後面的是一大群身材較小的鬼怪，有的身形如圓筒，高高低低，渾身皮膚粗糙，四肢如同佈滿粗拙紋理的枯木，一個一個就像那枯槐白楊、香樟綠柏、須榕青桐；有的身形矮小，胖胖瘦瘦，渾身是毛，牙

尖嘴利，一個一個就像那灰狼花豹、蜜獾牙獐、狐狸犬貉。他們順著階梯爬上了神廟山，來到了頂上廣場！

人群發出尖銳的叫聲四散奔逃，可是能逃到哪裡呢？上下頂上廣場的就只有階梯一條路！人們驚恐萬分的叫著「鬼怪來了！鬼怪來了！」然後紛紛向後逃向神廟的方向！整個廣場陷入了一片混亂！

水生還來不及把竹筒的米酒倒入小溪中，就被竹子爺爺拉著，和奶奶、竹子姑娘一起往神廟裡跑去。竹子姑娘和水生哪裡見過這陣勢，嚇得緊緊拉著爺爺，怕的說不出話來。

這時，陰陽師手舉寶劍，站了出來，喊道：「都不要慌！只是一群孤魂野鬼罷了！大家拿起武器！」

大家都知道陰陽師擅長對付鬼怪，然後人們紛紛駐足，青壯年人紛紛站出來，拿起了身邊的雙股魚叉，將老幼保護在後，站在前面和鬼怪們對峙了起來。

陰陽師指著最前面的那個大黑影，厲聲喝道：「鬼王！我正在苦苦找你，沒想到你自己送上門來了！」原來那個大黑影就是鬼王。

那鬼王冷哼一聲，低吼道：「還……給……我！……」

話音剛落，他身後的鬼怪就紛紛跳竄上前，各個露出猙獰憤怒的面容，有的齜著尖牙，有的揮舞著利爪，衝了上來。人們也紛紛拿著雙股魚叉，站在前排，開始反擊！雙方瞬間就混戰在了一起。

雖然人們手中有武器，可以十分有效的進攻和防禦，很多鬼怪被刺傷後就哀嚎著逃開了，但是奈何鬼怪的數量太多，一波又一波地湧過來，隨

第五十一章　鬼王現身

著時間的推移，有越來越多的人在戰鬥中被抓傷、咬傷，開始體力不支，戰線也不斷後撤了。

水生此時正和竹子姑娘還有爺爺、奶奶一起，躲進神廟裡，嚇得渾身發抖。

這時，陰陽師猛地跳了出來，他四下揮舞手中的寶劍，那寶劍發出神奇的光芒，只要照射在鬼怪的身上，就會發出陣陣白煙，然後鬼怪們就會痛苦哀嚎，胡亂翻滾扭動著身體四散逃開。不一會兒，小鬼怪就全都逃到了鬼王身後，一個個縮在後面，不敢再上前來。

那鬼王見狀，瞪著眼睛，扛著狼牙棒，滿臉憤恨，一步一步緩緩邁步上前，發出「咚咚」的聲音。

人們見狀也都不自覺地後退了兩步，陰陽師依然執劍站在最前面。

忽然之間，鬼王揮動狼牙棒，猛地就砸了下來！然後發出「嘭」的一聲巨響，將地面砸了一個大坑，發出一陣巨大的衝擊波！人們紛紛被震倒在地，而陰陽師也被衝擊的險些跌倒！

那身形巨大的鬼王，舉著狼牙棒，怒道：「快……還……給……我！……」隨後就又上前一步，高舉著狼牙棒再次砸了下來！

那鬼王雖然身形壯碩，力量強大無比，但是行動卻稍顯遲緩，陰陽師雖然顯得瘦小，但是卻身形矯健，行動靈活。鬼王無法擊中敏捷靈活的陰陽師，而陰陽師寶劍的光芒也無法傷到皮糙肉厚的鬼王，兩人就這麼有來有回的糾纏虎鬥在一起。

可是鬼王畢竟力量更勝一籌，幾個回合下來，陰陽師就開始向後節節敗退。一陣陣強大的衝擊波也震的眾人站立不穩，紛紛後退。

　　陰陽師最終抵擋不住鬼王的進攻，寶劍脫手，受傷倒地。那鬼王上前一步，將寶劍狠狠踩在腳下，一瞬間寶劍便失去了光芒。

　　此時，陰陽師捂著胸口，咳著鮮血，痛苦地倒在地上，周圍的人群都焦急萬分，紛紛想要舉著雙股魚叉上前，而鬼王則用力揮動狼牙棒，砸向陰陽師！眼看陰陽師就要命喪當場！

第五十二章
姐弟相認

鬼王揮舞著狼牙棒砸向陰陽師，眾人來不及救助，眼看陰陽師就要命喪當場之時，鬼王的狼牙棒卻在半空中停了下來！

鬼王用狼牙棒指著陰陽師，低聲怒吼道：「快⋯⋯點⋯⋯還⋯⋯給⋯⋯我！⋯⋯」

陰陽師喘著氣，嘴角含血，斷斷續續地說道：「好。你先退下。我還給你。」那鬼王聽後，就收起了狼牙棒，果真向後退了一步。

只見陰陽師努力用手撐起身體，正彎腰起身時，說時遲那時快，他迅速抄起地上的寶劍，以迅雷不及掩耳之勢，猛地刺向了那鬼王！

那鬼王毫無防備，格擋不及，被寶劍深深地刺中了腹部！

只見鬼王低聲痛苦吼叫一聲，然後大手一揮就將陰陽師打成重傷飛開很遠，並捂著肚子，低頭痛苦地跪在地上。

眾人見狀，紛紛拿著雙股魚叉衝了上來，對鬼王進行圍攻！鬼王雖然身受重傷，依舊強忍著傷，扭動著身體，揮舞著狼牙棒反擊！一場混戰下來，鬼王身上又多了幾個冒血的傷口，而眾人也多人被打飛受傷。

鬼王跪地苦痛的吼叫一陣後，大家驚訝地發現，其身上的傷口竟然自行止血，開始「嘶嘶」的迅速癒合！原來鬼王有自己癒合傷口的能力！

　　躲在神廟裡的水生看到這一幕，突然想到下午陰陽師作法封印霧之鬼時，倒在霧之鬼身上的米酒！而此時，因為剛才在潑水節晚會上，人們已經用完了酒缸裡的米酒，酒壺裡的米酒也都被倒光，只剩水生懷裡的半壺了！

　　水生趕忙對爺爺說道：「爺爺！鬼怪都怕米酒，對嗎！我這裡還有半壺呢！」

　　爺爺聽到後，大聲說道：「對！用米酒一定可以制服鬼王！水生，快給我！竹子！你們兩個躲在這裡！千萬別出來！」說罷，就拿起水生懷裡的半壺米酒，衝了出去！

　　就在眾人和鬼王來來回回戰成一團時，爺爺衝上前去，將米酒潑向了鬼王！鬼王身上沾了米酒後就發出「嘶嘶」的聲響，騰起一陣陣白煙！

　　鬼王發出震耳的哀嚎，然後「轟」的一聲倒在地上，痛苦地扭動身體！眾人見狀紛紛上前進攻，那鬼王身上瞬間又多了幾個冒血的傷口！

　　鬼王喘著粗氣，不顧一切地揮舞狼牙棒，然後忍著渾身的劇痛，掙扎著站起身來。人們被迫四散後退後發現，他身上的滴血的傷口竟然無法自行癒合！他的自癒能力消失了！原來是剛才的米酒發揮了作用！

　　此時，鬼王發怒了！比剛才更憤怒和狂暴！他瞪著佈滿血絲的腥紅大眼，張著腥味撲鼻的血盆大口，一邊高舉著狼牙棒四下揮舞，一邊怒吼道：「為什麼！？為什麼！？為什麼你們都不喜歡我！？」

第五十二章　姐弟相認

　　然後就揮舞著狼牙棒猛地砸向地面，發出巨大強力的一陣衝擊波！眾人「嘩」的一下就被四散彈開，紛紛受傷倒地，發出痛苦的呻吟。整個頂上廣場瞬間一片塵土飛揚，整座山都開始震動！連水生和竹子姑娘所在的頂上神廟都晃動不已，塵土掉落。躲在裡面的老幼婦孺各個驚恐不已。

　　神廟外的廣場上，人們已經無法阻止發怒的鬼王了！越來越多的人受傷倒地！鬼王揮舞著狼牙棒一次又一次的砸向地面，他也越來越接近頂上神廟！

　　這時，竹子姑娘大聲說道：「爺爺！鬼怪都怕陽光！我們取下神鏡！然後就能驅退惡鬼啦！」

　　爺爺聽聞後說道：「是的！我們試一試！」說罷，就爬上神廟，取下了神鏡！就在神鏡被取下的瞬間，突然發出了些許微弱的光芒！可是這一瞬間過後，神鏡的光芒就立刻消失了。

　　爺爺焦急地拿著神鏡，左看右看，可是神鏡怎麼也發不出光芒來！原來，神鏡是吸收陽光才能放出光芒的，而這十幾年太陽並未升起，神鏡無法吸收充足的陽光，進而失去了效力！

　　大家絕望地看著神廟外的廣場，徹底發瘋發狂的鬼王正在步步逼近，勢如破竹！無人能擋！越來越多的人受傷倒地不起。

　　這時，竹子姑娘像是想起什麼似的，上前大聲說道：「爺爺！讓我試試！」說罷拿起神鏡，走出神廟，然後高高舉起！忽然間，竹子姑娘雙手之間發出了耀眼的白色光芒！然後神鏡也開始發出萬丈光芒！照射到了竹子姑娘全身，照亮了整個頂上廣場，也照射到了鬼王的身上！

鬼王被強光照的睜不開眼睛，他用手遮住光芒，瞇著眼睛看向了竹子姑娘。就在兩人雙眼對視的這一瞬間，又有幾個人手持雙股魚叉衝上前去！幾番進攻下來，鬼王身上又多處受傷，他大聲慘叫一聲，撲通一下轟然倒在血泊裡！

　　這時，竹子姑娘卻呆住了，她經歷了短暫的震驚後，就大叫一聲：「不要！不！」就瘋了一般扔下神鏡，衝向了鬼王！

　　爺爺急得大喊：「竹子！回來！危險！」

　　周圍的人也都朝竹子喊道：「竹子姑娘！小心！不要過去！」

　　可是竹子姑娘全然不顧，她不顧一切的飛奔上前，擋在鬼王身前，朝周圍人喊道：「不要打了！不要打了！」只見此時鬼王身上多處受重傷流血不止，痛苦地倒在地上，無法動彈。

　　竹子姑娘瞬間淚流滿面，她扶膝跪下，用顫抖的手輕輕將其抱在懷裡，低頭看著眼前這個紅面獠牙的鬼王，撫摸著他滿是鮮血的臉，大聲哭道：「弟弟！你怎麼會變成這樣？是誰把你會變成這個樣子的？」

　　那鬼王慢慢睜開眼睛，驚訝地說道：「姐姐……姐姐……真的是妳……」也瞬間淚流滿面，然後用微弱的語氣委屈的含淚問道：「姐姐……妳……妳喜歡我嗎？……」

　　竹子姑娘看著渾身是傷的鬼王，心中萬般心疼，點頭哭著說道：「喜歡！當然喜歡！你是我的親弟弟啊！」

　　鬼王聽到竹子姑娘的話，竟然委屈地啜泣起來，他抿著嘴淚如雨下，哽咽著半晌說不出話來。然後就抬頭看到了竹子姑娘脖子上的傷口，那是

第五十二章　姐弟相認

下午被水生用雙股魚叉所傷造成的小小的傷口，就低聲問道：「姐姐……妳的脖子怎麼了？」

竹子姑娘含淚搖搖頭，心疼的繼續哭著問道：「我沒事。弟弟，你怎麼會變成這樣？到底是誰把你變成這個樣子的？」

那鬼王沒有回答，只是朝竹子姑娘的脖子緩緩伸出手，瞬間，他的手裡放出一陣光芒，照耀在竹子姑娘的脖子上！然後，竹子姑娘脖子上的傷口就奇蹟般的痊癒了！原來鬼王和竹子姑娘一樣，也有治癒別人傷口的能力！

隨後，伴隨著鬼王手中的光芒，他的四周忽然颳起一陣狂風！吹的眾人睜不開眼睛！當鬼王手中光芒黯淡下去，那陣狂風也逐漸小了。就聽到「嘩啦」一聲，神廟前籠子上的紅布被狂風吹掉了！露出了籠子裡被封印而死的霧之鬼。

竹子姑娘也大哭著抱緊鬼王，她渾身上下發出了耀眼光芒！那鬼王身上的傷口都慢慢停止滴血，開始癒合了！竹子姑娘渾身一陣鑽心的痛楚，可是她依然強忍著痛，為鬼王療傷！

鬼王躺在竹子姑娘懷裡，渾身感到一陣溫暖，然後含淚對竹子姑娘說道：「姐姐……謝謝妳……謝謝妳喜歡我……」

突然！鬼王身上開始發出白色的光芒！然後臉上的獠牙開始消退，膚色開始變白，身形逐漸縮小，開始逐漸顯出了人形！

那陣白色光芒消退之後，大家驚訝的發現，那人竟然是酒童子！

原來鬼王就是酒童子！

大家都知道酒童子本是小漁村裡釀酒人家的大兒子，前些年男主人死後，女主人就帶著小兒子離開小漁村，拋下了酒童子。酒童子則獨自一人在小漁村靠人們的施捨度日。

去年入冬後，人們因為無法打魚，經歷了大饑荒，自從那以後，就沒有人再見過酒童子了，沒想到他竟然變成了鬼王！沒有人知道酒童子到底經歷了什麼。

酒童子躺在竹子姑娘懷中，側眼看到了籠子裡的霧之鬼，然後瞬間淚崩，他顫聲哭喊道：「為什麼！？……為什麼！？……還給我！把我的家人還給我！……為什麼！？……」他的哭聲在整個頂上廣場迴盪，眾人都面面相覷，不知道發生了什麼事情。

隨後，那些本來縮在鬼王後面的小鬼們都開始潰散，爭先恐後的向山下逃去了。

竹子姑娘從小和酒童子的生活並無交集，為什麼又突然稱其為自己的弟弟？而酒童子為什麼也可以一下就認出從未謀面的竹子姑娘呢？

原來是剛才神鏡的光芒喚醒了竹子姑娘和酒童子的記憶！

第五十三章
酒童子

　　神鏡的光芒照射在竹子姑娘和酒童子的身上，喚醒了他們關於自己身世的記憶！

　　原來他們都是太陽之神的孩子，生活在天上的神界。他們父親太陽之神對他們百般寵愛，讓他們掌管虛空幻境的太陽升起和落下。

　　有一次，竹子姑娘和酒童子兩人偷偷從皇宮溜出去，在神界裡四處遊玩。他們來到了一片閃著七彩光芒的奇幻仙地，雖然他們的父親曾多次警告他們，這片奇幻仙地很危險，不要來這裡玩耍，可是強烈的好奇心還是驅使他們兩個牽手結伴走了進去。

　　奇幻仙地仙霧籠罩，腳下是一片閃著奇異光芒的琪花瑤草，各種仙蟲神蝶亂飛，兩人牽起手就在這瑤草叢裡蹦蹦跳跳地玩了起來。

　　不一會兒，酒童子發現前面不遠處有一個閃著七色光芒的小雲坑，就拉著竹子姑娘的手，興奮地說道：「姐姐！姐姐！那邊的光芒好漂亮！我們快去看看！」

　　竹子姑娘也高興的應了，兩人就一同走上前去，然後俯身跪下，探身向那個雲坑裡望去。

那小雲坑裡閃著七彩繽紛的光芒，從裡面傳來一陣熱鬧喧囂的聲音，竹子姑娘好奇地伸手撥開雲霧，就看到小雲坑下面竟然是一個熱鬧紛雜，繁華萬千的多彩世界！

那裡有負載萬物的崎嶇大地，山川連綿，湖泊如珠，也有容納百川的蔚藍海洋，洶湧澎湃，水天一色。城市裡車水馬龍，變化萬千，山野裡崇山峻嶺，冰壑玉壺，整個世界時而百花爭豔，時而豔陽高照，時而碩果累累，時而白雪紛飛！兩人不覺驚呆了，興趣盎然的竟然看了一整天！

良久，兩人才回過神來，感嘆這世界雖小，但是可比這無聊的神界有趣萬倍！就當他們打算起身離開時，酒童子不小心腳下一滑！「啊」的一聲摔倒在地，整個身體就往那小雲坑裡滑落下去！

竹子姑娘大叫一聲，撲上前去抓住了酒童子的手，然後用力想要把他拉起來。可是那世界就像是有引力一般，不斷吸引著酒童子向下墜去！

這時，附近傳來了他們的父親太陽之神急切的呼喚聲！原來他發現竹子姑娘和酒童子溜出去玩了，就帶著人慌慌張張的沿路找了過來！

竹子姑娘一邊使勁拉著酒童子，一邊大叫：「父親！救命！救命啊！」酒童子身子懸在半空，嚇得直哭！

太陽之神衝上前去，伸手想要拉住他們，可是終究還是沒有來得及。竹子姑娘和酒童子一起被吸入了那個小雲坑之中！然後失重向下墜落而去！

父親太陽之神趴在小雲坑前，朝他們兩人大聲喊道：「孩子們！十五天後！我一定會找到你們，然後接你們回家！你們要照顧好自己！」

第五十三章　酒童子

　　隨著竹子姑娘和酒童子不斷向下墜落，天上父親的身影越來越黯淡，聲音越來越縹緲，而兩人的身形也越來越小，意識也越來越模糊。

　　後來，竹子姑娘變成了一個女嬰，掉落在了秀水村的一片竹林裡，被上山挖竹筍的老爺爺撿到，抱回了家。而酒童子則變成了一個男嬰，掉在秀水村一戶釀酒人家裡。

　　那戶釀酒的人家，是一對夫妻，他們人到中年卻膝下無子，兩人經營著一個家庭式小酒廠。

　　一天，他們兩個正將煮半熟的糧食取出鍋，放在院子裡晾曬，就聽見院子裡一陣聲響，兩人走出一看，發現一個男嬰正躺在院中！他們以為是有人棄嬰，就抱起那個男嬰，走出門一看，門外四下無人，不見半個人影，也不知道是誰丟棄在這裡的。

　　兩人結婚多年，卻沒有懷上自己的孩子，就商量著將這男嬰當作自己的孩子，撫養了起來。由於自己家裡經營米酒生意，所以就給其取名為酒童子。

　　酒童爸和酒童媽因為膝下無子，對其關愛有加，就這樣，酒童子慢慢長大了。

　　酒童子從小愛哭，學說話時就總是告訴爸爸媽媽，說有黑影要來抓自己，然後就嚇的直哭。而酒童爸和酒童媽則忙於米酒生意，並沒有時間照顧酒童子，經常讓他自己一個人在院子裡獨自玩。

　　酒童子四、五歲時就特別喜歡小動物，看到別人家養的小貓、小狗之類的小動物，總是想要上前撫摸。沒有人和他玩，他就有時趴在地上看螞

蟻搬家，有時在田邊讓兩隻青蛙比賽跳遠，有時在樹下和樹上的小鳥一起唱歌。

不知道是什麼時候起，秀水村雖有晝夜交替，但是太陽卻不再升起了。整個小漁村本來種植莊稼的土地就不多，再加上光照不足，種出的糧食不斷減產，糧食價格不斷攀升，酒童子家裡的米酒生意越來越困難。酒童爸和酒童媽本來就對酒童子關照不多，就更加無暇顧及了。

自從米酒生意開始經營困難，家中生活也開始困苦拮据起來。

酒童爸和酒童媽兩人時常因為家庭生計犯愁，並且發生爭吵。生意忙時，兩人尚且能齊心，但是生活條件下降時，兩人之間的爭吵就開始多了起來。

酒童媽指責酒童爸對家裡不管不顧，整日無所事事在外閒逛，而酒童爸則開始整日酗酒抽菸，在外賭博。

漸漸的，隨著營生的日益艱難，家中的爭吵愈來愈多，父母對酒童子就更加忽視了。每當父母發生爭吵時，酒童子就一個人躲在角落哭。

他一次又一次哭著看父母相互咒罵和撕扯，他一次又一次哭著看爛醉如泥的爸爸舉起棍子將媽媽打的渾身是傷，他一次又一次哭著看家裡的瓶瓶罐罐在爸爸媽媽的爭吵中被摔得粉碎，他一次又一次哭著看爸爸甩門而去，他一次又一次哭著看媽媽無助地坐在地上失聲痛哭。

酒童子五歲的某一天，他獨自在家門前的樹下玩，忽然一隻小雛鳥從樹上掉了下來。那小雛鳥受了重傷，癱倒在地上奄奄一息，時不時發出微弱的叫聲。

第五十三章　酒童子

　　酒童子走上前去，小心翼翼的將其捧在手心，然後歪著腦袋問道：「小鳥，你怎麼了？」

　　那小雛鳥剛開始還能努力抬起頭，微弱的叫著，後來叫聲越來越微弱，在酒童子手心一動也不動了。

　　酒童子含淚顫聲哭道：「小鳥，別死，小鳥，別死啊。」就將其小心地緊緊抱在胸前，忽然間，從酒童子手中射出一陣耀眼的光芒！同時，他身上也感受到了劇烈的灼燒般的疼痛！

　　瞬間過後，那小雛鳥竟然恢復了精神！在他手中嘰嘰喳喳的叫個不停！原來酒童子擁有治癒別人傷口的能力！

　　他興高采烈地捧著小雛鳥，打算去給爸爸媽媽看，這時，爸爸渾身酒氣，剛和媽媽大吵一架，正怒氣衝衝地甩門而去。酒童子高興地捧著小雛鳥，低聲怯怯地說道：「爸爸，你看……」

　　酒童爸渾身酒氣，看都不看，一把就將酒童子的手甩開，含糊不清地罵道：「你……這小兔崽子！拿這些死鳥……做什麼？！」一下子就將酒童子手中的小雛鳥打飛了出去。

　　酒童子哭著去打算再撿回來時，不知道從哪裡竄出來一隻野貓，一口就叼住了那小雛鳥，然後迅速轉身跳走了。

　　酒童子慌忙起身想去追趕，可是剛跑兩步就絆倒在地，他哭著趴在地上，大聲絕望地哭喊著：「不！……不！……」然後眼睜睜的看著那野貓飛一般跳竄著跑遠了。

這時，酒童媽也哭著走了出來，她上前抱起酒童子，母子兩人瞬間哭成一團。

就這樣過了幾年，酒童子七歲那年，酒童媽懷孕並生下了一個小男孩，也就是酒童子的弟弟。如果說，之前酒童子尚且有媽媽的關心，那麼自從弟弟出生後，一切就都變了。

媽媽把全部時間和精力都花在了弟弟身上，對酒童子不僅更加忽視，而且態度也漸漸發生了轉變。

從那時起，七歲的酒童子不得不開始承擔起繁重的家務，打掃衛生、洗衣燒水、生火做飯，凡是自己能做的，都要去做，而且還時常受到爸爸媽媽的責罵。

一次酒童子出門倒垃圾，聽到不遠處田野裡傳來一陣歡聲笑語，他抬頭一看，就看到別的孩子正在田野裡和爸爸媽媽一起放風箏。那些歡笑的人們距離他並不遠，可是在他看來，卻又如此的遙不可及。酒童子一時看的出了神，半晌才回到家裡。

酒童媽正在抱著弟弟，見他生的粉嫩可愛，心下更覺歡喜，正開心的逗他玩。

酒童子上前怯怯地說道：「媽媽，我想放風箏……」

酒童媽抬起頭，剛才還歡喜的臉瞬間板了起來，罵道：「玩什麼風箏！你是撿來的孩子，給你口飯吃就不錯了！還想玩風箏！」然後指著院子裡堆起來的髒衣服，大聲說道：「衣服洗完了嗎？！快去洗！」

第五十三章　酒童子

酒童子滿臉委屈，含淚來到院子，開始慢慢地洗起了衣服。此時正是初春，天氣寒冷，冰水刺骨，酒童子的手不一會兒就凍得通紅，雙手一股鑽心的痛，他就這麼忍著痛，含淚低頭，慢慢搓洗著堆成山的髒衣服。

又過了幾年，酒童子十歲那年，一次爸爸酗酒後出門，就再也沒有回來。後來才知道，原來是酒後失足掉到了湖裡，淹死了。不久後，家裡陸陸續續來了幾波人，搬走了很多東西，原來是酒童媽變賣了所有家產。

不久後，酒童媽抱著三歲的弟弟，乘船離開了秀水村。酒童媽臨走時，酒童子哭著跪在地上，拉著媽媽的褲腳，一遍又一遍央求媽媽不要走，可是酒童媽依舊毫不留情地甩開酒童子，抱著三歲的弟弟，頭也不回地走了，留下跪在地上嚎啕大哭的酒童子一人。酒童子就這麼跪在地上哭了很久很久，直到後來精神崩潰，哭的暈倒了過去。

等他再次醒來，已經是晚上，他正一個人躺在大街上。爸爸死了，媽媽帶著弟弟走了，家裡空了，房子也都被賣了，酒童子徹底成了無家可歸的孤兒。

酒童子的鄰居大媽，姓孫，大家都叫她孫嬸。孫嬸心地善良，她看酒童子可憐，就時常給予他幫助，給他食物，還給他厚衣服。

從那以後，酒童子白天就靠小漁村人們的施捨度日，晚上就蜷縮在附近山上的一個小山洞裡，蓋上樹葉睡覺。

小漁村裡同齡的孩子們一起玩時，酒童子就怯怯地跟在後面，再怎麼被捉弄、被欺負，也從不生氣，永遠都是一臉賠笑。而當朋友們都被自己的爸爸媽媽牽著手帶回家時，總是留下他孤單的一個人。他看著別的孩子

回家的背影，在父母懷裡撒嬌的模樣，就能覺到自己的卑微和低賤，他自己什麼都沒有。

有一次，酒童子和幾個孩子一起在小河邊玩，大家沿著石頭一個一個的過小河，輪到酒童子了，他剛走到一半，不小心腳下一滑，「嘩啦」一下撲倒在小河裡，渾身溼透，狼狽不堪。

其他孩子見狀，拍著手哈哈大笑起來，酒童子在河裡，見大家開心的笑，也陪著大家大笑起來。從那以後，酒童子和大家一起玩時，總是故意出醜，鬧得大家哈哈大笑，而自己也傻傻的跟著大家一起笑。

有一次，大家一起去柿子樹上摘柿子吃，低處的柿子都被摘完了，只有高處有，可是太危險，沒有人敢上去。

酒童子自告奮勇地上前，三下兩下就爬了上去，然後把柿子摘下來，丟給了大家。

可是就在酒童子爬下來時，樹枝「喀嚓」一聲斷了，他失足掉了下來，重重地摔在地上，痛的半天爬不起來。其他孩子一邊吃著柿子，一邊指著酒童子哈哈大笑。酒童子見狀，也不顧渾身疼痛，躺在地上，和大家一起開心的大笑起來。

晚上，孩子們都回家了，酒童子則拖著一身傷痛回到山洞，他艱難地躺下，想起白天的歡笑，嘴角露出欣慰的笑容，沉沉地睡了。

第五十四章
酒童子變身鬼王

又過了四年,這年冬天,由於霧之鬼的迷霧致使人們無法捕魚,秀水村因糧食不足,發生了饑荒。每家每戶都靠為數不多的餘糧艱難度日,很多人餓的皮包骨,甚至餓到無力行走。

酒童子更是多日無法果腹,一次他回山洞途中,餓到暈倒過去,然後從半山腰摔了下來。山腳下的竹林裡有很多被砍了一半的竹子,地上還留有鋒利的半截竹樁。

酒童子滾落下來,剛好撲倒在那片竹林裡,被半截竹樁刺穿了大腿,他痛苦的大叫一聲,暈了過去。

不知過了多久,等他再次醒來,立刻就感到鑽心的痛苦,他的大腿被粗粗的竹樁刺穿了!傷口還在不斷滴血,地上也全都是血。酒童子萬分痛苦,他抱著自己的腿,不停地低聲哀叫。

忽然,傷口發出嘶嘶聲,竟然奇蹟般的開始癒合!而大腿上的一塊肉也掉了下來。酒童子虛弱地掙扎站起身,好奇地撿起自己身上的那塊肉,那滿是鮮血的肉上沾滿了雜草、泥土和羽毛。

這時，不遠處走來一個孩子，他發現了酒童子，他看到酒童子手中的肉，先是愣了一下，然後大叫起來：「酒童子抓到野雞了！酒童子抓到野雞了！」

附近有人聽到後好奇地圍了上來，漸漸地，越來越多人聽聞後聚集過來，秀水村多日斷糧，大家早已經飢餓難耐，酒童子抓到的野雞毫無疑問就是人們的救命稻草啊！

周圍的人群紛紛向酒童子投來讚許的目光，紛紛說道：

「酒童子，你真厲害！」

「酒童子真的抓到了野雞！」

「酒童子，你是怎麼抓到的？好厲害！」

酒童子被圍在中央，一時語塞，不知道該說些什麼。他從小到大從來沒有得到過這麼多人的關注，而現在得到那麼多人的讚許和認可，自從他開始記事以來，還是第一次。

酒童子誠惶誠恐，手足無措地站在人群中央，臉上寫滿了欣喜和感動，他一臉賠笑，激動地說不出話來。

這時，老長者拄著枴棍，緩步上前，對酒童子說道：「酒童子，你真是救了我們整個秀水村啊！」然後眾人又是對酒童子一陣讚揚。

後來，大家一起生火燒水，洗淨肉，撿了些野菜，然後燒了整整一大缸肉湯。就在這寒冷的初冬，正遭遇饑荒的秀水村，人們都喝上了熱呼呼的肉湯，抵禦了嚴寒，戰勝了飢餓。

第五十四章　酒童子變身鬼王

　　酒童子也成了秀水村人們眼中的英雄，不論走到哪裡，人們都會熱情的和酒童子打招呼，噓寒問暖，同齡的朋友們不論玩什麼也都會熱情地叫上酒童子一起。酒童子有生以來，第一次感受到了溫暖和認可。

　　過了幾天，酒童子拿著一把刀，獨自一人來到半山腰，跪在地上，對著自己的大腿，舉起了刀！

　　酒童子雙手顫抖，好幾次，他因為害怕而無法握緊，刀也「匡噹」掉在地上。幾次三番，酒童子由於緊張和害怕，沒有能朝自己砍下去，幾次三番，他一想起人們的讚許，就又高高舉起了刀。

　　終於，在最後一次，酒童子雙手握刀，雙眼緊閉，緊咬嘴唇，狠下心來，向自己的腿猛地砍了下去！

　　酒童子大叫一聲，抱著自己的腿，痛苦地倒地翻滾掙扎，然後傷口就發出「嘶嘶」的響聲，開始自行癒合！如果傷口癒合，一切努力就白費了！

　　酒童子強忍著劇痛，重新拿起刀，大叫著，發了瘋一樣，一刀一刀的砍向自己的腿！就這樣，酒童子的腿被砍得血肉模糊，鮮血四濺。最終，他承受了數倍於常人的痛苦，終於從自己的腿上砍下了一大塊肉！傷口嘶嘶癒合後，酒童子早已經癱倒在地上，臉色慘白，滿頭大汗，大口喘氣，半天才緩過勁來。

　　酒童子稍作休整後，就給那塊肉沾了些羽毛和泥土，去了秀水村。在他把肉交給老長者後，秀水村的人們再一次聚集起來，大家把酒童子圍在中央，又對他讚許不已。很快，飢餓的村民們又都吃上了熱呼呼的肉湯。

酒童子小心翼翼地站在一旁，看著大家吃飽喝足的樣子，他覺得一切都是值得的。

　　隨後的日子裡，酒童子隔三差五就會從自己身上割下一塊肉，然後帶給村民們吃。就這樣，在這個嚴寒的冬季，在席捲秀水村大饑荒中，所有人都因為這肉湯活了下來。酒童子也成為了秀水村的英雄人物，受到大家無限的讚許和表揚。

　　但是好景不長，酒童子割自己的肉給村民吃的事，最終還是敗露了。

　　有一次，酒童子忍著劇痛剛剛割下自己的一塊肉時，有一個孩子正巧路過，他看到酒童子後，熱情地朝酒童子揮手叫道：「酒童子！你在幹什麼？」

　　可是當他看到轉過身來的酒童子後，整個人徹底呆住了！酒童子臉色慘白，渾身上下全都是血，手上拿著的正是他身上那塊鮮血淋漓的肉，然後朝那孩子遞出，露出詭異的笑容，說道：「給……給你……給你野雞肉……」

　　那孩子嚇得尖叫一聲，叫著「妖怪！妖怪啊！」，撒腿就跑，酒童子不顧渾身的鮮血，拿著那塊肉，一瘸一拐的追過去，邊追邊說：「給你野雞肉……給你野雞肉……」

　　那孩子一路哭喊著跑到秀水村，酒童子就在後面一路追了過去。村民們聽到叫聲，紛紛圍了上來，他們看到滿身是血的酒童子，都關切地問道：「酒童子，你怎麼身上都是血？」「你腿上怎麼受傷了？」

第五十四章　酒童子變身鬼王

大家看到他手上鮮血淋漓的肉，都問道：「這肉是⋯⋯」可是當大家仔細看到酒童子腿上的傷口時，就都明白了！酒童子手上的肉，就是自己腿上的肉啊！而之前因為沾了泥土和羽毛，所以大家並未認出來！

酒童子依舊站在人群中央，捧出那塊肉，說道：「給你們野雞肉⋯⋯野雞肉⋯⋯」

人們聽到後，一瞬間就沸騰了起來！大家先是無比震驚，隨後變得異常憤怒，都指著酒童子大聲罵道：

「酒童子！難道你一直給我們吃的，都是你身上的人肉！？」

「太噁心了！！太噁心了！！」

「酒童子你這個變態！！」

人們一邊無比憤怒地指著酒童子破口大罵，一邊拿起武器就要打向他，而有的人甚至開始劇烈地乾嘔起來。

就在這時，酒童子腿上的傷開始嘶嘶地癒合起來！大家見狀，更加憤怒了，紛紛罵道：

「酒童子是個妖怪！妖怪！！」

「酒童子！快滾！離開秀水村！！」

「快滾！再也不要回來！！快滾啊！！」

村民們有的拿起武器向酒童子逼近，有的拿起石塊砸向酒童子！酒童子嚇得大哭，在村民們的攻擊下抱著頭，狼狽逃竄，最終在挨了村民狠狠的一頓痛打後，滿臉是血，一瘸一拐，哭著倉皇逃出了秀水村。

從那以後，酒童子從人人稱讚的英雄，變成了人人喊打的妖怪。

他在外面哭著遊蕩了一整天，待他回到自己的小山洞時，發現山洞燃起了熊熊烈火！四處都是憤怒的村民！大家大聲咒罵著，並燒掉了酒童子的小山洞！

隨後酒童子再次被發現了，他邊哭邊跑，一路逃入了深山，他在深山裡漫無目的的跑了很久，最終摔倒在一片草地上。

酒童子跪在地上，委屈地大哭起來，邊哭邊喃喃說道：「為什麼⋯⋯為什麼⋯⋯為什麼你們都不喜歡我⋯⋯為什麼⋯⋯」

然後，酒童子委屈的哭喊聲開始變成了憤恨的咆哮，他面目猙獰，咬著牙關，怒目圓睜，憤怒的一遍遍低吼道：「為什麼？？為什麼？！為什麼！！」

這時，伴隨著酒童子怨恨的咆哮聲，他的身上突然冒出了一陣暗黑色的氣霧，那氣霧不斷纏繞在他身邊，翻騰上升！他的身體也隨之發生了劇變！

他的體型開始變得巨大，渾身變得通紅，四肢變得粗壯，嘴裡長出了獠牙，雙眼變得如銅鈴一般，頭上長出了尖角，手裡則變出了一個粗大的狼牙棒！！

酒童子從來沒有感到身上有如此的力量！他揮舞著手中的狼牙棒，猛地砸向地面，只聽「轟」的一聲，一瞬間，整個山谷驚鳥亂飛，野獸四竄！隨後，他仰頭發出了一聲低沉的怒吼，整個山谷響聲震天，那吼聲連綿迴盪，經久不絕！

第五十四章　酒童子變身鬼王

就這樣，酒童子變成了鬼王！

這時，從不遠處的草叢中傳來一陣沙沙的聲響，酒童子舉起狼牙棒，走了過去，他撥開草叢，不管不顧，猛地掄起狼牙棒，就揮舞著砸了下去！

可是最後，酒童子卻沒有砸下來，原來是一隻被捕獸夾夾住的狐狸！那狐狸肚子微微隆起，原來是一隻懷孕的母狐狸！

狐狸看到酒童子後，驚恐萬分，哀嚎著想要逃走，可是他的腳被捕獸夾死死的夾住，怎麼也掙脫不開。

酒童子見狀放下狼牙棒，彎腰俯身，伸手想要掰開捕獸夾。可是那狐狸受了驚，猛地轉身就咬了過來，狠狠地咬在酒童子的手臂上，留下了一排帶血的牙印。

酒童子忍著疼痛，說道：「小狐狸，別怕，我來幫助你。」說罷，稍稍一用力，就輕鬆掰開了那捕獸夾，又見那狐狸腳被夾傷，無法走路，就用手捂住狐狸腳，用自己手中發出的光芒治癒了傷口。

那狐狸感到酒童子並無惡意，而剛才自己咬傷酒童子，似乎心中內疚，就走上前來，輕輕在酒童子身邊蹭來蹭去，兩人一下就無比親暱起來。

酒童子輕輕撫摸著狐狸，含淚說道：「小狐狸……你……你喜歡我嗎？……」那狐狸叫了兩聲，在酒童子懷裡撒起嬌來，還舔酒童子的臉。

酒童子見狀，瞬間淚目，然後就輕輕抱緊那狐狸，低聲委屈地哭了起來，邊哭邊說：「謝謝你……謝謝你……謝謝你喜歡我……」

後來，酒童子在狐狸的帶領下，來到了一個大山洞裡，裡面還住著胡狼、花貛之類的小動物，他們看到酒童子後，就紛紛圍攏上來，好奇的這裡聞聞那裡嗅嗅。

　　酒童子放下狼牙棒，跪坐在中間，摸摸這個，摸摸那個，不一會兒，就都熟了起來。

　　那狐狸還叼出了幾個苦打果，放在酒童子面前。餓了一整天的酒童子，拿起苦打果，就大口大口吃了起來。吃到一半，他忽然停了下來，雙手捂著臉，抽抽嗒嗒地哭了起來，眼淚不斷從他的臉龐滑落，他低下頭去，渾身顫抖，然後抹抹眼淚，哭著問道：「你們……你們……你們喜歡我嗎？……」

　　那些小動物們似乎聽懂了一般，一個個都在酒童子身上蹭來蹭去，和他愈加親暱起來，酒童子見狀喜極而泣，良久，才擦擦眼淚，撫摸著那些胡狼、花貛，哽咽含淚說道：「從今以後，這裡就是我的家。你們，就是我的家人。」

第五十五章
九尾靈狐

在頂上廣場，竹子和酒童子姐弟相認，酒童子起身看到鐵籠裡被封印而死的霧之鬼後，就放聲大哭起來，邊哭邊說：「不……不……還給我……把我的家人還給我……」

原來，霧之鬼就是那隻被酒童子所救的狐狸！因被陰陽師用雙股魚叉所傷後抓住，所以身上才會有兩個血窟窿！現在他被陰陽師用米酒封印，已經沒有了氣息。

這時，躲在酒童子身後的眾鬼怪見狀，一個個驚恐不已，都開始轉身向山下潰逃而去。一陣嘈雜混亂之後，頂上廣場的鬼怪就都跑掉了，就只剩下一隻小小的狐狸待在原地。那小狐狸剛出生幾個月的樣子，渾身絨毛，邁著小短腿，走到鐵籠子前，朝籠子裡不停地奶聲奶氣的亂叫。

那小狐狸的叫聲悲慘淒涼，似乎想要把籠子裡的霧之鬼叫醒。原來霧之鬼就是他的狐狸媽媽！可是他的狐狸媽媽早已經被封印而死，無法回應他了。

這時，陰陽師掙扎起身，拿起雙股魚叉就向小狐狸擲了出去！躺在竹子姑娘懷裡的酒童子大叫一聲：「不！！不要！！」

只見那雙股魚叉「嗖」的一聲，朝小狐狸直飛而去！

不過幸好，那雙股魚叉最終並沒有擊中小狐狸，只是在他面前不遠處，「砰」的一聲，直挺挺地插到了地面。小狐狸被嚇了一跳，向後倒了下去，他扭動著小身軀，蹬著四隻小短腿，慌忙站起身，當他看到陰陽師時，一下子就驚呆住了！

隨後他的眼神突然變得無比憤怒，只見他齜起兩排小奶牙，伏下前身，立起絨毛，朝陰陽師奶兇奶兇的直叫！他認了出來！就是眼前這個人抓走了自己的狐狸媽媽！

原來昨天上午，草木繁多的深山裡，一個全副武裝，拿著兩把雙股魚叉的陰陽師正四處搜尋。狐狸媽媽也正帶著年幼的小狐狸一起外出覓食。

不一會兒，他們就在半山腰的灌木叢中找到了一串一串的苦打果。狐狸媽媽叼下苦打果，和小狐狸分享。那小狐狸活潑好動，這次和媽媽一起出來覓食，看起來無比開心，他跳上跳下，吃兩口就跑開，過一會兒又跑回來，再吃兩口。他一會兒用爪子抓抓螞蚱，一會兒用鼻尖聞聞花香，怎麼玩也玩不夠。

這時，從不遠處飛過來一隻大蝴蝶，落在了一朵花上。小狐狸好奇地走上前去，左右歪著腦袋，就這麼好奇地看了起來。

隨後那蝴蝶翩翩飛起，然後竟然輕輕落在了小狐狸的鼻子上，他既緊張又高興，一動也不動，就這麼好奇地看著。不一會兒他感到鼻子一陣癢癢，「噗哧」一聲，打了個大噴嚏。

那蝴蝶也嚇得呼搧翅膀，飛開了。小狐狸高興的直叫，然後蹦跳著去抓那隻蝴蝶。

第五十五章　九尾靈狐

　　狐狸媽媽此時也吃完苦打果，正趴在一邊，一邊梳理自己的毛髮，一邊看著小狐狸蹦蹦跳跳地追蝴蝶。

　　他們還不知道，危險正一步步逼近！不遠處，陰陽師已經發現了他們的蹤影，正舉著武器緩緩躡步走近！

　　不久，狐狸媽媽聽到了腳步聲！他察覺到危險，警覺地抬起頭，四下張望，在看到陰陽師後，就趕忙竄到小狐狸面前，叼起他，轉身就跑！

　　不遠處的陰陽師見狀也加快腳步，追了上來！

　　狐狸媽媽時而鑽入草叢，時而溜進灌木，還不斷從身後放出一陣陣的迷霧，試圖擺脫陰陽師的追擊，而陰陽師也緊盯著這對狐狸，舉著雙股魚叉，緊追在後。

　　就這麼，在半山處的草叢灌木中，狐狸媽媽叼著小狐狸，在草叢中狂奔，而後面是緊追不捨的陰陽師。

　　忽然！陰陽師瞄準狐狸，猛地擲出了雙股魚叉！只聽「砰」的一聲，雙股魚叉直挺挺地插在狐狸媽媽面前！狐狸媽媽見狀，調轉方向，繼續狂奔！緊接著，便是第二把雙股魚叉直挺挺地飛竄而來！狐狸媽媽邁著敏捷的步伐，一扭腰就調轉了方向，躲了過去！他叼著小狐狸，繼續沒命地逃跑！

　　陰陽師追上前來，他拔起雙股魚叉，再一次擲了過來！這一次，幸運女神沒有降臨，那雙股魚叉直挺挺地飛來，「噗」的一聲，刺中了狐狸媽媽的身體！狐狸媽媽瞬間便癱倒在地上，嘴裡不停地嘔起鮮血，嘴裡叼著的小狐狸也滾落一旁！他的身體已經被雙股魚叉貫穿了！

小狐狸叫著，掙扎著匍匐到狐狸媽媽身邊，可是狐狸媽媽已經身受重傷，不可能再站起來了。狐狸媽媽用最後的力氣，用嘴猛地把小狐狸推開，微弱地叫了兩聲，似乎是在說「孩子！快跑！」

　　可是小狐狸依舊在媽媽身邊亂叫，不肯離去。這時，陰陽師再次擲出了雙股魚叉！「砰」的一聲，直插到小狐狸身邊，然後快步追了上來！小狐狸雖沒有被擊中，但是他的腿卻被雙股魚叉劃傷了！

　　小狐狸嚇的直叫，而眼前的狐狸媽媽也已經沒有了氣息。他轉身，一瘸一拐的就跑，他邊跑邊哭，回頭一看，就看到陰陽師拿起狐狸媽媽，裝進了皮包裡，然後舉著雙股魚叉又繼續追了上來。

　　小狐狸就這麼邁著小短腿，一瘸一拐的一路狂奔，最終來到了一處懸崖邊！這裡可以看到整個秀水村！小狐狸已經被逼上絕境，無路可逃，而陰陽師也已經快步追了上來，手握雙股魚叉，步步緊逼！小狐狸嚇得直叫，不停向後蹭著身體，最終，腳下一滑，重心不穩，翻身掉下了懸崖！

　　此時的頂上廣場，那一隻小狐狸，怒視著殺害自己媽媽的陰陽師，眼神充滿無限的憤怒和怨恨！

　　陰陽師見狀，也毫不手軟，又向小狐狸擲出了第二把雙股魚叉！只見那雙股魚叉「嗖」的一聲直飛過去，不偏不倚，直接命中！小狐狸的身體被雙股魚叉直接貫穿，鮮血四濺，瞬間倒地！他的小短腿在空中胡亂踢了幾下，就再也一動不動了，他被刺中了！陰陽師邁步上前，打算去查看情況。

第五十五章　九尾靈狐

忽然！從小狐狸身上發出了一陣暗黑色的氣霧，那陣氣霧纏繞在小狐狸身邊，繚繞上升，不斷增強！陰陽師愣在原地，眾人也都瞪大了眼睛，不知道發生了什麼。

隨後，小狐狸的身體忽然開始發生劇變！

他的身體開始變大！而雙股魚叉也「匡噹」一聲，掉了下來！身上的傷口開始「嘶嘶」的自動痊癒！渾身發出暗黑色的氣霧，且不斷跳動，變大！

他緩緩站起身來，只見他原本垂下來的耳廓開始變得堅挺樹立，小小的鼻樑開始突起，嘴裡的小奶牙也變成了兩排無比鋒利的尖牙利齒，呆萌的小眼變得無比兇狠和狡黠，充滿野性，柔順鬆軟的絨毛也開始變得銀亮堅硬！

就這樣，他最終變成了一個體型巨大，渾身散發著暗黑色氣霧的狐狸狀的怪物！

此時，頂上廣場所有人都一臉震驚地呆在原地！小狐狸猛地轉過身，惡狠狠地盯著陰陽師，那淩厲的眼神充滿殺氣，兇狠異常，直攝人心！

忽然！從那狐狸身後飄出了幾道光芒！那幾道光芒竟然變成了狐狸的尾巴！整整有九條！在他身後不斷跳動飄搖！

眾人見狀大驚失色，各個滿臉驚恐，發出了絕望的驚叫：「九尾靈狐！」「快跑啊！九尾靈狐現身啦！」「快跑！」一邊驚叫一邊扔下武器，開始沒命的四散逃散！原來那小狐狸就是九尾靈狐！

只見九尾靈狐輕輕一個跳躍,「嗖」的一聲就閃現在陰陽師面前,他毫不遲疑張著血盆大口,猛地一口就咬了下去!陰陽師根本來不及反應!九尾靈狐就將其叼起,然後狠狠地甩在地面上!「嘭」的一聲,陰陽師被甩在地上,毫無生氣地癱倒在血泊中,一動不動,沒有了氣息。

九尾靈狐毫不手軟,毫不留情,開始無差別攻擊其他所有人!大家尖叫著,四散逃竄,可是他們哪裡跑得過九尾靈狐?

那九尾靈狐輕輕一邁,就閃身出現在眾人面前,隨後就發動攻擊!他只要輕輕一甩,被攻擊的人就會被甩到數丈之外!再也無法站起!只要被他咬過的地方,傷口就頓時血流如注!甚至只要是被他九條尾巴輕輕掃到的地方,就會瞬間皮開肉綻,鮮血直流!

在九尾靈狐面前,人們如螻蟻一般絲毫無法抵抗和防備!就這樣,越來越多的人倒在血泊中!

而水生此時正和爺爺、奶奶躲在神廟裡,目睹了眼前的一切!

第五十六章
重返仙界

　　九尾靈狐正無差別攻擊所有的人，就在這時，慌亂的人群裡出現了一個熟悉的身影，是孫嬸！此時孫嬸正神情慌張，手足無措，坐倒在地上，而九尾靈狐張著血盆大口，正朝孫嬸撲去！

　　躺在地上的酒童子見狀，哭喊著掙扎起身，順手拿起雙股魚叉，伸手就將九尾靈狐的進攻阻擋下來！是孫嬸在他最落魄時給他食物，給他衣服，給了他溫暖和關心！他要制止九尾靈狐，保護孫嬸！

　　酒童子也不想看到再有人受傷，就朝九尾靈狐喊道：「小狐狸，不要！快住手！快住手！！」

　　可是那九尾靈狐早已經被極深的怨念佔據，不管不顧，張著血盆大口，轉身猛地一下就向酒童子直撲而來！

　　酒童子將孫嬸和竹子姑娘保護在身後，舉起雙股魚叉，也向九尾靈狐刺去！可是他怕刺傷小狐狸，就將那雙股魚叉調轉了方向，用木頭一端刺了出去！

　　就這樣，九尾靈狐被酒童子用雙股魚叉支開來，他後退兩步，咳了兩口血，依然齜牙咧嘴，怒目圓睜，渾身棕毛豎立，九個尾巴在身後不斷飄揚！

九尾靈狐毫不猶豫，毫不遲疑，便再次調整步伐，飛撲而來！酒童子也打起精神，揮動雙股魚叉反擊！

　　九尾靈狐的進攻被酒童子用雙股魚叉一次次化解，而他對其他村民發起的進攻也一次次被酒童子阻擋下來，就這樣，九尾靈狐和酒童子又戰了幾個回合。

　　九尾靈狐動作極其敏捷和迅速，越戰越勇，而酒童子本就身受重傷，且恢復了人形，沒有了鬼王的力量加持，再加上不願意對小狐狸痛下殺手，所以處處留情，逐漸敗落了下風！

　　最終，酒童子在九尾靈狐的幾番進攻和撕咬下，「轟」的一聲，倒在了血泊中，昏死了過去！

　　竹子姑娘見狀，不顧一切衝上前去，緊緊抱住了酒童子！而九尾靈狐這次將目標對準了竹子姑娘，他調整步伐，準備發動進攻！

　　爺爺、奶奶見狀，都大聲叫著：「竹子！小心！」就要衝上前來！水生也不顧一切衝出神廟！就在九尾靈狐再次飛撲過來時，水生捨命衝了上去，張開雙臂，擋在竹子姑娘的前面！

　　最終，九尾靈狐狠狠咬住水生，然後將其按倒在地，隨後又跳開，繼續向其他人發動進攻！水生痛苦倒地，身上鮮血四流！而爺爺、奶奶，還有竹子姑娘後續也都受到攻擊而倒在血泊裡！

　　再這麼下去，所有人都會被那九尾靈狐咬死的！

　　就在九尾靈狐瘋狂肆虐之時，受了傷滿身是血的水生艱難地翻過身來，抬頭一看，卻看到九尾靈狐右腿上的蝴蝶結！

第五十六章　重返仙界

　　他一眼就認出來！那正是洛桑卓雅教給他，他在給小九妹包紮傷口時綁上的啊！水生驚訝地瞪大眼睛，頓然醒悟，原來九尾靈狐就是小九妹！

　　昨天上午，在半山腰的一處灌木中，一對狐狸母女正被陰陽師追殺，狐狸媽媽已經被雙陰陽師的雙股魚叉擊中後收入囊中，而小狐狸後腿被劃傷，也已經被逼到了懸崖邊，並最終失足掉了下去。

　　小狐狸不斷下落，在下落過程中，他的尾巴消失了，身體變成人類的身體，四足變成人類的雙手和雙腳。最終，變成了一個七、八歲的小女孩，掉在竹子姑娘家後的竹林裡，並滾落了下來，剛好被在家裡休息的水生和鳴妹兒所救。

　　自從水生那天再見到小九妹，並送她回到山裡後，就一直期待著和她再次相見，可是沒想到，再次見面，竟然是如此的情形！

　　這時水生已被撕咬的渾身是血，傷口鑽心的痛，他掙扎著半跪著上身，摀著傷口，朝著九尾靈狐哭喊道：「小九妹……真的是你嗎？……小九妹……」

　　那九尾靈狐猛地一轉身，就看到了剛站起身來的水生，他「嗖」的一聲就飛躍上前，猛地一個飛撲！就將水生再次撲倒在地！就在他張著血盆大口，準備撕咬下去時，水生口袋裡的鳴妹兒也「嗚嗚」叫著竄了出來！朝著九尾靈狐「嗚嗚」直叫！

　　九尾靈狐看著眼前這個小精靈，竟然停止了進攻，一時間呆在原地！

　　躺在地上的水生，見狀哭腔著說道：「小九妹……小九妹……你真的就是小九妹……」

九尾靈狐看了看嗚妹兒，又歪著腦袋呆呆的看了著水生，陷入了短暫的沉思，似乎是不斷在記憶中搜索著什麼！

這時，水生緩緩舉起帶血的雙手，展平交叉，然後撥動十指，做出蝴蝶飛的樣子，然後哭著說道：「小九妹……你看……蝴蝶……蝴蝶飛了……」

九尾靈狐見狀，似乎是想起來什麼似的，驚訝地瞪大眼睛，緩緩從水生身上退下。原本憤怒怨恨的眼神也又變得溫柔平和起來。

水生起身，一下就飛撲上前，抱住了九尾靈狐，哭著喊道：「小九妹！快停下！不要再鬧了！快停下！」

九尾靈狐在水生懷裡，瞬間就平靜了下來，他看著遠處籠子裡遇害的狐狸媽媽，倒在水生懷裡，發出了難過的叫聲，豆大的眼淚從臉龐刷刷的滑落而下。

此時的頂上廣場上一片混亂，到處都是受傷倒地掙扎呻吟的人，竹子爺爺、竹子奶奶、竹子姑娘和酒童子也都倒在了血泊中。水生也渾身是血，正哭著緊緊抱住九尾靈狐，而九尾靈狐則看著那籠子裡的狐狸媽媽，滿眼淚水。

這時，所有人的身影都定格了，從天空中傳來一聲呼喚：「孩子們！回家！整整十五天了，我終於找到你們了。」

說罷，陰暗的天空閃出了一道耀眼的光芒！直直地打在竹子姑娘和酒童子身上！然後他們身上的傷口立刻就奇蹟般的痊癒了！

第五十六章　重返仙界

　　竹子姑娘受傷較輕，很快就能站起來，而酒童子為了保護村民，在和九尾靈狐的爭鬥中受傷較重，雖然傷口癒合，依然處於昏迷狀態。此刻，除了竹子姑娘和酒童子之外的所有人都處於定格狀態。

　　竹子姑娘抬頭含淚回應道：「父親！我想起來了！我都想起來了！」然後低頭看了看躺在血泊中的酒童子，繼續說道：「可是弟弟他受了重傷。」

　　那聲音說道：「我知道，你抱好弟弟，我施法接你們回來。」

　　竹子姑娘「嗯」了一聲，轉身就要抱起酒童子，可是忽然想到了什麼，就跑到竹子爺爺和竹子奶奶身邊，她想要用自己的能力治癒他們的傷口！可奇怪的是，自己的能力竟然消失了！她的雙手無法創造出光芒，無法治癒別人了！

　　竹子姑娘抬頭問道：「父親！為什麼我的能力消失了？」

　　那聲音說道：「當初你們由於貪玩，不小心掉落人間時，我為了讓你們能夠更好的照顧彼此，賜予了你們治癒別人傷口的能力。如今，我已經找到你們了，你們的能力自然也就消失了。」

　　竹子姑娘哭道：「可是大家都受了重傷，我該怎麼樣才能治好大家呢？大家都是很善良的人，我不想讓任何一個人死。」

　　那聲音說道：「你們本就是掌管這虛空幻境太陽升起和落下，你和弟弟本身就是陽光，你們本身就可以治癒萬物啊。」

　　竹子姑娘驚訝地說道：「父親，您是說我們回到仙界，就能治癒大家了，對嗎？因為我和弟弟掉落了人間，所以這段時間太陽才會沒有升起的，對嗎？」

369

那聲音說道：「是的。這世界上，任何東西都有其存在的意義，大家按照自己的規則運行發展，和諧相處，缺了什麼都不行。大到宇宙中日月星辰的運轉，小到人間萬物生靈的生態平衡，都是一樣的。就拿霧之鬼來說吧，他們晝伏夜出，時不時會去湖邊捕獵小魚，為了保護自己和迷惑獵物，經常會放出一陣迷霧。本來這些迷霧在第二天太陽升起時，就會自動消散，人類就可以日出而作，外出打魚了。可由於早上缺少太陽光照，迷霧無法散去，才會影響到人們正常的捕魚生活。」

竹子姑娘說道：「父親，我懂了。現在我們就回家。」說罷，轉身跑到竹子爺爺和竹子奶奶身邊，深深地擁抱了他們，流淚哽咽說道：「爺爺、奶奶，我走了，你們要保重身體啊！」

然後跑到水生旁邊，深深地抱緊水生，也流淚哽咽說道：「水生，姐姐要走了。你一定要找到木公大仙，救活你的媽媽啊。」然後摸了摸嗚妹兒的頭，柔聲說道：「嗚妹兒，你也要乖乖的啊。」然後又撫摸著水生懷裡的九尾靈狐，說道：「小傢夥，你也一樣，要努力活下去啊。」

竹子姑娘隨後起身，面對所有人，含淚深深地鞠躬，哽咽說道：「大家！謝謝你們！謝謝你們多年以來的關照！」隨後哭著走到酒童子前，說道：「弟弟，我們回家！」就將其抱起。

忽然間，她的腳下發出了萬丈光芒，身影也突然間定格了！這時，頂上廣場忽然間又喧囂嘈雜起來！很多人倒地痛苦呻吟，很多人躲在神廟裡，水生則哭著緊緊抱著九尾靈狐。

人們驚訝地看著竹子姑娘和酒童子身上發出耀眼的光芒，逐漸化作許多七彩光點，然後匯集成一個巨型白色光斑，直奔東面的湖面而去！

第五十六章　重返仙界

　　那白色光斑猶如一個巨型風箏！身後的細細光絲，就如同風箏線一般，連接著秀水村和最東面的湖面！那光斑繼續往東飛去，最終消失在了湖面！竹子爺爺、竹子奶奶在內的所有人看到後都瞠目結舌，驚訝地說不出話來！

第五十七章
太陽重升

　　在神廟山的頂上廣場，人們驚訝地看著竹子姑娘和酒童子化身一個白色光斑，消失在東面的湖面，所有人都瞠目結舌，驚訝地說不出話來。

　　就在這時，眾人忽然間發現，在東邊水天相接處，竟然出現了一道紅霞！那紅霞劃破夜空，瞬間，天空中東方漸白，滿天紅雲！

　　就在眾人還在愣神之時，一股耀眼的紅色光芒從湖面處噴薄而出！那光芒金光閃耀，照亮萬丈青天！那金色光芒繼續從湖平面洶湧冒出，緩緩向上移動，光焰明亮，耀眼奪目，溫暖燦爛！

　　眾人見狀紛紛哭著大叫起來：「太陽！是太陽！太陽升起來了！太陽終於升起來了！」然後紛紛跪地，不斷哭著向東方跪拜！人們明白了，原來竹子姑娘和酒童子就是太陽之神的孩子，因為他們剛才返回仙界，所以太陽才會重新升起！

　　那輪紅日繼續上升，如同一個燃燒的火球，發出萬道金色光芒，在其照耀下，整個天空湛藍如洗，整個大湖萬道金波，整個虛空幻境都沐浴在了金色的陽光當中！

第五十七章　太陽重升

　　頂上廣場的人們，在被陽光照射後，傷口竟然都奇蹟般的痊癒了！頂上廣場的所有人看著初升的太陽，激動地熱淚盈眶，竹子爺爺和竹子奶奶見狀也相擁而泣，不停哭道：「竹子……竹子……」

　　水生也面東喃喃哭道：「竹子姐姐……謝謝妳……救了我……」

　　九尾靈狐身形開始逐漸縮小，最後變成了一隻奶聲奶氣的小狐狸，然後邁著小短腿，逃走了，周圍所有人，沒有一個人敢再傷害他。

　　在他走下山之前，回頭深情地看了一眼水生，他的眼神裡充滿了感動和信任，不捨和感激，隨後深深地鞠躬，然後轉身走下臺階，消失了。水生抱著嗚妹兒，看著小九妹離去，早已經淚流滿面。

　　隨著那輪紅日不斷繼續上升，人們驚訝地發現，不僅他們所受的傷瞬間就癒合了，而且大湖上的迷霧也瞬間就被驅散！本來病懨懨的水稻，被陽光沐浴後，竟然都精氣神十足地挺立起來！整個大地，凡是太陽照射到的地方，就如同煥發了新生命一般！整個世界如獲新生！！東邊的天邊，一道色彩繽紛的彩虹凌空而起，橫跨天際，猶如一座七色彩橋，絢爛多姿，久久不散！

　　潑水節結束後，人們重新修繕了頂上神廟，重新高懸起神鏡，並在頂上廣場立起了一座九尾靈狐的雕塑。

　　秀水族人堅信萬物有靈，而狐狸則被奉為萬靈之首，是一種具有神祕力量的瑞祥之獸，受到人們世世代代的崇拜。此後，再也沒有了困擾人們出湖捕魚的迷霧，而莊稼也因光照充足而連年增產，人們的生活愈加幸福和富裕起來。

竹子爺爺為了幫助水生離開虛空幻境尋找木公大仙，花了三天時間，為他量身打造了一艘結結實實的小帆船，還教他操縱的技巧，又在船上準備了充足的食物和水，還有一把雙股魚叉。

在一個陽光明媚，萬里無雲的清晨，水生和嗚妹兒就要走了。

竹子奶奶將水生的衣服洗得乾乾淨淨，疊得整整齊齊，收拾好行李。

水生背好行李，從茅草屋裡走了出來，就見竹子爺爺和竹子奶奶在院子裡等候，他們還在不停地抹著眼淚。水生眼眶也瞬間紅了，他扔下行李，飛撲到爺爺、奶奶懷裡，哽咽哭道：「爺爺、奶奶……謝謝你們……我要走了……」

竹子奶奶上前一把就把水生攬入懷中，心疼哭道：「好孩子，以後你一定要回秀水村看看我們呀……」然後對水生懷裡的嗚妹兒含淚說道：「嗚妹兒，下次再來，奶奶再給你做好吃的糯米糰子。」

竹子爺爺也哽咽說道：「下次你再來，爺爺再帶你一起去挖竹筍，出湖打魚。」

水生哭著一個勁的點頭，他胸前口袋裡的嗚妹兒也「嗚嗚」直哭。然後三人就離開了茅草屋，沿著當初來的那條路，慢步走向了小漁港。

水生抬頭看了看秀水村的全貌，還有右手邊的神廟山，又回頭看了看身後的茅草屋和小院子，還有後山的竹林，山邊的小溪。這些天來發生的一切，見到的一切，還都歷歷在目，彷彿就發生在剛才。

三人一路相互攙扶著，沿著彎曲的小路，面朝大湖，慢慢地走著。路兩邊是一小塊一小塊的水稻田，那綠油油的水稻苗，在陽光的照射下一個

個挺拔矗立，元氣滿滿，零立散落在田間的茅草屋個個炊煙裊裊。遠處湖面的彩虹依舊清晰可見。

不一會兒，三人就路過商店街，來到了小漁港。

此時小漁港裡已經有人開始準備揚帆，打算出湖捕魚，也有人正在收拾漁網和雙股魚叉，也有人捕魚歸來，正準備靠岸。

竹子爺爺和竹子奶奶把水生送上了船，又再三叮囑了幾句，就看著水生揚起風帆，拿起了船槳。

竹子奶奶不停地抹著眼淚，竹子爺爺也難過地叮囑道：「孩子，往彩虹的方向一直走，就能離開虛空幻境了。如果半路遇到風浪和困難，就趕快回來啊。」

水生早已經哭紅了眼睛，他哭著應後，就駕駛帆船，緩緩駛離了小漁港。水生朝岸邊的爺爺奶奶揮手告別，大聲哭著喊道：「爺爺！奶奶！謝謝你們！你們要多多保重身體！」

竹子爺爺和竹子奶奶也揮著手，大聲說道：「孩子！不要輸給體內的邪力！你一定要找到木公大仙，救活你的媽媽啊！」

水生流著淚，使勁地朝岸邊的爺爺、奶奶揮手告別，就這麼逐漸駛遠了，爺爺、奶奶的身影逐漸變得模糊，直到最後，整個秀水村也逐漸變得模糊了。

水生就這麼操縱著小帆船，和鳴妹兒兩人獨自航行在大湖上。他要去共由山找到木公大仙，尋找傳說中的龍之力量。

水生奇緣

秀水村又恢復了往日的平靜，人們依舊用雙股魚叉和漁網出湖打魚，耕種水稻，時不時去山裡收集苦打果，去竹林裡挖竹筍。

竹子爺爺和竹子奶奶又過上了無兒無女，平淡如初的生活。孫嬪也學會了釀酒的技巧，並在自己家裡成功的釀出了米酒。於是，秀水村的人們終於可以喝上口感醇正，香甜濃郁的米酒了。

第二年，竹子爺爺去後山挖竹筍時，聽到竹林裡一陣沙沙的響聲，便好奇地撥開雜草，就發現了一個鳥窩，裡面還有幾隻剛孵化出來的小雛鳥，而站在鳥巢邊的鳥媽媽正緊張警覺地望著自己。

竹子爺爺微微笑了笑，生怕打擾到小鳥一家，就輕輕合上雜草，緩步退後，背上滿竹簍竹筍，下山了。

這年的潑水節依舊照常舉行，人們依舊用米酒敬天地、敬大湖，相互潑水表示祝福，可是再也沒有人去傷害深山裡的鬼怪了。人們生活在小漁村，日出而作日落而息，而鬼怪生活在深山，晝伏夜出，雙方互不干涉，互不影響，就這麼和諧的生活在一起。

水生帶著嗚妹兒，離開秀水村後，就操縱著帆船，朝著彩虹的方向獨自航行，即使食物和淡水都很充足，水生也都一直小心翼翼地規劃著使用。閒暇時就用雙股魚叉打些小魚，下雨時就想辦法收集雨水。還好一路順利，並沒有碰到大的風浪，水生就這麼按照竹子爺爺教自己的駕船方法，一路向彩虹的方向駛去。

第五十八章
德昌州城

　　水生駕船帶著嗚妹兒獨自航行，航行了一天一夜，第二天到彩虹下面時，天空忽然開始飄起濃霧，不一會兒又起了大風，湖面變得洶湧，波浪四起！又過了一會兒，風停了，霧也散了，水生發現自己竟然來到了一條大河之上。兩邊是隱約的陸地，還有些漁船在附近行駛打魚。

　　水生看到後，就更加使勁地划船，很快，眼前就出現了一個漁村。排在岸邊的漁船，首尾相接，十里不絕，岸上的房屋鱗次櫛比，炊煙裊裊。

　　這條大河上，到處都是來來回回行駛著的大漁船，上面掛著的龍字旗迎風招展。有的剛捕撈完畢正在返航，有的正在揚帆出行，岸邊也到處都被一大片一大片漁網圍了起來，隨著人們撒著飼料，裡面的魚蝦紛紛撲騰著跳出水面，岸邊的沙地上，很多人正揹著竹簍，拿著鐵鏟子在挖著貝類，整個漁村一片熱鬧繁忙的景象！

　　水生激動地抱緊嗚妹兒，喜極而泣，說道：「嗚妹兒！嗚妹兒！我們終於回來了！終於回來了！」

　　嗚妹兒也高興的「嗚嗚」直叫，兩人就這麼站在船上，遠眺眼前廣闊的陸地，看著這繁忙的漁村，激動的半天說不出話來。

水生懷著激動的心情，駕船逐漸靠近岸邊，最後停靠在了一個碼頭。他上岸一看，碼頭上一片繁忙，大家也似乎並沒有注意到水生。只見這裡，成筐成筐的魚蝦蟹貝被送上碼頭，然後被人們挑揀分類，最後運走，每個人都在忙碌的辛苦勞作。

　　就在一個漁民停下來，站在一邊擦汗稍作休息時，水生上前作禮問道：「你好，請問，這是哪裡？共由山怎麼走？」

　　那漁民上下打量了一下水生，說道：「這裡是德昌州。共由山距離這裡可不近吶，小朋友，你是哪裡來的？去共由山幹什麼？」

　　水生如實回答道：「我想去共由山找木公大仙，找到傳說中的龍之力量。」

　　那漁民聽罷，仰頭大笑道：「木公大仙？龍之力量？哈哈哈，我勸你還是別去了，快點回家去吧。據說共由山上極度嚴寒，所有活物膽敢上山都會被凍成石頭！年年都有人去共由山上尋仙問道，從來沒聽說有人能活著下山。」

　　水生聽後，堅定說道：「我一定要去，請你告訴我在哪個方向，該怎麼走。」

　　那漁民看水生態度堅決，便說道：「往西走，就是德昌州城了，從西門出去後，繼續往西走，翻過奔虎山，一直往西走就能到了，距離這裡大約要走一個多月吧。但是那奔虎山上鬧鬼，你最好繞道而行。大家都是繞道的，就是要多花幾個月時間。」

　　水生低著頭，把聽到的話都默默記在心裡，想到了在虛空幻境曾遇到的小九妹，便說道：「我不怕鬼怪。」

第五十八章　德昌州城

那漁民大笑著說道：「哈哈哈，那你可一定要小心了。」然後指著水生的船問道：「這艘漁船是你的嗎？」

水生點點頭，那漁民便上前，左看右看，見這個漁船設計合理，用料實在，做工精巧，便說道：「去共由山可沒有水路，這漁船多少錢？賣給我怎麼樣？」

水生聽後便答應了，隨後就得到了些銀兩銅板，告辭那漁民，背上行李，往西走了。

一路上，路兩邊都是一大片又一大片的農田，種滿了水稻，元氣挺拔；一個又一個的果園，裡面是各種桃李杏梨，紅肥綠瘦地壓彎了枝頭；還有大片大片的瓜地，果香誘人的西瓜、甜瓜、哈密瓜結滿田地。

水生邊走邊問，餓了就買些乾糧，渴了就買些瓜果，半夜就抱著嗚妹兒隨便找個樹下將就睡一晚。現在已經是夏季，所以天氣早已轉暖，夜裡也並不寒冷，就這麼走了幾日，果然來到了一個大大的四方城池。

水生遠遠眺望，只見那城牆高大壯麗，氣勢磅礴，城樓威嚴肅穆，城牆上的垛口林立，龍字旗迎風招展。水生逐漸走近，就見那護城河碧波盪漾，城門厚重，門上寫了「德昌州城永安門」幾個大字，下面人來人往，熱鬧不凡！

水生站在高大的城門下，站在往來的人流中，不禁感慨，這個德昌州城比龍之縣還要富盛繁華百倍！感嘆一番後，水生便隨著人潮走進了德昌州城。

水生剛進城，就看到城門口路旁有一個大型的地圖，他好奇地走進一看，只見上面寫了「德昌州城圖」五個大字。地圖上的德昌州城四四方

方，四周是一圈城牆，四面各有一個大門，分別是城東永安門，城西永泰門，城南永昌門，城北永寧門。城裡面標記了密密麻麻的名字，城外面有四個大的村落，分別是城東的郭家村，城南的閔家村，城西的葛家村，城北的明家村。

然後水生繼續往城裡走，只見這德昌州城裡，街道寬闊，店鋪林立，人來人往，接踵摩肩，極度繁華！水生行走在人潮裡，瞪大眼睛，伸長脖子，左顧右盼，眼前的繁華景象，看的水生眼花繚亂。

水生就這麼走著，就看到了路邊有一個牌坊，上面寫著成衣鋪三個字，店裡面有各式各樣款式的衣服和鞋帽，便走了進去，給自己買了鞋襪、衣服，和一雙千層底的布鞋。

這布鞋穿起來可比竹子爺爺做的木頭鞋舒適和合腳的多了。但是這時候水生的頭髮還沒有長的特別長，所以還沒有辦法盤起髮髻。

水生剛走出成衣鋪，就聞到一陣肉香，抬頭一看，看到不遠處是一家包子店，門口擺了幾層大蒸籠，下面的爐火正旺，蒸籠上蒸氣騰騰，店小二叫賣聲不斷，店裡進進出出的客人絡繹不絕。

水生聞到香味，早就饞的口水直流了，他在雲柳寺時都是些素食淡飯，而在秀水村的飲食口味也都偏清淡，已經很久沒有吃到這麼肉香濃郁，香氣四溢的肉包子了。他迫不及待上前，毫不猶豫買了兩個熱騰騰的大肉包，給嗚妹兒分了一些後，就狼吞虎嚥地吃了起來。嗚妹兒吃不慣肉餡的包子，所以水生又給嗚妹兒買了個饅頭，兩人就繼續在德昌州城裡閒逛。

水生正走著，就聽到一陣哭泣聲。他抬頭一看，是一個和他年紀相仿的小孩，正獨自一人坐在牆邊哭。

第五十九章
相識葛渙文

　　水生遠遠看到一個小男孩哭泣著，就走上前去，問道：「你怎麼了？沒事吧？」

　　那孩子滿臉淚水，抬頭看了水生一眼，又低下頭哭道：「我的錢丟了⋯⋯」

　　水生見那個孩子和自己同齡，就心一軟，繼續問道：「什麼錢？丟了多少？」

　　那孩子低聲說道：「兩文錢。是奶奶給我，讓我來買線的。」

　　水生身上有些錢，兩文錢也不算多，就拿了自己的錢出來，遞上去說道：「我這裡剛好有兩文錢，你別哭了，拿去買線吧。」

　　那孩子聽後，才含著淚爬了起來，拍拍身上的灰塵，低著頭，並不說話。扭扭捏捏地伸手接了錢。

　　水生見這個孩子和自己年紀相仿，個頭比自己稍低，頭髮蓬亂，臉上也髒髒的，身上穿著粗布衣褲，就說道：「別哭了，我們一起去買線吧。」嗚妹兒也好奇地鑽出腦袋看著那個孩子。水生還遞給他一個剛才買的肉包子，說道：「這個包子給你，拿著吃吧。我叫曹水生，你叫什麼名字？」

那孩子看到水生遞出的肉包子，抬起頭，一臉驚訝，半天才扭扭捏捏地伸手接了。

水生見那孩子不怎麼說話，便說道：「買了線，早點回家吧。」然後就轉身走開了。剛走出兩步，就聽到那孩子大聲說道：「謝謝你，曹水生……謝謝……」

水生聽到後，微笑著轉身，說道：「不用謝。你家在哪裡？快回家去吧。」

那孩子說道：「我家在城西的葛家村。」

水生聽後說道：「城西？我也剛好要從西城出城，去西邊的奔虎山呢。我們一起出城去吧！」

那孩子聽後大吃一驚，抬頭問道：「你要去奔虎山？去幹什麼？奔虎山上一直鬧鬼呢！很可怕的！」

水生說道：「我要去共由山，必須路過奔虎山。」

那孩子說道：「奔虎山是通往我們內地的一個要道，不走奔虎山，可以繞遠路，也能到共由山呢。你最好繞遠路走。」

水生笑了笑，說道：「我不怕鬼。」

這時，嗚妹兒也悄悄地探出腦袋，好奇地看著。那孩子看到了，便說道：「咦？這是你養的小松鼠嗎？」

水生捧出嗚妹兒，說道：「他叫嗚妹兒，是我的朋友。可愛吧？」

第五十九章　相識葛渙文

那孩子看到嗚妹兒靈精可愛，便微露笑容，又見水生神情自若，態度堅決，看起來面相善良，說起話來平言細語，便逐漸放下戒心，和水生邊走邊聊了起來。

原來那個孩子姓葛，名叫渙文，家在城西的葛家村，和奶奶一起生活，兩人相依為命，靠賣奶奶做鞋墊的微薄收入生活。今天，家裡沒有線了，所以奶奶讓他來買線，可是他卻不小心把錢給丟了。剛好遇到了水生。

水生好奇地問道：「你知道奔虎山上鬧鬼是怎麼回事嗎？」

渙文說道：「不知道為什麼，每天晚上深夜的時候，奔虎山上就會有鬼哭狼嚎的叫聲！特別嚇人！每天晚上都能聽到呢！」

兩人邊走邊聊，去一家布帛店買了線後，就打算往西門走了。正走著，路過了一個高大雄偉的門樓，門樓牌匾上寫了三個字「正氣園」，門口有兩個戎裝將士站崗，裡面是一個大花園，還有一個紀念堂。進進出出的人無不表情肅穆，脫帽致敬。

水生好奇的問道：「這是什麼？」

葛渙文說道：「這是正氣園。裡面紀念著一百年前魔族入侵時為國捐軀的英靈。但是，還有一些烈士的遺骸沒有找到，只是建了空墓碑。」

水生一臉驚訝，說道：「那應該好好找找啊！讓烈士們安息！」

渙文聽後抬起頭，眼淚泛著淚花，感激地看著水生，過了一會兒，他擦擦眼淚，繼續說道：「衙門每年都在發告示懸賞呢，鼓勵大家尋找烈士遺骨！到現在一百年了，大部分都找到了，就還剩有五十七個人還沒找到。」

渙文就這麼邊走邊講。

一百年前，天空被災星劃開裂縫，魔族趁機流竄出來。當時，渙文的曾祖父年紀方才十九歲，剛剛和渙文的曾祖母高麗兒完婚數月，小兩口新婚燕爾，如膠似漆，日子過得甜蜜幸福。

不久後，流竄來人間的魔族大軍聚集在龍之國東部，開始大舉入侵德昌州！龍之國全國人民迅速馳援，奮起反抗，和魔族在城裡城外展開了激烈的戰鬥，最終戰敗，德昌州城淪陷，不久後奔虎山也被魔族攻破。渙文的曾祖父也在那時參軍從武，參加戰鬥，但是至今下落不明，生死未卜。

渙文的曾祖母高麗兒當時已有身孕，她一直在家等待著丈夫的消息，這麼一等，就是整整一輩子。戰爭結束後，高麗兒獨自帶著女兒，靠撫卹金和做鞋墊為生。

水生驚訝地看著渙文，問道：「那你的爸爸媽媽呢？」

渙文低下頭，緩緩說道：「我是奶奶一手帶大的，沒有見過我的爸爸媽媽。」

兩人邊走邊說，不久就到了德昌州城西門，水生抬頭一看這西門，兩側的城牆左右展開，中間的城門高大雄壯，威武霸氣，猶如一個勇士矗立在眼前一般，上面龍字旗飄揚，城牌上面還寫了三個大字「永泰門」。

出了永泰門，天色開始變暗，然後淅瀝瀝地下起了霧雨，這德昌州城的雨不像龍之縣那般劈哩啪啦狂落，這裡的雨輕盈細膩，飄飄灑灑，朦朦朧朧的柔雨籠罩著德昌州城，無聲地滋潤著城外的稻田。

第五十九章　相識葛澳文

　　澳文指著遠處的村莊說道：「葛家村就在那邊，我家就在那裡。下雨了，要不然你先到我家去躲雨，等雨停了再上路吧。」水生應了後，兩人就一起向葛家村走去。

　　兩人就這麼往西邊走邊聊，澳文繼續說道：「聽奶奶說，我曾祖母死的那個晚上，她似乎是預感到自己時日不多了，就把奶奶叫到床前，拿出一幅自己的畫像，可是畫像只有一半。」

　　水生問道：「只有一半？」

　　澳文說道：「是的，是我曾祖母自己的一半。幾十年了，我奶奶一直珍藏著那畫像。她說另一半的畫像本來是她父親葛志航的。可是不知道為什麼，被撕掉了，奶奶說她沒有見過自己的父親，也不知道自己父親的樣子，這是她這輩子最大的遺憾。」

　　兩人邊走邊說，距離德昌州城也越來越遠，道路兩旁是大片大片的稻田和菜圃，坐落著一個又一個的村落。現在正值傍晚，家家戶戶炊煙裊裊。

　　不久後就看到澳文搖著指頭，指著前面的一個村落，朝水生說道：「水生，前面就是葛家村了！」

第六十章
葛家村

　　水生和渙文兩人從永泰門出去，一路向西走去。不一會兒渙文就搖著指頭對水生說道：「前面就是葛家村了！」

　　水生抬頭一看，面前果然出現了一個大大的村落，整個村莊綠樹庇廕，煙囪飄出縷縷炊煙，斷斷續續的雞犬聲相聞，視野盡頭，一片朦朧之下，遠處的奔虎山連綿起伏，一座座山峯層巒疊嶂，似乎近在眼前，又似乎遙不可及。

　　由於天上淅瀝瀝地下著小雨，渙文便帶著水生去家裡避雨，待雨停了再動身出發。兩人就邊走邊聊的進了村，不一會兒就到了渙文的家。

　　水生仔細一看，這家由低矮的土牆圍成，家裡的大門雖小且簡樸，卻乾乾淨淨，油漆鋥亮。大門上和土牆上都裝飾著白色的花。

　　渙文說了句：「奶奶！我回來了！」便帶著水生推門走了進去。

　　進門之後，就是一個小院子，中間有一條石路，那石路盡頭是一個低矮小房，石路兩邊種的都是些齊膝深的蔬菜花卉，院子中央有一棵棗樹，還有一個小小的稻草堆，稻草堆前豎著放了一個石凳，面前的小房雖然低矮簡約，但是房屋上瓦片整齊，屋簷下掛著晾洗的衣服，木窗上也都糊著白紙，牆上也裝飾著和大門上一樣的白花。

第六十章　葛家村

兩人剛走進院子，從矮房裡就步履蹣跚地走出了一個老奶奶。這個老奶奶看起來七十歲左右，頭髮花白，面容和藹，慈眉善目。這便是葛奶奶了。

葛奶奶見渙文回來了，忙招呼道：「渙文，肚子餓了吧，廚房裡有奶奶給你做的飯，快去吃吧。」然後看到渙文身後的水生，稍稍愣了一下。

渙文遞上買回來的線，說道：「奶奶，這是水生。」接著就簡單講了剛才在德昌州城的經歷。

葛奶奶聽後，接過線和藹笑道：「原來是這樣。水生，你肚子也餓了吧，快來一起吃晚飯吧！」說罷，就帶著渙文和水生兩人走進廚房，葛奶奶已經準備好了一桌家常飯菜。

三人圍桌而坐，葛奶奶似乎並不餓，她給渙文和水生都盛了飯，然後一邊看著水生和渙文兩人吃飯，一邊說道：「渙文，我不是說了嗎，去城裡玩要早點回來，天黑了路上不安全。」

渙文應道：「嗯。我知道了。」

這時，嗚妹兒也從水生口袋裡竄了出來，坐在飯桌上，吃起了饅頭。

葛奶奶看到了，摸摸嗚妹兒的頭，和藹地笑著說：「小傢夥，你好可愛。」然後就拿出一個大紅棗子，遞給嗚妹兒，說道：「小傢夥，這個給你，快吃吧。」

嗚妹兒接過棗子，聞了聞，小小咬了一口，發覺甜甜的，真好吃，然後就狼吞虎嚥地吃了起來，不一會兒就吃的只剩一個棗核了。

渙文說道：「奶奶，他叫嗚妹兒，可愛吧。」

葛奶奶見狀笑著說道：「是的，很可愛呢，嗚妹兒，別急別急，慢慢吃，還有很多呢。」然後葛奶奶又給了嗚妹兒幾個棗子，繼續問水生：「水生，你是哪裡人？要去哪裡？」

水生說道：「我要路過奔虎山，去共由山。」

葛奶奶聽後驚訝地說道：「奔虎山上鬧鬼，很危險的。」

水生問道：「葛奶奶，我要去共由山，聽說必須路過奔虎山，否則就要繞很遠的路。您知道奔虎山上為什麼會鬧鬼嗎？」

葛奶奶便緩緩地講述了起來。

相傳古時候，有一個皇帝，一天，他帶著侍衛和大臣，一起外出打獵，在奔虎山上，看到了一隻身形矯健的老虎，那老虎體型巨大，威猛霸氣，仰天一聲虎嘯，震響山林，文武大臣的坐騎各個嚇得渾身哆嗦，呆在原地，動不能動。隨後，就見那猛虎邁著大步，騰躍著向山下猛衝下去！氣勢如虹！勢不可擋！皇帝見狀，讚譽不已，便給這座山取名叫做奔虎山。

自從她記事起，每當夜深人靜，奔虎山上就會傳出一陣陣鬼哭狼嚎般的鬼叫聲，這麼多年了，沒有人知道山上到底發生了什麼事。

德昌州城多次派人前往調查，也都無功而返。去山上調查的人發現每到深夜，山上就會颳起一陣莫名其妙的陰風，即使是盛夏的夜晚，也讓人感到一陣瑟瑟陰冷，除此之外一無所獲，也就沒有人知道是怎麼回事了。

三人就這麼邊吃邊聊，一直到天黑。飯後，葛奶奶收拾好碗筷，喚水生和澳文進屋休息。

第六十章　葛家村

水生進低矮房子一看，只見裡面有一個大土床，一個小櫃子，小椅子和桌子，雖然佈置簡陋，傢俱老舊，卻都擺放的乾淨齊整。正面牆上還掛了一幅葛奶奶的畫像，畫像中的葛奶奶眼神憂鬱，面帶愁容，右下角還夾了一個小小的畫像。

葛奶奶還給水生準備了被褥，讓他和渙文兩人擠一個被窩。水生自從離開虛空幻境之後，第一次不用睡在地上。

當天晚上，夜深人靜時，水生正睡的迷迷糊糊，就被渙文叫醒了。

渙文壓低聲音說道：「水生、水生，快醒醒，你聽，奔虎山上的鬼又在叫了。」

水生聽後，揉揉惺忪的睡眼，翻身側耳一聽，果然聽到了從遠處西面奔虎山上傳來的虛無縹緲的叫聲！那聲音低沉陰森，詭異驚心，時斷時續，時起時伏。不久後，鬼叫聲忽然變的高昂急切，一陣混亂喧譁後，瞬間又歸於寧靜！遠處的奔虎山就又變得萬籟俱寂，悄然無聲。

渙文說道：「聽到鬼叫聲了吧！每天晚上都有的，但是沒有人知道是怎麼回事，去調查的人在山上什麼都沒有發現。」

水生說道：「我不怕。萬能的造物主按照自己的形象創造了人類，也創造了鬼怪，他們和我們一起共同生活在這個世界上。」

然後兩人又聊了幾句，就都睡著了。

就這麼過了幾天，一天早上，雨過天晴，簡單的早餐後，葛奶奶在院子裡的棗樹下，一手拄著枴杖，一手拿了根長竹竿，地上還放了一個小竹籃，正笑著呼喚水生和渙文：「水生！渙文！過來，打棗子囉！」。

渙文跑過去，接過長竹竿，朝水生叫道：「水生！快來！快來！打棗子啦！」

水生抬頭一看，只見院子裡那棗樹，樹枝向四面八方伸展開來，就像一把大傘，一串一串沉甸甸的紅大棗壓彎枝頭，一個個火紅火紅的，就像無數個小燈籠。水生應了一聲，就興高采烈地跑了過去。

葛奶奶笑著拄著枴杖，站在屋簷下，看著渙文和水生兩人拿著竹竿，「嘿呦嘿呦」地打棗子。那些大紅棗子被他們這麼一打，就像下冰雹一樣，劈里啪啦劈里啪啦就往下掉，兩人高興極了，蹲下來邊撿邊吃。那棗子皮薄肉厚，又脆又甜，吃進嘴裡滿嘴香甜！

水生心想，這可比他帶阿茹娜在龍之縣後山吃到的酸棗好吃多了！兩人撿到棗子後就往竹籃子裡放，不一會兒小竹籃就滿了。

嗚妹兒也「嗚嗚」叫著興奮地跳了出來，四處撿大紅棗，嗚妹兒太小了，他的懷裡只能抱下兩個，可是他硬是仰著腦袋，挺著肚子，在懷裡抱了三個大棗子，艱難地邁著步伐想要放進竹籃裡。嗚妹兒滑稽的動作，逗得大家哈哈直笑。

隨後三人一起圍坐在屋子裡，葛奶奶也端來了洗好的棗子，大家一起吃了起來。這大紅棗，香甜可口，越吃越甜。嗚妹兒也很愛吃，他抱著棗子一通胡啃，棗子就瞬間變成了棗核。

葛奶奶開玩笑地笑道：「嗚妹兒真是個吃棗的行家呢！」然後屋子裡就是一陣歡聲笑語。

渙文邊吃邊說：「水生，你可以多帶一些棗在路上吃呢。」

第六十章　葛家村

葛奶奶也笑著說：「是呢。再過幾天就是德昌州城裡趕集的日子了，奶奶帶你們一起去趕集，再給你們買些麻酥糖吧。」

渙文一陣歡呼，說道：「好耶！我最愛吃麻酥糖了！」

水生看到牆上那半張畫像，好奇的問道：「葛奶奶，曾祖母的畫像為什麼會被撕開呢？」

葛奶奶說道：「我也不知道。這是我的媽媽臨死前給我的。她只是說另一半是我的爸爸，可是卻並沒有告訴我畫像為什麼會被撕開。」說罷，葛奶奶就起身，從自己畫像的畫框下摘下了那半張畫像，遞給水生，說道：「這個就是我的母親，也就是渙文的曾祖母。」

水生小心翼翼地接過那畫像，只見畫像上的那個年輕女子，馬尾辮，鵝蛋臉，青春亮麗，臉上洋溢著幸福溫馨的笑容，身體緩緩地靠向畫像的一側，而那一側是明顯被撕開的紋路。

三人就這麼聊了很久，大家都隱約感覺到這半張畫像似乎蘊藏著什麼祕密，但是卻又沒有任何更多的資訊和頭緒。

葛奶奶繼續說道：「水生，這幾天天氣不好，不便出行。你先在這裡多住一段日子，等天氣涼爽了，再動身吧。過幾天剛好是集市，奶奶帶你們兩個一起去趕集。」

水生見這幾天正是盛夏，天氣炎熱，也就應了。

白天水生和渙文兩人有時去外面的小河邊玩水，有時打些棗子，洗淨曬成棗乾，有時幫忙葛奶奶打點院子菜園的農活，有時候一起縫製鞋墊，就這麼在葛家村住了下來。

第六十一章
趕集

水生在葛家村住了起來，很快就到了趕集的日子。

趕集的那天早上，天還沒亮，葛奶奶就起床了，帶好自己做的鞋墊，收拾好揹簍，裝滿了大棗。然後叫醒水生和渙文，趁著天朦朦亮，三人就一起出發了。

水生和渙文雖然起得很早，也絲毫不覺得累，兩人帶著鳴妹兒，興奮地走在前面，渙文繪聲繪色的給水生講集市上的見聞。葛奶奶則微微笑著，揹著竹簍，慢慢走在後面。

三人一路走到德昌州城下，天已經全亮了，去趕集的人也越來越多。大家或挑著扁擔，或揹著揹簍，帶著平時自己種植的蔬菜水果，養殖的雞鴨魚蛋，豬娃狗仔，或者是自己做的糕點零食，拿去集市上賣。

不一會兒，三人就跟著趕集的人潮進了城裡。城裡面，一大條街從頭到尾都是熱鬧嘈雜的集市，一眼望不到盡頭。整條街上熙熙攘攘，人們接踵摩肩，路邊攤販的小商品琳琅滿目。集市上的人們叫賣著各種糕點果蔬，各種小吃美味，還有很多賣藝的藝人，他們有的說書唱戲，有的雜技耍猴，還有的用糖稀吹糖人，還有的給人素描畫像。整條街道熱鬧非凡！鳴妹兒也探出頭來，高興的左看看右看看。

第六十一章　趕集

　　葛奶奶找了個空地，擺出了自己做的鞋墊和棗子。水生和渙文則在附近開開心心地逛了起來。

　　兩人興高采烈地帶著嗚妹兒一起，一會兒去看看耍猴，和周圍的人附和著拍手大笑，一會兒去看嘰嘰喳喳亂叫的小雞小鴨，一會兒去聽說書唱戲，一會兒對著各種糕點小吃流口水，玩得好不快活！水生心想，這集市可比龍之縣和柳仙鎮要熱鬧繁華百倍了！

　　兩人走著，就看到前面圍了一群人，旁邊立了一個招牌，上面寫著「畫像，一張十文」。兩人就帶著嗚妹兒好奇地走過去，鑽進人群一看，只見人群中央面對面坐了兩個人，一個人端坐著，一動也不動，而另一個人一手拿著畫板，時而抬頭看看，時而拿著畫筆低頭塗塗畫畫，這便是畫師了。

　　水生和渙文兩人湊過去一看，只見那畫師揮動畫筆，寥寥幾筆便勾勒出了那人的外形輪廓，然後仔細填充陰影，不一會兒，畫像就完成了！那畫像和真人簡直一模一樣！

　　畫師拿起畫像，向周圍人群展示了一下，就遞給對面的人。周圍人見後，都開始叫好和鼓掌，發出陣陣「畫的太好！」「太像了！」的感嘆。

　　水生和渙文兩人也高興的直拍手，嗚妹兒也高興的「嗚嗚」直叫。

　　兩人就這麼不知疲倦地玩了好久，聽到後面葛奶奶的呼喚。兩人回頭一看，就見葛奶奶拿著用紙包著的麻酥糖，笑著朝他們揮手！

　　原來葛奶奶賣完了鞋墊和棗子，用得來的錢去買了些油鹽米麵，還給水生和渙文買了麻酥糖！兩人高興地大叫著圍到葛奶奶身邊，渙文拿起一塊麻酥糖，仰著頭，就往嘴裡送。水生給嗚妹兒一小塊後，自己也吃了一

大口,這麻酥糖口味香甜,質感酥脆,吃到嘴裡滿口噴香!嗚妹兒也吃的不亦樂乎!

葛奶奶笑著說道:「水生,渙文,慢慢吃,奶奶給你們買了好多呢。我們回家吧,邊走邊吃。」於是葛奶奶便背好揹簍,帶著蹦蹦跳跳的水生和渙文,一起高高興興的回家了。

水生就這麼無憂無慮的在葛奶奶家住著,日子也一天天過去了。

一天晚上大家早早就都睡著了。半夜,水生翻身醒來時,看到枕邊的嗚妹兒,也正呼啦呼啦的睡大覺,便輕輕的給嗚妹兒蓋好了被子。然後就看到房間裡還有燈光,抬頭一看,原來是葛奶奶,她正對著微弱的煤油燈光,縫縫補補著什麼。葛奶奶上了年紀,視力不好,她一手拿著個鞋子,努力地湊近燈光,然後一手用針線努力地織衲縫補。

水生揉揉眼睛,迷迷糊糊地說道:「葛奶奶,妳還不睡覺嗎?」

葛奶奶說道:「渙文的鞋子破了,我給他縫補縫補。水生,你先睡吧。」

水生看著燈下葛奶奶佝僂的背影,就像是看到了自己的媽媽一樣。媽媽孟氏也曾經給自己做了一雙鞋子,可是自己卻任性的對媽媽冷眼相對,出言不遜,想到這裡,水生鼻子一酸,眼眶也溼潤了,然後趕忙躲進被窩裡,抹著眼淚,獨自哭了起來。

第二天,水生和渙文兩人出去玩,待他們回到家裡,卻發現家裡靜悄悄的,兩人走進屋子一看,才發現葛奶奶正奄奄一息地躺在地上!原來葛奶奶一個人在家裡不小心摔倒了!

兩人大叫一聲，便爭前恐後上前，手忙腳亂扶起了葛奶奶。只見葛奶奶臉色蒼白，雙眼緊閉，氣若遊絲，兩人就趕忙扶葛奶奶坐下，又是搧風又是倒水的，過了一會兒，葛奶奶總算是醒了過來，她睜開眼睛，微弱的叫了一聲：「渙文……水生……」

　　水生和渙文便趕忙哭著上前，渙文哭道：「奶奶……奶奶……」

　　葛奶奶愛憐地摸了摸渙文的頭，又看了看水生，輕聲說道：「剛才奶奶做了一個夢，夢見一白一黑兩個人，他們說我違反了天條，要帶我走呢。我不想跟他們走，他們就來抓我。這時候，你們兩個回來了，我就醒了。」

　　渙文聽後，像是意識到什麼似的，「奶奶」「奶奶」的哭得更大聲了。

　　水生也哭著說：「葛奶奶，妳現在還這麼健康，一定能長命百歲的！」

　　葛奶奶笑了笑，搖搖頭緩緩說道：「奶奶時日不多了。」然後水生和渙文兩人又是一陣大哭。

　　這幾天，水生也收拾好了行囊，而在他的揹包裡，是葛奶奶送給他的幾件厚衣服，還有滿滿的棗乾和乾糧。在一個秋高氣爽的日子，水生背起行李，帶著嗚妹兒，就要上路了。

　　葛奶奶腿腳不方便，依然堅持要送水生到村口，就在水生和渙文的攙扶下，三人一起，慢慢走到了村口。

　　葛奶奶抹抹眼淚，難過地說道：「好孩子，路上一定要小心啊，如果在奔虎山上遇到傷人的鬼怪，你就趕快回葛家村來。」水生含淚點點頭，嗚妹兒也含淚探出腦袋。

葛奶奶輕輕抱著鳴妹兒，說道：「鳴妹兒，你最愛吃大紅棗，對不對？下次你再來時，奶奶再帶你打棗子吃。」鳴妹兒聽罷就在葛奶奶懷裡「嗚嗚」的哭了起來。

渙文攙扶著葛奶奶，也哽咽地說道：「水生，謝謝你……路上小心……」

水生一一應後，便帶著鳴妹兒，含淚啓程，一步三回頭的離開了。葛奶奶和渙文則依依不捨的在村口，朝自己揮手告別。

第六十二章
奔虎山

水生告別葛奶奶和渙文，離開葛家村，帶著嗚妹兒，兩人走走歇歇，一路往奔虎山的方向而去。

眼前的奔虎山高低起伏，山峯巍峨連綿，如同一排壯麗的壁壘，擋在眼前。雖然看起來近在眼前，片刻可到，實際上卻是路途遙遠，即使是成年人，也需要走一天多才能到達。

水生越走，村落人家越來越稀疏，面前奔虎山就越來越清晰。大路兩邊是大片大片的稻田。

走了一整天，奔虎山逐漸近了，天色也漸晚，路兩邊沒有了稻田，取而代之的是大片大片的亂葬崗。這亂葬崗墓碑陳舊破敗，荒草叢生，一片狼藉和荒涼。

水生見天色已晚，便帶著嗚妹兒在路邊的一棵大樹下，將就著睡著了，打算第二天再啟程。

不知睡了多久，水生忽然驚醒，起身一看，周圍大霧四起，什麼也看不到。水生低頭一看，口袋裡的嗚妹兒也不見了！急的他一邊失聲大叫「嗚妹兒！嗚妹兒！」一邊焦急地四處尋找，可是四周除了濃濃的大霧，

什麼都沒有。他剛一抬腳，不小心踢倒了一個小箱子，裡面「嘩啦啦」的灑出來很多小石子。

水生心裡正覺得奇怪，就聽到大霧中傳來一陣沙沙的腳步聲，似乎是有大隊人馬正在趕來，水生定睛循聲望去，就見許多黑影從大霧中顯現了出來！

那些黑影爬在地上，一個個面目猙獰恐怖，尖牙厲爪，口水橫飛，低吼著「拿寶石來！拿寶石來！」便一個個吼叫著向水生飛速爬了過來！

水生嚇得腿腳發軟，一屁股坐在地上，動彈不得！當那些黑影洶湧著向水生爬來時，忽然從大霧中衝出一個人影！只見那人身材魁梧高大，一身戎裝，全身上下已經被鮮血染紅，而且身上也多處受傷。他身披白色鎧甲，紅色戰袍，面容堅毅，英氣逼人，手持一把純鐵金剛霸王槍，揮舞起來動作行雲流水，三下兩下就將前排的黑影悉數擊倒！

那人趁機拉起水生，帶著他轉身就跑！水生早就嚇得不知所措，跟著跑了起來！

此時後面數不盡的黑影依舊低吼著，在後面緊追不捨！水生根本來不及說話！

那人一把將水生推開，頭也不回地喊道：「快往西走！去找至德大元帥的部隊！快去！」便背對水生，揮舞著金剛霸王槍，和追上來的黑影鬥成一團！

水生嚇得來不及細想，扭頭就跑，邊哭邊跑！他回頭一看，就看到那人被無數的黑影包圍吞沒！而那人也最終保持著站立的姿勢，和無數的黑影一起消失在大霧之中！

第六十二章　奔虎山

　　水生連問那人名字的時間都沒有，扭頭繼續就跑，一個不留神踩空，失足撲倒在地，然後大叫一聲，驚醒了過來！而他自己此時正坐在一棵大樹下！大口喘著氣！

　　水生驚魂未定的四下張望，那些黑影和那個人也早都不見了蹤影。此時正是一個太陽初升的寧靜清晨。原來是一場夢！不知道為什麼，水生驚醒後早已經是滿臉淚痕，過了很久依舊淚流不止。

　　他擦擦眼淚，低頭看了看口袋裡，只見嗚妹兒正在裡面呼呼的睡覺，便安下心來，就小心翼翼地起身，背起行囊，繼續朝奔虎山走去。

　　水生又走了小半天，到了下午，才終於到了奔虎山的山下。他抬頭一看，只見這奔虎山崇山峻嶺，山川連綿，氣勢磅礴，威嚴聳立。

　　這時，前方走來一個獵戶，前面還牽了一隻獵狗，身上背著弓箭，腰間還掛了山雞和野兔。

　　水生上前作禮問道：「請問，奔虎山是從這裡上山嗎？」

　　那人停下腳步，好奇地上下打量了水生一番，問道：「小朋友，你要去奔虎山上做什麼？」

　　水生如實回答道：「我要去共由山，聽說必須路過奔虎山。」

　　那獵戶說道：「奔虎山上太危險了，你還是趕快回家吧，你不知道山上鬧鬼嗎？」

　　水生說道：「可是我需要去共由山，我有很重要的事情要去做。」

　　那獵戶說道：「共由山比奔虎山還要可怕呢！每年都聽說有人上山去尋仙，卻從來沒有聽說有人從山上活著下來。你快回家吧！」

水生依舊堅定地說道：「我有很重要的事情要去做，請您告訴我該怎麼走。」

那獵戶見水生態度堅決，嘆了口氣，指著身後的奔虎山說道：「從這條路一直往西，就能上山了，要過奔虎山，需要沿著這兩山之間的小路才能通過。但是山路崎嶇，並不好走，也容易迷路。」說罷，還好心地拿出了一些乾糧，遞給了水生。

水生接過乾糧，道謝告辭後，便朝奔虎山上繼續走去。山裡草木繁盛，山石迭起，道路也變得狹窄崎嶇，彎曲陡峭，山腳下是「嘩嘩」的流水聲，山谷間是「嘰嘰」的鳥鳴和「嗷嗷」的獸叫。

水生帶著鳴妹兒，就這麼走進了奔虎山，他沿著崎嶇的山路，時而穿過小溪，時而繞過山石，時而穿過灌木，時而跳過山澗，餓了就吃些乾糧和大棗，渴了就喝些山泉水，就這麼一步一步的緩慢行進。不知道走了多久，已經到了深山的一處峽谷，這裡面高山險峻，草木豐盛，鳥鳴山幽，這時天色也漸晚了。

走著走著，面前的道路忽然變得狹窄，水生抬頭一看，原來這裡曾經發生山崩，山石滾落，掩埋了大部分的山谷。水生繞過去後，發現面前竟然出現了一處半人高的石牆，被攔住去路！還好，不遠處有一個缺口，水生就從缺口翻了過去。

這石牆後是一處石頭鋪成的空地，兩側是高聳的山頭，石頭空地前，不知道是誰用大石塊堆砌了一道石牆，由於年代久遠，石牆上到處都是青苔，石縫裡雜草叢生。由於天色漸晚，水生便打算在這石牆下休息一晚，第二天繼續趕路。

第六十二章　奔虎山

夜裡，天氣開始變得陰冷，水生就裹了件厚衣服，蜷縮在石牆下，抱著嗚妹兒，沉沉地睡去了。

這晚，夜色蒼茫，大地幽靜神祕，明月高懸山巔，微弱的月光灑向山間的樹木草叢，整個山谷寂靜悠然，只能聽到斷斷續續的蟲鳴蛙叫聲。

水生迷迷糊糊的不知道睡了多久，忽然，在遠處響起了一陣急促的腳步聲！一個黑影正悄悄向水生走過來！嗚妹兒先察覺到了，他看到那黑影後，急的朝水生「嗚嗚」亂叫！

水生這才揉揉惺忪的睡眼，坐起身來，迷迷糊糊的說了句：「嗚妹兒，怎麼了？」

隨後，那不遠處的黑影就猛地向水生衝了過來，在水生還完全沒有反應時，上前一步，緊緊地抓住了他的手臂！水生驚叫一聲，癱倒在地上，嚇得臉色慘白，說不出話來！

第六十三章
奔虎山奇遇

在荒無人煙的深山老林裡，水生正在石牆下蜷縮著睡覺，突然被一個黑影緊緊抓住，掙脫不得！嗚妹兒也嚇得鑽進口袋裡，不敢出來！水生以為是遇到惡鬼索命，而自己就要命喪當場，嚇得魂飛魄散，雙腿一軟，倒在地上瑟瑟發抖，不敢睜開眼睛！

可是那黑影卻沒有傷害水生，只是用力把他拉到一邊，然後大聲朝他喊道：「你怎麼會在這裡？！這裡很危險！敵人馬上就要衝上來了！快離開！」

水生嚇得渾身發軟，被那黑影拎到一邊後，這才慢慢睜開眼睛，只見眼前這個人身材高大，和哥哥木生年紀相仿，身著戎裝，胸前佩戴著一個龍字寶石，手持一把紅纓槍，渾身戰袍都被鮮血染紅，身上也多處纏著繃帶。

水生聽的一頭霧水，但見其並無惡意，就壯起膽子好奇地問道：「小哥哥，你說敵人？什麼敵人？」

那人焦急地大聲說道：「魔族賊寇啊！你快離開這裡！快往西走！去找至德大元帥！」水生一聽，更是覺得一頭霧水，不知所云，就莫名其妙地呆在原地。

第六十三章　奔虎山奇遇

這時，從不遠處空地傳來一聲大吼：「全體集合！」

水生抬頭一看，本來空無一人的空地上，竟然憑空聚集了很多人影！

那人見狀，對水生說了句：「快往西走！快！」就趕忙跑了過去！

水生呆呆地站在原地，只見面前的空地上，竟然出現了很多將士！他們都約莫十八、十九歲的樣子，各個戎裝，渾身是血，身上多處纏著繃帶，胸前都佩戴著龍字寶石，手裡也都持著紅纓槍！

他們列隊整齊後，前面便出現了一個將軍模樣的人，那將軍也同樣渾身是血，胸前佩戴著龍字寶石。

那將軍大聲說道：「報數！」隨後就是一、二、三、四的報數聲，然後聽最後一個人說道：「報告鍾將軍！共計五十六人！」

鍾將軍聽後，低頭半晌不語，最後竟然失聲痛哭起來，他哭道：「都還是孩子啊！都是十八、九歲，二十來歲的孩子啊！……」列隊的將士們也都紛紛落淚，然後就見鍾將軍抹抹眼淚，走到那些將士中，說道：「共計是五十七人。」

那些將士們聽後，紛紛揮淚哭道：「鍾將軍……您撤吧……鍾將軍……您撤吧……」

鍾將軍也哽咽哭道：「都死了……全都死了……我的三萬多好部下都戰死了，就剩你們了，我還有什麼顏面撤退苟活？」然後正聲說道：「魔族賊寇毀我山河，欺我百姓，血海深仇，不共戴天！我誓與之血戰到底！絕不撤退！死不足惜！」

說罷就聽「嘶啦」一聲，從自己身上扯下一塊白布，然後咬破手指，那指尖頓時鮮血直流，隨即用手指在白布上寫下了些血字。

　　水生在旁一看，只見他寫的是「弓盡，糧絕，陣地已破，吾率餘部共五十七人，做最後衝鋒，誓死為止，並祝勝利，龍之國萬歲，龍之國萬歲，龍之國萬歲。」

　　然後將其捲好綁在一隻信鴿腳上，猛地向上一扔，那信鴿就呼搧著翅膀，撲嗒撲嗒的飛了出去！可是那信鴿剛飛出去不遠就忽然間消失了，看不見其身影，也聽不見任何聲音！

　　然後那些將士，列隊整齊，開始高聲唱起了軍歌。只聽他們唱的是：

「豈曰無衣，與子同裳，同心同德，榮辱共之；
　豈曰無袍，與子同澤，同血同肉，國難赴之！
　豈曰無日，當中白日，忠義耿耿，羲輪向之；
　豈曰無天，頭上青天，正氣凜凜，蓋壤立之！」

　　唱完軍歌後，將士們一個個都士氣高漲，高舉紅纓槍，怒吼不已。

　　隨後，鍾將軍緩緩抽出佩劍，大聲說道：「眾將士聽令！」

　　眾將士一齊高聲回覆：「在！」

　　鍾將軍高舉佩劍，高呼一聲：「跟我衝呀！」就衝了出去！隨後眾將士也跟著鍾將軍，高喊著口號，手持紅纓槍，翻過石牆，衝殺了出去！

　　伴隨著那些將士的衝鋒，他們胸前的龍字寶石也都發出了「叮鈴鈴叮鈴鈴」的聲響！那五十七名喊著口號衝鋒的將士們，一個個同仇敵愾，前僕後繼，奮勇向前，他們翻過石牆，高呼口號，向山下猛衝而去，猶如

第六十三章　奔虎山奇遇

五十七隻猛虎下山一般，氣勢如虹，雷霆萬丈！一時間，整個山谷中如雷轟響，殺聲震天！

可是，在他們翻過石牆，衝出去不遠，卻又在電光火石之間一個個消失的無影無蹤！只有他們撩起的一陣清風吹拂而過！整個山谷又瞬間恢復了平靜！

在一旁的水生早就看的目瞪口呆，瞠目結舌，他呆了半响，才朝著石牆外的山谷方向小聲喊道：「小哥哥？小哥哥？」

可是山谷中昏暗幽靜，只能聽到潺潺的溪流和此起彼伏的蛙鳴蟲叫聲，哪裡還有半個人影？

水生揉揉眼睛，以為自己出現了幻覺，然後忽然間睡意來襲，就又倒在石牆下，昏昏地睡了過去。

不知道睡了多久，等水生睡醒，已經是第二天一大早了，而昨夜的經歷也忘了大半。水生伸了個懶腰，起身收拾東西，準備繼續向西前行，嗚妹兒也從口袋裡探出腦袋，東張西望。

水生背起行李，剛走兩步，一下子就驚呆在原地！瞬間！昨夜的經歷像幻燈片，一幕幕閃過他的眼前！水生想起來了！全都想起來了！他呆站在平地中央，左看右看，然後大聲叫道：「小哥哥！小哥哥！」可是，只有山谷中「小哥哥……小哥哥……」的回聲，卻無半個人影！

水生一臉不可思議，低頭對嗚妹兒說道：「嗚妹兒，昨天的經歷是真的！對吧！」嗚妹兒抬頭看著水生，使勁點頭，「嗚嗚」直叫。

水生仔細回想著昨天晚上發生的事情，那個十八、九歲小哥哥的臉龐面容在腦海中尚且清晰，他們衝鋒時的喊殺聲依然在耳邊迴響，但是他卻不知道到底發生了什麼。

水生毫無頭緒，只得背起行李，帶著嗚妹兒沿著山谷繼續向西走去。

山谷中依舊幽靜，水生帶著嗚妹兒緩慢行進，山越來越深，樹木越來越繁盛，水生渴了喝泉水，餓了吃乾糧和棗乾，就這麼又走了一整天。

傍晚時，水生感覺越走越奇怪，因為這條路貌似走過似的，他心裡正奇怪，前面竟然就出現了和昨天一樣由於山崩而被掩蓋的山谷，水生繞過去後，竟然出現了昨天見過的石牆！水生爬過牆上的豁口，這正是昨天的那個空地啊。

果不其然！走了一天，竟然又繞回來了！

水生在深山中迷路了！

第六十四章
謎團的解開

此時天色已晚，水生無比沮喪，他絕望地抱著嗚妹兒，靠石牆坐下，抹抹眼淚說道：「嗚妹兒，我們迷路了，被困在這深山裡了。」然後難過的抱著嗚妹兒哭了起來。嗚妹兒也難過地垂著腦袋，縮在水生懷裡，低聲「嗚嗚」叫著。

夜逐漸暗下了，兩個就相擁著躺在石牆下，睡著了。

半夜裡，水生正熟睡，又被一個人拉了起來！那人用力把水生拉到一邊，然後大聲喊道：「你怎麼會在這裡？！這裡很危險！敵人馬上就要衝上來了！快離開！」和昨天晚上一模一樣！

水生瞬間清醒，定睛一看，眼前這人就是昨天那個渾身是血的戎裝小哥哥！水生驚訝地喊道：「小哥哥！可是我從葛家村一路走過來，也沒見什麼敵人呀。」

那戎裝小哥哥聽後，雙手抓住水生的胳膊，驚喜問道：「你說你是從葛家村來的？你真的是葛家村來的？」

水生點點頭，說道：「是呀。」

那戎裝小哥哥聽後從身上掏出一張紙，遞給水生，說道：「小弟弟，麻煩你，葛家村有一個叫高麗兒的姐姐，如果你遇到她，一定要把這個交給她！」

水生剛伸手接過那疊紙，就聽到從不遠處空地傳來一聲大吼：「全體集合！」水生抬頭一看，本來空無一人的空地上，竟然和昨天一樣，憑空聚集了很多人影！

那人見狀，和昨天一樣，對水生說了句：「你快離開這裡！快往西走！去找至德大元帥！快！」就趕忙跑了過去！

水生拿著那疊紙，呆在原地，只見空地上出現的那些人影，竟然做著和昨天晚上一模一樣的事情！和昨晚一樣，他們列隊整齊，報數，大哭！和昨晚一樣，鍾將軍咬破手指寫下血書，放飛信鴿！和昨晚一樣，他們高唱軍歌，士氣大振！

水生在旁看著眼前的一切，如夢初醒，頓然醒悟！原來奔虎山上每天晚上的鬧鬼聲，就是這些小哥哥們衝鋒時的喊殺聲！他們以為魔族還沒有被打敗，所以每天晚上都在這裡聚集，然後向山下喊殺著發起衝鋒！所以大家才會誤以為奔虎山上鬧鬼！可是一百年前，魔族已經被打敗了啊！戰爭早已經結束了啊！

水生想到這裡，就見那鍾將軍和昨晚一樣，緩緩抽出佩劍，大聲說道：「眾將士聽令！」

然後眾將士一齊高聲回覆：「在！」

水生瞬間意識到，那些將士們就要發起衝鋒！而他們衝出石牆後，就會全部消失！

第六十四章　謎團的解開

　　就在鍾將軍高舉佩劍，即將要喊出那句：「跟我衝啊！」時，水生不顧一切，哭著跑了出去，然後伸開雙臂攔在他們面前，大聲哭喊道：「小哥哥們！不要再衝鋒了！不要再衝鋒了！戰爭已經結束了！戰爭一百年已經結束了！」

　　那些將士們果然都停了下來，鍾將軍看著水生，大聲說道：「你怎麼沒有往西撤？魔族就要衝上來了！你還不快走！？」

　　水生哭著說：「魔族一百年前已經被打敗了！戰爭一百年前已經結束了！！天空的裂痕也被至德大元帥修補好了！！」

　　那些將士們瞬間炸了鍋一樣，紛紛交頭接耳地說道：「魔族真的被打敗了？！」「戰爭結束了？！」「我們贏了？！」「一百年前？難道我們穿越到了一百年後？」

　　水生流著淚，哭道：「真的！我們真的贏了！魔族真的被打敗了！」

　　可是鍾將軍並不相信，他用劍指著水生說道：「這種危急關頭，你卻在這裡擾亂軍心！我看你就是魔族派來騙我們投降的奸細！」

　　說罷，就舉著佩劍，向水生砍來！水生見狀，嚇得閉上眼睛，呆在原地動彈不得！

　　這時，水生胸口的口袋裡，發出了陣陣粉色的光芒！將水生全身籠罩！鍾將軍也被照的連連後退！

　　水生低頭一看，原來是嗚妹兒！嗚妹兒雖然躲在口袋裡，但是他身上散發出了粉色光芒，將水生保護了起來！在這陰冷的秋夜，讓水生瞬間感覺到了無比的溫暖！

鍾將軍後退兩步，罵道：「這是什麼妖法！」就又再次揮舞著佩劍，衝了上來！

　　就在這時！忽然從夜空中傳來一聲轟響！然後就是劈哩啪啦的數道閃電從天而降，擊中了那些將士！然後將他們都緊緊纏繞住！將士們一個個痛苦大叫，然後倒在地上翻滾掙扎！水生卻毫髮無傷！

　　這時，從夜幕中出現了兩個身影，水生定睛一看，就見兩個人並排走了過來，一個黑衣黑帽，滿臉鐵青，手持閃著電的法器，一個則白衣白帽，臉色煞白，手裡拿著一個記帳簿。

　　黑衣黑臉男揮舞著閃電的法器，指著倒地的將士們，罵道：「你們這些野鬼！死了還不去地府銷戶！在我們整理檔案時才發現人數對不上，害我們被閻羅王責罵！」

　　白衣白臉男也說道：「你們都跟我們走吧。去地府銷戶後，你們就好重新投胎轉世。」

　　黑衣黑臉男還氣不過，揮著閃電法器，又是一陣作法，變出一道道閃電再次擊打著那些將士們！那些渾身被閃電纏繞束縛的將士們都痛苦地翻滾大叫！

　　這時，忽然夜空中傳來一聲驚雷！那些將士們身上的閃電瞬間就都消失了！然後就傳來一個渾厚的聲音說道：「黑無常，白無常，不得無禮！」

　　原來那兩人就是黑無常和白無常，黑無常趕忙收起法器，和白無常兩人向空中欠身作禮，齊聲說道：「是……」

第六十四章　謎團的解開

那渾厚的聲音繼續說道：「這些人，都是一百年前，魔族入侵時戰死的將士。因為他們守家衛國的信念過於強烈，所以死後才會靈魂不散，聚於此地。每天深夜，陰氣最重時，他們的靈魂就會聚集在一起，一次又一次地發起他們生前曾經發起過的死亡衝鋒。如今，他們的靈魂已經在這裡衝鋒了整整一百年。對這些人間的忠義之士，要以禮相待，帶往地府銷戶即可，切不可上枷鎖桎梏。」說罷，那聲音便消失了。黑無常和白無常兩人趕忙應聲，向空中欠身作禮。

隨後，白無常上前對將士們說道：「孩子們，一百年前戰爭就已經結束了，魔族已經被打敗了。而你們，在一百年前的那次衝鋒中，都已經全部陣亡了。跟我們一起去地府銷戶吧。」

那些將士們聽後，一個個歡呼跳躍，抱成一團，仰天大聲哭著笑著，不斷高呼著：「魔族真的已經被打敗了！我們贏了！我們真的贏了！」他們明明都知道自己已經戰死了，卻絲毫不在意，各個都高興地手舞足蹈，雀躍不已，歡呼勝利。

水生看著眼前這些年紀只有十八、十九歲的年輕小哥哥們，想到他們一百年前全都已經戰死，魂魄也即將被黑白無常帶走，不禁淚流滿面。

鍾將軍也垂淚不止，他收起佩劍，喃喃地對水生說道：「我們，我們，真的贏了……謝謝你……你叫什麼名字？」

水生早已經哭成了淚人，良久才哽咽說道：「我叫曹水生。」

鍾將軍說道：「水生，水生，因水而生，好名字。你為什麼一個人這麼晚在這裡？」

旁邊的黑無常聽鍾將軍和水生在說話，就面露焦急的神色，想要上前催促，卻被白無常伸手攔住。

水生說道：「我本來想要去共由山找木公大仙，可是在這奔虎山裡迷路了。」

鍾將軍聽後說道：「共由山上四季溫暖，常年如春，是個尋仙問道的好地方呢。」說罷，鍾將軍和其他將士胸前的龍字寶石開始閃光，然後閃著白光彙集在一起，升上天空，變成了北面夜空中一顆最亮最亮的星星！

鍾將軍指著那顆星星對水生說道：「水生，你朝著那顆星星一直走，就能走出奔虎山了。」

水生抬頭一看，只見那顆星星輝煌閃爍，如水晶般聖潔明亮，靜靜的高掛在那陰冷的夜空，發出的光輝永世照耀人間！便哭道：「我知道了！謝謝你！」

鍾將軍說道：「不，是我們應該謝謝你，告訴我們這個大好消息。」其他將士也紛紛上前，向水生說道：「水生，謝謝你！謝謝你！我們真的贏了！真的贏了！」

水生也大哭著，使勁點著頭，不斷地說道：「嗯！嗯！小哥哥們，我們真的贏了！」

隨後，他們列隊整齊，雙手抱拳，向水生敬軍禮告別，然後在黑白無常的指引下，轉身離開了。只見他們剛走幾步，就一個接一個消失在了夜色之中！再也不見了蹤影，沒有了聲響！

最後，峽谷裡就剩了黑白無常，還有淚流滿面的水生三人。

第六十四章　謎團的解開

　　黑無常撓著腦袋說道：「謝兄，你來看看，好奇怪，我記得是缺了五十八個人，剛才只收了五十七個啊，怎麼還少一個？」

　　白無常拿出記帳簿，翻來翻去的看了看，說道：「是五十八個，還少一個。」

　　黑無常指著水生說道：「是不是他？」水生見黑無常指向自己，嚇得連連後退。

　　白無常看了一眼水生，搖搖頭說道：「範弟，不是他，不是他，他還有六年呢。還有一個在葛家村。你忘了？前些天我們去抓時，還被他逃了呢。」

　　黑無常一拍腦袋，醒悟道：「哦！對了！在葛家村。走！我們去葛家村！這次不能讓他再逃了！」說罷，兩人就轉身離開，然後瞬間消失在了夜幕之中！

　　就剩水生一個人，獨自站在空曠的石頭空地上，四周一片寂靜，似乎什麼事都沒有發生一樣。

第六十五章
惜別葛奶奶

　　此時山谷裡夜深人靜，皎潔的明月高照，北極星高懸，整個山谷昏暗又陰亮，山谷間溪流依舊潺潺，蛙蟲依舊鳴叫。水生一個人獨自站在石頭空地中央，依舊淚流不止。

　　突然，水生想起剛才黑白無常的話，然後驚道：「嗚妹兒，你記不記得，上次葛奶奶暈倒時說過，有一個黑衣人一個白衣人要來抓她？！我明白了！！黑白無常要去葛家村抓葛奶奶！！嗚妹兒，我們必須趕緊回葛家村！！」

　　水生見嗚妹兒沒有動靜，趕忙低頭看了看口袋裡，只見此時嗚妹兒精氣神全無，正精神萎靡地躺在水生口袋裡，聽到水生的呼喊，只是睜開眼睛，抬頭看了一眼水生，輕輕地「嗚嗚」叫了一聲，就又緩緩閉起眼睛，無力地倒了下去。

　　水生撫摸著嗚妹兒，說道：「嗚妹兒，你怎麼了？睏了嗎？我們必須趕緊回葛家村！」說罷，把行李放在石牆下，用石頭壓好，就捂著口袋裡的嗚妹兒，朝山下的葛家村跑去！！

　　水生不顧夜色昏暗，朝山下跑去，待他跑下山時，東方已經漸白，天色已經漸亮。水生不顧渾身疲憊，氣喘吁吁的大喘兩口氣，又繼續向葛家村跑去！

第六十五章　惜別葛奶奶

　　水生跑了一整天，終於趕到了葛家村，然後跑到葛奶奶和渙文家，「咚咚咚」的敲門！

　　渙文打開門後，驚訝地看著水生，說道：「水生！是你！」

　　水生上氣不接下氣地說道：「葛奶奶呢？葛奶奶呢？」

　　渙文說道：「奶奶在家裡啊。」

　　水生拉著渙文，就往房屋裡衝！見到葛奶奶後，水生一下就撲到葛奶奶懷裡，大哭起來，邊哭邊說：「葛奶奶，葛奶奶，有人要來抓你。」

　　葛奶奶見到水生，喜極而泣，緊緊抱著水生說道：「水生！你又回來了？」

　　待平靜下來，水生將奔虎山的所見所聞講述了一遍，但是他還不明白黑白無常為什麼要來抓葛奶奶。

　　待三人都平靜下來，水生才想起一件事，就拿出一張紙，問道：「葛奶奶，有人拜託我，把這個交給葛家村的高麗兒。」

　　葛奶奶驚訝地說道：「高麗兒就是我的母親啊！」然後接過那疊紙，輕輕展開，水生和渙文也湊過去一看，上面畫著一個年輕帥氣的小夥子，他約莫十八、十九歲的樣子，滿臉幸福，靠向一邊，只是那紙被撕開了，不知道他靠的是什麼。

　　葛奶奶和渙文莫名其妙地看著那個畫像，水生卻驚訝的大叫起來：「就是他！就是他！就是他給我的這個畫像！」原來，這畫像就是那個拉水生到一邊，然後讓他往西跑的小哥哥自己的畫像！

水生叫道：「葛奶奶！你給我看過曾祖母的畫像！那個畫像也是被撕開了！對嗎？」

葛奶奶聽後起身，取下了畫框裡夾著的母親畫像，然後小心展開。

奇蹟發生了！兩個畫像被撕開的紋路，竟然一模一樣，完美契合！隨後裂紋處發出耀眼光芒，兩張紙竟然融合在一起，破鏡重圓！

這畫像上的兩人，洋溢著青春的笑容，緊緊靠著對方！原來這個畫像，就是葛奶奶的父親和母親！

葛奶奶留淚顫聲道：「這個人，就是我的父親？」葛奶奶激動地渾身發抖，用自己滿是皺紋的手，輕輕撫摸著父親的畫像，喃喃哭道：「我的父親……我的父親……」

水生哭著使勁點頭，連聲說是。三人就這麼哭成一團。

忽然從屋外，傳來一聲呼喊：「出來吧，跟我們走！」把三人都嚇了一跳。

葛奶奶在聽到那呼喊後，身上忽然開始閃起熒光，然後緩緩站起身，呆呆地朝屋外走去！水生和澳文也哭著跟在後面。

三人走到院子裡發現，院子裡站著兩個人，正是黑無常和白無常！

黑無常看到水生後，說道：「怎麼又是你？」隨後便舉起閃著光電的法器，指著葛奶奶罵道：「妳這老野鬼，都死了三十年了，還不去地府銷戶，竟然躲在這裡。」說罷，舉起法器就要作法！

在一旁的白無常趕忙將其攔住，說道：「範弟，快停下。她是忠義之後，閻羅王大人說過，要以禮相待。」

第六十五章　惜別葛奶奶

說罷就上前作禮道：「葛奶奶，其實妳已經死了三十年了。只是因為妳的心結無法解開，所以靈魂才會不散，化為人形繼續生活在這裡。如今妳的心結已經解開了，跟我們去地府銷戶吧。」

水生和渙文聽後，驚訝地抬頭看著葛奶奶。只見葛奶奶身上散著微光，身形逐漸模糊起來！葛奶奶依舊拿著父母的畫像，流淚哽咽說著：「我的父親……到底是怎麼犧牲的？……」

白無常隨後轉頭對黑無常說道：「範弟，我的法力不夠，你來告訴她吧。」

黑無常說道：「可是天庭有令，不得干預人間之事。」

白無常說道：「她已經不屬於人間了，告訴她吧。」

黑無常聽後應了一句，便開始上前作法，只見他伸出一指，指向葛奶奶的眉心。葛奶奶立刻就陷入了短暫的呆滯，然後瞬間又回過神來，頓時淚流滿面。

白無常說道：「葛奶奶，不要再東躲西藏了，跟我們走吧。」

葛奶奶欣慰地笑著抹抹眼淚，說道：「我知道了，我跟你們走。」

旁邊的水生和渙文聽後開始大哭起來，拉著葛奶奶的手，不想讓她走。渙文哭道：「奶奶……不要走……不要走……」

葛奶奶俯身將水生和渙文擁入懷中，淚流滿面，說道：「奶奶要走了，再也不能帶你們一起去趕集，不能給你們買麻酥糖吃，也不能一起打棗子了，你們要照顧好自己。水生，好孩子，謝謝你，帶來我父親的畫像，我終於知道他的模樣了，我沒有遺憾了。」

水生和渙文兩人依舊緊緊拉著葛奶奶，都哭成了淚人。

葛奶奶繼續說道：「水生、渙文，不要為我難過。死亡並不僅僅是生命的終點，也是新生命輪迴的開始。如果這世界上沒有死亡，也就不會有新生命的誕生。你們都是好孩子，從今以後，沒有奶奶的日子裡，你們要照顧好自己。」然後問水生道：「對了，嗚妹兒呢？」

水生趕忙從口袋裡捧出嗚妹兒，可是此時嗚妹兒像得了重病一般虛弱無力，病懨懨地趴在水生手心裡。

葛奶奶見狀，問嗚妹兒道：「小傢夥？你生病了嗎？」見嗚妹兒沒有反應，就對黑白無常說道：「這個小傢夥生病了，兩位官爺神通廣大，法力無邊，求求你們救救他。」

白無常看了看嗚妹兒，說道：「我們兄弟兩個，只是管理人間的陽陰變化之事，這個小精靈乃純陽之體，並不歸我們管轄。不過你不用擔心，他只是昨天晚上為了保護水生，釋放了太多自己的陽氣，所以才會一病不起，讓他好好休息休息，就能恢復了。不過，不能再讓他這樣了，因為他還太小，如果一次失去太多陽氣，很可能就會永遠的變回原形，再也無法變成精靈形態。」

葛奶奶點點頭，說道：「原來是這樣，謝謝二位官爺。我們走吧。水生、渙文，奶奶走了，你們要照顧好自己。」

渙文和水生都泣不成聲，大聲哭道：「奶奶，我不要妳走！我不要妳走！」

第六十五章　惜別葛奶奶

可是最終，葛奶奶的身影還是在水生和渙文的哭聲中，逐漸消散了。黑白無常也瞬間消失了蹤影。隨後渙文和水生兩人「撲通」一聲跪倒在地上，嚎啕大哭起來。

然後，整個院子裡開始發生巨變！

周圍低矮的土牆和大門變得破舊，大門和土牆上裝飾的白花竟然變成了一塊塊的爛泥，石路兩邊的蔬菜花卉竟然都變成了及膝的雜草，院子裡的稻草堆則變成了一個小小的墳頭，那墳頭豎立的石凳竟然變成了葛奶奶的墓碑！木窗變得破破爛爛，窗上原本糊著的白紙竟然變成了蜘蛛網，原本整潔的小屋，竟然瞬間變得破敗不堪！唯一不變的，就是那棵院子裡的棗樹。

房屋裡掛的葛奶奶的畫像也發生了變化，原本眼神憂鬱，面帶愁容的葛奶奶，竟然變得表情舒暢，和藹含笑！

這天，水生幫著渙文打掃院子，收拾屋子，一直忙到很晚，最後在葛奶奶的墳頭拜了拜，才休息下來。

第二天早上起來，嗚妹兒終於恢復了精神，伸著耳朵，探出腦袋，圓圓的小眼睛滴溜溜的亂轉，還一連吃了好幾個大棗，吃的肚子圓滾滾的。水生見狀，這才放下心來。

隨後周圍來了很多村民，而葛奶奶的故事也瞬間就傳開了。德昌州城的巡撫姓劉，也專程帶人來調查。整個院子裡外，都站滿了人。

水生將自己的見聞，告訴了劉巡撫。

劉巡撫聽後當即表示，重賞水生，並繼續給渙文發撫卹金。還讓水生帶大家一起去奔虎山裡的石牆，為曾經戰死的將士們舉辦慰靈儀式。

水生應後，突然想起來什麼似的，說道：「巡撫大人，我聽說抵禦魔族入侵的戰爭中，還有五十七名烈士的遺骸沒有找到，對嗎？石牆前曾經發生了山崩，很可能他們戰死後，遺骸就被滾落的山石掩埋住了！」

劉巡撫一聽，隨即下令迅速召集人馬，由水生帶領，浩浩蕩蕩的去奔虎山，準備挖掘烈士遺骸。

在水生的帶領下，大家來到奔虎山裡的石牆下，並在劉巡撫的指揮下，開始了挖掘工作。周圍站滿了圍觀的百姓。

果不其然，隨著挖掘工作的不斷進行，在石牆前山石下，陸陸續續發現了不少殘骸！人們將遺骸小心翼翼的平鋪保管好，挖掘了一整天，果然發現了整整五十七具遺骸！

至此，奔虎山上鬧鬼的傳聞全部水落石出，真相大白。原來，一百年前，魔族入侵時，三萬多名將士曾在鍾將軍的帶領下，在這裡和魔族進行過殊死的戰鬥，可是最終戰敗，全軍覆沒。這石頭空地，就是當年將士們堅守過的陣地，而這石牆，就是當時將士們為了抵禦魔族而修建的防線，石牆的豁口，就是被魔族攻陷而損毀的。

在將士們修建的防線被攻破後，他們僅剩的五十七人集合在一起，在鍾將軍的帶領下，向魔族發起了最後的死亡衝鋒，最終全部戰死，壯烈犧牲，陣地失守，奔虎山淪陷。

第六十五章　惜別葛奶奶

可是他們死後，靈魂卻不散去，每晚夜深人靜之時，就會重新聚集在一起，一次又一次地發起他們生前曾經發起過的死亡衝鋒。他們衝鋒前唱軍歌的聲音，和衝鋒時的喊殺聲響徹山谷，於是便有奔虎山鬧鬼的傳聞。

最後的五十七名將士戰死後不久，奔虎山就發生了山崩，將他們的屍體掩蓋住了！所以人們才一直沒有找到他們的遺骸！

挖掘工作結束後，劉巡撫舉辦了隆重的慰靈大會。後來，人們驚訝地發現，奔虎山上半夜的鬼叫聲竟然消失了，再也沒有出現，關於奔虎山鬧鬼的傳聞也就逐漸消失。再後來，商客行人直接穿過奔虎山就可以去往龍之國內陸，再也不用繞道而行了。

而那些將士們，死後靈魂滯留人間百年，屬於重罪，本應該被重判永世不得重新投胎轉世。但是後來，閻羅王親自上書天庭，陳述事實，為他們求情，也最終得到了輕判，只是判他們十年後才能重新投胎。據說葛奶奶也因為屬於忠義之後，同樣得到了地府的輕判。

水生也因為此事受到了讚許和重賞。後來，水生帶著鳴妹兒，告別了眾人，找到石牆下自己的行李，打算一路往西。最終在北極星的指引下，走了三天三夜，終於走出了奔虎山！

第六十六章
葛志航

當時黑無常對葛奶奶作法,讓其陷入短暫的呆滯,其實是讓她看到了自己父親的經歷!

那是一個陽光明媚的春日,在德昌州城外的葛家村,一個年方十七、八歲的小夥子,正彎著腰在田裡插秧,就聽到有人呼喊:「志航哥!」原來那個小夥子名叫葛志航。

呼喚他的則是一個年紀相仿,穿著花衣的年輕小姑娘,名叫高麗兒,此時正站在田埂,挽著一個竹簍,笑著朝葛志航揮手。

葛志航聽到後,抬頭伸了伸腰,也笑著應了句,就放下手中的秧苗,走向田埂,和那個小姑娘一起並肩坐下。

這兩個年輕人都住葛家村,正處在熱戀期。此時正值春季,全村人都在田裡忙著灌溉、插秧,高麗兒則負責給幹農活的家人送飯。她也悄悄的多帶了碗飯,給家人送完飯後,悄悄來到葛志航這裡,也給他送飯。

兩個年輕人並肩坐在田埂,葛志航看著眼前青春亮麗的高麗兒,心裡更覺喜歡,一臉憨笑地看著她,視線黏在她身上怎麼也不移開。

第六十六章　葛志航

　　高麗兒取出一碗飯，遞過去，低著頭一臉嬌羞地說道：「志航哥，快吃飯吧。」葛志航這才捧起飯，大口大口的吃了起來。

　　高麗兒見葛志航滿頭都是汗，就伸手給他擦了擦，然後葛志航又是一陣憨笑。

　　不一會兒飯吃完了，高麗兒拿出幾個銅板，遞給葛志航，說道：「志航哥，這個你拿著吧。」

　　葛志航見狀說道：「麗兒，妳怎麼又給我錢。我不是說了嗎，我們結婚的錢，我會去賺的。我給人家放牛、打零工，做農活來賺，妳不用給我。」

　　高麗兒說道：「志航哥，我希望我們能早點存夠錢，早點結婚，等我們結婚了，這錢都是我們家的，你拿著吧。」葛志航這才收下了。然後高麗兒挽著葛志航的胳膊，輕輕依偎在他肩膀上。

　　葛志航也心裡一陣歡喜，看著身邊這如花似玉的姑娘，還能聞到她身上沁人心脾的體香，忍不住低頭吻了她的額頭。高麗兒瞬間羞紅了臉，低著頭，依偎的更緊了。

　　突然從他們身後傳來一陣小孩子的鬨笑聲，兩人慌忙回頭一看，就見幾個孩子指著他們大笑，邊笑邊叫：「親親嘴，羞羞臉！親親嘴，羞羞臉！」

　　兩人見狀倉促起身，葛志航指著那些孩子罵道：「你們這些小兔崽子！」然後就追打過去，那些孩子就鬨笑著四散而逃了。

高麗兒則紅著臉，低頭挽著竹簍，說了句：「志航哥，我走了。」就快步走開了。葛志航則憨笑著目送高麗兒到很遠，才繼續下田幹活。

又過了幾日，那天正是德昌州城趕集的日子，可是葛志航卻沒有去，他想要早點存夠婚錢，就去給一家人幹農活。

他剛拿了工錢，正往家走，就見到一個慌慌張張的中年婦女，上前抓住葛志航就問道：「志航，你今天見到麗兒了嗎？一家人都在找她！都要急死了！」原來她正是高麗兒的母親。

葛志航一聽也慌了神，說道：「阿姨，我也和你們一起去找！」便和大家一起找了起來。可是過了很久，附近幾個村子都找遍了，都沒有找到高麗兒。

葛志航急忙說道：「阿姨，我去德昌州城裡找！今天趕集，說不定她去看熱鬧了！」便跑開了。他一路小跑到德昌州城，此時德昌州城城西永泰門下人來人往，城裡更是熱鬧繁雜。

葛志航在城裡找了幾圈，終於在人群中見到一個熟悉的身影！是高麗兒！她此時正挽著竹簍，走在人群裡，邊走邊看。

葛志航上前去，大聲說道：「麗兒！妳怎麼在這裡！」

高麗兒嚇了一跳，看是葛志航，便含笑道：「志航哥，你怎麼來了？我看今天趕集，集市上人多，我就……」

不等高麗兒說完，葛志航就生氣地說道：「妳知不知道，大家都擔心的在找妳呢！妳還在這集市上閒逛！這麼晚還不回家！」

第六十六章　葛志航

　　高麗兒被葛志航這麼一兇，委屈的眼淚在眼眶裡直打轉，她低著頭沒有說話，然後從口袋裡掏出了一大把銅錢，委屈的喃喃低聲哭道：「今天趕集，人多，我想多賣點鞋墊，本來打算賣完就回去，沒想到這麼晚了。」

　　原來，高麗兒並不是來集市閒逛，而是來賣自己做的鞋墊。這些天，她一直都在德昌州城賣自己做的鞋墊，只是今天她想多賣一點。

　　葛志航一下就意識到是自己錯怪了她，看著眼前眼淚楚楚的高麗兒，他瞬間心中無比愧疚，低聲喃喃問道：「妳一直在這裡賣鞋墊？」高麗兒含淚點了點頭。

　　葛志航瞬間淚目，哽咽問道：「妳還沒有吃飯嗎？」高麗兒含淚低下頭，沒有說話。

　　葛志航眼淚奪眶而出，一把抱緊高麗兒，哭道：「麗兒，我不是說了嗎，我們結婚的錢，我會去打工賺的，妳不用這樣。」

　　高麗兒伏在葛志航懷裡，也瞬間破防，大聲哭道：「志航哥……我就是想早點嫁給你……我就是想早點嫁給你……」然後兩個年輕人大哭著相互緊緊相擁在一起。

　　兩人就這麼哭了一會，葛志航擦擦眼淚，拉著高麗兒的手，說道：「走！我們去吃好吃的！」

　　高麗兒還有些猶豫，葛志航不由分說，拉著她就走，然後來到一個包子鋪前，用今天打工賺來的錢，買了幾個香噴噴的大肉包子。兩人就這麼緊緊站在一起，一邊哭，一邊笑，一邊大口大口地吃了起來。吃完後，葛志航又帶著高麗兒買了包麻酥糖，兩人又繼續開心的邊吃邊逛。

然後就見不遠處圍了一群人，人群裡時不時還爆發出一陣叫好。兩人走近一看，原來是一個畫師在給人畫像，畫師的旁邊還有一個木牌，上面寫著「十文一張」。

葛志航說了句：「走，我們也去畫一張。」便拉著高麗兒，兩人坐在了畫師面前，讓畫師給他們兩個畫張畫像。

那畫師應了聲「好嘞！」便拿起紙和筆，然後看著他們說道：「小夥子，你摟緊你的小娘子呀。」葛志航紅著臉，摟緊了高麗兒，高麗兒則紅著臉，羞的低下頭去。

那畫師又說道：「小姑娘，你也靠緊你的小郎官呀！」高麗兒又是一陣嬌羞。

周圍人群則一齊起鬨起來：「靠緊點！摟緊點！靠緊點！摟緊點！」

然後兩人這才不好意思的緊緊靠在一起，微笑著，滿臉幸福。

畫師這才揮動著畫筆，三下兩下就將畫像給畫好了，然後高高舉起，遞給葛志航。周圍人見狀，又是一陣叫好！

葛志航和高麗兒兩人接過畫像一看，畫像上面的兩人，正滿臉幸福甜蜜的緊緊靠在一起。便交了錢，在大家的起鬨下，牽著高麗兒的手，紅著臉離開了。

一天，天空上突然出現了一個帶著尾巴的災星！天空也被那災星劃開一道裂痕！大家都不知道發生了什麼事。不久後，街上出現了很多衣衫襤褸逃難的人，一打聽才知道，在東面沿海，三十萬魔軍通過天空的裂縫，來到人間，開始大舉入侵龍之國！三十多萬魔族大軍兵分三路，五萬人向北，五萬人向南，另外二十萬則殺氣騰騰的直奔德昌州城而來！

第六十六章　葛志航

　　據說魔族士兵各個相貌醜陋，面目猙獰，眼睛泛著紅光，一路燒殺擄掠，無惡不作！他們所到之處，原本幽靜的村莊，熱鬧的集市，物產豐隆的農田菜園，盡數被毀成為一片廢墟！家園被毀的百姓們開始紛紛向西逃難，各個衣衫襤褸，面容憔悴！一時間，整個龍之國如黑雲壓境，陷入一片恐慌！

　　此時，葛志航也終於賺夠了婚錢，和高麗兒完成了婚禮。兩人搬入新家，新婚燕爾，如膠似漆，難捨難分。

　　葛志航聽聞魔族殘暴，不禁熱血沸騰，保家衛國之情瞬間點燃，雖然新婚不久，毅然決然的積極申請參軍入伍！

　　臨走那天，葛志航帶上簡單的行李，辭別高麗兒。高麗兒大哭著將其送出村外，哽咽哭著說了句：「志航哥……」，便再也說不出話來。

　　葛志航鏗鏘有力地說道：「天下興亡，匹夫有責！等我們趕走了侵略者，我就會回來了！」說罷邁開大步頭也不回的就走。

　　高麗兒則不停的哭著：「志航哥……志航哥……」可是葛志航並不停下腳步，繼續堅定地邁步走遠了。高麗兒望著葛志航遠去的背影，大聲哭道：「志航哥……我懷孕了……」

　　葛志航聽到後瞬間淚奔，他停下腳步，低頭哭了起來，良久才含淚哽咽地說道：「麗兒，妳好好帶大我們的孩子。」

　　高麗兒聽後，大哭著向葛志航跑去，葛志航也轉身將高麗兒擁入懷中，兩人大哭著緊緊相擁在一起！

高麗兒拿出一張畫像，將其撕成兩半，將一半遞給葛志航，哭道：「志航哥，你拿著我的畫像，你要是想我了，就看看我的畫像吧。我和孩子，等你回來。」

　　葛志航哭著小心收好畫像，然後抹抹眼淚，說道：「好好帶大我們的孩子，等我回來。」說罷，便轉身走了，留下淚流滿面的高麗兒獨自一人。

　　而在他們四周，到處都是響應號召應徵入伍的年輕人。他們有的跪在地上，哭著向父母跪別；有的哭著辭別自己的兄弟姐妹；有的哭著辭別自己的愛人；有的懷抱尚在襁褓中的孩子，依依不捨……但是，他們都有一個共同的目標！參軍入伍！抵抗侵略！保家衛國！

　　葛志航走遠後，高麗兒拿出畫像一看，瞬間大聲哭了出來！她一邊哭著向葛志航跑去，一邊大聲哭喊著：「志航哥！拿錯了！畫像拿錯了！」

　　原來，她本來想把自己的半張畫像給葛志航，但是卻錯把自己的畫像留了下來，把葛志航的畫像遞了出去！可是此時葛志航早已經走遠，高麗兒雖然哭著跑了很久，最終還是沒有追上，直到最後腿腳不穩摔倒在路邊，趴在地上不斷喃喃哭道：「志航哥……畫像拿錯了……志航哥……畫像拿錯了……」

　　後來，隨著德昌州城保衛戰的戰事越來越激烈，部隊開始組織百姓有序向西撤退，高麗兒也跟著百姓一起離開了葛家村。一個月後，德昌州城淪陷。五萬多守軍將士，除了少數傷員成功突圍外，其餘盡數戰死，壯烈犧牲！

第六十六章　葛志航

　　隨後便開始了慘烈的奔虎山守衛戰，經過了幾個月的慘烈戰鬥，最終龍之國戰敗，奔虎山淪陷。戰役的最後，龍之國僅剩的五十七人，向魔族發起了最後的死亡衝鋒，葛志航就是在這最後的死亡衝鋒中犧牲的。

　　魔族大軍則通過奔虎山，氣勢洶洶的長驅直入龍之國腹地！龍之國陷入了前所未有的亡國亡種的巨大危機之中！

　　這時，龍之國上空忽然出現陣陣烏雲，烏雲上隱隱出現一座金鑾寶殿，金光四射，華麗絢爛。從裡面傳來一個渾厚迴響的聲音：「千里眼、順風耳，朕忽然感到神州大地妖氣喧天，你們速去查明真相。」

　　不一會兒，就聽兩人回來報曰：「稟告陛下，是魔界的魔族，他們通過天空被災星劃破的裂痕，侵入神州大地，入侵了龍之國！」

　　那渾厚的聲音說道：「喔，原來是他們。」

　　就聽另一個聲音正聲說道：「陛下，魔族作惡多端，殘暴無仁，定會給龍之國帶來無盡的血光之災！臣請帶天兵天將下界，擊敗魔族妖孽，以正人間！」

　　那渾厚的聲音說道：「魔族本沒有那麼強大，但是他們侵入神州，吸收了人間的怨恨，故而變得強大，即為人間之大恨。即是人間所生之大恨，也必須由人間一位懂得大愛之人方能解開。你我眾神皆不得橫加干預。」

　　那另一個聲音說道：「陛下，神州大地乃神選之地，龍之一族乃黃帝炎帝的後代，屬我神族後裔！龍之國乃神創之國，歷史悠久，國祚綿長，距今已經有五千年歷史！臣不忍坐視華夏文明中斷於魔族之手！」

那渾厚的聲音說道：「華夏文明乃神創文明，是不會中斷的。此劫難，亦龍之一族命中註定之劫難也。自盤古開闢，媧神造人以來，在人間，還沒有哪一個民族、哪一個文化，可以延續超過五千年。龍之一族想要打破這個時間限制，就必須經歷此劫難。此難過後，龍之一族定會浴火重生，以一個全新的姿態，重新傲立於世界民族之林。」

那另一個聲音說道：「臣，遵旨。」

說罷，空中的那個金鑾寶殿便消失在雲海之中，不見了蹤跡。

第六十七章
死亡之谷

　　水生按照北極星的指引，走了三天三夜，終於順利走出了奔虎山。

　　此時正是深秋，水生站在奔虎山上，放眼遠眺，只見藍天白雲之下，是一望無際的廣袤平原，這裡青山錦繡如夢，河流蜿蜒如幻，田地阡陌如詩，村落有致如畫，好一片美如畫卷的大好河山！！

　　水生帶著嗚妹兒感嘆一番後，就下山往西去了。一路上，水生邊走邊問，路過了無數個村莊城池，水鄉古鎮，就這麼走了一個多月，天氣也開始寒冷起來，還好葛奶奶給自己帶了好幾件厚衣服，穿上之後，就暖和多了。

　　最後，終於在路人的指引下，來到了一個小城，名曰清崇縣，這座小城依山傍河而建，背後是山巒起伏的群山，還有著大片大片的原始森林，雖不及德昌州城繁華昌盛，但是也亭臺樓閣，草長鶯飛，情調古樸，別具一格。

　　水生抬頭一看，只見城後的群山郁郁青青，高聳入雲，懸崖峻峭，山石寒邃，山上是看不盡的良辰美景，山頂貌似有著數不盡的神光靈氣。聽當地人說這最高的山峯就是共由山了。雖然一路上當地人都勸水生不要上山，但是水生還是馬不停蹄，穿過小小的清崇縣，走入群山，沿著一條彎彎曲曲的羊腸小道，上山而去。

水生奇緣

水生站在山腳下，對著口袋裡的嗚妹兒說：「嗚妹兒，我們上山了，你要抓牢注意安全。」嗚妹兒「嗚嗚」叫了叫，緊緊抓住水生的口袋邊沿，探出一個腦袋。

隨後水生就沿著小路開始上山，這窄窄的山路臺階陡峭，蜿蜒起伏，腳下是崎嶇難行的山石，兩邊是灌木雜草，身後是深溝險壑，似乎稍不留神就會葬命於此，可是水生還是義無反顧一步一步往山上走去。

水生沒走多久就感覺從山谷裡吹來一陣冷風，吹的他直打哆嗦，水生裹緊衣服，蓋好嗚妹兒，繼續往上走，又走了一會兒，就聽到山間小路上傳來一陣歌聲，水生仔細一聽，就聽那歌唱道：

「山河壯麗，物產豐盈，泱泱我族，齊心協同！
　不懼艱險，莫圖近功，泱泱我族，砥礪前行！
　矢勤矢勇，毋怠毋忽，泱泱我族，貫徹始終！
　緬懷先烈，作則後師，天地之間稱英雄！
　緬懷先烈，作則後師，天地之間稱英雄！！」

水生聽那歌聲慷慨激昂，歌詞鏗鏘有力，曲調抑揚頓挫，讓人不覺渾身振奮。心想，莫非這就是那傳說中的木公大仙！就駐足抬頭，向山谷方向望去，聽到一陣腳步聲由遠而近，就大聲叫道：「老神仙！老神仙！」

正叫著，前面山路上的一塊大山石後面，就走出來了一個樵夫模樣的人，那樵夫揹著一捆木柴，腰間別著柴刀，正從山上沿著山路緩緩走下來，然後停下腳步，仰頭大笑道：「我哪裡是什麼神仙啊，就是一個賣木柴為生的樵夫罷了。」

第六十七章　死亡之谷

水生說道:「我聽了你的歌後,就感覺精神抖擻,渾身像是充滿了神力一般,以為你就是神仙。」

那樵夫笑道:「我也不知道這是什麼歌,但是在我們清崇縣,人人都會唱。小朋友,難道你想去山上尋仙問道?」

水生如實回答道:「我想去共由山上找木公大仙,找到傳說中的龍之力量,救活我的媽媽。」

那樵夫一臉認真地說道:「你一個人就別去了,乖乖回家吧。這共由山上山勢險惡,毒物叢生,即使是炎熱的夏天,山上也寒氣逼人,太危險了,別去了,別去了。」

水生堅決地說道:「我不怕,我一定要去的。」

那樵夫搖搖頭,嘆了口氣,說道:「你這小娃,怎麼這麼小就想不開。如果想要去共由山,必須要路過一個死亡之谷呢,那裡常年迷霧籠罩,陰氣逼人,死亡之谷裡荒涼無比,寸草不生,只要是進去的人,從來沒有再出來過!據說裡面滿地都是人的屍骨,到處都是爬蟲毒物!」

水生聽後,雖然心裡有些害怕,還是堅決要去。

那樵夫見水生態度堅決,就說道:「順著這小山路,一直往上走,走大約兩個時辰,能看到一塊大石頭,上面寫著三個字『五神石』,過了那石頭,再穿過一個裂縫,就是死亡之谷了。你要是看到那石頭,就趕快下山,千萬不要再往前走了,千萬千萬記住,一定要趕在日落前下山。」

水生聽後問道:「五神石?是不是山上住了五個神仙?」

那樵夫笑道：「哪裡有人知道啊，凡是走過那石頭的，還從來沒人能活著回來呢！」

隨後，水生謝別那樵夫，義無反顧，沿著山路，一步步往山頂走去。

越往上走，山路就越陡峭崎嶇，水生手腳並用，連爬帶跪的走了近兩個時辰，累得筋疲力盡。終於在爬上一小塊平地後，抬頭一看，果然出現了一塊巨石，那巨石上面寫了大大的三個字「五神石」。石頭下是一個裂縫，大小剛好容一個人通過。從裂縫裡正不斷吹出陣陣刺骨寒風，還有陣陣白色霧氣不斷噴湧而出，裡面卻什麼也看不見。

水生心想，這裡果然有那樵夫說的五神石，想必這裂縫可以通往共由山頂。

裂縫裡吹出的寒風讓水生不禁打了個哆嗦，他便裹緊衣服，愛憐地摸摸嗚妹兒的頭，低頭問道：「嗚妹兒，你冷嗎？」嗚妹兒在口袋裡，「嗚嗚」叫著搖搖頭。

接著，水生便起身，走向那五神石下面的裂縫，然後側身往裡面鑽了進去。

此時已經是黃昏，裂縫裡空間狹窄，霧氣陰冷，光線昏暗，水生小心翼翼地側著身，捂著口袋裡的嗚妹兒，就這麼一步一步在裂縫裡慢慢前行。

不知走了多遠，眼前竟然出現了亮光！應該就是裂縫的出口了！水生加快腳步，向那光亮走去，果然走了出來！來到了一個開闊的大峽谷！

第六十七章　死亡之谷

　　這峽谷裡雲霧繚繞，兩邊是高高的石山，面前是直聳入雲的巍然高山，腳下是蜿蜒曲折的石頭小路，似乎能通往山頂！

　　這便是樵夫所說的死亡之谷了！水生本以為這裡是樵夫所說的到處是爬蟲毒物的恐怖之地，其實並不是，這裡雖然一片荒涼，寸草不生，稀稀落落的枯樹也盡是腐枝朽木，但是卻四處奇峯怪石，萬壑千巖，風景卻也別緻。

　　這時，天色漸暗，水生抬頭看看面前的高山，就見遠處的高山高聳入雲，仙氣十足，心想這便是共由山無疑了，然後提步就走。

　　他剛走兩步，就被一個什麼東西給絆倒，撲倒在地。待他回頭一看，嚇得魂都飛了！那躺在地上的是一個人！

　　水生坐在地上，嚇得渾身發軟，待他壯著膽子仔細一看，這哪裡是個人，原來只是一個人形石頭罷了。這人形石頭有手有腳，臉上的五官也依稀可見，但卻是塊石頭。

　　水生雖然心裡恐懼，但是也只得帶著嗚妹兒繼續向前。

　　過了一會兒，走累了，兩人就坐在一塊石頭上休息。水生拿出來乾糧，和嗚妹兒一起吃了後，又繼續起身趕路。他們不知道的是，他們坐的那石頭後面，也是一個躺著的人形石頭！

　　就這麼又走了一陣，終於接近了眼前的共由山，只是這時天色已經完全暗了，道路也已經看不清楚。水生只好找了一塊大石頭，打算今天就在這裡過夜，第二天再繼續趕路。

死亡之谷的夜晚一片寂靜，聽不到任何蛙鳴蟲叫，只有陰冷寒風的「嗖嗖」聲，地上寸草不生，連可以鋪的草都找不到。水生裹緊衣服，抱緊嗚妹兒，就這麼躺在了那塊石頭上，打算休息下了。

　　水生抱著懷裡的嗚妹兒，回想起了兩人共同經歷的過往，在村口大樹椿上的初次相識，兩人一起去過的雲柳寺、虛空幻境、德昌州城，路過奔虎山，再一路趕到清崇縣，到現在一起登上共由山。一路上，因為有嗚妹兒的陪伴，他才能走到今天，想到這裡，水生突然感覺一陣愧疚、難過和感動，然後輕聲說道：「嗚妹兒，你還記得我們剛認識的時候嗎？」

　　嗚妹兒卻沒有反應，水生低頭一看，見嗚妹兒已經呼呼睡著了，就微笑著輕輕說了句：「謝謝你，嗚妹兒。」便也倒頭睡下。

第六十八章
鳴妹兒雪夜救主

在死亡之谷裡，水生抱著鳴妹兒，躺在一塊石頭上睡著了。

大半夜裡，夜幕籠罩，忽然間，陰風大作，颳起了瑟瑟的刺骨寒風，氣溫驟降，極度陰冷！！水生即使穿著厚衣服，依舊被凍得手腳冰冷，他縮成一團，不停地打著哆嗦。

這時，從水生懷裡發出了陣陣淺淺的粉色光芒，那光芒羸弱朦朧卻又溫馨祥和，緩緩的在水生身上蔓延開來，逐漸將水生籠罩起來！水生頓時感到寒意消散，逐漸，全身上下都暖和了起來！

原來是鳴妹兒，這粉色光芒就是他所發出的，他為了保護水生，不斷釋放著自己身上的陽氣！溫暖著水生，對抗著嚴寒！

就這樣，又不知過了多久，天上竟然飄下了鵝毛大雪！雪花紛紛雜雜，漫天飛舞，天地間頓時白茫茫一片！可是水生有鳴妹兒的粉色光芒保護，竟然也不覺寒冷！

那些雪花飄飄而落，穿過水生身上的粉色光芒，落在他身上時，都會迸發出一瞬微弱的寒光！不久後，水生身上便積了一層薄薄的雪花！

就這樣，隨著時間的推移，水生身上的積雪越來越厚，鳴妹兒發出的粉色光芒也開始逐漸黯淡下去，直到最後，完全消失了！

水生又開始冷的打起哆嗦來，如果這時，傳說中的木公大仙現身，微微施展法術，就可以拯救水生了吧！可是水生蜷成一團，渾身上下被凍得瑟瑟發抖，木公大仙並沒有現身。

在這極度嚴寒的共由山下，荒無人煙的死亡之谷裡，水生帶著嗚妹兒在這裡過夜。剛開始，水生尚能依靠嗚妹兒的溫暖光芒勉強抵禦嚴寒，可是隨著一陣鵝毛大雪來襲後，嗚妹兒發出的溫暖光芒卻也開始逐漸微弱下去！不久後，水生就由於極度嚴寒，身體開始失溫，意識開始模糊，被凍的渾身僵硬起來！

可是那大雪，卻越下越大，越下越大，絲毫沒有要停下來的跡象。不一會兒，水生身上的積雪越來越厚，身體也徹底凍僵了！而嗚妹兒發出的溫暖粉色光芒，也完全消失！

此時，漫天飛舞的雪花依舊一片片地落在水生身上，繼續發出一陣陣陰冷寒光！伴隨著那雪花發出的微弱寒光，水生的身體也開始發生了異變！雪花所落之處，水生的身體竟然逐漸變成了冷鬱堅硬的石頭，並且開始向全身不斷蔓延開來！

原來這不是普通的雪，而是被詛咒的魔法之雪，只要是黏上這雪的人，身體都會變成石頭！這死亡之谷裡四處林立的人形石頭，其實就是來這裡尋仙問道的人變的！如今，水生也和他們一樣，在這寒冷的冬夜，變成了石頭！

如果這時，傳說中的木公大仙現身，微微施展仙術，就可以拯救水生了吧！可是隨著水生的手臂、大腿，都變成了石頭，木公大仙卻依舊沒有現身。

第六十八章　嗚妹兒雪夜救主

這麼下去，水生整個人都會變成石頭的！這時，水生口袋裡重新出現了微弱的粉紅色光芒！那粉色光芒渺小又堅強，微弱又柔和，給這無盡黑暗的死亡之谷帶來了陣陣溫暖和美好！

伴隨著那陣粉色光芒，從水生的胸前口袋裡，竟然緩緩鑽出了一個小小的嫩芽！！

這嫩芽，嬌小孱弱，卻堅韌頑強，發出微弱的螢火之光，在寒冷嚴酷的雪夜裡若隱若現，猶如風中殘燭一般，似乎隨時可能被吹滅；這嫩芽，芽苞初放，卻不屈不撓，發出微弱的螢火之光，在寒冷嚴酷的雪夜裡璀璨閃耀，猶如明星高懸一般，似乎永世也不會熄滅！

而此時，水生的身體大部分已經都變成了石頭，而且隨著積雪越來越厚，範圍還在不斷擴大。

只見這嫩芽迎著寒風，頂著暴雪，不斷努力伸展著嬌小的枝葉，頑強地向上生長！隨後，它的軀幹開始變粗，新的枝芽不斷抽出，向四周伸展蔓延開來！而每條枝芽上，都奇蹟般的生出了三個粉色的小小花蕾！

那些枝芽繼續伸展，直到最後，變成一棵小樹，將水生的身體完全遮蓋起來！將本要落在水生身上的雪花，都盡數被遮擋住了！原來這棵樹就是嗚妹兒所變，嗚妹兒其實就是一個樹精靈！

鋪天蓋地而來的鵝毛大雪依舊不斷簌簌而落，不一會兒，在枝芽上面，就落了薄薄的一層雪。忽然間，那些無數枝芽上的花蕾，都開始發出了粉色光芒！那光芒溫暖柔和，照耀在水生全身！

奇蹟發生了！水生在那溫暖光芒的照射下，身體的異變竟然逐漸停止！

就這樣，這陰冷的雪夜，在寂靜的死亡之谷，嗚妹兒化身成為一棵散發著粉色光芒的小樹，伸展著枝芽遮擋住大雪，發出溫暖光芒照耀著水生，盡全力阻止著他身體的異變！

大雪越下越大，沒過多久，那小樹的枝芽上就堆了一層厚厚的積雪！那積雪就像是巨石一般，重重地壓在小樹上面！

可是，那小樹卻全然不懼，挺立著嬌小卻又堅韌的身軀，迎著狂風，頂著積雪，繼續發出溫暖的粉色光芒！照耀著水生！就這麼一直堅持著！

又過了一會兒，那小樹似乎是精力耗盡一般，其發出的粉色光芒再次黯淡了下去，而風卻更寒，雪更狂了。

忽然間，一陣狂風吹來，吹的小樹頂的積雪簌簌而落，落在水生的身上！瞬間，水生身體的異變又再次開始了！隨著水生身體上石頭範圍越來越大，小樹的粉色光芒也越來越黯淡。

最終，那滿樹的粉色花蕾發出的溫暖光芒閃爍了幾下，就又黯淡了下去，直到最後完全熄滅，而水生也徹底石化了。

如果這時，傳說中的木公大仙現身，微微施展仙術，就可以拯救水生了吧！可是最後，水生全身都變成了石頭，而小樹的粉色光芒也徹底消失了，整個死亡之谷陷入了一片死寂，木公大仙卻依舊沒有現身。

這時，隱約間，嗚妹兒似乎是聽到了水生「撲通撲通」的心跳聲！原來嗚妹兒所在的位置，正是水生心臟的位置！這裡可以很清楚地聽到水生的心跳聲！嗚妹兒忽然想起了在水生村莊外的大樹樁，他和水生初次相遇時的情景。

第六十八章　嗚妹兒雪夜救主

水生問道：「你怎麼一個人在這裡啊，你的媽媽呢？」從那時起，兩人就時常相見，後來一起去了柳仙鎮，開始了一系列的奇幻旅行，兩人之間早已經結出了深厚的情誼。

嗚妹兒此時一直不斷地釋放出自己的陽氣，在這寒冷的雪夜，努力保護著水生不受傷害！可是，他的力量卻太過弱小，無法抵禦嚴寒對水生的侵害，最終，水生全身還是變成了石頭。隨著水生完全變成石頭，他的心跳聲也越來越微弱下去。

嗚妹兒又想起了他們初次相遇的情景，當時嗚妹兒調皮地鑽進水生胸前的口袋，然後被水生的心跳聲嚇到時，水生笑道：「那不是什麼妖怪敲鼓的聲音，那是我的心跳。每個人呀，都是有心跳的，沒有心跳的話，人就死啦。」

可是嗚妹兒的努力，終究還是沒有能夠成功挽救水生，他的心跳聲最終還是逐漸變小，逐漸變小，直到最後完全不見，徹底消失了。

嗚妹兒明白了！沒有心跳人就會死！可是，嗚妹兒不想讓水生死啊！嗚妹兒想讓水生活過來！！

想到這裡，在這漆黑的死亡之谷裡，那小樹的枝芽上，再次出現了星星點點的粉色光芒！不一會兒，那小樹上，每個枝頭上的三個花蕾，竟然都奇蹟般的緩緩綻放開來！！那些嬌嫩的粉色小花，枝落三蕾，花開五瓣，不懼嚴寒，不畏風雪，在這無盡的黑暗裡招展！在這凜冽刺骨的冷風中盛開！在這鵝毛般的大雪中怒放！！

伴隨著那滿樹粉色小花的，是更為溫暖的粉色耀眼光芒！那些柔弱的滿樹小花，猶如千萬盞明燈，千萬顆明星，千萬把火燭，頂著厚厚的積

雪，發出耀眼光芒，繼續照耀著整個水生身體！！照亮整個死亡之谷！！也照亮了不遠處的共由山！！

縱使四周是一片暗無天日的昏暗！縱使身上有厚厚的積雪壓身！縱使凜冽刺骨的寒風不斷呼嘯吹過！縱使水生的身體早已經全完石化，心跳也已停止！

他依舊迎著風霜，傲雪挺立，堅韌不拔，挺立身軀，用盡自己的力量，釋放著粉色的溫暖光芒！溫暖和照耀水生！沒有絲毫懈怠，沒有絲毫放棄！

終於！那些壓在樹上的積雪，竟然發出「嘶嘶」的聲響，然後開始融化成水，最後直接蒸發！鵝毛大雪依舊在下，可是那些大雪還來不及落下，就在光芒的照耀下直接氣化！

不久，水生的身體重新發出了「撲通撲通」的微弱心跳聲！伴隨著心跳聲，水生的身體又開始變回肉身！石頭的範圍竟然逐漸開始退卻！

終於，水生徹底變回了人形，他被嗚妹兒的光芒照耀著，感覺無比溫暖舒適，就翻了個身，伸了個懶腰，又繼續睡了過去。而他身上的嗚妹兒依舊不斷放出萬丈光芒！

就這樣，他們過了一整夜。

第六十九章
木公大仙

水生在嗚妹兒的照耀下,舒舒服服的睡了一晚。

待他第二天清晨迷迷糊糊睡醒時,才發現自己竟然在一個房間裡!他起身朝窗外一看,窗外盡是一片茫茫雲海,還聳立著幾棵百年青松,遠處還有幾座高聳入雲的青山。

水生正坐在床上看著窗外發愣,就聽到屋外傳來一陣腳步聲,然後就見一個白髮老人,拄著枴杖,微笑著緩緩走了進來。那老人長鬚白髮,笑容和藹,渾身仙氣。

白髮老人見水生睡醒了,就緩緩笑道:「你終於醒了。」

水生好奇地問道:「老神仙,這是哪裡?」

白髮老人緩聲道:「這裡是共由山頂,今天早上我下山時,在山谷裡發現你和你的朋友,就把你們帶上了山。」

水生聽後趕忙翻滾下床,滿臉驚喜的上前作禮道:「共由山頂??您就是木公大仙!?」

那白髮老人捋捋鬍子,搖頭大笑道:「大仙?不敢當。只是稍有修行,略知古今,小有法術罷了。和你的那個朋友一樣。」

水生嘟囔了句「我的朋友……」就趕忙低頭翻看口袋裡的嗚妹兒，可是口袋裡卻早已空空如也，沒有了嗚妹兒的蹤影。

水生慌慌張張的渾身上下翻找了一遍，依舊沒有能夠找到嗚妹兒，焦急萬分，就哭腔問道：「木公大仙，嗚妹兒不見了！嗚妹兒不見了！您知道他去哪裡了嗎？您知道嗎？」

木公大仙笑道：「嗚妹兒？就是昨天那個樹精靈嗎？他昨天為了保護你，釋放了太多自己體內的陽氣，不小心變回了原形。不用擔心，我已經作法讓他可以維持精靈形態了。昨晚他累了一晚上，讓他好好休息休息吧。」說罷便指向床上。

水生一邊自言自語道「累了一晚上？」一邊回頭一看，只見嗚妹兒正躺在床上呼呼大睡，這才放下心來。然後「撲通」一聲，跪了下來，哭道：「木公大仙，我叫曹水生，求求你，用龍之力量救活我的媽媽……我的媽媽被壞人害死了……」

木公大仙扶起哭哭啼啼的水生，說道：「你隨我來。」說罷便轉身拄著枴杖，緩緩走了出去。水生抹抹眼淚，去給嗚妹兒輕輕蓋好被子，便快步跟了出去。

水生走出房屋一看，四周是一片片雲海翻騰，仙霧繚繞，一座座山峯聳出雲端，玲瓏俊美，一棵棵郁郁青青的青松點綴其中，枝幹遒勁，這裡竟像是人間仙境一般！

水生所在的院子，仙臺樓閣，假山玲瓏剔透，青松姿態奇美，地上是如花似玉的琪花瑤草，水生一時間竟然呆住了，心裡驚想，這仙境竟像是來過一般，如此熟悉！

第六十九章　木公大仙

　　不久，待雲霧稍稍退散，腳下出現了一個羊腸小徑，而木公大仙正站在前面不遠處。水生沿著小道快步走到其身後，這才發現，木公大仙正迎風站在懸崖邊上，原來這裡就是共由山的山頂！

　　還不等水生開口，就聽木公大仙緩緩說道：「水生，你快來看這片雲海。」

　　水生不解，上前兩步，向遠眺望而去，只見那雲海猶如驚濤駭浪般不斷翻騰，變化萬千。剛開始，水生尚且感覺新鮮，但是過了一會兒，便開始感到無聊，剛要開口說話，就被木公大仙打斷道：「水生，你繼續看。」

　　水生只得硬著頭皮，就這麼繼續看，又過了一陣，實在忍不住了，就問道：「大仙，為什麼要看這雲海呢？這雲海是很美麗，可是看久了，也會無聊啊。」

　　木公大仙笑道：「那是因為你沒有看到其中的妙處。我在這裡已經看了將近五千年了。」

　　水生聽後，更覺崇拜，哭道：「大仙，您有傳說中能讓死者復活，生者永生的龍之力量對嗎？求求你，救救我的媽媽……」

　　木公大仙道：「龍之一族的黃首領曾經告訴過我，他在人間，發現了一種非常強大的神祕力量，可以讓生命戰勝死亡。」

　　水生聽後追問道：「傳說中的龍之力量就是可以讓死者復活，生者永生的！這個傳說是真的！您真的見過我們的黃首領嗎？」

木公大仙緩緩說道：「見過，當然見過，我還和他打過一個賭呢。我聽說過龍之力量，但是，我卻從來沒有聽說過有人可以永生。這世界上根本就沒有可以永生的生命。」

水生肯定地說道：「有的，有的，只要找到龍之力量就可以。您知道龍之力量在哪裡嗎？」

木公大仙轉身看了看水生，然後緩緩說道：「水生，你體內有股邪氣。你知道嗎？」

水生低頭想了想，答道：「我知道。上次遇到魔族後，我就時不時感到頭疼。我是不是被施了什麼妖法？您能解開它嗎？」

木公大仙卻搖搖頭，說道：「這妖法，別人是解不開的。當你明白這妖法是什麼的時候，你就能自己解開了。」

水生繼續追問道：「大仙，您知道龍之力量到底是什麼嗎？為什麼至德大元帥修補天空的裂痕時，要犧牲自己呢？」

木公大仙捋捋鬍子，說道：「天機不可洩露。水生，當你知道龍之力量是什麼的時候，你就會明白至德大元帥為什麼要犧牲自己了。」

水生繼續哭道：「我真的沒有辦法救活我的媽媽了嗎？」

木公大仙指著遠處的雲海，說道：「你看這茫茫雲海，仔細看就會發現，那些雲霧，不論形態多麼巨大，翻騰時多麼有力，霎時間就會煙消雲散。但是，立刻就會有新的雲霧孕育產生，補充進來，這雲海就會在這裡，永世翻騰，延綿不絕。人間也是一樣，每時每刻都會有人死去，就像這消散的雲霧一樣，但是每時每刻，也會有新的生命誕生降臨，就像這新

第六十九章　木公大仙

產生的雲霧一樣。一百年前，人間熱鬧繁榮，現在人間依舊熱鬧繁榮，但是百年之後，無論多麼位高權重，多麼富甲天下，全部都死掉了。但是人間依舊還會熱鬧繁榮，因為他們的子孫後代會繼續在這裡，永遠生活下去。人死不能複生，就像消散的雲霧無法再聚攏一樣。雲霧就是人間，人間就是雲霧。你懂嗎？」

水生聽得一頭霧水，一臉迷茫不解。

木公大仙掐指一算，繼續說道：「在人間，你和你的媽媽倒還是有一面之緣，待你修煉得道，我便可以作法送你回到過去，和媽媽相見。」

水生聽後，滿臉驚喜，連聲問道：「大仙，您真的可以送我回到過去？去見我的媽媽嗎？」

木公大仙笑道：「當然可以。不過現在你的修行還不夠，想要穿梭時空，你就必須先瞭解宇宙蒼生，將你的精神提升到極致。」

水生趕忙追問道：「大仙，是不是如果我能回到過去，就能改變過去，救活我的媽媽了！？」

木公大仙說道：「因果無法倒置，萬物皆為相對。人即使能回到過去，也是絕對不能改變過去的。過去的事，發生了，就已經發生了，是無法被改變的。但是，現在付出努力，讓自己，讓這個世界變的更美好，若干年後再回過頭來看看，不就是改變了過去嗎？現在就是未來的過去。」

木公大仙見水生在旁一副完全聽不明白的樣子，就掐指一算，然後說道：「現在我倒是可以給你看一個東西。」

不等水生反應，木公大仙就舉手輕輕一揮，瞬間，一大片雲海就翻湧而來！瞬間便埋沒了兩人！

不一會兒，雲霧散去，水生驚訝地發現，他和木公大仙兩人竟來到了水生家裡。此時孟氏正和曹華抱成一團，哭著：「我的孩子……我的孩子……」而賴將軍也帶了將士們騎馬趕來，說道：「你們放心！我們一定把孩子搶回來！」便翻身上馬，大聲說道：「魔族搶走了孩子！快跟我去追！」便帶領將士們策馬而去！

水生見賴將軍直朝自己奔來，就要撞到自己，嚇得下意識後退一步，可是他們卻根本不停，直直穿過水生身體而去！

木公大仙笑道：「不用怕，這些都是幻影而已。」

接著，他們來到村外，一大隊魔族之人正快速逃離，他們各個面相醜陋，最前面的魔族首領身材高大，水生一眼就認了出來，那就是曾經襲擊了水生村莊的魔族首領！只是臉上並沒有傷疤！他的懷裡還抱了一個孩子！

忽然，遠處另一隊人馬正高舉著龍字旗飛速趕來！是賴將軍！只是賴將軍還正值壯年，頭髮還沒有花白！他帶領著龍之國的將士們追殺魔族而來！賴將軍騎著馬，搭弓射箭，「嗖」的一聲一支箭正中那魔族首領面門！魔族首領中箭後慘叫一聲，滾落下馬，懷裡的孩子也滾落到一邊的灌木叢裡！

只見那魔族首領掙扎起身，作法放出一陣黑霧，那群魔族之人就全都變成了一陣黑煙，飄散而去！賴將軍見狀，繼續帶領將士們策馬追擊而去！誰都沒有注意到灌木叢中的孩子！

第六十九章　木公大仙

　　待那隊人馬走遠，就見一個老和尚緩緩走了過來。他聽到旁邊草叢裡傳來微弱的嬰兒啼哭聲，便循聲找去，就找到了那個嬰兒！他以為有人棄嬰，就將其抱起，離開了！

　　水生嚎啕大哭道：「住持方丈……他是住持方丈……我知道了……那個嬰兒就是慧真師兄……原來慧真師兄就是我媽媽的親生孩子……」

第七十章
水生的身世

　　木公大仙在一旁，繼續變換場景！

　　這次，他們來到了一個陌生村莊裡。一群魔族之人正在追趕前面不遠處的一個年輕婦人！魔族首領臉上纏著繃帶，還不斷滲出鮮血，大聲說道：「快！抓住她！用她的孩子做魔力人柱！」那個婦人則捧著肚子，尖叫著艱難逃命。

　　隨後，水生就來到一個農家小院裡，然後就見剛才那個挺著大肚子的孕婦，慌慌張張地跑進來，手忙腳亂把門死死插緊，大聲哭道：「不！不！救救我的孩子！救救我的孩子！」就捧著自己的肚子，哭著向屋裡逃去！

　　這時，院外便出現了叫罵和砸門的聲音。木公大仙平靜的對水生說道：「她是你的媽媽。」水生看著那個孕婦，是一個自己從未見過的陌生女人，便說道：「不是呀，她不是我的媽媽。」

　　木公大仙說道：「你再看。」

　　正說著，院門就被砸開了，那一群魔族之人一下就衝了進來，最前面的魔族首領道：「快找！快！」然後其他人便開始四處翻找，其中一個人上前報道：「她從後門溜出去了！」隨後魔族就從後門追了出去。

第七十章　水生的身世

　　隨後木公大仙作法，帶著水生來到了村外，這個村外也有一條小河。就見剛才那個孕婦正捧著自己的肚子，慌慌張張的從村裡跑了出來，沿著河岸跟跟蹌蹌，邊哭邊跑。原來，她剛才插緊前門，然後從後門逃了出來！後面一隊魔族之人很快就遠遠地發現了她，然後叫罵著追了上來！

　　那個孕婦繼續哭著沿河岸逃跑，一不小心，腳下一滑，大叫一聲就滾落到了河邊的蘆葦叢裡！隨後，就聽到蘆葦叢裡傳出了一陣清脆的嬰兒啼哭聲！孩子出生了！

　　水生和木公大仙走進一看，那婦人下半身已經被鮮血染紅，正跪坐在蘆葦裡，小心翼翼地懷抱那個剛出生的孩子。那個孩子和水生一樣，眉宇之間有一顆痣！那婦人低頭愛憐地摸著那個嬰兒的臉頰，哭道：「我的孩子，我的孩子。」

　　那嬰兒不斷地放聲啼哭，而魔族之人也尋聲追了上來！

　　那婦人脫下上衣，竟然開始給那個嬰兒餵奶！那嬰兒也停止哭啼，開始貪婪地吮吸起媽媽的乳汁！

　　那婦人低頭看著懷中的孩子，豆大的淚珠不斷湧出，趴搭趴搭的滴在那個孩子的臉上，然後委屈哭道：「救救我的孩子……救救我的孩子……」

　　隨著魔族之人不斷追近，那婦人也趕忙穿上衣服，從身上撕下一塊破布，包好孩子，見旁邊剛好有一個竹籃，便哭著將其放入竹籃，然後拿出自己胸前的半塊寶石，也一同放入竹籃中，將其推向了河心！那竹籃就順著水流，逐漸緩緩漂遠了！而那半塊寶石，正是水生一直帶著的半塊龍字寶石！！

看到這裡，水生在旁早已經哭成了淚人，眉宇之間有一顆痣，還有半塊龍字寶石，這不就是自己嗎？

水生低聲啜泣道：「她就是我的親生媽媽？……那個嬰兒，就是我？……」

木公大仙平靜地說道：「是的。你繼續看。」

只見那個婦人，渾身早已經被鮮血染紅，然後抱了一堆雜草，努力掙扎起身，強撐著身體，繼續沿著河岸逃走！可是沒走幾步，就被魔族之人追上了！

魔族首領一把抓住那婦人的頭髮，將她懷裡的東西都粗暴地扯了出來！可是卻只見一堆雜草，哪有什麼嬰兒？

魔族首領勃然大怒，一腳將那婦人踹到在地！那可憐的婦人應聲痛苦倒地，她本來就剛剛生產，身體十分虛弱，再加上失血過多，竟再也沒有力氣站起來！

這時一名魔族指著河裡不斷漂遠的竹籃，說道：「孩子在那裡！」

魔族首領見後便令人去撈。可是那些魔族剛下水，準備游過去撈回竹籃時，本來平靜的河面竟然瞬間狂風大作！巨浪滔天！那河浪就像一個個巨型鐵拳，將他們一個個狠狠拍倒在河岸之上！

待他們倉皇逃上岸邊，就見遠處的河面，卻出奇的平靜！那條河就像一雙巨大的溫暖雙手，輕輕捧著那竹籃，將其緩緩送向遠方！

第七十章 水生的身世

而那婦人伏在地上，看著遠遠漂走的竹籃，先是露出欣慰的笑容，隨後又放聲痛哭起來，不斷哭道：「孩子……我的孩子……媽媽愛你……媽媽愛你……」隨後便倒在地上，沒有了氣息。

那魔族首領打開一個葫蘆，瓶口對準逐漸漂遠的竹籃，開始振振有詞的作法！只見一陣黑煙流出，隨後就將那竹籃包裹住！而此時，賴將軍也率領將士們從遠處騎馬趕到！

魔族首領大喊一聲：「不好！快撤！」便收起葫蘆，中斷作法，那魔族之人就都變成黑霧，消失了！

水生見狀，「媽媽！媽媽！」大聲哭喊了起來，而木公大仙則平靜的站在旁邊，繼續變換著場景！

隨後，兩人來到了水生村莊外的小河，他的哥哥木生和幾個朋友在河裡玩水。然後發現了小河裡流下來的竹籃！

木生二話不說，「撲通」一聲跳到水裡，朝河中央的竹籃游了過去。他游過去，抓著竹籃一看，就發現了裡面的嬰兒！可是瞬間，他也遇到了河底的暗流！然後身體瞬間失去平衡，捲入暗流之中！木生一手抓著竹籃，一手努力划水，想要保持平衡，可是依舊在河裡嗆了好幾口水！

岸邊的朋友們，急的團團轉，後來李深靈機一動，要大家把身上的衣服脫下，一件一件綁起來，連成一條長繩，扔向木生，然後大聲喊道：「木生！快抓住繩子！扔掉竹籃！抓住繩子！」

木生此時已經嗆了好幾口水，如果他放開竹籃，就能很輕鬆地抓住繩子，可是木生一手死死抓住竹籃，一邊嘗試抓住繩子，一邊斷斷續續的說道：「我不能放手……因為……因為……裡面有一個孩子……」

最終，幾番努力之後，木生終於成功抓住了繩子，被拉上了岸！然後大家圍在一起，驚訝地看著竹籃裡的嬰兒！隨後，木生就把那嬰孩抱回家！

　　在旁的水生見狀大哭道：「哥……那是我哥……是我哥救了我……」

　　木公大仙則平靜地站在一旁，繼續變換場景！

　　木生剛回到家裡，就和滿臉淚痕的曹華撞了個滿懷！木生懷抱著孩子，遞給父親曹華，說道：「爸，你看！孩子！剛才在小河裡撿到的！」

　　曹華趕忙抱起嬰兒，這時，嬰兒卻被驚醒，啼哭了起來，曹華小心翼翼抱著孩子，趕緊進屋，把孩子遞給孟氏，哭道：「孩子救回來了……孩子救回來了……」

　　孟氏一把抱緊嬰兒，大聲哭道：「我的孩子！我的孩子！」然後和曹華兩人一起抱著孩子，三人哭成一團！

　　在旁邊的水生，看到這一切，也跟著大聲哭了起來！

　　木公大仙輕輕一揮手，又是一陣雲霧翻滾瀰漫而來，待雲霧消盡，一瞬間，水生和木公大仙又重新回到了共由山頂！

第七十一章
共由山修行

　　得知自己親生母親的遭遇，並且自己的養母孟氏也無法復生的事實，水生早已經淚流滿面，泣不成聲，然後情緒崩潰，跪在地上嚎啕大哭。木公大仙則靜靜地站在旁邊。

　　良久，水生才整理情緒，向木公大仙欠身作禮，認真說道：「大仙，我想要回到過去，去見我的養母一面。請您教我修行。」

　　木公大仙捋捋鬍子，微微笑道：「你我確實有師徒之緣。你在雲柳寺時，法號是什麼？」

　　水生如實回答後，木公大仙笑道：「智悟，給你起這個法號的人，一定是個有大智慧的人。水生，今後你在共由山上，要潛心修行，不可怠慢，隨我來吧。」說罷便轉身離開了。

　　水生知道木公大仙肯收留自己，心中驚喜，趕忙倒身拜地道：「多謝師父！」然後也趕緊起身快步跟進。

　　水生跟在木公大仙後面，兩人一前一後，沿著共由山邊的石階小路下山。這石階小路圍繞著共由山，盤旋向下，旁邊就是萬丈深淵。水生就這麼小心翼翼地跟著木公大仙下山了。

兩人沿著石階小路盤旋下山，穿過雲海，便來到了一小塊平地，平地前有一個大瀑布。那瀑布下是個小湖，小湖下是繞著山石流下山澗的小溪。平地四周是一片果子樹。此時，山外雖已入冬，但是這裡卻溫暖如春，滿地是瓜，滿樹是果，小湖裡魚兒肥美。

木公大仙說道：「這裡是仙果谷，山頂的日常飲食，用水用柴，皆從這裡取用。你先把灶房水缸裡的水打滿吧。」說罷便轉身離開了。水生聽後，趕忙應聲，便上山取了水桶，開始走下山去打水。

水生來到湖邊，接滿水後，便扛著水桶，沿著石階小路上山了。可是水生剛剛十二歲，力氣還很小，扛著水桶，晃晃悠悠，一步一步「嘿呦嘿呦」的上山後，停下腳步擦擦汗，才發現，水桶中的水，竟然被灑了大半。

木公大仙見後，笑道：「這水桶就像人的慾望，你每次下山，只接半桶水就可以了。」

水生撓撓腦袋說道：「可是，師父，我想早點把水缸灌滿。」

木公大仙微笑道：「當你不想早點把水缸灌滿的時候，你就可以早點把水缸灌滿了。」說罷便捋捋鬍子，笑著走開了，留下一臉茫然的水生一人。

之後，水生便按照木公大仙的指點，每次只接半桶水，這樣確實更加省力氣，走起路來也更加平穩。

就這麼，水生累了就坐下來休息，渴了就喝些山泉水，餓了就吃些仙果谷裡的果子，打了整整一天的水，終於把水缸灌滿了。然後筋疲力盡，渾身痠痛，累的倒在地上，半天才爬起來，收拾好東西，走出灶房。

第七十一章 共由山修行

此時正是黃昏，水生見木公大仙正站在懸崖邊，便也走了過去。

水生欠身作禮道：「師父，水缸已經打滿水了。」

木公大仙微笑著點點頭道：「你的朋友也醒了。」水生走近才發現，睡了整整一天的嗚妹兒終於醒了，正在木公大仙懷裡，竄上跳下的玩呢！

水生趕忙上前接過嗚妹兒，兩人緊緊相擁，像是闊別多年似的。然後水生又給了嗚妹兒幾個剛才在山下摘的果子，嗚妹兒就鑽進水生胸前口袋裡，大口大口地吃了起來。

以後的日子裡，水生每天都去山下打水、砍柴，渴了喝泉水，餓了就去仙果谷摘些果子吃，而木公大仙總是站在山頂的懸崖邊看那些雲海，剛開始水生尚能任勞任怨地打水、砍柴，可是過了幾個月，就有些厭煩了。

有一天，水生打完水，砍完柴，見木公大仙正在懸崖邊看雲海，就上前作禮問道：「師父，我上山好幾個月了，每天都是打水砍柴。您什麼時候才能教我修行呢？」

木公大仙緩緩笑道：「當你不想修行時，你就可以修行了。」然後看到水生口袋裡的嗚妹兒，就伸手將其接過來。嗚妹兒一下就跳鑽到了木公大仙懷裡，木公大仙撫摸著嗚妹兒，問水生道：「水生，你告訴我，你所理解的修行到底是什麼？」

水生想到了哥哥木生練習打拳的情景，就說道：「對著人樁打拳。」

木公大仙聽後大笑，然後繼續問道：「那你告訴我，怎麼樣才能打出最強的拳呢？」

水生想了想，握著自己的拳頭說道：「懷著一顆想要打破一切的心，將自己的力量集中在一點，爆發出來，就可以打出最強的拳了。」

木公大仙仰天大笑，然後捋捋鬍子，說了句：「隨我來。」便抱著嗚妹兒轉身走下山，水生則茫然地跟在後面。

兩人來到了仙果谷瀑布下的水池前，木公大仙笑道：「你試試將這水打破。」

水生心中不解，但還是走到池邊，對著池水胡亂打了兩拳，可是僅僅是濺起了些水花，池面很快就又恢復了平靜。

水生困惑問道：「這不可能啊，師父，水怎麼可能被打破呢？」

木公大仙笑道：「你連水都打不過，還怎麼打破一切？」然後順手撿起一塊小石頭，扔到了池子中央，繼續問道：「你能不用工具，且手不沾水，把小石頭從水底取出來嗎？」

水生搖搖頭道：「這不可能啊。」

木公大仙微笑道：「你下去試試。」

水生心中不解，但還是走到池邊，跳到齊胸深的水池裡，對著池水打了兩拳，可是除了濺起了些水花，池面沒有任何變化。

水生想了想，自言自語道：「懷著一顆打破一切的心……」然後緊握雙拳，閉上眼睛，醞釀一會兒後，猛地睜開眼睛，朝水面使勁揮拳砸下！這一拳夾帶著微弱的拳風，竟然將水面衝擊的微微凹了下去！可是瞬間，水面就反衝上來，濺起了一陣水花！

第七十一章 共由山修行

木公大仙微笑道：「如果你想要打敗水，就必須和水融為一體。你再跟我來。」說罷抱著嗚妹兒，轉身走開，帶水生走進仙果谷，來到一棵大樹下。

樹上正傳來一陣鳥兒的驚叫聲，水生抬頭一看，就發現一隻小黃鳥，正「吱吱」叫著，慌亂地拍打著自己的翅膀，在枝頭亂飛。不遠處，則有隻個頭比他大很多的毒蛇，正瞪著黑漆漆的眼睛，吐著紅彤彤的蛇信，緩緩向他靠近！

那小黃鳥並不逃走，反而嘗試著發起進攻，不斷用自己的嘴去啄毒蛇，試圖將其驅散！可是他的力量太弱小，根本無法阻止毒蛇的靠近！反而在毒蛇的凌厲攻勢下，他的羽毛凌亂，慘叫不止，節節敗退！嗚妹兒見到後，也嚇得鑽到木公大仙懷裡。

木公大仙問水生道：「水生，你看，那樹上的毒蛇和小黃鳥，哪個更厲害？」

水生說道：「當然是蛇更厲害了！」

木公大仙笑笑，說道：「你再看。」

正說話間，就聽空中傳來一聲清脆的鳥鳴聲！只見空中一隻體型較大的黃鳥如箭一般飛速俯衝而下！直啄毒蛇的眼睛而去！然後呼搧著翅膀和毒蛇混戰成一團！而那小黃鳥也迅速參加了戰鬥！最終毒蛇眼睛受傷，在兩隻鳥兒的輪番進攻下，倉皇敗退，轉身逃走！

最終，毒蛇被趕走了，兩隻鳥兒則站在枝頭，緊緊地依偎在一起！而在他們身後不遠，正是一個鳥巢，從裡面還探出幾個小雛鳥的腦袋，正張

著嘴「吱吱」亂叫！原來那小黃鳥是為了保護自己的孩子，才不逃走，試圖趕走毒蛇！

水生看到這一幕，深感震撼，半天說不出一句話來！

木公大仙在旁緩緩說道：「想要獲得最強大的力量，並不是懷著一顆想要打破一切的心，而是懷著一顆想要保護一切的心。」

水生緩緩低下頭去，喃喃自語道：「懷著一顆想要保護一切的心……」

然後思考良久，繼續問道：「師父，傳說中可以讓死者復活，生者永生的龍之力量，到底是什麼？」

木公大仙搖搖頭，說道：「我也不知道。五千年前，龍之一族的黃首領曾經告訴我，他在人間發現了一種非常強大的神祕力量，那力量強大到甚至可以讓生命戰勝死亡。可是他卻沒有告訴我那力量到底是什麼。他說只要我看懂了共由山山頂的這片雲海，我就能明白了。可是，我站在這裡，都已經看了快五千年了，依舊不明白那人間的神祕強大力量到底是什麼。」

水生聽後說道：「傳說中，可以讓生者永生的龍之力量，原來是真的！」

木公大仙說道：「可是，這世界上並沒有可以永生的生命。你隨我來。」

說罷便帶水生繞過仙果谷，繼續下山，最終來到了一個大峽谷。這峽谷裡，到處是鳥語花香，蟲鳴蝶飛，一片生機勃勃！

水生看著這大峽谷，不解的問道：「師父，這是哪裡？」

木公大仙說道：「這裡就是死亡之谷。」

第七十一章　共由山修行

水生一臉困惑，不解問道：「不對呀，我上山時，路過了死亡之谷，那裡是寸草不生，十分荒涼的地方。和這裡不一樣。」

木公大仙沒有說話，只是彎腰摘起腳邊一株盛開的蒲公英，遞給了水生。

水生好奇地接過那株蒲公英，然後一陣微風吹過，那蒲公英瞬間就被吹散，一個個種子打著毛絨絨的白色小傘，隨風四處飄散，猶如千萬朵雪花，漫天飛舞！最後隱入草叢中、泥土裡、石縫內。

木公大仙說道：「每年入冬時，這裡的花草都會凋零，蝶蟲都會死掉，然後變成一片荒涼的不毛之地。可是，花草會留下它們的種子，蝶蟲會留下他們的蟲卵，待到明年春暖花開時，種子會萌發，蟲卵會孵化，然後這裡就又會變成像現在這樣充滿生命的生命之谷。」

水生一臉震驚地看著眼前的山谷，心情久久不能平復。

木公大仙繼續說道：「任何東西，只要有誕生，就一定會有死亡，生命也一樣。所以我一直不明白，龍之一族黃首領所說的，可以讓生命戰勝死亡的神祕力量到底是什麼。」

隨後的日子裡，水生更加勤奮地打水砍柴。有時，去仙果谷，盤坐在瀑布下，靜坐冥想；有時，站在水池裡，朝水面揮拳，練習拳風；有時，抱著鳴妹兒，和木公大仙一起站在懸崖邊，看眼前的雲海翻騰。

在共由山頂，不知不覺，過了一年又一年，水生也見證了生命之谷裡一年又一年的花榮草枯，他也一年又一年成長了起來。

第七十二章
悟道

　　水生就這麼在共由山修行，不知不覺已經過了五年，水生長成了一個十七歲的小夥子，由於常年修行，他長的身材高大，魁梧壯實。

　　一天，水生正挑著水上山，只見他雙手拎著水桶，健步如飛，不一會兒就竄上了共由山頂。挑完水後，就來到仙果谷瀑布下的水池裡，開始練習揮拳。

　　這時，木公大仙抱著嗚妹兒走了過來，嗚妹兒依舊是一個小小的精靈形態。

　　木公大仙問道：「水生，你找到打敗水的辦法了嗎？」

　　水生趕忙站直，欠身作禮道：「師父，請看。」就站在齊腰的池子裡，開始閉眼運氣，然後猛地一拳揮向水面！只見水生的拳頭帶著一陣強風，一下就將水沖的四散飛濺開來，水面也向下凹陷了足足一尺之深！

　　可是瞬間，水就又回彈而來，沖起的水花濺了水生一身。

　　水生收拳作禮說道：「師父，我的功力還遠遠不夠，還不能打敗水。」

　　木公大仙緩緩笑道：「這世間萬物都是蘊藏著巨大的能量，人也是世間的一部分。你沒有領悟這份力量，是因為你還沒有悟道。」

第七十二章 悟道

水生問道：「師父，道是什麼？我要怎麼才能悟道呢？」

木公大仙說道：「人法地，地法天，天法道，道法自然，自然無為，天無所向。人雖生於陰陽，吞吐自然靈氣，化為人形，立於天地，但實則與自然萬物一致。如果想要悟道，你就必須重新歸附自然，順應天時，應乎天命。」

水生低下頭去，將木公大仙的教誨緊緊銘記於心間。在往後的日子裡，更加勤奮的冥想和練習。

一日，水生在水池裡打拳，可是無論用多大的力氣去打水，水總是會反彈回來。水生用力越大，水就反彈的越高。

水生垂頭喪氣地站在齊腰深的水池裡，喃喃自語道：「自然無為，天無所向，是什麼意思？……歸附自然，順應天命，到底是什麼意思啊？……」然後揮拳砸向水面，無意間把手往上一甩，瞬間，方才湧起的水花，竟然被水生甩到了數丈之高的地方！

水生抬頭看著水花，驚訝地呆在原地，然後捧起一抔水，揮手拋向高處，可是卻怎麼也拋不高，遠遠達不到剛才的高度。

水生見狀，又揮拳打向水面，在水花濺起之時，順著水花濺起的方向，猛地用手向上一揮！瞬間水花又被拋到了數丈之高的地方！

瞬間，水生想到了師父曾經的教誨！「想要打敗水，就必須和水融為一體。」「當你不想打敗水的時候，你就能打敗水了。」

水生思索道：「原來如此，順應水流，才能將水拋的更高。逆著水流，無論怎麼努力，水都會再濺回來！打敗水的辦法，就是不打敗水！和水融為一體！」

水生一邊思考，一邊閉上眼睛，然後緩緩舒開雙拳，展平手掌，輕輕放在水面。過了一會兒，水生驚訝地自言自語道：「水在流動！水在流動！我感受到了水的流動！原來如此，水流就是水的能量！」

隨後，水生順著水流的方向緩緩撥動雙手，就這麼揮動起了雙掌！揮舞了幾圈，水生驚訝地發現，水流竟然繞在他身邊，旋轉了起來！而他所在的水流中心，竟然開始向下凹陷，形成一個旋渦！！

水生興奮地繼續撥動手掌，而那旋渦也越來越大！凹陷也越來越低！直到最後，水流竟然環繞著水生，形成了一個巨大的旋渦，裸露出了河底的石頭！！

水生毫不費力地彎腰，撿起了河底的一塊石頭！而此時，水流依舊盤旋成旋渦，繞著水生不斷旋轉！！

水生興奮地舉起石頭，高興地跳了起來！不停的大聲喊道：「師父！我做到了！師父！我做到了！」然後爬出池子，一路拿著石頭大叫著，連滾帶爬地衝上共由山頂，對懸崖邊的木公大仙興奮地喊道：「師父！我做到了！我真的做到了！！」

木公大仙捋捋鬍子，滿意地笑道：「我知道，我都知道。現在你知道『自然無為，天無所向』的真正含義了吧？大自然沒有任何作為，但是在這裡的萬物生靈卻年復一年的蓬勃繁衍，生生不息；上天也沒有任何方向，但是卻可以籠罩在這世界上的每一個角落。真正的修行就是領悟萬物的運行規則，讓自己身處其中！真正的修行，就是沒有修行！因為我們每個人，就是這世間萬物的一分子！」

水生激動不已，俯身作禮道：「多謝師父教導！」

第七十二章　悟道

　　木公大仙點點頭，滿意的笑了笑，然後問道：「你剛才在水中打的拳法，是什麼？」

　　水生答道：「師父，我只是順應水流的胡亂撥水而已，沒有什麼名字。」

　　木公大仙說道：「真正的修行，就是沒有修行。最強的拳法，也就是沒有拳法，所謂無根無極，萬法自然。就叫這套拳法太極拳吧。」

　　水生趕忙俯身拜謝道：「多謝師父賜名！」

　　木公大仙繼續微微笑道：「這樣我就可以作法，送你回去見你的養母孟氏了。你準備好了嗎？」

　　水生含淚點頭道：「師父，我準備好了。」

　　木公大仙說道：「把你的寶石給我。寶石是無法回到過去的。」便遞給水生一炷香，一邊揮手開始作法，一邊說道：「水生，這是還魂香，你拿好。記住，回到過去後，萬萬不可向任何人透漏你的真實身分，更不可母子相認。因為我會把你十歲時的靈魂，召喚到現在，再把你現在的靈魂送回去。回去後，讓你的媽媽孟氏把香點起來，這樣結束後，你十歲的靈魂就能順利回去了。如果你透漏了你的身分，就會造成時空錯亂，那麼你將永遠回不來，而你十歲的靈魂也永遠回不去了。」

　　水生解下胸前的寶石交給師父後，渾身突然發生了巨變！他變成了一個滿臉塵土，全身破敗的乞丐，一頭亂糟糟的白髮，滿臉皺紋，身上的衣服破爛不堪，手中變出了一根枴杖，肩上變出了一個破爛的包裹。然後腳下生出一朵小雲，帶著他直飛山下而去！

待水生穿過雲霧飛下山，他驚訝地發現，腳下竟然是龍之縣！水生繼續飛行，來到城西村莊，水生低頭一看，發現腳下竟是自己的學校！此時剛剛雨過天晴，空氣清新，微風拂面，操場上都是積水。教室裡還傳來賈教官和哥哥木生的訓話聲，原來因為下雨，軍事訓練課都改到了室內！

待水生腳踩小雲穩穩著陸，竟然來到了自己家門口！和七年前自己離開時，一模一樣！

水生懷著激動複雜的心情，猶豫再三後，終於伸手敲了敲門。不一會兒，門就打開了，開門的竟然是自己的媽媽孟氏！

水生見到媽媽後，瞬間無限的內疚和羞愧之情湧上心頭，眼淚也奪眶而出。他知道，再過幾天，媽媽就會被自己的肆意任性害死了。可是現在的他，卻什麼都不能做。他知道，自己甚至還會任性地推開媽媽，大聲說：「你不是我的媽媽！妳走！妳走啊！」現在的他，多想撲到媽媽懷裡，大聲說句：「媽媽，我是水生啊……媽媽，對不起……」可是現在的他，卻什麼都不能說。

現在的他，有千言萬語想要對媽媽說，可是此時站在媽媽面前的他，卻一個字也說不出來，只有滿眼淚水趴搭趴搭往下掉。而孟氏此時，正好奇地看著自己，不知道他有什麼事。

水生避開媽媽的眼神，低下頭去，艱難的從嗓子裡擠出幾個字：「夫人，我初來貴地，口乾舌燥，可否借一碗水喝？」孟氏聽後應了一聲，便轉身進屋了。

水生趁機探頭往房裡一看，院子裡依舊是裝修前的模樣，更覺傷感，就又流下淚來。

第七十二章　悟道

　　不一會兒，孟氏接了碗水來了，水生接過來，一飲而盡，說道：「多謝夫人。夫人，家中是否有個叫水生的孩子昏迷不醒？」

　　孟氏一驚，說道：「您怎麼知道的？我的孩子水生，確實發燒生病，正臥病在床。」

　　水生便掏出了木公大仙給他的還魂香，說道：「我這裡有一炷還魂香，妳拿去點在家裡，孩子很快就會醒過來了。夫人，妳不用擔心，妳的孩子一定會沒事，而且七年之後他還會再回來。」

　　孟氏問道：「您說的話我不太明白，請明示。」

　　水生哽咽說道：「天機不可洩露。」這時，水生耳邊傳來木公大仙的呼喚：「水生，該回來了。」水生便含淚準備離開，剛轉身，眼前腳下出現了一朵小雲。

　　水生知道自己馬上要離開，以後再也見不到媽媽，他情緒激動，幾近崩潰，就低頭小聲啜泣起來。過了一會兒，才調整情緒，背著身，對身後的孟氏哭道：「夫人，妳的孩子還小，還不懂事，希望妳原諒他的任性。我希望妳知道，妳的孩子非常愛妳。真的，妳的孩子非常非常愛妳。」

　　說罷，水生邁步踩上那朵小雲，然後整個人一下就騰空而起，穿過一大片雲霧後，瞬間就回到了共由山頂。

　　回來後，水生再也按捺不住心情，「撲通」一聲跪在地上，捂著臉，大聲哭了起來。嗚妹兒見狀，從木公大仙身上躥下，跑到水生身上，一起「嗚嗚」的哭叫。水生便抱緊嗚妹兒，兩人一起哭了起來。

第七十三章
辭別恩師

　　木公大仙作法讓水生回到過去，見到媽媽孟氏，而他回來後，就開始嚎啕大哭。

　　過了一會兒，見水生情緒逐漸平復，木公大仙才緩緩說道：「你五年前剛上山時，因為有害死自己媽媽的心結，所以心浮氣躁，急功近利，斷然無法靜心感悟世界。如今，你的心結已經解開，只要你靜心修行，感受萬物，定能大徹大悟，正果非凡。」

　　水生擦擦眼淚，問道：「師父，我該怎麼做才能感受萬物呢？」

　　木公大仙道：「去生命之谷，閉上眼睛，感受四季的變化吧。」

　　水生趕忙拜謝道：「多謝師父提點。」便下山，來到了生命之谷。

　　此時正是春天。水生站在花草叢中，閉上眼睛，就聽到了微風掠過花草的沙沙聲。

　　他展平雙掌，紮起馬步，緩緩撥動手掌，開始練習太極拳。他站在百花盛開的花草叢中，努力靜心，感受著春天。他在移動腳步時，將腳下的花兒都輕巧地避了開來，一套太極拳下來，竟沒有踩到一朵小花！

第七十三章　辭別恩師

　　水生就這麼每天練習太極拳,一直到夏天,各種蝶蟲飛蚊在他四周亂飛。他閉上眼睛,就聽到蚊蟲飛過的嗡嗡聲。

　　他努力感受著周圍的飛蟲,撥動手掌,打拳出掌間,竟然將周圍的蝶蟲飛蚊全都輕巧的避開來,一套太極拳下來,竟是沒有觸碰到一隻飛蟲!

　　水生就這麼每天練習太極拳,一直到秋天。他閉上眼睛,就聽到樹葉簌簌落下的聲音。他站在樹下,閉上眼睛,努力感受著落葉。每當樹葉落下,他便打拳出掌,用拳風將落葉都輕輕彈開。一套太極拳下來,竟沒有沾到一片落葉!

　　水生就這麼每天練習太極拳,一直到冬天。在木公大仙的指點下,水生待天黑後,才來到生命之谷,這裡寒風蕭瑟,早已經成了一片荒涼的死亡之谷。他閉上眼睛,四周一片寂靜,聽不到任何聲音。

　　一陣陰風吹過,水生頓感寒風刺骨,便打起了太極拳,不一會兒身體就熱了起來,再也不怕冷了。

　　到了深夜,死亡之谷一片寂靜黑暗,伸手不見五指。這時,漫天開始下起了茫茫大雪!雪花落在水生身上時,水生便感到如針扎一般疼痛!這便是能讓人變成石頭的魔法之雪了!

　　只見水生不慌不亂,閉著眼睛,感受著雪花的降落,然後積蓄拳風護體,揮動拳法,將那些將要落在自己身上的雪花一一彈開!一套拳法下來,身上竟沒有沾到一片雪花!他就這麼打了一整晚的太極拳!

　　第二天一大早,天空放晴,雪也停了,木公大仙抱著嗚妹兒,來到死亡之谷,就見到水生正盤坐在地上,靜靜冥想。他周圍的積雪,竟然擺出了一個大大的太極圖!而水生正坐閉著眼睛,盤坐在太極圖的正中心!!

木公大仙露出了會心的微笑，嗚妹兒也高興的「嗚嗚」叫了起來。水生聽到後，趕忙起身，作禮道：「師父！」

　　木公大仙點點頭，笑著緩緩問道：「水生，你告訴我，這個世界到底是什麼？」

　　水生答道：「這世界陰陽對立，相互為根！有即為無，無即為有！無論我們走多遠的路，最終都會回到起點！這世界就是一個由無數小輪迴組成的大輪迴！！」

　　木公大仙滿意地點點頭，繼續問道：「那你告訴我，人生到底是什麼？」

　　水生答道：「人生就是經歷！我們經歷過的過去，正在經歷的現在，還有即將經歷的未來！都是！我們曾經經歷過的痛苦也好，輝煌也好，都是我們的一部分！人生就是經歷！」

　　木公大仙笑著點點頭，繼續問道：「那你告訴我，人生的意義是什麼？」

　　水生答道：「人生的意義就是努力做好自己，讓世界更美好，讓我們人類這個物種，在這世界上，可以更好地繁衍下去！」

　　木公大仙聽後，滿意的捋了捋鬍子，點點頭，然後緩緩笑道：「水生，你可以走了。」便轉身離開了。水生聽後，彷彿預感到什麼似的愣在原地，又見木公大仙緩緩走遠，便趕忙快步追了上去。然後跟在後面一起返回了共由山頂。

　　木公大仙走到懸崖邊，抱著嗚妹兒，看著雲海，而水生則畢恭畢敬的站在後面。

　　木公大仙說道：「傳道者，天命也。這句話，你下山後，要務必牢記。」

第七十三章　辭別恩師

水生知道自己要離開共由山了，瞬間滿臉淚水，俯身跪地大哭道：「多謝師父點撥開化，諄諄教導，永世不忘！」

木公大仙轉身看了看水生，緩緩說道：「你體內的邪力，是被魔族植入的，想要戰勝這邪力，只有靠你自己。記住，這世界上最重要的事，就是你一定要知道你是誰。」

水生哭拜道：「謹記師父教誨！」然後又跪在地上，朝木公大仙磕了個頭，才抹抹眼淚起身，伸手打算接過嗚妹兒。

木公大仙撫摸著懷裡的嗚妹兒，說道：「就讓嗚妹兒留在這裡吧。你六年前上山時，他為了保護你，釋放了自己全部的陽氣，變回了原形，現在他只有在共由山上，才能保持精靈形態，如果離開共由山，也許不久就會變回原形，再也無法變回來了。」

水生聽到後呆在原地，然後瞬間淚崩，哭道：「嗚妹兒……嗚妹兒……」自從兩人在村口大樹樁上相識，這麼多年以來，共甘共苦，走南闖北，形影不離，從未分開。如果此時兩人就此分別，就像從水生心中挖掉一塊肉一般，痛苦萬分。

嗚妹兒似乎聽懂了一般，不顧一切地飛躥向水生，然後「嗚嗚」哭著鑽到水生胸前口袋裡，怎麼也不出來！

水生忍痛把嗚妹兒捧出來，淚流滿面，哭道：「嗚妹兒，你不能離開這裡，我不能帶你走，你在這裡要乖乖的。」

嗚妹兒聽到後就緊緊趴在水生手心，「嗚嗚」大哭起來。

水生說罷，就哭著把嗚妹兒交給木公大仙，抹了抹眼淚，又拜了拜，哭著打算轉身離開，就聽到身後，嗚妹兒正在木公大仙懷裡大哭大鬧。

　　水生怎麼也無法邁開步伐，他胸口就像是壓了一塊石頭，喘不上氣，心就像破碎了一樣，無比痛苦，眼淚更是不爭氣地流下，然後低頭啜泣起來。他和嗚妹兒在一起的點點滴滴不斷在腦海裡閃現，怎麼也忘不了。

　　可是水生還是假裝堅強，哭道：「嗚妹兒，我會回來看你的，你在這裡要乖乖聽話。」便邁開大步，哭著走開了。

　　沒走兩步，嗚妹兒就像發了瘋一樣，從木公大仙懷裡跳竄下來，然後哭著朝水生飛奔而來！他跑到水生腳下，可憐兮兮的「嗚嗚」叫著，想要鑽進水生胸前的口袋裡。可是卻被水生彎腰伸手攔住了。

　　水生一邊伸手阻攔嗚妹兒，一邊哭道：「嗚妹兒！你不能離開共由山！你會變回原形的！你要乖乖待在這裡！」可是嗚妹兒說什麼也不走開，就一直「嗚嗚」叫著，在水生腳下不停的哭著轉圈圈。

　　水生一狠心，抬腳就跑！可是水生跑到哪裡，嗚妹兒也就「嗚嗚」哭著跟到哪裡！水生看著嗚妹兒哭著跑向自己的樣子，一瞬間，就回想起了在虛空幻境流落孤島時！

　　那時，他和竹子姑娘還有爺爺三人一起在一個小島的山洞裡，嗚妹兒剛甦醒，渾身虛弱，卻一步一步「嗚嗚」叫著堅定地爬向自己，讓水生萬分感動。從那時起，水生就下定決心自己和嗚妹兒永遠也不會分開！

　　想到這裡，水生情緒失控，大哭著跪下身來，將嗚妹兒緊緊摟在懷裡，大聲哭道：「嗚妹兒！對不起！我不該趕你走！對不起！……」

第七十三章　辭別恩師

嗚妹兒也「嗚嗚」大哭個不停，兩人就這麼相擁而泣。

良久，水生哭著問木公大仙道：「師父，真的沒有辦法了嗎？」

木公大仙搖搖頭，說道：「這些年來，我一直作法，才能讓嗚妹兒維持他的精靈形態。如果你一定要帶走他，我可以最後一次給他作法。但是離開後，嗚妹兒的精靈形態到底能堅持多久，就要看天意了。」

水生緊緊抱著嗚妹兒，哭道：「師父，我不能離開嗚妹兒，我們要永遠在一起。求你最後一次給他作法。」

木公大仙聽後，點了點頭，然後稍稍一抬手，發出一陣亮光，就見嗚妹兒的粉色光芒越發閃亮起來。嗚妹兒也蹦蹦跳跳，更有精神了。

水生見狀，才哭拜道謝，讓嗚妹兒鑽進胸前口袋，背了行李，辭別木公大仙，下山了。

水生從口袋裡摸出了半條手絹，露出微微的笑容，然後對口袋裡的嗚妹兒說道：「嗚妹兒，我們先回龍之縣，然後一起去大草原吧！我要去那裡找一個很重要的人。」

得知要回家的嗚妹兒也高興的「嗚嗚」直叫，兩人就這麼慢慢下山了。

第七十四章
初遇小田螺

　　水生收拾好行李,帶了嗚妹兒,拜辭了木公大仙,便下山了。

　　此時正是冬季,水生穿過死亡之谷,順著之前上山時的石縫,慢慢走了出去,然後爬過五神石,沿著陡峭的石階慢慢下山,來到了山腳下的清崇縣。

　　六年過去了,這裡依舊熱鬧嘈雜,沿街新建了很多商鋪,人口更多,整個縣城也更繁華了。水生還有盤纏,便在集市上買了些乾糧,一路打聽如何去龍之縣。後來得知龍之縣在清崇縣以北,腳程約莫半個月,便出了清崇縣,往北走去。

　　水生一路上飢餐渴飲,路過了無數的村落集市,就這麼走了大約半個月時間。後來,在一個路人的指點下,來到了一個小集市,一打聽,才知道自己已經到了龍之縣境內!

　　經歷了這麼多天的行程,水生終於來到了龍之縣的管轄區!他按捺不住心中激動的心情,對口袋中的嗚妹兒說道:「嗚妹兒!我們就要到家了!」

第七十四章　初遇小田螺

　　嗚妹兒正在口袋中無精打采的睡覺，聽到水生的呼喚，也只是抬頭低聲「嗚嗚」叫了一聲。剛下山時，嗚妹兒尚且精神飽滿，活蹦亂跳，可是隨著時間的推移，越來越沒有精神。

　　水生看口袋裡的嗚妹兒精神萎靡，頓感心痛傷懷，便柔聲說道：「嗚妹兒，我們馬上就能回到家了。」可是正在睡覺的嗚妹兒只是「嗚嗚」的輕聲叫了一聲，就又睡著了。

　　水生在集市上買了一個脆梨，捧出嗚妹兒，分給了他一點。嗚妹兒吃了以後，才稍稍有些精神。

　　水生低頭愛憐地看著嗚妹兒慢慢吃梨，他輕輕撫摸著嗚妹兒，說道：「嗚妹兒，你要好好的，我們永遠也不分開，要永遠在一起。」嗚妹兒聽後也抬頭，擠出一絲笑容，「嗚嗚」叫了一聲。水生也笑了笑，然後繼續向前趕路。

　　剛出集市口，水生就聽到一陣吆喝叫賣聲，定睛一看，原來是一個十五、六歲的小姑娘，正在叫賣甜桃。這姑娘面前放著一筐看起來又大又香的桃子，卻不停地叫賣著：「又小又蔫的小桃子，便宜賣啦，只要一文錢一個！」旁邊還有些路人圍在旁邊。

　　水生心想，明明這桃子又大，吃起來肯定也香甜，怎麼說「又小又蔫」呢？然後就想去買一個嚐嚐。

　　這時旁邊有一高一矮兩個路人，他們見後，也一陣交頭接耳，高個子路人道：「那個桃子明明這麼大，她卻說小，還便宜賣，真是傻啊。」

　　矮個子路人也笑道：「是呀，這麼大的桃子，怎麼說也要三文錢一個呢，走，我們去買。」

說罷兩人走上前去，高個子路人問那姑娘問道：「喂，小丫頭，妳這又小又蔫的桃子，一文錢一個？」

　　那姑娘答道：「是呀，又小又蔫的桃子，一文錢一個，你要幾個？」

　　矮個子路人聽後，一臉壞笑的拿出十文錢，說道：「給你錢，給我來十個又小又蔫的桃子。」

　　那姑娘應了聲，收了錢放進隨身的錢袋子裡，便掀開筐蓋，果然從裡面拿出了十個又小又蔫的桃子。

　　兩個路人一見就傻眼了，指著上面的大桃子問道：「不是這個嗎？」

　　那姑娘笑道：「你不是說要又小又蔫的桃子嗎？上面大的大桃子，要三文錢一個呢，大的你也要嗎？」

　　那兩個路人一聽，頓時啞口無言，本想佔便宜卻吃了虧。周圍的人也都鬨笑起來。水生在旁邊莞爾一笑，心想原來如此。

　　高個子路人見狀大怒，一下把那小姑娘的攤給掀了，吼道：「你這奸商！老子不買了，快還錢！」

　　那姑娘氣的直掉眼淚，還沒等她說話，那路人一把搶走她的錢袋子，罵道：「奸商！走！跟我去衙門！」上來就要抓人。

　　那姑娘錢被搶走，氣得直掉眼淚，跺腳哭道：「把錢還給我……」又被抓住手臂，怎麼也掙扎不開。那姑娘哭道：「放開我！放開我！」桃子也撒了一地。

　　水生上前大聲說道：「小妹，我找妳半天，妳怎麼到這裡來了？」然後對那路人說道：「這位兄弟，她是我妹妹，年紀小不懂規矩，有所冒

第七十四章　初遇小田螺

犯，失禮了，失禮了。」說罷便把自己身上的錢拿了出來。水生本就有不少盤纏，路上又省吃儉用，所以還剩不少。

那高個子路人一看錢還不少，便收下錢，放了那姑娘，順手拿了一個大桃，揚長而去了。隨後，看熱鬧的人群也逐漸散了。

那姑娘蹲在地上，含著淚水，委屈地去撿散落一地的桃子。水生見狀，也上前幫忙。

待收拾好了桃子，那姑娘對水生感激地說道：「大哥哥，謝謝你剛才救了我。」

水生擺擺手，說道：「沒事沒事。」

這時，從旁邊路過一隊將士，舉著龍字旗，浩浩蕩蕩向北行進而去。

水生這段時間一路上見了好幾次行軍的將士，就好奇地問道：「他們是什麼人，要去哪裡？」

那姑娘一聽，說道：「大哥哥，你不是龍之縣人，你是外地人吧？」

水生答道：「我是龍之縣城西村的，但是我一直在外地，已經有快八年沒有回來了。」

那姑娘聽後說道：「原來如此，難怪你不知道。大哥哥，剛好我爸爸在前面不遠的一個小酒家裡做工，要不然我帶你去那裡坐坐吧，算是給你接風洗塵，也給你詳細講講。」說罷，那姑娘就一手挽著筐子，一手挽著水生，往集市的一個酒家走去。

兩人邊走邊聊，水生才知道原來那姑娘家住城東村，叫小田螺，聽說她出生時，爸爸正在河裡撈田螺，所以給她取了名字叫小田螺。

小田螺說，今年龍之縣多次出現魔族，四處搜索打探。聽通靈法師說，今年神州大地會出現一場災難，整個世界混不見日，魔族大軍會再次趁機流竄到人間作亂，整個龍之國一片血雨腥風，陷入黑暗和動盪！而魔族大軍的登陸地點，就在龍之縣！所以現在全國都在調兵遣將，增援龍之縣！平知縣和賴將軍兩人也在龍之縣的各個村莊，組建起了民兵組織，防禦魔族入侵。

現在出現的魔族雖然人數不多，但是已經鬧得人心惶惶，很多人搬去了南方。這個小集市就是通往南方的必經之路，很多逃難的人會來這裡暫時歇歇腳。小田螺爸爸剛好有朋友在這裡經營小酒家，聽說需要人手，便帶著她來這裡打工，賺些小錢。而小田螺也不閒著，她小小年紀便獨自一個人出去賣桃子。

水生聽後，心中感慨萬千，心想自己離開這麼多年，龍之縣發生了這麼巨大的變化，也不知道家裡情況怎麼樣，爸爸曹華和哥哥木生日子過的可還好？

正想著，兩人便來到了這集市上的一個小酒家。

小田螺對其中一個夥計說道：「爸爸！這是城西村的曹水生哥哥，是他今天救了我！」原來那夥計是小田螺的爸爸。小田螺便把來龍去脈說了一遍，還簡單介紹了一下水生。

小田螺爸爸將抹布甩到肩上，上前拱手作禮笑道：「真是多虧了你啊！小夥子！來來來，來坐下喝點茶水吧。」水生也趕忙應著坐了下來。

然後小田螺爸爸轉頭對小田螺說道：「小田螺，今天多虧了這個小夥子。以後妳也別走太遠，就在這附近吧，我們也好照顧你。」

第七十四章　初遇小田螺

　　小田螺嘟著嘴說道：「知道啦，知道啦！老爸，你快去給水生哥哥準備點飯菜吧！他剛才為了救我，把錢都給那些人了呢。」

　　小田螺爸爸忙笑著說了句：「好嘞好嘞，就去就去。」就轉身走開了，留下小田螺和水生兩人。

　　小田螺緊靠水生坐著，一會兒好奇的向水生問這問那，一會兒又喋喋不休的給水生講有趣的見聞，而水生只是在旁微微笑著，一一作答。

　　原來小田螺是個自來熟，不一會兒兩人的關係就親密了起來。

第七十五章
小集市

　　小田螺爸爸去給水生準備飯菜，小田螺嘟囔道：「我爸怎麼這麼慢啊，還沒有準備好。水生哥哥，我們先吃個大桃子吧！」說罷，就拿出了兩個大桃子切了。

　　水生便捧出口袋裡的嗚妹兒，想要讓嗚妹兒吃點桃子，可是見此時嗚妹兒有氣無力，心裡更覺心疼。

　　小田螺見了，雙手一拍笑道：「哇！好可愛的小松鼠！我可以抱抱他嗎？」說罷伸手將嗚妹兒小心翼翼地擁入懷中，還拿了一塊桃子給他。

　　嗚妹兒也「嗚嗚」叫著，接了桃子，然後低頭吃了起來。

　　水生說道：「他叫嗚妹兒，是我的朋友。」

　　小田螺低頭撫摸著懷裡的嗚妹兒，對嗚妹兒輕聲笑道：「你叫嗚妹兒？你真是太可愛啦！」

　　兩人就這麼又聊了一會兒，小田螺見爸爸還沒有送餐回來，便說道：「水生哥哥，你等一下，我去催一下我爸爸！」說罷，便自己起身走開了。

　　水生看嗚妹兒吃著桃子，然後就從口袋裡拿出半條手絹，握在手裡，低頭看著，陷入沉思。

第七十五章　小集市

　　他想起了曾經和阿茹娜在一起時的種種，還有兩人小河邊的約定，想到自己回到龍之縣後，就要去北方大草原找阿茹娜，不禁心裡感慨，就對桌子上的嗚妹兒說道：「嗚妹兒，我們馬上就能到家了，馬上就能回家了。」

　　嗚妹兒也興奮地抬頭朝水生「嗚嗚」的叫了叫。

　　水生正想著，小田螺早已經從水生身後竄了出來，她看到了水生手中的半條手絹，好奇地問道：「水生哥哥，這是你的手絹嗎？為什麼只有一半呢？另外半條呢？」

　　水生如實答道：「另外一半由一個女孩子保管著呢。」

　　小田螺聽後，一臉壞笑地問道：「是哥哥喜歡的女孩子，對不對？」不等水生回答，小田螺就便緊靠水生坐下，撒嬌問道：「姐姐是個什麼樣的人呢？」

　　水生微微一笑，答道：「是一個叫阿茹娜的蒙古族女孩。」

　　小田螺睜大眼睛，笑道：「阿茹娜姐姐一定是個大美女吧！」

　　水生只是微微笑了笑，沒有回答，小田螺便黏在水生身邊，一個勁地問關於阿茹娜的事情，什麼生辰八字，興趣愛好，甚至什麼時候結婚，打算生幾個小孩子都問了出來，弄得水生哭笑不得。

　　小田螺說道：「水生哥哥，讓我看看手絹，好嗎？」說罷便伸手拿了手絹，展在手心，感嘆道：「好美的手絹！」然後笑道：「水生哥哥，要不然你也撕一半給我吧！」說罷，就轉身用力撕了起來。

水生嚇得趕忙起身，伸手想要搶回來，忙道：「不行！不行！小田螺，別鬧了，快還給我！」然後只聽到「撕拉」一聲！

水生心裡一急，沉下臉，說道：「你……」

小田螺見水生有些生氣，便轉過身來，拿出手絹晃了晃，壞笑道：「水生哥哥，我逗你玩的！手絹在這裡呢！」原來小田螺根本就沒有撕，那「撕拉」的聲音，也是她模仿出來的。

水生趕忙接過手絹，見手絹完好無損，才安心下來，然後無奈地說道：「小田螺，妳要聽話，不要總是淘氣。」小田螺不說話，只是一臉壞笑。

這時，小田螺爸爸端上來一碗麵條，一碟小菜，對小田螺說道：「小田螺，又沒大沒小的了。」然後朝水生笑道：「小夥子，別介意，我這女兒被寵壞了。來，吃碗麵吧！」

水生忙客氣笑道：「沒事沒事，小田螺很可愛，我一點都不介意。」

在旁的小田螺朝爸爸吐吐舌頭，做了個鬼臉，然後拿起筷子，不停地給水生夾菜。

一頓飯的功夫，天色漸晚，又得知小田螺明天也打算回城東村給媽媽送藥，拗不過她的再三請求，水生便計畫在酒店裡留宿一晚，打算第二天和她一起買藥然後回龍之縣。

小田螺爸爸知道水生為了救小田螺，用光了自己的盤纏，便拿些錢硬塞給水生，又給水生準備一間免費的客房。這麼多天以來，一直餐風露宿的水生，終於住上舒舒服服的酒店客房。

第七十五章　小集市

　　第二天一大早，簡單的用餐後，兩人便準備出發去集市了。小田螺對爸爸說道：「爸爸，水生哥哥今天回龍之縣呢，我要和水生哥哥一起回去！」

　　小田螺爸爸說道：「剛認識怎麼好意思麻煩人家，過幾天再和爸爸一起回去吧。」

　　小田螺不肯，執意要和水生一起回去，撅著嘴說道：「我就要和水生哥哥一起回去！有水生哥哥在，我什麼也不怕！」

　　小田螺爸爸拗不過，又知道水生不是壞人，就答應了，然後拿了一個哨棍遞給水生，說道：「小夥子，最近龍之縣時常有魔族出沒，帶上這個可以防身。」水生道謝後就接了。

　　之後小田螺爸爸又給小田螺買藥的錢，還多給了幾個銅板，讓她給兩人隨便買些零食解饞。小田螺高興的拿了錢，吵著說要去買自己最喜歡的糖葫蘆，便挽著水生的胳膊，兩人帶著嗚妹兒去集市了。

　　一路上，小田螺依舊嘰嘰喳喳地說笑個不停。而早上起來，嗚妹兒依舊無精打采，只是吃了一小口饅頭，就一直躺在口袋裡睡覺了。水生心裡擔憂，對小田螺的說笑也只是附和著微微笑罷了。

　　不一會兒就到了集市，這集市並不大，路人也稀疏，兩旁是高低參差的店面，還有挑著扁擔叫賣的小販。

　　小田螺一會兒說自己曾經捉弄過的小貓、小狗，一會兒又說自己在這集市上賣桃子時的有趣見聞，一會兒又說自己愛吃的的東西，片刻也沒停歇。而水生只是微笑著，靜靜聽小田螺嘰嘰喳喳地說笑個不停。

就這樣，兩人一路來到一間小藥材鋪，店門口還疊放了很多曬藥材用的竹簍，小田螺讓水生在外等，自己則進去買草藥。

水生站在店外，看著店外人來人往，又看到口袋裡虛弱無力的嗚妹兒，愛憐地捧出來，柔聲說道：「嗚妹兒，我們馬上就能回家了，記不記得我們第一次相遇，是在村口的那個樹樁上。」

嗚妹兒趴在水生手心裡，有氣無力的「嗚嗚」叫了一聲，水生輕輕撫摸著嗚妹兒，說道：「是的，是的，我當然也記得。這麼多年你一直跟我走南闖北的，也吃了不少苦。今天我們就能回家了。」嗚妹兒朝水生努力擠出一絲笑容，又微弱的「嗚嗚」叫了一聲，水生眼眶有些溼潤，慢慢說道：「嗯，我們永遠都不分開！」

說罷，水生輕輕把嗚妹兒放進口袋裡，然後拿出半條手絹，就想起阿茹娜，不知不覺嘴角上揚，陷入了沉思。

水生正拿著手絹一個人發愣，就聽旁邊「嘩啦啦」的一陣聲響，被嚇了一跳，趕忙回頭一看，只見那店門口高高一疊竹簍全都倒了，七零八落散了一地！

藥店小二急急火火地衝了出來，叫嚷著：「哎呀！妳這娃子！又來搞什麼鬼！」水生還沒明白是怎麼回事，就見小田螺從旁邊鑽了出來，叫了句「水生哥哥！快跑！」一把拉住水生的手就跑！

兩人拉著手一前一後，就這麼飛一般地跑遠了，直到出了集市，才停下來。小田螺喘著氣，拍著手笑彎了腰，嘴裡還說道：「太好玩了！」

水生這才明白過來，原來那一疊竹簍都是小田螺故意推到的。水生既無語又無奈，只得嘆了口氣說道：「小田螺，妳要聽話，不要總是搗亂。」

第七十五章　小集市

　　小田螺揚起下巴，調皮笑道：「水生哥哥，我逗你玩的！」水生無可奈何地搖搖頭。

　　這時，從兩人身後旁邊傳來一陣小孩子的哭鬧聲，轉身一看，才發現是一個老奶奶，她滿頭銀髮，背曲腰躬，走的顫顫悠悠，身上還背個小包裹，身邊牽著一個約莫七、八歲的孩子，衣衫襤褸，蓬頭垢面。

　　那個孩子正在哭道：「奶奶，我餓！我要吃大饅頭！我餓！」

　　奶奶一臉愁容，拉著那孩子，嘆氣道：「奶奶也沒有吃的啊，你再忍一忍，我們到前面去集市上找找看。」

　　小田螺見狀，拉著水生走上前問道：「老奶奶，你們怎麼了？」

　　那孩子見有人來，趕緊躲在奶奶的身後不出來，那個老奶奶抬頭看了看小田螺，嘆氣道：「哎，魔族整的人心惶惶，實在沒辦法，打算帶著這七歲的小孫子，一路去南方討生活。」

　　水生聽聞後，表情凝重，唏噓不已，內心感慨萬千。

　　小田螺聽後，眼角泛光，無語凝噎，便把自己身上的幾個饅頭都拿出來，遞了出去。那老奶奶接了饅頭，連聲哭著道謝，轉身遞給那個孩子，那孩子便狼吞虎嚥地吃了起來。

　　老奶奶一邊擦拭眼淚，一邊喃喃說道：「好心人啊，謝謝你們……」

　　小田螺又把自己買草藥剩的錢都拿了出來，硬塞給老奶奶，水生心想自己也快到家了，便也給出了自己所剩不多的盤纏，僅留了少些乾糧。

　　後來小田螺還熱心的叮囑老奶奶注意身體，多多保重，讓小男孩聽奶奶的話之類的，才相互道別了。

第七十六章
重返龍之縣

水生和小田螺兩人辭別了老奶奶，就打算動身回龍之縣。

一路上，水生見小田螺情緒低落，完全沒有了以往的機靈勁，便問道：「小田螺，妳把錢都給他們了，妳還怎麼買糖葫蘆呀？」

小田螺微微笑著搖搖頭，說道：「沒事，我不吃了。」然後就又低下頭去。

水生見小田螺情緒沮喪，便半開玩笑地笑道：「怎麼了？吃不到糖葫蘆，難過啊？」

小田螺搖搖頭，就低頭哭了起來，然後淚眼婆娑地說道：「我想我的外婆了……我的外婆好喜歡我，她對我很好……」然後就又低頭啜泣了起來。

水生見狀便輕輕拍了拍小田螺的肩膀，本想安慰安慰她，就見小田螺順勢一倒，就撲倒在水生懷裡，哭的更大聲了。水生見小田螺哭的梨花帶雨，不知帶如何安慰，一時間手足無措，呆立在原地。

小田螺在水生懷裡喃喃哭道：「水生哥哥，你過了這麼多年，走了那麼遠的路，還要去大草原上找阿茹娜姐姐。」

第七十六章　重返龍之縣

　　水生聽後，輕輕扶住小田螺的雙肩，平視遠方，堅定的平聲說道：「是的，我一定要去大草原，把她找回來。」

　　小田螺聽後，抬頭看到水生堅定的眼神，然後緩緩低下頭去，低聲喃喃哭道：「那如果，我去了一個很遠很遠的地方，你會不會不論路途多麼遙遠艱辛，也來找我嗎？」

　　水生聽後半開玩笑的說道：「妳又打算不乖，到處亂跑啊？跑那麼遠可沒有糖葫蘆吃喔。」

　　小田螺聽後「噗哧」一聲笑了出來，然後笑道：「那我回來，你可要請我吃糖葫蘆！」

　　水生笑著點點頭，沒有說話，然後兩人就邊聊天邊趕路了。

　　兩人又走了大半天，感覺肚子餓了，就分著吃了水生的那份乾糧，然後繼續趕路。

　　不久，面前出現一座大山，小田螺說翻過這座山就到了，兩人便加快步伐繼續前行，翻過這個山頭後，龍之縣城便映入眼簾！

　　水生放眼遠眺，這龍之縣城比他離開時，城牆更加高大雄偉，四周的村莊也更加秀美寧靜！八年沒有回故鄉，水生看著眼前的龍之縣城和四周的村莊，激動的心情難以平復，不覺加快了腳步。此時，口袋裡的嗚妹兒依舊在倒頭睡覺。

　　原來，這條路正處在龍之縣城的東南，而小田螺家住在城東村莊，所以水生要回到城西自己的村莊，就要路過小田螺家。

快到家了，小田螺更加興奮了，她一路上不停的給水生講自己有趣的經歷。什麼村裡王二狗家的狗一窩生了八隻小狗呀，什麼自己去抓剛出生的小雞，然後被老母雞追的到處跑呀，什麼村口的大鵝好可怕，自己總是被啄呀之類的，一路上一直說說笑笑，嘴裡一刻也沒有停歇。

不一會兒工夫，小田螺便帶著水生來到了城東村，一路上很多將士在四處巡邏，村外也修建了很多防禦性的高牆和木柵，就像小小的城牆一樣，將城東村包圍起來。村口還有一個寨門，門口還有幾個民兵模樣的人在把守。

進入村莊後，路上的大嬸、大叔、老爺爺、老奶奶都笑著給他們打招呼，也有人看到水生後，就對小田螺開玩笑地說：「小田螺，什麼時候讓我們吃妳的喜酒啊？」

水生聽後感到很尷尬，小田螺也漲紅了臉，她噘著嘴，揚起下巴，調皮的說了句：「才不告訴你呢！」就拉著水生跑開了。

不一會兒兩人終於來到小田螺的家裡。小田螺在前，叫了一聲：「媽，我回來了！」就帶著水生推門進去了。

小田螺家裡的院子，比一般人家都空曠一些，面前是一個普通的磚瓦房，院牆角下堆了很多長槍大刀。小田螺的媽媽聞聲走了出來，看到小田螺身後的水生後一愣，小田螺給媽媽介紹後，才推起笑容，熱情地邀請水生進屋休息喝水。

後來水生才聽小田螺媽媽說，這一年，魔族入侵事件突然增多，造成了很多死傷。為了保護大家，平知縣下令將士們四處巡邏，各個村莊都組建了民兵團，來防禦魔族。

第七十六章　重返龍之縣

水生喝了水，又聊了一會兒後，心想小田螺也安全到家了，天色也晚，自己還要趕回家裡，便辭了小田螺和小田螺媽媽，打算離開。

小田螺則把水生送到村口，又再三央求水生帶她一起去大草原找阿茹娜姐姐，這才依依不捨的揮手告別了。

此時正是春末夏初，氣候溫和，水生看著遠處的龍之縣城，沿著小河流，一路不覺加快腳步往家走去。

不一會兒，水生就遠遠看到了城西村，他抬頭一望，只見村莊坐落在落日的餘暉中，一如既往的平靜，周圍的麥田既熟悉又陌生，小河邊依舊綠樹成蔭。只是村莊周圍都蓋起了柵欄和高牆，村口也蓋起了寨門。

水生心想著，這麼多年過去了，也不知道爸爸曹華和哥哥木生過得怎麼樣，年少時的點滴回憶也一幕一幕的出現在他的腦海裡。

水生激動萬分，低頭見嗚妹兒還在睡覺，就把嗚妹兒輕輕捧出來，激動地說道：「嗚妹兒，我們就要到家了，你看！」

可是嗚妹兒卻趴在在水生手心裡睡覺，怎麼叫也叫不醒，自從離開了共由山，嗚妹兒的精神就一日不如一日，急的水生哭出了聲，嗚妹兒這才睜開了惺忪的睡眼，語氣無力的朝水生「嗚嗚」叫了一聲。

水生把嗚妹兒輕輕抱在懷裡，哭著說道：「嗚妹兒，我們要到家了，就要到家了！」嗚妹兒也緊緊依偎在水生懷裡，輕聲的「嗚嗚」叫著。

水生就這麼抱著嗚妹兒，加快腳步來到了城西村的村口。這裡路更寬，村莊的規模也更大了，而那個大樹樁則依然靜靜地待在村口，似乎是在等待著某人的歸來一般。

水生小時候，每當傷心難過時，經常一個人來到村口，獨自坐在大樹椿上。這裡也是他和小時候玩伴們一起玩耍的地方，也是和阿茹娜約會見面的地方，更重要的，這裡是他和嗚妹兒第一次相遇的地方。

水生俯下身去，輕輕把嗚妹兒放在樹椿上，輕聲說道：「嗚妹兒，你還記得這裡嗎？我們就是在這裡相遇的呢。」

可是，嗚妹兒閉著眼睛，軟綿綿地趴在樹椿上，水生一連叫了幾遍，就是沒有回應。

水生伏在樹椿上，「哇」的一聲就哭了出來，邊放聲大哭邊哽咽說道：「嗚妹兒！你怎麼了？我們到家了……快醒醒……我們不是說好的，永遠也不分開嗎……嗚妹兒，你快醒醒啊……」

嗚妹兒自從下了共由山後，精氣神就一天不如一天，他每天都是咬著牙關，死扛硬撐著，才終於陪水生走完了這最後一段回家的路。此時此刻，他已經用盡了自己全部的力氣，睡去了。

水生哭著看眼前毫無生氣的嗚妹兒，想起了這麼多年一起經歷過的種種，不禁嚎啕大哭起來，他淚如雨下，心如刀絞，難過萬分，哭到幾近昏厥。

就在水生大哭之際，眼前的嗚妹兒卻突然發出了粉紅色的光芒，然後身形突然開始變得透明起來！

那股粉色的光芒柔和溫暖，完全環繞包裹住了水生！水生只感覺渾身上下一陣說不出來的溫暖，就停止哭泣，揉了揉眼睛，只見眼前的嗚妹兒竟然慢慢站起身來，在樹椿上興奮地跳來跳去，對著水生「嗚嗚」亂叫！

第七十六章　重返龍之縣

　　水生見狀喜極而泣，狂喜著想要伸手抱住嗚妹兒，可是卻怎麼也抓不住他半透明的身體！急的水生大哭：「嗚妹兒！嗚妹兒！」

　　只見嗚妹兒「嗚嗚」叫了兩聲，然後朝水生揮了揮小爪子，轉身就要跳下樹椿，打算離開！原來嗚妹兒是在和水生做最後的告別！

　　水生也不停地點頭大哭道：「嗯！嗯！嗚妹兒，你也保重！」

　　嗚妹兒跳下樹椿之前，忽然又轉過身來，飽含熱淚的眼中充滿了萬分的難過和不捨，最終，他又朝水生「嗚嗚」叫了兩聲。

　　隨後，嗚妹兒便轉身跳下樹椿，不見了蹤影，而那粉紅色的光芒也瞬間消失不見了，留下了滿臉淚痕的水生一人。

　　嗚妹兒走了，曾經相處的種種也一幕幕閃現在水生心裡，他悲痛萬分，最後哭的眼淚幾乎流乾。他就這麼哭了好久好久，才抹抹眼淚，站起身來打算回家。

　　忽然間，一陣狂風刮過！吹得水生睜不開眼睛！伴隨而來的，是一片雲海翻滾奔騰而來！一下就將水生完全吞沒！

　　待這片雲海散去，水生驚訝地發現自己竟然來到了狼煙四起的古戰場！此時正是萬物凋零的深冬，大地被大雪覆蓋，天地之間一片白茫茫的景象。

　　地上到處都是陣亡的將士，戰火連綿，天空中狼煙遮日！水生眼前是一個環形防禦陣地，陣地中央有一棵大樹，樹梢上無數的粉色小花，正迎著狂風暴雪怒放！樹上還掛著一個龍字旗！原來是龍之國的將士們！

不遠處的魔族大軍正氣勢洶洶地圍攏上來！原來龍之國的將士們修建的多重陣地盡數被魔族攻破，所有人都被迫聚集在這最後的環形陣地裡！

水生驚叫道：「這是一百年前？魔族入侵？！」

正說著，魔族大軍已經把這裡圍的水洩不通了，並發起了強攻！所有將士都堅守陣地，毫不退縮！和魔族展開了奮勇的廝殺！最終，陣地被攻破，龍之國的將士全部戰死，無一投降，無一生還。

魔族攻破陣地後，洩憤似地砍倒了陣地最中央的大樹，不一會兒，那樹就被砍的「嘎吱嘎吱」轟然倒下！

魔族大軍隨即將其放火燒毀！瞬間，那沖天的火勢就蔓延開來！

水生呆呆地看著眼前的一切！忽然，他發現沖天的火光中，竟然出現了一個類似嗚妹兒的大精靈的身影！那大精靈在烈火中，把懷中一個粉色的小團猛地推了出去！

那粉色的小團滾了幾圈，就滾到了遠處。水生看的清清楚楚，從裡面探出腦袋的，竟然是嗚妹兒！水生大叫道：「嗚妹兒！嗚妹兒！是嗚妹兒！！」

只見嗚妹兒趴在地上，朝著大火「嗚嗚」大哭道：「媽媽！……媽媽！……」

那大精靈渾身燃起了熊熊烈火，她朝嗚妹兒哭著叫道：「孩子！快跑！快跑啊！」原來那大精靈就是嗚妹兒的媽媽！只見那大精靈痛苦地倒在火光中，用盡全身最後的力氣，哭著朝嗚妹兒喊道：「孩子……我的孩

第七十六章　重返龍之縣

子……媽媽愛你……」隨後一瞬間，那大精靈便被無情的大火完全吞噬！只留下了獨自「嗚嗚」大哭的嗚妹兒！

水生明白了！！

原來這村口的大樹樁就是嗚妹兒死去的媽媽，所以他才會在這裡久久不肯離去，直到那一天遇到自己！！嗚妹兒一直都怕火，是因為他親眼目睹了自己的媽媽被魔族大軍燒死！！他和嗚妹兒在一起時，總是能感覺到莫名的溫暖，是因為嗚妹兒本身就是不懼嚴寒的國花！！

隨著雲霧的緩緩散去，水生終於回到了現實，知道了嗚妹兒身世的他，跪倒在大樹樁前，放聲大哭起來，邊哭邊喊道：「嗚妹兒就是我們的國花！嗚妹兒就是我們的國花！」

不知過了多久，天色已晚，水生也哭累了，就抹抹眼淚，站起身來，打算回家。這時，就聽到身後一聲吼！

第七十七章
魔炎領主

　　水生哭別嗚妹兒後，天色也朦朦暗了下來了，就抹抹眼淚，剛打算起身回家，就聽到身後不遠處一聲大吼：「什麼人？！」

　　水生嚇了一跳，回頭一看，就見七、八個民兵模樣的人，正手持紅纓槍圍攏上來。

　　水生本以為遇到了劫匪，但見是民兵，便放下心來，就放下哨棍，回答道：「我是曹水生，家就住城西村。」

　　一個領隊模樣的人上前，上下打量了一下水生，驚訝地問道：「曹水生？」

　　水生還沒有回答，那人就激動興奮地衝上前來，一把將他摟住，大聲驚叫道：「水生！是你！真的是你！我是狗娃啊！」

　　水生這才定睛一看，果然是狗娃！八年沒有見，狗娃已經長成了一個彪形大漢。兩人一下便緊緊相擁在一起！

　　狗娃看著水生，說道：「水生！你不是在雲柳寺被魔族害死了嗎？」

　　水生搖搖頭說道：「我沒有死。」便簡單聊起了自己的遭遇，然後問狗娃怎麼當上民兵。

第七十七章　魔炎領主

　　狗娃說道：「今年魔族的入侵突然多了起來，他們經常四處搶掠，鬧得人心惶惶。他們好像在找什麼魔力人柱。沒人知道那到底是什麼東西。平知縣下令將士加緊巡邏，在周邊村莊修建柵欄，組建起民兵組織。我現在是我們村的民兵首領呢。」

　　兩人聊了聊，狗娃還告訴水生，賴將軍已經卸任了，現在買副將軍已經轉正，擔任龍之縣的地方將軍。水生的哥哥曹木生，升任副將軍，他這麼多年一直尋找水生的下落，由於從雲柳寺回來後一直不蓄髮，被人稱作光頭將軍。

　　狗娃還提到了阿茹娜，還有當年的羊毛掉包事件。原來是供應棉花的商販，擔心軍隊採購羊毛會影響自己的生意，才賄賂顏主管，並買通了管理倉庫的曹華，掉包了羊毛。平知縣最終還了巴圖清白，顏主管被革職，曹華因為發瘋而免於處罰。

　　水生聽後就想要快點回家，狗娃就喚民兵們說自己先回去，和水生邊聊邊往村裡走去。

　　就在這時！遠處傳來一陣急促的馬蹄聲！出現了魔族！整整二十多人！大家見狀紛紛握緊武器，屏住呼吸，嚴陣以待！

　　最前面竟然是魔族首領！他看到水生後，就勒馬大叫道：「魔力人柱出現了！快抓住他！完成施法！」隨後那二十多個魔族之人就大叫著衝殺過來！魔族人數佔優，狗娃只得帶領大家邊打邊往村裡撤去！水生也手持哨棍，拚死抵抗！

　　可是魔族來勢兇猛，騎著馬來回穿插，幾個回合下來大家的退路都被阻斷，陣型也被衝散！水生也被層層包圍！

水生奇緣

　　魔族首領拿出葫蘆，對準水生，裡面瞬間飄出一道黑霧，將水生完全包圍！水生瞬間感到渾身作嘔，氣血翻湧，一股莫名的力量在體內翻騰，五臟六腑如灼燒般疼痛難忍，隨後就捂著肚子，痛苦地跪倒在地！然後兩眼一黑，倒在地上，昏死了過去！

　　待水生醒過來時，已經是第二天一大早了。水生迷迷糊糊地睜開眼一看，發現小田螺正掀開門簾走進來。小田螺發現水生醒了，上前笑盈盈地說道：「水生哥哥！你終於醒啦！」

　　水生渾身痠痛，腦子一片空白，完全不記得昨天晚上發生了什麼，就掙扎起身，問道：「小田螺，怎麼回事？」水生剛坐起來，發現右手臂纏著繃帶，傳來一陣鑽心的痛。

　　小田螺趕忙上前扶住水生，問道：「水生哥哥，你的聲音怎麼了？你受傷了！」

　　水生搖搖頭，他只感覺到舌頭發麻，話也說不清楚。

　　於是小田螺便告訴水生昨天發生的事。原來魔族抓住深陷昏迷的水生後，就往東逃去，結果被賈將軍發現而追擊，在城東村附近又被民兵們阻擊，大敗而逃，水生也摔落下馬而受傷。雖然最終水生被救回，但是卻昏迷不醒，就被安排在小田螺家裡修養了。

　　兩人正說著，外面忽然傳來一陣慌亂噪雜的吵鬧聲。兩人掀簾出去一看，院子裡聚集了很多民兵，就外面有人叫道：「魔族大軍來了！魔族大軍來了！快去村口防禦！」

第七十七章　魔炎領主

眾人聽後也都慌慌張張地起身，拿起院子裡的紅纓槍、長刀、短棍之類的武器，衝了出去！

水生也拿起一把紅纓槍，和小田螺一起走出去，見大家都拿著武器往村外跑，兩人也走出村外。

民兵們聚集在村外，分守在柵欄和寨門後，各個神情緊張！外面正是數百名洶湧而至的魔族大軍！在魔族首領的帶領下，毫不遲疑，低吼著向城東村衝來！

民兵們也毫不退縮，積極防禦，苦苦支撐！一次又一次打退魔族的進攻！可是那些魔族之人像是著了魔一般，不論死傷，拚死前進！終於衝破了民兵的防禦！雙方展開了廝殺！

民兵們邊打邊撤，打算在村裡繼續防禦。周圍一片喊打、喊殺之聲，飛沙走石，天昏地暗，混亂之中，水生也跟著人群，帶著小田螺往村裡退去。

可是瞬間，十幾個魔族士兵在魔族首領的帶領下圍殺了上來！水生右手受傷，就單手握著紅纓槍，準備迎戰！

可是魔族卻沒有衝上來，只是將水生團團圍住，最前面的魔族首領毫不遲疑，拿出一個葫蘆，一下就摔碎在水生腳下！只見一陣黑霧騰出，裊裊向上，瞬間就將水生包圍！

水生不僅感覺到舌頭發麻，完全說不出話來，而且耳中的「嘶嘶」耳鳴聲也越來越響，耳膜被震得發痛，縱使四周是震天的喊殺吼叫聲，卻什麼也聽不到了！

水生奇緣

這時，村外傳來一陣喊殺聲！原來是龍之縣的將士們趕到了！在最前面的將軍大約二十五、六歲，頭上寸草不生，油頭光棍，渾身披甲，這便是人稱光頭將軍的木生了！只見他揮舞著紅纓槍，衝在最前面，幾下就打倒了數名魔族，在其帶領下，將士們迅速加入戰鬥，打的魔族節節敗退！民兵們也趁勢反撲過來！

就在眾將士馬上要將魔族全部殲滅之時，水生身上的黑霧突然開始增強，意識也越來越模糊，只見他捂著頭，痛苦呻吟著跪倒在地上。

忽然間，水生猛地站起，輕輕一揮手，就生成一道強大的黑色衝擊波，瞬間一片飛沙走石，衝擊力橫掃戰場！所有將士們都被衝倒在地！他身後的魔族大軍則毫髮無傷！

水生站在戰場中心，完全變了模樣！他眼睛變成紅色，面目邪惡猙獰，還長出了尖牙利指，渾身跳躍著黑色的暗霧，充滿力量！身上的傷口瞬間癒合！隨即仰頭發出了震天的狂笑！

近百名魔族見狀，都紛紛大哭著跪倒在水生腳下，魔族首領也上前哭道：「魔炎領主大人！您終於醒了！您終於醒了！！」

原來一百年前，魔族之王魔炎領主曾經劃破天空，率領魔族大軍入侵龍之國，可是卻受到龍之國的拚死抵抗，最終天空裂痕被至德大元帥修補，導致自己的真身無法下界而全盤皆輸！

不甘心失敗的魔炎領主，改變了策略，他派魔族悄悄潛入龍之國，將自己的靈魂植入嬰孩體內，打算潛伏十八年，待嬰孩成年後再破繭而出！這個嬰孩被他們稱作魔力人柱，就是水生！

第七十七章　魔炎領主

　　但由於水生的生母臨死前拚命將水生推入河中，導致施法只完成一半，所以他們才會十年後又潛入龍之國尋找魔力人柱，就在他們在雲柳寺找到水生，打算完成施法時，卻被住持方丈打斷，水生也因墜崖而逃脫。

　　如今他們終於在最後時刻，找到水生，成功完成了作法！他們喚醒了沉睡在水生體內的魔炎領主，成功控制水生的身體！而水生則失去意識，成為一具傀儡！

　　這時，木生也重整旗鼓，打算帶領眾將士再次衝上來！小田螺在混亂中看到水生這樣子大喊道：「水生哥哥！水生哥哥！」

　　木生聽到小田螺這麼喊，一下愣在原地，他仔細看了看水生後，瞬間瞪大眼睛，目瞪口呆地愣在原地！就見他淚如泉湧，提著紅纓槍哐緩緩的走近，在他看到水生眉宇之間的痣後，情緒激動地說道：「水生！是你！真的是你！！」

　　水生並不理會，揮手開始作法，就在整個戰場形成一陣強大的黑色龍捲風，吹的所有人都睜不開眼睛！隨後，一陣黑霧遮天蔽日而來！一陣作法之後，太陽旁邊竟然出現了一個圓形黑影，緩緩向太陽移去！太陽一部分竟然被遮住了！就像被天狗吃掉一塊似的！

　　隨著太陽逐漸被遮住，那黑色龍捲風也越刮越大，從黑色迷霧裡面傳來的，竟然是成千上萬魔族大軍喊打喊殺的聲音！

　　所有人都明白了！是水生在作法遮住太陽！讓魔族大軍趁機而下！這樣的話，神州大地將會陷入一片血雨腥風！一百年前魔族入侵的歷史悲劇將會再次重演！

第七十八章
水生的暴走

　　此時龍之國的將士和魔族雙方正劍拔弩張地對峙，水生正在戰場中心作法，太陽的一部分已被黑暗所遮蓋！魔族的千萬大軍很快就會趁機而入！

　　在旁的木生見狀，不顧一切地衝上前去，揮舞紅纓槍想要打斷水生的施法！龍之國的將士們也趁機掩殺過來！魔族首領則大叫一聲：「快！掩護領主大人！」也衝上前來！雙方混戰成一團！

　　而此時！太陽已經有將近一半被黑影遮住了！雖然是白天，天空一下就黯淡很多！

　　木生打倒幾名魔族後，衝到水生面前，大聲說道：「水生！快醒醒！！」他不忍心刺傷水生，就調轉槍頭，一把將水生打倒在地！

　　水生一下就癱倒在地，他似乎恢復了少許意識，努力抬頭看了看木生，面露驚訝的神色，含糊說道：「哥！……是你……」可是他舌頭發麻，怎麼也說不出完整的話來。

　　木生見狀趕忙上前想要將其扶起，可是水生瞬間卻又變得面目猙獰！他猛地出拳，一把打在木生胸口！木生毫無防備，被打飛出去，口吐鮮血地倒在地上！

第七十八章　水生的暴走

　　水生隨後仰頭大吼一聲，發出一圈強大的衝擊，周圍的將士們被震飛出去！魔族卻毫髮無傷！瞬間，戰場上形式急轉直下！

　　水生剛伸手打算開始繼續作法，卻突然捂著頭痛苦地蹲在地上。此時此刻，在水生身體裡，魔炎領主和自己殘存的意識交織在一起，不斷迴響，不斷糾纏，頻頻交替，反覆纏繞！他內心充斥著不可名狀的無力感，頭腦如炸裂般疼痛，思維無比混亂！

　　原來，在雲柳寺時，住持方丈雖然沒有利用佛法徹底驅除水生體內的魔力，卻在一定程度上壓制了魔力的蔓延，使得此時水生還殘存了少許自己的意識！

　　而此時！太陽的黑影繼續蔓延，已經有將近四分之三被遮住了！整個大地猶如傍晚般黯淡！黑影上不斷晃動的魔族大軍魔影攢動，躍躍待發！就等著大地進入至暗時刻傾巢而下！

　　這時，水生意識越來越混亂，他身上的黑色氣霧也越騰越高，隨後猛地仰頭，跪地大聲吼叫起來！他身上的氣霧直衝雲霄！水生已經完全被魔炎領主的意識所佔據！

　　此時！太陽的黑影繼續蔓延，已經將太陽完全遮住了！廣袤的神州大地陷入一片無盡的黑暗！從那黑影奔跑出的，正是魔族的千軍萬馬，他們發出震耳欲聾的喊殺聲，直衝而下！

　　這時，小田螺忽然從人群中衝出來，不顧一切地向水生跑了過來，邊跑邊喊：「水生哥哥！快醒醒！水生哥哥！快醒醒啊！」

　　水生看到小田螺，意識有所恢復似地愣在原地，然後艱難地說了句：「小田螺⋯⋯」

就聽魔族首領大叫一聲：「快保護魔炎領主大人！」提槍向小田螺衝來！不等小田螺來得及反應，就聽「噗」的一聲，被紅纓槍刺穿了胸膛！當場血流如注，然後小田螺「啊」的一聲，渾身一軟，撲倒在地，倒在了血泊中！小田螺爸爸，小田螺媽媽，以及其他所有民兵，瞬間爆發出了震天動地的「小田螺」、「小田螺」的哭喊聲！

水生見狀，瞬間恢復了神智，他大吼一聲，發了狂一般衝過去，使出全力一拳就將魔族首領打出了數丈之遠！然後撲倒在小田螺身邊！他用顫抖的雙手扶起渾身綿軟小田螺，然後緊緊壓住小田螺胸前的傷口。可是傷口太深，鮮血不斷汩汩從水生指縫間流出，根本無法止血！

水生的眼淚奪眶而出，他跪在地上，緊緊抱著小田螺，不停地顫聲哭道：「小田螺……小田螺……快醒醒……」

小田螺躺在水生懷裡，聽到水生的呼喚後，微微睜開眼睛，溫柔地看著水生，那眼神裡充滿了無限的愛意和不捨，然後氣若遊絲努力輕聲說道：「水生哥哥……快醒醒……不要被魔族控制了……」然後大聲咳了一口鮮血，繼續說道：「我……我要死了嗎……」

水生淚如雨下，大聲哭道：「不會！不會！我不讓你死！我不讓你死！」

小田螺的臉上努力擠出一絲笑容，可是片刻之後，微微笑意就變成了滿臉的委屈，她飽含熱淚，喃喃哭道：「水生哥哥，你知道嗎？你的心就像是石頭……怎麼捂也捂不熱……我討厭阿茹娜姐姐，我討厭她，總是霸佔著你的心……」

水生不停地大哭著說「嗯」「嗯」，看著懷裡往日調皮機靈，如今卻奄奄一息的小田螺，不禁肝膽俱裂，痛不欲生，淚水如決堤般湧出。

第七十八章　水生的暴走

　　小田螺雙眼飽含熱淚，深情地看著水生，用微弱的語氣委屈地說道：「水生哥哥，我……我就要去一個很遠很遠的地方了……你也會像去找阿茹娜姐姐一樣，來找我的……對嗎？……」

　　水生緊緊抱著小田螺，淚如雨下，不停的喃喃哭道：「嗯……嗯……」

　　隨後，小田螺痛苦地咳了幾口血，喘了口氣，才繼續緩緩低聲說道：「水生哥哥……其實我有個祕密一直想告訴你……」然後就微微揚起下巴。

　　水生見狀，一邊哭著說：「嗯……嗯……妳說……妳說……」一邊側著耳朵，俯下身體，想要聽小田螺說話。可是小田螺卻並沒有說話，只是努力抬頭，輕輕親了一下水生的臉頰！

　　水生驚訝地抬起頭，淚眼朦朧間，就看到懷裡的小田螺微微露出了一絲壞笑，彷彿是在說：「水生哥哥，我逗你玩呢。」

　　水生瞬間淚目，眼淚趴搭趴搭的就往下掉，他怕小田螺像小鳥飛走一樣，緊緊地抱著她，絲毫不放手，不停的低聲哭喊：「小田螺……不要死……小田螺……不要死……」

　　小田螺微微笑了笑，隨後一臉平靜地閉上雙眼，緩緩倒向水生懷裡，低聲含糊不清地說著：「水生哥哥……我等你……我等你……」隨後小田螺的聲音越來越微弱，越來越微弱，她最終還是緩緩閉上了含淚的雙眼，慢慢將頭倒在水生懷裡，永遠地睡去了。任憑水生怎麼呼喊，也無法回應。

　　水生哭著緩緩放下小田螺後，就開始變得面目猙獰，滿臉憤恨，逐漸失去理智！

他就像一個怪獸一樣，喘著粗氣，大聲咆哮著！他渾身繚繞著黑色氣霧，眼睛也完全變成了紅色，怒目圓瞪，兇狠的眼睛裡似乎能噴出火一般！周圍所有人見狀，都面露恐懼，紛紛後退！

　　他不斷低吼著：「殺了你！我要殺了你！」猛地回頭，惡狠狠的看向魔族首領，然後瘋了一樣大叫著邁步上前，揮拳就打！此時的水生雙拳帶風，而且全身都繚繞著盤旋的拳風！只聽「砰」的一聲，就將其震飛老遠，打倒在地，再也爬不起來！原來，水生在共由山頂，拳風早已經爐火純青，能打出強大的衝擊力！

　　雖然，他打倒了魔族首領，但是心裡復仇的信念越強烈，體內魔炎領主的意識就越覺醒！終於又重新開始佔據了他的意識！

　　這時，木生也挺槍上前，三招之內就刺穿了魔族首領的胸膛！！

　　水生見狀大怒，復仇的信念讓他體內魔炎領主的意識徹底甦醒！他怒吼著：「殺了你！我要殺了你！」就順手拿起一把紅纓槍，瞬間便衝到木生面前！

　　木生全力招架，才勉強將紅纓槍擋開來，但還是被強大的拳風打倒在地！無法動彈！

　　被魔炎領主完全控制的水生又再次持槍衝上前來！眼看木生就要命喪當場！

　　就在這時，忽然，時間的流逝變得緩慢！

　　他耳畔忽然響起一個聲音！是竹子姑娘！當時在神廟山的頂上廣場，他曾舉著雙股魚叉刺向了竹子姑娘！竹子姑娘不退不躲，哭著說：「水

第七十八章　水生的暴走

生，我是竹子姐姐啊，你不認識我了嗎？」聽到竹子姑娘的呼喚，水生恢復了少許意識！

他心中忽然閃過一絲光亮！透過光亮，水生竟然看到自己小時候！

是哥哥，不顧被淹死的危險，將竹籃中的自己從湍急的河流裡救了回來！

是哥哥，將繈褓中的自己抱回家，交給了父親。

是哥哥，從小到大對自己關愛有加，嚴厲如父。

是哥哥，在自己失足掉入柳安河後，四處張貼尋人啓事，焦急地打聽和尋找自己的下落，從未放棄，日復一日，年復一年。

看到這一切，朦朧間，水生終於恢復了意識！他瞬間淚如泉湧！他怎麼能殺死自己的哥哥呢？不可以，當然不可以！他必須停下來！不然哥哥就會被自己親手殺死了！

可是說時遲那時快，當水生意識到這些時，已經晚了！

此時水生已經無法停手，因為魔炎領主正控制著他的身體！他的身體依舊緊握長矛，面目猙獰地衝向木生，快速刺去！他想要停下，卻怎麼也停不下來！

情急之下，水生快走兩步，攔在木生身前，揮拳「砰」的一聲，竟然將自己的身體一拳打飛出去！！

包括木生在內的所有人，看到後，都驚訝地瞠目結舌，一臉震驚！水生的身體竟然發生了裂變！他站在木生身前，渾身泛著金黃色的白光！自

505

己的身體則被打倒在數丈之外，渾身跳動著黑色的迷霧！這便是魔炎領主的真身了！

此時，天地一片黑暗，魔炎領主真身已經現身，魔族千萬大軍正不斷傾瀉而下，在魔炎領主身後聚集！

遠處，賈將軍也集結了軍隊，火速趕來！將士們和民兵們則各個全副武裝，嚴陣以待！

一場血腥的廝殺即將展開！

水生也不知道到底發生了什麼，就對身後的木生說道：「哥！你沒事吧？」

木生一臉震驚，還沒有開口回答，就見魔炎領主爬起身來，繼續低吼著：「殺……我殺了你……」就張牙舞爪向木生衝來！

水生早有準備，他做好防備，積蓄拳風，在魔炎領主近身的瞬間猛地揮出，僅一拳，就將其打倒在地！那魔炎領主受傷不輕，倒在地上不停口吐鮮血。

水生看著魔炎領主，上前一步質問道：「你是什麼？」

那黑影伏在地上，卻不說話，只是喘了兩口氣後，就搖搖晃晃著站起身來。水生定睛一看，只見眼前的魔炎領主面目猙獰，透出陣陣殺氣，透著紅光的眼神淩厲兇狠，咬牙切齒地齜著尖牙，繚繞渾身的黑霧不斷雀躍上升。

水生愣神之際，就見魔炎領主竟然和自己一樣開始積蓄拳風！然後低吼一聲「殺！」上前就打！

第七十八章　水生的暴走

水生也倉皇迎戰，兩人拳到之處，發出「砰」的一聲巨響，強大的衝擊波竟然將兩人都彈飛開來！水生一下就倒在地上，只感覺手臂如碎裂般疼痛，半晌都抬不起來。而魔炎領主也跟蹌後退幾步，才勉強站穩。

不等水生起身，魔炎領主就揮舞著拳頭，咆哮著再次向木生衝了過來！

魔炎領主的拳風凜冽，蘊藏著巨大的力量，水生縱然有拳風護體，依舊感到劇痛無比！如若哥哥木生被打到，定然會受到致命的重傷！

想到這裡，水生大一聲喊「不！」就掙扎起身，將哥哥木生保護在身後，然後積蓄拳風，再次和魔炎領主纏鬥在一起！兩人旗鼓相當，拳風相對，針尖麥芒，各不相讓，交戰數十個回合，不分勝負！

水生每每出拳都使出全力，體力消耗巨大，而魔炎領主卻如體力無限一般，越戰越勇，拳風凜冽！又兩個回合過後，兩人一拳相互打在彼此胸口，再次彈了開來！

水生「哇」的一聲吐了一口鮮血，伏倒在地，他渾身劇痛，渾身無力，趴在地上，喘著粗氣，幾次都沒能站起來，甚至連拳頭都握不起來了。

魔炎領主也捂著胸口，痛苦地半跪在地。可是不一會兒，就又緩緩地掙扎站起身來，身上的黑霧也更大更濃了！他低吼著：「殺……我殺了你……」就向木生跟蹌走來！

木生才被拳風所傷，魔炎領主的拳風更加凌厲致命，他若再被那凜冽拳風打到，三拳之內必然內臟俱裂，一命呼嗚！

就在魔炎領主向木生衝來時，水生絕望的大叫「不！……」他想要保護哥哥！

瞬間，他就想起了共由山上師父的教導：「想要獲得最強大的力量，並不是懷著一顆想要打破一切的心，而是懷著一顆想要保護一切的心。」

想到這裡，水生再次掙扎起身，面對如魔鬼一般逼近的魔炎領主，強忍著渾身劇痛，縱然連拳頭也無法握緊，依舊堅定的將木生保護在身後！

魔炎領主見狀快走兩步，就衝了過來！

面對魔炎領主強勁的拳風，水生已經體力耗盡，毫無招架之力，僅一拳，就被狠狠地打倒在地！

水生「哇」的大吐一口鮮血，癱倒在地，一邊咳血，一邊喃喃哭道：「你……你到底是什麼？……」魔炎領主絲毫不理，繼續積蓄拳風，面露兇光，握拳向木生走去！

水生伏在地上，絕望地哭道：「不……不……師父，最強大的力量到底是什麼？最強的拳法到底是什麼？我想要救我的哥哥……」

一瞬間，水生想起了共由山頂，師父的諄諄教導：「最強的修行，就是沒有修行；最強的拳法，就是沒有拳法。」水生也瞬間想到了自己在瀑布下水池裡的修行！每當自己打水時，不管多麼用力，迎來的卻是水更加猛烈的反撲！而當自己靜心感受水流，順應流水的撥動時，卻能輕易的將其撥動，形成巨大的漩渦！

第七十八章　水生的暴走

　　水生明白了，眼前的魔炎領主，就如同水一樣，想要打敗他，就要靜心感受其存在！想到這裡，水生再次踉蹌起身，深深舒了一口氣，展平雙手，緩緩下蹲，紮穩馬步。

　　魔炎領主察覺到後，就轉身面對水生，然後大吼一聲，揮拳打了過去！

　　水生不緊不慢，緩緩收起左腳和左手，就躲了過去！

　　魔炎領主一拳打空，還來不及反應過來，水生就一個左野馬分鬃，上步推掌，然後猛地發力，一掌就將其打出老遠！然後一個白鶴亮翅，站穩立定！

　　就這樣，水生打起了太極拳！

　　之後的戰鬥中，魔炎領主的攻勢一波比一波凌厲，力道也一次比一次致命，可是水生不緊不慢，紮穩馬步，一會兒用雲手和倒卷肱化解進攻，一會兒用單鞭和閃通背發起反擊！

　　一套太極拳打下來，魔炎領主竟然連水生一下都沒有碰到，就被打的節節敗退！原來這套太極拳看似動作緩慢，實則蘊藏了無限的玄機！先是應順其力，然後借盡其力，再引蓄己力，最後待勢發力！

　　又幾個回合下來，魔炎領主就身中了數掌，嘔血痛苦倒地，怎麼也起不來了！

第七十九章
水生之死

　　水生用太極拳將魔炎領主打倒在地，就收勢上前，質問道：「你到底是什麼？」

　　魔炎領主掙扎起身，卻並未發動進攻，只是深深舒了一口氣，展平雙掌，蹲起了馬步，隨後一個起勢，穩穩站住！他竟然也和水生一樣，打起了太極拳！原來，這些年來，他寄居在水生體內，早已學會了水生所學的所有招式！

　　水生見狀驚的目瞪口呆，就見那魔炎領主施展太極拳，飛身逼近！水生連忙施展太極拳阻擋，可是魔炎領主步步緊逼，掌掌兇狠致命，數個回合過後，水生便逐漸招架不住，連連後退。隨後，兩人同時揮掌，「砰」的一聲，雙雙被振飛！

　　長時間的戰鬥使得水生渾身劇痛，筋疲力盡，搖搖晃晃勉強才能站住，又幾個回合過後，水生體力不濟，身中數掌，「轟」的一聲倒在地上！

　　水生口吐鮮血，喘著氣，已經沒有力氣再站起來。而那魔炎領主卻越戰越勇，出掌的力道也一次比一次兇狠猛烈，其身上繚繞的黑霧也越騰越高！水生絕望地癱倒在地，喃喃哭道：「師父，我要怎麼才能打敗他呢……」看著眼前氣勢正盛的魔炎領主，絕望地緩緩閉上了眼睛。

第七十九章　水生之死

就在這時，水生身邊一束小小的蒲公英引起了他的注意！他想到了共由山上，在生命之谷時師父說過的話：「每年入冬時，這裡的花草都會凋零，蝶蟲都會死掉，然後變成一片荒涼的不毛之地。可是，花草會留下它們的種子，蝶蟲會留下他們的蟲卵，待到明年春暖花開時，種子會萌發，蟲卵會孵化，然後這裡就又會變成像現在這樣充滿生命的生命之谷。」

「任何東西，只要有誕生，就一定會有死亡，生命也一樣。所以我一直不明白，龍之一族黃首領所說的，可以讓生命戰勝死亡的神祕力量到底是什麼。」

「生命之谷，其實就是死亡之谷；死亡之谷，其實也就是生命之谷。」

水生看著眼前的蒲公英，幡然醒悟，想道：「蟲亡而卵存，花落而種生，年復一年，周而復始，生命就是這樣延續的。生命無法永生，但是生命在死亡之前，會努力在這個世界上留下自己的後代，就這麼一代一代的永遠延續下去。」

「原來生命戰勝死亡的方式，並不是永生，而是延續！」

這時，一陣微風襲過，蒲公英被徐徐吹散，一朵朵的小種子，瞬間在空中飄散開來。其中有一朵，緩緩地落在了水生的臉上，猶如一滴眼淚滴在他臉上一般。

猛然間，水生就想起了自己的身世，媽媽孟氏和生母在她們臨死時，都哭著對自己說過：「孩子，我的孩子，媽媽愛你⋯⋯」

而鳴妹兒的精靈媽媽，在被大火燒死前，用盡自己最後的力氣，將鳴妹兒推出火堆，也哭著說過：「孩子，我的孩子，媽媽愛你⋯⋯」

水生瞬間淚目，哽咽著小聲哭道：「我明白了！我終於明白了！！原來，世界上最強大的力量，並不是讓生命永生的力量！！而是讓生命延續的力量！！！」

　　「是愛，可以讓生命延續，這世界上，最強大的力量，就是愛！！！」

　　「想要獲得這種力量，就必須和這個世界融為一體！順應天時，應呼天命！！」

　　「無論我用多麼大的力量，都無法打敗水，只能感受水流，順應水流，讓自己的力量和水流的力量融為一體！」

　　「原來，順應水流，就是順應天命！我明白了，打敗這個魔炎領主的辦法，就是和他融為一體！這，就是我的天命！」

　　想要這裡，水生再次緩緩起身，對身後的木生說道：「哥，你曾經告訴我，懷著一顆打破一切的心，就能打出最強的拳。你錯了，要懷著一顆保護一切的心，才能打出最強的拳。我打的這套拳法叫太極拳，你看好了，也許，我沒有辦法為你再打第二遍了。」

　　木生聽後，似乎意識到什麼似的，驚叫道：「水生！你要幹什麼！？」

　　水生繼續說道：「哥，這世界上最強大的力量，不是仇恨，而是愛。傳說中的龍之力量，其實就是愛。一百年前，至德大元帥犧牲自己，修補天空的裂痕，就是用愛，用對這片土地的愛，用對這個國家的愛，用對生活在這裡的人民的愛。想要領悟這種力量，就必須學會對生命的尊重和對上天的敬畏。」

第七十九章　水生之死

　　水生說罷緩緩理順呼吸，一個起勢，開始運氣蓄力！而那魔炎領主見水生站起身來，便劈掌打來！

　　兩人再次戰成一團！水生一招一式的努力打著太極拳，一面艱難地躲避，一面推掌反擊。這次，那魔炎領主的力道比之前大了數十倍！不一會兒，水生就身中數掌，口噴鮮血，搖搖欲墜，幾近跌倒！

　　木生在身後，大聲哭道：「水生！別打了！別打了！」可是水生每次都努力站穩，調整呼吸和步伐，繼續運功，打出下一個太極拳的招式！

　　就這樣，水生在完成最後一招十字手和收勢後，他終於在哥哥木生面前打完了一整套太極拳！而這時的他，已經身中數十掌，渾身血流不止，筋骨俱斷，只剩下最後一口氣了。

　　這時，魔炎領主又再次衝了過來！其出掌的力道更加強盛，是之前的百倍有餘！

　　水生則展開雙臂，平靜地看著魔炎領主衝向自己，似乎是放棄抵抗一般，就這麼靜靜地站著。

　　木生見狀，大聲哭喊道：「水生！快躲開！快躲開啊！你會死的！」

　　可是水生卻並沒有躲開，只是平靜地說道：「傳道者，天命也。這，就是我的天命。」

　　說時遲那時快，魔炎領主剎那之間就衝到水生面前，用上自己全部的力道，揮掌猛劈水生胸口而來！只聽「轟」的一聲！水生被劈中後，瞬間七竅流血，內臟俱裂，身體不受控制地倒了下去！

　　木生絕望的大喊道：「不！不！！不！！！」

水生就在身體倒下之時，不知道哪裡來的力氣，竟然緊緊將魔炎領主抱住！魔炎領主使勁掙脫，卻怎麼也掙脫不開，他驚恐的大叫著：「不！不！快放開我！」可是水生卻越抱越緊！

就這麼兩人瞬間一同跪倒在地！

水生緊緊抱著魔炎領主，隨後兩人開始發生巨變！黑霧逐漸消失，他們的身體竟然開始開始融合！直到最後，那魔炎領主和水生完全融為一體！完全消失！只剩水生一人！

水生「轟」的一聲，伏倒在血泊之中！昏死了過去！

魔炎領主消失了！隨後，太陽一角竟然透出一道白光！遮日的黑影逐漸褪去了！一縷陽光發出七色的斑斕灑向大地！

遮住太陽的黑影繼續散去，陽光也重新照耀大地！集結完畢的魔族大軍被照耀後，身上冒出「嘶嘶」的白煙，發出痛苦的哀嚎！不久太陽終於重見天日，大地一片溫暖，魔族大軍也全都化成一陣白煙，消失的無影無蹤！危機終於解除，魔族入侵神州的邪惡計畫徹底失敗了。

水生倒在血泊中，木生大叫一聲，連滾帶爬地朝水生撲去，然後將其抱在懷裡！就見此時的水生渾身癱軟，全身是血，僅剩最後半口氣。

木生抱著水生，大聲哭道：「水生！醒醒！不要死！快醒醒啊！」可是水生僅僅是微微睜開眼睛，朝木生努力擠出一絲笑容，剛開口想要說話，血就如泉湧一般從口中湧出！

第七十九章　水生之死

　　木生見狀，絕望的大哭：「不！不！為什麼！為什麼！為什麼！」他看著自己懷裡馬上就要死去的弟弟，痛哭流涕！他不結婚不蓄髮，整整找了水生七年，可是今日好不容易兄弟相認，卻又要陰陽兩隔！

　　自從雲柳寺進修結束返回龍之縣，父親曹華就曾數次問到水生的下落，而木生總是騙父親說水生還需繼續學習，比較忙，以後會回來的，然後自己私下繼續尋找水生的下落。而如今，他卻要親眼看著水生死在自己的懷裡！

　　隨後，他哭笑幾聲之後，緩緩抽出佩劍！朝自己的脖子用力抹去！！

　　可是，就在佩劍刺向自己脖子的一瞬間，他的手卻被抓住了！木生睜眼一看，原來是水生！他正用盡最後的力氣，緊緊抓住了自己的手！阻止了自己的自殺！

　　水生雙眼含淚，不停地搖著頭，想要說話，卻怎麼也說不出來，便用帶血的手，在地上，一筆一劃的開始緩緩寫字。

　　木生擦擦眼淚，定睛一看，就見水生艱難的在地上寫下了歪歪扭扭的三個血字：

　　「活……」

　　「下……」

　　「去……」

　　木生看到後，失聲痛哭，佩劍也從手裡滑落，然後大聲哭道：「嗯……嗯……我知道了……我知道了……」

随後水生從胸前口袋裡抽出了半條手絹，遞給木生。

木生趕忙接過一看，原來是半條山茶花手絹，他顫聲哭道：「是阿茹娜，對嗎？」

水生聽後，努力擠出一絲滿意的笑容，然後含笑緩緩閉上了眼睛，倒在木生的懷裡，永遠的睡去了。他胸前的寶石也化作一個光點，直飛北極星的方向而去！

就剩木生一人跪在地上，抱著死去的水生，仰頭嚎啕大哭起來：「水生！不要死！水生！不要死啊！！啊！！不要死啊！！」

第八十章
黃帝下界

　　忽然天空烏雲密佈，一道閃電劃破長空，緊接著便是一陣滾滾驚雷！那道電閃驚雷，徑直劈向了共由山山頂！劈中了在共由山頂作法的木公大仙！他的作法瞬間就被打斷！原來是木公大仙作法，讓遮住太陽的黑霧盡數散去！

　　空中傳來一個聲音厲聲說道：「木公！玉皇大帝早已有令，不得干預人間之事！你觸犯了天條，你可知罪？」

　　木公大仙站在懸崖邊，向空中拱手作揖，彎腰說道：「小民……知罪……」

　　空中的聲音繼續厲聲說道：「既知天條，為何以身試法？！」

　　木公大仙平靜地說道：「小民既知天條，亦知天命。傳道者，天命也，天命最高。這，就是我的天命。」

　　那天空中的聲音忽然變得平和，緩緩說道：「既知天命，現罰你抹去五千年之修行，且永世不可再修煉為人形。你，可認罰？」

　　木公大仙聽後微微一驚，然後自言自語地笑道：「原來如此，原來如此，我懂了，我終於懂了。」然後向天上拱手作禮，堅定卻又平靜的說道：「小民，認罰！」

517

忽然，天空開始電閃雷鳴，風雨交加，一道閃電直劈而下，「啪啦」一聲巨響，劈中了木公大仙的腳下！瞬間，他的腳下就向上騰起一團白霧！那白霧騰起後，木公大仙的腳竟然變成枯木！

木公大仙兩行熱淚瞬間湧出，他大手一揮，面前的空中就「嘩啦啦」的出現了一個人的畫像！那人笑容祥和，英姿勃發，仙氣十足！

木公大仙對著那人欠身作禮，含淚喃喃說道：「黃帝，五千年了，整整五千年了，我輸了，我沒有想到，你有如此優秀的子孫後代。」原來那個畫像就是黃帝！

隨後木公大仙含淚朝黃帝深深作揖下去，而他腳下的雲霧仍在不斷向上騰起，所到之處，木公大仙的身體都變成為朽株枯木！而木公大仙的思緒也瞬間回到了五千年前。

五千年前，木公大仙還是個小孩子的模樣，他正和黃帝一同站在共由山山頂，看著眼前翻滾的雲霧。當時，他好奇地問道：「黃帝，你真的不要做神仙，而去人間做一個普通的人類嗎？」

黃帝笑著反問道：「小木公，那你告訴我，做神仙有什麼好？做一個普通的人類又有什麼不好？」

小木公想了想，說道：「人類只能活區區幾十年，而神仙可以活上萬年。」

黃帝聽後仰頭哈哈大笑，說道：「你看那朝生暮死的蜉蝣，人類的壽命，對他們來說，不就是上萬年嗎？神仙的壽命再長，相對這蒼茫廣袤的宇宙，也只是一瞬間罷了。萬物皆為相對，你懂嗎？」

第八十章 黃帝下界

小木公搖搖頭，一臉茫然地說道：「我不懂。」

黃帝哈哈大笑，摸了摸小木公的頭，然後指著眼前的雲海，說道：「等你看懂了這片雲海，你就懂了。」然後直起身子，眺望遠方，深沉又堅定地說道：「我要下界去做一個凡人，是為了打破時間對人類的限制，將人類文明的延續推向極限。」

小木公好奇地問道：「時間對人類的限制？是說死亡嗎？」

黃帝微笑著搖搖頭，說道：「不是，死亡是無法避免的，任何東西，只要有生，就一定會有死。但是我在人間，發現了一種非常神祕，且無比強大的力量，這種力量甚至強大到可以讓人們戰勝死亡。」

小木公瞪著眼睛，一臉驚奇地追問道：「可以戰勝死亡的強大力量？那是什麼？」

黃帝並沒有回答，只是大笑著說道：「哈哈哈，五千年後，你就會懂了。總有一天，我的部落將會變得無比強大，我的族人們也將會生活在這世界上的每一個角落，他們都是我的傳人，他們就是我啊。我創建的文明和國家，也將會永永遠遠地延續下去。你信嗎？」

小木公搖搖頭，說道：「我不信，沒有哪一個人類文明是可以延續超過五千年的，這太難了。」

黃帝大笑道：「我創建的文明就可以，只要這裡的人們還以身為我的傳人而自豪和驕傲，那麼我們就一定可以打破這個限制。要不然，我們打一個賭吧！」

小木公好奇地問道：「賭什麼？」

黃帝想了想，說道：「就賭五千年吧！」

小木公一愣：「五千年？我不懂。」

黃帝大笑道：「哈哈哈，你會懂的！小木公，我們五千年後再見！」說罷就騰空一躍，伴隨著金光四閃，化作一條金色祥龍，漂浮在空中，然後一拍腦袋，說道：「哎呀，對了，還有一件非常重要的事，差點忘記了！」說罷那金色祥龍就翻滾撲騰著飛向遠處，消失在了雲海之中！

閃電擊中木公大仙後形成的騰雲，依舊不斷在木公大仙身上蔓延，所到之處，他的身體都變成了枯樹的模樣！木公大仙則依舊堅持向空中黃帝的畫像彎腰作禮，就這麼最終全身都變成了一棵千年老松樹！

這棵松樹立於共由山山頂的峭壁之上，盤根於山石之間，樹幹筆直挺拔，枝葉蒼翠堅韌，形態柔美，瀟灑挺秀，其中一根樹枝綿延向外伸出，彷彿是在向空中作禮一般。

黃帝變身成為一條金色祥龍，穿過層層雲霧，飛下人間，他飛過江河湖海，高山平原，戈壁荒漠，並散下無數的金光，那江河中的魚兒，森林裡的猛獸，山上的老鷹禿鷲，都像是受到感召似的，紛紛向黃帝的方向趕來！

最後，黃帝低頭看到一片土地，那片土地東臨大海，西靠群山，土地肥沃廣袤，山川草木茂盛，河流廣闊奔流。黃帝見了大喜，連聲大笑道：「好！好！好！哈哈哈，就是這裡了！」

說罷輕輕降落在一條大河的旁邊，站在河邊的一塊石頭之上。黃帝見這大河渾黃一體，波瀾壯闊，大喜道：「真是一條好河！從今以後，你就

第八十章 黃帝下界

叫黃河！」正說著，那些受到感召的動物們也都紛紛趕來，各個虔誠地俯身向前，將那條黃帝變身的金色祥龍團團圍住！

黃帝微笑著看著周圍的動物們，什麼話也沒有說，只是深深地俯身鞠躬下去。那些動物們見狀，也都趕忙彎腰俯身，向黃帝鞠躬回禮！禮畢，黃帝再次騰空而起，瞬間就又消失在了空中！動物們也紛紛蹦跳著竄進森林，飛向空中，鑽入河裡，全都消失了蹤影！

黃帝拜託完百獸之後，搖身一變，變成了一個凡人，一步步走遍了這片土地的每一個角落！他走過滾滾東去的黃河、蜿蜒的長江、花紅綠柳的江南、土地肥沃的東北、一望無垠的蒙古草原、飛沙揚礫的西域戈壁、廣闊壯美的青藏高原、湖光山色的海南島和臺灣島。

在一個白雪紛飛的冬日，黃帝正艱難地走在齊膝深的雪地裡，忽然發現在距離他不遠處的山腳下，出現了一抹粉色！

黃帝好奇地走近一看，原來是棵開滿了一朵朵粉色小花的樹，那些小花枝落三蕾，花開五瓣，雖然被暴雪壓彎了枝頭，但是依舊不懼嚴寒，迎雪盛開！

黃帝見後滿心歡喜，笑道：「即使在最寒冷的冬夜，也一定會有鮮花的盛開。多美的人間！」

隨後一低頭，就在樹下發現了些凌亂的腳印！黃帝微笑自語道：「我終於找到你們了。」

說罷，就順著腳印來到山腳下的一個空地，這裡的腳印更多更雜，不遠處堆著一些雜草和枯木。黃帝上前拿開那些雜草和枯木，發現竟然是一個山洞！

黃帝往裡一看，發現幾十個男女老幼蜷縮在一起，凍得瑟瑟發抖！他們看到洞口有人來了，嚇得驚慌失措，「哇哇」亂叫著往洞的更深處鑽。

　　黃帝則微笑著，向他們伸出手，笑道：「出來吧，不要怕，出來吧，不要怕。」那些原始人依舊驚嚇的亂叫個不停，幾個孩子也被嚇得「哇哇」大哭。過了一陣子，有一個膽大的原始人看黃帝並無惡意，才鼓起勇氣，側著身體，緩緩向黃帝移步過去。

　　隨後，黃帝便牽著他的手，兩人彎著腰慢慢走出了山洞，而其他男女老幼見狀也紛紛彎腰爬了出來。此時，外面正是冬季，一片冰天雪地，寒風蕭瑟。那些原始人一下就被凍得渾身發抖，就要轉身鑽進山洞裡。

　　黃帝笑道：「等等！你們看！」說罷便拿起一根樹枝，然後用雙掌將其在一個更大的木頭上反覆摩擦起來！其他原始人見狀，紛紛探頭上前，好奇地伸著脖子看。

　　不一會兒，那樹枝竟然冒起了煙！黃帝拿了些柴火放上去，輕輕一吹，就聽一陣劈哩啪啦的聲響，那些柴火竟然都著火了！

　　那些原始人看的目瞪口呆，面露無比驚奇的表情，然後一個個「撲通撲通」跪倒在黃帝面前，一邊「咿咿呀呀」的亂叫，一邊不停地磕頭跪拜！

　　黃帝舉著火把，仰頭哈哈大笑，然後說道：「哈哈哈，你們真是太可愛了！從今天起，我就是你們的首領，你們就是我的族人！」

　　後來，在黃帝的帶領下，那些原始人點起了更多更大的篝火。黃帝還帶領人們用木頭和乾稻草建起了一個又一個溫暖的稻草屋，就這樣，在冬天，人們再也不用挨凍了。

有時，黃帝教人們製作弓箭、長矛，編織漁網，然後帶著他們外出打獵、捕魚；有時，在部落，黃帝在樹葉上寫字，然後教大家說話和認字；黃帝還教人們種桑養蠶，飼養家畜家禽；春天來了，黃帝就教大家播種穀物，耕地灌溉。

黃帝還教人們用蠶絲織布，並親自設計和製作了一件服飾，上身曰衣，下身曰裳，取名為漢服。這漢服儒雅內秀，輕盈飄逸，雍容華貴，端莊典雅！黃帝穿上漢服後，整個人神采奕奕，仙氣十足，不是神仙，卻勝似神仙！

後來，又有一個火神名為炎帝，放棄神仙的身分，下界投奔而來。炎帝極善醫術，他教人們識別草藥，傳授醫療知識。在黃帝和炎帝兩人的共同努力下，部落越來越大，族人越來越多，人們生活也越來越富足。

黃帝還命人製作了一面旗幟，上面寫著一個大大的龍字，高高懸掛在部落中央，然後和炎帝兩人站在旗下，對眾人說道：「從今以後，我們的部落就叫龍之部落，我們的部落旗就是龍字旗，你們都是龍的傳人！」

底下的原始人也都紛紛高呼：「龍之部落萬歲！黃首領萬歲！炎首領萬歲！」

就這樣過了若干年，忽然有一年的夏天，連降暴雨，猶如天河倒瀉般傾瀉而下，數十天不斷！

黃河水位不斷升高，終於在一個電閃交加的夜晚決堤了！

滔滔洪水猶如猛獸一般，狂奔而來，無情地沖毀了龍之部落的所有稻草屋、農田，淹死了所有人們飼養的牲畜家禽，沖走了所有人們精心製作的陶器、青銅農具！

大家驚慌失措，哀嚎著四散逃竄！黃帝則帶領族人們，往地勢較高的地方逃去！

第二天，暴雨才逐漸平息下來，黃帝站在山頂，眉頭緊鎖，飽含熱淚，他面前是淹沒一切的滔天洪水！他身後是逃上山僅剩的百餘名族人，大家哭聲不斷，一片絕望悽慘。

黃帝一遍又一遍喃喃自語道：「還有希望，一定還有希望。」

這時，有個老人哽咽哭道：「黃首領，這⋯⋯都是天命啊⋯⋯」

黃帝怒斥道：「這絕不是天命！絕不是！」

那個老人跪在地上，仰頭哭道：「蒼天啊，求你顯靈，救救我們吧！」

黃帝則說道：「自助者，天助之！一味地向上天搖尾乞憐，上天是不會顯靈的！」

話雖這麼說，可是黃帝已經不再是神仙了，他面對滔天的洪水，無計可施。

這時，從遠處趕來一隊人馬，待其走近，大家才發現，原來是炎帝！他們各個也都衣衫襤褸，憔悴不堪。待他們走上小山上的樹林，黃帝焦急地上前問道：「炎首領，南方的情況怎麼樣？」

炎帝嘆了一口氣，低頭垂淚哽咽道：「都沒了⋯⋯全都沒了⋯⋯死了好多人⋯⋯」原來他們也遭受了大洪水，炎帝則帶領著倖存的族人，趕來和黃帝匯合。

第八十章　黃帝下界

這時，人群中傳來一陣嬰兒的啼哭聲，原來是一個剛出生不久的孩子，因為寒冷飢餓而大哭。其他人也都忍不住低頭哭了起來，整個小山頂籠罩著一種無比悲觀和絕望的氣氛。

過了一會兒，黃帝對身後那個年輕婦人說道：「把孩子給我。」那婦人趕忙上前，把懷裡的孩子遞給黃帝。

黃帝低頭看著懷裡哭泣不止的孩子，含淚對炎帝笑道：「炎首領，你看看，多可愛的孩子。」炎帝也哽咽含淚，點頭不已。

黃帝抱著孩子，緩緩向山邊走了兩步，面對滔天洪水，思考良久，才緩緩轉身，對眾人一個字一個字的正聲說道：

「你們都給我聽著！總有一天，我的部落將會變得無比強大！我也一定會有上十億族人！他們，將會生活在這個世界上的每一個角落！我要你們記住！我要你們永永遠遠都記住！！只要有孩子！！我們就有希望！！！」

其他人聽後，紛紛停止哭泣，擦擦眼淚，抬頭看向黃帝和炎帝。

忽然，有一個年輕人抹了把眼淚，猛地站了起來，振臂高呼道：「龍之部落萬歲！龍之部落萬歲！」其他人見狀，也都紛紛站了起來，也跟著一起高聲呼喊起來：「龍之部落萬歲！龍之部落萬歲！」

隨後大家高喊口號，紛紛聚攏在黃帝和炎帝的周圍，各個情緒激動，表情堅毅，不斷地說著：「黃首領！炎首領！請下命令吧！我們都聽你們的！請下命令吧！」之前的絕望和悲觀被一掃而空！

黃帝和炎帝便拿出一個羊皮地圖，仔細研究起來，待洪水稍稍退去時，便指揮大家下山挖渠築壩！

人們在黃帝、炎帝的帶領下，有的人揮舞鋤頭挖地，有的人築大壩，有的人運送石土，一片忙碌景象！大壩被沖毀了，人們就繼續修築！滲水了，人們就扛著土去填孔！就這麼忙碌了數十天，終於築起了一道大壩，旁邊則挖了一個大大的溝渠！

就在眾人返回山上不久，又來了一波洪水，這波洪水更大，水勢也更兇猛！

黃帝和炎帝帶著族人們，站在山頂俯瞰洪水。只見洪水沖湧到大壩後，就被大壩擋住，折向下方！然後乖乖地順著那溝渠向東流去！後來又陸陸續續來了幾個大的洪峯，可是都無一例外順著溝渠乖乖地流走了，就這樣，整個黃河終於平靜了下來！

原來，黃帝利用洪水易疏不易堵的道理，讓黃河沿著新的河道流向下游！

眾人一陣歡騰！圍攏在黃帝和炎帝的周圍，歡呼雀躍不止！黃帝和炎帝也都露出欣慰的微笑。

黃帝指著山下大家修建的大壩和溝渠，緩緩說道：「你們都給我記住！這，才是天命！」

後來，黃帝和炎帝帶領著族人重新耕種土地，重建家園，周圍大大小小的少數民族部落也都慕名前來歸順。這時，有人悄悄告訴黃帝：「黃首領，非我族類，其心必異，要務必防備。」

第八十章　黃帝下界

黃帝凜然言道：「我泱泱龍之一族，絕不以血統立族！普天之下，四海之內，凡識漢字講漢語，忠於華夏道統，傳承中華文明者，不論民族，不論出身，皆為龍的傳人。」隨後命人將前來歸順的其他民族全部接納。

隨著少數民族的加入，龍之部落也比之前更加興旺和繁榮。

黃帝和炎帝的義舉也感染了天上的諸神，越來越多的神仙下界投奔黃帝、炎帝而來，隨著這些神仙的加入，龍之部落越來越壯大，黃帝便建立起了一個系統性的國家，名字就叫龍之國，國旗就是龍字旗。這裡的人們信奉和崇拜黃帝和炎帝，自稱炎黃子孫，以龍的傳人自居。龍之國就這麼一代又一代的流傳了下來。

第八十一章
大洪水

　　魔族被徹底打敗時，忽然傳來一陣轟隆巨響，接著開始地動山搖！所有人都站立不穩，伏倒在地！霎時間，空中陰霾滿天，遮雲蔽日，遠處山石崩裂，翻滾而下，腳下地面塌陷，樹木傾倒！

　　待一切平靜後，所有人都一臉恐懼，面面相覷，不知道到底發生了什麼事。就見遠處山上一股巨大洪流翻騰而出，傾瀉而下！發出震耳欲聾的聲響！

　　不一會兒，遮天蔽日的大洪水便席捲了整個龍之縣！以雷霆萬鈞之勢朝著城東村咆哮而來！所有人都嚇傻了，然後開始哭天喊地地朝地勢較高處奪命而逃！

　　此時木生正抱著水生，那洪水瞬間就將其包圍，然後水勢越來越高！

　　其他將士見狀，疾呼道：「曹將軍！洪水來了！快逃啊！快逃！」

　　木生這才抱著水生，掙扎起身，淌著洪水，艱難地向岸邊走去。而這時洪水已經沒過了木生的腰部！就在這時，一個竹籃從木生身邊漂過！木生下意識地伸手一抓，發現裡面竟然是一個嬰兒！

第八十一章 大洪水

　　這時，一個浪打了過來，打的木生站立不穩，險些跌倒！洪水也飛漲到了他胸口的位置！木生就這麼左手抓著水生，右手抓著那竹籃，在洪水中搖搖晃晃，站立不穩！

　　這時，岸邊的將士們向木生扔來一根繩子，大叫道：「曹將軍，快抓緊繩子！快啊！」

　　可是，木生根本無辦法去抓繩子！如果他放開水生，水生就會被洪水沖走！如果他放開那竹籃，竹籃裡的嬰兒就會被洪水沖走！他陷入兩難！

　　木生大哭道：「我不能放手啊！我不能！……」就這麼一瞬間，木生突然想到了十八年前的那天！

　　那天他和朋友們在河邊玩水，發現河中央漂來一個竹籃。木生跳下水，游過去，就發現了籃子裡面剛出生不久的水生！這時，木生遇到了暗流，被捲入漩渦！他在水中苦苦掙扎，仍然緊緊抓著那竹籃，說道：「我不能放手……因為裡面……裡面有一個孩子……」

　　想到這裡，木生右手把竹籃抓的更緊了！一個大浪打來，木生險些站立不穩，此時洪水也已經到了他的脖子！

　　木生不得已，大聲哭著，最終放開了水生！一瞬間，水生就被捲入滾滾洪水當中，再也不見了蹤影！

　　隨後木生緊緊抓住將士們扔過來的繩子，另一隻手則緊緊抓著那個竹籃，連同那個嬰兒一起，被拉上了岸！剛上岸，一個年輕婦人就瘋了一般地衝上前來，緊緊抱起那嬰孩，大哭起來！

水生奇緣

　　木生看著滾滾巨浪，跪在岸邊，放聲大哭！七年了，整整七年了，他整整尋找了水生七年。今天終於找到，兄弟終於相認，可是萬萬沒想到，卻是這個結局。

　　此時，周圍一片混亂，所有人都在驚慌逃竄，有的人在水中拚命掙扎，驚慌失措，有的人爬到樹上，一臉絕望，有的人緊緊抓著浮木，四處飄蕩，有的人爬到岸邊，驚魂未定。

　　木生則跪在岸邊，大聲哭著，水生說過的話，打過的太極拳在他腦海中一幕一幕的浮現。

　　「哥，你曾經告訴我，懷著一顆打破一切的心，就能打出最強的拳。你錯了，要懷著一顆保護一切的心，才能打出最強的拳。」

　　「哥，這世界上最強大的力量，不是仇恨，而是愛。傳說中的龍之力量，其實就是愛。想要領悟這種力量，你就必須學會對生命的尊重和對上天的敬畏。」

　　「這，就是我的天命。」

　　想到這裡，木生喃喃自語道：「對生命的尊重，對上天的敬畏……」然後緩緩起身，對著周圍所有的人，大聲喊道：「救！人！啊！快！救！人！啊！」

　　岸邊的將士們這才一個個反應過來，開始在木生的組織下火速救人！

　　將士們紛紛用紅纓槍將落水的人拉拽上岸；有的手牽手，淌入水中，將水中稍近些的人拉上岸；有的用繩子，將水中稍遠的人們拉上岸邊；有的跑去下游水勢稍平緩的地方，下水拉住那些即將被沖走的人；有的在岸邊給溺水的人做人工呼吸！

第八十一章　大洪水

終於，越來越多的人被救上岸了！

就在所有人都被救上岸時，從遠處的城東村裡傳來一陣呼救聲！

大家定睛一看，原來是一個十來歲的小女孩，正哭著爬在一面土牆之上！而那土牆已經在洪水的不斷衝擊下，開始逐漸坍塌！如果土牆塌了，那女孩也定會被洪水吞噬！

人們站在岸邊，一個個心急如焚，如熱鍋上的螞蟻一般，想要營救，卻無能為力！

有的將士想要把繩子扔過去，可是繩子太短，根本搆不到那個孩子！有的將士想要淌水過去，可是水流太急，根本站不穩！木生也焦急看著那女孩，一點辦法也沒有！

這時，木生想起了水生生前所說的話：「想要打敗水，就必須和水融為一體。」

木生喃喃說道：「和水融為一體……順應天命……」然後大喊：「原來，這就是我的天命！我明白了！我都明白了！！我有辦法了！！你們都跟我來！！」

說罷，木生撿起一把紅纓槍，然後「撲通」一聲跳入齊肩深的洪水中！雙手用力，猛地向水下刺下紅纓槍，「嘭」的一聲，將其深深地插入了地面！

木生緊緊抓著那紅纓槍，在洪水中站穩，然後大聲朝岸邊的人喊道：「快來啊！快！」

一個將士見狀，明白了過來！他拿起紅纓槍，跳入洪水中，努力游到木生面前，學著他的樣子，將紅纓槍狠狠插入地面！然後緊握紅纓槍，站在木生身前！

　　其他將士見狀，也都紛紛明白過來，大家都「撲通撲通」地跳入水中，然後把紅纓槍插入地面，一個人一個人站成一排，就這麼擺成了一個人牆！將士們都一手緊緊抓著紅纓槍，一手相互攙扶著，努力在滾滾洪水中站穩！隨著站在水中的將士們越來越多，那人牆也向女孩逐漸蔓延過去！！

　　最後，一個將士一伸手，就將那女孩從土牆上救了來下！瞬間，土牆便「嘩啦」一聲，被洪水沖毀！

　　而那女孩則站在將士們擺成的人牆上，踩著將士們的肩膀，一步一步，彎著腰，慢慢的終於安全走到了岸邊！

　　就這樣，在這場大洪水中，所有人都得救了！

　　待洪水稍退，木生就立刻開始積極組織救援，大家對整個龍之縣以及附近鄉村進行全面的搜救！整個龍之縣一片汪洋，房屋倒塌了無數，在將士們的救援下，更多的人得救了。

　　這次洪災過後，木生在軍中、民眾中均樹立起了絕對的威望。木生帶領將士們，也積極參與了災後的重建，人們的生活終於逐漸恢復了正常。

第八十二章
阿茹娜揮淚獻舞

　　經歷了一個多月的災後重建,最終人們都得到了救助和安頓,生活逐漸恢復正常。

　　一天,晴空萬里,木生叮囑李管家照顧好父親曹華,便騎著馬離家而去。他手裡緊握著半條手絹,帶了兩名隨從,三人穿過龍之縣,從龍城關出關,一路往北。

　　他打算按照水生的遺囑,去北方大草原找阿茹娜。

　　三人從龍城關出關,一路向北,來到了廣袤無垠的大草原。木生勒馬放眼望去,只見湛藍如洗的藍天之下,綠草如海,一望無垠,遠處的山巒連綿屹立,巍峨隱約,草原上一個個大小湖泊,清澈湛藍,猶如寶石一般鑲嵌在草海之中。

　　木生不禁感嘆道:「好美的大草原!」

　　隨後,就帶著隨從,三人走遍了一個又一個草場,找了一天又一天,詢問了一個又一個蒙古部落。

　　有一次,他向一個蒙古牧民提到阿茹娜時,那牧民連聲說道:「阿茹娜啊,就在我們這!就在我們這!」說罷便走進蒙古包,叫阿茹娜出來。

木生欣喜若狂，急切不已，抬眼看去，卻見從蒙古包裡顫巍巍的走出了一個七十多歲的老奶奶，彎腰駝背，牙齒都掉光了，朝木生說道：「小夥子，你找我啊？」木生見狀連忙搖頭擺手。

　　有一次，在一個部落，一個牧民聽說木生找阿茹娜，便朝蒙古包裡叫道：「阿茹娜！快出來！有人找你！」木生興沖沖地抬頭望去，就見裡面走出來一個六、七歲的小姑娘，她吸了一口鼻涕水，怯怯地看著木生，一臉茫然。木生見狀，連忙說不是她。

　　木生就這麼帶著隨從，找了十多天，尋遍了大大小小的蒙古部落，他們白天就馬不停蹄地趕路，晚上就搭起帳篷過夜，天亮再繼續尋找。

　　最後一天，他們所帶的乾糧就快要吃完了，盤纏也所剩不多，木生便決定如果今天再找不到阿茹娜，就回龍之國，下次再來。

　　而在草原一角，一個普普通通的蒙古部落裡，一個年輕女子正走出蒙古包，後面還跟了一個年長的婦人，那婦人也走出來說道：「阿茹娜，妳明年都二十歲了，還不結婚。妳看看和妳一樣大的女娃，人家孩子都能放羊了呢！」

　　原來這個女孩就是阿茹娜，那個年長婦女就是她的媽媽吉雅。

　　阿茹娜笑道：「額吉，我不是跟妳說了嗎，我在等一個人，等他來了，我就和他結婚。」

　　吉雅說道：「得了吧你。天天說有人會來，怎麼這麼多年了，連個人影也沒見到。妳還是早點結婚吧，等年紀大了，就沒人要了！上次人家介紹的那個小夥子就挺好，人也老實，家裡牛羊也多，妳死活不去見。不知道妳在想什麼。」

第八十二章　阿茹娜揮淚獻舞

阿茹娜從口袋裡拿出半條手絹，癡癡地說道：「他會來的，他一定會來的，一定會。」然後拿起一個皮鞭插到腰裡，輕鬆一躍，翻身騎上了一匹馬，說道：「額吉！我去放羊了！」便拍馬跑開，然後趕著羊群出去了。

吉雅揚聲說道：「別騎太快了，注意安全！」然後低聲嘆氣道：「哎，這瘋丫頭⋯⋯」

此時正是黃昏，阿茹娜來到一個水草肥美的山坡上，羊兒低頭吃草，阿茹娜也下馬休息了。

在山坡的另一邊，正是木生三人。他們聽到羊群的聲音，便縱馬走上山坡，放眼一看，卻只看到了一大群羊，一匹馬，沒有看到有人。

原來，阿茹娜此時正在馬後，伏下身去，跪在地上，抱起一隻小羊羔，愛憐地摸了又摸，笑著說道：「小羊，小羊，你好可愛呀！」

山坡上的木生左右看了兩圈，嘆了口氣，說道：「走吧，這裡沒有人。」說罷三人就縱馬下了山坡。

這時，阿茹娜剛好起身，翻身上馬，繼續放牧，兩人就這麼錯過了。

木生見天色已晚，乾糧也已經吃完了，便灰心低聲道：「走吧，我們回龍之國。」就帶著隨從往南走，打算回龍之國去了。

忽然，從天空中傳來一陣「咕咕嘎嘎」的叫聲，木生抬頭一看，原來是一群排成人字形往南飛的大雁。此時，阿茹娜也抬頭看到了大雁，她的思緒一下就回到了八年前，和水生在一起時的經歷。

阿茹娜：「原來龍之國也有大雁啊！」

水生：「當然有啊，大雁每到秋天，天氣變冷的時候，就會結隊飛往更加溫暖的南方，等來年天氣暖和了，就又會飛回來啦！」

阿茹娜：「大雁每年這麼飛來飛去的，他們不累嗎？那到底哪邊才是他們的家啊？」

水生：「兩邊都是他們的家啊！」

阿茹娜：「我要是能變成大雁就好了，這樣我就能飛到龍之國這裡來了！我給你跳一支鴻雁舞吧，前幾天我媽媽剛教我的！」

想到這裡，阿茹娜微笑著下馬，抬頭看著南飛的大雁，緩步走上山坡，自言自語道：「水生，你一定會來找我的，你一定會來的，對嗎？」

此時，木生抬頭看看大雁，轉頭準備離開時，就發現了站在山坡上的阿茹娜！

阿茹雅婀娜多姿的身形，翩翩的長髮，身著的蒙古族服飾絢麗鮮豔，瞬間就吸引住了他。他趕忙叫住隨從，然後策馬上前。

阿茹娜此時也發現了木生，正好奇地望過來。

木生下馬走上前去，一眼就認出了阿茹娜。他雖然和阿茹娜只有一面之緣，但是卻留下了極其深刻的印象。當時阿茹娜僅僅只有十一歲，而如今阿茹娜已經十九歲了。

木生走上前去，輕聲說道：「阿茹娜。」

阿茹娜一愣，問道：「你怎麼知道我的名字，你是？」

木生說道：「我是水生的哥哥，曹木生。水生讓我來找你。」

第八十二章　阿茹娜揮淚獻舞

　　阿茹娜一聽是水生，眼睛瞬間閃出光芒，臉上了笑開了花，忙連聲問道：「水生！他在哪裡？他還好嗎？他為什麼沒有來？」

　　木生低下頭去，哽咽說道：「水生他……水生他……」然後把頭撐到一邊，眼淚簌簌落下，難過的一句話也說不出來。

　　阿茹娜一下呆在原地，含淚喃喃說道：「水生……他……他怎麼了？……」

　　木生說不出話來，只是低著頭不停地抹著眼淚。

　　阿茹娜見狀像是意識到什麼似的，瞬間熱淚盈眶，她搖著頭，一邊小步後退，一邊哭道：「不可能！不可能！我不信！我不信！他答應我他會來找我！他答應我的！！」

　　木生聽後潸然淚下，然後默默地拿出了半條手絹，遞上前去。

　　阿茹娜一看到木生手裡那半條手絹，情緒瞬間崩潰，眼淚奪眶而出，她大聲哭喊道：「不！不！他答應我的！他答應我的！他答應我會來找我的！」然後轉身就跑，一邊跑一邊摀著臉嚎啕大哭！

　　阿茹娜哭著跑到馬旁邊，一個翻身就上了馬，然後大哭著策馬就跑！就這麼一邊哭一邊駕馬跑。不知道跑了多久，也不知道跑了多遠，最後滾下馬來，哭著衝上一個小山坡，面南而立，輕輕拿出那半條手絹，淚如泉湧，泣不成聲。

　　她一直小心翼翼地珍藏著水生的那半條手絹，在自己記憶最深處，小心銘記著他們之間小河邊的約定，日復一日，年復一年的等著水生的到來。就這麼整整等了八年，可是沒想到，等到的卻是這個噩耗。

此時已經是黃昏，夕陽斜下，彩霞如畫，阿茹娜就這麼不知哭了多久，曾經和水生相處過的點點滴滴，像幻燈片一樣在她腦海閃現。一起烤地瓜、摘酸棗、看花車，還有她曾經給水生跳過的鴻雁舞。

這時，她想起來了，想起了她和水生之間的另一個約定！鴻雁舞！她曾經給水生說過，等下次她學會鴻雁舞，再跳給他看！

想到這裡，阿茹娜抹了抹眼淚，理了理情緒，彎腰將馬鞭插到地裡，然後掏出半條手絹，輕輕放在上面，隨後緩步退後兩步，輕輕伸展雙臂，跳起了鴻雁舞！

八年前，她尚且年幼，身形幼小，舞姿稚嫩，可是如今，她已經是一個亭亭玉立，青春熱情的大姑娘了。她臉龐俊美絕倫，長髮凌亂飛舞，身段柔美婀娜，跳起舞來，像一隻翩翩起舞的蝴蝶，又像一隻振翅飛行的大雁，又像一朵絢麗多姿的滿開的花朵！

隨後，阿茹娜輕輕飛旋轉身，背對著手絹，仰起上身，輕舞著手臂，向左右伸展開來，然後微微晃動雙臂，真的如同一隻大雁在振翅高飛一般！

阿茹娜就這麼邊哭邊跳，直到最後，她緩緩俯下上身，輕輕伸手向前，終於跳完了一整首鴻雁舞！

忽然，一陣微風吹過，吹得那半條手絹隨風擺動，最後，竟然輕輕搭在了阿茹娜的指尖上！

阿茹娜心裡一驚，抬頭一看，就見眼前的空中，似乎是出現了水生一般！而水生正微笑著，輕輕拉著她的手，就像是在說：「阿茹娜，妳跳的真好！」

第八十二章　阿茹娜揮淚獻舞

　　阿茹娜見狀再次淚奔，她起身哭著跑到一邊，再次失聲痛哭起來！

　　不遠處，正是騎馬跟來的木生三人。木生親眼看到阿茹娜跳完一隻鴻雁舞後，也早已經淚流滿面。他緩步走上前去，彎腰拿起那半條手絹，然後走到阿茹娜身後。

　　待阿茹娜有所察覺，轉身一看，就看到飽含熱淚的木生，和他手中的兩條手絹。只見木生輕輕將兩條手絹緩緩拼湊起來，形成了一條完整的手絹！

　　兩人就在夕陽斜下的黃昏，在這廣袤的大草原上，站在一起哭了好久，好久。

第八十三章
阿茹娜出嫁

　　木生找到阿茹娜後，就時不時來大草原和她相見。他也帶阿茹娜回過幾次龍之縣。兩人結伴而行，走遍了大草原，也去了關內很多地方遊玩，不論在哪裡，他們都形影不離，雙手緊牽，關係日趨親密。

　　後來，木生向巴圖提了親，巴圖也順理成章地同意了。

　　第二年初春，木生便帶著一大隊人馬，帶著聘禮，敲鑼打鼓，風風火火地來到了巴圖的蒙古部落，準備迎親。

　　木生命人放下聘禮，在蒙古包外列隊，等待阿茹娜出來。

　　阿茹娜梳妝完畢，走出帳外，她身材婀娜，面目清秀，面如桃花，一出帳瞬間便驚豔了所有人！只見她頭髮盤起，妝容美豔，珠寶精緻，笑容燦爛，活力四射，身材修長優雅，渾身上下都散發著青春的魅力，在場的所有人都被深深打動，無不折服！

　　此時的蒙古部落，已經是張燈結綵，熱鬧非凡。四處都擺著數不盡的金銀珠寶首飾、糧米油鹽，還有衣物布帛。

　　將士們更是列隊整齊，各個身披戰袍，精神抖擻，英姿勃發。木生也身帶紅花，微笑著，站在一個大花轎旁邊。

第八十三章　阿茹娜出嫁

隨後，木生和阿茹娜一同跪拜巴圖和吉雅。吉雅則拉著阿茹娜的手，哭個不停，巴圖在旁含淚而立，阿茹娜也淚流滿面。

阿茹娜辭了父母，就這麼一步三回頭的含淚走遠，準備上花轎。

就在阿茹娜剛登上花轎之時，她一回頭，就看到吉雅和巴圖兩人，正扭過頭去偷偷抹眼淚。阿茹娜瞬間失聲痛哭，大哭著跑下花轎，衝向巴圖和吉雅，然後「撲通」一聲跪下，大哭道：「額吉、阿爸，女兒我……去了……你們要多多保重身體……」

巴圖和吉雅見狀趕忙扶起阿茹娜，三人抱在一起，哭成一團。

吉雅哭道：「阿茹娜，去關內生活後，要善待公公，和木生好好過日子。」阿茹娜哭著應了。

巴圖也哭道：「妳離家這麼遠，要多保重身體，以後有空常回家看看。」

阿茹娜也哭道：「額吉、阿爸，龍之國關內和關外大草原，兩邊都是我的家啊！」

後來，阿茹娜在木生的攙扶下，再次揮淚登上花轎，就在敲鑼打鼓聲中慢慢走遠了。

待一切結束後，巴圖和吉雅才走回蒙古包裡。

剛走進去，巴圖終於失聲痛哭起來，邊哭邊說：「艾吉瑪長大了！艾吉瑪長大了！」

吉雅聽後，也瞬間淚流滿面，也連聲說道：「是的，艾吉瑪長大了，艾吉瑪長大了。」

兩人的思緒不約而同的回到了二十多年前。

艾吉瑪是他們的第一個女兒，從小就熱愛跳舞，她經常跳完舞後，就鑽在巴圖的懷裡，撒嬌地說：「阿爸！我跳的好嗎？」

巴圖總是滿臉歡喜地笑道：「好！好！跳的真好！」

可是，就在艾吉瑪八歲那年，突然得了一種怪病，一病不起。巴圖求遍了所有醫生，去龍之國關內買了無數的草藥，依然無濟於事，只能眼睜睜地看著艾吉瑪一天天虛弱下去。

一天，艾吉瑪忽然發起高燒，陷入昏迷，急的巴圖和吉雅茶飯不思，坐立不寧，四處求人。終於在晚上，艾吉瑪的燒退了，人也甦醒了過來，她看著病床前的巴圖和吉雅，有氣無力的說道：「阿爸、額吉，我做了一個夢……」。

巴圖抓著艾吉瑪的手，跪在床前，連聲哭道：「嗯……嗯……」。

艾吉瑪繼續說道：「我夢見我去天上的皇宮裡，裡面有好多神仙，他們正在舉辦一個舞會呢。那些神仙都說我跳舞跳得好，讓我去皇宮裡跳舞。他們還說，只要我跳一天舞，就會送我回來了呢。」

隨後艾吉瑪的聲音突然變得哽咽，她委屈哭道：「可是我怕……我怕……我怕我到時候回來，你就不認識我了……要不然，我們約定一個暗號吧……」

巴圖哭著說道：「嗯……嗯……妳說……妳說……」便側身把耳朵湊過去。

第八十三章　阿茹娜出嫁

艾吉瑪就在巴圖耳邊，輕輕說了三個字：「愛……阿……爸……」便緩緩閉上了眼睛，她的小手也從巴圖手中滑落。從蒙古包裡，也傳來了巴圖和吉雅撕心裂肺的哭喊聲。

失去女兒的巴圖就這麼渾渾噩噩地生活著，直到一年後，吉雅再次懷孕，十個月後，阿茹娜出生了。隨著二女兒阿茹娜的出生，巴圖也重新燃起了生活下去的勇氣。

就在阿茹娜一歲多，正是咿咿呀呀學語之時，一天，巴圖一邊給她換衣服，一邊做著鬼臉逗她笑。阿茹娜忽然憨笑著看著巴圖，口齒不清，語氣稚嫩的說出了人生中第一句話：「愛……阿……爸……」

巴圖聽後大驚，一把抱起阿茹娜，激動地說道：「妳說什麼？妳再說一遍！你再說一遍！」

阿茹娜就在巴圖懷裡，天真的笑著，一遍又一遍地說道：「愛阿爸……愛阿爸……」

巴圖將阿茹娜緊緊擁入懷中，大聲哭道：「艾吉瑪！阿爸也愛妳！艾吉瑪！阿爸也愛妳！」

阿茹娜就這麼一天天長大了，她天生好動，活潑可愛，也喜歡跳舞，和艾吉瑪一模一樣！

第八十四章
水生的重生

一片黑暗和死寂。

在這似乎能吞噬一切的黑暗之中，出現了一個人影！是水生！他正在黑暗中不停地跑著，似乎在找出口，想要逃離，可是怎麼也找不到。

水生正跑著，就見遠處竟然出現一絲光亮，他趕忙加緊腳步，奔跑過去一看，就看到一個小粥鋪，旁邊還掛了一面旗子，上面寫著一個大大的孟字。

這時，從粥鋪後站起一個老婆婆，頭髮花白，彎腰駝背，面容和藹。

水生趕忙上前作禮問道：「老婆婆，請問這是哪裡啊？我也不知道怎麼就到這裡了。」

那老婆婆笑著問道：「孩子，你這麼急匆匆的，在找什麼呀？」

水生說道：「我在找一個叫阿茹娜的女孩子。」

那老婆婆微微笑了笑，然後低頭盛了一碗粥，遞給水生，說道：「孩子，先喝了這碗粥，再趕路吧。」

第八十四章　水生的重生

　　水生聽後頓感飢渴，便接過碗，喝了一口，突然覺得這粥的味道很熟悉，就像是自己的媽媽孟氏親手做的一樣，無比美味！就仰頭大口喝了起來，可是剛喝了一半，那婆婆卻伸手收了碗。

　　水生好奇地問道：「老婆婆，可是我還沒有喝完呀。」

　　那老婆婆笑道：「不用喝完，你快去吧，去找那個女孩子吧。」

　　水生道謝後，剛轉身想走，腦子突然間變得一片空白，只是隱隱約約記得自己要去找一個人，其他一概也想不起來了，就想轉身去問那個老婆婆，可是那個粥鋪和老婆婆卻都忽然間消失了。

　　水生一臉茫然，不知所措的四下張望，就發現在不遠處，出現了一絲光亮，他定睛一看，原來是一座小橋！水生心中充滿疑惑，卻也只得往小橋那邊走去。

　　他一邊走，身體卻一邊發生著變化，等他走到橋邊，他已經變成了十歲的模樣。

　　水生定睛一看，只見那橋上精巧別緻，四周煙霧繚繞，橋下一片漆黑，只能聽到潺潺的水流聲，橋身上，還寫了「奈何橋」三個字。

　　水生便往橋上繼續走去，他每走一個臺階，身體就縮小一些，等到快到橋中心時，他已經變成了一個一歲多的小嬰兒，站立不穩，搖搖晃晃地撲倒在地，繼續往橋中心爬過去，剛爬上最後一個臺階，到橋中心時，他身體變得更小了，成了個只有數個月的小嬰兒，連爬也不會了，只是躺在橋中心「哇哇」大哭。

哭了一陣子，水生就開始努力嘗試著翻身，幾次嘗試後，他終於翻了過來！然後就沿著橋另一側的臺階滾了下去！這一滾，整座橋瞬間消失！水生也開始失重往下墜落，越墜落，他的身體就變得越小，意識也越來越模糊，直到最後，墜落到了無盡的黑暗當中，徹底消失，被黑暗所吞噬！

不久後，在這無盡的黑暗當中，竟然出現一道閃光！從那道閃光噴薄而出的，竟然是密密麻麻一望無盡的小蝌蚪！每隻小蝌蚪都搖著尾巴，探著腦袋，努力向前游著！而水生竟然也變成了一隻小蝌蚪！就在他們當中！

這些小蝌蚪中，有的強壯有力，有的虛弱不堪，有的頭大尾巴短，只能在原地打轉，有的長著兩個尾巴，無法平衡。而水生也跟著那上億的蝌蚪大軍一起，揮動著強勁的尾巴，努力向前游動起來！

不久，那些身材強壯的蝌蚪便都紛紛脫穎而出，將那些虛弱無力的小蝌蚪遠遠甩在後面！此時他們的數量已經只有一萬多個了，而水生也身處其中！

那一萬多隻小蝌蚪，猶如萬名正在戰場上奮勇衝鋒的戰士，在雷聲鼓動，號角長鳴中，如山崩海嘯般，各個奮勇爭先，衝湧向前！

過了一會兒，他們前方就出現了許多帶黏液的白色小團，很多小蝌蚪掉入那些黏液後，就被牢牢的黏住，再也無法前進！

其他蝌蚪則小心翼翼地躲避著那些白色黏團，繞道繼續前進，水生也在蝌蚪大軍中左躲右閃，不斷向前！

可是，一番波折之後，水生一個不小心，就被一個白色黏團給牢牢吸住了！而周圍的其他小蝌蚪毫不停歇，不斷超越他向前游去！

第八十四章　水生的重生

　　水生急的奮力掙扎，可是越掙扎，就被黏的越緊！直到最後筋疲力竭，全身都被黏在了黏液裡！無法動彈！

　　就在水生絕望之時，他似乎是看到了前世的親人們！是爸爸曹華、媽媽孟氏，還有哥哥木生！慧真師兄抱著嗚妹兒，洛桑卓雅帶著突及其！還有竹子姑娘、竹子爺爺還有竹子奶奶！葛奶奶和葛渙文！還有木公大仙！小田螺！

　　大家都朝水生大聲喊著：「水生！加油！加油啊！不要放棄！你可以！你一定可以！」

　　看到前世的親朋好友們後，水生忽然渾身充滿了力量！他努力抬起頭部，不斷奮力擺動尾巴，就這樣緩緩擺脫了黏液團！最後猛地一躍，徹底跳了出來！然後不顧一切的加入小蝌蚪大軍，奮力繼續向前游去！

　　待蝌蚪大軍們衝過那些黏液團後，他們的數量也只有數百隻了。那數百隻小蝌蚪，猶如數百匹在草原上縱橫馳騁的駿馬，在山嶺草原、飛沙走石中，如疾風閃光般，各個奮力馳騁，飛馳向前！

　　就這麼又奔游了一會兒，在他們面前，竟然出現許多帶著觸手的怪物！那些怪物向四周伸著長長的觸手，毫不留情向蝌蚪大軍發起了進攻！小蝌蚪被那些觸手抓到後，就會被拽入其體內，再也無法出來！

　　水生跟著大家，就這麼一路躲閃著前進！隨著那些怪物的肆虐，越來越多的小蝌蚪被其擒住，他們的數量也越來越少！

　　水生正奮力前進，忽然間，他尾巴就被一隻觸手抓住了！怎麼擺也擺脫不了！就這麼被慢慢拽了回去！然後更多的觸手也伸了過來，將水生緊

緊纏住，並試圖將其拉拽到了自己體內！水生扭動尾巴奮力掙扎，卻怎麼也無法掙脫！

就在水生無助絕望之時，他的眼前似乎出現了阿茹娜！水生想起了酸棗、花車展、山茶花手絹，也想起了他們之間小河邊的約定！

水生：「明年妳一定會回來嗎？」

阿茹娜：「一定會的。」

水生：「等明年妳再來的時候，我們再見面的時候，這條手絹就能完整了。妳要是不來，我就去大草原找妳，找遍整個大草原也要把妳找回來！」

阿茹娜：「嗯，我等你！」

水生想起來了，他找的人就是阿茹娜！他曾經承諾過！所以他必須去！想到這裡，水生瘋狂一般地掙扎起來，終於在即將被吸入怪物體內之前，擺脫了一隻又一隻觸手！然後揮舞著強壯的尾巴，向前游去！那些觸手再也無法抓住水生！

終於，水生再次加入小蝌蚪大軍，一起向前游去！此時，他們的數量僅僅只有數十隻了。那數十隻小蝌蚪，猶如數十名正在賽場上競速衝刺的選手，在吶喊助威、加油鼓勁中，如離弦之箭般，各個全力疾馳，衝刺向前！

第八十四章　水生的重生

緊接而來的是一場漫長的旅途，所剩的小蝌蚪們各個尾巴穩健有力，不屈不饒，奮勇爭先，不斷超越向前！此時水生也當仁不讓，身處其中！隨著時間的推移，越來越多的小蝌蚪因為體力不支而脫隊，落在了後面！

最後，在他們面前，竟然出現了一個巨型粉色圓球！那粉色圓球散發了溫暖的光芒，溫柔恬靜，靜靜地坐落在他們面前的遠方！

那些小蝌蚪們雖然疲憊不堪，但是見到遠處的粉色圓球後，各個興奮不已，紛紛用自己最後的力量和意志，奮力衝刺，奮勇向前游去！

水生更是當仁不讓！不斷超越！不斷向前！不斷逼近！直到最後超越了絕大多數，成為了第二名！這也是他的極限了！

緊張的比賽還在繼續！稍有懈怠，就會被遠遠甩在後面！水生則死死咬著第一名，毫不落後！身後的其他小蝌蚪也在奮力追趕！

終於，粉色巨球逐漸近了，逐漸近了。此時水生已經精疲力竭，就這麼保持著第二名的位置，向那粉色巨球游去！

可是，在這場生命的競賽當中，哪裡有什麼第二名？第二名和最後一名一樣！都是失敗者！勝利者只有一個，那就是第一名！

就在這時，水生彷彿是看到了阿茹娜！就在大草原上，阿茹娜緊緊握著半條手絹，含笑自語道：「他一定會來的，一定會。」

還有阿茹娜對著木生大聲哭道：「不！不！我不信！我不信！他答應我他會來的！他答應我的！」然後失聲慟哭！

還有阿茹娜為他揮淚而跳的鴻雁舞！！

這時，水生彷彿是看到了父親曹華和懷有身孕的媽媽孟氏！

曹華：「你知道嗎，孩子都是來還人情債的。他呀，上輩子欠你的，所以這輩子他來做你的孩子，來還他上輩子欠你的人情債。你要是不要他，你們之間的緣分就斷了。」

孟氏：「哪有什麼上輩子，迷信。」

水生明白了，這場比賽，他一定要成功！一定要贏！！他要去找阿茹娜！！去還那份他上輩子欠下的人情債！！！

想到這裡，奇蹟發生了！

水生不知道哪裡來的力量，竟然在到達那粉色巨球之前，努力舞動尾巴，奇蹟般地超越了前面的小蝌蚪！最終以第一名的身分衝到了粉色巨球裡！！

瞬間，一切都平靜了，一切都消失了，水生的意識也徹底消失了，整個世界似乎都陷入了永恆的沉寂一般，徹底寧靜下來。

阿茹娜懷孕了。

第八十五章

重逢

　　阿茹娜懷孕後，木生便把巴圖和吉雅接來龍之縣同住。

　　十個月後的一個雪夜，木生家裡燈火通明，屋內人影攢動，熱鬧嘈雜。

　　木生正焦急的在院子裡來回踱步。突然，屋內傳出一陣嬰兒清脆啼哭聲，孩子出生了！就見一個接生婆出來說道：「大將軍！大將軍！生了！生了！是個男孩！母子平安！」

　　木生聽後趕緊衝進屋裡，就見阿茹娜躺在床上，旁邊還有一個閉著眼睛，「哇哇」大哭的小嬰兒。巴圖、吉雅，還有李管家，也都走進屋來，每個人的臉上都洋溢著幸福的微笑。

　　阿茹娜則躺在床上，側身深情地看著身邊的小嬰兒。那剛出生的小嬰兒正閉著眼睛，使出吃奶的力氣「哇哇」大哭。

　　接生婆們紛紛上前說道：「大將軍！喜得貴子！恭喜恭喜！」

　　木生按捺不住心中的狂喜，萬分激動的走上前去，輕輕抱起孩子，看了又看，然後對阿茹娜說道：「老婆，我們有孩子了，我們有孩子了。」阿茹娜也笑著點點頭。

後來，木生去院子裡叫曹華。曹華正在發癲狂病，在和鴨舍裡的鴨子玩剪刀石頭布，他拍手大笑道：「哈哈哈，你們又輸了！」那群鴨子就「嘎嘎」的亂叫。曹華又大笑道：「你們每次都出布，當然會輸啦！哈哈哈！」

　　木生知道父親又犯癲狂病了，便上前說道：「爸，你當爺爺了。」

　　曹華一愣，呆道：「什麼？我爺爺來了？」

　　木生在曹華耳邊大聲說道：「你當爺爺了！」

　　曹華一聽大怒，指著木生罵道：「什麼？！你說你要當我爺爺？！」

　　木生哭笑不得，只得拉了曹華走進屋裡，然後指著阿茹娜懷裡的小嬰兒，對曹華說道：「爸，這是你的孫子，你當爺爺了。」

　　曹華一看到那嬰兒後，瞬間瞪大眼睛，呆若木雞，整個人就像木頭一樣呆在原地！半晌，才癡癡地緩步上前，輕輕將那孩子抱起來。

　　他眼睛閃著淚花，哽咽不能言語，最後才含淚顫聲說道：「水生……水生回來了……水生終於回來了……」

　　木生和阿茹娜聽到後，鼻子一酸，眼淚也都流了下來，木生含淚道：「爸，他不是水生。」

　　曹華聽後一臉迷茫，指著懷裡的孩子，好奇地反問道：「這不就是水生嗎？」

　　木生認真說道：「不是，他是你的孫子。」

　　曹華這才呆呆地說道：「我的……孫子？……」

第八十五章　重逢

　　後來木生和阿茹娜決定孩子名字就叫小水生。由於小水生的到來，家裡熱鬧了很多，曹華的神智也一天比一天清醒，一家人就這麼熱熱鬧鬧的生活在一起。

　　兩年後，小水生兩歲了。

　　一天，木生和阿茹娜帶著小水生出去散步。此時正是冬天，一場大雪過後，地上蓋了一層厚厚的積雪。

　　小水生在前面到處亂跑，對什麼都很好奇，一會兒抓雪，一會兒踩泥坑，一會兒高興的「呀呀」亂叫，一會兒又撲到雪地裡。而木生和阿茹娜則看著小水生，牽手緩緩走在後面。

　　三人剛走到村口，路過大樹樁時，前面的小水生忽然蹲下去，瞪大眼睛看著什麼東西出神。原來，他發現在大樹樁上竟然長出了一個嫩枝芽，上面還有一個小小的粉色花蕾！

　　小水生歪著腦袋，看著那花蕾，似乎是想起了很多事，卻又什麼都想不起來，然後就伸手想要去折那個嫩芽。

　　他的手指尖剛碰到那嫩芽，就像是觸電一般瞬間呆在原地！前世的記憶一幕一幕湧現在他眼前！

　　最後，小水生瞪大眼睛，歪著腦袋，看著那個嫩芽，用稚嫩的語氣癡癡地說道：「嗚？……妹？……兒？……」

　　這時，木生也快步走上前來，他抱起小水生，說道：「兒子，不要動這個樹枝，這是一個生命。」

小水生卻在木生懷裡，揮舞著小手，指著那嫩芽，對木生連聲說道：「嗚……妹……嗚……妹……嗚……妹……」

木生聽後認真的說道：「不是嗚妹，是生命。」

可是小水生卻不聽，在木生懷裡哭鬧起來，邊鬧邊說：「是嗚妹……是嗚妹……」

後來，阿茹娜只得拿出小餅乾，轉移小水生的注意力。小水生拿著餅乾，高興地說道：「餅餅……餅餅……」然後就在木生懷裡吃了起來。

三人隨後來到小河邊，沿著河岸慢慢散步。忽然，從不遠處的灌木中傳來一陣窸窸窣窣的聲音！灌木上的積雪也紛紛掉落！

木生和阿茹娜駐足定睛一看，就發現，叢灌木中竟然竄出一隻狼！

木生抱緊小水生，失聲叫道：「阿茹娜！小心！有狼！」

那隻狼左嗅嗅右看看，不知在找什麼，然後一抬頭就發現了木生三人！

這一瞬間，阿茹娜目瞪口呆，一臉震驚地呆在原地！她發現，那隻狼的右眼竟然有一大塊白斑！和大黃的一模一樣！！阿茹娜不由自主的向前走了兩步，顫聲含淚呼喚道：「大黃……大黃……大黃！！」

那狼聽到呼喚，警覺地轉頭看了過來，然後轉身鑽進灌木，消失了。

阿茹娜瞬間淚流滿面，她轉過身緊緊抓住木生，一遍又一遍的喃喃哭道：「是大黃！是大黃！大黃沒有死！大黃沒有死！」

第八十五章　重逢

十多年前的那個雪夜，木生親眼目睹了大黃之死，他不忍心告訴阿茹娜真相，便摟住阿茹娜，說道：「是的，大黃沒有死，大黃沒有死，他還活著。」

而在木生懷裡的小水生，呆呆地看了看那狼，然後口齒不清地說道：「不是狼，是狗狗，不是狼，是狗狗。」

阿茹娜緊緊抱著小水生，含淚說道：「是的！他是狗！他是狗！他是這個世界上最忠誠，最勇猛的狗！」

阿茹娜淚眼朦朧間，想起了阿爸巴圖講過的大黃的身世。

很多年前，龍之縣剛剛設立縣制，城郭初建，人口匯集，百業待興。隨著人們不斷開墾荒地，砍伐樹木，大片森林消失，再加上人們大肆捕獵，很多野生動物們也被迫遷徙。

狼群的棲息地還有狩獵空間不斷受到擠壓，終於開始向人類發起反擊！於是，龍之縣開始鬧起了狼災。人類村莊經常受到狼群的襲擊，人們飼養的家畜、家禽也經常被狼群報復性的成片咬死。

後來，平知縣去蒙古大草原，找到了一名獵狼人，名叫巴亞爾，尋找解決辦法。巴亞爾從小就和狼群鬥智鬥勇，是大草原最優秀的獵狼人。他是巴圖的父親，也就是阿茹娜的爺爺。

巴亞爾受平知縣的邀請，帶領十多人，二十多隻獵犬，組成了獵狼隊，來到了龍之縣。他們用弓箭長矛四處獵狼，到處佈置陷阱，放下毒藥，終於，經歷了三年的驅趕和殺戮，只剩下了一隻高大威猛的成年公狼，還在時不時的襲擊著人類村莊，其他狼死的死，散的散，紛紛逃進深山。

這隻狼就是狼群的狼王，他體型最大，最狡點兇狠，極具智慧。他來無影去無蹤，行蹤捉摸不定，猶如幽靈一般襲擊人類村莊，然後再如風一般消失不見。他能敏銳地察覺到附近人類的存在，然後迅速逃離，也能輕鬆識破人們設下的陷阱和毒藥。巴亞爾想盡了一切辦法，絞盡腦汁，都無法將其擒獲。

　　不久後，人們發現，在狼王的身邊，出現了一隻小母狼，這母狼體型較小，渾身棕色，身形玲瓏，面容秀氣，兩狼經常一起結伴而行，形影不離。

　　有一次，兩狼襲擊完村莊後，為了掩護小棕狼撤退，狼王被獵人和獵狗團團包圍！！可是最終，他竟然能在十多隻獵狗的圍攻下，咬死三隻，咬傷四隻，然後扭身躲開所有弓箭，全身而退！！

　　獵狼隊就這麼又忙碌了半年，一直到冬天，事情才出現了轉機。一天，大雪紛飛，兩狼打算偷襲人類村莊時，小棕狼被人們放下的捕獵夾捕到了！狼王在其身邊，焦急地用爪子撥弄鐵鏈，用牙撕咬捕獵夾，弄得滿嘴鮮血，依舊無法解開！

　　這時，獵人們趕到了！狼王和小棕狼再次被獵人和獵狗團團圍住！狼王不願意丟下小棕狼，守在其身邊，齜牙咧嘴，不肯離開半步！！

　　狼王和獵狗群進行了幾十個回合的較量，十多隻獵狗竟然拿狼王一點辦法也沒有！而狼王也在獵狗的輪番進攻下，筋疲力盡！

　　就在這時，那伏在地上奄奄一息的小棕狼，自知無法全身而退，竟然開始咬起了自己的腿！發出「咯咯」的骨頭斷裂的聲音！最終他硬生生地

第八十五章　重逢

咬斷了自己的腿，然後在狼王的掩護下，一瘸一拐地逃進山裡！狼王為了護送小棕狼，獨自一人，擋住獵人和獵狗，繼續頑抗！

最後，他轉身想要逃離時，忽然被「嗖」一聲飛來的弓箭射中了！頓時鮮血四濺！圍在周圍的獵狗們雖然狂吠不止，但是卻依舊不敢向前！

狼王雖然身中一箭，依然努力站穩，面露兇光，發出示警的低吼！可是瞬間，又有幾個弓箭飛躥而來，「噗噗」命中！狼王身中數箭，癱倒在地，扭動身體，哀嚎不斷！也將周圍的白雪染成了一大片鮮紅！就這麼最終鮮血流盡而亡！

後來，巴亞爾帶領獵狼隊，順著雪地裡的血跡，繼續追擊那隻受了重傷的小棕狼！不久，人們就發現了他蜷縮在不遠處的雪地裡！人們悄悄圍上去一看，才發現，那小棕狼早已經斷氣多時，已經被凍僵了。

隨後，人們驚訝的發現，在她懷裡，竟然是四隻剛出生的小狼崽！原來是一隻懷孕的母狼！她為了自己的孩子，竟然咬斷了自己的腿！

她逃出不久就生了，虛弱的趴在雪地裡，用盡自己最後的力氣，將四個小狼崽放在自己懷裡，蜷縮起身體，將他們緊緊保護起來！自己就這麼被活活凍死了！那四個小狼崽也不幸被凍死了三隻！

巴亞爾抱起僅剩的一隻小狼崽一看，他的眼睛上有一個白斑，渾身瑟瑟發抖，已經只剩半口氣了。就將其放進自己溫暖的口袋裡，命人將那小棕狼就地埋葬了。

後來，巴亞爾將那小狼崽帶回了草原，並撫養其長大。巴亞爾也變賣了所有捕狼的工具，解散了捕狼隊，再也沒有捕過狼。

那隻小狼，剛開始由於他有狼的氣味，經常受到獵狗們的排擠和欺負，長大後，終於憑藉自己強健的體魄，為牧民們驅趕狼群，保護牛羊，出色地完成一次又一次的放牧任務，最終獲得了人們和獵狗群的認可。後來，他也有了自己的孩子，就這麼在大草原上繁衍了下來。大黃就是那小狼崽的後代，就是那個狼王的後代！

如今，大黃雖然死了，但是他的孩子小黃卻得以倖存，並且一代又一代的繁衍下來。就這樣，阿茹娜和大黃，以這樣一種形式再次重逢了。曾經創造了奇蹟的大黃，正以這樣的一種形式，在這個世界上延續著自己的生命，繼續書寫著屬於他自己的傳奇故事。

後來，木生三人散步回家，發現父親曹華已經在村口等待多時。

小水生高興地喊著：「爺爺！爺爺！」便跑了過去。曹華微笑著，就從身後拉出來了一輛木製小車來，然後扶小水生坐了上去。

原來，曹華自己給小水生製作了一輛精巧的小木車！那小木車上面是一張座椅，剛好可以容納一個孩子，周圍用欄杆圍住，下面是四個可以轉的木頭輪子，車頭上繫著一條繩子，人可以在前面拉著繩子，牽著小車走。

曹華就這麼在前面拉著小車，「吱呀吱呀」的走，小水生在小車上興奮不已，高興的「哇哇」大叫。

此時正是傍晚，大雪覆蓋人間，將世界染成了純潔的白色，夕陽將落天際，天邊的雲彩也被染成了溫柔的橙紅色。遠處的村莊炊煙裊裊，寧靜祥和。

第八十五章 重逢

在這樣一幅優美的畫面中，在村口，曹華拉著小水生慢慢地走在前面，木生和阿茹娜則緩步緊跟在後。

一瞬間！兩人看著在小車上興奮的「哇哇」亂叫小水生，彷彿是看到了十多年前水生的樣子！他們隱約看到，十歲的水生正坐在車上，然後慢慢回頭，微笑著向自己揮手告別！

跟在後面的阿茹娜和木生兩人瞬間眼水決堤，泣不成聲，哭成了淚人！

第八十六章
龍之國的重生

當天晚上，木生三人回到家後，天空中的雪也越下越大。

就在這狂風暴雪之夜，村口大樹樁上長出的花蕾，竟然奇蹟般地開花了！那粉色的小花，花開五瓣，枝落三蕾，鮮嫩可愛，麗質秀美，迎著漫天飛舞的鵝毛大雪，冒著寒徹心扉的凜冽寒風，毫不畏懼，毫不退縮，傲然挺立，悠然怒放！如此樸素淡雅，卻又如此高貴聖潔！如此柔弱瘦小，卻又如此堅韌頑強！

後來，為了保護這棵小樹，木生命人在樹樁周圍安裝了圍欄，嚴加保護，那棵樹也越發茁壯成長了起來。

就這麼過了幾年，小水生也一天天長大了。他六歲那年，木生和阿茹娜帶著小水生去看龍之縣裡的花車展。

這天，整個龍之縣裡龍字旗飄揚，人山人海，摩肩擦踵，熱鬧非凡！三人牽著手走在熙熙攘攘的人潮中，阿茹娜給小水生買了個糖葫蘆，三人就一起興沖沖地閒逛起來。

不一會兒便傳來一陣震耳欲聾的敲鑼打鼓聲，所有人都伸著脖子望去。木生抱著小水生，帶著阿茹娜，也放眼望去。

第八十六章　龍之國的重生

只見最前面一輛花車，上面有一條飛舞的巨龍，金光閃閃，燈光明亮！小水生在木生懷裡，好奇地問：「爸爸，爸爸，那大蛇是什麼？」

木生笑道：「那不是大蛇，那是龍。」

小水生又問道：「龍是什麼？」

木生說道：「龍，就是我們的祖先黃帝，我們都是龍的傳人。」

緊接著，後面的花車也近了，上面有一棵小樹，掛滿了粉色小花。樹枝花朵上，鋪了一層雪白的棉花，就像大雪一樣！

木生繼續對小水生說道：「這是我們的國花，即使在最寒冷的冬夜，也能迎著風雪盛開。」

小水生目不轉睛地看著那粉色小花，一臉的歡喜和茫然，一副似乎是能想起很多事，卻又什麼都想不起來的樣子。

又過了一段日子，一天，阿茹娜正帶著小水生在院子裡玩，而木生正在院子裡打太極拳。小水生笑著跑向木生，喊道：「爸爸！爸爸！你在做什麼？」

木生說道：「兒子，我在打太極拳啊。來，爸爸教你。」說著，就一招一式地教起了小水生，而小水生也跟著學了起來。

小水生剛跟著打了兩招，就抬頭問道：「爸爸，要怎麼才能打出最強的拳呢？」

木生想了想說道：「要懷著一顆想要保護一切的心，就能打出最強的拳了。」

小水生忽然抬頭笑道：「爸爸，這是我以前告訴你的，對不對！」

木生「啊」了一聲，愣在原地。

小水生又笑著跑向阿茹娜，叫著：「媽媽！」沒跑兩步，就摔倒在地上，然後就倒在地上哭了起來。

木生和阿茹娜趕緊上前將其抱起，只見膝蓋被磨破了，鮮血直流。

阿茹娜心疼地說：「告訴你不要跑了，看，又受傷了吧。」說罷就把小水生抱走，拿了一塊布，給小水生包紮起來。等包紮好了，小水生也不哭了。

小水生淚眼婆娑地看著阿茹娜，忽然說道：「媽媽，我以前也給妳包紮過傷口，對不對！」

阿茹娜也「啊」了一聲，愣在原地。

時間就這麼一年一年的飛逝，春去秋來，花開花謝，兜兜轉轉，輪輪迴迴，又不知道過了多少年，神州大地忽然發生了巨變！

一幢幢摩天大樓拔地而起，一條條高速公路貫穿南北，一座座大橋橫跨大河兩岸，一輛輛高速列車呼嘯著飛馳而過！

軍事演習場上，一輛輛新式坦克縱橫馳騁，發射出精確制導炸彈，輕鬆命中數十公里外的預定目標！大海上，一艘艘巨型航空母艦戰鬥群乘風破浪，巡航遊弋！藍天上，一架架新型戰機風馳電掣，鷹擊長空！

第八十六章　龍之國的重生

忽然，在大地某個角落，傳來一陣震耳欲聾的巨響！就見一個巨型火箭，尾部烈焰噴湧而出，伴隨著巨大的轟鳴聲，噴著火舌緩緩升起！上面還寫了大大的「龍之國航天」五個字！那火箭發出耀眼的光芒，猶如一顆耀眼的明星一般騰空而起，咆哮著飛向遙遠的太空！

生活在這裡的人們都以龍的傳人自居，以身為炎黃子孫為傲！他們每個人心中，都深深銘記著他們遠古祖先黃帝的諄諄教導：

「總有一天，我的部落將會變得無比強大！我也一定會有上十億族人，他們，將會生活在這個世界上的每一個角落！我要你們記住，我要你們永永遠遠都記住！只要有孩子！！我們就有希望！！」

某個白雪紛飛的冬季，在龍之國的某一個城市，人來人往，車輛如梭，某處的一個大型十字路口的中央，有一個大大的花壇，裡面靜靜地生長著一棵老樹。

那棵老樹上蓋著一層厚厚的積雪，滿樹都開滿了粉色的小花！路過的人們紛紛拿出手機競相拍照！

在不遠處是一所小學，操場上的龍字旗迎風飄揚，教室裡面正傳來孩子們朗朗的讀書聲：「我是龍的傳人！我愛龍之國！」

學校旁邊是一個體育館，館前掛了一個大大的橫幅「龍之國少兒太極拳大賽」，從裡面還傳來陣陣喝彩叫好聲。原來裡面正在舉辦一場太極拳大賽！

場館座無虛席，舞臺上的主持人高聲說道：「接下來，有請下一位選手出場！」緊接著，就是一個十多歲的小男孩緩緩走到舞臺上。

隨著音樂聲響起，小男孩紮穩馬步，一個起勢，就開始打起了太極拳！他身形飄逸，動作流暢，姿勢優美，不一會兒就打完了一套太極拳，然後收勢，拱手作禮！

觀眾席上隨即爆發出陣陣叫好！裁判席上更是紛紛給出了滿分十分！那小男孩看著眼前此起彼伏喝彩歡呼的觀眾，微笑著站在舞臺最中央。

場景開始旋轉，待鏡頭轉到那小男孩面前時，他竟然變成了十歲時水生的模樣！

場景繼續旋轉，水生驚喜地發現，他面前竟然出現了年輕時的曹華、孟氏，還有木生！

曹華笑著說道：「水生！回家吃飯啦！」

孟氏用圍裙擦擦手，笑著說道：「水生！媽媽給你做了你最愛喝的粥！」

木生則板著臉說道：「水生，你是不是又和狗娃蹺課偷偷出去玩了？」

場景繼續旋轉，水生驚喜地發現，他面前竟然出現了阿茹娜、巴圖、吉雅，還有大黃。

第八十六章　龍之國的重生

阿茹娜揮舞著半條手絹，朝水生笑道：「水生！你什麼時候來大草原啊，我等你！」

巴圖拿著剛烤好的羊肉串，大聲說道：「水生！來嘗嘗大草原特色，正宗羊肉串！」

吉雅也笑道：「水生，歡迎來營地玩！」

大黃則興奮地搖著尾巴朝水生「汪汪」直叫。

場景繼續旋轉，水生驚喜地發現，他面前竟然出現了抱著嗚妹兒的慧真和帶著突及其的洛桑卓雅！

慧真笑道：「師弟！走！我們下山去玩吧！」

嗚妹兒在他懷裡也高興地蹦來蹦去，朝水生「嗚嗚」直叫！

洛桑卓雅揮揮手笑道：「水生！學會繫蝴蝶結了嗎？我只教一遍喔！」

突及其在她肩膀上揮了揮那雙矯健有力的翅膀，咕咕直叫！

場景繼續旋轉，水生驚喜地發現，他面前竟然出現了竹子姑娘、竹子爺爺，還有竹子奶奶，他們旁邊還站著紮了九根小辮的小九妹！

竹子姑娘握著雙股魚叉，大聲笑著呼喚道：「水生！走啦！我們一起去打魚！」

竹子爺爺也笑道：「水生！跟爺爺一起去後山挖竹筍啦！」

竹子奶奶也和藹笑道：「水生，腳傷好了嗎？給你改的衣服合身嗎？」

小九妹站在旁邊，含笑望著水生，眼神中充滿了感動和信任，不捨和感激。

場景繼續旋轉，水生驚喜地發現，他面前竟然出現了葛奶奶和渙文！

渙文拿著長木棍，叫道：「水生！打棗子啦！打棗子啦！」

葛奶奶挽著竹籃，笑著緩緩說道：「水生，一起去趕集，奶奶給你買麻酥糖。」

場景繼續旋轉，水生驚喜地發現，他面前竟然出現了木公大仙！

木公大仙捋捋鬍子，笑道：「水生，傳道者，天命也。這句話你下山後，要務必牢記。」

場景繼續旋轉，水生驚喜地發現，他面前竟然出現了小田螺和小田螺爸爸！

小田螺高興地直跳，邊跳邊揮手，大聲說道：「水生哥哥！水生哥哥！我們一起回龍之縣吧！有水生哥哥在，我什麼也不怕！」

小田螺爸爸笑道：「水生，別介意，我這女兒呀，被寵壞了。」

舞臺中央的水生看著眼前的親朋好友們，滿臉驚喜，眼裡充滿了無限的興奮和喜悅，然後高興地大叫了一聲「大家！」便笑著朝大家跑去！